LES QUATRE ÉVANGILES

# FÉCONDITÉ

PAR

## ÉMILE ZOLA

SOIXANTE-NEUVIÈME MILLE

PARIS

BIBLIOTHÈQUE-CHARPENTIER

EUGÈNE FASQUELLE, ÉDITEUR

11, RUE DE GRENELLE, 11

1899

# FÉCONDITÉ

LES QUATRE ÉVANGILES

# FÉCONDITÉ

PAR

## ÉMILE ZOLA

SOIXANTE-NEUVIÈME MILLE

PARIS

BIBLIOTHÈQUE-CHARPENTIER

EUGÈNE FASQUELLE, ÉDITEUR

11, RUE DE GRENELLE, 11

1899

# FÉCONDITÉ

## LIVRE PREMIER

### I

Ce matin-là, dans le petit pavillon à la lisière des bois, où ils étaient installés depuis trois semaines, Mathieu se hâtait, pour prendre à Janville le train de sept heures, qui chaque jour le ramenait à Paris. Il était six heures et demie déjà, et il y avait deux grands kilomètres du pavillon à Janville. Puis, après les trois quarts d'heure du trajet, c'étaient trois autres quarts d'heure pour aller de la gare du Nord au boulevard de Grenelle ; de sorte qu'il n'arrivait guère à son bureau de l'usine que vers les huit heures et demie.

Il venait d'embrasser les enfants, heureusement endormis ; car ils ne le laissaient plus partir, leurs petits bras noués à son cou, riant et le baisant. Et, comme il rentrait vivement dans la chambre à coucher, il trouva sa femme

Marianne, au lit encore, mais réveillée, à demi assise. Elle était allée tirer un rideau, toute la radieuse matinée de mai entrait, la baignant d'un flot de gai soleil, dans la beauté saine et fraîche de ses vingt-quatre ans. Lui, son aîné de trois ans, l'adorait.

— Tu sais, chérie, je me dépêche, j'ai peur de manquer le train... Alors, tâche de t'arranger, tu as encore trente sous, n'est-ce pas ?

Elle se mit à rire, charmante avec ses bras nus et ses admirables cheveux bruns défaits. La continuelle gêne de leur jeune ménage la laissait vaillante et joyeuse, elle mariée à dix-sept ans, lui à vingt, chargés de quatre enfants déjà.

— Puisque c'est la fin du mois aujourd'hui et que tu touches ce soir... Je payerai demain les petites dettes, à Janville. Il n'y a que les Lepailleur, pour le lait et les œufs, qui m'ennuient, car ils ont toujours l'air de croire qu'on veut les voler... Trente sous, mon chéri ! mais nous allons faire la fête !

Elle riait toujours, elle lui tendait ses bras fermes et blancs, pour l'au revoir de chaque matin.

— Pars vite, puisque tu es pressé... J'irai ce soir t'attendre au petit pont.

— Non, non, je veux que tu te couches ! Tu sais bien qu'aujourd'hui, encore si je ne manque pas le train de onze heures moins un quart, je ne serai à Janville qu'à onze heures et demie... Oh ! quelle journée ! J'ai dû promettre aux Morange de déjeuner chez eux, et ce soir Beauchêne traite un client, un dîner d'affaires, auquel il faut que j'assiste... Couche-toi et fais un beau dodo, en m'attendant.

Elle hocha gentiment la tête, ne s'engageant à rien.

— Et n'oublie pas, reprit-elle, de passer chez le propriétaire lui dire qu'il pleut dans la chambre des enfants. Ce Séguin du Hordel, riche à millions, a beau ne nous

louer cette masure que six cents francs, ce n'est pas une
raison pour que nous devions nous y laisser tremper
comme sur la grand'route.

— Tiens! j'aurais oublié... Je passerai chez lui, je te
le promets.

Mais, à son tour, il l'avait prise dans ses bras, et l'au
revoir se prolongeait, il ne s'en allait plus. Elle s'était
remise à rire, elle lui rendait de gros baisers sonores.
Entre eux, c'était tout un amour de belle santé, la joie
de l'union totale et profonde, de n'être qu'une chair et
qu'une âme.

— Va-t'en donc, va-t'en donc, chéri... Ah! souviens-toi
de dire à Constance qu'avant de partir pour la campagne,
elle devrait venir passer un dimanche, avec Maurice.

— Oui, oui, je le lui dirai... A ce soir, chérie.

Il revint; la reprit d'une étreinte forte, lui posa un long
baiser sur les lèvres, qu'elle lui rendit de tout son cœur.
Et il se sauva.

D'ordinaire, en arrivant à la gare du Nord, il prenait
l'omnibus. Mais, les jours où il n'y avait que trente
sous à la maison, il faisait gaillardement le chemin à
pied. C'était, d'ailleurs, un très beau chemin : la rue
Lafayette, l'Opéra, les grands boulevards, la rue Royale
puis, après la place de la Concorde, le Cours la Reine, le
pont de l'Alma et le quai d'Orsay.

L'usine Beauchêne s'étendait tout au bout du quai
d'Orsay, entre la rue de la Fédération et le boulevard
de Grenelle. Il y avait là un vaste terrain en équerre, dont
une des pointes, sur le quai, se trouvait occupée par
une belle maison d'habitation, un hôtel de briques
encadrées de pierre blanche, que Léon Beauchêne, le père
d'Alexandre, le patron actuel, avait bâti. Des balcons,
on apercevait, au delà de la Seine, sur le coteau, les
maisons hautes de Passy, parmi des verdures; tandis que,
sur la droite, se dressaient les deux campaniles du palais

du Trocadéro. A côté, on voyait encore, longeant la rue
de la Fédération, un jardin et une petite maison, l'ancien
logis modeste de Léon Beauchêne, au temps héroïque
d'acharné travail où il fondait sa fortune. Puis, les bâtiments, les hangars de l'usine, tout un amas de bâtisses
grises, surmontées de deux immenses cheminées, occupaient le fond du terrain et la partie en retour sur le
boulevard de Grenelle, qu'un grand mur sans fenêtres
fermait. Cette très importante maison de mécanicien-
constructeur, bien connue, fabriquait surtout des machines
agricoles, depuis les machines les plus puissantes, jusqu'aux outils ingénieux et délicats, qui nécessitent des
soins particuliers de perfection. Et, outre les quelques
centaines d'hommes journellement employés, il existait
là un atelier qui comptait une cinquantaine de femmes,
des brunisseuses et des polisseuses.

L'entrée des ateliers et des bureaux était rue de la
Fédération, un large portail, d'où l'on apercevait l'énorme
cour, avec son pavé continuellement noir, que des ruisseaux d'eau fumante sillonnaient souvent. Des poussières
épaisses montaient des hautes cheminées, des jets stri-
dents de vapeur sortaient des toits, pendant qu'une tré-
pidation sourde, dont le sol tremblait, disait le branle
intérieur, le continuel grondement du travail.

Il était huit heures trente-cinq, à la grosse horloge
du bâtiment central, lorsque Mathieu traversa la cour,
pour se rendre à son bureau de dessinateur en chef.
Depuis huit ans déjà, il était à l'usine, où il avait débuté,
dès dix-neuf ans, après des études spéciales très brillantes,
comme aide-dessinateur, à cent francs par mois. Son
père, Pierre Froment, qui avait eu de sa femme Marie
quatre fils, Jean l'aîné, puis Mathieu, Marc et Luc, tout
en les laissant maîtres de leur vocation, s'était efforcé de
leur donner à chacun un métier manuel. Léon Beauchêne,
le fondateur de l'usine, était mort depuis un an, et son fils

Alexandre venait de lui succéder et d'épouser Constance
Meunier, la fille d'un très riche fabricant de papiers peints
du Marais, lorsque Mathieu entra dans la maison, sous les
ordres de ce patron si jeune, qui n'avait guère que cinq
ans de plus que lui. Et ce fut là qu'il connut Marianne,
alors âgée de seize ans, une cousine pauvre d'Alexandre,
et qu'il l'épousa l'année suivante.

Dès sa douzième année, Marianne était tombée à la
charge de son oncle, Léon Beauchêne. Un frère de
celui-ci, Félix Beauchêne, après des échecs de toutes
sortes, esprit brouillon, hanté d'un besoin d'aventures,
s'en était allé, avec sa femme et sa fille, tenter la fortune
en Algérie; et, cette fois, la ferme créée par lui, là-bas,
prospérait, lorsque, dans un brusque retour de brigandage, le père et la mère furent massacrés, les bâtiments
détruits, de sorte que la fillette, sauvée par miracle, n'eut
d'autre refuge que la maison de son oncle, qui se montra
très bon pour elle, pendant les deux années qu'il vécut
encore. Mais il y avait là Alexandre, de camaraderie
un peu lourde, et surtout une sœur cadette de celui-ci,
Sérafine, une grande fille détraquée et mauvaise, qui
heureusement quitta la maison presque tout de suite, dès
dix-huit ans, dans un scandale effroyable, une fuite avec
un certain baron de Lowicz, un baron authentique,
escroc et faussaire, auquel il fallut la marier, en lui
donnant trois cent mille francs. Puis, lorsque, son père
mort, Alexandre à son tour dut songer à se marier,
forcé d'épouser pour son argent Constance, qui lui apportait un demi-million de dot, Marianne se trouva plus
étrangère, plus isolée encore, près de sa nouvelle cousine, maigre, sèche, despotique, maîtresse absolue dans
le ménage. Mathieu était là, et quelques mois suffirent :
un bel amour, sain et fort, naquit, grandit entre les
deux jeunes gens, non pas le coup de foudre qui jette
les amants aux bras l'un de l'autre, mais l'estime, la

tendresse, la foi, la mutuelle certitude du bonheur dans le don réciproque, qui font l'indissoluble mariage. Et ils furent ravis de s'épouser sans un sou, de n'apporter que leur grand cœur, à jamais. Mathieu fut mis à deux mille quatre cents francs, et son cousin par alliance, Alexandre, lui fit simplement entrevoir une association possible, pour beaucoup plus tard.

D'ailleurs, peu à peu, Mathieu Froment allait se rendre indispensable. Le jeune maître de l'usine, Alexandre Beauchêne, venait de traverser une crise inquiétante. La dot que son père avait dû tirer de sa caisse pour marier Sérafine, d'autres fortes dépenses occasionnées par cette fille rebelle et perverse, l'avaient forcé à diminuer un instant son capital d'exploitation. Puis, au lendemain de sa mort, on s'était aperçu qu'il avait eu l'insouciance, assez fréquente, de ne pas laisser de testament; de sorte que Sérafine, très âprement, s'était mise en travers des intérêts de son frère, réclamant sa part, voulant l'obliger à vendre l'usine. Toute la fortune avait failli de la sorte être dépecée, l'usine coupée en morceaux, anéantie. Beauchêne en frémissait encore de terreur et de colère, heureux d'avoir enfin réussi, pour désintéresser sa sœur, à lui payer trop largement sa part, en argent. Mais la plaie ouverte restait béante, et c'était afin de la combler qu'il avait épousé le demi-million de Constance, fille laide, dont il trouvait la possession amère, dans ses appétits de beau mâle, et si sèche, et si maigre, que lui-même l'appelait « cet os », avant de consentir à en faire sa femme. En cinq ou six années, tout fut réparé, les affaires de l'usine doublèrent, une grande prospérité se déclara. Et Mathieu, qui était devenu un des collaborateurs les plus actifs, les plus nécessaires, avait fini par occuper le poste de dessinateur en chef, aux appointements de quatre mille deux cents francs.

Morange, le chef comptable, dont le bureau était voi-

sin, allongea la tête, dès qu'il entendit le jeune homme
s'installer devant sa table à dessin.

— Dites donc, mon cher Froment, n'oubliez pas que
vous déjeunez chez nous.

— Oui, oui, mon bon Morange, c'est chose entendue.
Je vous prendrai à midi.

Et Mathieu se mit à revoir avec soin l'épure d'une
batteuse à vapeur, une invention à lui, d'une parfaite
simplicité et d'une puissance considérable, à laquelle il
travaillait depuis longtemps, et qu'un gros propriétaire
beauceron, M. Firon-Badinier, devait venir examiner
l'après-midi.

Mais la porte du cabinet du patron s'ouvrit brusquement, Beauchêne parut. Grand, le visage coloré, avec
le nez fort, la bouche épaisse, de gros yeux bruns à fleur
de tête, il portait toute sa barbe, une barbe noire qu'il
soignait beaucoup, ainsi que ses cheveux, ramenés en
boucles sur le crâne, pour cacher un commencement
grave de calvitie, à trente-deux ans à peine. Dès le
matin, en redingote, il fumait déjà un cigare, et sa voix
haute, sa gaieté sonnante, son activité bruyante, exprimaient la santé encore belle d'un jouisseur égoïste, pour
qui l'argent, le capital décuplé par le travail des autres,
était l'unique, la souveraine puissance.

— Ah! ah! c'est prêt, n'est-ce pas?... Monsieur Firon-
Badinier m'a encore écrit qu'il serait ici à trois heures.
Et vous savez que je vous emmène au restaurant avec
lui, ce soir; car, ces gaillards-là, on ne les décide aux
commandes qu'en les arrosant de bon vin... Ici, ça fâche
Constance, et je préfère les traiter dehors... Vous avez
prévenu Marianne?

— Parfaitement. Elle sait que je ne rentrerai que par
le train de onze heures moins le quart.

Beauchêne s'était laissé tomber sur une chaise.

— Ah! mon ami, je suis éreinté! J'ai dîné en ville

hier soir, je ne me suis couché qu'à une heure. Et tout ce travail qui m'attendait ici, ce matin! Il faut vraiment une santé de fer.

Jusque-là, il s'était montré un travailleur prodigieux, réellement doué d'une résistance, d'une énergie extraordinaires. Il avait en outre fait preuve d'un flair constant pour les opérations heureuses. Levé le premier dans l'usine, il voyait tout, prévoyait tout, l'emplissait de son zèle retentissant à en doubler chaque année le chiffre d'affaires. Mais, depuis quelque temps, la fatigue mordait davantage sur lui. Toujours, il s'était fortement amusé, faisant une large part, dans sa vie de labeur, à ses jouissances, celles qu'il avouait et celles qu'il n'avouait pas; si bien que, maintenant, certaines noces, comme il disait, le mettaient sur le flanc.

Il regardait Mathieu.

— Vous avez l'air d'aplomb, vous. Comment faites-vous pour ne paraître jamais fatigué?

Le jeune homme, en effet, debout devant sa table à dessin, semblait avoir la santé robuste d'un jeune chêne. Grand, mince, brun, il avait le front des Froment, large et haut, en forme de tour. Il portait ses épais cheveux coupés ras, la barbe en pointe, un peu frisante. Et ce qui caractérisait surtout le visage, c'étaient les yeux, profonds et clairs, vifs et réfléchis à la fois, presque toujours souriants. Un homme de pensée et d'action, très simple et très gai, très bon aussi.

— Oh! moi, répondit-il en riant, je suis sage.

Mais Beauchêne protestait.

— Ah! non, ce n'est pas vous qui êtes sage! On n'est pas sage, quand on a quatre enfants déjà, à vingt-sept ans. Et deux jumeaux, votre Blaise et votre Denis, pour commencer! Et puis votre Ambroise, et puis votre petite Rose! Sans compter l'autre fillette que vous avez perdue à sa naissance, avant celle-ci. Ça vous en ferait cinq, malheureux!... Non, non! c'est moi qui suis sage, moi qui n'en ai qu'un et qui sais me borner, en homme raisonnable et prudent!

C'étaient là les habituelles plaisanteries, où perçait une indignation vraie, dont il accablait le jeune ménage insoucieux de sa fortune, cette fécondité de sa cousine Marianne qu'il déclarait scandaleuse.

Mathieu continuait de rire, sans même répondre, habitué à ces attaques qui lui laissaient toute sa sérénité, lorsqu'un ouvrier entra, le père Moineaud, comme on le nommait à l'usine, bien qu'il eût à peine quarante-trois ans, court et trapu, avec une tête ronde, un cou de taureau, la face et les mains crevassées par plus d'un quart de siècle de travail. Il était mécanicien-ajusteur, il venait pour soumettre au patron une difficulté, dans le montage d'une machine. Mais celui-ci ne lui laissa pas le temps de s'expliquer, tout à son emportement contre les familles trop nombreuses.

— Et vous, père Moineaud, combien avez-vous d'enfants ?

— Sept, monsieur Beauchêne, répondit l'ouvrier un peu interloqué. J'en ai perdu trois.

— Alors, ça vous en ferait dix. Eh bien! c'est au propre, comment voulez-vous ne pas crever de faim ?

Moineaud, lui aussi, s'était mis à rire, en ouvrier parisien imprévoyant et gai, qui n'avait pour toute joie que la rigolade avec sa femme, quand il avait bu un coup. Les petits, ça poussait sans qu'il s'en aperçût seulement, et même il les aimait bien, tant qu'ils ne s'étaient pas envolés du nid. Et puis, ça travaillait, ça rapportait un peu. Mais il préféra s'excuser, d'un mot plaisant, qui lui semblait très vrai au fond.

— Dame! monsieur Beauchêne, c'est pas moi qui les fais, c'est ma femme.

Tous les trois s'égayèrent, et l'ouvrier ayant enfin

expliqué la difficulté qui se présentait, les deux autres le suivirent, pour juger du travail par eux-mêmes. Ils allaient s'engager dans un couloir, lorsque le patron, voyant ouverte la porte de l'atelier des femmes, voulut le traverser, désireux d'y jeter son coup d'œil habituel. C'était une salle vaste et longue, où les polisseuses, en blouse de serge noire, assises sur deux rangs devant leurs petits établis, ponçaient les pièces et les passaient à la meule. Presque toutes étaient jeunes, quelques-unes jolies, la plupart de face commune et basse. Et une odeur de fauve se mêlait à celle des huiles rances.

Pendant le travail, la règle était le silence absolu. Toutes bavardaient. Puis, dès que le maître fut signalé, brusquement les voix tombèrent. Il n'y en eut qu'une, qui, la tête tournée, ne voyant rien, se disputant avec une autre, continua, furieuse. C'étaient les deux sœurs, justement deux filles du père Moineaud : Euphrasie, la cadette, celle qui criait, une maigriotte de dix-sept ans, aux cheveux pâles, à la face longue, sèche et pointue, pas belle et l'air méchant ; et l'aînée, Norine, dix-neuf ans à peine, une jolie fille celle-là, une blonde aussi, mais à la chair de lait, et grasse, et forte, des épaules, des bras, des hanches, une claire figure de soleil, avec des cheveux fous et des yeux noirs, toute la fraîcheur de ces museaux parisiens où éclate la beauté du diable.

Sournoisement, Norine laissait aller Euphrasie, toujours en querelle avec elle, heureuse de la faire prendre en faute. Et il fallut que Beauchêne intervînt. Il se montrait d'habitude très sévère dans l'atelier des femmes, sans complaisance aucune, ayant eu jusque-là pour théorie qu'un patron est perdu, qui s'oublie à rire avec ses ouvrières. En effet, malgré les gros appétits de mâle qu'il promenait au dehors, disait-on, pas la moindre histoire ne courait sur ses ouvrieres et lui, il n'avait encore touché à aucune.

— Eh bien! mademoiselle Euphrasie, vous tairez-vous? C'est indécent... Vous aurez vingt sous d'amende, et si je vous entends encore, je vous mets à pied pour huit jours.

Saisie, la jeune fille s'était retournée. Étouffant de rage, elle jeta un coup d'œil terrible à sa sœur, qui aurait bien pu la prévenir. Mais celle-ci continuait à sourire, de son air discret de belle fille désirable, regardant le maître en face, comme certaine de n'avoir plus rien à en redouter. Leurs yeux se rencontrèrent, s'oublièrent deux secondes les uns dans les autres ; et il reprit, les joues colorées, s'adressant à toutes :

— Dès que la surveillante tourne le dos, vous jacassez, vous vous querellez. Méfiez-vous, ou vous aurez affaire à moi!

Moineaud, le père, avait assisté à la scène, impassible, comme si les deux ouvrières, celle que le patron punissait, et l'autre, celle qui le regardait sournoisement, n'étaient pas ses filles. La tournée continua, les trois hommes quittèrent l'atelier des femmes, au milieu d'un silence de mort, dans l'unique ronflement des petites meules.

En bas, lorsque la difficulté d'ajustage fut vaincue et que l'ouvrier eut des ordres, Beauchêne remonta dans ses appartements, en emmenant Mathieu, qui voulait faire, à Constance, l'invitation dont Marianne l'avait chargé. Une galerie réunissait les bâtiments noirs de l'usine à l'hôtel luxueux du quai. Et ils trouvèrent Constance dans un petit salon tendu de satin jaune, qu'elle affectionnait, assise près d'un canapé, sur lequel était allongé Maurice, le fils unique adoré, qui venait d'avoir sept ans.

— Est-ce qu'il est souffrant? demanda Mathieu.

L'enfant avait l'air fort, d'une grande ressemblance avec son père, les mâchoires plus épaisses. Mais il était pâle, les paupières lourdes, légèrement cernées. Et la mère, « cet os », une petite femme brune, sans teint, jaune et flétrie à vingt-six ans, le regardait d'un air d'égoïste orgueil.

— Oh! non, il n'est jamais malade, répondit-elle. Seulement, il se plaint des jambes. Alors, je le fais s'allonger, et j'ai écrit hier soir au docteur Boutan de passer ce matin.

— Bah! cria Beauchêne avec un gros rire, les femmes sont toutes les mêmes! Un enfant qui est fort comme un Turc! Ah! je voudrais bien voir que ce gaillard-là ne fût pas solide!

Justement, le docteur Boutan entra, un homme gros et court, d'une quarantaine d'années, avec des yeux très fins dans sa figure épaisse, entièrement rasée, qui exprimait une grande bonté. Tout de suite il examina l'enfant, le palpa, l'ausculta; puis, de son air de bienveillance, sérieux pourtant :

— Non, non, il n'y a rien. C'est la croissance. Un enfant qu'un hiver de Paris a rendu un peu pâlot, et que vont remettre quelques semaines de grand air, passées à la campagne.

— Je le disais bien! cria de nouveau Beauchêne.

Constance avait gardé dans la sienne la petite main de son fils, qui, allongé de nouveau, refermait les paupières d'un air las; et elle souriait, heureuse, agréable malgré sa face ingrate, quand elle voulait s'en donner la peine. Le docteur s'était assis, aimant à s'attarder, à causer dans les maisons amies. Accoucheur, soignant surtout les maladies des femmes et des enfants, il était le confesseur naturel, il savait tous les secrets, se trouvait comme chez lui dans les familles. C'était lui qui avait accouché Constance de ce fils unique, si gâté, et Marianne des quatre enfants qu'elle avait déjà.

Mathieu, debout, avait attendu pour faire son invitation.

— Alors, dit-il, si vous devez partir prochainement

pour la campagne, venez donc passer un dimanche à Janville. Ma femme serait si heureuse de vous avoir, de vous montrer notre campement!

Et il plaisanta sur le dénuement du pavillon écarté qu'ils occupaient, raconta qu'ils n'avaient encore qu'une douzaine d'assiettes et cinq coquetiers. Mais Beauchêne connaissait le pavillon, car il chassait par là tous les hivers, il avait une part dans la location des vastes bois, dont le propriétaire avait mis la chasse en actions.

— Vous savez bien que Séguin est mon ami. J'y ai déjeuné, dans votre pavillon. C'est une masure.

A son tour, Constance, que l'idée d'une telle pauvreté rendait moqueuse, se rappela ce que madame Séguin, Valentine, comme elle la nommait, lui avait dit du délabrement de cet ancien rendez-vous de chasse. Le docteur, qui écoutait en souriant, intervint.

— Madame Séguin est une de mes clientes. Lors de ses dernières couches, je lui avais conseillé d'aller l'habiter, ce pavillon. L'air y est admirable, les enfants doivent pousser là comme du chiendent.

Du coup, avec son rire sonore, Beauchêne reprit sa plaisanterie ordinaire.

— Ah bien! mon cher Mathieu, méfiez-vous! à quand votre cinquième?

— Oh! dit Constance d'un air offensé, ce serait une vraie folie. J'espère que Marianne va s'en tenir là... Vraiment, cette fois, vous seriez sans excuse, sans pardon.

Et Mathieu entendait bien ce qu'ils voulaient dire tous les deux. Ils les prenaient, Marianne et lui, en dérision, en une pitié où il entrait de la colère, ne comprenant pas que, de gaieté de cœur, on pût se mettre ainsi dans la gêne. La venue de leur dernière, la petite Rose, avait déjà tellement augmenté leurs charges, qu'ils avaient dû se réfugier à la campagne, au fond d'un taudis de pauvres. Et ils commettraient cette imprudence suprême, d'avoir un enfant encore, eux sans rien, sans fortune, sans un pouce de bien au soleil !

— Puis, continua Constance, avec la pruderie de son éducation rigide, ça finirait par être vraiment malpropre. Moi, quand je vois des gens qui traînent derrière eux une bande d'enfants, ça me répugne, comme si je voyais une famille d'ivrognes. C'est pareil, c'est même plus sale.

Beauchêne éclata d'un nouveau rire, bien que, là-dessus, il dût être d'un avis contraire. D'ailleurs, Mathieu restait très calme. Jamais Marianne et Constance n'avaient pu s'entendre, elles différaient trop en toutes choses ; et il prenait gaiement les attaques, il évitait de se fâcher, pour ne pas en arriver à une rupture.

— Vous avez raison, dit-il simplement, ce serait une folie... Pourtant, si un cinquième doit venir, on ne peut guère le renvoyer d'où il vient.

— Oh ! il y a des moyens ! cria Beauchêne.

— Des moyens, répéta le docteur Boutan, qui écoutait de son air paterne, je n'en connais pas qui ne soient coupables et dangereux.

Beauchêne se passionna, cette question de la natalité et de la dépopulation actuelle était une de celles qu'il croyait posséder à fond et qu'il tranchait volontiers en beau parleur. Il récusa d'abord Boutan, qu'il savait l'apôtre convaincu des familles nombreuses, le plaisantant, lui disant qu'un médecin accoucheur ne pouvait avoir, dans la matière, une opinion désintéressée. Puis, il sortit tout ce qu'il savait vaguement de Malthus, la progression géométrique des naissances et la progression mathématique des subsistances, la terre peuplée et réduite à la famine en moins de deux siècles. C'était la faute des pauvres, s'ils mouraient de faim : ils n'avaient qu'à se restreindre, à ne faire que le nombre d'enfants qu'ils pouvaient nourrir. Les riches, qu'on accusait faussement de malfaisance sociale, loin d'être responsables de la misère, étaient au contraire les seuls raisonnables, ceux qui, en limitant leur famille, faisaient acte de bons citoyens. Et il triomphait, répétait qu'il n'avait rien à se reprocher, que sa fortune, toujours grossie, lui laissait la conscience tranquille : tant pis pour les pauvres, s'ils voulaient rester pauvres! Vainement, le docteur lui répondait que l'hypothèse de Malthus était désormais ruinée, que ses calculs portaient sur l'accroissement possible et non sur l'accroissement réel; vainement, il lui prouvait que la crise économique actuelle, la mauvaise distribution des richesses, sous le régime capitaliste, était l'exécrable et unique cause de la misère, et que, le jour où le travail serait justement réparti, la terre féconde nourrirait à l'aise une humanité décuplée et heureuse : l'autre se refusait à rien entendre, s'installait béatement dans son égoïsme, en déclarant que tout cela ne le regardait pas, qu'il était sans remords d'être riche, et que ceux qui avaient envie d'être riches, n'avaient en somme qu'à faire comme lui.

— Alors, c'est la fin raisonnée de la France, n'est-ce pas? dit Boutan avec malice. Le chiffre des naissances, en Angleterre, en Allemagne, en Russie, monte toujours, tandis qu'il baisse effroyablement chez nous. Nous ne sommes déjà plus, par le nombre, qu'à un rang très inférieur en Europe; et le nombre, aujourd'hui, c'est plus que jamais la puissance. On a calculé qu'il faut une moyenne de quatre enfants par famille, pour que la population progresse, détermine et maintienne la force d'une nation. Vous n'avez qu'un enfant, vous êtes un mauvais patriote.

Hors de lui, Beauchêne s'emporta, s'étrangla.

— Moi, un mauvais patriote! moi qui me tue de travail, moi qui vends des machines même à l'étranger!... Certes, oui, j'en vois autour de moi, des familles, des connaissances à nous, qui peuvent se permettre d'avoir quatre enfants; et j'accorde que celles-là sont bien coupables, quand elles ne les ont point... Mais moi, mon cher, moi, je ne peux pas! vous savez bien que, dans ma situation, je ne peux absolument pas!

Et il exposa pour la centième fois ses raisons, il raconta comment l'usine avait failli être dépecée, anéantie, parce qu'il avait eu l'ennui d'avoir une sœur. Sérafine s'était conduite abominablement : la dot d'abord, puis le partage exigé, à la mort de leur père, l'usine sauvée par un sacrifice d'argent considérable, qui en avait compromis longtemps la prospérité. Et l'on s'imaginait qu'il allait recommencer l'imprudence de son père, courir le risque de donner un frère ou une sœur à son petit Maurice, pour que celui-ci se retrouvât dans l'embarras mortel où le patrimoine aurait pu sombrer! Non, non! il ne l'exposerait pas à un partage, puisque la loi était mal faite. Il le voulait maître unique de cette fortune qu'il tenait de son père, et que lui-même lui transmettrait décuplée. Il rêvait pour lui la suprême richesse, la colossale fortune qui, seule aujourd'hui, assure le pouvoir.

Constance, qui n'avait pas lâché la main de l'enfant, au pâle visage, s'était remise à le contempler avec une passion d'orgueil extraordinaire, cet orgueil de la fortune chez l'industriel et le financier, aussi âpre et combattif que l'orgueil du nom chez l'ancien noble. Lui seul, et pour qu'il fût roi, un de ces princes de l'industrie, maîtres du monde nouveau!

— Va, mon mignon, sois tranquille, tu n'auras ni frère ni sœur, nous sommes bien d'accord là-dessus. Et, si le papa s'oubliait, la maman est là qui veillerait.

Ce mot rendit toute sa grosse gaieté à Beauchêne. Il savait sa femme plus têtue que lui, plus résolue à limiter la famille. Lui, brutal et joyeux, décidé à se faire la vie bonne, fraudait assez maladroitement dans l'alcôve conjugale, allait au dehors pour le reste; et peut-être le savait-elle, tolérante, fermant les yeux sur ce qu'elle ne pouvait empêcher.

A son tour, il se baissa pour embrasser l'enfant.

— Tu entends, Maurice? C'est bien vrai, ce que dit maman : nous n'irons pas en chercher un autre dans le chou.

Et, se tournant vers Boutan :

— Vous savez, docteur, que les femmes ont des petits moyens à elles

— Hélas! dit doucement celui-ci. J'en ai soigné une dernièrement, qui en est morte.

Dès lors, ce fut, chez Beauchêne, du fou rire ; tandis que Constance, blessée, affectait de ne pas comprendre. Et Mathieu, qui s'était abstenu d'intervenir, restait grave, car cette question de la natalité lui semblait effrayante, passionnante, la question mère, celle qui décide de l'humanité et du monde. Il ne s'est pas fait un progrès, sans que ce soit un excès de la natalité qui l'ait déterminé. Si les peuples ont évolué, si la civilisation a grandi, c'est qu'ils se sont multipliés d'abord, pour se répandre ensuite par toutes les contrées de la terre. Et l'évolution de demain, la vérité, la justice, ne sera-t-elle pas nécessitée de nouveau par cette poussée constante du plus grand nombre, la fécondité révolutionnaire des travailleurs et des pauvres? Toutes ces choses, il ne se les disait pas nettement, il se sentait un peu honteux de ses quatre enfants déjà, troublé par les conseils d'évidente prudence que les Beauchêne lui donnaient. Mais sa foi en la vie luttait, sa croyance que le plus de vie possible doit amener le plus possible de bonheur. Un être ne naît que pour créer, pour transmettre et propager de la vie. Et il y a aussi la joie de l'organe, du bon ouvrier qui a fait sa tâche.

— Alors, Marianne et moi, nous comptons sur vous, à Janville, l'autre dimanche?

Il n'eut pas encore de réponse, un domestique entrait dire qu'une femme, avec un enfant au bras, désirait parler à madame. Et Beauchêne, ayant reconnu la femme de Moineaud, l'ouvrier mécanicien, la fit entrer. Boutan, qui s'était levé, resta curieusement.

La Moineaude était une femme grosse et courte, comme son mari, d'une quarantaine d'années, usée avant l'âge, avec une face grise, des yeux troubles, des cheveux rares et décolorés, une bouche molle où beaucoup de dents manquaient déjà. Ses nombreuses couches l'avaient déformée, et elle s'abandonnait.

— Eh bien ! ma brave femme, que voulez-vous ? demanda Constance.

Mais la Moineaude restait effarée, gênée par tout ce monde, qu'elle ne devait pas s'attendre à rencontrer là. Elle se taisait, ayant bien compté trouver madame seule.

— C'est votre dernier ? lui demanda Beauchêne, en regardant l'enfant qu'elle avait sur le bras, blême et chétif.

— Oui, monsieur, c'est mon petit Alfred, il a dix mois, et j'ai dû le sevrer, parce que le lait ne venait plus... Avant celui-là, il y en a eu neuf autres, dont trois sont morts. Mon aîné, Eugène, est militaire, là-bas, au diable, au Tonkin. Vous avez à l'usine mes deux grandes filles, Norine et Euphrasie. Et il m'en reste trois à la maison, Victor, qui a quinze ans, puis Cécile et Irma, dix ans et sept ans... Alors, ça s'est arrêté, j'ai bien cru que c'était fini d'en pondre plus souvent qu'à mon tour. J'étais contente. Mais voilà que ce gosse est encore venu... A quarante ans, si c'est permis ! Il faut que le bon Dieu nous ait abandonnés, mon pauvre mari et moi.

Un souvenir égaya Beauchêne.

— Vous savez ce qu'il dit, votre mari ? Il dit que ce n'est pas lui, que c'est vous qui les faites, les enfants.

— Ah ! oui, il plaisante. Pour ce que ça lui coûte d'en

faire!... Moi, vous comprenez, j'aimerais autant autre chose. J'en ai eu la terreur, dans les premiers temps. Mais, que voulez-vous? il faut bien se soumettre, et je cédais, je n'avais pas envie naturellement que mon homme allât voir d'autres femmes. Puis, il n'est pas méchant, il travaille, il ne boit pas trop, et quand un homme n'a que ça pour plaisir, ce serait vraiment malheureux, n'est-ce pas? que sa femme le contrarie.

Le docteur Boutan intervint, pour poser une question, de son air tranquille.

— Vous ne saviez donc pas que, même en s'amusant, on peut prendre des précautions?

— Ah! dame, monsieur, ça n'est pas toujours commode. Les soirs où un homme rentre un peu gai, après avoir bu un litre avec les camarades, il ne sait pas trop ce qu'il fait. Et puis, Moineaud dit que ça lui gâte son plaisir.

Dès lors, ce fut le docteur qui l'interrogea, en évitant de regarder les Beauchêne. Mais sa malice souriait dans ses petits yeux, et il était visible qu'il s'amusait à reprendre les raisonnements de l'usinier contre la fécondité trop grande. Il affectait de se fâcher, de reprocher ses dix enfants à la Moineaude, des malheureux, de la chair à canon ou à prostitution, lui déclarant que, si elle était misérable, c'était bien sa faute; car, lorsqu'on veut faire fortune, on ne va pas s'embarrasser d'une séquelle d'enfants. Et la pauvre femme répondait tristement qu'il avait bien raison; mais l'idée ne pouvait pas même leur venir de faire fortune, Moineaud savait qu'il ne serait jamais ministre; et, alors, ça ne faisait ni chaud ni froid, d'avoir sur les bras plus ou moins d'enfants; ça aidait même, d'en avoir beaucoup, quand les enfants étaient en âge de travailler.

Devenu muet, Beauchêne se promenait à pas lents. Un embarras, un malaise grandissait, et Constance se hâta de reprendre :

— Enfin, ma brave femme, que puis-je faire pour vous ?

— Mon Dieu ! madame, je suis bien ennuyée... C'est une chose que Moineaud n'a pas osé demander à monsieur Beauchêne. Moi-même, j'espérais vous trouver seule et vous prier d'intercéder pour nous... Voilà, nous vous aurions une très grande, très grande reconnaissance, si l'on voulait bien prendre notre petit Victor à l'usine.

— Mais il n'a que quinze ans, dit Beauchêne. Attendez qu'il en ait seize, la règle est formelle.

— Sans doute. Seulement, on pourrait peut-être mentir un petit peu. Cela nous rendrait un si grand service.

— Non, c'est impossible.

De grosses larmes parurent dans les yeux de la Moineaude. Et Mathieu, qui écoutait passionnément, fut bouleversé. Ah ! cette misérable chair à travail qui venait s'offrir, sans attendre d'être mûre pour l'effort ! l'ouvrier qui veut mentir, que la faim oblige à se mettre contre la loi qui le protège !

Lorsque la Moineaude fut partie, désespérée, le docteur continua, sur le travail des enfants et des femmes. Dès les premières couches, une femme ne peut rester à l'usine : la grossesse, l'allaitement, la clouent au logis, sous peine de dangers graves pour elle et pour le nourrisson. Et, quant à l'enfant, il reste anémié, estropié souvent, sans compter que son embauchement à prix réduit est une cause injuste de la baisse des salaires. Puis, il revint sur la fécondité de la misère, sur le pullulement dans les basses classes, qui n'ont rien à risquer, rien à ambitionner. N'est-ce pas la natalité la plus exécrable, celle qui multiplie à l'infini les meurt-de-faim et les révoltés ?

— Je vous entends bien, finit par dire sans se fâcher Beauchêne, en arrêtant brusquement sa promenade, qu'il

avait reprise. Vous voulez me mettre en contradiction
avec moi-même, me faire confesser que j'accepte les
sept enfants de Moineaud, et que j'ai besoin d'eux,
tandis que, moi, avec ma volonté formelle de m'en
tenir à un fils unique, je mutile la famille pour ne pas
mutiler la propriété. La France, le pays des fils uniques,
comme on la nomme maintenant, n'est-ce pas?... Eh
bien! oui, c'est vrai. Mais, mon cher, la question est si
complexe, et combien j'ai raison au fond!

Alors, il voulut s'expliquer, il se tapa de nouveau sur
la poitrine, en criant qu'il était libéral, démocrate, prêt
à réclamer tous les progrès sérieux. Il reconnaissait
volontiers qu'il fallait faire des enfants, que l'armée avait
besoin de soldats et les usines d'ouvriers. Seulement, il
invoquait aussi les devoirs de prudence des hautes classes,
il raisonnait en riche, en conservateur qui s'immobilise
dans la fortune acquise.

Et Mathieu finit par comprendre la vérité brutale : le
capital est forcé de créer de la chair à misère, il doit
pousser quand même à la fécondité des classes salariées,
afin d'assurer la persistance de ses profits. La loi est
qu'il faut toujours trop d'enfants, pour qu'il y ait assez
d'ouvriers à bas prix. En outre, la spéculation sur le sala-
riat ôte toute noblesse au travail, qui est regardé comme le
pire des maux, lorsqu'il est en réalité le plus précieux
des biens. De sorte que tel est le chancre dévorant.
Dans les pays d'égalité politique et d'inégalité économique, le régime capitaliste, la richesse iniquement
distribuée, exaspère et restreint à la fois la natalité, en
viciant de plus en plus l'injuste répartition : d'un côté,
les riches à fils unique dont l'entêtement à ne rien
rendre accroît sans cesse la fortune ; de l'autre, les pauvres
dont la fécondité désordonnée émiette sans cesse le peu
qu'ils ont. Que demain le travail soit honoré, qu'une
juste distribution de la richesse se produise, l'équilibre

naîtra. Autrement, la révolution est au bout, et de là viennent et s'aggravent à chaque heure les grondements, les craquements qui secouent la vieille société, dont l'échafaudage pourri s'effondre.

Mais Beauchêne, triomphant, se faisait d'esprit très large, reconnaissait la marche inquiétante de la dépopulation, dénonçait les causes, l'alcoolisme, le militarisme, la mortalité des nouveau-nés, d'autres encore, fort nombreuses. Puis, il indiquait les remèdes, des réductions d'impôts, des moyens fiscaux auxquels il ne croyait guère, la liberté testamentaire plus efficace, la revision de la loi sur le mariage, sans oublier la recherche de la paternité.

Boutan finit par l'interrompre.

— Toutes les mesures ne feront rien. Ce sont les mœurs qu'il s'agit de changer, et l'idée de morale, et l'idée de beauté. Si la France se dépeuple, c'est qu'elle le veut. Il faut donc, simplement, qu'elle ne le veuille plus. Mais quelle besogne, tout un monde à refaire !

Mathieu, gaiement, eut un cri superbe :

— Eh bien ! nous le referons, j'ai bien commencé, moi !

Constance, riant d'assez mauvaise grâce, répondit enfin à son invitation, en lui disant qu'elle serait heureuse de s'y rendre, mais qu'elle craignait de ne pouvoir disposer d'un dimanche pour aller à Janville. Avant de partir, Boutan vint donner une légère tape amicale sur la joue de Maurice, qui, après avoir sommeillé au bruit de la discussion, rouvrait ses lourdes paupières. Et Beauchêne eut une dernière plaisanterie :

— Alors, tu as entendu, Maurice, c'est une chose décidée... Maman ira demain au marché acheter le chou, et tu auras une petite sœur.

Mais l'enfant cria, se mit à pleurer.

— Non, non, je ne veux pas !

D'un mouvement passionné, dans sa froideur de femme

rigide et sage, Constance le saisit, lui baisa les cheveux.

— Non, non, mon chéri! Tu vois bien que papa plaisante... Jamais, jamais, je te le jure!

Beauchêne accompagnait le docteur. Il continuait de plaisanter, heureux de vivre, content de lui et des autres, dans la certitude d'arranger l'existence au mieux de ses plaisirs et de ses intérêts.

— Au revoir, docteur. Sans rancune... Et puis, dites donc, quand on en veut un, il est toujours temps de refaire un enfant?

— Pas toujours! répondit Boutan, qui sortait.

Le mot tomba, net et tranchant, pareil à un coup de hache. Et la mère, qui avait pris l'enfant sur elle, le remit debout, en lui disant d'aller jouer.

Une heure plus tard, comme midi était sonné depuis quelques minutes, et que Mathieu, attardé dans les ateliers, remontait pour prendre Morange, ainsi qu'il le lui avait promis, il eut l'idée de raccourcir, en traversant l'atelier des femmes. Et là, dans la vaste salle, déjà vide, déserte et silencieuse, il tomba sur une scène inattendue, qui le stupéfia. Norine, restée la dernière sous un prétexte, se pâmait, la tête renversée, les yeux noyés, tandis que Beauchêne, qui l'avait saisie violemment, à bras-le-corps, lui écrasait les lèvres sous les siennes. C'était le mari fraudeur, le mâle affamé, et qui portait ailleurs la semence. Ils eurent un chuchotement, sans doute quelque rendez-vous donné. Puis, ils virent Mathieu, ils restèrent saisis. Et lui se sauva, fort ennuyé du secret qu'il venait de surprendre.

## II

Morange, le chef comptable, était un homme de trente-
huit ans, chauve, grisonnant déjà, avec une superbe barbe
brune en éventail, dont il était fier. Ses yeux ronds et
limpides, son nez droit, sa bouche bien dessinée, un peu
large, lui avaient fait, dans sa jeunesse, une réputation de
beau garçon ; et il se soignait beaucoup, toujours en chapeau haut de forme, gardant la correction d'un employé
méticuleux et distingué.

— Vous ne connaissez pas notre nouvel appartement,
dit-il à Mathieu, qu'il emmenait. Oh! c'est tout à fait bien,
vous allez voir. Une chambre pour nous, une chambre
pour Reine. Et à deux pas de l'usine, j'y suis en quatre
minutes, montre en main.

Lui était fils d'un petit employé de commerce, mort
sur son rond de cuir, après quarante ans d'étroite vie de
bureau. Et il s'était marié modestement, dans son
monde, en choisissant une fille d'employé aussi, Valérie
Duchemin, dont le père avait eu la disgrâce de faire
quatre filles à sa femme, calamité qui avait ravagé le
ménage, un véritable enfer, toutes les misères honteuses,
toutes les gênes inavouables. L'aînée, Valérie, jolie fille
ambitieuse, ayant eu la chance d'épouser sans dot ce
beau garçon, honnête et travailleur, s'était bercée du
rêve de gravir un échelon social, d'échapper à ce monde
des petits employés dont elle gardait l'écœurement, en
faisant de son fils un avocat ou un médecin. Par malheur,

l'enfant tant désiré se trouva être une fille, et elle en eut
un frisson, elle se vit, si elle recommençait, avec quatre
filles sur les bras, comme sa mère. Alors, son rêve fut
autre, s'en tenir obstinément à sa petite Reine, pousser
son mari aux plus hautes places, doter sa fille richement,
entrer enfin par eux, avec eux, dans cette sphère supérieure, dont les fêtes, les jouissances l'affolaient de désir.
Lui, médiocre, faible et tendre, et qui l'adorait, finissait
par brûler d'une même ambition, roulait pour elle de vastes
projets d'orgueil et de conquête. Il était depuis huit années
à l'usine Beauchêne, il n'y gagnait encore que cinq mille
francs, et le ménage commençait à désespérer, car ce n'était
pas en restant là que le comptable ferait jamais fortune.

— Tenez ! dit-il, après avoir suivi le boulevard de Grenelle pendant environ trois cents mètres, c'est cette
maison neuve, là-bas, au coin de cette rue. N'est-ce pas
qu'elle a grand air ?

Mathieu aperçut une de ces hautes bâtisses modernes,
ornées de balcons et de sculptures, qui jurait au milieu
des petites maisons pauvres du quartier.

— Mais c'est un palais ! s'écria-t-il pour faire plaisir à
Morange, qui se rengorgea.

— Mon cher, vous allez voir l'escalier... Vous savez,
c'est au cinquième. Seulement, avec un escalier pareil,
et si doux, qu'on le monte sans le savoir !

Il fit entrer son invité dans le vestibule, comme dans
un temple. Les murs de stuc luisaient, il y avait un tapis
sur les marches et des vitraux aux fenêtres. Puis, au
cinquième, quand il eut ouvert la porte avec sa clef, il
répéta simplement d'un air ravi :

— Vous allez voir, vous allez voir.

Mais Valérie et Reine devaient être aux aguets. Elles
accoururent. A trente-deux ans, Valérie était charmante,
l'air très jeune encore : une brune aimable, la face
ronde et souriante, encadrée de beaux cheveux, un peu

trop de poitrine déjà, mais des épaules admirables, dont Morange se montrait orgueilleux, lorsqu'elle se décolletait. Reine, alors âgée de douze ans, était le portrait frappant de sa mère, le même visage souriant, plus allongé, sous les mêmes bandeaux noirs.

— Ah ! que vous êtes gentil d'avoir accepté notre invitation ! disait gaiement Valérie en serrant les deux mains de Mathieu. Et quel dommage que madame Froment n'ait pas pu venir avec vous !... Reine, débarrasse donc monsieur de son chapeau.

Puis, tout de suite :

— Vous voyez, nous avons une antichambre très claire... Alors, écoutez, pendant qu'on met les œufs à l'eau bouillante, voulez-vous visiter l'appartement ? Ce sera une chose faite, vous saurez au moins où vous déjeunez.

Cela était dit d'un air si agréable, et Morange lui-même riait avec tant de bonhomie, que Mathieu se prêta volontiers à cet innocent étalage de vanité. D'abord, le salon, la pièce qui faisait l'angle de la maison, tapissée d'un papier gris perle à fleurs d'or, meublée d'un meuble Louis XIV laqué blanc, fabriqué à la grosse, parmi lequel le piano de palissandre mettait une lourde tache noire. Puis, sur le boulevard de Grenelle, la chambre de Reine, bleu pâle, avec tout un ameublement de fillette en pitchpin verni. La chambre du ménage, fort petite, se trouvait à l'autre bout de l'appartement, séparée du salon par la salle à manger, décorée de tentures jaunes, encombrée d'un lit, d'une armoire à glace et d'une toilette en thuya. Enfin, le classique vieux chêne triomphait dans la salle à manger, où une suspension très dorée, au-dessus du couvert étincelant de blancheur, éclatait comme un coup de feu.

— Mais c'est ravissant ! répétait Mathieu, pour être poli. Mais c'est une merveille !

Le père, la mère, la fille, exaltés, ne cessaient de le

promener, de lui expliquer, de lui faire toucher les
choses. Et ce qui le frappait surtout, c'était un air de
déjà vu, un arrangement du salon qu'il connaissait, les
bibelots de la chambre placés d'une certaine façon. Puis,
il se souvint, les Morange avaient essayé, sans doute
à leur insu, de copier les Beauchêne, dans l'admiration
profonde, la sourde envie où ils étaient. Eux, toujours
à court d'argent, ne pouvaient disposer que d'un luxe de
pacotille ; mais, tout de même, ils étaient fiers de ce
luxe, ils croyaient se rapprocher de la classe supérieure
et jalousée, en l'imitant de loin.

— Et, enfin, dit Morange, qui ouvrit la fenêtre de la
salle à manger, il y a ceci.

Un balcon régnait sur toute la longueur de l'appartement. A cette hauteur, la vue était réellement fort belle,
la Seine au loin et les hauteurs de Passy qu'on apercevait
par-dessus les toits, la même vue dont on jouissait de
l'hôtel Beauchêne, mais élargie.

Aussi Valérie le fit-elle remarquer.

— Hein ? c'est grandiose, c'est autrement beau que les
quatre arbres qu'on aperçoit du quai !

La bonne apportait les œufs à la coque, et l'on se mit à
table, pendant que Morange, victorieux, expliquait que
tout ça lui coûtait seize cents francs net. C'était pour
rien, bien que cette somme grevât lourdement le budget
du ménage. Mathieu, qui finissait par comprendre qu'on
l'avait surtout invité pour lui montrer l'appartement
nouveau, s'en égayait sans rancune, tant ces bonnes
gens semblaient heureux de triompher devant lui. N'ayant
pas le moindre calcul d'ambition, n'enviant rien du
luxe côtoyé chez les autres, satisfait jusque-là de sa vie
étroite, près de sa Marianne et de ses enfants, il
s'étonnait simplement de cette famille torturée du besoin
de paraître et de s'enrichir, il la regardait d'un air de
surprise, avec un sourire un peu triste.

Valérie avait une jolie toilette de léger foulard à fleurettes jaunes, tandis que sa fille Reine, qu'elle aimait à parer coquettement, était en robe de toile bleue. Et le déjeuner était aussi trop luxueux : des soles après les œufs, puis des côtelettes, puis des asperges. Tout de suite, la conversation était tombée sur Janville.

— Alors, vos enfants se portent bien? Oh! ce sont de si beaux enfants!... Et vous êtes heureux à la campagne? C'est drôle, je crois que je m'y ennuierais, les distractions manquent trop... Certainement, nous serons ravis d'aller vous y voir, puisque madame Froment est assez aimable pour nous inviter.

Mais, fatalement, la conversation retomba bientôt sur les Beauchêne. C'était une hantise chez les Morange, ils vivaient dans une perpétuelle admiration, qui n'allait pas sans de sourdes critiques. Valérie, très fière d'être reçue au jour de Constance, le samedi, et d'avoir été invitée par elle à dîner deux fois, le dernier hiver, avait pris également un jour, le mardi, donnait des soirées intimes, se ruinait en petits fours. Elle parlait aussi, avec un respect profond, de madame Séguin du Hordel, du magnifique hôtel de l'avenue d'Antin, où Constance, obligeamment, l'avait fait inviter à un bal. Et elle se montrait plus vaniteuse encore de l'amitié que lui témoignait Sérafine, la sœur de Beauchêne, qu'elle ne nommait jamais que madame la baronne de Lowicz.

— Elle est venue une fois à mon jour, elle est si bonne et si gaie! Vous l'avez connue jadis, n'est-ce pas? après son mariage, quand elle s'est remise avec son frère, à la suite de leurs déplorables discussions d'argent... En voilà une qui ne porte pas madame Beauchêne dans son cœur!

Et elle revint une fois de plus à celle-ci, trouva que le petit Maurice, tout gros qu'il était, avait une mauvaise chair, laissa entendre quel coup terrible ce serait pour les parents, s'ils perdaient ce fils unique. Ils avaient bien tort de ne pas lui donner un petit frère. D'ailleurs, elle affectait d'avoir reçu une confidence, elle savait que la femme, plus encore que le mari, s'obstinait. Et, tout en clignant les yeux, à cause de Reine, dont le nez s'était candidement baissé sur son assiette, elle finit par raconter qu'elle avait une amie qui ne voulait pas d'enfants, tandis que son mari en voulait : alors, cette amie s'arrangeait.

— Mais, dit Mathieu en riant, il me semble que vous aussi, vous vous arrangez.

— Oh ! s'écria Morange, comment pouvez-vous nous comparer, nous autres pauvres gens, à monsieur et à madame Beauchêne, qui sont si riches ? Qu'ils me donnent donc leur fortune, leur position, et je consens à avoir une ribambelle d'enfants !

— Et puis, dit Valérie avec un frisson, merci ! pour être affligés d'une fille encore ! Ah ! si nous étions sûrs d'avoir un garçon, je ne dis pas, nous nous laisserions peut-être tenter. Mais j'ai trop peur, je crois bien que je suis comme ma mère, qui a eu quatre filles. Vous ne vous imaginez pas ça, c'est une abomination !

Ses yeux s'étaient fermés, elle revoyait l'affreux ménage, les quatre gamines effarées, efflanquées, attendant des mois les bottines, les robes, les chapeaux, montant en graine, dans la terreur de ne pas trouver de maris. Les filles, il fallait les doter.

— Non, non ! reprit-elle sagement, nous serions trop coupables, voyez-vous, d'aggraver encore notre situation. Quand on a sa fortune à faire, c'est un crime que de s'embarrasser d'enfants. Je ne m'en cache pas, je suis très ambitieuse pour mon mari, je suis convaincue que, s'il veut m'écouter, il montera aux plus hautes places ; et l'idée que je pourrais l'entraver, l'étouffer, avec le tas de filles qui a été la pierre au cou pour mon père, me fait une véritable horreur... Tandis que j'espère bien, en nous privant, que nous arriverons à doter Reine, lorsque nous serons devenus riches nous-mêmes.

Morange, très ému, saisit la main de sa femme et la baisa. Elle était au fond sa volonté, à lui faible et bon, qu'elle avait rendu ambitieux comme elle ; et il l'en aimait davantage.

— Vous savez, mon cher Froment, c'est une brave femme que la mienne. Elle a de la tête et du cœur.

Et, pendant que Valérie continuait, faisait tout haut son rêve de fortune, le bel appartement, les réceptions, les deux mois surtout qu'elle passerait à la mer, comme les Beauchêne, Mathieu les regardait et réfléchissait. Ce n'était plus le cas de Moineaud, qui savait bien que jamais il ne serait ministre. Peut-être Morange rêvait-il que sa femme le ferait ministre un jour. Dans une démocratie, tout petit bourgeois peut et veut s'élever, et c'est une ruée, chacun devient féroce, bouscule les autres, pour franchir plus vite un échelon. Cette ascension générale, ce phénomène de la capillarité, n'est possible que dans un pays d'égalité politique et d'inégalité économique, car les droits de chacun à la fortune y sont les mêmes, il n'y a qu'à la conquérir, dans une lutte d'atroce égoisme, si l'on brûle de mordre aux plaisirs d'en haut, étalés aux yeux de tous, âprement souhaités. Un peuple ne saurait vivre heureux, avec une constitution démocratique, lorsque les mœurs ne sont pas simples et les conditions presque égales. Autrement, c'est l'envahissement des professions libérales, la mise au pillage des fonctions publiques, c'est le travail manuel méprisé, c'est le bien-être et le luxe accrus, devenus nécessaires, c'est la richesse, c'est le pouvoir furieusement pris d'assaut, pour la volupté gloutonne de jouir. Et, comme le disait Valérie, on n'allait pas s'embarrasser d'enfants, on voulait avoir les membres libres, dans une telle guerre, afin de passer plus à l'aise sur le ventre des autres.

Puis, Mathieu songeait aussi à cette loi d'imitation qui fait que les moins heureux s'appauvrissent encore, en copiant les heureux de ce monde. Quelle détresse, au fond de ce luxe envié, imité, si chèrement, même lorsqu'il est menteur ! Toutes sortes de besoins inutiles se créent, la production en est gâtée, détournée du simple nécessaire. Il n'est plus vrai de dire que le pain manque, pour exprimer la misère des gens. Ce qui manque, c'est le superflu, auquel ils ne peuvent renoncer, sans se croire déchus et en danger de mourir de faim.

Au dessert, quand la bonne ne fut plus là, Morange devint expansif, dans l'excitation du bon déjeuner ; et, regardant sa femme, clignant les paupières en désignant leur hôte :

— Voyons, c'est un ami sûr, on peut tout lui dire.

Puis, lorsque Valérie eut consenti, d'un mouvement de tête, avec un sourire :

— Eh bien ! voilà, mon cher ami, il est possible que je quitte l'usine prochainement. Oh ! ce n'est pas fait, mais tout de même j'y songe... Oui, j'y songe depuis bien des mois déjà ; car, enfin, gagner cinq mille francs, après huit années de zèle, et se dire surtout qu'on n'aura jamais beaucoup plus, c'est à désespérer de l'existence.

— C'est monstrueux, interrompit la jeune femme, c'est à se casser tout de suite la tête contre un mur.

— Dans ces conditions, mon cher ami, le mieux est de voir ailleurs, n'est-ce pas?... Vous vous rappelez Michaud, ce garçon que j'ai eu sous mes ordres à l'usine, il y a six ans, fort intelligent d'ailleurs... Voici donc six ans à peine qu'il nous a quittés pour entrer au Crédit National, et savez-vous ce qu'il gagne à cette heure ? Douze mille francs, vous entendez bien, douze mille francs !

Ce chiffre sonna comme un coup de trompette. Le ménage arrondissait des yeux d'extase. La fillette elle-même était devenue très rouge.

— En mars dernier, j'ai rencontré par hasard Michaud, qui m'a conté tout ça et qui s'est montré très aimable. Il m'offrait de me prendre avec lui, de me pousser à mon tour. Seulement, il y a un risque à courir, il m'a expliqué que je devrais accepter d'abord trois. mille six, pour monter ensuite, graduellement, à un très gros chiffre... Trois mille six ! comment vivre, en attendant, avec trois mille six, surtout aujourd'hui que cet appartement augmente nos dépenses ?

D'une voix impétueuse, Valérie prit la parole.

— Qui ne risque rien, n'a rien !... C'est ce que je lui répète. Sans doute, je suis pour la prudence, jamais je ne le laisserai commettre quelque bêtise qui gâcherait son avenir. Mais il ne peut pourtant pas moisir dans une situation indigne de lui.

— Alors, vous êtes décidés? demanda Mathieu.

— Mon Dieu ! reprit Morange, ma femme a fait tous les calculs, et nous sommes décidés, oui! à moins de choses imprévues. D'ailleurs, une situation ne sera libre au Crédit National qu'en octobre... Dites donc, mon cher ami, gardez-nous bien le secret, car nous ne voulons pas en ce moment nous fâcher avec les Beauchêne.

Il regarda sa montre, très ponctuel dans sa médiocrité de bon employé, désireux de ne pas être en retard à son bureau. Et l'on pressa la bonne pour qu'elle servît le café, on le buvait brûlant, lorsqu'une visite vint bouleverser le ménage et lui faire tout oublier.

— Oh! s'écria Valérie, en se levant précipitamment, rose d'orgueil, madame la baronne de Lowicz !

Sérafine, alors âgée de vingt-neuf ans, était une rousse, belle, grande, élégante, avec une gorge magnifique, connue de tout Paris. Ses lèvres rouges riaient d'un rire triomphant, et dans ses grands yeux bruns, pailletés d'or, brûlait une flamme inextinguible de désir.

— Mes amis, ne vous dérangez pas, je vous en supplie.

Votre bonne tenait à me mettre au salon, mais j'ai insisté, j'ai voulu entrer ici, parce que c'était un peu pressé... Je viens chercher votre délicieuse Reine, pour la mener à une matinée, au Cirque.

Ce fut une nouvelle explosion de ravissement. L'enfant restait saisie de joie, tandis que la mère exultait, se prodiguait.

— Oh! madame la baronne, vous nous comblez, vous la gâtez, cette petite!... C'est qu'elle n'est pas habillée et que vous aurez l'ennui de l'attendre un instant... Allons, viens vite, que je t'aide. Dix minutes, entendez-vous, rien que dix minutes !

Restée seule avec les deux hommes, Sérafine, qui avait eu un mouvement de surprise, en apercevant Mathieu, s'avança gaiement, lui serra la main, en vieille amie.

— Vous allez bien, vous ?

— Très bien.

Et, comme elle s'asseyait près de lui, il eut un petit mouvement involontaire, pour reculer sa chaise, l'air fâché de la rencontre.

Il l'avait connue intimement autrefois, lors de son entrée chez les Beauchêne. Une jouisseuse effrénée, névrosée, sans conscience ni morale. Hardie et forte, toute pour la volupté. Cela poussé dans l'activité grondante de l'usine, d'un père héros du travail, à côté d'Alexandre, son frère, un égoïste féroce, et plus tard de Marianne, sa cousine, une bonne créature de gaieté saine, de solide raison. Dès la jeunesse, elle avait eu les pires curiosités. On racontait qu'un soir de fête, âgée de quinze ans, elle s'était donnée à un inconnu. Puis, il y avait eu l'extraordinaire histoire de son mariage avec le baron de Lowicz, sa fuite aux bras de cet escroc, d'une beauté d'archange. Un an plus tard, elle accouchait d'un enfant mort, un avortement, disait-on. Jalouse de ses joies, âprement avare, elle n'avait pu hériter de son père, sans se fâcher avec son mari, l'avait chassé de chez elle, et il était allé se faire tuer à Berlin, dans un tripot. Depuis lors, ravie d'être débarrassée, elle jouissait éperdument de sa liberté de jeune veuve. Elle était de tous les plaisirs, de toutes les fêtes, et l'on chuchotait bien des histoires, ses caprices d'une nuit, son insolente décision à posséder sur l'heure l'homme qui lui plaisait, son goût du libre amour contenté jusqu'à la folie extrême de la sensation; mais, en somme, comme elle gardait les apparences et qu'elle n'affichait aucun amant, elle continuait à être reçue partout, très riche, très belle, très aimée.

— Vous êtes à la campagne, vous? demanda-t-elle, en se tournant de nouveau vers Mathieu.

— Mais oui, depuis trois semaines.

— C'est Constance qui m'a dit ça. Je l'ai rencontrée l'autre jour, en visite, chez madame Séguin. Vous savez que nous sommes au mieux maintenant, depuis que je donne de bons conseils à mon frère.

Sa belle-sœur Constance l'exécrait, et elle en plaisantait volontiers, avec son habituelle hardiesse, qui, ouvertement, se moquait de tout.

— Imaginez-vous qu'on a causé du docteur Gaude, ce fameux chirurgien qui a un moyen radical pour empêcher les femmes de faire des enfants. J'ai cru qu'elle allait demander son adresse. Elle n'a pas osé.

Morange intervint.

— Le docteur Gaude, ah! oui, une amie de ma femme lui en a parlé. Il paraît qu'il fait des opérations extraordinaires, de vrais miracles. Il ouvre tranquillement un ventre, comme on ouvre une armoire; il regarde dedans, enlève tout; puis, il le referme, et la femme est guérie. C'est superbe.

Il donna d'autres détails, il parla de la clinique dont le docteur Gaude était le chef, à l'hôpital Marbeuf, une

clinique où l'on courait voir faire des opérations, par
mode, comme on va au théâtre. Le docteur, qui ne
dédaignait pas l'argent, très âpre au contraire avec les
clientes riches, aimait également la gloire, mettait un
orgueil éclatant à réussir les très dangereux essais qu'il
risquait sur les pauvres femmes de sa clinique. Les journaux s'occupaient constamment de lui, il montrait au
plein jour de la publicité ses opérées sans importance,
ce qui encourageait les belles dames à tenter l'aventure. Au demeurant, pessimiste et gai, il châtrait une
femme comme on châtre une lapine ; et cela ne soulevait pas même chez lui un scrupule, une discussion
morale : des malheureux de moins, n'était-ce pas tant
mieux ?

Sérafine se mit à rire, de ses dents blanches de louve,
entre ses lèvres saignantes, lorsqu'elle vit l'effarement et
l'indignation de Mathieu.

— Hein ? mon ami, en voilà un qui ne ressemble guère
à votre docteur Boutan, lequel, comme remède unique
contre toutes les maladies, conseille à ses clientes de
faire un enfant. Ce qui m'étonne, c'est que Constance
garde pour médecin ce père Gigogne, elle qui se tâte le
ventre chaque matin, avec la terreur de se trouver
grosse... Elle a bien raison, du reste. Fi ! la saleté,
l'horreur !

Complaisamment, Morange riait comme elle, désireux
de lui montrer à quel point il partageait ses idées. Mais
Valérie ne reparaissait pas avec Reine, il s'impatientait,
s'inquiétait de l'attente où sa femme laissait ainsi
madame la baronne. Et il demanda la permission d'aller
voir, songeant qu'il pourrait aider lui-même à la toilette
de la petite.

Dès qu'elle fut seule avec Mathieu, Sérafine fixa sur lui
ses grands yeux ardents, pailletés d'or. Elle ne riait plus
du même rire, sa face hardie s'éclairait d'une sorte de

volupté ironique, dans le rouge reflet de ses cheveux.
Il y eut un assez long silence, comme si elle eût voulu
le troubler et le vaincre.

— Et ma bonne cousine Marianne va bien ?

— Très bien.

— Et les enfants poussent toujours ?

— Toujours.

— Alors, vous êtes heureux, en bon père de famille,
dans votre trou perdu ?

— Parfaitement heureux.

De nouveau, elle garda le silence, sans cesser de le
regarder, plus provocante et plus ensoleillée, d'un charme
de magicienne dont les yeux brûlent, empoisonnent les
cœurs. Et, lentement, elle finit par reprendre :

— C'est donc bien fini, nous deux ?

D'un simple geste, il dit que c'était bien fini. Leur
histoire était ancienne déjà. Il avait dix-neuf ans, il
venait d'entrer à l'usine Beauchêne, lorsque, mariée, âgée
de vingt-deux ans, elle s'était brusquement donnée à lui,
un soir de solitude. Lui, son cadet de trois ans, n'avait
pu lutter contre une de ces surprises de la chair, dont un
homme n'est pas le maître. Puis, quelques mois plus
tard, à la veille d'épouser Marianne, il avait formellement
rompu.

— Fini, fini, tout à fait fini ? demanda-t-elle encore,
de son air agressif et riant.

Et elle était vraiment adorable, d'une force de désir
irrésistible. Jamais il ne l'avait vue si belle, si enflammée
du besoin de l'immédiate possession. Elle s'offrait avec
une fierté souveraine, où il n'entrait rien de honteux ni
de bas, libre d'elle-même, proposant hardiment un marché de joie, en toute certitude de rendre autant, et davantage, qu'on ne lui donnerait. Cela seul valait pour elle le
souci de vivre. Et cela n'était gâté que par l'idée diabolique de le tenter, par la perversion méchante d'enlever

un homme à une autre femme, à une petite parente sotte,
et de la faire pleurer.

Puis, comme Mathieu, cette fois, ne répondait point,
même du geste, elle ne se fâcha pourtant pas, elle garda
son air invincible d'amoureuse.

— J'aime mieux cela, ne répondez pas, ne dites pas
que c'est tout à fait fini... Avec moi, mon cher, ce n'est
jamais fini. Et ce sera quand vous voudrez, entendez-vous!
ce soir, demain, le jour où il vous plaira de venir frapper
à ma porte... Il suffit que j'en aie le désir, votre refus dès
lors ne saurait me fâcher. Vous savez où je reste, n'est-ce
pas ? Je vous attends.

Une flamme avait passé sur la face de Mathieu. Il ferma
les yeux, pour ne plus voir Sérafine, qui se penchait vers
lui, brûlante, odorante. Et, dans la nuit de ses paupières
closes, il revit l'appartement qu'elle occupait, où il était
allé une fois avec Marianne, tout le rez-de-chaussée d'une
maison de rapport, qu'elle possédait, rue de Marignan.
Elle y avait à elle une porte particulière, ouvrant sur
des pièces discrètes, garnies d'épais tapis et de lourdes
tentures, étouffant les bruits. Des femmes seules la servaient, introduisaient les visiteurs sans une parole, disparaissaient telles que des ombres. Le jeune ménage l'y avait
trouvée dans un petit salon, sans fenêtres apparentes,
sourd, profond comme une tombe, avec les dix bougies
de deux candélabres allumées en plein jour. Mathieu
sentait, après des années, le parfum pénétrant et chaud
qui l'avait envahi de langueur.

— Je t'attends, répéta-t-elle, dans un souffle, les
lèvres presque sur les siennes.

Et, comme il se reculait, frémissant, très ennuyé de
jouer ce rôle ridicule d'un homme qui refuse une femme
désirable, elle crut qu'il allait dire non encore, elle lui
posa vivement sur la bouche sa petite main longue et
enveloppante.

— Tais-toi, les voici. Et tu sais, je n'ai pas besoin de Gaude, moi ! Il n'y a pas d'enfant au bout.

Les Morange revenaient enfin, avec Reine. Sa mère l'avait frisée. Elle était vraiment délicieuse, en robe de petite soie rose, garnie de dentelles blanches, coiffée d'un grand chapeau de même étoffe que la robe. Sa gaie figure ronde, aux bandeaux noirs, avait là-dessous une délicatesse de fleur.

— Oh! l'amour ! s'écria Sérafine, pour faire plaisir aux parents. Vous savez qu'on va me l'enlever.

Puis, elle imagina de l'embrasser avec emportement, elle joua l'émotion de la femme qui regrette de ne pas être mère.

— Oui, c'est un regret, quand on voit un trésor pareil. Si l'on était sûre que le bon Dieu vous en donnât un si joli, tout de suite on consentirait... Tant pis ! je la vole, je ne vous la ramène pas !

Ravis, les Morange riaient d'aise. Et Mathieu, qui la connaissait bien, l'écoutait d'un air de stupeur. Que de fois, dans leur intimité courte et violente, elle lui avait parlé avec une haine rageuse de ces saletés d'enfants, dont la venue toujours possible terrorise l'amour. Ils sont là comme une éternelle menace, gâtant et limitant la volupté, faisant payer la joie d'une heure d'une longue souffrance, d'un embarras sans fin ; et c'étaient alors des mois, des années, qu'ils volaient au plaisir. Sans compter qu'ils ne naissaient guère qu'en destructeurs de la femme, la flétrissant, la vieillissant, faisant d'elle un objet de nausée pour les hommes. La nature était imbécile d'avoir mis à l'amour cette rançon de la maternité. Depuis surtout qu'une grossesse, interrompue heureusement par une fausse couche, lui avait donné un avertissement dont elle frémissait encore, elle n'était plus qu'une amoureuse exaspérée, prête au crime pour se garer de l'enfant, le traitant en bête mauvaise, dont la crainte la retenait seule,

dans son besoin insatiable de curiosités et de jouissances
nouvelles.

Elle sentit sur elle le regard stupéfait de Mathieu, elle
s'en amusa, elle poussa l'ironie perverse jusqu'à lui
dire :

— N'est-ce pas? mon ami, je vous le confiais tout à
l'heure, je me console comme je peux, depuis mon veu-
vage, d'être condamnée maintenant à ne jamais avoir
d'enfant.

Et, de nouveau, il sentit passer sur sa face cette flamme
qui l'avait brûlé, comprenant bien ce qu'elle voulait
dire, ce qu'elle lui promettait d'abominables voluptés
infécondes. Ah! pouvoir se donner sans frein, sans
limite, à toute heure, pour l'unique plaisir! Et elle-
même eut un instant la douloureuse face embrasée d'une
criminelle brûlée vive, car elle était le désir farouche et
torturé qui se refuse à faire de la vie, et qui, toujours,
finit par en souffrir affreusement.

Reine la regardait, dans une extase de petite femme,
coquette déjà, que grisaient les flatteries d'une si belle
dame. Toute vibrante de vanité satisfaite, elle se jeta
entre ses bras.

— Oh! madame, je vous aime bien!

Jusque sur le palier, les Morange accompagnèrent la
baronne de Lowicz, que Reine suivait. Et ils ne trouvaient plus de remerciements assez chauds, pour dire
leur bonheur de tout ce luxe, si convoité par eux, qui
était ainsi venu chercher leur fille. Puis, la porte de
l'appartement refermée, Valérie cria, en se précipitant
sur le balcon :

— Nous allons les regarder partir.

Morange, qui ne songeait plus du tout à l'heure du
bureau, vint s'accouder près d'elle, appela Mathieu, le
força, lui aussi, à se pencher. En bas, stationnait une
victoria, très correctement attelée, avec un cocher

superbe, immobile sur le siège. Cette vue acheva d'exalter le ménage. Et, quand Sérafine, ayant fait monter l'enfant, l'installa près d'elle, ils se mirent à rire tout haut.

— Est-elle jolie! est-elle heureuse!

Reine, à ce moment, dut avoir la sensation qu'on la regardait. Elle leva la tête, souriant, saluant. Et Sérafine fit de même, pendant que le cheval, prenant le trot, tournait le coin de l'avenue. Ce fut alors une explosion dernière.

— Regardez-la, regardez-la! répétait Valérie. Elle est si candide! A douze ans, elle a encore l'innocence d'une enfant au berceau. Et vous savez que je ne la confie à personne... Hein? ne dirait-on pas une petite duchesse qui a toujours eu voiture?

Morange reprit son rêve de fortune.

— Mais j'espère bien que, lorsque nous la marierons, elle en aura une... Laisse-moi entrer au Crédit National, tout ce que tu as pu désirer se réalisera.

Et, se tournant vers Mathieu :

— Voyons, mon cher, est-ce que ce ne serait pas un crime que de nous mettre un autre enfant sur les bras? Nous sommes déjà trois, et c'est si dur, l'argent à gagner... On en est quitte pour se surveiller un peu, quand on s'embrasse. Ce qui ne nous empêche pas de nous adorer, n'est-ce pas, Valérie?

L'après-midi, à l'usine, Mathieu, qui voulait quitter son travail plus tôt, ainsi qu'il l'avait promis à Marianne, pour passer chez leur propriétaire, avant d'aller dîner au restaurant, fut tellement occupé, dérangé, bousculé, qu'il entrevit à peine Beauchêne. Et ce fut un soulagement pour lui, car il restait contrarié du secret qu'un hasard lui avait fait surprendre, il craignait de l'embarrasser. Mais celui-ci, dans les quelques paroles échangées au passage, ne parut même pas se souvenir qu'il pût éprouver une gêne. Jamais il ne s'était montré si actif, si zélé pour ses affaires, se donnant de toute son intelligence, de tout son effort à la prospérité de sa maison. La fatigue du matin avait disparu, il parlait, il riait haut, en homme que le travail n'effraye pas et qui trouve la vie bonne.

Dès cinq heures et demie, Mathieu, qui d'habitude ne partait qu'à six heures, passa chez Morange, pour toucher ses appointements du mois. Ils étaient de trois cent cinquante francs. Mais, comme, en janvier, il avait pris une avance de cinq cents francs, qu'il rendait par acomptes mensuels de cinquante francs, il n'en reçut donc que trois cents. Il compta les quinze louis, les empocha d'un air de gaieté qui le fit questionner par le comptable.

— Dame ! ils arrivent à propos, j ai laissé ce matin ma femme avec trente sous.

Il était plus de six heures déjà, lorsque Mathieu se trouva devant le superbe hôtel que les Séguin du Hordel occupaient avenue d'Antin. Le grand-père de Séguin était simple cultivateur, à Janville. Son père, fournisseur des armées, avait plus tard réalisé une fortune considérable. Et lui, fils de parvenu, décrassé de la terre, menait la vie d'un oisif, riche, élégant, membre des grands clubs, surtout passionné de chevaux, affectant en outre un goût d'art et de littérature, l'amateur éclairé, avancé, qui allait par mode aux opinions extrêmes. Il avait épousé, presque sans dot, orgueilleusement, une fille de très vieille noblesse, Valentine, la dernière des Vaugelade, de sang pauvre et de cervelle étroite, dont la mère, catholique exaltée, n'avait réussi à faire qu'une pratiquante, affamée des joies du monde; de sorte que lui-même, depuis son mariage, pratiquait aussi, par distinction. Le grand-père, paysan, avait eu dix enfants; le père, fournisseur des armées, s'était borné à six; et lui, après en avoir eu deux, un garçon et une fille, déclarait nettement qu'il s'en tiendrait là, en ajoutant que c'était déjà une assez mauvaise action, d'avoir mis au monde deux malheureux qui ne demandaient pas à naître.

Dans la fortune de Séguin, se trouvait tout un vaste domaine, plus de cinq cents hectares de bois et de landes, que son père avait achetés au-dessus de Janville, lorsqu'il s'était retiré des affaires, avec des gains formidables. Son désir, caressé depuis longtemps, était de revenir triompher dans le village natal, d'où il était parti pauvre; et il allait faire construire une résidence princière, au milieu d'un parc immense, lorsque la mort l'avait emporté. Séguin, ayant eu dans sa part d'héritage la presque totalité de ce domaine, s'était contenté d'en exploiter la chasse, en créant des actions de cinq cents francs, que des amis se disputaient, spéculation qui lui rapportait de maigres rentes. En dehors des bois, il n'y avait là que des terrains incultes, des marécages, des sables, des champs de pierrailles, et l'opinion légendaire, dans le pays, était que jamais cultivateur n'en tirerait rien de bon. Seul, le fournisseur des armées avait pu y voir le parc romantique qu'il rêvait à l'entour de sa royale demeure; sans compter qu'il s'était fait autoriser à joindre, au nom de Séguin, ce titre du Hordel, emprunté à une sorte de tour en ruine, le Hordel, qui se trouvait dans la propriété.

C'était par Beauchêne, un des chasseurs actionnaires, que Mathieu avait connu Séguin et découvert, à la lisière des bois, l'ancien rendez-vous de chasse, la masure solitaire, si paisible, dont il était tombé amoureux, au point de la louer et de s'y réfugier avec les siens. Valentine, qui traitait gentiment Marianne en amie pauvre, avait même poussé l'amabilité jusqu'à la venir voir, au moment de son installation; et elle s'était récriée sur la poésie du site, riant de son ignorance de propriétaire, ne sachant rien de sa propriété. La vérité était qu'elle n'aurait pas vécu là une heure. Son mari l'avait lancée éperdument dans la brûlante vie du Paris littéraire, artistique et mondain, courant en sa compagnie les cénacles, les ateliers et les expositions, les théâtres et les lieux de plaisirs, tous les brasiers où les têtes peu solides, les cœurs vacillants se détraquent. Lui qui, en son besoin de paraître, se mourait d'ennui partout, n'était vraiment à l'aise, de plain-pied, qu'avec ses chevaux, malgré ses prétentions à la littérature, à la philosophie exaspérées de demain, malgré ses collections d'objets d'art niés encore des bourgeois, ses meubles, ses grès, ses étains, ses reliures surtout, dont il était fier. Et il faisait sa femme à son image, la pervertissait par l'extravagance voulue de ses opinions, la salissait par des promiscuités, des camaraderies, qu'il jugeait élégamment audacieuses; de sorte que la petite dévote qu'on lui avait confiée était en marche pour toutes les folies, communiant toujours, mais professant déjà le péché, se familiarisant chaque

jour avec l'idée de la faute. Le pire désastre devait être
au bout, car il avait en plus la sottise de se montrer
souvent moqueur et brutal à son égard, ce qui la froissait
au point de la détacher, de lui faire rêver d'être aimée,
d'être caressée autrement, avec tendresse et douceur.

Lorsque Mathieu pénétra dans l'hôtel, dont la façade
Renaissance, très ornée, alignait huit hautes fenêtres, à
chacun des deux étages, il eut un léger rire, égayé de
nouveau par cette pensée :

— Voilà un ménage qui n'attend pas les trois cents
francs de son mois, avec trente sous en poche.

Le vestibule était d'une grande richesse, bronze et
marbre. A droite, il y avait deux salons de réception et la
salle à manger; à gauche, un billard, un fumoir et un
jardin d'hiver. Au premier étage, en face du large escalier, le cabinet de Séguin, une vaste pièce de cinq mètres
de haut, de douze de long sur huit de large, tenait tout le
centre de l'hôtel, tandis que l'appartement du mari se
trouvait à droite, et celui de la femme à gauche, ainsi
que les chambres des enfants. Enfin, au second étage,
étaient réservés deux appartements complets pour
l'époque où les enfants auraient grandi.

Un valet qui connaissait Mathieu, le fit monter tout de
suite au cabinet de monsieur, où il le pria d'attendre, en
disant que monsieur achevait de s'habiller. Un instant, le visiteur put se croire seul; et il jeta un coup d'œil
autour de lui, dans la vaste pièce, amusé par le décor
vraiment superbe, la haute verrière, faite d'anciens vitraux, les tentures de vieilles étoffes, des velours de
Gênes, des soies brochées d'or et d'argent, les biblio-
thèques de chêne, alignant les dos luxueux des volumes,
les tables chargées de bibelots, des orfèvreries, des verre-
ries, des bronzes, des marbres, parmi lesquels la collection
des fameux étains modernes. Et c'étaient des tapis d'Orient
jetés partout, des sièges bas pour toutes les paresses, des

coins de solitude, derrière de hautes plantes vertes, où l'on pouvait se réfugier à deux, s'enfouir et disparaître.

— Tiens! c'est vous, monsieur Froment! dit brusquement une voix, qui venait de la table aux étains.

Et un grand jeune homme, d'une trentaine d'années, qu'un paravent avait jusque-là caché, s'avança, la main tendue.

— Ah! dit Mathieu, après une hésitation, monsieur Charles Santerre!

Il ne le voyait que pour la seconde fois, dans cette même pièce, où il l'avait rencontré. Charles Santerre, romancier déjà célèbre, jeune maître aimé des salons, avait un beau front, des yeux bruns caressants, une bouche trop rouge, trop large, qu'il cachait sous sa barbe coupée à la mode assyrienne, frisée avec soin. Il s'était fait par les femmes, qu'il fréquentait tendrement, sous prétexte de les étudier, résolu à tirer d'elles tout ce qu'il pourrait, pour son plaisir et sa fortune. On le disait d'ailleurs très humble, très souple avec elles, en amoureux transi, tant qu'il ne les avait pas possédées; ensuite, il les exécutait sauvagement, dès qu'elles lui devenaient inutiles. Décidé au célibat, par principe et par calcul, s'installant dans le nid des autres, simple exploiteur du vice mondain, il avait adopté en littérature la spécialité de l'adultère, ne peignant que l'amour coupable, élégant et raffiné, l'amour infécond, qui jamais n'enfantait. Il n'avait eu d'abord aucune illusion sur ses livres, ce n'était qu'un métier aimable et lucratif qu'il choisissait de propos délibéré. Puis, dupe de ses succès, il avait laissé son orgueil lui persuader qu'il était un écrivain. Et il se donnait maintenant comme le peintre en cravate blanche d'un monde à l'agonie, il professait le pessimisme le plus désenchanté, la fin du désir, par l'abstention réciproque, dont il faisait la religion du bonheur final, dans l'anéantissement.

— Séguin va venir, reprit-il d'un air d'amabilité parfaite. J'ai eu l'idée de les enlever, sa femme et lui, pour les emmener dîner au cabaret, avant de les conduire à une petite première, où il y aura du bruit et des gifles, ce soir.

Alors seulement, Mathieu remarqua qu'il était en habit déjà. Et ils causèrent un instant, Santerre montra un nouvel étain, une petite femme nue, maigre et longue, étalée sur le ventre, la tête perdue dans ses cheveux, et qui devait sangloter : un chef-d'œuvre, disait-il, tout le désastre humain, la faillite de la femme solitaire, arrachée enfin de l'homme. C'était lui qui, devenu le commensal, l'ami de la maison, achevait d'y souffler, en littérature et en art, la démence dont le retentissement fêlait de plus en plus la simple vie de tous les jours.

Mais Séguin parut, de même âge que Santerre, plus grand et plus mince, très blond, le nez busqué, les yeux gris, les lèvres fines, ne portant que de légères moustaches. Il était également en habit.

— Ah bien ! mon cher, dit-il sans hâte, avec le petit zézaiement qu'il affectait, Valentine s'entête à mettre une robe neuve. Soyons patients, nous en avons pour une heure.

Puis, dès qu'il aperçut Mathieu, il s'excusa, d'une politesse excessive, outrant son air de froide distinction, de détachement supérieur. Et, quand celui qu'il nommait « son aimable locataire » lui eut exposé le motif de sa visite, la fuite qui s'était produite dans le zinc de la toiture, à la suite des dernières pluies, il consentit tout de suite à ce que le plombier de Janville allât faire une soudure. Mais, après de nouvelles explications, lorsqu'il eut compris que la toiture entière était à refaire, tellement elle se trouvait mangée d'usure, il perdit brusquement ses manières détachées et affables, il se récria, déclara qu'il ne pouvait consacrer à une pareille répa-

ration une somme qui dépasserait toute une année du
misérable loyer de six cents francs.

— Une soudure, répéta-t-il, une soudure, c'est entendu.
Je vais écrire au plombier.

Et, voulant rompre la conversation :

— Monsieur Froment, attendez ! Je désire vous
montrer une merveille, à vous qui êtes un homme de
goût.

Il avait, en effet, pour Mathieu, une certaine estime,
le sachant d'une intelligence prompte, toujours en création. Celui-ci s'était mis à sourire, se prêtant à la tactique
de diversion, ayant au fond la volonté ferme de ne pas
quitter la place, sans avoir obtenu la toiture entière. Il
prit un livre, revêtu d'une merveilleuse reliure, que le
collectionneur était allé chercher dans une bibliothèque
vitrée, et qu'il lui tendait, religieusement. Sur le plat, de
cuir soyeux, d'un blanc de neige, était incrusté un grand
lis d'argent, que barrait une touffe de gros chardons violâtres. Et le titre de l'œuvre : « l'Impérissable
Beauté », était jeté en haut, comme en un coin de
ciel.

— Ah ! c'est d'une invention, c'est d'une coloration
délicieuses ! déclara Mathieu vraiment ravi. On fait maintenant des reliures qui sont des joyaux.

Il remarqua le titre.

— Mais c'est le dernier roman de monsieur Santerre !

Séguin, du coin de l'œil, guettait avec un sourire l'écrivain, qui s'était approché. Et, quand il le vit examiner à
son tour le livre, ému de la flatterie :

— Mon cher, mon relieur me l'a rapporté ce matin,
et j'attendais une occasion pour vous faire la surprise de
vous le montrer. C'est la perle de ma collection... Que
dites-vous de l'idée ? ce lis qui est la pureté triomphante,
et ces chardons, plantes des ruines, qui disent la stérilité

sur le monde enfin désert, reconquis par la félicité parfaite. Toute votre œuvre est là.

— Oui, oui. Vous me gâtez, vous allez me donner de
l'orgueil.

Mathieu avait lu le roman, s'étant avisé de l'emprun-
ter à madame Beauchêne, pour que sa femme Marianne
connût un livre dont tout le monde parlait. Et il était sorti
de cette lecture révolté, exaspéré. Cette fois, Santerre,
abandonnant la garçonnière accoutumée, où ses femmes
du monde fraudaient en dehors du lit conjugal, de cinq à
sept, avait voulu s'élever à l'art pur, au symbole abscons
et lyrique. Il contait l'histoire subtile d'une comtesse,
Anne-Marie, qui, pour fuir un mari grossier, un mâle
faiseur d'enfants, se réfugiait, en Bretagne, près d'un
jeune artiste d'inspiration divine, Norbert, lequel s'était
chargé de décorer de ses visions la chapelle d'un couvent de filles cloîtrées. Pendant trente ans, son travail de
peintre évocateur durait, tel un colloque avec les anges,
et le roman n'était que l'histoire des trente années, de
ses amours pendant trente ans, aux bras d'Anne-Marie,
dans une communion de caresses stériles, sans que sa
beauté de femme fût altérée d'une ride, aussi jeune, aussi
fraiche, après ces trente ans d'infécondité, que le premier
jour où ils s'étaient aimés. Pour accentuer la leçon,
quelques personnages secondaires, des bourgeoises, des
épouses et des mères de la petite ville voisine, finissaient
dans une déchéance physique et morale, une décrépitude de monstres.

Ce qui révoltait Mathieu, c'était cette théorie imbécile
et criminelle de l'amour sans l'enfant, toute la beauté
physique, toute la noblesse morale mises dans la vierge.
Et il ne put s'empêcher de dire à l'auteur :

— Un livre très intéressant, très remarquable... Mais,
pourtant, qu'arriverait-il, si Norbert et Anne-Marie avaient
un enfant, si elle devenait grosse ?

Santerre l'interrompit, interloqué, blessé.

— Grosse! est-ce qu'une femme devient grosse, quand elle est aimée par un homme du monde?

— Vous ne savez pas ce qui m'indigne? s'écria Séguin, en s'allongeant dans un fauteuil, discutant, c'est la stupide accusation qu'on porte contre le catholicisme, de pousser à ce pullulement de l'espèce, qui est une vraie saleté et une honte. Ce n'est pas vrai, et c'est ce que vous avez très bien vu dans votre livre. Vous avez écrit là des pages définitives, je vous en félicite, en bon catholique.

— Evidemment, dit Santerre, qui se jeta sur une chaise longue. Cherchez donc dans le Nouveau Testament le « Croissez et multipliez, et remplissez la terre » de la Genèse? Jésus n'a ni patrie, ni propriété, ni profession, ni famille, ni femme, ni enfant. Il est l'infécondité même. Aussi les premières sectes chrétiennes avaient-elles horreur du mariage. Pour les saints, la femme n'était qu'ordure, tourment et perdition. La chasteté absolue devenait l'état parfait, le héros était le contemplatif, l'infécond, le solitaire égoïste, tout entier à son salut personnel. Et c'est une Vierge qui est l'idéal de la femme, l'idéal de la maternité elle-même. Plus tard seulement, le mariage fut institué par le catholicisme comme une sauvegarde morale, pour réglementer la concupiscence, puisque ni l'homme ni la femme ne peuvent être des anges. Il est toléré, il est la nécessité inévitable, l'état permis, dans de certaines conditions, aux chrétiens assez peu héroïques pour ne pas être des saints complets. Mais, aujourd'hui comme il y a dix-huit siècles, le saint, l'homme de foi et de grâce ne touche pas à la femme, la condamne et l'écarte... Ce sont les lis de Marie qui seuls parfument le ciel.

Se moquait-il? Il y avait dans sa voix un léger rire que son interlocuteur parut ne pas entendre. Ce dernier approuvait, s'échauffait.

— C'est cela, c'est cela !... La beauté est toujours victorieuse, et l'impérissable beauté, votre livre la montre, resplendissante : elle est la vierge intacte, en sa fleur, que pas un souffle n'a maculée, chez laquelle les ignobles fonctions génératrices sont abolies... Peut-on voir dans les rues, sans une nausée de dégoût, ces femmes souillées, éreintées, déjetées, qui traînent des queues d'enfants, telles des femelles leurs petits. Aussi le gros bon sens public en fait-il lui-même justice, plaisantant sur leur passage, les tenant en risée et en mépris.

Mathieu, qui était resté debout, se permit d'intervenir.

— Mais l'idée de beauté varie. Vous la mettez dans la stérilité de la femme, aux formes longues et grêles, aux flancs rétrécis. Pendant toute la Renaissance, elle a été dans la femme saine et forte, aux larges hanches, aux seins puissants. Chez Rubens, chez Titien, même chez Raphaël, la femme est robuste, Marie est vraiment mère... Et remarquez qu'il s'agirait justement de changer cette idée de la beauté, pour que la famille restreinte, en honneur aujourd'hui, fît place à la famille nombreuse, qui deviendrait la seule belle... Selon moi, l'unique remède décisif est là, au mal grandissant de la dépopulation, dont on se préoccupe tant aujourd'hui.

Tous deux le regardaient en souriant, d'un air de pitié supérieur.

— La dépopulation un mal ! dit Séguin. Comment ! cher monsieur, vous si intelligent, vous en êtes resté à cette rengaine ? Voyons, réfléchissez, raisonnez donc un peu !

— Encore une victime du fâcheux optimisme ! ajouta Santerre. Dites-vous, avant toute chose, que la nature agit sans discernement, et que quiconque ne la corrige pas, est sa victime.

L'un après l'autre, ils parlèrent, souvent même tous les deux à la fois. Ils s'excitaient, se grisaient, de leurs sombres imaginations. D'abord, le progrès n'existait pas.

Il suffisait de se reporter à la fin du siècle dernier, lorsque Condorcet annonçait le retour de l'âge d'or, l'égalité prochaine, la paix entre les hommes et les nations : une illusion généreuse gonflait tous les cœurs, l'utopie ouvrait le plein ciel à toutes les espérances ; et, cent ans plus tard, quelle chute, cette fin de notre siècle actuel, qui s'achève dans la banqueroute de la science, de la liberté et de la justice, qui tombe dans le sang et dans la boue, au seuil même de l'inconnu menaçant du siècle futur ! Ensuite, est-ce que l'expérience n'était pas faite ? Cet âge d'or tant cherché, les païens l'avaient mis avant les temps, les chrétiens étaient venus le mettre après les temps, tandis que les socialistes d'aujourd'hui le mettaient pendant les temps. Ce n'étaient là que trois illusions déplorables, il n'y avait qu'un bonheur absolu possible, celui de l'anéantissement. Sans doute leur bon catholicisme les faisait hésiter à supprimer le monde d'un coup ; mais ils jugeaient permis de le limiter. Schopenhauer, et même Hartmann, leur semblaient d'ailleurs démodés. Ils se rapprochaient de Nietzsche, l'humanité restreinte, le rêve aristocratique d'une élite, une nourriture plus délicate, des pensées plus raffinées, des femmes plus belles, aboutissant à l'homme parfait, l'homme supérieur, dont les jouissances seraient décuplées. Cela n'allait pas du reste sans des contradictions, dont ils s'embarrassaient peu, ne s'inquiétant, selon leur expression, que d'être en beauté. Malthus était leur homme, comme il était celui de Beauchêne, uniquement parce que son hypothèse, en rendant les pauvres seuls responsables de leur pauvreté, soulageait les riches du poids importun des remords. Mais, s'il avait érigé en loi la privation, il n'avait pas voulu la fraude, et eux le méconnaissaient, rêvaient des coercitions féroces, tout en imaginant des amours stériles, d'un raffinement de monstrueuses débauches. S'ils souhaitaient volontiers, par excès de poésie noire, la fin du monde, ils ne le voyaient finir que dans le spasme, inconnu jusqu'ici, d'une jouissance centuplée, exaspérée.

— Vous n'ignorez pas, dit froidement Santerre, qu'on a proposé en Allemagne de châtrer, par an, un nombre d'enfants pauvres, que la loi déterminerait, selon les tables des naissances. Ce serait un moyen d'arrêter un peu l'idiote fécondité du peuple.

Ce n'était pas ce pessimisme littéraire qui pouvait troubler Mathieu, car il en plaisantait volontiers lui-même, tout en reconnaissant la désastreuse influence sur les mœurs d'une littérature qui professait la haine de la vie, la passion du néant. Dans cette maison même, il sentait bien souffler la mode imbécile, l'ennui d'une époque anxieuse et souffrante, réduite à se distraire en jouant avec la mort. Lequel de ces deux-là, qui s'empoisonnaient mutuellement, mentait le plus, jetait l'autre à plus de démence? Au fond de tout pessimiste vrai, il y a un infirme, un impuissant. Lui, dans sa religion de la fécondité, restait convaincu qu'un peuple qui n'a plus foi en la vie, est un peuple dangereusement malade. Et, pourtant, il avait des heures de doute sur l'opportunité des familles nombreuses, selon les circonstances économiques et politiques, il se demandait si dix mille heureux ne valaient pas mieux que cent mille malheureux, pour la gloire et la joie d'un pays.

— Voyons, s'écria Séguin en reprenant l'attaque, vous ne pouvez nier, mon cher monsieur, que les plus forts, les plus intelligents sont les moins féconds. Dès que le cerveau d'un homme s'élargit, sa faculté génératrice s'affaiblit. Le pullulement qui vous charme, dont vous voudriez faire la beauté, ne pousse plus aujourd'hui que sur le fumier de la misère et de l'ignorance. Et, avec vos idées, vous devez être républicain, n'est-ce pas? Eh bien! il est également prouvé que la tyrannie augmente

les hommes en nombre, tandis que la liberté les augmente en valeur.

C'étaient bien ces idées-là qui, parfois, troublaient
profondément Mathieu. Avait-il donc tort de croire en
l'expansion indéfinie de l'humanité? Faisait-il donc une
œuvre mauvaise en mettant la beauté et le bonheur dans
le plus de vie possible? Il répondit pourtant :

— Ce sont là des faits dont la vérité n'est que relative.
L'hypothèse de Malthus a été reconnue fausse en pratique.
Si le monde se peuplait entièrement, et si même les
subsistances venaient à manquer, la chimie serait là pour
tirer des aliments de toute la matière inorganique.
L'éventualité de ces choses est d'ailleurs si lointaine, que
des calculs de probabilité ne sauraient être basés sur
aucune certitude scientifique. Et, du reste, en France,
loin d'aller à ce danger, nous retournons en arrière. nous
marchons au néant. La France, qui comptait pour un
quart en Europe, n'y compte plus que pour un huitième.
Dans un ou deux siècles, Paris sera mort sur place,
comme l'ancienne Athènes et l'ancienne Rome, et nous
serons tombés au rang de la Grèce actuelle... Paris veut
mourir.

Santerre se récria, plaida à son tour.

— Mais non, mais non! Paris veut simplement rester
stationnaire, et cela parce qu'il est la ville du monde la
plus intelligente, la plus civilisée. Comprenez donc que
la civilisation, en créant des jouissances nouvelles, en
raffinant les esprits, en leur ouvrant des champs nouveaux
d'activité, favorise l'individu aux dépens de l'espèce.
Plus les peuples se civilisent, moins ils procréent. Justement, nous qui marchons à la tête des nations, nous en
sommes arrivés les premiers au point de sagesse qui corrige un pays de l'inutile et nuisible excès de fécondité.
C'est un exemple de haute culture, d'intelligence supérieure, que nous donnons au monde civilisé, et que le

monde entier suivra certainement, à mesure que les peuples atteindront, chacun à son tour, notre état de perfection. De toutes parts, d'ailleurs, des symptômes se manifestent.

— Evidemment ! appuya Séguin. S'il y a chez nous des causes secondaires de dépopulation, elles n'ont pas l'importance qu'on prétend, et l'on pourrait les combattre. Le phénomène est général, toutes les nations sont atteintes, décroissent ou décroîtront, dès qu'elles se civiliseront davantage. Le Japon est touché, la Chine elle-même s'arrêtera, le jour où l'Europe en aura forcé les portes.

Devenu grave, Mathieu écoutait, depuis que les deux mondains, qu'il avait là, devant lui, en habit et en cravate blanche, disaient des choses raisonnables. Il n'était plus question de la vierge exsangue et plate, sans sexe, dont ils faisaient l'idéal de beauté humaine. C'était l'humanité vivante, frémissante, qui déroulait son histoire. Il réfléchit tout haut.

— Alors, vous ne craignez plus le péril jaune, ce terrible pullulement des barbares asiatiques qui devaient, à un moment fatal, déborder sur notre Europe, la bouleverser et la féconder de nouveau ?... Toujours l'histoire a recommencé ainsi, par des déplacements brusques d'océans, par des invasions de peuples brutaux venant redonner du sang aux peuples affaiblis. Et, chaque fois, la civilisation a refleuri, plus large et plus libre... Comment Babylone, Ninive, Memphis sont-elles tombées en poussière, avec leurs peuples qui semblent être morts sur place ? Comment Athènes et Rome agonisent-elles aujourd'hui encore, sans pouvoir renaître de leurs cendres, dans l'éclat de leur gloire ancienne ? Comment Paris est-il touché dès maintenant par la mort, malgré sa splendeur, capitale d'une France dont la virilité s'affaiblit ? Vous aurez beau raisonner, dire qu'à l'exemple des anciennes capitales du monde, il meurt par excès de culture, d'intelligence et de civilisation : ce n'en est pas moins la mort, le reflux qui portera l'éclat et la puissance à quelque peuple nouveau... Votre équilibre est mensonger, rien ne peut rester stationnaire, ce qui ne croît plus décroît et disparaît. Et si Paris veut mourir, il mourra, et la patrie mourra avec lui.

— Oh! mon Dieu! déclara Santerre en reprenant sa pose de pessimiste élégant, s'il veut mourir, je ne m'oppose pas à ce qu'il meure. Pour mon compte, je suis résolu fermement à l'y aider.

— Pas d'enfants, c'est de toute évidence l'honnêteté et la sagesse, conclut Séguin, qui désirait se faire pardonner les deux siens.

Mais, comme s'il ne les avait pas entendus, Mathieu continua :

— La loi de Spencer, je la connais, je la crois même juste en théorie. Il est certain que la civilisation est un frein à la fécondité, de sorte qu'on peut imaginer une série d'évolutions sociales déterminant des reculs ou des excès dans la population, pour aboutir à un équilibre final, par l'effet même de la culture victorieuse, lorsque le monde sera entièrement peuplé et civilisé. Mais qui peut prévoir la route à parcourir, au travers de quels désastres, au milieu de quelles souffrances? Des nations disparaîtront encore, d'autres les remplaceront, et combien de mille ans faudra-t-il, pour arriver à la pondération dernière, faite de la vérité, de la justice et de la paix enfin conquises?... La raison tremble et hésite, le cœur se serre d'angoisse.

Un grand silence tomba, pendant qu'il restait troublé, ébranlé dans sa foi aux puissances bonnes de la vie, ne sachant plus qui avait raison, de lui, si simple, ou de ces deux hommes, étendus languissamment sur leurs sièges, qui compliquaient et empoisonnaient leur néant.

Valentine entra, rieuse, avec des allures garçonnières, qu'elle avait eu de la peine à se donner.

— Ah! vous savez, vous autres, il ne faut pas m'en vouloir! Cette Céleste n'en finit pas.

A vingt-cinq ans, elle était maigre, petite, l'air d'une fillette émancipée. Blonde, avec un visage fin, des yeux bleus rieurs, un nez léger d'insouciance, elle n'était pas jolie, mais drôle et charmante tout de même. Promenée par son mari dans les mauvais lieux, ayant fini par se familiariser avec les écrivains, avec les artistes qui fréquentaient la maison, elle ne redevenait la dernière des Vaugelade que sous l'excès de l'outrage, tout d'un coup glacée et méprisante.

— Ah! c'est vous, monsieur Froment, dit-elle, très aimable, en s'avançant vers Mathieu, pour lui serrer cavalièrement la main. La santé de madame Froment est bonne, les enfants sont toujours gaillards et superbes?

Mais Séguin, qui examinait sa robe, une robe de soie blanche, garnie de dentelles bises, eut un de ces accès de brutalité dont la rudesse éclatait comme un coup de feu, sous l'affectation de sa haute politesse.

— Et c'est pour mettre ce chiffon, que tu nous fais attendre! Jamais tu n'as été si mal fagotée.

Elle qui arrivait avec la conviction d'être ravissante! Elle se raidit pour ne pas pleurer, tandis que sa face de fillette, assombrie, prenait une expression de révolte hautaine et vindicative. Lentement, elle tourna les yeux vers l'ami qui était là, qui la regardait d'un air d'extase, outrant son attitude d'esclave, dans la caresse soumise dont il l'enveloppait.

— Vous êtes délicieuse, murmura-t-il, et cette robe est une vraie merveille.

Cela fit rire Séguin, qui plaisanta Santerre sur sa platitude devant les femmes. Valentine, adoucie par le compliment, retrouvant sa joie d'oiseau libre, s'en mêla,

déclara qu'un homme la mènerait où il voudrait, avec
de gentilles paroles. Et il y eut là un bout de conversation,
d'une franchise, d'une licence, qui stupéfia Mathieu, fort
embarrassé de sa personne, très désireux de s'en aller,
mais s'obstinant à attendre, tant qu'il n'aurait pas obtenu
de son propriétaire la réparation qu'il désirait.

— Oh! en paroles, je permets tous les joujoux, conclut le mari. Mais ne t'avise pas de coucher avec un autre,
je te tuerais comme un petit lapin.

Il était en effet très jaloux. Consolée, elle fit alors sa
paix avec lui, en ajoutant, de sa voix de bonne petite
femme :

— Patiente un peu, j'ai dit à Céleste de nous amener
les enfants, pour que nous les embrassions avant de partir.

Mathieu, voulant profiter de cette nouvelle attente,
essaya de revenir à sa requête. Mais, déjà, Valentine
recommençait, parlait de choisir le restaurant le plus
louche pour y dîner, demandait si c'étaient des horreurs
qu'on avait sifflées, la veille, à la répétition générale de
la pièce qu'ils allaient voir. Et elle apparaissait, entre
les deux hommes, comme une élève docile, exagérant
encore leurs opinions extrêmes, d'un pessimisme outré,
d'une intransigeance exaspérée en littérature, en art,
dont ils riaient eux-mêmes. Wagner était très surfait,
elle réclamait la musique invertébrée, la libre harmonie
du vent qui passe. Quant à la morale, c'était à frémir :
elle avait revécu les amours raisonnants des révoltées
d'Ibsen, elle en était à la femme de pure beauté
intangible, elle trouvait Anne-Marie, la dernière création
de Santerre, beaucoup trop matérielle et dégradée, parce
que l'auteur disait, dans une page fâcheuse, que les baisers de Norbert laissaient, à son front, leur empreinte. Il
contesta le passage, elle se précipita sur le volume,
chercha la phrase.

— Voyons, répétait le romancier désespéré, je lui ai évité l'enfant.

— Parbleu! s'écria-t-elle, nous l'évitons toutes, il n'y a plus d'héroïsme à cela, c'est l'ordinaire bourgeois... Anne-Marie, pour nous hausser le cœur, doit être le marbre sans tache, et les baisers de Norbert ne peuvent marquer sur elle.

Mais elle fut interrompue, la femme de chambre, Céleste, une grande fille brune, avec une tête de cheval, aux traits forts, d'air agréable, amenait les deux enfants. Gaston avait cinq ans, et Lucie trois, l'un et l'autre d'une pâleur de roses fleuries à l'ombre, délicats et minces. Ils étaient blonds comme leur mère, le garçon tirant sur le roux, la fille décolorée, couleur d'avoine, et ils avaient aussi ses yeux bleus, tout en ayant le visage plus allongé du père. Frisés, vêtus de blanc, tenus avec une coquetterie extrême, ils ressemblaient à de grandes poupées vivantes, d'une fragilité précieuse. L'orgueil mondain du père et de la mère fut flatté, et ils exigèrent que les petits jouassent leur rôle.

— Eh bien! on ne dit bonsoir à personne?

Les enfants, sans timidité, habitués au monde déjà, regardaient les gens en face. S'ils se hâtaient peu, c'était par paresse naturelle, n'aimant point obéir. Pourtant, ils consentirent, ils se firent embrasser.

— Bonsoir, bon ami Santerre.

Puis, ils hésitèrent devant Mathieu. Il fallut que le père leur rappelât le nom du monsieur, qu'ils avaient vu pourtant deux ou trois fois.

— Bonsoir, monsieur Froment.

Valentine les prit, les souleva, les étouffa de caresses. Elle les adorait, et, dès qu'elle les avait reposés à terre, les oubliait.

— Alors, maman, tu t'en vas encore? demanda le petit garçon.

— Mais oui, mon chéri. Tu sais bien que les papas et
les mamans ont leurs affaires.

— Alors, maman, nous allons dîner seuls?

Elle ne répondit pas, se tourna vers la femme de
chambre, qui attendait les ordres.

— Vous entendez, Céleste, vous ne les quitterez pas
une minute, et surtout qu'ils n'aillent pas à la cuisine.
Jamais je ne rentre, sans les trouver à la cuisine. C'est
exaspérant... Servez-les dès sept heures, couchez-les à
neuf. Et qu'ils dorment!

La grande fille, à tête de cheval, écoutait d'un air de
respectueuse obéissance, tandis que son mince sourire
disait la Normande débarquée à Paris depuis cinq ans
déjà, bronzée au service, sachant ce qu'on fait des enfants,
quand les maîtres ne sont pas là.

— Madame, dit-elle simplement, mademoiselle Lucie
est souffrante. Elle a encore vomi.

— Comment! encore vomi! s'écria le père furieux. Je
n'entends parler que de ça, ils vomissent donc toujours?
Et c'est toujours au moment où nous allons sortir... Ma
chère amie, c'est désagréable, tu devrais bien veiller à
ce que nos enfants n'aient pas de la sorte un estomac de
papier mâché.

La mère eut un geste de colère, comme pour dire
qu'elle n'y pouvait rien. En effet, les petits souffraient
souvent de l'estomac. Ils avaient eu toutes les maladies
de l'enfance, presque constamment fiévreux et enrhumés.
Et ils gardaient cet air muet, un peu inquiet, des enfants
abandonnés aux soins des servantes.

— C'est vrai, que tu as eu bobo, ma petite Lucie?
demanda Valentine, baissée devant la fillette. Tu n'as plus
bobo, n'est-ce pas? Non, non, ce n'est rien, rien du
tout... Embrasse-moi, mon trésor, dis bonsoir bien gentiment à papa, pour qu'il n'ait pas de la peine, en s'en
allant.

Elle se releva, déjà rassurée, égayée ; et, apercevant Mathieu qui la regardait :

— Ah ! ces petits êtres, ils vous en donnent, un mal ! Mais vous voyez bien qu'on les adore quand même, tout en pensant que, pour leur bonheur, ils auraient mieux fait de ne pas naître... Enfin, moi, je suis en règle envers la patrie, que toutes les femmes aient, comme moi, un garçon et une fille !

Alors, Mathieu, voyant qu'elle plaisantait, se permit de dire, en riant lui aussi :

— Non, non, madame, vous n'êtes pas en règle. Il en faut quatre pour que la patrie prospère. Et vous savez ce que dit votre médecin, le docteur Boutan, tant que les femmes qu'il accouche n'en ont pas eu quatre : « Le compte n'y est pas. »

— Quatre ! quatre ! cria Séguin, repris de colère. S'il en venait un troisième, je me croirais un criminel... Ah ! je vous réponds que nous faisons tout pour en rester là.

— Vous ne pensez donc pas, demanda gaiement Valentine, que je suis déjà une trop vieille femme, pour risquer de perdre le peu qui me reste de fraîcheur... Je ne veux pourtant pas devenir un objet de répugnance pour mon mari.

— Mais, répondit Mathieu, causez donc de cela encore avec le docteur Boutan. Moi, je ne sais rien. Lui, prétend que ce qui vieillit et détraque les femmes, ce ne sont pas les grossesses, mais les pratiques auxquelles se livrent les ménages, pour les éviter.

De grasses plaisanteries, tout un flot d'allusions libertines, fort goûtées dans la maison, accueillirent ces paroles. Et, quand il eut ajouté que le spasme devenait destructeur, si l'on contentait le désir, qui était le moyen, sans contenter la fonction de l'organe, qui était le but, ce fut un redoublement d'élégante obscénité. Un souffle

de sadisme passa, les regards rieurs de la jeune femme
à son mari dirent un peu des secrètes pratiques de leur
alcôve, la débauche conjugale dont il la fatiguait et la
dépravait, toute la fille de plaisir qu'il avait faite de
l'épouse. Certains matins, elle en était brisée, la cervelle à l'envers, accoutumée aux pires déchéances, rêvant
d'Anne-Marie que les baisers de Norbert n'abimaient pas.

— Ah ! les fraudes ! s'écria Santerre, qui donnait
hardiment la réplique à Valentine, ils m'amusent, avec
leur campagne contre les fraudes ! Un médecin de
petite ville a eu la pensée de combattre, dans un livre,
toutes les fraudes imaginables, de véritables horreurs. Et
il est arrivé qu'il les a simplement apprises aux paysans,
qui, jusque-là, avaient ignoré comment on s'y prenait, de
sorte que la natalité a décru de moitié dans le pays.

Céleste ne bronchait pas, les enfants écoutaient sans
comprendre. Et ce fut au milieu des éclats de rire,
soulevés par l'anecdote, que les Séguin partirent enfin,
emmenés par Santerre. En bas seulement, dans le vestibule, Mathieu obtint de son propriétaire qu'il écrirait au
plombier de Janville, et que la toiture serait entièrement
refaite, puisqu'il pleuvait dans les chambres.

Le landau attendait, devant la porte. Et, quand le
ménage y fut monté, avec l'ami, Mathieu, qui s'en allait à
pied, eut l'idée de lever les yeux. A une fenêtre, il
aperçut Céleste installée, entre les deux enfants, sans
doute pour s'assurer que monsieur et madame étaient
bien partis. Il se rappela le départ de Reine, chez les
Morange. Mais, ici, Lucie et Gaston restaient immobiles,
d'une gravité morne, et ni la mère ni le père ne songèrent
à lever la tête.

# IV

Lorsque, à sept heures et demie, Mathieu arriva, place
de la Madeleine, au restaurant où le rendez-vous était
donné, il y trouva, installés déjà, Beauchêne et son client,
M. Firon-Badinier, en train de boire un verre de madère.
Et le dîner fut remarquable, des plats choisis, les meilleurs vins, en une fastueuse abondance. Mais ce qui
émerveilla le jeune homme, plus encore que le solide
appétit des deux convives, mangeant et buvant en héros,
ce fut la savante bonhomie du patron, l'active, la gaie
intelligence qu'il déploya, le verre en main, sans perdre
un coup de dents, à ce point que, dès le rôti, le client
avait non seulement commandé la batteuse nouvelle, mais
qu'il était aussi tombé d'accord sur le prix d'une fau-
cheuse. Il devait reprendre, à neuf heures vingt, le train
pour Evreux; et, quand neuf heures eurent sonné, l'autre,
très désireux maintenant de se débarrasser de lui, réussit
à l'emballer dans une voiture, pour franchir les quelques
pas qui le séparaient de la gare Saint-Lazare.

Puis, Beauchêne, resté seul sur le trottoir, avec
Mathieu, ôta son chapeau, baigna un moment sa tête
brûlante dans l'air de la délicieuse soirée de mai.

— Ouf! ça y est! dit-il en riant. Et ça n'a pas été sans
peine. Il a fallu le pomard pour le décider, cet animal-
là... Avec ça, j'avais une peur bleue qu'il ne voulût plus
partir et qu'il ne me fît manquer mon rendez-vous.

Ces mots qui lui échappaient, dans sa demi-ivresse,

parurent le décider brusquement aux confidences. Il remit son chapeau, alluma un autre cigare ; et, prenant le jeune homme par le bras, marchant à pas ralentis, au milieu de la cohue ardente et de l'éblouissement nocturne du boulevard :

— Oh ! nous avons le temps, on ne m'attend qu'à neuf heures et demie, et c'est à deux pas... Voulez-vous un cigare ? Non, vous ne fumez jamais.

— Jamais.

— Alors, mon ami, ce serait bête de faire des cachotteries avec vous, puisque vous m'avez vu ce matin. Et c'est stupide ce qui m'arrive, j'en conviens volontiers, car je sais parfaitement, au fond, que ce n'est guère propre ni guère prudent, un patron qui couche avec une de ses ouvrières. Ça tourne toujours très mal, c'est comme ça qu'on perd une maison, et jusqu'à présent, je vous le jure, j'ai été assez malin pour ne pas toucher à une seule. Vous voyez, je ne m'épargne pas les vérités. Mais, que voulez-vous ? cette grande diablesse de fille blonde m'a mis le feu dans le sang, avec les bouts de peau qu'elle montre et sa façon de rire, comme si on la chatouillait toujours.

C'était la première fois qu'il faisait à Mathieu une confidence de ce genre, chaste d'ordinaire en paroles, pareil à ces ivrognes qui évitent de parler du vin. Depuis que celui-ci, en épousant Marianne, était devenu son cousin par alliance, il le savait de vie si réglée, de cœur si fidèle, dans son ménage, qu'il le jugeait sans doute peu préparé à l'écouter et à rire. Enfin, il se risquait, il avait un confident de ses bonnes fortunes ; et il ne le lâchait plus, il le serrait étroitement, en lui contant les choses à l'oreille, d'une voix un peu empâtée, comme si tout le boulevard avait pu l'entendre.

— Ça s'est emmanché, vous vous en doutez bien, sans que je me méfie d'abord. Elle tournait autour de moi, elle m'aguichait enfin. Je me disais : « Toi, ma fille, tu perds ton temps, il y en a assez sur le pavé, que je ramasse, quand j'en ai besoin. » Et ça n'empêche pas que, ce matin, vous avez vu ça, j'ai sauté sur elle; si bien que ça va se faire tout à l'heure, car elle a consenti à venir me retrouver, ce soir, dans un petit coin à moi... C'est une bêtise, tant pis! On n'est pas de bois. Moi, lorsque l'envie d'une femme me prend, ça me rend fou. Les blondes, pourtant, ne sont guère mon affaire. Mais, celle-là, je suis curieux de la voir au lit. Hein? qu'est-ce que vous en pensez, vous? elle doit être amusante.

Puis, comme s'il oubliait un point important :

— Ah! vous savez qu'elle a déjà vu le loup. Je me suis renseigné, elle couchait à seize ans avec le garçon du marchand de vin, qui loue aux Moineaud les trois petites pièces, où toute la nichée s'entasse... Des vierges, ce n'est pas mon goût, et d'ailleurs il n'en faut pas : c'est trop grave.

Mathieu, qui écoutait un peu gêné, dans un malaise d'esprit et de chair, demanda simplement :

— Eh bien! et votre femme?

Du coup, Beauchêne s'arrêta sur le trottoir, interloqué un instant.

— Comment, ma femme? que voulez-vous dire, avec ma femme?... Naturellement, ma femme est chez nous, elle va se coucher et m'attendre, après s'être assurée que notre petit Maurice dort bien... Ma femme est une honnête femme, mon cher, que voulez-vous que je vous dise de plus?

Et, reprenant sa marche, devenant de plus en plus tendre et confidentiel, dans l'étourdissement des vins et des viandes, que l'air du pavé parisien, à cette heure de nuit, semblait aggraver :

— Voyons, voyons! nous ne sommes pas des enfants, nous sommes des hommes, que diable! Et la vie est la vie,

je ne sors pas de là, moi!... Ma femme! mais il n'est pas
de personne que j'estime plus au monde! Quand je l'ai
épousée, dans de tristes embarras d'argent, je vous con-
fesse, à vous, que je ne l'aimais pas, je veux dire charnel-
lement, vous m'entendez bien. Sans croire lui manquer
de respect, j'ose dire qu'elle était vraiment beaucoup trop
maigre pour mon goût, d'autant plus que, l'ayant compris
elle-même, elle a tout essayé depuis afin d'engraisser un
peu, ce qui a totalement échoué d'ailleurs. Seulement,
n'est-ce pas? on n'épouse pas une femme avec l'idée d'en
faire sa maîtresse... Alors, raisonnez. J'ai donc pour elle
l'estime profonde qu'un père de famille a pour la mère de
son fils. Le foyer est là, on ne salit pas le foyer. Si je ne
puis me donner comme un mari fidèle, j'ai certainement
l'excuse de m'être refusé à être de ceux qui débauchent
leurs femmes. Du moment que je ne saurais faire tous les
soirs un enfant à la mienne, et que je rougirais de lui
demander certaines complaisances, c'est évidemment la
respecter encore que d'aller autre part contenter la bête,
quand on a le malheur de souffrir du jeûne, ainsi que
j'en souffre, jusqu'à en être malade.

Il riait, il croyait dire ces choses délicates très proprement, très gentiment pour son ménage.

— Et, reprit Mathieu, notre cousine Constance connaît
cette belle théorie? Elle l'approuve, elle vous laisse aller
ailleurs, comme vous dites?

Cela redoubla la chaude gaieté de Beauchêne.

— Non, non! ne me faites pas dire de sottises. Au
contraire, Constance se montrait très jalouse, dans les
premiers temps de notre mariage. Ce que j'ai dû lui en
conter, des histoires, pour filer et avoir quelques soirées
à moi! Avec ça, j'étais enragé à cette époque, elle me
désespérait, tant elle était peu amusante, la chère et
digne femme. Un os entre deux draps, mon ami. Je le
dis sans rancune, sans croire la diminuer, car ça prouve

bien qu'il n'y pas de plus honnête personne au monde...
Ensuite, la raison lui est venue, il m'a semblé remarquer
qu'elle tolérait un peu l'inévitable, qu'elle consentait parfois à fermer les yeux. Ainsi, elle m'a presque surpris un
soir, avec une dame de ses connaissances, et elle a eu le
bon goût de ne jamais m'en souffler un mot. Ça la blesse
pourtant, ses connaissances, tandis que la rue, les inconnues du trottoir, la touchent naturellement beaucoup
moins. Par exemple, cette fille d'aujourd'hui, que voulez-
vous que ça lui fasse? Je ne l'aime pas, cette fille, je la
prends et je la lâche. Ça se passe si loin de ma femme, si
au-dessous, qu'elle n'en peut pas être atteinte... Il faut
tout dire aussi. Constance a des torts, oh! de grands
torts. Sans doute, j'y suis formellement décidé, comme
elle, nous devons nous en tenir à notre petit Maurice.
Seulement, vous l'avez entendue ce matin, elle est vraiment terrible. Vous ne vous imaginez pas les précautions
qu'elle prend, c'est à dégoûter un homme.

Il mâchait son cigare, il soufflait davantage, à mesure
que ses confidences devenaient plus intimes, sur un sujet
dont la gaillardise achevait de lui enflammer le sang. Mais
il ne recula devant aucun des secrets de son alcôve, il en
arriva aux détails précis. Lui, en somme, n'était ni un
pervers ni un débauché : il se contentait fort bien de la
bonne nature, il ne souffrait que de très gros appétits, dont
la fréquence le laissait toujours affamé. Et les menus
amusements, les compensations incomplètes pour tromper cette continuelle faim, ne le rassasiaient pas. Constance, qui, de son côté, avait conscience de son devoir
conjugal, s'efforçait de le remplir, pour garder son mari.
Elle consentait au plaisir, elle s'y résignait elle-même,
dans un énervement, dont elle cachait parfois la douleur
à cet homme qu'elle sentait inassouvi et fâché, au sortir
de ses bras. Toujours, elle avait souffert de lui, de sa
violence, de son acharnement sans fin ; et l'enfant avait

beau être évité désormais, les fraudes n'en étaient que plus lassantes, plus brisantes, toutes les fraudes en usage dans les honnêtes lits bourgeois, et dont le manque de fantaisie, la réserve relative n'empêchent pas l'abus de finir par rendre infirmes la moitié des dignes épouses.

— Enfin, mon cher, tout ça, c'est très gentil ; mais vous savez comme moi qu'un homme de trente-deux ans, condamné au pot-au-feu conjugal, en a vite assez, quand il a du sang sous la peau ; et encore je m'en contenterais, moi, du pot-au-feu, à la condition qu'il fût solide, bien en chair, et qu'on pût s'en fourrer jusque-là... Ainsi, l'autre nuit, imaginez-vous...

Il continua l'histoire à l'oreille du cousin, l'haleine embarrassée, étouffant, pouffant, prenant en une pitié amicale sa pauvre femme, qui croyait que c'était bien comme ça.

— Alors, non, non ! n'est-ce pas, mon cher ? Moi, je ne suis pas méchant, je serais désolé de lui causer de la peine. Et ça me fait plaisir qu'elle soit intelligente, qu'elle commence à fermer un peu les yeux, en comprenant les nécessités inévitables. Pourvu que ça se passe dehors, proprement, et sans coûter trop, où est le dommage pour elle, je vous le demande ? Un de mes amis a une femme de premier mérite, oh ! la femme la plus distinguée que je connaisse, et qui lui dit d'elle-même : « Va, va, mon ami, tu me reviendras calmé et plus aimable. » Hein ? est-ce bien observé ? c'est la vérité absolue ! Moi, quand je suis satisfait, je rentre gai comme un pinson, je rapporte un petit cadeau à Constance, la maison a du bonheur pour trois jours. Tout le monde y trouve donc son bénéfice, et remarquez que c'est encore le meilleur moyen de ne pas faire un enfant à sa femme, quand elle ne veut plus qu'on lui en fasse.

Ce dernier trait, qui lui parut très spirituel, le fit rire aux larmes, dans la satisfaction où il était de sa personne.

— Mais, dit Mathieu, cet enfant, ne risquez-vous pas de le faire à ces belles filles de hasard, ramassées dehors ? Ça n'est pas plus drôle que chez vous, s'il faut que vous fraudiez aussi avec elles.

Beauchêne se calma, l'air étonné par cette objection, qu'il n'avait pas prévue.

— On fraude, on fraude, c'est-à-dire qu'un homme un peu convenable prend tout de même des précautions... Et puis, ces filles qui s'amusent n'en font jamais d'enfant, c'est connu. On les paye, d'ailleurs, c'est à elles de s'arranger, de prévoir les risques du métier... Enfin, mon cher, comment voulez-vous qu'on sache si on leur a fait un enfant, puisqu'on ne les revoit pas, et qu'en admettant à la rigueur qu'on les retrouve enceintes, un jour, elles ne peuvent pas dire elles-mêmes de quel monsieur elles le sont ?... L'enfant, mais il n'est de personne, ça n'existe pas, avec les filles !

Rasséréné, remis d'aplomb, sans remords aucun, sans scrupule inquiet pour son plaisir de la nuit, il s'arrêta au coin de la rue Caumartin. C'était dans une maison de cette rue, au fond de la cour, qu'il avait, pour ces sortes d'aventures, une chambre à lui, dont la concierge faisait le ménage. Et, ne se gênant pas avec une de ses ouvrières, il avait simplement donné rendez-vous à la belle blonde sur le trottoir, devant la porte.

De loin, Mathieu reconnut Norine, debout sous un bec de gaz. Elle était immobile, en petite robe claire, et ses beaux cheveux, débordant de son chapeau rond, avaient un fauve reflet d'or, dans la lueur dansante.

Très excité, Beauchêne rayonna, allongea au jeune homme une vigoureuse poignée de main, pleine de sous-entendus gaillards.

— Eh bien ! à demain, mon cher. Bonne nuit !

Et, se penchant une dernière fois à son oreille :

— Vous savez qu'elle est maligne comme un singe.

Elle dit à son père qu'elle va au théâtre avec une amie.
Alors, ça lui donne jusqu'à une heure du matin.

Mathieu se trouva seul, au bord du trottoir. Les dernières paroles du patron, qu'il vit disparaître avec Norine,
sous une porte cochère, avaient évoqué en lui l'image de
Moineaud, l'ouvrier ; et il le revoyait, les mains crevassées par le travail, muet et insouciant dans l'atelier des
femmes, pendant la semonce à sa fille Euphrasie, tandis que l'autre, la grande diablesse blonde, riait sournoisement. Quand les enfants du pauvre ont poussé, de
la chair à bataille ou à prostitution, le père, alourdi de
vie mauvaise, ne s'inquiète guère à quel désastre le vent
emporte les petits tombés du nid.

Neuf heures et demie sonnaient, Mathieu avait plus
d'une heure pour se rendre à la gare du Nord. Aussi
ne se pressa-t-il pas, flânant, suivant en promeneur la
ligne des boulevards. Il avait lui-même beaucoup trop
mangé et trop bu, les confidences qu'il venait de recevoir
bourdonnaient à ses oreilles, achevaient de l'étourdir
d'une sourde ivresse. Ses mains brûlaient, des flammes
passaient sur sa face. Et quelle soirée tiède, le long
de ces boulevards incendiés par les lampes électriques,
enfiévrés par la cohue pullulante de la foule qui se
coudoyait, au milieu du grondement ininterrompu des
fiacres et des omnibus ! C'était comme un fleuve de vie
ardente qui coulait à la nuit prochaine, et il se laissait
emporter, charrier, parmi ce souffle humain, dont il
sentait passer sur lui le chaud désir.

Alors, dans sa rêverie trouble, sa journée recommença,
il se retrouva d'abord chez les Beauchêne, le matin. Le
père et la mère s'entendaient comme des complices sages,
pendant que leur petit Maurice, le fils unique, si pâlot,
sommeillait sur le canapé, pareil à un Jésus de cire. Et,
maintenant, il voyait Constance se couchant bourgeoise-
ment, après être allée border l'enfant endormi, puis

veillant seule dans la froide couche conjugale, jusqu'à l'heure avancée où son mari rentrerait. Lui, le mâle que sevrait leur accord, se dédommageait brutalement ailleurs, courait le risque de faire à une autre l'enfant dont sa femme ne voulait pas. Quand elle avait eu les complaisances qu'elle croyait lui devoir, si les fraudes le laissaient plus affamé encore, elle n'avait plus qu'à se coucher ainsi et à l'attendre, les soirs où, pressé par le besoin, il allait jeter la semence, au hasard de l'occasion et du vent. L'usine ne devait pas courir le danger d'être partagée un jour, Maurice devait hériter seul des millions décuplés, afin d'être un des princes de l'industrie. On fraudait sagement, sans perversion aucune, pour les affaires. Lorsque le mari s'attardait avec quelque gueuse, la femme fermait les yeux. Et c'était de la sorte que la bourgeoisie capitaliste, qui avait remplacé la noblesse ancienne, rétablissait à son profit le droit d'aînesse, aboli par elle, en s'obstinant au fils unique, contre toute morale et toute santé.

Puis, Mathieu fut distrait par des camelots qui, en criant la dernière édition d'un journal du soir, annonçaient le tirage des bons à lots d'une émission, que lançait le Crédit National. Et il revit brusquement les Morange dans leur salle à manger, il les entendit refaire leur rêve de grosse fortune, le jour où le comptable appartiendrait à une de ces maisons de grande banque, dont les chefs poussent les hommes de valeur aux plus hauts postes. Ce ménage-là, dévoré d'ambition, tremblant de voir leur fille épouser encore un petit employé besogneux, cédait à l'irrésistible fièvre qui, dans une démocratie, ravagée par le déséquilibre de l'égalité politique et de l'inégalité économique, donne à tous le besoin de franchir un échelon, de monter d'une classe. Le luxe des autres les brûlait d'envie, ils s'endettaient pour copier de loin les élégances de la classe supérieure, ils gâtaient jusqu'à

leur honnêteté, leur bonté naturelles, dans cette démence
d'ambitieux orgueil. Et, à cette heure, il le voyait, ce
ménage, se couchant tôt, car il n'ignorait pas les habitudes casanières de Morange, ni les avarices résignées
de Valérie, qui économisait jusque sur l'huile à brûler,
en semaine, pour se permettre des sorties princières, le dimanche ; il le voyait au lit, la lumière
soufflée, se prenant tendrement, se gardant dans une
étreinte, en bon ménage qui s'adore, mais qui veille avec
terreur sur les conséquences d'un oubli toujours possible :
l'enfant est là aussi redouté que dans la couche du
patron, rebelle au partage, l'enfant dont la venue serait
un embarras mortel, retarderait, empêcherait l'ascension
vers la fortune tant désirée. Il faut frauder, frauder
encore, le joujou infécond des époux fidèles, bien décidés à se contenter des caresses sans péril, puis très
inquiets parfois à la suite d'une imprudence, comptant
les jours, attendant l'époque qui doit les rassurer pleinement. Dans sa chambre, à l'autre bout de l'appartement, Reine non plus ne dormait pas, toute frémissante
de la matinée où l'avait conduite la baronne de Lowicz,
énervée, excitée par cette belle dame qui l'embrassait,
rêvant déjà au mari très riche que lui promettaient ses
parents, s'ils ne lui donnaient pas un petit frère ou une
petite sœur.

Un attroupement barra le passage à Mathieu, et il s'aperçut qu'il était devant le théâtre où avait lieu, ce soir-là,
une première. C'était un théâtre de libres farces, qui se
permettait d'afficher son étoile, une longue fille rousse,
dont il collait l'image sur les murs, deux fois grande
comme nature ; et, cette fois, elle était d'un symbolisme
extraordinaire, la vierge nue et plate de l'érotisme stérile,
un grand lis pervers et canaille, qui attroupait les passants. Il entendit des réflexions immondes, il se rappela
que les Séguin, en compagnie de Santerre, se trouvaient

à ce théâtre, s'égayant de cette pièce, d'une obscénité
tellement idiote, que la veille, à la répétition, le public,
sans scrupules pourtant, avait failli casser les banquettes.
Là-bas, dans l'hôtel de l'avenue d'Antin, Céleste venait
de coucher Gaston et Lucie, et elle s'était empressée de
redescendre à la cuisine, où l'attendait madame Menoux,
une amie, une petite mercière du voisinage. Gaston dormait, ayant bu du vin pur. Lucie, qui avait encore eu très
mal au ventre, grelottait de peur, n'osait se relever et
appeler Céleste, parce que celle-ci la bousculait, quand
elle s'avisait de la déranger. Et, vers deux heures du
matin, lorsque les Séguin rentreraient, après avoir offert
à Santerre une douzaine d'huîtres, ils rapporteraient
l'exaspération sexuelle du théâtre ignoble et embrasé, du
restaurant de nuit où ils auraient coudoyé des filles; ils se
mettraient au lit dans la perversion de tous les besoins,
corrompus par la mode, la cervelle détraquée par la pose
d'une littérature imbécile et factice; de sorte que leurs
fraudes, à ces deux-là, se compliquaient de vice élégamment cherché, mêlé de pessimisme voulu. Il devenait criminel d'enfanter, le spasme infécond était la fin souhaitée
du monde. Toutes les pratiques, mais pas d'enfant, et la
débauche enseignée, l'adultère fatal. Tandis que Santerre
irait tranquillement se coucher seul, attendant son heure,
menant la danse, en gaillard prudent qui se ménage.

Et, comme conclusion à sa journée, ce qui frappait
Mathieu maintenant, c'était la fraude, la fraude partout,
chez tous les gens où il avait mis les pieds, depuis le
matin. Tous ceux qui l'entouraient, tous ceux qu'il connaissait, se refusaient à faire de la vie, fraudaient pour ne
plus enfanter, volontairement, obstinément, par de sa-
vants calculs égoïstes, d'intérêt ou de plaisir. A cette
heure, il distinguait là trois cas de la restriction volontaire, trois milieux, et, dans les trois, la même abstention, pour des motifs différents. Et, bien qu'il n'ignorât

point ces choses, c'était pour lui une surprise, de les voir
ainsi se grouper, se résumer, avec cette force d'évidence,
c'était aussi un grand trouble, un ébranlement de tout
ce qu'il avait cru jusqu'à ce jour, un doute de l'existence,
du devoir et du bonheur, tels qu'il les concevait le
matin encore.

Il s'arrêta, respira fortement, voulut se reprendre,
chasser l'ivresse croissante qu'il sentait monter en lui. Il
avait dépassé l'Opéra, il arrivait au carrefour Drouot; et
n'était-ce pas de ces boulevards ardents, à cette heure de
nuit, que lui venait ce redoublement de fièvre? Les
cabinets des restaurants flambaient encore, les cafés incen-
diaient la chaussée, leurs terrasses barraient les trottoirs
de l'entassement des consommateurs. Tout Paris semblait
être descendu là, pour jouir de la délicieuse soirée, flânant en une cohue si épaissie, que les corps se frôlaient
sans fin, dans la tiédeur des haleines. Des couples s'attardaient devant les boutiques étincelantes des bijoutiers.
Des familles bourgeoises s'engouffraient, sous des arcs
éclatants de lampes électriques, dans des cafés-concerts,
des spectacles de gaudrioles et de nudités, aux grandes
affiches prometteuses. Des femmes par centaines, à la file,
traînaient leurs jupes, attendaient d'être accostées, finissaient par accoster elles-mêmes les hommes, chucho-
tantes, avec des rires engageants. Des hommes en chasse
les dédaignaient, cherchaient l'aventure, la femme honnête
égarée, la petite bourgeoise ou l'ouvrière qui se donne, se
lançant à la poursuite d'un chignon blond ou brun,
bégayant derrière une nuque des paroles brûlantes. Des
ménages, légitimes ou non, de vieux époux déjà, des
amants de hasard, roulaient dans les fiacres découverts,
en route pour l'alcôve prochaine, l'homme silencieux, la
femme à demi allongée, la face rêveuse, parmi les alternatives d'ombre subite et de clarté crue. Et c'était ainsi,
pour ce fleuve humain coulant entre les hautes maisons

braisillantes, au milieu de la rumeur de la foule et du grondement des roues, comme une mer commune dans laquelle tous allaient se perdre bientôt, la nuit qui les attendait, le lit où tous seraient couchés, l'étreinte finale où tous s'endormiraient.

Mathieu s'était remis à marcher, cédant au courant, emporté avec les autres, dans la même fièvre chaude, faite des excitations de la journée, des mœurs et du milieu social. Et ce n'était plus seulement les Beauchêne, les Morange, les Séguin qui fraudaient : Paris entier frauderait avec eux. L'abstention réfléchie, érigée en loi, gagnait la foule, s'élargissait, envahissait les boulevards, les rues voisines, les quartiers, l'immense ville. Dès que la nuit tombait, le pavé brûlant de Paris, chauffé par la lutte féroce, par l'âpre besogne du jour, n'était plus que le champ pierreux, la terre calcinée, où la semence se desséchait, jetée au hasard de la rue, en haine de la moisson. Cette infécondité volontaire, tout l'expliquait, la clamait, l'affichait avec une impudence triomphale. Un souffle d'alcool sortait des restaurants et des cafés, émasculait les hommes, détraquait les femmes, empoisonnait l'enfant dans l'œuf. Les filles, qui traînaient leurs jupes, en continuels coups de vent, n'ayant que le souci de mettre les bouchées doubles, celui-ci, puis celui-là, puis cet autre, vidaient en hâte leurs seaux de toilette, de la vie souillée, gâchée, qui s'en allait au cloaque. Tout le train du trottoir, tout ce que le désir d'une heure ramassait de prostituées, dans les lieux de plaisir, à la sortie des spectacles, toute la chair qui se raccroche et qui se paye, qui va s'assouvir au galop dans le satin du vice élégant ou dans l'ordure des chambres louches, assassinait la vie, la crachait ignoblement à la boue du ruisseau. Et il n'était pas d'enseignement plus universel des fraudes, la prostitution était l'institutrice du meurtre, les germes poursuivis et détruits, l'habitude prise de les écraser comme des bêtes mauvaises, dont la venue au jour désolerait l'existence. Puis, dans ce Paris de chaque soir, en route pour l'accouplement infécond, la leçon profitait : c'était le couple d'intense culture, exaspéré de nervosisme littéraire, fanfaron des opinions extrêmes, payant la dette de son raffinement, se refusant à l'acte ; c'était le couple de la haute industrie, du haut commerce, qui tenait le livre de ses nuits, comme le livre de ses comptes courants, se surveillant pour que la balance s'établît toujours par zéro ; c'était le couple des professions libérales, aussi bien que celui des classes moyennes, le petit commerçant, le petit employé, après l'avocat, le médecin, l'ingénieur, dont les précautions redoublaient, à mesure que la lutte de vanité et d'argent se faisait plus sauvage ; c'était même le couple ouvrier, que pourrissait l'exemple d'en haut, chaque jour plus savant dans la pratique du tout à l'égout, pour la seule joie du plaisir. Encore un instant, et, lorsque minuit sonnerait, la menace de l'enfant allait terroriser Paris. Les maris n'en voulaient plus faire, les femmes ne voulaient plus qu'on leur en fît. Les amantes elles-mêmes, au milieu du délire de la passion, veillaient avec soin sur les oublis possibles. Si, d'un geste, on avait ouvert toutes les alcôves, on les aurait trouvées presque toutes stériles, par débauche, par ambition, par orgueil, celles des braves gens comme celles des autres, dans une perversion qui transformait les bas calculs en beaux sentiments, l'égoïsme en prudente sagesse, la lâcheté à vivre en honnêteté sociale. Et c'était là le Paris qui voulait mourir, tout le déchet de vie perdu dans une nuit de Paris, le flot de semence détourné de son juste emploi, tombé au pavé où rien ne poussait, Paris enfin mal ensemencé, ne produisant pas la grande et saine moisson qu'il aurait dû produire.

Un souvenir s'éveilla chez Mathieu, la parole de ce conquérant, qui, au soir d'une bataille, devant la plaine

jonchée de cadavres, avait dit qu'une nuit de Paris suffirait à réparer ça. Paris ne voulait-il donc plus combler
les trous des boulets dans la chair humaine? Tandis que
la paix armée dévore par centaines les millions, la France
perd chaque année une grande bataille, en ne faisant
pas les cent mille enfants qu'elle se refuse à faire. Et
il songeait encore aux lits des casernes où dorment
solitaires, improductifs et corrompus par le milieu, quatre
cent mille jeunes hommes, les plus vigoureux, la fleur
de la race, tandis que, dans leurs couches froides, un
nombre plus grand de filles sans dot attendent le mari
qui ne viendra pas, ou qui ne viendra que trop tard,
épuisé déjà, gâté, incapable d'une famille nombreuse.

   Les tempes ardentes, Mathieu regarda de nouveau autour de lui. Il était arrivé au carrefour Montmartre, à
ce remous de foule le plus retentissant, le plus dangereux de la ligne des boulevards. La cohue s'y trouvait
telle, qu'il dut attendre un instant, avant de prendre la
rue du Faubourg-Montmartre, qu'il comptait suivre, pour
gagner de là, par les rues, la gare du Nord. Et il fut
serré, bousculé, entraîné dans une masse vivante et compacte, au milieu du marché de femmes qui se tenait
là, toute cette excitation grandissante, affolante, pour la
nuit de stérilité. Il y avait songé parfois, mais jamais il
ne s'était senti troublé d'une telle angoisse, à la pensée
de la quantité prodigieuse de semences qu'il fallait
lancer au vent qui passe, avant qu'il en germât une seule.
C'était par milliards que les graines, que les œufs coulaient dans les veines du monde, une profusion sans
limites, un torrent si gonflé de germes, qu'il traversait,
qu'il baignait toute la matière organique. La nature prévoyante, d'une largesse inépuisable, semblait avoir prévu
que la semence des plantes et des êtres devait déborder,
pour suffire. Le soleil dessèche la graine, l'humidité trop
grande la pourrit. Une tempête balaye des bancs entiers

d'œufs de poissons, un orage brusque renverse les nids, anéantit la ponte de tout un printemps. A chaque pas que l'homme fait, il écrase des univers, empêche l'éclosion d'un peuple innombrable d'infiniment petits. C'est un effroyable gaspillage d'existences qui n'a d'égal que l'effroyable profusion de la poussière d'enfantement, soulevant la terre et les eaux, volant par les airs, sous l'ardeur fécondante du soleil. Et toute existence détruite redevient de la vie, fermente en un bouillonnement nouveau, s'épanouit en une nouvelle poussée d'êtres, à l'infini. Mais l'homme seul veut la destruction, la médite et l'exécute, dans un but égoïste, pour sa joie solitaire. Lui seul s'efforce de rapetisser la création à son profit, tâche de la réduire, de l'arrêter même, ne limitant l'espèce née de lui que pour accroître sa jouissance. Si la tempête emporte les œufs déposés sur les sables, si l'orage renverse les nids en cassant les branches, c'est l'homme seul qui, volontairement, souille et détruit la semence de l'homme, par un goût monstrueux du néant, la volupté noire du spasme de l'organe, dont il abolit la fonction. Il y a crime, il y a aussi bêtise, et quel rêve de grandeur et de force, que toute l'humanité à naître acceptée, utilisée, peuplant le vaste monde, où des continents entiers sont, jusqu'à ce jour, restés presque déserts! Est-ce qu'il y aura jamais trop de vie? est-ce que le plus de vie possible n'est pas également le plus de puissance, le plus de richesse, le plus de bonheur? Tout le globe en est gros, les entrailles soulevées, tressaillantes, comme celles d'une femme enceinte. Il éclate de sève, dans le continuel enfantement du futur, du peuple universel et fraternel qu'il aura mis des mille ans à engendrer. C'est la foi en tout ce qui naît, en tout ce qui grandit, c'est l'espoir mis dans toutes les forces créatrices, agissant librement pour l'heureuse, la vigoureuse expansion humaine, c'est l'amour passionné de la vie qui fait le souhait panthéiste de tous les germes conservés, fécondés, et qui accepte seulement la mort parce qu'elle n'est qu'un renouvellement, un ferment, encore de la vie, et quand même de la vie.

Mais le vent chaud, chargé de désir, qui passait sur la face de Mathieu, évoqua brusquement en lui l'image de Sérafine. C'était la même sensation de brûlure aux yeux et aux lèvres qu'il avait éprouvée, chez les Morange, lorsque cette femme, avec son odeur, s'était penchée vers lui. Sans doute, à son insu, il l'avait emportée en sa chair, car son trouble grandissant de la soirée, son ivresse du restaurant, et l'excitation des confidences de Beauchêne, et le doute inquiet où le jetait la foule en marche vers la volupté d'une nuit stérile, aboutissaient à la réveiller, à la dresser en travers de la route, riante, provocante, s'offrant encore. Jamais il n'avait été en proie à un combat si rude, ne sachant plus où étaient la sagesse et la vérité, sous les assauts que sa raison recevait depuis le matin ; et il restait éperdu, au milieu des sollicitations brûlantes du milieu, dans ce Paris sacrifiant au culte de la jouissance égoïste. N'étaient-ce pas les Beauchêne, les Morange, les Séguin qui avaient raison, lorsqu'ils se prononçaient pour la joie seule de l'acte, par haine et par terreur de l'enfant ? D'ailleurs, tous les hommes faisaient comme eux, l'immense ville entière voulait être inféconde. Cela l'ébranlait, dans sa crainte d'avoir été simplement dupe jusque-là. Ne pas faire ce que fait tout le monde n'était sans doute qu'un entêtement d'orgueil. Et, devant lui, il voyait Sérafine, aux lourds cheveux roux, aux bras odorants, qui lui promettait des voluptés inconnues, sans dangers et sans remords.

Puis, dans sa poche, il sentit les trois cents francs de ses appointements qu'il emportait. Trois cents francs pour tout un mois, lorsqu'il avait déjà de légères dettes : à peine de quoi acheter un ruban à Marianne et de la

confiture pour les tartines des petits. Et, en mettant à
part les Morange, les deux autres ménages, les Beauchêne, les Séguin, étaient riches, d'une richesse qu'il
se plut amèrement à étaler. Il revit l'usine grondante,
couvrant de ses bâtiments noirs un vaste terrain, tout
un peuple d'ouvriers décuplant la fortune du maître, logé
dans un pavillon cossu, et dont le fils unique, sous les
yeux vigilants de la mère, grandissait pour la souve-
raineté rêvée. Il revit le luxueux hôtel de l'avenue d'Antin, son vestibule, son escalier magnifique, sa vaste
salle du premier étage, encombrée de merveilles, tout
ce raffinement, tout ce train de grande fortune, qui
disaient la large existence du ménage mondain, la dot
qu'ils donneraient à leur fille, la haute situation qu'ils
achèteraient pour leur fils. Et lui, nu, les mains vides,
qui n'avait rien, pas même une pierre au bord d'un champ,
n'aurait sans doute jamais rien, ni usine bourdon-
nante d'ouvriers, ni hôtel dressant sa façade orgueilleuse.
Et c'était lui l'imprudent, c'étaient les deux autres les
sages : lui, désordonné, sans prévoyance dans sa pauvreté, qu'il aggravait à plaisir par sa nuée d'enfants,
comme s'il avait juré de finir sur la paille, avec son troupeau de misérables ; les deux autres, qui auraient pu se
donner le luxe d'une nombreuse famille, n'en faisant
rien par une précaution supérieure, se méfiant de la vie,
voulant n'enfanter et ne laisser que des heureux. Évidemment, ceux-là étaient dans la vérité, dans le simple bon
sens, tandis qu'il commençait à se prendre lui-même en
mépris, désemparé, envahi par la crainte de n'avoir été,
jusqu'à ce jour, que la victime d'une imbécile duperie.

L'image de Sérafine revint, se précisa, obsédante,
d'une force de désir irrésistible. Avec elle, il oserait frauder, il serait sage. Et un petit frisson le saisit, lorsque le
flamboiement de la gare du Nord lui apparut, parmi cette
bousculade des abords des gares, où il retrouvait le rut

des foules enfiévrées. Là-bas, c'était Marianne, c'était un enfant encore, dans l'étreinte honnête, inévitable, au retour de cette fournaise. Encore un enfant, le cinquième, la démence pure, la ruine voulue, acceptée, méritée. Et, puisqu'il y en avait quatre déjà, Boutan lui-même l'aurait dit : « Le compte y est. » Pourquoi donc s'obstiner dans l'erreur? pourquoi ne pas faire, ce soir-là, comme Beauchêne, qui était un malin? Pendant que sa femme l'attendait paisiblement, il était avec Norine, en gaillard avisé, sans aucune suite à craindre. La religion du plaisir ne pouvait être que la seule bonne. Et Séraline devenait comme l'incarnation même de cette ville ardente se ruant à sa nuit inféconde, comme l'appel victorieux du plaisir pour le plaisir, dans la joie meurtrière du spasme anormal et décuplé, qui tue l'enfant.

Alors, il ne résista plus, il revint éperdument sur ses pas, il redescendit vers les boulevards. Une soudaine folie, un désir fou de cette femme l'emportait. Sa chair brûlait, à l'idée de connaître ses fraudes diaboliques, d'avoir les membres rompus dans la stérilité de ses étreintes. Elle se dressait comme une magicienne atroce et magnifique, qui savait des secrets de jouissance exaspérée, versant aux hommes la démence de sa toison rousse, de son grand corps roux, dont l'odeur seule les conquérait. Et elle l'attendait, le soir qu'il lui plairait de choisir, elle s'était offerte avec sa tranquille audace, il n'avait qu'à retourner frapper, rue de Marignan, à la porte de l'hôtel silencieux, d'une discrétion de grande alcôve. Brusquement, il se souvint du petit salon sans fenêtre apparente, sourd et profond comme une tombe, qu'il avait vu une seule fois, attiédi par les dix bougies de deux candélabres allumées en plein jour. Ce fut un vertige de plus, un embrasement nouveau, il précipita sa marche. Puis, d'autres souvenirs s'évoquèrent, les heures où il l'avait possédée autrefois, qu'il se rappelait à peine, la veille. et qui reprenaient tout d'un coup, dans son accès de fièvre chaude, une saveur irritante, dont son être en feu exigeait de retrouver sur l'heure la voluptueuse réalité. Et, tout en cédant à la crise qui le poussait, il arrangeait une histoire pour le lendemain, il dirait à sa femme que, retenu par le dîner d'affaires avec Beauchêne, il avait manqué son train.

Un embarras de voitures l'arrêta, il leva les yeux, vit qu'il était redescendu jusqu'aux boulevards. Autour de lui, la foule nocturne ruisselait toujours, s'écoulait de tous les côtés, dans la fièvre grandissante du plaisir qui rentre se mettre au lit. Ses tempes continuaient à battre, des mots bourdonnaient : faire comme les autres, frauder comme les autres, plutôt que d'engendrer davantage. Mais une hésitation, une défaillance l'envahissait, depuis qu'il était là, debout sur le trottoir, immobile, s'impatientant de la queue des voitures. L'embarras semblait grandir de minute en minute, il finit par y voir un obstacle qui coupait son désir, en barrant la chaussée. Et, brusquement, une autre image se dressa, celle de Marianne, riante et confiante, dont la tendresse l'attendait là-bas, dans l'immense paix fraîche de la campagne. Pourquoi donc ne seraient-ils pas sages tous les deux, se disant bonsoir en camarades, se refusant à ce cinquième enfant, qui serait la ruine? Il jura de n'en avoir jamais plus, il reprit sa course vers la gare, violemment, avec la crainte de manquer son train. Il ne voulait plus entendre, il ne voulait plus voir Paris embrasé, ruisselant de foule autour de lui, et il arriva juste assez tôt pour se jeter dans un wagon, il fit le trajet penché à la portière, la face au petit vent froid de la nuit, comme pour se laver du désir mauvais, dont il sentait encore brûler ses veines.

## V

La nuit, sans lune, était criblée d'étoiles, si brûlantes et si pures, que la vaste campagne se voyait, s'élargissait sans fin, sous une molle clarté bleue. Et, dès onze heures vingt, Marianne se trouva sur le petit pont de l'Yeuse, à mi-chemin de Chantebled, le pavillon occupé par le ménage, et de la station de Janville. Les enfants dormaient, elle avait laissé près d'eux Zoé, la servante, tricotant à côté d'une lampe, dont la lumière s'apercevait de loin, pareille à une étincelle vive, au milieu de la ligne noire des bois.

Chaque soir, d'ordinaire, Marianne venait ainsi jusqu'au pont, à la rencontre de Mathieu, lorsqu'il rentrait par le train de sept heures. Parfois, elle amenait ses deux aînés, les jumeaux, bien que leurs petits pieds s'attardassent, au retour, lorsqu'il fallait refaire, en montant la côte assez rude, le kilomètre qu'ils avaient fait déjà pour venir. Et, ce soir-là, malgré l'heure avancée, elle avait cédé à la douce habitude, à la joie de s'en aller ainsi, par une si délicieuse nuit, au-devant de l'homme qu'elle adorait. Jamais elle ne dépassait le pont, qui s'élevait en dos d'âne, au-dessus de l'étroite rivière. Elle s'asseyait sur le parapet, bas et large, ainsi qu'un banc rustique, elle dominait de là toute la plaine, jusqu'aux maisons de Janville, que barrait la ligne du chemin de fer ; de sorte que, de très loin, par la route qui serpentait au milieu des blés, elle voyait venir le bien-aimé attendu.

Sous le grand ciel de velours, étincelant d'or, elle
s'assit à la place accoutumée. D'un mouvement de sollicitude, elle s'était retournée vers la petite lumière vive
qui luisait, là-bas, à la lisière des bois sombres, disant
le calme de la chambre où elle brûlait, la veillée tranquille de la servante, le bon sommeil des enfants endormis dans la pièce voisine. Puis, son regard se promena,
embrassa un instant le large horizon, tout ce domaine
considérable qui appartenait aux Séguin. L'ancien rendez-
vous de chasse, le pavillon délabré se trouvait au bord
extrême des grands bois, dont les bouquets coupés de
landes occupaient un vaste plateau, jusqu'aux fermes
lointaines de Mareuil et de Lillebonne. Et ce n'était pas
tout, plus de cent hectares s'étendaient aussi, à l'ouest
du plateau, des terrains marécageux, des mares croupis-
santes parmi des broussailles, vastes espaces restés
incultes, où l'on chassait le canard en hiver ; tandis
qu'une troisième partie du domaine, des hectares et des
hectares encore de terres également stériles, des sablonnières, des pierrailles, descendaient en pente douce
jusqu'à la ligne en remblai du chemin de fer. C'était un
coin de pays perdu pour la culture, où les quelques
champs de bon terrain restaient improductifs, enclavés,
immobilisés dans l'ensemble, toute une location de chasse
dont on se disputait les parts. Mais cela donnait à ce pays
une adorable solitude, une sauvagerie exquise, faite pour
ravir les âmes saines, amoureuses de pleine nature, et
rien n'était, sous cette belle nuit, dans ce recueillement
immense, d'une paix plus profonde ni plus embaumée.

Marianne, qui avait déjà battu les sentiers des bois,
exploré les broussailles, autour des mares, descendu
les pentes caillouteuses, s'attarda dans ce lent regard à
l'horizon, dont elle retrouvait les points visités, aimés,
que l'ombre noyait à cette heure. Une chouette, du fond
des bois, jetait son cri doux et régulier, pendant que, sur

la droite, d'une mare lointaine, arrivait un coassement de grenouilles, si perdu, qu'il prenait une vibration légère de cristal. Et il n'y avait, à l'autre bord de l'horizon, du côté de Paris, qu'un grondement sourd, grandissant, qui peu à peu étouffait toutes les rumeurs de l'ombre. Elle l'avait entendu, elle finit par ne plus écouter que lui. C'était le train du retour, dont elle connaissait bien le bruit familier, guetté par elle chaque soir. Dès qu'il quittait la station de Monval, en marche pour Janville, on commençait à en percevoir le roulement, mais si faible encore, qu'il fallait une oreille exercée pour le distinguer, au milieu des autres bruits épars. Elle, immédiatement, l'entendait, le suivait dès lors, en se rendant compte de tout le trajet, de toutes les courbes de la ligne. Et jamais elle n'avait mieux pu le suivre que ce soir-là, par ce grand calme de la merveilleuse nuit, dans la paix du sommeil de la terre. Il était parti de Monval, il tournait ensuite aux briqueteries, il longeait maintenant les prés Saint-Georges. Encore deux minutes, il serait à Janville. Tout d'un coup, après les peupliers du Mesnil-Rouge, le feu blanc du train apparut, filant au ras de terre, pendant que la respiration forte de la locomotive s'accentuait, comme celle d'un coureur géant qui approche. Et, de ce côté, la plaine s'enfonçait à l'infini, obscure, d'un inconnu illimité, sous le ciel criblé d'étoiles, qu'incendiait, tout au bout, un reflet rouge de brasier, la lueur du Paris nocturne, brûlant et fumant dans les ténèbres comme un cratère de volcan.

Elle s'était mise debout. Il y eut l'arrêt, à Janville; puis, le grondement reprit, décrut, se perdit, du côté de Vieux-Bourg. D'ailleurs, elle ne l'entendait plus, elle n'avait maintenant d'oreille et de regard que pour la route, dont elle distinguait le ruban pâle entre les blés, les larges pièces vertes devenues noires. Son mari ne mettait pas dix minutes pour franchir le kilomètre qui séparait la gare du petit pont. Et, lui aussi, elle l'apercevait de loin, le reconnaissait, dès sa sortie de la gare. Mais il advint, cette nuit-là, qu'elle entendit parfaitement son pas sur la route sonore, dans le grand silence, avant de voir la fine barre sombre dont il tachait la pâleur du chemin. Et ce fut ainsi qu'il la trouva, debout sous les étoiles, riante, saine, robuste, dans sa taille souple sur ses hanches fortes, avec sa gorge nourricière, menue et ferme. Elle avait la peau d'une blancheur de lait, qu'accentuaient encore ses admirables cheveux noirs, relevés simplement en un énorme chignon, et ses grands yeux noirs, d'une douceur d'amante et de mère, d'un calme sacré de bonne déesse féconde. Son front droit, son nez, sa bouche, son menton d'un dessin si solide, si pur, ses joues de fruit savoureux, ses petites oreilles délicieuses, tout ce visage d'amour et de tendresse disait la beauté bien portante, et la gaieté aussi des devoirs accomplis, et la certitude sereine de bien vivre en aimant la vie.

— Comment ! tu es venue ! s'écria Mathieu, dès qu'il fut près d'elle. Mais je t'avais suppliée de ne pas te déranger si tard... Tu n'as donc pas peur, seule par les chemins ?

Elle s'était mise à rire.

— Peur, lorsque la nuit est si douce, si bienfaisante !... Et puis, tu ne voulais donc pas que je fusse là, pour t'embrasser dix minutes plus tôt ?

Il fut ému aux larmes par ce mot si simple. Tout ce qu'il venait, à Paris, de traverser de trouble et de honteux, lui fit horreur. Il l'avait prise tendrement dans ses bras, ils échangèrent le plus profond, le plus humain des baisers, au milieu de la paix immense des champs qui sommeillaient. Après le pavé brûlant de Paris, desséché par l'âpre lutte du jour, par le rut stérile et prostitué du soir, sous l'incendie des lampes électriques, quel repos adorable que ce vaste silence, cette molle clarté bleue de paradis, **ce** déroulement sans fin de plaines rafraîchies d'obscurité, rêvant d'enfantement dans l'attente prochaine du soleil ! Et quelle santé, quelle honnêteté, quelle félicité montaient de cette nature toujours en gésine, ne s'endormant sous les rosées nocturnes que pour des réveils triomphants, rajeunie sans cesse par le torrent de vie qui ruisselle jusque dans la poussière des chemins !

Lentement, Mathieu avait de nouveau assis Marianne sur le parapet bas et large du petit pont. Il la gardait serrée contre son cœur, c'était comme une halte de tendresse à laquelle ni l'un ni l'autre ne pouvait se refuser, devant cette invitation universelle qui leur venait des étoiles, et des eaux, et des bois, et des champs sans limites.

— Mon Dieu ! murmura-t-il, l'admirable nuit ! Qu'elle est belle et qu'elle est bonne à vivre !

Puis, après un silence de ravissement, où tous deux entendaient battre leur cœur, il dit sa journée. Elle le questionnait avec un intérêt tendre, il répondait, heureux de n'avoir pas à mentir.

— Non, les Beauchêne ne peuvent venir passer ici un dimanche. Tu sais que Constance ne nous a jamais beaucoup aimés. Leur petit Maurice souffre des jambes, le docteur Boutan était là, et l'on a encore discuté sur la question des enfants. Je te raconterai... En revanche, les Morange viendront. Tu n'as pas idée de leur joie vaniteuse à me montrer leur nouvel appartement. Avec leur idée de faire fortune, j'ai bien peur que ces braves gens ne se lancent dans quelque grosse sottise... Ah ! j'oubliais, je suis allé chez le propriétaire. Il a fini par consentir, non sans peine, à ce qu'on refît entièrement la toiture. Quelle maison encore que celle de ces Séguin ! J'en suis sorti effaré, je te dirai ça tout à l'heure, avec le reste.

Elle était, d'ailleurs, sans curiosité bavarde, attendant

ses confidences, ne s'inquiétant que de lui, d'elle et de leurs enfants.

— Tu as touché ton mois, n'est-ce pas ? demanda-t-elle.

— Oui, oui, sois tranquille.

— Oh ! je suis tranquille, c'est à cause seulement des petites dettes qui m'ennuient.

Puis, elle demanda encore :

— Et votre dîner d'affaires s'est bien passé ? J'avais peur que Beauchêne ne t'attardât et ne te fît manquer ton train.

Il se sentit rougir, pris de malaise, le cœur souffrant, tandis qu'il répondait que tout s'était très bien passé. Pour couper court, il affecta de s'égayer soudain.

— Voyons, et toi, chérie, qu'as-tu fait de bon, avec tes trente sous ?

— Mes trente sous ! répondit-elle gaiement, mais j'étais beaucoup trop riche, nous avons vécu tous les cinq comme des princes, et il me reste six sous.

Alors, elle raconta sa journée, sa vie quotidienne de pur cristal, ce qu'elle avait fait, ce qu'elle avait dit, comment les enfants s'étaient comportés, les plus minces détails sur eux et sur la maison. D'ailleurs, toutes les journées se ressemblaient, elle se remettait chaque matin à revivre la même, avec un égal bonheur.

— Ah ! pourtant aujourd'hui, nous avons eu une visite. Madame Lepailleur, la femme du Moulin, là, en face, est venue me dire qu'elle avait de beaux poulets à vendre... Comme nous lui devons douze francs d'œufs et de lait, je crois bien qu'elle passait voir si je n'allais pas me décider à la payer. Je lui ai répondu que j'irai chez elle demain.

D'un geste, elle avait indiqué, dans la nuit, une grande construction noire, en aval de l'Yeuse. C'était, comme on le nommait à Janville, le Moulin, un ancien moulin à eau qui fonctionnait encore. Depuis trois générations, les

Lepailleur étaient installés là. Le dernier, François Lepailleur, un garçon qui croyait ne pas être une bête, avait rapporté du service militaire, au retour du régiment, le dégoût du travail, l'idée que ce ne serait pas son moulin qui l'enrichirait, pas plus qu'il n'avait enrichi son père ni son grand-père. L'idée lui était venue alors d'épouser la fille aînée d'un cultivateur, Victoire Cornu, qui avait en dot quelques champs voisins, le long de l'Yeuse. De sorte que le jeune ménage vivait relativement à l'aise, du produit de ces champs et du peu de blé que les paysans d'alentour apportaient encore au vieux moulin. Sans doute aurait-ce pu être la fortune, si le mécanisme trop ancien, mal réparé, avait fait place à tout un système nouveau, et si les quelques champs, au lieu d'être appauvris selon l'antique routine, étaient tombés entre les mains d'un homme d'intelligence et de progrès. Mais Lepailleur, au dégoût du travail, ajoutait le mépris de la terre. Il était le paysan las de l'éternelle maîtresse, que ses pères ont trop aimée, qui a fini lui-même par l'exécrer, pour toute l'effroyable peine qu'ils ont prise à la féconder, sans que jamais elle les ait faits riches et heureux. Il n'avait plus foi en elle, il l'accusait furieusement de n'être plus fertile, usée, méchante, pareille aux vieilles vaches qu'on envoie à l'abattoir. Et c'était, selon lui, la banqueroute de tout, du sol qui mangeait les graines, du ciel qui se détraquait, des saisons qui cessaient de venir dans leur ordre naturel, enfin tout un désastre prémédité, réalisé par quelque puissance mauvaise, contre les paysans, assez bêtes pour toujours donner inutilement à la marâtre leur sueur et leur sang.

— Imagine-toi, reprit Marianne, que cette Lepailleur était avec son petit Antonin, un bout d'homme de trois ans, et que, lorsque je lui ai demandé à quand les autres, elle s'est récriée, en disant que les autres resteraient pour sûr où ils étaient. Une jeune femme qui n'a guère plus

de vingt-quatre ans et dont le mari n'en a pas vingt-sept!...
Ces paysans, ils en sont donc là, eux aussi? Moi, je les
croyais encore à la vieille mode, de faire des enfants tant
qu'on peut.

Ces paroles réveillèrent toutes les réflexions, toutes
les préoccupations de Mathieu. Il garda un instant le
silence.

— Elle t'a donné ses raisons sans doute.

— Oh! elle, avec sa tête chevaline, sa figure longue,
tachée de rousseur, ses yeux pâles et sa bouche serrée
d'avare, je la crois une simple sotte, en admiration devant
son mari, parce qu'il s'est battu en Afrique et qu'il lit les
journaux. Je n'ai pu en tirer que cette opinion têtue : les
enfants, ça coûte plus que ça ne rapporte... Mais le mari
a sûrement des idées. Tu l'as vu, n'est-ce pas ? ce grand
mince, roux et maigre comme sa femme, le visage angu-
leux, les yeux verts, les pommettes saillantes. Il a l'air
de ne pas dérager. Et j'ai compris que, s'il ne veut pas
d'autres enfants, c'est qu'il accuse surtout son beau-père
d'avoir trois filles et un garçon, ce qui a rogné la part de
sa femme. En outre, le métier de meunier n'ayant pas
enrichi son père, il déblatère contre son moulin du matin au soir, il répète que ce ne sera pas lui qui empêchera
Antonin d'aller manger du pain blanc à Paris, s'il y
trouve une bonne place.

Mathieu retrouvait là, dans le peuple des campagnes,
les raisons qui limitaient la famille, comme chez les Beauchêne et chez les Morange : la crainte du partage de l'héritage, le besoin de monter d'une classe, exaspéré par le
dédain du travail manuel, par la soif du luxe entrevu des
villes. Puisque la terre faisait banqueroute, pourquoi
s'acharner à la cultiver, avec la certitude de ne jamais
s'enrichir ? Il fut sur le point d'expliquer ces choses à sa
femme. Puis, il se contenta de dire :

— Il a tort de se plaindre, il a deux vaches, un cheval,

et, quand le travail presse, il peut prendre un aide. Nous autres, nous avions trente 'sous ce matin, et pas de moulin, et pas le moindre champ... Je le trouve superbe, moi, son moulin, je le lui envie, chaque fois que je passe sur ce pont. Nous vois-tu le meunier et la meunière, nous serions très riches et très heureux !

Cela les fit rire. Un instant encore, ils restèrent assis, regardant la masse sombre du Moulin, au bord de l'Yeuse. La petite rivière était d'une paix infinie, entre les saules et les peupliers des deux rives, à peine murmurante, parmi les plantes d'eau qui en moiraient le cristal. Puis, c'était, au milieu d'un bouquet de chênes, le vaste hangar qui abritait la roue, les bâtiments voisins, enguirlandés de lierres, de chèvrefeuilles, de vignes-vierges, tout un coin de décor romantique. Et, la nuit surtout, lorsque le Moulin dormait, sans une lumière, rien n'était d'un charme plus rêveur ni plus doux.

— Tiens ! fit remarquer Mathieu, en baissant la voix, il y a quelqu'un, là, sous les saules, au bord de l'eau. J'ai entendu un petit bruit.

— Oh ! je sais, dit Marianne, avec une gaieté tendre. Ça doit être le jeune ménage, qui s'est installé, là-bas, dans la petite maison, voici quinze jours à peine. Tu sais bien, madame Angelin, cette amie de pension de Constance.

Ce ménage Angelin, devenu leur voisin de campagne, les intéressait : elle, de même âge que Marianne, grande, brune, de beaux cheveux et de beaux yeux, ensoleillée de continuelle joie, adorant le plaisir ; lui, de même âge que Mathieu, bel homme, amoureux fou, d'une gaieté brave de mousquetaire, les moustaches au vent. Ils s'étaient mariés dans un coup de passion, riches à eux deux d'une dizaine de mille francs de rente, que lui, peintre aimable d'éventails, aurait pu doubler, sans la folie de paresse tendre où le jetait l'amour de sa femme.

Et ils étaient venus, ce printemps-là, se réfugier dans ce désert de Janville, pour s'y aimer librement, passionnément, en pleine nature. On ne rencontrait qu'eux, enlacés, par les sentiers des bois, cherchant les refuges ignorés, les trous d'herbes cachés sous les feuilles. La nuit surtout, ils s'en allaient ainsi à travers champs, derrière les haies, le long des rives ombragées de l'Yeuse, ravis quand ils pouvaient s'oublier très tard, près de l'eau murmurante, dans l'ombre épaisse des saules.

— Encore une qui ne veut pas d'enfant, reprit Marianne. Elle me l'a dit, l'autre jour, elle a décidé de ne pas en avoir avant la trentaine, pour jouir un peu de l'existence avec son mari, sans tout de suite s'embarrasser d'une maternité qui lui prendrait trop de temps. Et lui l'encourage dans cette idée, par crainte, je crois, qu'elle ne s'abîme le corps, qu'elle ne cesse d'être amante pendant la grossesse et l'allaitement. Aussi ont-ils beau s'embrasser partout, du matin au soir, ils s'arrangent de façon à n'avoir que le plaisir... A trente ans, ils feront un garçon, et plus beau que le jour.

Et, comme Mathieu, redevenu grave, continuait à garder le silence, elle ajouta simplement :

— S'ils peuvent.

Lui, de nouveau, réfléchissait. Savait-on jamais où était la sagesse ? N'était-ce pas délicieux, cet amour tout à lui-même, vivant de lui seul, par la vaste campagne ? Il se rappela le serment qu'il s'était fait, à Paris, de n'avoir plus d'enfant.

— Bah ! murmura-t-il enfin, chacun vit à sa guise... Nous les gênons, allons nous coucher.

Doucement, ils reprirent, ils remontèrent l'étroit chemin qui conduisait à Chantebled. Devant eux, comme l'étincelle lointaine d'un phare, ils voyaient la clarté de la lampe brûlant devant une fenêtre du pavillon, clarté tranquille et perdue, au milieu des ténèbres amassées des bois. Et ils ne parlaient plus, envahis par le silence souverain de la nuit, en marche vers ce toit si calme, où dormaient leurs enfants.

Quand ils furent rentrés, Mathieu ferma la porte au verrou ; puis, ils montèrent à tâtons, en faisant le moins de bruit possible. Le rez-de-chaussée se composait, à droite du couloir, d'un salon et d'une salle à manger, à gauche, d'une cuisine et d'une remise. Au premier, il y avait quatre chambres. Leur très modeste mobilier, apporté de Paris, dansait dans les pièces trop vastes. Mais ils étaient sans orgueil, ils en riaient. Tout leur luxe avait consisté à mettre aux fenêtres de petits rideaux d'andrinople, dont le reflet rouge leur semblait donner aux pièces une richesse extraordinaire.

— Sûrement, Zoé s'est endormie, dit Marianne, en n'entendant aucun bruit, pas un souffle.

Et c'était vrai, la paysanne qui s'était installée à tricoter devant la lampe, dans la chambre du ménage, pour que la lumière ne gênât pas les enfants, dont les lits occupaient la pièce voisine, dormait profondément, le nez tombé sur son ouvrage. Et toute la paix d'un profond sommeil venait également par la porte, laissée grande ouverte.

Il fallut réveiller doucement Zoé, étouffer ses excuses, l'envoyer se coucher, engourdie, ahurie, en lui recommandant de ne pas faire trop de tapage. Déjà, Mathieu avait pris la lampe, était passé dans la chambre des enfants, pour les voir et les embrasser. Rarement ils se réveillaient. Il posa la lampe sur la cheminée, et il regardait les trois petits lits, lorsque Marianne vint le rejoindre. Dans le lit du fond, contre le mur, se trouvaient Blaise et Denis, les deux jumeaux, de forts gaillards de six ans, qui dormaient le plus souvent aux bras l'un de l'autre. Contre le mur d'en face, le second lit était occupé par Ambroise seul, quatre ans bientôt, un chérubin d'une beauté rare. Et c'était mademoiselle Rose, sevrée

depuis trois semaines, à quinze mois, qui fleurissait de
ses petites chairs blanches le troisième lit, un berceau où
elle reposait à demi nue. La mère dut la recouvrir, tant
elle avait saccagé la couverture de ses poings volontaires.
Puis, de son côté, pendant ce temps, le père s'inquiéta
de l'oreiller d'Ambroise, qui avait glissé. Tous les deux,
sans bruit, avec des mouvements tendres, allaient et
venaient, se penchaient, revenaient se pencher sur les
doux visages endormis, pour s'assurer qu'ils étaient bien
calmes, qu'ils riaient aux anges. Ils les baisèrent, s'attar-
dèrent encore, en croyant que Blaise et Denis avaient
remué. Enfin, ce fut la mère qui emporta la lampe, ils
s'en allèrent, l'un après l'autre, sur la pointe des pieds.

Lorsque Marianne eut reposé la lampe au milieu de
la table, dans leur chambre, en laissant la porte de communication ouverte, elle retrouva sa voix pour dire tout
haut :

— Je n'ai pas voulu t'inquiéter, en te racontant ça,
dehors : Rose m'a donné des inquiétudes aujourd'hui, je
ne l'ai pas trouvée bien, et je n'ai été rassurée que ce
soir.

Puis, voyant le brusque sursaut, la pâleur de Mathieu :

— Oh! ce n'est rien, je ne serais pas sortie, si j'avais
gardé la moindre crainte. Seulement, avec ces petits êtres,
on n'est jamais tranquille... Voyons, couche-toi, il est
plus de minuit.

Tranquillement, elle se mit à se déshabiller elle-même,
sans se préoccuper de la fenêtre restée ouverte, ne craignant d'autres yeux que les millions d'étoiles, dans l'infini
de l'horizon. Quand elle eut enlevé sa robe, son jupon,
son corset, elle demeura un instant devant la glace, à se
coiffer pour la nuit, laissant pendre les lourds cheveux de
son chignon en une longue natte, qui lui descendait aux
jarrets.

Mathieu ne parut pas l'avoir entendue. Au lieu de se

déshabiller comme elle, il s'était assis devant la table, sous la lampe. Et il vida ses poches, sortit les quinze louis, les trois cents francs de son mois. Quand il les eut comptés, il dit, d'un air d'amère plaisanterie :

— Il n'y en a bien que quinze, ils n'ont pas fait de petits en route... Tiens! les voilà. Tu payeras demain nos dettes.

Ce mot lui suggéra une idée. Il prit son crayon, aligna des chiffres sur une page blanche de son carnet.

— Nous disons douze francs d'œufs et de lait aux Lepailleur... Combien dois-tu au boucher?

Assise, devant lui, elle ôtait ses bas.

— Au boucher, mets vingt francs.

— Et à l'épicier, au boulanger?

— Je ne sais pas au juste, mets une trentaine de francs. C'est tout d'ailleurs.

Alors, il additionna.

— Ça fait soixante-deux francs. Qui de trois cents ôte soixante-deux francs, reste deux cent trente-huit francs, Au plus huit francs par jour... Eh bien! nous voilà riches, nous allons passer un joli mois, avec quatre enfants à nourrir, surtout si notre petite Rose tombe malade!

En chemise maintenant, et debout, ses adorables pieds nus sur le parquet, ses bras nus ouverts dans un geste de charme et d'appel, elle le regardait, d'une beauté victorieuse de femme féconde, au corps superbe et sain. Et elle s'étonnait de l'entendre parler ainsi, elle eut un rire de joyeuse confiance.

— Qu'as-tu donc ce soir, mon ami? Voilà que tu fais des calculs désespérés, toi qui attends toujours le lendemain comme un prodige, avec la certitude qu'il suffit d'aimer la vie, si l'on veut la vivre heureuse. Quant à moi, tu le sais bien, je suis sûrement la femme la plus riche, la plus heureuse du monde... Viens te coucher, la fortune attend que tu souffles la lampe, pour entrer.

Elle plaisantait, et d'un léger saut, en jouant, elle se
mit au lit ; puis, elle resta la tête haute sur l'oreiller, les
bras en dehors du drap, dans le même geste de tendre
appel. Mais il hochait la tête, il recommença tristement à
revivre, à remâcher sa journée, en un flot de paroles lentes,
sans fin.

— Non, vois-tu, chérie, ça finit par me gonfler le
cœur, lorsque je rentre ici, dans notre dénuement, après
avoir vu, chez les autres, tant d'aisance et de prospérité.
Tu sais combien peu je suis envieux, sans ambition, sans
désir de m'élever ni de m'enrichir. Seulement, que
veux-tu ? il est des heures où je souffre pour vous, oui !
pour toi et pour les enfants, où je voudrais vous gagner
une fortune, vous sauver au moins de la misère menaçante... Ces Beauchêne, avec leur usine, avec leur petit
Maurice qu'ils élèvent en futur prince, me font-ils assez
sentir que nous crèverons de faim, nous deux, avec nos
quatre enfants ! Et ces pauvres Morange, qui parlent de
donner une royale dot à leur fille, les voilà eux-mêmes
glorieux au milieu du faux luxe de leur nouvelle
installation, en train de rêver d'une place de douze mille
francs, pleins d'un amical dédain pour nous ! Et nos
propriétaires encore, ces Séguin, si tu les avais vus étaler
leurs millions devant moi, leur hôtel qui déborde de
merveilles, m'écraser, me prendre en pitié et en dérision, à cause de ma famille nombreuse, eux dont la
sagesse sait se borner à un garçon et à une fille ! Et,
enfin, jusqu'à ces Lepailleur dont le moulin nous nargue,
car c'est bien clair, si cette femme est venue, avec son
Antonin, te dire qu'elle n'en aurait jamais un second,
cela signifiait que le fait d'en voir quatre, chez nous,
lui inspirait la crainte de ne pas être payée !... Ah ! sûrement, nous n'aurons jamais une usine, ni un hôtel, ni
même un moulin, pas plus que jamais sans doute je
ne gagnerai douze mille francs. Les autres ont tout, et

nous n'avons rien, l'évidence est là. Et comme toi, chérie, je ferais contre mauvaise fortune bon cœur, je me montrerais plein de patience et même de gaieté, si je n'avais le remords inquiet de me dire que la gêne croissante où nous nous trouvons est notre œuvre... Oui, oui! nous sommes coupables d'imprudence, d'imprévoyance.

A mesure qu'il parlait, elle donnait des signes grandissants de surprise. Elle s'était soulevée, se découvrant, montrant sa nudité ferme et blanche, que sa natte épaisse barrait d'un flot sombre, tandis que, dans son visage de lait, luisaient ses yeux noirs, élargis.

— Mais qu'as-tu, qu'as-tu donc ce soir, mon ami? répéta-t-elle. Toi si bon, toi si simple, qui ne parles jamais argent, qui es si heureux dans notre médiocrité, tu causes là comme mon cousin Beauchêne... Allons, tu as dû passer une mauvaise journée à Paris, viens te coucher, oublie ta peine.

Il se leva enfin, se déshabilla, en murmurant encore de sourdes paroles.

— Je vais me coucher, certainement. Ça n'empêche pas que nous sommes ici dans une masure, et que, s'il pleuvait encore cette nuit, les enfants seraient mouillés. Comment veux-tu que je ne fasse pas des comparaisons?... Ces pauvres enfants! Je suis comme les autres papas, je les voudrais si heureux!

Et il allait se mettre au lit, lorsqu'une plainte qu'il crut entendre dans la pièce voisine, l'arrêta net au milieu de la chambre. Après avoir écouté, hanté quand même d'inquiétude, il finit par reprendre la lampe, pour retourner voir les petits, pieds nus, en chemise. Au bout de deux ou trois minutes, quand il reparut, silencieux, marchant avec des précautions infinies, il trouva la mère assise parmi les draps, le cou tendu, écoutant toujours, prête à le rejoindre au moindre appel.

— Ce n'est rien, dit-il très bas, comme si les enfants

avaient pu l'entendre. C'est Rose qui s'était encore découverte... Ils dorment tous les quatre, pareils à des Jésus.

Puis, après avoir replacé la lampe sur la table :

— Je l'éteins, n'est-ce pas ?

Mais, au moment où il se dirigeait vers la fenêtre,
pour la fermer, elle l'en empêcha.

— Non, non ! laisse-la grande ouverte. Il fait si beau,
si doux ! Tout à l'heure, avant de nous endormir, nous la
fermerons.

C'était vrai, rien n'était d'une beauté, d'une douceur
comparables à cette merveilleuse nuit de printemps, qui
entrait avec toute la paix noire, toute l'odeur calme et
puissante des vastes campagnes. Au loin, on n'entendait
plus que le souffle profond de la terre assoupie, dans son
éternelle fécondité. La vie, quand même, débordait de
ce repos, s'épandait en ce frisson du désir nocturne, dont
l'amour, sans cesse ni fin, agite les herbes, les bois, les
eaux, les champs, jusque dans leur sommeil. Maintenant
que la lampe était éteinte, on voyait, de la chambre obscure, les étoiles brûlantes palpiter au ciel, tout un pan
du ciel immense, que Paris continuait à incendier de
son reflet de cratère, là-bas, juste en face du lit où les
époux étaient couchés.

Tendrement, Mathieu prit Marianne entre ses bras, puis,
la serrant tout contre lui, la mettant sur son cœur, dans
cette étreinte où il la sentait si souple et si robuste, il
continua d'une voix émue, à son oreille :

— Ma chérie, comprends bien que je songe à vous
uniquement, aux petits et à toi... Les autres, qui sont
riches, ont la sagesse de ne pas se charger de famille, et
c'est nous, les pauvres, qui nous mettons des enfants sur
les bras, coup sur coup, sans compter. Quand on y réfléchit un peu, ça paraît fou, c'est de la dernière imprévoyance... Ainsi, la naissance de notre petite Rose nous
a certainement achevés, en nous forçant à nous réfugier

ici, car, auparavant, nous joignions encore les deux bouts, nous ne faisions pas de dettes... Hein? qu'en penses-tu?

Elle ne bougeait pas, elle ne dénouait pas les bras de fraîche caresse dont elle l'avait lié. Mais une attente inquiète avait ralenti les battements de sa gorge.

— Je n'en pense rien, mon chéri. Je n'ai jamais songé à cela.

— Enfin, reprit-il, te vois-tu de nouveau enceinte, nous vois-tu avec un cinquième enfant? C'est ce jour-là qu'on aurait raison de se moquer et de nous dire que, si nous sommes malheureux, c'est que nous le voulons bien !... Alors, n'est-ce pas? ça me trotte par la tête, et j'ai fait aujourd'hui un serment, celui de nous en tenir là, de nous arranger pour que le cinquième ne vienne jamais... Qu'en penses-tu, ma chérie?

Cette fois, sans doute à son insu même, elle dénoua un peu les bras, et il eut l'impression d'un petit frémissement de sa peau contre la sienne. Elle était prise de froid, elle avait envie de pleurer.

— J'en pense que tu dois avoir raison. Que veux-tu que je te dise, moi? Tu es le maître, nous ferons ce que tu voudras.

Mais ce n'était déjà plus elle, l'amante, l'épouse, qu'il tenait dans son étreinte; c'était une autre, la femme passive, résignée à n'être que du plaisir. Et surtout il avait la sensation qu'elle ne comprenait pas, effarée, se demandant pourquoi, à cause de quoi, il disait ces choses.

— Je ne te fais pas de la peine au moins, ma chérie, ajouta-t-il en affectant de plaisanter. Ça n'empêche pas de faire joujou, tu sais. Et nous serons logés à bonne enseigne, tout le monde en est là, tous ceux que je t'ai nommés ne s'arrangent pas autrement... Tu seras quand même ma petite femme que j'adore.

Il l'attira, la serra plus étroitement, chercha ses lèvres

pour un baiser; pendant qu'elle bégayait, mal à l'aise, dans une révolte inconsciente de chair et de cœur :

— Oui, sans doute, je sais bien... Comme il te plaira, tu as la charge de l'avenir...

Et elle éclata en sanglots, elle s'enfouit la tête dans sa poitrine, pour étouffer des larmes, de grosses larmes dont il sentait le tiède ruissellement. Il était resté interdit, envahi à son tour d'une sorte de répugnance sourde, devant ce chagrin, dont elle n'aurait pu dire les profondes causes. Il s'en prit à lui-même, mécontent, désolé.

— Ne pleure pas, ma chérie... Je suis stupide, je suis un brutal et un vilain de te parler ainsi de ces choses, quand tu es là, gentiment, à me serrer dans tes bras. Tu réfléchiras, nous en recauserons... Et ne te fais pas de peine, endors-toi tranquille, tu sais, là, sur mon épaule, comme les soirs où nous nous aimons bien.

C'était en effet une habitude. Il la gardait ainsi, la tête sur son épaule, jusqu'à ce que la douce régularité de son souffle lui eût indiqué qu'elle dormait; et, alors seulement, il la posait sur son oreiller avec précaution, sans la réveiller.

— Là, tu es bien, fais dodo... Je ne te tourmenterai pas.

Elle ne pleurait plus, elle ne disait rien, blottie contre son épaule, ramassée toute contre lui. Et il put espérer qu'elle s'endormirait de la sorte, tandis que lui, les yeux grands ouverts, continuait à réfléchir, en regardant le vaste ciel, où palpitaient les étoiles.

La lueur dont Paris incendiait l'horizon, là-bas, évoqua de nouveau la soirée ardente, d'où il était revenu si bouleversé. Maintenant, Beauchêne quittait Norine, retournait gaillardement au lit conjugal. Pourquoi donc, dans le récit de sa journée qu'il avait fait à Marianne, n'avait-il point osé lui conter cette aventure de Norine et du cousin

Beauchêne? Il en sentit davantage le côté malpropre et honteux. Puis, ce fut, ainsi qu'une nausée, le souvenir de la saleté personnelle qu'il avait failli commettre, en allant passer la nuit chez Séraphine. Il y serait, à cette heure. Cette pensée, dans ce lit, avec cette chère femme qui s'endormait sur son épaule, lui devint insupportable comme un remords. N'était-ce pas ce désir furieux d'une heure, pareil à une crise morbide, qui l'avait sali, qui laissait son intelligence obscurcie, sa chair détraquée? Il fallait bien qu'il fût travaillé d'un poison, pour ne plus se reconnaître, pour avoir ainsi des sentiments et des volontés qu'il n'avait jamais eus. Il commençait à être stupéfait lui-même des discours qu'il venait de tenir à sa femme; car, certainement, la veille, la seule idée d'avoir à dire ces choses l'aurait désespéré et paralysé.

Marianne ne s'endormait pas, avec sa tendre confiance habituelle. Elle avait beau fermer les yeux, rester inerte, Mathieu la devinait fâchée, malheureuse, ne comprenant toujours pas qu'il pût l'aimer si peu. Et, déjà, le souci de la richesse s'en était allé de lui, il devait faire un effort pour retrouver les raisonnements d'un Beauchêne ou d'un Morange, ce besoin orgueilleux de monter d'une classe, d'amasser la fortune sur une seule tête, dans la haine et la terreur du partage. Mais les théories entendues chez les Séguin le hantaient encore, car il ne pouvait nier les faits : les plus intelligents étaient sûrement les moins féconds, les enfants ne poussaient jamais en plus grand nombre que sur le fumier de la misère. Seulement, ce n'était là qu'un fait social, dépendant surtout de l'état de la société où il se produisait. La misère venait de l'injustice des hommes, et non de l'avarice de la terre, qui aurait nourri des nations décuplées, le jour où serait réglée la question du travail nécessaire, distribué entre tous, pour la santé et pour la joie. S'il restait vrai que dix mille heureux étaient pré-

férables à cent mille malheureux, pourquoi donc ces
cent mille malheureux, venus en trop, disait-on, n'au-
raient-ils pas apporté leur effort à élargir la vie, à être
aussi heureux que les dix mille privilégiés, dont on
voulait assurer l'égoïste bien-être, en châtrant la nature?
Et ce fut comme une délivrance, un souffle vivifiant
d'infini, lorsque cette certitude lui revint que la fécondité avait fait la civilisation, que c'était le trop d'êtres, ce
pullulement des misérables, exigeant leur part légitime
de bonheur, qui avait soulevé les peuples, de secousse en
secousse, jusqu'à la conquête de la vérité et de la justice. Il fallait être trop, pour que l'évolution pût s'accomplir, l'humanité déborder sur le monde, le peupler,
le pacifier, tirer de lui toute la vie saine et solidaire dont
il était gonflé. Puisque la fécondité faisait la civilisation,
et que celle-ci réglait celle-là, il était permis de prévoir
que, le jour où les temps seraient remplis, où il n'y aurait
qu'un peuple fraternel sur le globe entièrement habité,
un équilibre définitif s'établirait. Mais, jusque-là, dans
des mille ans et des mille ans, c'était œuvre juste,
œuvre bonne, que de ne point perdre une semence, de
les confier toutes à la terre, comme le semeur dont la
moisson ne saurait être trop abondante, cette moisson
des hommes où chaque homme de plus est une force et
une espérance.

Maintenant, par la fenêtre ouverte, le grand murmure
prolongé, indistinct, que Mathieu entendait venir de la
tiède nuit de printemps, n'était autre que le frémissement de l'éternelle fécondité. Il prêtait l'oreille, il était
baigné dans ce frisson, comme dans le petit souffle de
Marianne, qui ne dormait toujours pas, immobile, sans
autre signe de vie que l'haleine légère dont elle lui
effleurait le cou. Tout germait, tout poussait, s'épanouissait, en cette saison d'amour. Du ciel sans bornes, de la
palpitation des étoiles, tombait la loi d'universel accou-

plement, l'attraction qui régit les mondes. De la vaste
terre, couchée dans l'ombre comme une femme aux bras
de l'époux, montaient les délices du spasme générateur,
le petit bruit des eaux heureuses, gonflées d'œufs par
milliards, le soupir large des forêts, vivantes, bourdon-
nantes des bêtes en rut, des arbres en poussée de sève,
le branle profond des campagnes que soulevait de partout l'éclosion des graines. Et, sans doute, que de graines
perdues, que de semences desséchées ou pourries, un
déchet immense comblé sans cesse par l'inépuisable
nature. Mais jamais il n'avait mieux senti que si, chez
la bête, chez la plante, la vie lutte contre la mort, avec
une énergie acharnée, inlassable, l'homme seul veut la
mort pour la mort. Dans ces campagnes de mai, toutes
tièdes, toutes pâmées de l'étreinte féconde des choses et
des êtres, il n'y avait à cette heure que deux amoureux
volontairement inféconds, ce couple de meurtriers si
gais et si charmants, qui s'embrassaient, là-bas, sur le
bord de l'Yeuse, sous les saules, avec des raffinements
de passion stérile, chantés par les poètes.

Alors, chez Mathieu, les réflexions, les raisonnements
furent balayés, il n'y eut plus que le désir, l'insatiable et
éternel désir qui a créé les mondes, qui les crée chaque
jour encore, sans que la conception ni l'enfantement
puissent s'attarder une seconde. Le désir, toute l'âme de
l'univers est là, la force qui soulève la matière, qui fait
des atomes une intelligence, une puissance, une souve-
raineté. Et même il ne raisonnait plus le désir, il était
possédé par lui, emporté par lui, comme par l'invincible
loi qui propage, qui éternise la vie. Il suffisait qu'il eût
senti le petit souffle de Marianne immobile lui effleurer
le cou, pour qu'une flamme s'allumât dans ses veines.
Pourtant, elle était toujours anéantie, l'air glacé, les
yeux clos, sans pouvoir dormir. Mais d'elle, quand même,
émanait le triomphant désir, le satin nu de ses bras et de

sa gorge, l'odeur de sa peau fine et de ses lourds cheveux. La maternité, au lieu d'être, chez elle, destructive, lui avait donné une plénitude de formes, une solidité ferme de membres, toute cette beauté éclatante de la mère, qui fait de la beauté hésitante, équivoque de la vierge, un néant.

Mathieu, d'une étreinte passionnée, reprit Marianne entre ses bras.

— Ah! chère femme, j'ai douté de nous... Ni moi ni toi ne dormirons, tant que tu ne m'auras pas pardonné.

Elle eut un doux rire, déjà consolée, s'abandonnant à cette tendresse, dont elle avait senti monter la victorieuse flamme.

— Oh! moi, je n'ai pas douté, je savais bien que tu allais me reprendre.

Et ce fut un long baiser d'amour, sur l'invitation de l'amoureuse, de la féconde nuit de printemps, qui entrait toute par la fenêtre, avec ses étoiles palpitantes, avec ses eaux, ses forêts, ses campagnes pâmées. La sève de la terre montait, procréait dans l'ombre, embaumée d'une odeur de vivante ivresse. C'était le ruissellement des germes, charriés sans fin par les mondes. C'était le frisson d'accouplement des milliards d'êtres, le spasme universel de fécondation, la conception nécessaire, continue de la vie qui donne la vie. Et toute la nature, une fois encore, voulut ainsi qu'un être de plus fût conçu.

Mais Marianne avait arrêté Mathieu d'un geste, se soulevant, prêtant de nouveau l'oreille du côté de la chambre des enfants.

— Écoute donc!

Tous deux écoutèrent, se penchèrent, retinrent leur respiration.

— Tu crois qu'ils se réveillent?

— Oui, il m'a semblé entendre remuer.

Puis, comme plus rien ne bougeait, qu'il ne venait de la chambre voisine qu'une grande paix d'innocence, elle se remit à rire doucement, un peu moqueuse.

— Nos quatre pauvres petits malheureux !... Alors, ça ne fait rien, tu veux bien le cinquième, un autre pauvre petit malheureux encore ?

Il lui ferma la bouche sous un ardent baiser.

— Tais-toi, je suis une bête... Ah ! ils peuvent nous prendre en dérision et en mépris. C'est toi qui as raison, c'est nous qui sommes les vaillants et les sages.

Et ils eurent la superbe, la divine imprévoyance. Dans leur possession, tous les bas calculs sombrèrent, il ne resta que l'amour vainqueur, ayant confiance en la vie qu'il crée sans compter. Si, aux bras l'un de l'autre, ils avaient restreint l'acte, ils ne se seraient plus aimés de tout leur être, se réservant, se reprenant mutuellement quelque chose d'eux. Le lien vivant se serait dénoué, il aurait cru la traiter en étrangère, comme elle aurait cru ne plus être sa femme. Eux se donnaient l'un à l'autre tout entiers, sans aucune restriction de cœur ni de chair, et c'était à la vie de faire son œuvre, si elle le jugeait bon.

Ah ! les délices de cela, l'ivresse délicieuse de cet amour absolu dans son infini, qui est aussi de la santé et de la beauté ! Ce fut leur acte de foi en la vie, un cantique à la fécondité, créatrice généreuse, inépuisable des mondes. Le désir n'était plus que l'éternel espoir. Voilà la semence jetée au sillon, dans un cri de délirant bonheur : qu'elle germe donc et qu'elle fasse de la vie encore, de l'humanité, de l'intelligence et de la puissance ! Toute l'amoureuse nuit de mai en a frémi d'allégresse; les étoiles et la terre se sont pâmées avec l'épouse. Au-dessus du plaisir qui passe en tempête, une éternelle joie humaine demeure, le fait souverain de la conception, un être de plus, non pas de la misère, mais de la force, de la vérité, de la justice de plus.

Et la conception de cet être, de cet atome vivant lancé parmi les êtres, est auguste et sacrée, d'une incalculable importance, décisive peut-être.

# LIVRE DEUXIÈME

## I

Sans bruit, Mathieu se leva du petit lit de fer pliant qu'il occupait, à côté du grand lit d'acajou, dans lequel Marianne était couchée. Il la regarda, il la vit, les yeux ouverts, qui souriait.

— Comment ! tu ne dors plus ? Et moi qui ne remuais pas, de peur de te réveiller ! Tu sais qu'il est près de neuf heures.

C'était à Paris, un dimanche du milieu de janvier. Marianne se trouvait enceinte de sept mois et demi déjà. A Chantebled, pendant la première quinzaine de décembre, il avait fait un temps atroce : des pluies glaciales, puis de la neige, un froid terrible ; si bien que Mathieu, après avoir hésité, avait fini par accepter l'offre aimable des Beauchêne, qui mettaient à sa disposition l'ancien pavillon modeste, sur la rue de la Fédération, où habitait le fondateur de l'usine, avant de bâtir le superbe hôtel du quai. Justement, un vieux contremaître, qui l'occupait, tout meublé du simple mobilier d'autrefois, venait de mourir. Et le jeune ménage y était installé depuis un mois, ayant décidé qu'il serait plus prudent d'attendre les couches à Paris, puis de retourner à Chantebled pour les relevailles, dès les premières belles journées d'avril.

— Attends, reprit-il, je vais donner du jour.

Il alla tirer un rideau. La chambre, à demi obscure, s'éclaira d'un large rayon de jaune soleil d'hiver.

— Ah! le soleil, le soleil! un temps splendide! et un dimanche! Enfin, cette après-midi, je pourrai donc aller te promener un peu avec les enfants!

Elle le rappela, lui prit les mains, lorsqu'il se fut assis au bord du lit; et, gaiement :

— Voici vingt minutes que, moi non plus, je ne dors pas, évitant de me retourner, désirant te laisser faire ta grasse matinée du dimanche. Hein? nous sommes bons, tous les deux, à ne pas vouloir nous réveiller l'un l'autre, quand nous avons les yeux grands ouverts!

— Oh! dit-il, moi, j'étais si heureux de croire que tu te reposais! Maintenant, le dimanche, je n'ai qu'une joie, celle de ne pas quitter cette chambre, le matin, de passer la journée entière, avec toi et les petits.

Puis, il eut un cri de surprise et de remords.

— Tiens! je ne t'ai pas embrassée!

Elle s'était relevée un peu, le coude dans ses deux oreillers; et il la saisit entre ses bras, d'une étreinte vive. Mais elle eut une légère plainte.

— Oh! chéri, prends garde!

Ce fut alors du désespoir, de l'adoration.

— Je t'ai fait du mal! je t'ai fait du mal! Faut-il être brute, pour te bousculer ainsi!... Oh! chère, chère femme, toi qui m'es sacrée, que je ne voudrais toucher qu'avec des caresses, dont je serais si heureux de prendre les souffrances! Oui, je rêve d'avoir des mains de fée, des mains que tu ne sentirais même pas, qui changeraient tes douleurs en joies... Et je vais te faire du mal!

Elle dut le consoler.

— Mais non, gros bête, tu ne m'as pas fait du mal !
J'ai eu peur seulement. Tu vois bien que je ris.

Il la regarda, elle lui apparut d'une splendeur de
beauté incomparable. Dans la nappe de clair soleil qui
dorait le lit, elle rayonnait elle-même de santé, de force
et d'espoir. Jamais ses lourds cheveux bruns n'avaient
coulé de sa nuque si puissamment, jamais ses grands
yeux n'avaient souri d'une gaieté plus vaillante. Et, avec
son visage de bonté et d'amour, d'une correction si saine,
si solide, elle était la fécondité elle-même, la bonne
déesse aux chairs éclatantes, au corps parfait, d'une
noblesse souveraine.

Une vénération l'envahit, il l'adora, comme un dévot
mis en présence de son Dieu, au seuil du mystère.

— Que tu es belle, que tu es bonne, et que je t'aime,
chère femme !

Il découvrit le ventre, d'un geste religieux. Il le contempla, si blanc, d'une soie si fine, arrondi et soulevé comme
un dôme sacré, d'où allait sortir un monde. Il se pencha,
le baisa saintement, en mettant dans ce baiser toute sa
tendresse, toute sa foi, toute son espérance. Puis, il resta
un instant, ainsi qu'un fidèle en prière, posant sa bouche
avec légèreté, plein d'une prudence délicate.

— Est-ce là, chère femme, que tu souffres ?... Est-ce
là ?... Est-ce là ?... Ah ! que je voudrais savoir et pouvoir
te guérir !

Mais il se releva, pâle et frémissant, ayant senti brusquement un petit choc contre sa bouche. Elle s'était
remise à rire, elle le reprit, l'attira, lui coucha la tête
près de la sienne, sur l'oreiller. Puis, tout bas, les lèvres
à son oreille :

— Hein ? tu l'as senti, il t'a fait peur, gros bête! Ah !
mais, c'est qu'il gigote fort maintenant, il commence à
taper pour sortir... Alors, dis-moi, qu'est-ce qu'il t'a dit?

— Il m'a dit que tu m'aimes comme je t'aime, et que

tous les heureux de ce monde ne sont pas si heureux que
moi.

Ils restèrent un moment embrassés, dans le soleil ver-
meil, qui les environnait d'or. Puis, il l'arrangea, remonta
les oreillers, tira proprement la couverture, ne voulut
absolument pas qu'elle se levât, avant qu'il eût mis la
pièce en ordre. Déjà, il défaisait son petit lit, pliait les
draps et le matelas, refermait la cage de fer, qu'il dissimulait sous une housse. Vainement, elle l'avait supplié de
laisser ça, en disant que Zoé, la bonne amenée de la campagne, pouvait bien prendre cette peine. Il s'entêtait,
répondait que la bonne l'agaçait, qu'il préférait être tout
seul à lui donner des soins, à faire autour d'elle ce qu'il
y avait à faire. C'était lui qui avait voulu coucher de la
sorte, sur ce lit de fer, pour lui abandonner tout le grand
lit, où il craignait de la gêner. Et, maintenant, il s'occupait
du ménage, défendait jalousement la porte de la chambre,
afin que la chère épouse fût à lui entièrement, heureux
lorsqu'il descendait aux soins les plus puérils, ne croyant
jamais faire assez pour le culte dont il l'honorait.

— Je t'en prie, puisque les enfants nous laissent la
paix, reste encore un peu couchée. Ça te reposera.

Comme un frisson le prenait, il s'aperçut qu'il ne faisait pas chaud, il se tourmenta de n'avoir pas songé tout
de suite à rallumer le feu. Des bûches étaient dans un
coin, avec du menu bois.

— C'est stupide, je te laisse geler, j'aurais bien pu
commencer par là.

Il s'était agenouillé devant la cheminée, tandis qu'elle
criait :

— En voilà une idée encore ! Laisse donc ça, appelle
Zoé.

— Non, non ! elle ne sait pas faire le feu, ça m'amuse
de le faire.

Et il eut un rire de triomphe, quand un grand feu clair

pétilla, emplissant la chambre d'une joie nouvelle. Maintenant, disait-il, la chambre était un vrai paradis. Mais il avait à peine fini de se débarbouiller et de se vêtir, que la cloison, derrière le lit, fut ébranlée à coups de poing.

— Ah ! les gaillards, reprit-il gaiement, les voilà réveillés !... Bah ! c'est aujourd'hui dimanche, laissons-les venir.

C'était, depuis un instant, dans la chambre voisine, tout un bruit de volière en rumeur. On entendait un caquetage, un gazouillis aigu, que coupaient des fusées de rires. Puis, il y eut des chocs assourdis, sans doute des oreillers et des traversins qui volaient, tandis que deux petits poings continuaient à battre du tambour, contre la cloison.

— Oui, oui ! dit la mère souriante et inquiète, réponds-leur, dis-leur qu'ils viennent. Ils vont tout casser.

Le père, à son tour, tapa du poing. Alors, ce fut, de l'autre côté du mur, une explosion de victoire, des cris de joie triomphants. Et le père eut à peine le temps d'ouvrir la porte, qu'on entendit dans le couloir un piétinement, une bousculade. C'était le troupeau, il y eut une entrée magnifique. Tous les quatre avaient de longues chemises de nuit qui tombaient sur leurs petits pieds nus, et ils trottaient, et ils riaient, leurs légers cheveux bruns envolés, leurs visages si roses, leurs yeux si luisants de joie candide, qu'ils rayonnaient de lumière. Ambroise, bien qu'il fût le cadet, cinq ans à peine, marchait le premier, étant le plus entreprenant, le plus hardi. Derrière, venaient les deux jumeaux, Blaise et Denis, fiers de leurs sept ans, plus réfléchis, le second surtout qui apprenait à lire aux autres, tandis que le premier, resté timide, un peu poltron, était le rêveur de la bande. Et ils amenaient, chacun par une main, mademoiselle Rose, d'une beauté de petit ange, tirée à droite, tirée à gauche, au milieu des grands rires, mais dont les deux ans et deux mois se tenaient quand même gaillardement debout.

— Ah ! tu sais, maman, cria Ambroise, j'ai pas chaud, moi ! Fais une petite place !

D'un bond, il sauta dans le lit, se fourra sous la couverture, se blottit contre sa mère, de sorte qu'il ne montra plus que sa tête rieuse, aux fins cheveux frisés. Mais les deux aînés, à cette vue, poussèrent un cri de guerre, se ruèrent à leur tour, envahirent la ville assiégée.

— Fais une petite place ! fais une petite place !... Dans ton dos, maman ! contre ton épaule, maman !

Et il ne resta par terre que Rose, hors d'elle, indignée. Vainement, elle avait tenté l'assaut, elle était retombée sur son derrière.

— Et moi ! maman, et moi !

Il fallut l'aider, pendant qu'elle se cramponnait, se hissait des deux poings ; et la mère la prit entre ses bras, ce fut elle la mieux placée. D'abord, le père avait tremblé, en s'imaginant que cette bande de conquérants envahisseurs allait terriblement meurtrir la pauvre maman. Mais elle le rassurait, en riant très fort avec eux. Non, non ! ils ne lui faisaient aucun mal, ils ne lui apportaient que des caresses heureuses. Et il s'émerveilla, dès lors, tellement le tableau était amusant, d'une beauté adorable et gaie. Ah ! la belle et bonne mère Gigogne, comme elle s'appelait elle-même en plaisantant parfois, avec Rose sur sa poitrine, Ambroise disparu à moitié contre un de ses flancs, Blaise et Denis derrière ses épaules ! C'était toute une nichée, des petits becs roses qui se tendaient de partout, des cheveux fins ébouriffés comme des plumes, tandis qu'elle-même, d'une blancheur et d'une fraîcheur de lait, triomphait glorieusement dans sa fécondité, vibrante de la vie qui la soulevait de nouveau, prête à enfanter une fois encore.

— Il fait bon, il fait chaud, fit remarquer Ambroise, qui aimait ses aises.

Denis, le sage, se mit à expliquer des choses, pourquoi on avait fait tant de bruit.

— Blaise a dit qu'il avait vu une araignée. Alors, il a eu peur.

Vexé, son frère l'interrompit.

— C'est pas vrai... J'ai vu une araignée. Alors, j'ai jeté mon oreiller pour la tuer.

— Moi aussi ! moi aussi ! bégaya Rose, reprise de fou rire. Comme ça, mon oreiller, houp ! houp !

Tous se tordaient, étouffaient de nouveau, en trouvant ça très drôle. La vérité était donc qu'ils s'étaient battus à coups d'oreiller, sous prétexte de tuer une araignée, que, seul, Blaise racontait avoir vue, ce qui rendait la chose douteuse. Et toute la nichée était si bien portante, si fraîche, la mère et les enfants, dans une splendeur de chairs roses et pures, baignées de clair soleil, que le père ne put résister au besoin tendre de les prendre tous dans ses bras, en tas, et de les baiser tous au petit bonheur de ses lèvres, grand joujou final qui les fit se pâmer, au milieu d'une explosion nouvelle de cris et de rires.

— Oh ! qu'on s'amuse ! oh ! qu'on s'amuse !

— Voyons, dit la mère, en réussissant à se dégager un peu, je veux pourtant me lever. Ce n'est pas si bon pour moi, de faire la paresseuse. Et puis, il faut débarbouiller et habiller ces enfants.

La toilette se fit devant le grand feu flambant. Il était près de dix heures, lorsque la famille, avec plus d'une heure de retard, descendit dans la salle à manger, où le poêle de faïence ronflait, tandis que le lait chaud du premier déjeuner fumait sur la table. Le pavillon se composait, au rez-de-chaussée, d'une salle à manger et d'un salon à droite du vestibule, d'un cabinet de travail et d'une cuisine à gauche. Et cette salle à manger, qui, comme la chambre, donnait sur la rue de la Fédération, était emplie, le matin, de la gaieté du soleil levant.

Déjà, les enfants étaient attablés, le nez dans leur tasse, lorsqu'il y eut un coup de sonnette. Et le docteur Boutan entra. Alors, ce fut de nouveau une allégresse bruyante, car la bonne figure ronde du docteur faisait la joie des petits. Il les avait tous mis au monde, ils le traitaient en vieux camarade avec qui les familiarités étaient permises. Aussi bousculaient-ils leurs chaises, pour s'élancer, lorsque leur mère les arrêta d'un mot.

— Vous allez laisser le docteur tranquille, n'est-ce pas?

Puis, gaiement:

— Bonjour, docteur. Merci du beau soleil, car c'est vous qui l'avez sûrement commandé, pour que je puisse me promener cette après-midi.

— Mais oui, c'est moi. Je passais justement voir comment vous vous trouviez de l'ordonnance.

Et Boutan, l'air ravi, prenant une chaise, vint s'asseoir près de la table, pendant que Mathieu, qui lui avait serré affectueusement la main, lui expliquait qu'on avait fait la grasse matinée.

— C'est très bien, qu'elle se repose, qu'elle prenne aussi le plus d'exercice possible... Je vois, d'ailleurs, qu'elle ne manque pas d'appétit. Quand je trouve mes clientes à table, je ne suis plus un médecin, mais un ami en visite.

Marianne leva un doigt, d'un air de menace plaisante.

— Docteur, vous finissez par me faire trop solide, d'une santé qui m'humilie. Vous me forcerez à vous avouer des souffrances que je ne dis pas, pour n'inquiéter personne. Ainsi, cette nuit, j'ai eu quelques heures affreuses, des déchirements, comme si l'on m'écartelait.

— C'est vrai, ça? demanda Mathieu tout pâle. Tu as souffert, pendant que je dormais?

— Qu'est-ce que ça peut faire, gros bête, répondit-elle sans cesse de s'égayer doucement, puisque je suis là, maintenant, à manger comme un ogre ?

Le docteur, devenu grave, hochait la tête.

— Ne vous plaignez pas, madame, vous n'avez que votre part de souffrance, je n'ose dire nécessaire, mais inévitable. Vous êtes parmi mes heureuses, mes vigoureuses, mes vaillantes, et j'ai peu d'aussi belles grossesses que les vôtres. Seulement, que voulez-vous ? il paraît qu'il faut souffrir,

— Oh ! cria-t-elle, je veux bien souffrir, je vous taquine, voilà tout !

Et, plus bas, d'une voix profonde :

— Souffrir, souffrir, cela est même bon. Aimerais-je autant, si je ne souffrais pas ?

Le bruit que les enfants faisaient avec leurs cuillers, couvrit ces paroles. Il y eut un arrêt dans la conversation, et ce fut le docteur qui reprit, à la suite d'une liaison d'idées qu'il ne disait point :

— Je sais que vous déjeunez jeudi chez les Séguin. Ah ! la pauvre petite femme ! en voilà une, tenez ! dont la grossesse est terrible !

D'un geste, il laissa entendre tout le drame, la stupeur où cette grossesse inattendue avait jeté le ménage, qui croyait prendre de si adroites précautions, le désespoir de la femme, les emportements jaloux du mari, et leur vie de plaisirs mondains continuée quand même, au milieu des querelles, et l'état déplorable dans lequel elle restait maintenant couchée sur une chaise longue, tandis que lui, la délaissant, reprenait sa vie de garçon.

— Oui, expliqua Marianne, elle a insisté si vivement, que nous n'avons pu refuser. C'est un caprice, je crois bien, un désir de causer avec moi, pour apprendre comment j'arrive à être solide et debout.

Une pensée brusque remit Boutan en gaieté.

— Vous savez que vous êtes toutes deux au même point, elle attend l'événement, comme vous, vers le premier mars. Jeudi, tâchez donc de vous entendre, n'allez pas choisir le même jour, car je ne puis être à la fois chez l'une et chez l'autre.

— Et notre cousine Constance, votre cliente aussi, demanda plaisamment Mathieu, elle n'en est donc pas, pour que la fête soit complète ?

— Oh ! non, non, elle n'en est pas. Vous vous rappelez qu'elle a fait le serment de n'en être jamais plus, et celle-là sait s'arranger de façon à tenir sa parole... Je souhaite qu'elle s'en trouve bien.

Il s'était levé, il allait partir, lorsque l'invasion dont il était menacé, se produisit. Sans qu'on se méfiât, les enfants venaient de quitter leurs chaises, puis s'étaient mis en campagne, après s'être concertés d'un coup d'œil. Et, tout d'un coup, le bon docteur eut les deux aînés sur les épaules, tandis que le cadet l'empoignait par la taille et que la fillette lui grimpait aux jambes.

— Hue, là ! hue ! Fais le chemin de fer, dis !

Ils le poussaient, le secouaient, avec des rires, des rires encore, égrenant sans fin des notes de flûte. Le père et la mère s'étaient précipités à son secours, indignés, grondant. Mais lui, les calmait.

— Laissez, laissez donc, ils me disent bonjour, ces mignons ! Puisque, comme m'en accuse notre ami Beauchêne, c'est un peu ma faute, s'ils sont venus au monde, il faut bien que je les supporte... Ce qu'ils ont surtout de gentil, voyez-vous, vos enfants, c'est qu'ils se portent bien, comme la maman qui les a faits. Pour l'instant, ne leur en demandez pas davantage.

Et, lorsqu'il les eut remis sur le parquet, avec de gros baisers, il prit les deux mains de la mère, en ajoutant que tout allait à merveille, qu'il partait tranquille, qu'elle n'avait qu'à continuer. Et, comme le père l'accompagnait jusque dans le vestibule, on les entendit encore qui plaisantaient et riaient d'aise.

Tout de suite après le second déjeuner, Mathieu voulut qu'on sortît, pour que Marianne profitât du clair soleil. On avait habillé les enfants avant de se mettre à table ; et il n'était guère plus d'une heure, lorsque la famille, tournant le coin de la rue de la Fédération, se trouva sur les quais.

Ce bout du quartier de Grenelle, entre le Champ de Mars et les rues populeuses du centre même du quartier, est d'un aspect spécial, caractérisé par l'immensité nue des espaces, par les longues rues presque désertes se coupant à angle droit, et que bordent des usines aux grands murs gris interminables. Pendant les heures de travail surtout, il n'y passe personne, on n'y voit, en levant la tête, par-dessus les murs, que les hautes cheminées vomissant une épaisse nuée de charbon, dominant les toits de vastes bâtiments, aux vitres poussiéreuses ; et, si quelque large portail est ouvert, ce sont des cours profondes qu'on aperçoit, pleines de fumées âcres, envahies par un encombrement de camions. Il n'y a d'autre bruit que le souffle strident des jets de vapeur, le branle sourd des machines, de brusques décharges de ferrailles, qui sonnent sur le pavé. Mais, le dimanche, les usines chôment, le quartier tombe à un silence de mort, il n'y reste, les jours d'été, qu'un soleil de flamme chauffant les trottoirs, et, les jours d'hiver, que le vent glacé, chargé de neige, enfilant la solitude des rues. On dit que la population de Grenelle est la pire de Paris, la plus misérable, la plus vicieuse, tout un ramas de filles de fabrique dévergondées, de basses prostituées, que le voisinage de l'École militaire attire, et qui traînent avec elles une lie de populace. Et, comme par opposition, le riant quartier bourgeois de Passy s'étage en face, à l'autre bord de la Seine, les riches quartiers aristocratiques des Invalides et du faubourg

Saint-Germain s'étendent à côté, au delà d'avenues magnifiques ; de sorte que l'usine Beauchêne, située sur le quai, ainsi que le patron le disait parfois en riant, était à cheval, tournant le dos à la misère, faisant face à toutes les prospérités, à toutes les joies de ce monde.

Mathieu aimait ces avenues, plantées de beaux arbres, qui, de toutes parts, prolongent le Champ de Mars et l'Esplanade des Invalides, en de larges trouées de grand air et de soleil. Il n'est pas un coin de Paris plus calme, où la promenade soit plus libre et plus douce, où l'on baigne dans plus de rêverie et dans plus de grandeur. Mais surtout il adorait le quai, ce quai d'Orsay si long, si varié, qui commence à la rue du Bac, en plein centre, passe devant le Palais-Bourbon, traverse l'Esplanade, traverse encore le Champ de Mars, pour ne finir qu'au boulevard de Grenelle, au pays noir des usines. Et quel élargissement majestueux, quels ombrages centenaires, à ce tournant de la Seine, de la Manufacture des Tabacs au jardin actuel de la Tour Eiffel ! Le fleuve se déroule, d'une grâce souveraine. L'avenue s'étend, sous les plus beaux arbres du monde. On y marche vraiment en une paix délicieuse, où le grand Paris semble mettre toute sa force et tout son charme.

C'était jusque-là que Mathieu voulait mener sa chère souffrante et tout son monde. Seulement, l'aventure était grosse, il s'agissait d'avoir du courage. Les petits pieds de Rose surtout donnaient des inquiétudes. On confia la fillette à Ambroise, qui, bien que le cadet, était déjà un gaillard décidé. Tous deux ouvrirent la marche. Puis, vinrent Blaise et Denis, les jumeaux. Puis, le papa et la maman furent l'arrière-garde. Cela, sur le trottoir, fit un vrai pensionnat. Et d'abord, les choses allèrent à merveille, on avançait naturellement d'un pas de tortue, en flânant au soleil si tiède et si gai. La belle après-midi d'hiver était d'une pureté, d'une clarté

exquises, très froide à l'ombre, toute dorée et comme
veloutée aux endroits où l'astre déroulait ses nappes
claires. Aussi, dehors, y avait-il beaucoup de monde, le
Paris endimanché et badaud que le moindre rayon fait
sortir en foule par les promenades. Si bien que Rose elle-
même, égayée, réchauffée, se redressait, voulait montrer
à tous ces gens qu'elle était une grande fille. On traversa
le Champ de Mars, sans qu'elle songeât encore à se faire
porter. Les trois garçons tapaient du pied sur la dalle
des trottoirs, gelée et sonore. On défilait, c'était superbe.

Au bras de Mathieu, cependant, Marianne chancelait
un peu. Elle était vêtue d'une robe de drap vert, en forme
de blouse, qui dissimulait sa taille. Mais, très grosse déjà,
elle savait bien que ça se voyait, elle en souriait elle-
même avec une bonne grâce attendrie, en marchant
comme elle pouvait, doucement, balancée sur ses hanches.
Et elle était en vérité d'un charme touchant, infini, si
belle de dignité riante, rendue plus adorable par cette
lassitude, cet abandon de son corps, que la divine souffrance faisait auguste. Des promeneurs, frappés de sa
beauté, se retournèrent, la suivirent des yeux. Puis, le
nombre s'accrut des gens qui la remarquaient, qui se
poussaient du coude, pour se la montrer. Ce qui aggravait la situation, c'était le pensionnat, devant elle. Déjà
quatre enfants, un troupeau, et le cinquième en route!
Cela semblait drôle, donnait à rire. Quelques-uns même
se fâchaient, témoignaient qu'une telle imprévoyance,
étalée sur la voie publique, était d'un exemple déplorable. Derrière le ménage, il y eut dès lors de l'étonnement, de la risée, de la compassion. Ah! la pauvre petite
femme, si jolie, si jeune, et cinq enfants bientôt! Le
mari n'avait pourtant pas l'air d'un brutal. Et Mathieu, et
Marianne, comprenaient bien, continuaient à se sourire,
d'une impénitence brave, montrant sans honte, au plein
jour de la rue, leur fécondité heureuse, dans leur tran-

quille conviction qu'ils étaient la force, et la santé, et la beauté.

Mais, quand on fut arrivé aux grands arbres dénudés, il fallut asseoir un instant Rose sur un banc, où le soleil, heureusement, donnait encore. Il ne faisait pas chaud, l'astre baissait, on dut se hâter un peu pour le retour. Cela fut très bon tout de même, ce froid vif qui piquait la figure, ce vaste ciel qui devint d'un or pâle légèrement rosé. Les pieds des garçons tapaient plus fort, la fillette amusée ne pleura pas. Il était trois heures, lorsque le père et la mère, grisés de la joie du grand air libre, ravis de la promenade, poussèrent devant eux le pensionnat, en tournant le coin de la rue de la Fédération. Et là encore des gens s'attroupèrent, les regardèrent passer, mais de bonnes gens sans doute, car ils riaient de ces beaux enfants, avec des coups d'œil gaillards au papa et à la maman, qui allaient si vite en besogne.

En rentrant, un peu lasse, Marianne s'allongea sur une chaise longue, dans le salon, où Mathieu, avant de sortir, avait commandé à Zoé d'allumer un bon feu, pour le retour. Et les enfants, rendus un instant très sages par la fatigue, écoutaient, autour d'une petite table, la lecture d'un conte que Denis leur faisait, lorsqu'il vint une visite. C'était Constance, qui, revenant d'une promenade en voiture, avec Maurice, avait eu l'idée d'entrer prendre des nouvelles de Marianne, qu'elle ne voyait guère ainsi que tous les trois ou quatre jours, bien qu'un jardin séparât seul l'hôtel du pavillon.

— Est-ce que vous êtes plus souffrante, chère amie? demanda-t-elle, dès l'entrée, en la voyant à demi étendue.

— Oh! non. Je viens, au contraire, de faire une promenade à pied de deux heures, et je me repose.

Mathieu avait avancé un fauteuil à la riche et vaniteuse cousine, qui, d'ailleurs, s'efforçait de se montrer

parfaite pour eux. Dès qu'elle fut assise, elle s'excusa de
ne pouvoir venir plus souvent, elle expliqua tous les
devoirs de maîtresse de maison dont elle était accablée;
tandis que Maurice, habillé de velours noir, réfugié dans
ses jupes, ne la quittait pas, regardait de loin les quatre
enfants qui le dévisageaient, eux aussi.

— Eh bien! Maurice, tu ne dis pas bonjour à tes petits
cousins?

Il dut se décider, alla vers eux. Mais tous les cinq restèrent gênés. Ils se voyaient rarement, ils ne s'étaient
pas encore allongé des gifles, les quatre sauvages de
Chantebled un peu dépaysés devant ce Parisien, aux façons
bourgeoises.

— Et tout votre petit monde se porte bien? reprit
Constance, dont les yeux aigus comparaient son fils aux
trois autres garçons. Votre Ambroise a grandi, vos deux
aînés sont aussi très forts.

Sans doute, son examen ne tournait pas à l'avantage de
Maurice, grand et d'air solide pourtant, mais d'une pâleur
de cire, car elle eut un rire forcé, elle ajouta :

— Moi, c'est votre petite Rose que je vous envie. Un
vrai bijou!

Mathieu se mit à rire; et, avec une vivacité qu'il regretta
tout de suite :

— Oh! une envie facile à contenter, on a ces bijoux-là,
au marché, pour pas cher.

— Pas cher, pas cher, répéta-t-elle, sérieuse, c'est votre
opinion, vous savez que ce n'est pas la mienne. Chacun
fait son bonheur ou son malheur à sa guise.

Et son regard de blâme ironique et dédaigneux acheva
sa pensée. Elle le promena des quatre enfants, de cette
poussée de chairs roses, vivantes et pullulantes, à cette
femme de nouveau enceinte, à ce ventre débordant d'où
la vie allait germer encore. Elle en était blessée, répugnée, irritée même, comme d'une indécence, d'un atten-

tat contre tout ce qu'elle respectait, la mesure, la prudence, l'ordre. Lorsqu'elle avait appris cette grossesse nouvelle, elle n'avait pas caché sa désapprobation ; et elle consentait bien à s'en taire désormais, mais il ne fallait pas qu'on l'attaquât, qu'on la plaisantât sur sa stérilité voulue. Si elle n'avait pas de fille, c'était qu'elle ne voulait pas en avoir.

Désirant la paix, Marianne, qui souriait du mot drôle de son mari, se hâta de changer la conversation. Elle demanda des nouvelles de Beauchêne.

— Et Alexandre, pourquoi ne me l'avez-vous pas amené? Voici huit jours qu'il n'est venu.

— Mais, interrompit vivement Mathieu, je t'ai dit qu'il était parti hier soir pour la chasse. Il a dû coucher, de l'autre côté de Chantebled, à Puymoreau, afin de battre les bois, dès l'aube, et il ne rentrera sans doute que demain.

— Ah! oui, c'est vrai, je me rappelle. Un beau temps pour battre les bois.

C'était encore là un sujet de conversation périlleux, et Marianne regrettait de l'avoir soulevé, car on ne savait jamais trop où Beauchêne pouvait bien être, lorsqu'il disait être à la chasse. Le prétexte d'une battue matinale était bon pour découcher, et il finissait par en abuser tellement, que Constance devait certainement savoir à quoi s'en tenir. Mais, devant ce ménage si uni, dont le mari ne sortait plus, toujours aux petits soins, depuis que la femme était enceinte, elle voulut être brave, avec tranquillité.

— C'est moi qui le force à sortir, à se dépenser. Il est très sanguin, il a besoin de grand air, la chasse est excellente pour lui.

A ce moment, il y eut un nouveau coup de sonnette, annonçant une autre visite. Et ce fut Valérie qui entra, avec sa fille Reine. Elle rougit, lorsqu'elle aperçut madame Beauchêne, si vive était sur elle l'impression de ce modèle parfait de haute fortune, qu'elle s'efforçait de copier. Mais Constance profita du dérangement causé par la nouvelle venue, pour se lever, en disant qu'elle ne pouvait malheureusement rester davantage. Une amie devait l'attendre chez elle.

— Laissez-nous au moins Maurice, demanda Mathieu. Voici Reine maintenant, ils vont jouer tous les six ensemble, et je vous ramènerai le petit, lorsque nous l'aurons fait goûter.

Maurice était venu se remettre dans les jupes de sa mère. Celle-ci refusa.

— Oh! non, oh! non... Vous savez qu'il suit un régime, je ne veux jamais qu'il mange dehors... Bonsoir, je m'en vais. Je ne désirais que prendre de vos nouvelles en passant. Portez-vous bien, bonsoir.

Et elle emmena l'enfant, et elle n'eut pour Valérie qu'une poignée de main familière et protectrice, sans une parole, ce que cette dernière jugea d'une distinction parfaite. Reine avait souri à Maurice, qu'elle connaissait un peu. Elle était délicieuse, ce jour-là, dans sa robe de gros drap bleu, le visage riant sous ses épais bandeaux noirs, d'une ressemblance si grande avec sa mère, qu'elle semblait en être la petite sœur.

Marianne, ravie, l'appela.

— Venez m'embrasser... Oh! la jolie demoiselle! Mais qu'elle devient belle et grande! Quel âge a-t-elle donc?

— Bientôt treize ans, dit Valérie.

Elle s'était assise, dans le fauteuil que Constance avait quitté; et Mathieu remarqua l'expression soucieuse de ses beaux yeux. Après avoir dit qu'elle passait, elle aussi, prendre des nouvelles, et s'être récriée sur la belle mine des enfants et de la mère, elle se taisait, assombrie, retombée à sa peine secrète, en écoutant Marianne la remercier, heureuse de tout ce monde qui ne l'oubliait pas. Il eut alors l'idée de les laisser seules.

— Ma petite Reine, venez donc avec les enfants dans la salle à manger. Nous allons nous occuper du goûter et mettre le couvert. Ce sera très amusant.

Cette idée souleva une clameur assourdissante. La lecture fut oubliée, la table, bousculée, et les trois garçons entraînèrent Reine dans une galopade folle, tandis que Rose, laissée en arrière, tombée sur les mains, les suivait en criant et en bondissant comme un petit chat.

Dès qu'elle fut seule avec Marianne, Valérie soupira.

— Ah ! ma chère, que vous êtes heureuse de pouvoir, sans vous gêner, avoir de la sorte de beaux enfants à votre guise ! Voilà un bonheur qui m'est défendu.

Très étonnée, la jeune femme la regardait.

— Comment cela ? Il me semble que vous êtes bien libre et que mon cas est le vôtre.

— Oh ! pas du tout, ma chère, pas du tout ! Vous avez des goûts simples, votre vie n'est pas arrangée comme la mienne. Vous savez, on fait sa vie, la nôtre est faite, nous avons tout réglé pour Reine et pour nous, et ce serait un désastre, s'il fallait tout changer maintenant.

Puis, avec une brusque violence de désespoir :

— Si je me voyais enceinte comme vous, si j'en étais certaine, ah ! je ne sais pas ce que je ferais, j'en deviendrais folle !

Et, malgré son effort, des larmes jaillirent de ses yeux, elle se couvrit le visage de ses mains tremblantes.

De plus en plus surprise, Marianne se souleva, lui prit les mains affectueusement, avec de bonnes paroles, pour la calmer. Enfin, elle la confessa, sut que, depuis trois mois, elle avait des raisons de se croire enceinte. D'abord, elle s'était tranquillisée en pensant à des retards possibles ; mais, ce mois-ci, son doute devenait une certitude, elle ne vivait plus. Et elle disait leur effarement, à elle et à son mari, devant cette grossesse inattendue, car ils étaient si certains de leur prudence ! Lui, le pauvre cher homme,

qui l'adorait, se serait plutôt coupé une jambe, que de la
contrarier là-dessus. Elle, toujours en éveil, prenait ses
précautions. C'était donc inexplicable, jamais on n'aurait
cru qu'une telle chose pouvait arriver, dans un ménage
qui s'aimait comme eux et qui s'entendait à ce point.

— Puisque le mal est fait, finit par dire Marianne con-
ciliante, mon Dieu! vous vous arrangerez. Il sera quand
même le bienvenu, le pauvre petit!

— Mais c'est impossible, c'est impossible! cria Valérie
en s'agitant, reprise de désespoir et de colère. Nous ne
pouvons pas rester ainsi dans la médiocrité toute notre
existence... Votre mari a dû vous dire la confidence que le
mien lui a faite. Vous savez donc qu'à la suite d'une offre
aimable de Michaud, un de ses anciens commis, qui occupe
aujourd'hui une grosse situation au Crédit National, mon
mari avait résolu de quitter l'usine Beauchêne, où il n'a
pas d'avenir, pour entrer lui-même à ce Crédit, en vue
d'une haute situation prochaine. Seulement, il fallait
qu'il acceptât d'abord une modeste place de trois
mille six cents francs, en abandonnant les cinq mille
francs qu'il gagne à l'usine. Et comment voulez-vous que
nous osions désormais courir ce risque, nous contenter
de trois cents francs par mois, avec une grossesse en per-
spective, un accouchement, un nouvel enfant à élever?...
Tous nos calculs étaient faits, ce malheureux enfant les
renverse, nous rejette dans la crotte pour toujours.

— Que de raisonnements! dit Marianne de son air tranquille, avec un sourire.

— Mais ils sont justes, ma chère!... Une occasion se
présente, on la manque, c'est à jamais fini. Si mon mari
ne quitte pas l'usine, le jour où la fortune s'offre ailleurs,
il y est désormais cloué, tous nos rêves sont à l'eau, et la
dot de Reine, et notre existence heureuse, et les ambitions
de notre vie entière... Comment! vous si intelligente,
vous ne comprenez pas ça?

— Si, si, je comprends... Seulement, que voulez-vous? je suis si loin de tant de calculs, qu'il m'est sans doute difficile d'en sentir la justesse. Vous m'étonnez et vous me faites de la peine... Des enfants poussent, il faut bien les accepter, c'est quand même de la joie et de la richesse qui viennent. Rien n'est plus simple.

Valérie protesta, avec de nouvelles larmes.

— Allez donc dire ces choses à mon pauvre mari, qui est si désolé et tout honteux, depuis le beau coup qu'il a fait. Il n'en sort plus. Tenez! aujourd'hui dimanche, savez-vous où il est? Il est resté à la maison pour travailler, il gagne quelques sous, en dehors de son bureau... Mais, s'il le faut, j'aurai de la volonté pour lui. Il est si faible et si bon!

Puis, les pensées qu'elle ne disait pas, semblèrent l'affoler tout d'un coup. Elle se tordit les mains, elle bégaya, au milieu de ses sanglots :

— Non, non! je ne suis pas, je ne peux pas être enceinte! Non, non! ce ne sera pas, je ne veux pas!

Et elle se débattait, dans une telle souffrance, que Marianne, renonçant à lui donner de bonnes raisons, la prit tendrement entre ses bras, pour soulager sa peine, d'autant plus qu'elle craignait que ses larmes ne fussent entendues de la pièce voisine, où retentissaient les grands rires des enfants. Et, quand elle lui eut séché les yeux, elle l'y emmena.

— A table! à table! criaient les garçons, en tapant des mains et des pieds.

C'était charmant, cette table dressée pour le goûter, sur laquelle Mathieu, aidé de Reine, achevait de disposer, par amusement, quatre compotiers symétriques, qui contenaient des gâteaux et des confitures. En voulant s'en mêler, les trois garçons retardaient tout, tandis que Rose manquait de tout casser. Mais on s'amusait tant, et Reine était si gentille, en petite ménagère! Elle se mit à

rire, savante déjà sans doute, lorsque Ambroise vint crier
à sa mère qu'elle était sa petite femme et que Rose était
leur bébé. Marianne le fit taire, en voyant Valérie renfoncer de nouveau ses larmes. Puis, on goûta, les enfants
dévorèrent.

Ce beau dimanche-là, dès neuf heures du soir, les
enfants étaient déjà couchés, riant aux anges, lorsque
Mathieu et Marianne s'enfermèrent dans leur chambre.
Il voulut qu'elle se mît au lit tout de suite, il la borda,
disposa les oreillers sous sa tête. Ensuite, jusqu'à dix
heures, il veilla près d'elle, il lui fit une lecture,
parce qu'elle devait prendre, à cette heure-là, une tasse
de tilleul, qu'il s'entêtait chaque soir à préparer lui-
même, en répétant qu'il n'avait pas besoin de la bonne.
Quand elle eut vidé la tasse, il lui souhaita une bonne
nuit, après lui avoir mis deux gros baisers fraternels sur
les joues, car elle lui était sacrée, et ils en plaisantaient
tendrement tous les deux, s'appelaient monsieur et
madame. Son petit lit était prêt, il se déshabilla, éteignit
la lampe, lui cria de dormir. Mais lui, l'oreille tendue,
ne fermait pas les yeux, attendait d'être renseigné par
son petit souffle régulier. Et que de fois il se relevait,
rôdait autour d'elle, continuait à entourer son sommeil
d'un culte religieux !

Marianne, pour qui Mathieu voulait des levers de reine,
qu'il promenait au soleil d'hiver comme une belle princesse des contes, était servie et adorée par lui, le soir,
dans leur chambre, ainsi qu'une divinité. C'était, plus
haut et plus vrai que le culte de la vierge, le culte de la
mère, la mère aimée et glorifiée, douloureuse et grande,
dans la passion qu'elle souffre, pour l'éternelle floraison
de la vie.

Le jeudi où les Froment devaient déjeuner chez les Séguin du Hordel, dans le luxueux hôtel de l'avenue d'Antin, Valentine sonna Céleste, sa femme de chambre, dès dix heures, pour se faire habiller et allonger coquettement sur la chaise longue de son petit salon du premier étage. C'était elle qui avait supplié Marianne de venir de bonne heure, voulant causer, cédant à l'irrésistible besoin de s'entretenir, avec une femme enceinte comme elle, des terreurs maladives qui la hantaient.

Elle demanda un miroir, se regarda, hocha désespérément la tête, tant elle se trouvait enlaidie, son joli visage de blonde taché de rousseur, son corps svelte déformé, mal dissimulé sous une blouse de soie bleu paon.

— Est-ce que monsieur est là? demanda-t-elle.

Depuis l'avant-veille, elle ne l'avait pas vu. Il alléguait des affaires, déjeunait et dînait souvent dehors, puis évitait, le matin, d'entrer dans sa chambre, sous le prétexte de ne pas vouloir la déranger.

— Non, madame, monsieur est sorti, vers neuf heures, et je suis certaine qu'il n'est pas rentré.

— C'est bien... Dès que monsieur et madame Froment arriveront, qu'on me les amène ici.

Languissamment, elle prit un livre, elle attendit.

Comme le docteur Boutan l'avait laissé entrevoir à Mathieu et à Marianne, cette grossesse inattendue de

Valentine était une cause d'orages continuels dans le ménage. D'abord, Séguin s'était brutalement emporté, criant que cet enfant ne pouvait pas être de lui : il se disait convaincu d'avoir pris les plus minutieuses précautions, il accusait nettement sa femme de coucher avec un amant ; et une jalousie de charretier, furieuse et basse, éclatant en mots ignobles, en menaces de coups, s'était révélée chez cet homme sceptique, qui affectait l'élégante insouciance du pessimisme le plus raffiné. Il y eut des scènes effroyables. Puis, la femme éplorée exigea que le docteur Boutan fût pris pour arbitre. Mais il eut beau, après avoir interrogé le mari à part, lui expliquer comment ses précautions si minutieuses avaient pu ne pas suffire, lui citer vingt cas où, dans des conditions pareilles, il y avait eu grossesse, celui-ci n'en démordait pas, ne semblait ébranlé un instant que pour reprendre ses accusations abominables, dès que le médecin était parti. Il tempêtait contre ce dernier, allait jusqu'à le dire complice, exaspéré surtout de la sévère leçon qu'il recevait, au sujet des fraudes ; car c'était bien de ces pratiques coupables que venait tout le mal, la cruelle situation où se débattait le ménage : si le mari n'avait pas fraudé, il n'aurait pas eu au cœur ce doute affreux que son enfant n'était peut-être pas de lui. Naturellement, le bon docteur, qui accusait les fraudes de tous les désastres, ne se faisait pas faute de l'accabler sous les conséquences sans nombre : la dépopulation, la dégénérescence de l'espèce, la famille corrompue d'abord, puis détruite, l'homme ne poursuivant plus que l'argent ou le plaisir, la femme détraquée, jetée à l'adultère. Et Séguin en gardait une irritation constante, d'autant plus vive, que de pareilles idées condamnaient tout ce qu'il avait cru et voulu jusque-là.

Cependant, le ménage continua sa vie mondaine : elle n'avouant pas sa grossesse, se serrant à étouffer, dansant dans les bals, buvant du champagne dans les soupers fins, au sortir des théâtres ; lui cachant ses crises de honteuse jalousie, affectant de mener leur existence ordinaire, avec une ironique insouciance. D'ailleurs, elle, qui n'avait encore aucun reproche à s'adresser, voulait garder son mari, plus par orgueil que par tendresse ; car, comme elle le lui disait parfois, il faisait bien tout au monde pour qu'elle prît enfin l'amant qu'il lui reprochait si grossièrement d'avoir ; et, si elle se torturait dans ses corsets, si elle risquait chaque soir une fausse couche, c'était afin de lutter, en femme menacée d'abandon, le jour où elle ne serait plus la gloriole et le plaisir. Mais, une nuit, au retour d'une première représentation, elle faillit mourir, et il lui fallut, à partir du lendemain, garder la chambre : ce fut la défaite, une pénible grossesse se déclara, qui ne lui laissa plus une heure sans souffrance. Dès lors, les rapports du ménage achevèrent de s'aigrir, tout ce dont elle avait senti la menace, se réalisa. Lui, d'exécrable humeur, ne pouvait rester près d'elle, sans se quereller. Cette femme malade, enlaidie, maladroite au plaisir, l'exaspérait. Elle lui répugnait même, il sortit davantage, reprit bientôt des habitudes de garçon. La passion du jeu, qui couvait en lui, se ralluma, avec une violence d'incendie mal éteint. Il découcha, passa des nuits au cercle. Puis, ce furent les femmes qui le reprirent, des filles qui ne faisaient pas la bêtise de se laisser engrosser, qui restaient amusantes et belles, désirables. Quand on n'a plus, chez soi, de femme possible, il faut bien aller en chercher d'autres, ailleurs. Et, dès qu'il rentrait et qu'il retombait dans ses crises de jalousie, il l'aurait tuée, cette misérable épouse souffrante, dont le ventre lui semblait une moquerie et un affront.

Vers onze heures un quart, Céleste reparut.

— C'est monsieur ? demanda vivement Valentine, en laissant tomber son livre.

— Non, madame, ce sont les personnes que vous attendez. monsieur et madame Froment.

— Faites entrer... Dès que monsieur sera là, prévenez-moi.

Et, lorsque Marianne et Mathieu furent introduits, elle se souleva, tendit les deux mains avec amabilité, en disant :

— Vous m'excusez, chère madame, d'avoir insisté, pour que, ce fût vous qui prissiez la peine de venir à moi ; mais, vous le voyez, je ne pouvais aller à vous, et notre bon docteur Boutan m'avait dit combien vous étiez solide et vaillante... Que vous êtes aimable d'avoir accepté mon déjeuner ! J'avais une si grosse envie de vous voir, de causer un peu ! Tenez, mettez-vous dans ce fauteuil, là, tout près de moi.

Mathieu la regardait, s'étonnait de la trouver si jaunie, dévastée, elle qu'il avait vue délicieuse, dans sa beauté blonde ; tandis qu'elle-même dévisageait anxieusement Marianne, frappée de son air tranquille et fort, de la limpidité souriante que gardaient ses grands yeux clairs.

— C'est moi qui vous remercie de votre invitation, répliquait obligeamment celle-ci. L'exercice me fait grand bien, j'ai eu le plaisir de pouvoir venir à pied... Oh ! si vous le vouliez, vous marcheriez comme moi, il ne s'agit que d'avoir du courage.

Dès lors, une conversation intime s'engagea entre elles deux, pendant que Mathieu ouvrait le livre resté sur une petite table, afin de les mettre à l'aise, en leur faisant croire qu'il ne les écoutait même pas. Elles ne s'étaient vues que rarement, sans rien de commun, ni les idées, ni les habitudes ; mais leur situation semblable les rapprochait. Et c'était surtout, de la part de Valentine, un si grand désir de savoir, d'être renseignée, d'être rassurée ! Elle parla d'abord du docteur Boutan, voulant qu'on lui redise qu'il ne perdait jamais une de ses clientes, qu'il n'y avait pas d'accoucheur plus doux ni plus adroit. Etonnée, Marianne lui fit remarquer qu'elle devait le bien connaître, puisque deux fois déjà elle avait passé par ses mains. Oui, sans doute, seulement cela la tranquillisait d'entendre affirmer ses mérites par une autre. Puis, interminablement, elle multiplia les questions, revint sur chaque détail, exigea que cette autre lui expliquât ce qu'elle ressentait, où étaient les douleurs, de quelle nature, comment elle mangeait, comment elle dormait, enfin ses sensations, ses pensées, toute sa grossesse heureuse. Et, comme Marianne, souriante, vaillante, se prêtait à cette curiosité par bonté d'âme, pour la distraire et l'encourager, disait tranquillement ses espoirs, que ça se passerait très bien, que ce serait un fils encore, Valentine tout d'un coup éclata en gros sanglots.

— Oh ! moi, je mourrai, je mourrai, j'en suis sûre !

Cette certitude de sa mort prochaine la hantait, sans qu'elle osât la crier à tous. C'était, dans le détraquement de ses nerfs pervertis, dans l'abandon où son mari la laissait, une torture de chaque heure, l'abîme noir auquel la jetait ce misérable enfant, qui, après avoir détruit son ménage, allait trancher sa vie.

— Comment, mourir ! s'écria gaiement Marianne, est-ce qu'on meurt ?... Vous savez ce qu'on dit ? c'est que les femmes qui se forgent de ces imaginations lugubres, ont d'ordinaire les plus belles couches du monde.

Mathieu, que cet aimable mensonge fit sourire, le confirma pleinement, ce qui soulagea un peu la désespérée, frissonnante au moindre souffle qui passait, affamée de bonnes paroles, quêtant toujours la promesse formelle, même mensongère, d'une issue heureuse. Elle restait pourtant dolente, lorsque, de nouveau, Céleste se présenta; et, sans attendre, elle répondit à la muette interrogation des yeux de sa maîtresse :

— Non, madame, ce n'est pas encore monsieur... C'est

cette femme de mon pays, dont je vous ai parlé, Sophie
Couteau, la Couteau, ainsi qu'on la nomme là-bas, à
Rougemont, et qui fait le métier d'amener à Paris des
nourrices.

A ces mots, Valentine, qui allait congédier la femme de
chambre rudement, outrée d'être dérangée de la sorte,
se calma.

— Eh bien ?

— Eh bien ! madame, elle est là… Comme je vous l'ai
dit, si vous consentiez à l'en charger dès maintenant, elle
pourrait vous en choisir une très bonne, au pays, et vous
l'amener, le jour convenu.

La Couteau, qui était derrière la porte, restée entr'ouverte, osa faire son entrée, sans qu'on l'y invitât. C'était
une petite femme sèche et vive, d'allure paysanne, mais
très débrouillée par ses continuels voyages à Paris. Sa
figure longue, ses petits yeux vifs, son nez pointu, ne
manquaient pas d'agrément, d'une sorte de bonhomie
aimable, que gâtait une bouche de ruse et de cupidité,
aux lèvres minces. Et une robe de lainage sombre, une
pèlerine noire, des mitaines noires, un bonnet noir
avec des rubans jaunes, lui donnaient un air endimanché et respectable de campagnarde qui se rend à la
messe.

— Vous avez été nourrice ? lui demanda Valentine, en
l'examinant.

— Oui, madame, oh ! il y a dix ans, quand j'en avais
vingt. Puis, je me suis mariée, et j'ai eu l'idée qu'on ne
s'enrichissait guère à être nourrice. Alors, j'ai préféré
amener les autres.

Elle eut un faible sourire de femme intelligente, qui
disait combien ce métier de vache laitière, au service des
bourgeois, lui semblait une duperie. Mais elle craignait
d'en avoir trop dit.

— On rend aux gens qui payent les services qu'on peut,

n'est-ce pas, madame? Le médecin m'avait avertie que jamais plus je n'aurais de bon lait ; et, plutôt que de mal nourrir de pauvres petits, j'ai préféré leur être utile d'une autre manière.

— Et vous amenez des nourrices aux bureaux de Paris?

— Oui, madame, deux fois par mois, à plusieurs bureaux, mais particulièrement à la maison Broquette, rue Roquépine. C'est une maison bien honnête, où l'on ne court pas le risque d'être trompé... Alors, si ça vous fait plaisir, je choisirai pour vous la meilleure de celles que j'aurai, comme qui dirait la fleur du panier. Je m'y connais, vous pouvez vous fier à moi.

Voyant que sa maîtresse ne se décidait pas, Céleste crut devoir intervenir, désireuse d'expliquer comment la Couteau était venue, ce matin-là.

— Quand elle retourne au pays, elle emporte presque toujours avec elle un nourrisson, l'enfant d'une nourrice, ou bien l'enfant de quelque ménage qui n'est pas assez riche pour payer une nourrice sur lieux, et le confie là-bas à une éleveuse. C'est comme ça qu'elle est montée me voir, tout à l'heure, avant d'aller prendre le petit de madame Menoux, qui est accouchée cette nuit.

Valentine eut une exclamation, et vivement :

— Ah! la mercière est accouchée, et vous ne me le disiez pas... Voyons, parlez donc! comment cela s'est-il passé?

Cette madame Menoux était la femme d'un ancien soldat, beau gaillard, qui avait des appointements de cent cinquante francs par mois, comme gardien dans un musée. Elle l'adorait, elle avait eu l'idée vaillante de tenir une petite boutique de mercerie, où elle gagnait presque autant que lui ; de sorte que le ménage vivait à l'aise, très heureux.

Céleste, qui s'était fait gronder vingt fois, pour les

heures interminables qu'elle passait à bavarder dans
l'étroite boutique, parut toute fière, avec un sourire d'ar-
rière-moquerie, d'être questionnée ainsi. Elle s'étala, fit
sentir son importance.

— Mais tout s'est passé très bien, madame. Des couches
superbes, un beau petit garçon... J'avoue à madame que
j'ai couru le voir ce matin. C'est une curiosité bien légitime, n'est-ce pas?

Puis, comme Valentine, passionnément, l'interrogeait
toujours, elle entra dans les moindres détails.

— D'ailleurs, elle était entre de bonnes mains. C'est moi
qui lui avais indiqué madame Rouche, la sage-femme du
bas de la rue du Rocher, parce qu'une de mes amies,
accouchée par elle, m'en avait dit tout le bien possible.
Sans doute, elle ne vaut pas madame Bourdieu, qui a
une si belle installation, rue Miromesnil; mais aussi elle
est moins chère, et ma foi! l'ouvrage fini, ça se vaut...
Avec madame Rouche, ça ne traîne pas, sans compter
qu'elle y met une vraie complaisance.

Brusquement, elle se tut, en voyant les yeux de Mathieu
fixés sur elle. Que disait-elle donc, pour que ce monsieur
la regardât de la sorte? Elle se troubla, eut un coup
d'œil furtif et inquiet sur sa taille. Enceinte elle-même
de six mois, elle se serrait à étouffer, par crainte de
perdre sa place. Prise une fois déjà, dès son arrivée à
Paris, l'oubli d'un instant avec le fils de la maison où elle
servait, elle s'était fait accoucher d'un enfant mort-né
par madame Rouche, dont c'était la spécialité. Cette
fois, le petit devait être d'un fournisseur; mais elle n'en
voulait rien savoir, furieuse d'avoir eu la bêtise de se
laisser reprendre, elle rusée maintenant, qui s'était tant
promis du plaisir sans peine. Et elle ne se montrait si
gaie, elle ne faisait de si grands éloges de madame
Rouche, que bien résolue à être accouchée d'un enfant
mort-né encore, préparant déjà une demande de congé

d'un mois, parlant de sa pauvre mère qui était très malade, à Rougemont, et qu'elle désirait tant revoir, pour lui fermer les yeux.

— Oh! reprit-elle en affectant un air naïf, ce que j'en dis, c'est parce qu'on me l'a dit. Je n'en sais bien sûr rien par moi-même.

Décidément, cette grande fille brune, à tête chevaline, à la chair fraîche et provocante, n'inspirait aucune confiance à Mathieu, qui la trouvait singulièrement renseignée sur les sages-femmes. Il continuait à la regarder avec un sourire, où elle lisait nettement ce que ce monsieur pensait d'elle.

— Mais, demanda Marianne, pourquoi donc la mercière, dont vous parlez, ne garde-t-elle pas son enfant?

La Couteau jeta un coup d'œil oblique, noir et dur, sur cette dame enceinte, qui, si elle s'y refusait pour son compte, aurait bien dû laisser les autres libres de faire aller le commerce.

— Eh! c'est impossible! s'écria Céleste, heureuse de la diversion. Comment voulez-vous que madame Menoux garde son enfant avec elle, dans sa boutique qui est grande comme ma poche? Derrière, elle n'a qu'une petite pièce, où l'on couche, où l'on mange; et encore cette pièce donne-t-elle sur une cour étroite, sans air et sans jour : l'enfant n'y vivrait pas une semaine. Puis, elle n'aurait même pas le temps de s'occuper de lui, toute la journée à son comptoir, n'ayant jamais eu de bonne, forcée de faire la cuisine pour l'heure où son mari revient du musée... Allez, si elle pouvait, elle serait si heureuse de le garder, son enfant! Ils s'aiment tant, ils sont si gentils, dans ce ménage!

— C'est vrai, dit alors Marianne attristée, il y a de pauvres mères que je plains de toute mon âme. Celle-là n'est pas dans la gêne, et à quelle cruelle séparation elle se trouve réduite!... Moi, je ne vivrais plus, si l'on m'emportait ainsi mon enfant dans un pays inconnu, pour le donner à une autre femme.

Sans doute, la Couteau vit là une attaque personnelle. Elle prit l'air de bonne personne, tendre aux petits, dont elle leurrait les mères hésitantes.

— Oh! Rougemont est un joli endroit. Puis, ce n'est pas loin de Bayeux, on n'est pas des sauvages tout de même. L'air y est si bon, qu'il y a des gens qui sont venus s'y guérir. Sans compter que les petiots qu'on nous confie, on les soigne bien, je vous en donne ma parole! Faudrait être des sans-cœur pour ne pas les aimer, ces petits anges.

Mais elle se tut, en voyant de quelle façon Mathieu, toujours muet, la regardait à son tour. Peut-être, très fine sous son écorce rustique, comprit-elle que sa voix sonnait faux. A quoi bon, d'ailleurs, son boniment habituel sur le pays, puisque cette dame désirait simplement une nourrice sur lieux? Et elle reprit de nouveau :

— Alors, c'est entendu, madame, je vous amènerai tout ce que nous avons de mieux, une vraie perle.

Valentine, qui semblait en être restée aux couches heureuses de madame Menoux, rassurée un peu par ce qu'elle regardait comme un bon présage pour elle, trouva la force de faire acte de volonté.

— Non, non, je ne veux pas m'engager à l'avance. J'enverrai visiter les nourrices que vous amènerez au bureau, et nous verrons si nous trouvons parmi elles celle que je désire.

Puis, sans s'occuper de cette femme davantage, la congédiant d'un geste, elle reprit sa conversation avec Marianne.

— Vous nourrirez encore celui qui va venir?

— Certes, comme les autres. Vous savez que, mon mari et moi, nous avons nos idées là-dessus. Il ne nous semblerait plus de nous, si une nourrice achevait de le mettre au monde.

— Sans doute, je vous comprends. Ah! si je pouvais, moi! Mais je ne peux pas, c'est impossible.

La Couteau était restée immobile, vexée de sa démarche inutile, regrettant le cadeau qu'on lui aurait fait pour son obligeance. Et elle mit toute sa rancune dans le regard oblique qu'elle jeta de nouveau sur cette dame enceinte, qui nourrissait elle-même : quelque chose de propre, ça se voyait bien, des sans-le-sou n'ayant pas même de quoi se payer une nourrice. Pourtant, sur un coup d'œil de Céleste, elle salua humblement, elle disparut avec la femme de chambre.

Presque aussitôt, Séguin entra, très élégant comme toujours, rapportant du dehors l'éclat des joies qu'il ne trouvait plus chez lui.

— Je vous demande pardon, je crois que je me suis fait attendre. Des courses à n'en plus finir, des visites que je ne pouvais remettre... Chère madame, vous avez une mine superbe... Ravi de vous serrer la main, cher monsieur Froment.

Il oubliait sa femme, chez laquelle il n'était pas entré depuis l'avant-veille. Ce ne fut qu'au bout d'un instant qu'il s'approcha d'elle, en remarquant enfin le regard de reproche dont elle le poursuivait. Et il se pencha, lui effleura les cheveux des lèvres.

— Tu as bien dormi?

— Oui, très bien, je te remercie.

Elle allait pleurer encore, dans une de ces crises nerveuses de désespoir dont elle n'était plus maîtresse. Mais elle réussit à se contenir devant les invités qui se trouvaient là. D'ailleurs, le maître d'hôtel vint annoncer que madame était servie.

Ce fut à petits pas, et en s'appuyant au bras de Marianne, que Valentine gagna la table qu'on avait dressée dans un coin du vaste cabinet de travail, dont la grande verrière tenait tout le milieu de la façade, sur l'avenue d'Antin.

Elle s'était excusée, avec un sourire dolent, de ne pas prendre le bras de Mathieu, priant les deux hommes de passer les premiers, de laisser les deux femmes s'arranger à leur guise. Et la table était disposée de façon qu'elles y fussent toutes deux à l'aise, assises commodément, les jambes libres.

En n'apercevant que quatre couverts, Marianne ne put s'empêcher de poser une question, qu'elle avait eue déjà sur les lèvres :

— Et vos enfants, je ne les ai pas vus encore. Ils ne sont pas souffrants, au moins?

— Oh! non, Dieu merci! répondit Valentine. Il ne manquerait plus que cela... Le matin, ils ont leur institutrice, ils travaillent jusqu'à midi.

Alors, Mathieu, dont les yeux s'étaient rencontrés avec ceux de Marianne, osa demander à son tour :

— Vous ne les faites donc pas déjeuner avec nous?

— Ah! pour cela, non! s'écria Séguin, d'un air de colère. C'est bien assez de les supporter quand nous sommes seuls. Des enfants, rien n'est plus intolérable, lorsqu'on a du monde. Et vous n'imaginez pas combien ceux-là sont mal élevés.

Un léger froid se fit, il y eut un silence, pendant que le maître d'hôtel présentait des œufs farcis aux truffes.

— Vous les verrez, reprit doucement Valentine. Je les ferai venir au dessert.

Le déjeuner, malgré le caractère d'étroite intimité que lui donnait cette mise en présence des deux jeunes femmes enceintes, fut très recherché, très luxueux. Après les œufs, il y eut des rougets grillés, un salmis de bécasses et des écrevisses. Comme vins, on servit tout le temps de la tisane de champagne frappée, du bordeaux blanc et du bordeaux rouge.

Sur la remarque que ce n'était pas là un régime que le docteur Boutan approuverait, Séguin haussa les épaules.

— Bah ! le docteur ne recule pas devant un bon morceau. Il est d'ailleurs insupportable, avec ses théories... Sait-on jamais ce qui fait du bien ou du mal ?

Il ne montrait déjà plus le visage riant qu'il avait apporté du dehors. Comme si tous les ennuis de sa maison détraquée par la grossesse inattendue de sa femme le ressaisissaient, dès qu'il y remettait les pieds, il ne pouvait y rester une heure, sans redevenir amer, irritable, presque grossier. Sous sa parfaite élégance, l'esprit malade, pervertisseur et destructeur, le brutal et le cruel apparaissait d'autant plus vite désormais, qu'il vivait dans la continuelle irritation de son existence troublée, désorganisée. S'il passait des nuits au jeu, s'il retournait chez des maîtresses, c'était sûrement la faute de sa femme, qui, selon son expression crue, n'était plus une femme d'un usage possible. Et il lui en gardait rancune, il semblait surtout se plaire à la torturer, au retour de ses débordements de garçon, se plaignant de tout ce qu'il retrouvait chez lui, criant que tout y allait de mal en pis, comme s'il était retombé dans un enfer.

Le déjeuner, par moments, en fut pénible. Il y eut, à deux ou trois reprises, entre lui et elle, des échanges de mots vifs, blessants comme des épées. Cela à propos de rien, du plat qu'on servait, d'une remarque qu'on faisait, de l'air simplement qui passait. Et, pour un témoin inattentif, cela n'aurait même eu aucune importance ; mais la blessure était empoisonnée, des larmes remontaient aux yeux de la triste femme, tandis que lui ricanait de son air d'homme du monde, d'homme de cheval, mâtiné d'amateur de littérature et d'art, mettant sa gloriole dans l'imbécile pose au pessimisme, déclarant que le monde ne valait pas la cartouche qui le ferait sauter. Pourtant, un mot trop dur la souleva d'une telle révolte, qu'il dut s'excuser, car il la redoutait, lorsque le sang des Vaugelade se réveillait en elle, pour l'écraser d'un hautain

mépris et lui faire entendre qu'elle se vengerait un jour.
Un nouveau froid passa parmi les fleurs de la table.

Puis, pendant que Valentine et Marianne se remettaient,
invinciblement, à causer entre elles de leur position, de
leurs craintes et de leurs espoirs, Séguin acheva de soulager son amertume, en confiant à Mathieu ses ennuis, au
sujet de son vaste domaine de Chantébled. Le gibier y
devenait de moins en moins abondant, il plaçait plus difficilement les actions de chasse, ses revenus diminuaient
d'année en année. Aussi ne cachait-il pas qu'il serait très
heureux de se débarrasser de Chantebled; mais où trouver
un acquéreur pour ces bois si peu productifs, pour ces
immenses terrains stériles, des marécages et des champs
de cailloux? Mathieu écoutait avec attention, car il s'était
intéressé à ce domaine, pendant ses longues promenades
du dernier été.

— Vous croyez vraiment, demanda-t-il, qu'on ne peut
le livrer à la culture?... Ça fait pitié, toute cette terre
qui dort.

— Le livrer à la culture! s'écria Séguin. Ah! je voudrais voir ce miracle. On n'y récoltera jamais que des
pierres et des grenouilles.

On était au dessert, et Marianne rappelait à Valentine
qu'elle avait promis de faire venir les enfants, disant
qu'elle serait si heureuse de les voir et de les embrasser,
lorsqu'un incident se produisit, qui les fit oublier de
nouveau.

Le maître d'hôtel s'était approché de la maîtresse de la
maison, pour lui dire à demi-voix :

— C'est monsieur Santerre qui demande si madame
peut le recevoir.

Elle eut un cri d'heureuse surprise.

— Ah! il se souvient donc de nous?... Oui, oui, faites
entrer.

Et, lorsque Santerre se fut approché pour lui baiser la

main, après une courte hésitation, en voyant la table dressée là, et les quatre convives déjeunant encore, elle lui dit de son air languissant :

— Vous n'êtes donc pas mort, mon ami ? Voici plus de quinze jours qu'on ne vous a vu... Non, non, ne vous excusez pas. C'est bien naturel, tout le monde m'abandonne.

Séguin eut de nouveau son ricanement, en serrant la main du jeune homme, car il prenait sa part du reproche. La vérité était que Santerre, lorsqu'il avait vu sa campagne de séduction interrompue par cette grossesse intempestive, avait jugé bon d'espacer ses visites. Comme le mari sans doute, il trouvait Valentine peu désirable, d'une compagnie gênante. Il s'était donc résigné au sage parti d'attendre l'événement, remettant l'attaque décisive à plus tard. Mais, les rares fois où il venait, il ne s'en montrait que plus caressant et plus doux, sachant quelle reconnaissance elle lui en gardait, toute meurtrie des brutalités de Séguin.

— Oh ! chère madame, moi qui ne viens pas par discrétion, de peur de vous déranger ! Puis, vous savez bien que j'ai, en ce moment, une pièce en répétition et que mes heures sont prises.

Tout de suite, d'ailleurs, il la noya de compliments, d'une voix d'admiration béate.

— Vous êtes délicieuse, dans cette blouse qui enlaidirait une autre femme. Oui, oui, délicieuse, je maintiens le mot !

Ce fut une joie pour Séguin, qui voyait là une moquerie. Naturellement, dans sa jalousie atroce, jamais il n'avait songé que Santerre pouvait être ou devenir l'amant de sa femme, qu'il lui jetait presque entre les bras, en les forçant à une camaraderie perverse, dont il aggravait lui-même l'extrême licence de paroles. Lorsque, cédant à ses coups de démence, il lui criait que l'enfant n'était pas de

lui, il en arrivait tout de suite aux suppositions ignobles,
l'accusant de s'être livrée à quelque domestique, ou bien
d'avoir fait monter un passant de la rue. Quant à Santerre, ce n'était que le bon ami, qu'il avait voulu, un
jour, faire entrer chez sa femme, pendant qu'elle était au
bain, pour lui montrer comme elle était drôle dans
l'eau.

— Ce qu'il se moque de toi! dit-il.

Mais Valentine avait remercié Santerre d'un regard
d'infinie gratitude. Elle se souviendrait.

Santerre, après avoir serré la main de Mathieu, s'était
incliné devant Marianne, que la maîtresse de la maison
lui présenta. Cette deuxième femme enceinte, ces deux
femmes grosses, attablées ainsi face à face, flanquées des
deux maris, durent lui sembler d'un comique particulier,
car il dissimula l'ironie de son sourire sous un redoublement d'amabilité, s'excusant de venir trop tôt, lorsque le
monde déjeunait. Puis, comme Séguin se fâchait de la
lenteur du service, sa femme se permit de dire que c'était
lui qui avait tout mis en retard, en se faisant attendre.
Une querelle faillit éclater encore.

Le café et les liqueurs furent apportés sur une autre
table de la vaste pièce, après que le maître d'hôtel eut
enlevé vivement le couvert. Et, de nouveau, Valentine
s'allongea, de son air de langueur, parmi les fourrures
d'un divan, en priant ses convives de se servir eux-mêmes,
puisqu'elle ne pouvait remplir son rôle. Mais, tout de suite,
Marianne s'offrit, fit le service avec une gaie complaisance,
heureuse, expliquait-elle, de se tenir un peu debout.
Après le café, elle versa des petits verres de cognac, et
permission fut donnée aux hommes de fumer.

— Ah! mon cher, dit Santerre brusquement, en
s'adressant à Séguin, vous ne vous imaginez pas les belles
opérations auxquelles j'ai assisté, ces jours-ci, à la clinique
du docteur Gaude.

Mais il fut interrompu par une autre visite. La baronne de Lowicz faisait demander des nouvelles de madame. Et, quand on l'eut priée de monter, elle courut à Valentine, l'embrassa, en s'écriant :

— Je ne voulais pas vous déranger, ma chère. Enfin, je suis pourtant bien heureuse de vous voir et de vous dire que je vous plains de tout mon cœur.

Elle tombait d'ailleurs, comme elle l'ajouta, en pays de connaissance, et elle distribua des poignées de main à tout le monde. Il parut à Mathieu que celle qu'elle lui donnait était particulièrement significative, rude et courte, accompagnée du sourire de moquerie aiguë dont elle le poursuivait, depuis qu'il l'avait refusée. Et, clairement, son visage exprima l'ironie profonde qui avait passé déjà sur celui de Santerre, dès qu'elle eut jeté un double coup d'œil sur les deux femmes enceintes, réunies là, en petite fête. Ce spectacle sembla l'amuser prodigieusement, pendant qu'elle se redressait, dans sa beauté provocante, avec sa taille mince, son grand corps ardent et souple. Jamais elle n'avait vécu une vie de plus libre jouissance, sans autre contrainte que celle de rester une des femmes du monde les mieux reçues, les plus fêtées de Paris.

Elle complimenta Marianne, sa cousine.

— Eh bien ! ma chère, vous devez être heureuse, voilà le cinquième presque fait, et vous allez pouvoir songer au sixième... Mais non, je vous assure, je ne me moque pas. Moi, je comprends que, lorsqu'on aime les enfants, on aille à la douzaine.

— Douze enfants, dit Marianne avec son tranquille sourire, c'est bien mon compte, c'est le chiffre que je me suis fixé.

— Grand Dieu ! gémit Valentine, je jure, moi, de n'en avoir jamais d'autre, si je ne meurs pas de celui-ci !

Séguin, ricanant toujours, voulut reprendre, avec Santerre, la conversation que l'arrivée de la baronne avait interrompue.

— Vous disiez que vous avez vu de belles opérations, à la clinique du docteur Gaude.

Mais la baronne, de nouveau, l'air passionné, se jeta au travers.

— Le docteur Gaude! vous le connaissez? Oh! cher monsieur, je vous en prie, parlez-moi de lui. J'entends dire partout que c'est un homme prodigieux.

Le romancier souriait complaisamment.

— Prodigieux, c'est bien le mot. J'avais besoin de notes pour une étude, et j'ai pu assister à sept ou huit opérations. D'ailleurs, vous savez qu'elles sont très courues, on y va comme au spectacle, j'ai retrouvé là tout le Paris des premières, et même quelques dames... Alors, Gaude vous prend une femme, deux femmes, trois femmes, et avec une maestria extraordinaire, avec un brio qu'on est tenté d'applaudir, il leur enlève tout, absolument tout, en un tour de main, sans que cela tire à aucune fâcheuse conséquence, affirme-t-il. C'est étourdissant.

Le visage de Sérafine s'était empourpré d'une admiration ardente; et, se tournant vers Valentine, qui écoutait avidement, elle aussi :

— Hein? ma chère, ça donne envie d'y passer, pour ne plus être où vous en êtes... Un magicien, c'est bien ainsi qu'on l'a nommé devant moi. Et beau garçon, paraît-il, toujours joyeux et solide. Voilà un homme!

— Mais, demanda Mathieu, qui avait frémi, les femmes qu'il opère sont malades?

— Sans doute, répondit Santerre, dont cette question redoubla l'ironique gaieté. Du moins, il le dit.

Jusque-là, Séguin s'était contenté d'accentuer son petit rire mauvais, en échangeant des coups d'œil d'intelligence avec le romancier. Leur désespérance littéraire, leur souhait d'une rapide extermination humaine recevait, chez Gaude, un heureux commencement d'exécution. Et il ne put se tenir, dans son besoin d'étonner le jeune ménage qui était là, par un appel au néant, qu'il jugeait d'une abomination élégante et supérieure.

— Ah ! malades ou non, qu'il les coupe donc toutes ! Ça sera plus tôt fini.

Sérafine seule s'égaya. Le mot fit horreur à Marianne. Elle s'était assise, prise de malaise, regardant surtout Santerre, dont elle se souvenait d'avoir lu le dernier roman : une histoire d'amour qui lui avait paru imbécile, tant la haine de l'enfant y éclatait en inventions raffinées et saugrenues. Mort à l'enfant, tel était donc le cri de ce monde heureux, gâté d'égoïste jouissance et de subtile déraison. Et, d'un regard, elle dit à Mathieu sa lassitude, son désir de rentrer chez eux, à son bras, doucement, par les quais ensoleillés. Lui, dans cette vaste pièce, encombrée de merveilles, souffrait aussi, d'une telle démence, au milieu d'une si rare richesse. Etait-ce donc la rançon d'une civilisation trop aiguë, cette rage impuissante contre la vie, qui ne rêve plus que de la détruire ? Il étouffa, ainsi que sa femme, et il lui fit signe de prendre congé.

— Comment, vous partez déjà ! s'écria Valentine. Je n'ose vous retenir, si vous sentez quelque fatigue.

Puis, comme Marianne la chargeait d'embrasser pour elle ses deux enfants :

— C'est vrai, vous ne les avez pas vus ! Non, non, attendez, je veux que vous les embrassiez vous-même.

Mais, lorsque Céleste eut paru, au coup de sonnette, elle dit que monsieur Gaston et mademoiselle Lucie venaient de sortir avec l'institutrice. Et ce fut une tempête nouvelle, Séguin demanda furieusement à sa femme depuis quand l'institutrice se permettait d'emmener ainsi les enfants, sans rien dire. Alors, quand on voulait avoir les enfants pour les embrasser, on ne les

avait même pas? Ils étaient aux domestiques, c'étaient
les domestiques qui, maintenant, dirigeaient la maison.
Valentine pleura.

— Mon Dieu! dit Marianne à son mari, lorsqu'elle
respira dehors, heureuse à son bras, mon Dieu! ils sont
fous dans cette maison!

— Oui, répondit Mathieu, ce sont des fous, et surtout
des malheureux.

## III

Quelques jours plus tard, comme Mathieu s'était oublié un matin près de sa femme, et qu'il se hâtait de se rendre à son bureau, vers neuf heures, en traversant le petit jardin qui séparait le pavillon de la cour de l'usine, il s'y rencontra avec Constance et Maurice, habillés de fourrures, sortant à pied pour une promenade, dans l'air glacé de la belle matinée d'hiver.

Beauchêne, qui les accompagnait jusqu'à la grille, nu-tête, toujours solide et vainqueur, cria gaiement :

— Et fais-le-moi marcher rondement, ce petit bonhomme! qu'il respire le grand air! Il n'y a que ça et la soupe pour faire un homme!

Mathieu s'était arrêté.

— Est-ce qu'il a été de nouveau souffrant?

— Oh! non, s'empressa de répondre la mère, très gaie elle aussi, peut-être par un besoin inconscient de se cacher certaines craintes. Seulement, le docteur veut qu'il prenne de l'exercice, et le ciel est si beau, ce matin, que nous partons en expédition. C'est amusant, ce grand froid.

— Ne prenez pas les quais, cria encore Beauchêne, remontez vers les Invalides... Ah! il en verra bien d'autres, quand il sera soldat!

Et, lorsque, la mère et l'enfant partis, il rentra dans l'usine avec Mathieu, il ajouta de son air de certitude triomphante, en s'adressant à ce dernier :

— Vous savez qu'il est solide comme un chêne, ce petit. Mais, que voulez-vous? les femmes s'inquiètent toujours... Moi, vous me voyez, je suis bien tranquille.

Puis, avec un gros rire :

— Quand on n'en a qu'un, on le garde.

Ce matin-là, une heure plus tard, une furieuse dispute qui éclata, dans l'atelier des femmes, entre les deux sœurs Norine et Euphrasie, mit en révolution toute l'usine. Norine, grosse de six mois, avait pu jusque-là cacher cette grossesse, en se serrant à étouffer, dans la crainte d'être battue par son père et de se voir forcée de quitter l'atelier. Mais sa sœur Euphrasie, couchant avec elle, était forcément au courant, et dans l'âpreté de son exécrable caractère, dans la jalousie mauvaise dont elle la poursuivait, elle ne se gênait pas pour lancer des allusions désobligeantes, qui faisaient trembler l'autre, toujours à la veille d'être ainsi vendue. Matin et soir, la belle fille en pleurait toutes les larmes de son corps, d'avoir eu la bêtise de s'être laissé faire cet enfant par un homme qui la lâchait, devant lequel elle n'osait seulement pas bouger, et de se trouver maintenant à la merci de son laideron de sœur, si rageuse, si sèche et si dure. Et l'éclat qu'elle redoutait tant, qu'elle sentait venir, inévitable, se produisit, ce matin-là, à propos de rien, pour une bêtise.

Dans la salle vaste et longue, les petites meules ronflaient, les cinquante et quelques polisseuses se courbaient sur leurs établis, lorsqu'un bruit de querelle leur fit lever la tête. D'abord, Euphrasie avait accusé Norine, à demi-voix, de lui avoir pris un morceau de papier de verre.

— Je te dis qu'il était là et que je t'ai vu allonger la main. Puisque je ne le trouve plus, ça ne peut être que toi, bien sûr.

Norine ne répondait pas, haussait les épaules. Elle

n'avait rien pris du tout. Aussi l'autre s'enragea-t-elle, élevant la voix.

— Hier, tu m'avais pris mon huile. Tu me prends tout, tu es une voleuse, oui! une voleuse, tu entends!

Des voisines s'étaient mises à ricaner, habituées aux querelles des deux sœurs, qui étaient un divertissement pour toutes. Et l'aînée, alors, perdit patience, s'emporta, elle aussi.

— Ah! tu m'embêtes à la fin! Ce n'est pas ma faute si, d'être maigre, ça te rend insupportable... Qu'est-ce que tu veux que j'en fiche, de ton papier?

Frappée au cœur, Euphrasie devint livide. Sa maigreur, sa laideur chétive, lorsqu'elle se comparait à son aînée, si fraîche et si grasse, était la plaie vive dont elle souffrait. Elle lâcha tout, hors d'elle.

— Dame! mon papier, si c'est pour t'en frotter le ventre, ça l'empêchera peut-être de grossir davantage.

Une huée, mêlée à des rires, s'éleva de l'atelier entier. A son tour, Norine était devenue très pâle. C'était donc fait, tout le monde allait savoir sa grossesse! et c'était à sa terrible cadette qu'elle devait cet irréparable malheur, devant lequel elle frissonnait depuis des semaines! Elle perdit tout sang-froid, elle lui allongea une gifle. Euphrasie, aussitôt, sauta sur elle, lui laboura le visage à coups de griffes, comme une chatte en fureur. Et il y eut une bataille féroce, les deux sœurs tombées par terre, se dévorant, hurlant, au milieu d'un tel vacarme, que Beauchêne, Mathieu et Morange, dont les bureaux étaient voisins, accoururent.

Des ouvrières criaient :

— Si c'est vrai, tout de même, qu'elle est grosse, l'autre va le lui crever, son enfant.

Mais le plus grand nombre s'amusaient trop pour intervenir, se déclarant contre la malheureuse, par une lâcheté de femmes, qui étaient fières de leur adresse à ne pas se laisser mettre dans un pareil cas. Elles voulaient bien rire, mais des enfants, ah ! non !

— Qu'elles se battent ! ça les regarde. Sûrement qu'elle est grosse, ça se voyait assez, et c'est tant pis pour elle !

Les trois hommes se précipitèrent, écartèrent les curieuses, afin de séparer les combattantes. Mais la ruée devenait telle, si chaude, si passionnée, que la présence du patron lui-même n'arrêtait rien. On ne le voyait pas, le tumulte grandissait. Et, pour le dominer, il dut clamer de sa voix de basse-taille :

— Tonnerre ! qu'est-ce que c'est que ça ? qui est-ce qui m'a fichu de pareilles bougresses ?... Voulez-vous bien finir votre sabbat, ou je vous flanque toutes à la porte !

Déjà, Mathieu et Morange s'étaient jetés sur les deux sœurs, en s'efforçant d'arrêter les coups. Mais ce fut la voix tonnante, la menace olympienne de Beauchêne, qui ramena brusquement le calme. Effrayées, domptées, les ouvrières reculèrent, se rassirent sournoisement devant leurs établis ; tandis que Norine et Euphrasie se relevaient haletantes, les cheveux arrachés, les vêtements déchirés, aveuglées encore d'une telle rage, qu'elles reconnaissaient à peine les personnes présentes.

— Vous êtes donc folles ! continuait Beauchêne, avec l'ampleur magistrale de son autorité. A-t-on jamais vu deux sœurs se battre ainsi, comme des portefaix ! Et vous choisissez l'atelier, c'est aux heures du travail que vous vous prenez aux cheveux !... Voyons, qu'y a-t-il ? qu'est-ce qu'il vous arrive ?

A ce moment, le père Moineaud, que quelque bonne âme avait dû descendre chercher, en lui contant que ses deux filles se dévoraient, là-haut, entra de son air len et désintéressé d'ouvrier vieillissant, que vingt-cinq années de dur travail engourdissaient déjà. Mais personne ne l'aperçut, et la rageuse Euphrasie, qui lui tournait le dos, obéit à un nouvel accès de colère frénétique, sanglotant, craignant d'être punie, désirant s'innocenter, criant dans la face de Norine :

— Oui, je t'ai accusée de m'avoir pris mon papier de verre, et c'est vrai que tu me l'as pris, et je n'ai pas menti en disant que tu pouvais t'en frotter le ventre, si tu ne voulais pas qu'il grossisse davantage!

Des rires étouffés coururent de nouveau parmi les ouvrières. Puis, un grand silence se fit. Norine enceinte! Cette révélation brusque saisit tellement Mathieu, l'emplit d'un tel soupçon, qu'il regarda Beauchêne. Mais celui-ci avait reçu gaillardement le coup, à peine un léger tressaillement, l'ennui d'entendre divulguer, dans des circonstances si imprévues, un fait qui devait forcément devenir public, un jour ou l'autre. Il resta beau et solide, il prit un air très digne, pendant qu'Euphrasie continuait à confondre sa sœur affolée.

— Hein? ose donc dire que tu n'es pas grosse, sale bête! Il y a beau temps que je le sais, moi, que tu es grosse... Et tu ne vas pas dire le contraire, n'est-ce pas? Tenez! voyez-moi ça!

D'un geste violent, elle avait saisi la blouse de Norine, la longue blouse de travail qui avait, jusque-là, permis à celle-ci de dissimuler sa taille; et, passant la main dans une déchirure, survenue pendant la bataille, elle fendit la serge d'un bout à l'autre; de sorte que le ventre de Norine apparut, ce ventre dolent de pauvre fille séduite, qu'elle se désespérait à regarder grossir, qu'elle aurait voulu écraser de toute la force de ses poings. Il n'y avait pas à nier, des agrafes de la robe s'étaient rompues, le ventre s'échappait et débordait. Norine, frissonnante, se couvrit la face, éclata en larmes.

— C'est un scandale, un scandale intolérable! se hâta de reprendre Beauchêne, en haussant encore la voix.

Mademoiselle Euphrasie, je vous ordonne de vous taire, je ne supporterai pas un mot de plus!

Il bégayait un peu, car la crainte devait lui venir que cette enragée ne sût l'histoire et ne se mît à la conter tout haut, dans la frénésie où elle était. Mais l'aînée se défiait trop de la cadette pour lui confier ses secrets. Il en eut la sensation, lorsque son regard eut rencontré celui de la misérable fille en larmes, un regard de pauvre être faible, se sentant si humble, si perdu, promettant tout encore, s'il voulait ne pas l'abandonner complètement. Sa tranquille carrure de maître tout-puissant reparut, tandis qu'Euphrasie concluait, de sa petite voix sèche :

— Oh! moi! monsieur Beauchêne, je n'ai plus rien à dire. Ça m'étouffait, de savoir ça, et tant pis si papa l'apprend!

Le papa, il était resté derrière elle, il venait d'entendre toute la vilaine histoire. Quel guignon, qu'on fût allé le chercher! C'était un homme qui n'aimait pas les tracas, si las déjà des embêtements du pauvre monde, se disant qu'il aurait beau travailler, qu'il n'arriverait jamais à vaincre les saletés de la vie. Il avait fini par accepter les choses inévitables, n'ignorant pas que les fils et les filles tournaient mal le plus souvent, s'arrangeant un coin de tranquillité, en fermant les yeux. Mais voilà qu'on le forçait de se fâcher! Et, quand il comprit qu'on l'avait vu, il se montra vraiment très bien, saisi d'une véritable indignation, à être ainsi déshonoré devant le monde. Il se jeta sur Norine, le poing levé, la voix tremblante.

— C'est donc vrai, tu ne dis pas non?... Ah! la malheureuse, je la tuerai !

De nouveau, Mathieu et Morange intervinrent, arrêtèrent le père, qui cria encore :

— Qu'elle s'en aille, qu'elle s'en aille tout de suite, où je fais un malheur! Et qu'elle ne remette pas les pieds chèz nous, que je ne la retrouve pas ce soir en rentrant, si elle ne veut pas que je la jette par la fenêtre!

Norine, épouvantée, se sauva, sous la malédiction paternelle. Elle renouait ses beaux cheveux, elle ramenait sur elle les lambeaux de sa blouse; et, d'un bond, elle fut à la porte, elle disparut au milieu du silence glacé de l'atelier.

Alors, Beauchêne se fit conciliant.

— Voyons, mon brave Moineaud, calmez-vous, soyez courageux. Après un tel scandale, évidemment, je ne puis pas garder Norine, que son état aurait d'ailleurs forcée à quitter l'atelier... Mais vous savez combien nous vous estimons tous. Ce qui arrive, n'est-ce pas? ça ne vous empêche pas d'être tout de même un bon ouvrier et un brave homme.

Moineaud parut très touché.

— Sans doute, monsieur Beauchêne. Seulement, c'est tout de même dur à digérer, une saleté pareille.

Mais le patron insista.

— Bah! ce n'est pas votre faute, vous n'êtes pas le coupable... Tenez! donnez-moi la main.

Et Beauchêne serra la main de Moineaud, qui s'en alla, très flatté, ému aux larmes. Euphrasie, triomphante, avait repris sa place devant son établi. Toutes les ouvrières, menacées d'un renvoi immédiat, au moindre bruit, travaillaient sans un souffle, le nez sur leurs petites meules.

Mathieu resta tout bouleversé, gardant pour lui ses réflexions, mais hanté de questions nombreuses, dont il n'osait se faire à lui-même les réponses. Il avait suivi des yeux, avec une surprise croissante, Beauchêne qui se retirait majestueusement, en homme de poigne, satisfait d'avoir rétabli l'ordre. Puis, comme, pour retourner à son bureau, il traversait celui de Morange, il eut encore l'étonnement de voir le comptable se laisser tomber sur son fauteuil, d'un air désespéré, gagné presque par les larmes.

— Qu'avez-vous donc, mon ami?

Dans l'atelier des femmes, pendant la scène atroce, Morange n'avait pas prononcé un mot ; mais sa pâleur, ses mains tremblantes disaient la part d'émotion qu'il y prenait.

— Ah! mon cher, murmura-t-il enfin, vous n'avez pas l'idée de l'effet que me produisent ces histoires de grossesse. J'en ai les bras et les jambes cassés.

Alors, Mathieu se souvint de la confidence désolée que Valérie était venue faire à Marianne, et que celle-ci, le soir même, lui avait répétée. Le pauvre homme le navrait, à ce point anéanti sous la menace d'un second enfant; et, malgré son étonnement qu'on pût tant souffrir d'une si joyeuse et vivante espérance, il voulut le réconforter.

— Oui, je sais, ma femme m'a dit la nouvelle que lui a donnée la vôtre. Vous n'avez plus de doute, la chose est donc certaine?

— Oh! mon cher, tout à fait certaine. C'est notre ruine, comment pourrais-je maintenant quitter l'usine et tenter la fortune au Crédit National, en y acceptant d'abord une situation moindre? Nous voilà pour toujours dans la crotte, comme le dit ma pauvre femme... Elle pleure du matin au soir. Ce matin encore, je l'ai laissée dans les larmes, et ça me retourne le cœur. Moi, j'en aurais déjà pris mon parti, mais elle m'a rendu ambitieux pour elle, en mettant si haut sa confiance en moi, que je souffre de ne pouvoir lui donner le luxe et les plaisirs qu'elle désire tant... Puis, il y a notre petite Reine. Comment la doter, comment la marier, cette chère enfant, si intelligente, si gentille, digne d'un prince?... Voyez-vous, je n'en dors plus la nuit, ma femme est toujours à me répéter des choses qui me roulent dans le cerveau, à ce point que je ne sais plus si j'existe.

Et le pauvre homme, si tendre, de cœur si faible et de
volonté si médiocre, eut un geste éperdu, comme pour
dire son égarement, sous l'entêtement d'ambition, sous le
besoin exaspéré de fortune, dont sa femme le torturait.

— Bah ! tout s'arrange, dit obligeamment Mathieu.
Vous l'adorerez, ce petit.

Morange se récria, l'air terrifié.

— Non, non ! ne dites pas ça ! Ah bien ! si Valérie vous
entendait, elle croirait que vous allez lui porter malheur...
Elle ne veut pas admettre qu'il vienne.

Puis, baissant la voix, comme si quelqu'un eût put l'entendre, il ajouta avec un frisson de mystère :

— Vous savez que je ne suis pas sans crainte. Elle est
capable d'un malheur, dans son égarement.

Mais il s'arrêta, craignant d'avoir trop parlé. Depuis le
matin, après les discussions et les larmes de la nuit entière, passée à se débattre dans l'alcôve obscure, cette
chose affreuse le hantait. N'était-il pas déjà décidé lui-
même ?

— Que voulez-vous dire ? demanda Mathieu.

— Rien, des folies de femme... Enfin, mon cher ami,
vous voyez devant vous l'homme le plus malheureux de la
terre. Les gens qui cassent des cailloux sur les chemins
me font envie.

Deux grosses larmes coulèrent sur ses joues. Il y eut
un silence pénible. Il se calma, il reprit, en revenant à
Norine, sans la nommer :

— Et cette fille, je vous demande un peu ! en voilà
encore une qui avait bien besoin d'un enfant ! On dirait
une malédiction, c'est toujours celles qui n'en veulent
pas qui en font. Maintenant, elle est à la rue : pas d'argent, pas de pain, pas de travail, personne pour l'aider ;
et un mioche qui pousse... Tout à l'heure, j'en aurais
pleuré de la voir, avec son pauvre ventre. Et le patron
qui la flanque dehors. Il n'y a vraiment pas de justice.

Mathieu eut un soupçon.

— Peut-être que le père de l'enfant finira par venir à son secours.

— Oh! croyez-vous? répondit le comptable, souriant d'un air triste qui en avouait long. Moi, je ne veux rien dire, je n'ai pas à m'en mêler. Mais, naturellement, on a des yeux, on tombe parfois sur des histoires qu'on aurait préféré ne pas connaître... Tout cela est bien vilain. La faute en est à la nature, qui a si mal arrangé les choses : un enfant tout de suite, pour une minute de plaisir, dont on a la bêtise de ne pas savoir se passer. Vraiment, ça gâte l'existence.

Et Morange, avec un geste de philosophe désenchanté, se remit, plein d'accablement, à sa besogne de comptable; tandis que Mathieu regagnait enfin son bureau.

L'après-midi, quelques heures plus tard, au retour du déjeuner, comme il s'y trouvait seul, absorbé dans le croquis d'une semeuse nouvelle, il tressaillit, en entendant tout d'un coup derrière lui une toux légère. C'était une fillette d'environ douze ans, qui avait dû entrer, puis refermer la porte sans bruit, et qui se tenait là, depuis longtemps peut-être, avant d'oser lui adresser la parole.

— Qui es-tu? que me veux-tu?

Elle ne se troubla pas, eut un discret sourire.

— Maman m'envoie pour vous dire que vous seriez bien bon, si vous vouliez descendre un instant.

— Mais qui es-tu?

— Je suis la petite Cécile.

— Cécile Moineaud ?

— Oui, monsieur.

Mathieu comprit. Il devait s'agir de la déplorable histoire de Norine.

— Et où m'attend-elle, ta maman?

— Elle vous attend dehors, dans une rue, là-bas derrière... Et elle m'a bien dit de vous dire que, si vous ne veniez pas, ce serait un grand malheur pour tout le monde.

Il la regardait, trop grande, poussée trop vite, avec ses cheveux incolores, le visage déjà effacé, résigné, comme celui de sa mère, grelottant dans sa mince petite robe et sous le fichu qui lui enveloppait la tête. Une commisération pitoyable lui vint, il lui dit de marcher devant; et la fillette se glissa dans le corridor, descendit l'escalier, avec la souplesse de furet, les précautions malicieuses, qu'elle avait dû mettre à s'introduire. Puis, à la porte de l'usine, il aperçut une autre gamine, de huit ans au plus, celle-ci, qui attendait, et qui marcha devant eux, après un coup d'œil d'intelligence.

— Qui est-ce encore, celle-ci?

— C'est ma petite sœur Irma.

— Qu'est-ce qu'elle faisait à la porte? Pourquoi n'êtes-vous pas montées ensemble?

— Tiens! elle guettait voir si l'on ne nous mouchardait pas. Nous connaissons bien l'usine, maman sait que nous ne sommes pas des bêtes.

Et, le quittant, courant rejoindre Irma, qui, elle, était une jolie fille, blonde comme Norine, mais en plus grêle, l'air fin et maladif :

— C'est pas la peine qu'on nous voie marcher ensemble... Vous n'avez qu'à nous suivre, monsieur.

Alors, il les suivit. Elles s'en allaient, à vingt mètres, d'un pas nonchalant de vauriennes qui font l'école buissonnière. Ce n'était pourtant pas un jour à s'attarder dehors, car le soleil s'était caché, un vent glacial soufflait, enfilait les longues rues, droites et désertes, en soulevant la poussière de gelée dont le pavé était blanc. Par ces grands froids d'hiver, ce quartier de travail tombait à une morne tristesse. Aux deux bords des larges voies, le long des murs gris interminables, on n'entendait plus sortir des usines closes que les souffles réguliers des jets de vapeur, comme des râles sans fin d'effort et de souffrance. Et c'était dans cette solitude désolée, à l'angle de deux rues, comme pour surveiller les approches, que la mère et la fille attendaient, debout sur le trottoir, dans le vent glacé qui les fouettait, grelottantes toutes les deux, la vieille en bonnet noir, la jeune la tête enveloppée d'un fichu de laine rouge.

Quand elle aperçut Mathieu, Norine se remit à pleurer. Son frais et joli visage de lait, si gai, si effronté d'habitude, était massacré par les larmes. Elle devait exagérer un peu son désespoir pour se rendre intéressante.

— Ah! monsieur, gémit dolemment la mère, que vous êtes bon d'être venu! Nous n'avons plus d'espérance qu'en vous.

Avant de s'expliquer, elle se tourna vers les petites, Irma et Cécile, qui s'étaient plantées déjà près de leur grande sœur, désireuses d'entendre ce qu'on allait dire, la curiosité très échauffée par toute cette aventure.

— Vous deux, courez vous mettre en avant, l'une dans cette rue, l'autre dans celle-ci, et vous guetterez, et vous m'avertirez, si vous voyez venir quelqu'un.

Mais les fillettes ne bougèrent pas, sans que la mère, d'ailleurs, s'occupât d'elles davantage. Elles restèrent, les yeux luisants, écoutant de toutes leurs oreilles.

— Vous savez, monsieur, reprit la Moineaude, le malheur qui nous arrive. Comme si nous n'avions pas déjà assez de tourments!... Qu'est-ce que nous allons devenir, mon Dieu?

A son tour, elle se mit à pleurer, les larmes lui coupèrent la voix. Et Mathieu, qui ne l'avait pas vue depuis plus d'un an, la trouvait vieillie, une très vieille femme à quarante-trois ans à peine, détruite par ses grossesses successives, pendant lesquelles elle se tuait de travail, et dont elle se relevait sans prudence, sans soins d'aucune sorte, avec des cheveux et des dents en moins. Si, en bonne âme docile, elle se résignait, la face grise, usée avant l'âge, elle se plaisait pourtant à se consoler en étalant ses malheurs; et, un moment, elle oublia l'accident de sa fille aînée, qui comblait la mesure, pour énumérer tous les coups qui l'avaient frappée depuis six mois.

— C'est vrai qu'on a fini par nous prendre Victor à l'usine, quand il a eu seize ans. Et ça nous a soulagés, car, lorsqu'on est huit dans une maison, un de plus qui gagne sa vie, c'est quelque chose. Mais il y en a toujours trois qui ne fichent rien, ces deux gamines-là et mon dernier, le petit Alfred, dont je me serais si volontiers passée. Avec ça, il est souvent malade, j'ai failli le perdre, ce qui aurait peut-être mieux valu pour lui et pour nous. Sans compter qu'Irma aussi, la mioche que vous voyez, n'est guère solide; et ça coûte chez le pharmacien... Je ne parle pas de la mort d'Eugène, notre aîné, qui était soldat aux colonies. Vous l'avez connu à l'usine, n'est-ce pas? avant son départ pour le service. L'autre matin, un papier du gouvernement nous a fait savoir que la dysenterie l'avait emporté. Faites donc des enfants, pour qu'on vous les tue, sans qu'on puisse les embrasser encore une fois, et sans qu'on sache seulement où ils sont dans la terre!

Un sanglot de Norine vint la rappeler à la situation présente.

— Oui, oui, j'y arrive... Ah! faire des enfants, monsieur, heureusement que c'est une histoire finie pour moi! J'en ai eu mon compte, et c'est le seul grand bonheur que j'attendais, sitôt vieille à mon âge, de n'être plus une femme. Comme ça, mon pauvre Moineaud peut s'amuser tant qu'il veut, puisque, maintenant, ça ne tire pas à conséquence.

Le vent soufflait, le froid était si intense, que Mathieu sentait ses moustaches se hérisser de petits glaçons. Il voulut couper court.

— Vos fillettes vont prendre du mal. Que désirez-vous, voyons?

— Hélas! monsieur, c'est pour le malheur de Norine, vous savez bien. Il ne nous manquait plus que cette abomination. Elle m'a tout raconté, elle n'a que moi qui la soutienne un peu; car je vous demande à quoi ça nous avancerait, si je tombais sur elle à coups de bâton?... Alors, que va-t-elle devenir, maintenant que Moineaud l'a chassée, en menaçant de la tuer, s'il la retrouvait chez nous? Il n'est pas méchant, Moineaud, mais il faut comprendre qu'il ne peut vraiment pas accepter devant le monde une honte pareille. Des enfants, n'est-ce pas? on les fait sans y songer, puis ça pousse, on les aime bien tout de même; encore des garçons, c'est comme des oiseaux, va où tu veux, fais ce qu'il te plaît, dès que tu es sorti du nid; seulement des filles, ça vous vexe trop, quand on s'aperçoit qu'elles tournent, mal... Moineaud n'est pas content, il parle de tout casser, c'est bien naturel.

Mathieu approuvait de la tête. Il y avait là la commune histoire des ménages ouvriers à famille nombreuse : le père, bon homme au fond, ne s'inquiétant guère de la nichée débordante; la mère, trop occupée, ne pouvant surveiller son petit monde; l'inconduite fatale, le réveil de colère des parents, lorsque la faute est commise; et le tout aboutissant à la dispersion de la famille, à de la vie sociale misérablement gâchée et perdue.

Lasse de voir que la mission, dont elle avait chargé sa mère, traînait si longtemps, Norine pleurnicha plus haut, murmura entre deux soupirs :

— Dis donc à monsieur que je t'ai tout raconté.

Enfin, la Moineaude dut aborder le terrible sujet. Elle baissa la voix.

— Oui, monsieur, Norine m'a expliqué que vous étiez la seule personne qui pouvait quelque chose pour nous, parce que vous l'aviez vue, un soir, avec le père de son enfant, et que vous vous trouviez par conséquent à même de témoigner qu'elle ne ment pas... Vous comprenez pourquoi Moineaud ne doit pas être mis là dedans. Nous ne lui dirons jamais le nom ; et, le jour où un hasard le lui apprendrait, je serais la première à le supplier d'agir comme s'il ne le savait pas : voilà des années, et des années, qu'il est à l'usine, ce serait la fin de tout s'il était forcé de la quitter... Vous voyez donc bien que nous ne voulons pas faire de bruit. Ni ma fille ni moi, n'irons raconter l'histoire, car nous n'aurions certainement rien à y gagner. Mais, tout de même, Norine ne peut pas rester dans la rue, le père de son enfant n'aura pas le mauvais cœur de l'y laisser ainsi. Et c'est vous, monsieur, que nous supplions de lui parler, d'obtenir de lui le secours qu'il ne refuserait pas à un chien perdu, s'il en rencontrait un sur le pavé, par un temps pareil.

Elle tremblait, d'une humilité de pauvre femme, si terrorisée par sa vie de misère, qu'elle restait éperdue de son audace, en osant accuser ainsi un puissant personnage, dont dépendait le sort de tous les siens. Brusquement, ayant aperçu les deux petites, Irma et Cécile, qui l'écoutaient, d'un air d'avide intérêt, elle se soulagea sur elles.

— Qu'est-ce que vous fichez là ? Je vous avais dit d'aller voir dans les deux rues... Houp ! déguerpissez ! les enfants ne doivent jamais écouter les grandes personnes.

Tranquillement, les fillettes s'entêtèrent. Elles s'amusaient trop, elles ne firent même pas mine de se reculer ; et, de nouveau, la mère les oublia.

Très touché, Mathieu hésitait pourtant. Il prévoyait trop bien ce que Beauchêne allait lui répondre. Aussi chercha-t-il des excuses, pour expliquer son refus d'intervenir.

— Ma pauvre femme, vous vous trompez sur mon pouvoir. Je crains tellement d'échouer...

Mais Norine ne lui laissa pas finir la phrase. Elle vit qu'elle devait s'en mêler. Elle ne pleurait plus, elle s'anima peu à peu.

— Ecoutez, maman ne vous dit pas ce qu'elle avait à vous dire... Enfin, ce n'est pas moi qui l'ai poursuivi, le monsieur que vous savez. C'est lui qui a couru après moi, qui n'a pas eu de cesse, tant que je n'ai pas consenti à ce qu'il voulait. Et, maintenant, il me plante là, comme s'il ne me connaissait seulement pas ! Pourtant, si j'étais méchante, je pourrais lui causer de gros embêtements... Je suis une honnête fille, je jure bien qu'avant de faire la bêtise d'aller avec lui...

Elle fut sur le point de mentir, en disant que Beauchêne l'avait eue vierge. Mais elle dut voir, dans les yeux de Mathieu, qu'il était renseigné ; et elle jugea prudent de ne pas insister devant sa mère, à qui elle n'avait pas senti le besoin d'avouer la première faute. Il n'y avait là que l'habituelle histoire des jolies ouvrières comme elle, ayant l'éducation de l'atelier et de la rue, corrompues à douze ans, sachant tout, mais se gardant par calcul, par la juste connaissance de ce qu'elles valent. Elle, très rusée sous son apparente étourderie, avait attendu long-temps une occasion pas trop bête. Puis, ainsi que tant d'autres, un beau jour d'oubli, elle s'était donnée pour rien à un camarade, qui avait filé le soir même. C'était cette sottise à réparer qui l'avait plus tard jetée aux bras du patron millionnaire, en fille intelligente du pavé parisien, désireuse à son tour de monter d'un échelon, de mordre aux jouissances supérieures, au luxe qu'elle dévorait des yeux, dans les magasins des grands quartiers. Seulement, elle avait trouvé en Beauchêne un jouisseur, d'un égoïsme si total, d'une si magistrale inconscience devant ce qui n'était pas son intérêt ou son plaisir, qu'elle sortait de l'aventure dupée, volée de la plus indigne façon, ayant tout donné d'elle, son amusante jeunesse, sa fraîcheur savoureuse, sa chair de lait, vrai régal de printemps, et n'en ayant guère tiré d'autre bénéfice que cet enfant désastreux, le dénouement naturel dont les filles restent anéanties, comme sous l'imprévu de quelque coup de foudre.

— Enfin, reprit-elle désespérée, il n'osera pas dire, peut-être, que le petit n'est pas de lui. Ce serait un fier menteur. Il n'a qu'à se rappeler les dates, c'est aussi clair que le soleil. J'ai fait mes calculs, moi, je lui prouverai la chose, quand il voudra... Vous pensez, monsieur, que je ne suis pas capable de faire un mensonge sur une chose si grave. Eh bien! je vous jure que je n'ai vu personne autre que lui, il est le père de l'enfant, aussi vrai que maman est là, à m'entendre. Vous entendez, je le jure, je le jurerais encore, la tête sous la guillotine... Dites-lui ça, monsieur, dites-lui ça, et nous verrons s'il aura le cœur de me laisser dans la rue.

L'accent était si sincère, si profond, que Mathieu fut convaincu. Elle ne mentait certainement pas. Maintenant, c'était la mère qui pleurait, à petits sanglots continus; et les deux fillettes elles-mêmes, gagnées par l'émotion de la scène, se lamentaient, se barbouillaient la figure de leurs larmes. Il en eut le cœur bouleversé, et il céda.

— Mon Dieu! je veux bien tenter un effort, mais je ne vous promets pas le succès... Je vous ferai savoir ce que j'aurai pu obtenir.

Déjà, la mère et la fille lui avaient pris les mains, voulaient les lui baiser. Il fut convenu que Norine irait coucher le soir chez une amie, en attendant qu'on décidât de son sort. Et, dans la rue déserte, où l'on n'entendait que le souffle haletant des usines voisines, le terrible vent de neige soufflait plus glacial, flagellait les quatre misérables créatures, qui grelottaient de froid sous leurs minces robes de pauvre. Elles s'en allèrent, la face rougie, les mains mordues par l'onglée, comme emportées dans le grand frisson impitoyable de l'hiver. Et il les regarda qui disparaissaient, les trois filles dolentes, serrées autour de la mère en larmes.

Quand Mathieu revint à l'usine, il regrettait de s'être engagé, dans la crainte de n'avoir donné que des illusions à ces tristes femmes. Comment allait-il s'y prendre? qu'allait-il dire? Et le hasard voulut que, comme il rentrait dans son bureau, il y trouvât Beauchêne, qui, désireux d'avoir un renseignement sur un projet de machine, l'y attendait.

— Où étiez-vous donc, mon cher? Voici un quart d'heure que je vous fais chercher partout.

Mathieu cherchait un prétexte pour s'excuser, lorsqu'il eut la pensée de saisir l'occasion et de brusquer les choses, en disant la vérité. Et il fit cela bravement, il conta comment les fillettes l'étaient venues chercher, puis quelle conversation il avait eue avec Norine et sa mère, à l'instant même.

— Enfin, mon cher Alexandre, ne m'en veuillez pas, d'intervenir ainsi dans cette affaire. Les circonstances me paraissent assez graves, pour que je passe par-dessus l'ennui de vous contrarier. Encore ne vous aurais-je rien dit, si vous ne m'aviez fait certaines confidences.

Beauchêne avait écouté, saisi d'abord, envahi par une colère sourde, qui gonflait son visage d'un flot de sang. Il étouffait, il serrait les poings, comme s'il allait tout casser. Puis, il affecta d'être pris d'une hilarité irrésistible, d'une gaieté méprisante, dont l'éclat sonnait faux.

— Mais, mon bon ami, c'est simplement du chantage... De quoi vous mêlez-vous là! Je ne vous croyais vraiment pas si naïf, et l'on vous fait jouer un joli rôle... Alors, la mère et les petites sœurs elles-mêmes se mettent de la partie? C'est complet, ça devient comique... Et, n'est-ce

pas? on vous a chargé de l'ultimatum! Il faut que je re-
connaisse l'enfant, ou bien on me causera des embêtements... Non, non, c'est vraiment monumental!

Il s'était mis à marcher de long en large, pouffant,
criant, très ennuyé au fond, vexé surtout qu'un accident
d'un tel ridicule pût lui arriver, à lui, si malin. Brusquement, il s'arrêta.

— Voyons, c'est une plaisanterie! Dites-moi, vous qui
n'êtes pas en somme une bête, est-ce que vous accepteriez
une paternité pareille? Une fille qui a couché, l'année
dernière, avec un garçon de marchand de vin! Une fille
qui, depuis ce temps, doit faire la plus sale des noces!
Enfin, je n'ai eu qu'à la ramasser. On en trouve à la
pelle dans les rues.

Et, comme Mathieu voulait l'interrompre pour protester, pour dire sa conviction que la misérable fille ne
mentait pas, il lui ferma violemment la bouche.

— Non, non, taisez-vous, écoutez-moi... Je suis certain, vous entendez bien? certain d'avoir pris toutes mes
précautions. Et ça me connaît, mon brave. Ce serait
malheureux, vraiment, que, réussissant à éviter un tel
désastre avec ma femme, j'aille me conduire avec une maîtresse en collégien qui ne sait pas le truc. Ma main au
feu, ce petit-là peut chercher un autre père!

Pourtant, il ne devait pas avoir une certitude si solide,
car il se lança dans une discussion des dates. Il s'em-
brouilla, se contredit, fut convaincu de mensonge. La
vérité était que l'enfant ne pouvait être du premier soir,
le soir où il avait fait sa confidence, avant de rejoindre
l'ouvrière, à l'angle de la rue Caumartin. Mais il l'avait
revue souvent ensuite, pris d'une frénésie de désir, pendant trois ou quatre mois, jusqu'au jour où, devant
l'évidence de sa grossesse, il s'était dégoûté d'elle, la
trouvant gâtée et gênante, ayant hâte peut-être aussi de
rompre, afin de fuir toute responsabilité. Maintenant, il

la dépréciait, la disait un simple déjeuner de soleil, avec sa beauté du diable, comme s'il n'avait plus compris sa bêtise, d'être descendu à un caprice pareil.

Le patron reparut, vaniteux, autoritaire, dans ce cri de superbe inconscience :

— Coucher avec une de ses ouvrières, passe encore, et c'est déjà très bête ; mais avoir un enfant avec elle, ah ! non, non, c'est trop idiot, on se ficherait de moi, je serais coulé !

Il n'en était plus cependant aux violentes affirmations ; et, inquiet de voir Mathieu se taire, attendre qu'il eût usé son premier emportement, pour plaider en faveur de la triste Norine, il s'effraya de ce silence, il se laissa tomber sur une chaise, soufflant, grondant.

— Et puis, admettons encore la chose, je veux bien un instant que je me sois oublié. Ça, c'est vrai : quand on a dîné gaiement, des fois, on ne sait plus ce qu'on fait. Mais, même dans ce cas, est-ce que ça suffit pour que cette coureuse me mette son enfant sur le dos ? Un enfant ! mais ça la regarde, tant pis pour elle ! C'est le risque du métier... Qui me dit qu'à cette époque elle n'a pas vu deux ou trois hommes par semaine ? Allez donc vous reconnaître là dedans ! Sûrement, elle-même ne sait pas de quel monsieur il est, ce beau cadeau. Alors, moi, bonne bête, comme je suis là, comme elle a un prétexte pour me fourrer dans l'affaire, elle organise sa petite histoire. Un homme riche, un patron qui reculera devant le scandale, on en tirera une fortune... Du chantage, mon ami, du chantage, et pas autre chose !

Un gros silence régna. Mathieu s'était mis à marcher à son tour, dans le bureau, qu'un grand poêle de faïence chauffait fortement. Il attendit encore avant de parler, tandis que, sous le plancher frémissant, on entendait le branle continu de l'usine en travail. Et il dit enfin ce qu'il avait à dire, le plus simplement du monde : sa conviction que Norine ne mentait pas, les détails qu'elle lui avait donnés, les larmes des deux pauvres femmes, l'abominable dureté qu'il y aurait à laisser cette malheureuse dans la rue. En supposant même que l'enfant ne fût pas de lui, elle n'en avait pas moins été sa maîtresse, il ne pouvait refuser de la secourir, maintenant qu'elle était en un si pitoyable abandon.

— Vous vous dites plus mauvais homme que vous n'êtes, vraiment. Je suis convaincu que vous allez réfléchir et que vous ferez le nécessaire. Un galant homme comme vous se conduit proprement, que diable!

— Mais, si je fais quelque chose, cria Beauchêne combattu, angoissé, on va raconter partout que l'enfant est bien de moi. C'est alors qu'elle aura beau jeu pour me le mettre sur le dos.

De nouveau, le silence régna, on entendit le jet strident d'un tuyau qui lâchait de la vapeur, au fond de la cour. Puis, il reprit avec gêne, après une hésitation :

— Est-ce qu'elle menace de faire du bruit?... J'ai craint un moment qu'elle n'allât trouver ma femme. Ce serait rudement ennuyeux.

Mathieu retint un sourire. Il sentit qu'il avait cause gagnée.

— Dame! on ne sait jamais... Elle n'est certainement pas méchante. Seulement, quand on pousse les femmes à bout, elles deviennent capables des pires folies... Et, d'ailleurs, elle n'a eu aucune exigence, elle ne m'a pas même expliqué ce qu'elle demandait, si ce n'est qu'elle ne pouvait rester sur le trottoir, par un temps pareil, puisque son père l'a chassée... Moi, si vous voulez mon avis, j'ai pensé qu'on devrait, dès demain, la mettre en pension chez une sage-femme. Puisqu'elle est enceinte de six mois, ça vous ferait quatre ou cinq mois à payer, un billet de cinq cents francs en chiffre rond. Ce serait très bien.

Beauchêne se leva d'un brusque mouvement, alla jusqu'à la fenêtre; puis, revenant :

— Je n'ai pas mauvais cœur, vous me connaissez, n'est-ce pas? et ce n'est pas cinq cents francs de plus ou de moins qui me gêneront. Si je me suis mis en colère, c'est que l'idée seule d'être volé me jette hors de moi... Mais, du moment qu'il s'agit d'une œuvre de charité, oh! mon Dieu! faites. A une condition, pourtant : je ne me mêlerai de rien, je ne veux pas même savoir ce que vous allez faire. Choisissez une sage-femme, installez la demoiselle où il vous plaira, je payerai simplement la note. Bonjour, bonsoir.

Il poussa un grand soupir, soulagé, sauvé du mauvais cas, dont il refusait de confesser l'ennui. Et il redevint supérieur, beau et victorieux, en homme certain de gagner toutes les batailles de la vie. Même il plaisanta : cette Norine, il ne lui en voulait pas au fond, car il n'avait jamais vu de peau pareille à la sienne, un vrai satin, une fraîcheur de rose; et elle s'était punie la première, avec cet enfant de malheur, qui l'avait déjà gâtée, à ne pas la reconnaître. Puis, faisant preuve d'une parfaite liberté d'esprit, il discuta le projet de machine sur lequel il était venu chercher un renseignement, il montra pour ses intérêts de patron une intelligence vive, une âpreté extraordinaire.

Déjà, il s'en était allé, lorsqu'il reparut, rouvrant la porte, répétant :

— Dites surtout ma condition formelle... L'enfant, c'est bien convenu, je ne veux pas même savoir s'il y en a un. Qu'on en fasse ce qu'on voudra, mais qu'on ne m'en parle jamais.

Le soir même, il y eut chez les Beauchêne une terrible alerte. Le petit Maurice, comme on allait se mettre à table, tomba sur le parquet, pris d'une syncope. L'évanouissement dura près d'un quart d'heure; et les parents affolés crièrent, se querellèrent, en s'accusant mutuellement d'avoir forcé l'enfant à sortir le matin, par une gelée pareille : c'était évidemment cette promenade imbécile qui l'avait glacé, ils le disaient du moins, afin de calmer leur inquiétude. Constance, surtout, pendant qu'elle tenait son fils entre ses bras, le vit mort. Pour la première fois, le frisson terrible passait, elle se dit qu'il pouvait mourir. La mère, en elle, eut un déchirement au cœur, une telle douleur atroce, que son ardente maternité lui fut presque une révélation. Mais la femme ambitieuse, celle qui rêvait la royauté par ce fils, l'unique héritier, le prince futur de la fortune amassée, décuplée, souffrit aussi horriblèment. Si elle le perdait, elle n'aurait donc plus d'enfant? Et pourquoi n'en avait-elle pas un autre? Et quelle était cette obstination imprudente à refuser, par tous les moyens, d'en avoir un autre? Ce regret la traversa comme d'un éclair fulgurant, elle en sentit l'irréparable brûlure, jusqu'au fond de sa chair. Cependant, Maurice était revenu à lui, il mangea même avec assez d'appétit. Beauchêne, tout de suite, s'était remis à hausser les épaules, en plaisantant les terreurs déraisonnables des femmes. Les jours suivants, Constance elle-même n'y pensa plus.

## IV

Le lendemain, lorsque Mathieu s'occupa de remplir la mission délicate dont il s'était chargé, il se souvint des deux sages-femmes dont il avait entendu prononcer les noms, au déjeuner des Séguin, par Céleste, la femme de chambre. Il écarta d'abord madame Rouche, dont cette fille avait si singulièrement parlé, disant qu'avec elle « ça ne traînait pas », et qu'elle y mettait « une vraie complaisance ». Mais il voulut se renseigner sur madame Bourdieu, la sage-femme qui, occupant toute une petite maison de la rue Miromesnil, y prenait des pensionnaires. Et il crut se rappeler que cette dernière avait autrefois, lorsqu'elle débutait, accouché madame Morange de sa fille Reine, ce qui lui donna l'idée de questionner Morange, avant tout.

Celui-ci, au travail déjà, dans son bureau, parut se troubler, dès la première question.

— Oui, c'est une amie qui avait indiqué madame Bourdieu à ma femme... Mais pourquoi me demandez-vous cela ?

Et il le regardait, angoissé, comme si ce nom de madame Bourdieu tombait en coup de foudre dans ses préoccupations, ainsi qu'une brusque surprise de flagrant délit. Cela peut-être venait-il même de préciser en lui quelque hantise obscure, tout ce qu'il roulait de douloureux, sans pouvoir encore prendre un parti. Et il en resta un instant un peu pâle, les lèvres tremblantes.

Puis, un aveu involontaire lui échappa, lorsqu'il comprit, sur un mot de Mathieu, qu'il s'agissait de placer Norine.

— Justement, ma femme me parlait de madame Bourdieu, ce matin... Oui, je ne sais plus comment cela est venu. Vous comprenez, il y a si longtemps, nous ne pouvons pas donner des renseignements précis. Mais il paraît qu'elle a très bien fait son affaire et qu'elle est à la tête, aujourd'hui, d'une excellente maison... Voyez vous-même, vous trouverez sans doute là ce qu'il vous faut.

Mathieu suivit ce conseil. Pourtant, comme on l'avait averti que la pension était chère, chez madame Bourdieu, il revint sur ses préventions et se rendit d'abord dans le bas de la rue du Rocher, pour se renseigner directement au sujet de madame Rouche. Le seul aspect de la maison le glaça : une maison noire du vieux Paris, à l'endroit où la rue dévale en pente raide, et dont l'allée obscure et puante conduisait à une étroite cour, sur laquelle donnaient les quelques pièces misérables occupées par la sage-femme. Cela sentait l'égout et le crime. Au-dessus de l'allée, un louche écriteau, une enseigne jaune portait simplement, en grosses lettres, le nom de madame Rouche. Quand il eut sonné, une bonne au tablier sale l'introduisit dans un petit salon d'hôtel meublé, empoisonné d'une odeur de cuisine ; et tout de suite il se trouva en présence d'une dame de trente-cinq ou trente-six ans, vêtue de noir, personne sèche, au teint de plomb, aux rares cheveux incolores, dont le grand nez tenait tout le visage. Avec sa parole lente et basse, ses gestes de chatte prudente, son continuel sourire de miel gâté, elle lui donna l'impression d'une terrible femme, l'étouffement sans violence, le coup de pouce silencieux rejetant au néant la vie qui n'est pas encore. D'ailleurs, elle lui dit qu'elle prenait seulement des pensionnaires huit ou dix jours avant les couches, n'ayant pas l'installation nécessaire ; et cela coupa court à son enquête, il se sauva, pris de nausée, le cœur serré d'effroi.

Rue Miromesnil, entre la rue La Boëtie et la rue de Penthièvre, la petite maison à trois étages, où se trouvait l'établissement de madame Bourdieu, était du moins d'un aspect engageant, avec sa façade claire, aux fenêtres garnies de mousseline blanche. Une belle enseigne annonçait une sage-femme de première classe, maison d'accouchement et pension pour dames. La boutique du rez-de-chaussée était occupée par un herboriste, dont les paquets d'herbes odorantes embaumaient le seuil. A côté, la porte de l'allée restait toujours close, comme celle d'un hôtel privé ; et cette allée, tenue proprement, débouchait, au fond, sur une cour assez vaste, que limitait un grand mur gris, derrière lequel se cachait la caserne de la rue voisine. C'était même très gai, on faisait valoir qu'on entendait les tambours et les clairons adoucis par l'épaisseur du mur, sans en être incommodé. Au premier étage, distribués le long d'un couloir, étaient le salon, le cabinet de madame Bourdieu, sa chambre, le réfectoire commun et la cuisine ; puis, au deuxième et au troisième, il y avait les chambres des pensionnaires, en tout une douzaine, les unes pour trois ou quatre lits, les autres pour un seul lit, celles-ci naturellement plus chères. Et madame Bourdieu, alors âgée de trente-deux ans, régnait là en belle femme brune, un peu grosse et courte, mais d'une large et gaie figure, très blanche, qui l'avait singulièrement aidée à réussir, à doter sa maison d'un bon renom de propreté. On disait bien qu'il n'aurait pas fallu longtemps fouiller dans les coins ; mais c'était la profession qui autorisait ces mauvais propos de l'envie. Jamais encore de trop vilaines histoires n'avaient couru. Elle venait d'être agréée par l'Assistance publique, qui lui envoyait des femmes en couches, lorsqu'elle-même manquait de lits dans les hôpitaux. Et cela semblait être une preuve cer-

taine de l'honorabilité de l'établissement, de sorte que la
clientèle, disait-on, était devenue tout à fait sérieuse et
distinguée.

Mathieu eut à discuter avec madame Bourdieu, car elle
commença par lui demander deux cents francs par mois;
et, comme il se récriait, elle fut sur le point de se fâcher,
le verbe haut, bonne femme au fond pourtant.

— Mais, cher monsieur, comment voulez-vous que je
m'en tire? Aucune de nous ne fait fortune. Il nous faut
passer deux ans dans une Maternité pour avoir le diplôme,
et cela nous coûte mille francs par an. Puis, ce sont les
frais d'installation, toute la vache enragée qu'on mange
avant de se faire une clientèle, ce qui explique que tant
des nôtres tournent mal. Et, même quand on a réussi à
créer, Dieu sait au prix de quels efforts ! une maison
comme la mienne, les ennuis continuent : jamais de tranquillité, une responsabilité de toutes les heures, des menaces pour la moindre imprudence, la moindre négligence,
dans les opérations et dans l'emploi des instruments.
Sans compter la surveillance de la police, les visites imprévues des inspecteurs, une infinité de précautions à
prendre que vous ne vous imaginez même pas.

Elle ne put s'empêcher de sourire, lorsque Mathieu,
d'un geste, lui fit entendre qu'il était au courant et que ce
n'étaient pas les inspections qui avaient jamais inquiété
une sage-femme.

— Oui, oui, sans doute, on s'arrange. Mais, ici, ils
peuvent se présenter, ils ne me surprendront jamais en
faute. Il n'y a encore que d'être honnête pour faire de
bonnes affaires. Aussi, sur mes trente lits, en ai-je toujours plus de vingt-cinq d'occupés, et par des dames de
toutes les classes. Pourvu qu'elles se soumettent au règlement, qu'elles payent la pension ou que l'administration
paye pour elles, je ne leur demande seulement pas d'où
elles viennent. Ni nom, ni adresse, le secret profes-

sionnel m'interdirait même de révéler ce que le hasard
m'apprendrait. Elles sont libres, elles n'ont rien à
craindre, et, si nous traitons pour la dame au nom de
laquelle vous vous présentez, vous n'aurez qu'à me
l'amener le jour convenu, elle trouvera chez moi l'asile
le plus discret et le plus sain.

D'un coup d'œil, avec sa grande habitude, elle avait dû
juger le cas : quelque fille mère, dont un monsieur voulait se débarrasser proprement. C'étaient là les bonnes
affaires. Et, quand elle sut qu'il s'agissait d'une pension
de quatre mois, elle devint coulante, finit par accepter un
prix fait de six cents francs, à la condition que la dame
coucherait dans une chambre de trois lits, avec deux
compagnes. Tout fut réglé, la pensionnaire lui fut amenée,
le soir même.

— Vous vous appelez Norine, mon enfant. C'est très
bien, cela suffit. Je vais vous installer, quand on aura
monté votre petite malle... Vous êtes jolie comme un
amour, et j'ai déjà la certitude que nous serons deux
bonnes amies.

Ce fut seulement cinq jours plus tard que Mathieu
retourna voir Norine, pour savoir comment elle se trouvait chez madame Bourdieu. Quand il songeait à sa femme,
à sa chère Marianne, dont il entourait l'heureuse grossesse
d'une dévotion si tendre, d'un culte de vénération et de
tendresse, il avait au cœur une souffrance, une infinie
pitié, pour les grossesses honteuses, cachées, insultées,
pour toutes les douloureuses femmes qui agonisent d'être
mères. Cette idée du dégoût et de l'horreur où la maternité peut jeter la femme, jusqu'à la boue, jusqu'au crime,
le torturait comme une profanation ; et jamais il ne s'était
senti, dans sa passion de solidarité humaine, d'une bonté
plus frémissante. Puis, il avait dû discuter encore avec
Beauchêne, qui s'était récrié, en apprenant qu'un billet
de cinq cents francs ne suffirait pas. Il avait fini par tirer

de lui quelque linge, même un peu d'argent de poche, dix francs par mois. Et il voulait porter les premiers dix francs à la pauvre fille.

Neuf heures sonnaient à peine, lorsque Mathieu se présenta rue Miromesnil. Une servante, qui était montée pour avertir Norine, redescendit dire qu'elle l'avait trouvée encore au lit, mais que monsieur pouvait venir, parce que madame était seule couchée dans la chambre. Et elle le fit monter à son tour, elle ouvrit une porte, au troisième étage, en disant :

— Madame, voilà monsieur.

En reconnaissant Mathieu, Norine eut un de ses grands rires gouailleurs de belle fille.

— Vous savez qu'elle vous prend pour le papa ! Et c'est tant pis que ce ne soit pas vrai, parce que vous êtes très gentil, vous !

D'ailleurs, ses beaux cheveux blonds soigneusement peignés, serrés en un gros chignon, elle avait mis une camisole, elle était assise sur son séant, dans son lit, avec deux oreillers derrière le dos, très propre, très blanche, en grande fille décente et bien sage. Elle ramena même le drap, pour ne rien montrer de sa nudité, d'un de ces gestes instinctifs de pudeur, qui disaient ce qu'il y avait en elle de candeur encore, dans sa chute.

— Vous êtes donc malade ? demanda-t-il.

— Mais non, je me dorlote. Il est permis de rester couchée, alors je fais les grasses matinées. Ça me change, moi qui me levais à six heures, par un froid de chien, pour aller à la fabrique... Vous voyez, j'ai du feu ; et puis, regardez la chambre, je suis là comme une princesse.

Il regarda. C'était une assez vaste chambre, à papier gris perle, semé de fleurettes bleues. Les trois petits lits de fer étaient placés, deux côte à côte, et le troisième en travers, séparés les uns des autres par une table de nuit et une chaise. Il y avait une commode, une armoire, un

pauvre mobilier dépareillé d'hôtel garni. Mais les deux
fenêtres, qui donnaient sur le grand mur gris, derrière
lequel se trouvait la caserne, laissaient entrer en ce
moment un clair soleil, dont les nappes glissaient entre
deux hautes maisons voisines.

— Oui, ce n'est pas triste, murmura-t-il.

Il s'était retourné vers le lit du fond, et il se tut, en
apercevant debout, devant ce lit, une longue figure noire,
qu'il n'avait pas remarquée d'abord. C'était une grande
fille sans âge, sèche, maigre, au visage sévère, avec des
yeux éteints et une bouche pâle. Elle n'avait ni hanches,
ni poitrine, la taille plate, telle une planche à peine
équarrie. Et elle achevait de serrer les courroies d'une
valise, posée sur le lit défait, à côté d'un petit sac de
voyage.

Puis, comme elle se dirigeait vers la porte, sans même
regarder le visiteur, Norine l'arrêta.

— Alors, c'est fait, vous descendez régler ?

Elle parut réfléchir, avant de comprendre ; et, tranquillement, avec un fort accent anglais :

— Yes, régler.

— Mais vous allez remonter, n'est-ce pas ? On pourra
vous dire adieu.

— Yes, yes.

Quand elle ne fut plus là, Norine expliqua qu'elle
s'appelait Amy, qu'elle entendait un peu le français,
mais qu'elle en disait à peine quelques mots. Et elle aurait
conté toute l'histoire, si Mathieu ne s'était assis près d'elle,
en l'interrompant.

— Enfin, vous, je vois que tout va bien et que vous êtes
contente.

— Oh ! pour sûr, très contente. Jamais je n'ai été à
pareille fête, nourrie et soignée, dorlotée du matin au
soir à ne rien faire. Vous savez, je ne demande qu'une
chose, c'est que ça dure le plus longtemps possible.

Elle s'était mise à rire, très gaie, insouciante de l'avenir, ne songeant guère au pauvre petit être qui poussait. Vainement, il essaya d'éveiller la maternité en elle, il lui demanda ce qu'elle ferait ensuite, quels étaient ses projets. Elle ne comprit même pas, crut qu'il lui parlait du père, eut un haussement d'épaules, pour dire qu'elle s'en moquait bien, qu'elle n'avait jamais été assez sotte pour compter sur lui. Sa mère était venue la voir, le lendemain de son entrée. Mais cette bonne visite ne lui laissait aucune illusion, elle ne comptait pas non plus sur sa famille, où il n'y avait pas de pain pour tous. Alors, quoi? elle verrait bien. Une jolie fille, à son âge, n'était jamais embarrassée. Et elle s'étirait dans son lit blanc, heureuse de se sentir fraîche et désirable, conquise déjà par cette tiède paresse, envahie du besoin de n'avoir plus que de grasses matinées pareilles, maintenant qu'elle les connaissait, d'une douceur si caressante.

Ensuite, elle revint avec orgueil sur la bonne tenue, sur l'honorabilité de la maison, comme si elle en tirait personnellement tout un lustre. Elle montait d'une classe.

— On n'entend pas une dispute, pas un gros mot. Tout le monde est très honnête. C'est à coup sûr la maison la plus propre du quartier, et il n'y a pas à dire, vous pouvez regarder dans les coins, vous ne trouverez rien de sale. Sans doute, on n'y reçoit pas que des princesses, mais du moment qu'on sait se tenir, n'est-ce pas? peu importe d'où l'on sort.

Et elle voulut donner un exemple.

— Ainsi, tenez! le troisième lit, là-bas, après le lit de l'Anglaise... Eh bien! il est occupé par une petite bonne de dix-huit ans. Oh! elle a donné son vrai nom, elle s'appelle Victoire Coquelet, et elle ne cache même pas son histoire. En arrivant de son village, la voilà qui tombe à Paris chez un homme d'affaires louches, dont le fils, un grand flandrin de vingt ans, lui fait un enfant, dans sa

cuisine, cinq jours après son arrivée. Que voulez-vous?
elle débarquait, elle est encore ahurie de l'aventure,
sans savoir au juste ce qui s'est passé... Naturellement,
la mère du grand flandrin l'a flanquée dehors. La pauvre
petite a été ramassée dans la rue, et c'est l'Assistance
publique qui l'a placée ici. Mais je vous assure qu'elle est
très gentille, très travailleuse, si courageuse même, que,
malgré son état, elle s'est mise au service d'une autre
jeune personne enceinte, qui occupe une chambre séparée, là, derrière cette cloison. C'est permis, les pauvres
ici peuvent servir les riches... Quant à cette autre jeune
personne, qui n'a donné que le nom de Rosine, oh!
c'est une aventure dont Victoire a reçu la confidence...

La porte s'ouvrit, elle fut interrompue; et elle s'écria :

— Eh! c'est justement Victoire.

Mathieu vit entrer une petite fille pâle, dont les dix-
huit ans en paraissaient à peine quinze, ses cheveux roux
ébouriffés, envolés, le nez en l'air, les yeux minces, la
bouche grande. Elle était à peine propre, avec cet air
encore effaré de son accident, regardant les gens comme
pour leur demander des explications. Et, derrière le
pauvre être, il eut la brusque vision des milliers de tristes
créatures que la province envoie au pavé de Paris, et
dont l'histoire est la même, long cortège des servantes
engrossées et chassées, au nom de la vertu bourgeoise.
Que deviendrait celle-ci? quelles places sans fin ferait-
elle, et quelles autres grossesses l'attendaient?

— Amy n'est pas partie? demanda-t-elle. Je veux lui
dire adieu.

Lorsqu'elle eut aperçu la valise encore au pied du lit,
et que Norine lui eut présenté Mathieu comme un ami
très discret, toutes deux dirent enfin à ce dernier ce
qu'elles savaient sur l'Anglaise. On ne pouvait rien affirmer de précis, elle baragouinait une langue impossible,
si peu expansive en outre, qu'on ignorait tout de son

existence. Mais, cependant, on racontait qu'elle était déjà venue dans la maison, trois ans plus tôt, se débarrasser d'un premier enfant. Et, la seconde fois comme la première, elle était débarquée un beau matin, sans prévenir, huit jours avant ses couches ; puis, après être restée au lit trois semaines et avoir fait disparaître l'enfant, qu'elle envoyait aux Enfants-Assistés, elle retournait dans son pays, elle reprenait tranquillement le bateau qui l'avait amenée. Même elle réalisait une petite économie, en voyageant, à chaque grossesse, avec un billet d'aller et retour.

— C'est bien commode, dit Norine. Il paraît qu'il y en a des tas qui nous arrivent ainsi de l'étranger. Quand l'œuf est pondu à Paris, bien malin qui en trouverait les coquilles... Je crois que celle-ci est une religieuse, oh ! pas une religieuse pareille à celles que nous avons en France, mais une de ces femmes qui vivent toutes ensemble dans des maisons, comme qui dirait des béguines. Elle a toujours le nez fourré dans des livres de messe.

— En tout cas, reprit Victoire d'un air convaincu, elle est bien comme il faut, pas belle à coup sûr, mais très polie et guère bavarde.

Elles se turent, Amy rentrait. Mathieu, la curiosité éveillée, la regarda. Quelle extraordinaire chose, cette grande fille si peu faite pour l'amour, cette planche si jaune, si sèche, si rude, venant, entre deux bateaux, se faire périodiquement délivrer en France ! Et de quelles œuvres, et avec quelle paisible dureté de cœur, sans une émotion au départ, sans une pensée pour l'enfant laissé à la borne ! Elle ne donna même pas un regard à cette pièce où elle avait souffert, et elle allait prendre simplement son léger bagage, lorsque les deux autres, beaucoup plus émues qu'elle, voulurent l'embrasser.

— Portez-vous bien, dit Norine, bon voyage.

L'Anglaise tendit la joue, baisa ensuite les cheveux de

cette belle fille grasse et fraîche, d'un air d'inquiétude pudique.

— Yes, bon, bon... vous aussi...

— Et pensez à nous, au revoir, n'est-ce pas? ajouta étourdiment Victoire, après lui avoir donné deux gros baisers, à pleine bouche.

Cette fois, Amy eut un pâle sourire, sans répondre un mot. Puis, elle ne se retourna même pas, elle sortit de son pas calme et résolu, derrière la petite bonne ahurie, qui s'écriait :

— Suis-je bête! Moi qui venais surtout pour vous dire que mademoiselle Rosine veut vous faire ses adieux! Vite, vite, suivez-moi!

Dès qu'elle se retrouva seule avec Mathieu, Norine, après avoir remonté, de son joli geste décent, le drap qui avait glissé, dans les embrassades, reprit ses histoires.

— Quant à l'aventure de mademoiselle Rosine, dont je vous ai parlé, et que je tiens d'une confidence de Victoire, elle n'est vraiment pas drôle... Imaginez-vous qu'elle est la fille d'un très riche bijoutier. Naturellement, nous ne savons pas le nom, ni même le quartier où est le magasin. Elle vient d'avoir dix-huit ans, elle a un frère de quinze ans, et le père est un homme de quarante-quatre ans. Je vous dis les âges, vous verrez pourquoi tout à l'heure... Voilà donc le bijoutier qui perd sa femme, et vous ne savez pas comment il arrange les choses pour la remplacer? Deux mois après l'enterrement, il va trouver un beau soir sa fille Rosine, il couche tranquillement avec. Hein? c'est raide tout de même! Ça n'est pas rare chez les pauvres gens, j'en sais plus d'une de Grenelle qui passe par là. Mais, chez des bourgeois, des gens qui ont de l'argent pour se payer toutes les femmes qu'ils veulent! Et ce qui me suffoque surtout, moi, ce n'est pas que les pères demandent ça, c'est que les filles y consentent... Maintenant, mademoiselle Rosine est si douce, si aimable,

qu'elle n'aura sans doute pas voulu faire de la peine à son
papa. N'importe! les voilà bien attrapés tous les deux. On
l'a mise ici comme en cellule, personne ne vient l'y voir;
et vous pensez si l'ordre est donné d'escamoter l'enfant.
Un beau produit, qui ferait une jolie figure dans le
monde!

Un bruit de vives paroles, devant la porte, l'interrompit.
Elle mit un doigt sur ses lèvres, en reconnaissant la voix
de mademoiselle Rosine, qui accompagnait Amy. Et tout
bas :

— Voulez-vous la voir?

Puis, avant même que Mathieu eût répondu, elle l'appela. Celui-ci, que l'histoire avait glacé, eut la surprise
de voir entrer une délicieuse enfant, d'une beauté exquise de vierge brune, aux bandeaux noirs, aux yeux
bleus d'une pureté candide. Il y avait dans son regard
une innocence étonnée, une chasteté d'une infinie douceur. Et elle semblait ignorer encore son état, enceinte
déjà de sept mois, de la même date à peu près que
Norine. Quelle pitié, grand Dieu! et quelle maternité
affreuse, dans le scandale et dans le crime, salissant
l'amour, profanant la vie, aboutissant à cette horreur de
l'enfant incestueux, qu'il faut supprimer socialement
comme un monstre!

Norine voulut absolument la faire asseoir près d'elle.

— Mademoiselle, restez là un instant. C'est un parent qui est avec moi... Vous savez quel plaisir vous me
faites.

Mathieu était frappé de la camaraderie qui s'établissait
si vite entre ces femmes, venues de toutes les classes, de
tous les bouts de l'horizon. Même entre Rosine et Victoire,
la maîtresse et la servante, il y avait une fraternité
visible, le même ventre pitoyable, la même œuvre de vie,
dans la douleur. Les distinctions croulaient, elles se
retrouvaient toutes femmes, sans nom le plus souvent,

tombées là de l'inconnu, pour n'être plus que des créatures dolentes, égales par la misère et par la faute. Des trois qui étaient en présence, deux sans doute choyaient l'autre, avec un attendrissement respectueux d'inférieures ; mais celle-ci pourtant, qui avait reçu une belle instruction, qui jouait du piano, les traitait volontiers en amies, causant pendant des heures, allant jusqu'à leur dire ses petits secrets.

Ce fut ainsi que toutes trois, après avoir oublié Mathieu, en vinrent vite à échanger les commérages de la maison.

— Vous savez, dit Victoire, que madame Charlotte, la dame si distinguée qui occupe la chambre voisine, a été accouchée cette nuit.

— Il aurait fallu être sourde, pour ne pas l'entendre, fit remarquer Norine.

Mademoiselle Rosine eut un de ses airs candides.

— Moi, je n'ai rien entendu.

— C'est que notre chambre sépare sa chambre de la vôtre, expliqua Victoire. Mais ce n'est pas tout ça. Le drôle, c'est que madame Charlotte va partir tout à l'heure. On est allé lui chercher un bon fiacre.

Les deux autres se récrièrent. Elle voulait donc se tuer ! Une femme dont l'accouchement paraissait avoir été si pénible, et qui toute blessée, toute sanglante encore, se levait, prenait un fiacre, rentrait chez elle ! C'était la péritonite sûre. Elle était donc folle ?

— Dame ! reprit la petite bonne, quand on ne peut pas faire autrement, à moins des plus grands malheurs. Vous pensez bien que la pauvre dame préférerait rester tranquille dans son lit. Mais vous vous rappelez l'histoire qui a couru... N'est-ce pas, mademoiselle Rosine, que vous en savez long, puisque cette dame vous avait prise en affection et vous racontait sa vie ?

En effet, Rosine dut convenir qu'elle savait beaucoup de choses. Et ce fut encore une poignante histoire que

Mathieu entendit, le cœur frémissant. Madame Charlotte, une brune de trente ans, grande, avec des traits fins, de beaux yeux tendres, une bouche de charme et de bonté, devait s'appeler madame Houry, sans qu'on en fût absolument certain; et ce qui semblait sûr, c'était qu'elle avait pour mari un voyageur de commerce, chargé d'aller acheter, en Perse et dans l'Inde, des tapis, des broderies, des tentures pour un grand magasin. On le disait brutal, d'une jalousie atroce, rudoyant la malheureuse, au moindre mot. Elle avait cédé à la douceur consolante de prendre un amant, un tout jeune homme, affirmait-on, un simple petit employé qui la ravissait de caresses. Le malheur fut qu'elle tomba enceinte. Encore ne s'inquiéta-t-elle pas trop au début, car son mari était parti pour une année : elle avait fait ses calculs, elle serait délivrée et remise, lorsqu'il reviendrait. Aussi, lorsqu'elle craignit que la grossesse ne devînt visible, se contenta-t-elle de quitter son très joli appartement, du côté de la rue de Rennes, pour se réfugier à la campagne. Et ce fut là, deux mois avant l'époque probable de ses couches, qu'elle reçut une lettre de son mari, lui annonçant qu'il hâterait sans doute son retour. Dès lors, on s'imagine dans quelles transes vécut la pauvre femme. Elle refit ses calculs, perdant la tête, terrifiée par des probabilités qu'elle basait sur des faits dont elle n'avait plus le souvenir très net. Enfin, quand elle crut que les couches n'étaient guère qu'à une quinzaine de jours, elle vint se cloîtrer chez madame Bourdieu, dans le plus grand mystère; et sa torture s'y aggrava, une nouvelle lettre lui ayant appris que son mari débarquerait à Marseille le vingt-cinq du mois. On était au seize, neuf jours encore. Elle compta les jours, puis elle compta les heures. Aurait-elle une petite avance, aurait-elle un retard? C'était son salut ou sa perte qui se décidait, en dehors de sa volonté, au milieu de continuelles crises de larmes, dont elle sortait anéantie, dans une épouvante croissante. Le moindre mot de la sage-femme lui donnait des tremblements, et elle l'interrogeait à chaque minute, de son pauvre visage anxieux, bouleversé d'effroi. Jamais une misérable créature n'avait payé d'un tel tourment la joie d'avoir été aimée une heure. Le vingt-cinq au matin, comme elle tombait au dernier désespoir, elle fut prise des douleurs, elle en baisa de joie les mains de madame Bourdieu, malgré l'horrible souffrance. Par une malchance dernière, les douleurs durèrent toute la journée et presque toute la nuit : elle aurait été perdue quand même, si son mari n'avait dû coucher à Marseille. Il n'arriverait que dans la nuit suivante ; et, délivrée vers cinq heures du matin, elle eut ainsi jusqu'au soir pour rentrer chez elle, feindre une maladie, quelque perte brusque, qui l'avait forcée à prendre le lit. Mais quelles relevailles affreuses, quel effroyable courage, cette femme en sang, dévastée, à demi mourante, retournant à son foyer !

— Ouvrez donc la porte, demanda Norine, je veux la voir passer.

Victoire ouvrit la porte toute grande, sur le corridor. Depuis un instant, on entendait des bruits dans la chambre voisine. Et, bientôt, madame Charlotte parut, chancelante, l'air ivre, soutenue par deux femmes, qui la portaient presque. Ses beaux yeux tendres, sa bouche de charme et de bonté, n'étaient plus qu'un deuil ; et jusqu'à sa distinction de femme délicate sombrait dans l'anéantissement de son malheur. Cependant, quand elle vit la porte ouverte, elle voulut s'arrêter, elle appela Rosine, d'une voix défaillante, avec un faible sourire.

— Venez, mon enfant, je serai contente de vous embrasser... Ah! je ne suis pas bien forte, mais peut-être que j'irai jusqu'au bout... Adieu, mon enfant, et vous aussi, mes petites. Soyez plus heureuses.

On l'emporta, elle disparut.

— Vous savez qu'elle est accouchée d'un garçon, dit Victoire. Elle qui n'en avait jamais eu, et qui en a désiré un si longtemps! Seulement elle s'était fait tant de chagrins, qu'il est mort deux heures après sa naissance.

— Un grand bonheur pour elle! déclara Norine.

— Sans doute, confirma Rosine gentiment, de son air virginal. Des enfants dans des conditions pareilles, ça ne peut faire plaisir à personne.

Mathieu les écoutait, bouleversé. Il gardait dans les yeux la terrifiante, l'inoubliable vision de ce spectre qui venait de passer, cette martyre inconnue s'en allant avec sa plaie ouverte, cette suppliciée tragique des couches secrètes et coupables. Et il les revoyait aussi, les trois autres : Amy, la lointaine, qui avait si rudement jeté son faix à la terre étrangère ; Victoire, l'esclave ahurie, la chair à plaisir du maître qui passe, un premier enfant demain, puis un autre, puis un autre ; Rosine, l'incestueuse complaisante, si douce, si bien élevée, qui portait avec un frais sourire le monstre qu'on écraserait, pour qu'elle pût être plus tard une épouse souillée et saluée. Dans quel enfer était-il donc tombé, dans quel gouffre d'horreur, d'iniquités et de souffrances ? Et cette maison d'accouchement était la plus propre, la plus honnête du quartier! et c'était vrai, il fallait de tels refuges à l'abomination sociale, de secrets asiles où les misérables femmes enceintes pussent se venir cloîtrer! Il n'y avait là que l'exutoire nécessaire, la tolérance qui permettait de combattre l'avortement et l'infanticide. La divine maternité échouait dans cette boue cachée, l'acte superbe de vie aboutissait à ce cloaque. On aurait dû l'honorer d'un culte, et il n'était plus qu'une vilenie de maison louche, la mère avilie, salie, rejetée, l'enfant maudit, exécré, renié. Tout l'éternel flot de semences qui circule dans les veines du monde, toute l'humanité en germes qui gonfle le ventre des épouses, comme la grande terre au printemps, devenait une moisson déshonorée, corrompue à l'avance, frappée d'ignominie. Que de force, que de santé, que de beauté perdues! Maintenant, il les sentait toutes venir là de l'inconnu, il les plaignait toutes, les tristes femmes grosses, et celles que la pauvreté mettait à la rue, et celles qui devaient se cacher, les clandestines, les coupables, donnant de faux noms, accouchées dans le mystère d'enfants qu'on rejetait à l'anonyme souffrance, d'où ils sortaient. Puis, il eut un attendrissement, au milieu de la détresse qui lui serrait le cœur : n'était-ce pas de la vie tout de même, ne devait-on pas accepter toutes les poussées de sève, dans la grande forêt humaine? et les plus vigoureux des chênes n'étaient-ils pas souvent ceux qui avaient grandi contre les obstacles, parmi les ronces et les pierres?

Quand Norine se retrouva de nouveau seule avec Mathieu, elle le supplia de parler à madame, pour qu'elle lui permît de prendre du café noir, à son déjeuner de midi. Puisqu'il devait lui remettre dix francs par mois d'argent de poche, elle le payerait plutôt. Et elle le renvoya, lui fit promettre de l'attendre en bas, dans le salon, pendant qu'elle allait s'habiller.

En bas, Mathieu se trompa d'abord, ouvrit une porte, aperçut le réfectoire, une vaste pièce occupée par une longue table, et dans laquelle la cuisine voisine soufflait une odeur d'évier mal tenu ; puis, en face, dans le salon d'attente, meublé d'acajou et de reps fané, deux femmes qui causaient, lui dirent que madame Bourdieu était occupée. Alors, il s'assit au fond d'un grand fauteuil, il tira un journal de sa poche, voulut se mettre à lire. Mais, la conversation des deux femmes l'intéressant, il les écouta. L'une était évidemment une pensionnaire de la maison, arrivée à la dernière période d'une grossesse pénible, qui l'avait ravagée, jaune, abattue, la face meurtrie. Et il comprit que l'autre, sur le point aussi d'accoucher, venait de s'entendre avec la sage-femme, pour entrer le lendemain. Aussi questionnait-elle la première, désireuse de savoir si l'on était bien, comment on mangeait, comment on vous soignait.

— Oh ! vous ne serez pas mal, surtout vous qui aurez quelque argent, expliqua lentement la pauvre femme dolente. Moi, c'est l'administration qui m'a mise ici, j'y serais bien sûr cent fois mieux que chez moi, si je n'avais tant d'inquiétude d'avoir laissé tout mon petit monde à l'abandon. Je vous ai dit que j'ai déjà trois enfants, et Dieu sait comment ils sont soignés, car mon homme n'est pas très gentil. Chaque fois que j'accouche, c'est la même chose : il se dérange de son travail, il boit, il court, au point que je ne suis même pas certaine de le retrouver, quand je rentre. C'est comme si mes petits étaient à la rue. Vous comprenez si je me dévore, lorsque j'ai ici tout ce qu'il me faut, bien nourrie, bien chauffée, tandis que ces pauvres mioches, là-bas, n'ont peut-être ni pain ni feu... Hein ? c'est réussi d'en faire encore un, pour qu'il augmente notre malheur à tous !

— Sans doute, sans doute, murmura l'autre, qui écoutait à peine, tout entière à sa propre histoire. Moi, mon mari est employé. Si je viens ici, c'est que ça nous donnera moins de tracas, tant notre logement est étroit et peu commode. D'ailleurs, je n'ai encore qu'une petite fille de deux ans, qui est restée en nourrice chez une de nos cousines. Il va falloir la reprendre, pour mettre à sa place celui qui pousse. Que d'argent on dépense, mon Dieu !

Mais elles furent interrompues. Une dame en noir, la figure voilée, entra, introduite par une bonne, qui la pria d'attendre son tour. Mathieu fut sur le point de se lever. Comme il tournait le dos, il venait de reconnaître, dans une glace, madame Morange. Après une hésitation, cette toilette noire, cette épaisse voilette, le décidèrent à se replonger au fond de son fauteuil,

l'air absorbé par sa lecture. Elle ne le voyait certainement pas ; et lui, d'un coup d'œil oblique, dans la glace,
ne perdait pas un de ses mouvements.

— Ce qui m'a décidée à venir ici, quoique ce soit plus
cher, reprit la femme de l'employé, c'est que j'avais juré
de ne pas me remettre entre les mains de la sage-femme
qui m'a accouchée de ma fille. J'en avais trop vu chez
elle, et quelle saleté, quelle abomination !

— Qui donc, celle-là ? demanda l'autre.

— Oh ! une sale bête, qui devrait être aux galères.
Non ! vous n'avez pas idée de ce bouge, une maison
humide comme un puits, des chambres dégoûtantes, des
lits à faire vomir, et quels soins, et quelle nourriture !
Avec ça, il n'y a pas de coupe-gorge où l'on ait commis
tant de crimes. C'est à ne pas comprendre comment la
police n'intervient pas. Je me suis laissé dire par des
filles, des habituées de la maison, que, lorsqu'on va là,
on est sûre d'accoucher d'un enfant mort. Le mort-né,
c'est la spécialité de la maison. Le prix en est fait à
l'avance. Sans compter que la gueuse pratique aussi
l'avortement en grand. Moi, pendant que j'étais chez
elle, je puis affirmer que trois dames sont venues, qu'elle
a débarrassées avec une tringle de rideau.

A ce moment, Mathieu remarqua que Valérie, immobile, sans un geste, écoutait passionnément. Elle ne
tournait même pas la tête vers les deux femmes ; mais,
sous la voilette, ses beaux yeux brûlaient de fièvre.

— Ici, fit remarquer l'ouvrière, vous ne verrez rien de
pareil. Ce n'est pas madame Bourdieu qui se mettrait
dans un mauvais cas.

L'autre baissa la voix.

— Pourtant, on m'a raconté qu'elle s'en était mêlée,
oui ! pour une comtesse, que lui avait amenée un personnage. Et même il n'y aurait pas longtemps.

— Ah ! s'il s'agit de gens très riches, je ne dis pas.

Toutes s'en mêlent, c'est certain... Ça n'empêche que la maison est bien comme il faut.

Il y eut un nouveau silence. Puis, elle continua sans transition :

— Si encore j'avais pu travailler jusqu'au dernier jour ! Mais, cette fois, mon pauvre ventre est dans un tel état, que j'ai dû lâcher tout travail depuis deux semaines. Et il ne va pas falloir que je me dorlote, je filerai d'ici, même pas guérie, dès que je pourrai marcher. Les petiots, là-bas, m'attendent... Vous me donnez le regret de n'être pas allée la trouver, votre sale femme. Elle m'aurait débarrassée. Où donc demeure-t-elle, celle-là ?

— Mais c'est la Rouche, que toutes les bonnes et toutes les filles du quartier connaissent bien. Elle a son trou dans le bas de la rue du Rocher, une maison infecte où je n'oserais plus entrer en plein jour, maintenant que je sais les horreurs qui s'y passent.

Elles se turent et s'en allèrent. Madame Bourdieu venait de paraître sur le seuil de son cabinet. Et, comme Mathieu ne se leva pas, caché par le dossier du grand fauteuil, Valérie entra chez la sage-femme. Il l'avait vue, les yeux ardents, écouter de nouveau les dernières paroles des deux femmes. Il laissa tomber le journal sur ses genoux, il se perdit dans une rêverie affreuse, hanté par les histoires de ces femmes, frissonnant à la pensée de tout ce qui s'agitait de monstrueux, au fond de l'ombre. Quel temps s'écoula ? il n'en eut pas conscience, il fut tiré de ses réflexions par un bruit de voix.

Madame Bourdieu reconduisait Valérie. Elle avait sa bonne figure grasse et fraîche, souriait même d'un air maternel ; tandis que la jeune femme, frémissante, devait avoir sangloté, le visage brûlant de chagrin et de honte.

— Vous n'êtes pas raisonnable, ma chère enfant, vous me dites des folies, que je ne veux pas entendre. Rentrez vite chez vous, et soyez sage.

Puis, lorsque Valérie s'en fut allée, sans une parole, madame Bourdieu s'étonna d'apercevoir Mathieu, qui s'était mis debout. Elle devint brusquement sérieuse, mécontente sans doute d'avoir parlé. Mais Norine, de son côté, arrivait, et il y eut une gaie conversation, car la sage-femme avouait volontiers sa tendresse particulière pour les jolies filles. Au moins, d'être jolie, disait-elle, ça excusait bien des choses. Le café noir fut permis, du moment que Norine offrait de le payer de sa poche. Et, lorsque Mathieu eut promis à cette dernière de revenir la voir, il partit à son tour.

— La prochaine fois, apportez-moi des oranges! lui cria dans l'escalier la belle fille, toute rose et toute rieuse.

Comme Mathieu descendait vers la rue La Boëtie, il s'arrêta brusquement. Au coin de cette rue, il avait aperçu Valérie, debout sur le trottoir, causant avec un homme; et, dans cet homme, il reconnaissait Morange, le mari. Une soudaine certitude l'éclaira : Morange était venu avec sa femme, l'avait attendue dans la rue, pendant qu'elle montait chez madame Bourdieu; puis, maintenant, tous les deux restaient là, effarés, hésitants, en détresse, à tenir conseil. Ils ne sentaient même pas la bousculade des passants, tels que de pauvres gens tombés à quelque torrent furieux, assourdis par le danger de mort où ils sont, devenus la proie inerte du destin. Leur angoisse était visible, un affreux combat se livrait en eux. Dix fois, ils changèrent de place, cédant aux furies qui les agi-taient. Ils allaient, venaient, piétinaient fiévreusement, puis s'arrêtaient encore, pour reprendre leur discussion tout bas, immobiles, comme figés par leur impuissance à supprimer les faits. Un moment, Mathieu éprouva un soulagement immense, il les crut sauvés, car ils avaient tourné le coin de la rue La Boëtie, ils rentraient vers Grenelle, d'une marche abattue et résignée. Mais il y eut un nouvel arrêt, quelques mots furent de nouveau bégayés dans le désespoir. Et il eut l'atroce serrement de cœur de les voir revenir sur leurs pas, descendre la rue La Boëtie, puis suivre la rue de la Pépinière, jusqu'à la rue du Rocher.

Mathieu les avait suivis, aussi tremblant et honteux qu'eux-mêmes. Il savait où ils allaient, mais il voulait en avoir l'affreuse certitude. Trente pas avant l'ignoble maison noire du vieux Paris, à l'endroit où dévalait la pente de la rue du Rocher, il s'arrêta, se dissimula sous une porte, certain du regard de soupçon que le couple misérable jetterait aux alentours. Et ce fut ainsi : les Morange, arrivés devant l'allée noire et puante, passèrent d'abord' en regardant d'un coup d'œil oblique le louche écriteau jaune; puis, ils revinrent, s'assurèrent que personne ne les voyait. Ils n'avaient plus d'hésitation, ils s'engouffrèrent, la femme d'abord, le mari ensuite, car elle devait vouloir qu'il en fût. Rien ne resta d'eux, que leur frisson épouvanté du crime. La vieille maison lézardée, qui sentait l'égout et le meurtre, sembla les avoir engloutis.

Mais, dans un même frisson, Mathieu, s'oubliant là, les accompagnait, évoquait ce qu'il savait. Il les voyait suivant l'allée à tâtons, traversant la cour humide, introduits par la bonne en tablier sale, accueillis dans le petit salon d'hôtel garni louche par la Rouche, au grand nez de ruse assassine, au continuel sourire de miel gâté. Et l'affaire se débattait, on tombait d'accord. Ce n'était plus seulement ici la maternité clandestine, les grossesses maudites, les couches coupables et déshonorantes, qui lui avaient meurtri le cœur chez madame Bourdieu; c'était l'assassinat bas et lâche, l'immonde avortement qui supprime la vie à sa source. L'infanticide était moins meurtrier, le déchet dans les naissances s'aggravait encore avec cet étranglement de l'embryon ou du fœtus, pratiqué sournoisement, en de telles conditions de ténèbres, qu'on n'en saurait dire le nombre effroyable, grandissant de jour en jour. Filles séduites qui ne peuvent dénoncer le père dans le séducteur, servantes pour qui l'enfant est une charge inacceptable, femmes mariées qui refusent d'être mères, avec ou sans le consentement du mari, toutes venaient furtivement à ce gouffre, toutes finissaient par ce bouge de honte scélérate, atelier de perversion et de néant. La faux abjecte des avorteuses, la tringle de rideau passait sans bruit, des milliers d'existences coulaient au ruisseau, en une débâcle de boue.

Tandis que, sous le clair soleil, le flot des êtres poussait et débordait, dans le bouillonnement continu de la sève, les petites mains sèches de la Rouche écrasaient des germes, au fond de son trou obscur. qui empoisonnait le graillon et le sang. Et il n'y avait pas de profanation plus criminelle, d'injure plus ignoble à l'éternelle fécondité de la terre.

V

Marianne, ce matin-là, le deux mars, sentit les premières douleurs, dès la pointe, du jour. Et elle ne voulut pas d'abord réveiller Mathieu, qui dormait près d'elle, dans son petit lit de fer. Puis, vers sept heures, comme elle l'entendit remuer, elle crut sage cependant de le prévenir. Il s'était soulevé, pour lui baiser la main, qu'elle laissait pendre, en dehors de ses draps.

— Oui, oui, mon bon chéri, aime-moi, gâte-moi... Je crois bien que c'est pour aujourd'hui.

Depuis trois jours, ils attendaient, s'étonnant déjà du léger retard. Et il fut sur pied en une seconde, il s'effara.

— Tu souffres?

Mais elle se mit à rire, pour le rassurer.

— Non, pas encore trop. Ça commence un peu... Ouvre la fenêtre, arrange tout. Nous allons bien voir.

Quand il poussa les persiennes, un gai soleil envahit la chambre. Le vaste ciel matinal était d'un bleu tendre délicieux, sans un nuage. Un tiède souffle de printemps précoce entra, tandis qu'on voyait, dans un jardin voisin, un bouquet de grands lilas déjà verts, d'une délicatesse de dentelle.

— Vois donc, vois donc, mignonne, comme il fait beau! Ah! quelle chance! il va naître dans le soleil, le cher petit!

Puis, avant de s'habiller, il revint s'asseoir près d'elle,

au bord du lit, l'examinant de près, lui baisant les
yeux.

— Voyons, regarde-moi, que je sache... Ça n'est pas
encore trop violent, tu ne souffres pas trop, n'est-ce
pas ?

Elle continuait de sourire, luttant à ce moment même
contre une vive tranchée ; et, quand elle put parler
enfin :

— Je t'assure que non ! Ça va le mieux du monde.
Il faut être raisonnable, puisque c'est un moment dur à
passer... Embrasse-moi bien fort, bien fort, pour me
donner du courage, et ne t'apitoie plus sur moi, parce
que tu me ferais pleurer.

Des larmes, malgré elle, montaient à ses yeux, dans
son sourire. Il la saisit passionnément, délicatement, il
la fit sienne, d'une longue étreinte, à demi nue, sentant
contre sa chair toute cette pauvre chair douloureuse et
palpitante, secouée du frisson sacré de l'enfantement.

— Ah ! femme, femme adorée, tu as raison, il faut être
gai, il faut espérer ! C'est tout mon sang que je voudrais
mettre en toi, pour souffrir avec toi ; et que du moins mon
amour te soit une confiance et une force !

Ils confondirent leurs baisers, un attendrissement profond les pacifia, les fit rire et plaisanter de nouveau.
Elle-même, comme si cette bonne émotion l'avait calmée,
cessa de souffrir, dans une de ces accalmies qui précèdent
les grosses crises. Elle en vint à croire qu'elle s'était
trompée peut-être. Aussi lui conseilla-t-elle, quand il
aurait tout mis en ordre, de se rendre à son bureau,
ainsi que d'habitude. Il s'y refusa, il enverrait prévenir.
Alors, pendant qu'il faisait sa toilette, après avoir rangé
son lit, ils causèrent des dispositions à prendre. La bonne
irait tout de suite chercher la garde, une femme du
quartier, retenue depuis quinze jours. Mais, d'abord,
elle habillerait les enfants, dont on commençait à en-

tendre le joyeux vacarme, dans la chambre voisine. Il
était convenu que, le jour des couches, on mènerait les
quatre diables passer la journée chez les Beauchêne,
Constance ayant dit, obligeamment, que son petit Maurice, ce jour-là, leur offrirait à déjeuner. Le gros ennui
était que le docteur Boutan se trouvait, la veille au soir
encore, près de madame Séguin, qui, depuis vingt-quatre
heures, se débattait dans d'atroces souffrances, sans avoir
pu être délivrée. Ainsi, la crainte des deux femmes se
réalisait, elles accouchaient le même jour. Et quelle complication, si ce n'était pas fini chez les Séguin, si le docteur ne pouvait quitter la malheureuse Valentine, dont
ils n'avaient pas eu de bonnes nouvelles, le soir, vers
onze heures, quand ils s'étaient couchés !

— Je vais y aller, dit Mathieu. Je saurai bien où ils
en sont, et je ramènerai Boutan.

Quand huit heures sonnèrent, tout se trouva organisé.
La garde était déjà là, s'occupant, préparant les choses.
Les enfants, habillés, attendaient qu'on les conduisît
chez leur petit ami Maurice, de l'autre côté du jardin.
Rose, après avoir embrassé sa mère, s'était mise à pleurer, sans pouvoir dire pourquoi, voulant rester ; mais
Blaise, Denis et Ambroise, les trois garçons, l'emmenèrent, en lui expliquant qu'elle était bête, qu'il fallait
laisser maman aller au marché toute seule, si c'était ce
jour-là qu'elle devait y acheter le petit frère, dont on
leur avait annoncé la venue prochaine. Et ils recommençaient à jouer, à crier et à taper des pieds, dans le salon,
lorsqu'il y eut un brusque coup de sonnette.

— C'est peut-être le docteur ! s'écria Mathieu, resté
près de Marianne, et qui se hâta de descendre.

Mais, dans le vestibule, il se trouva en face de Morange
et de sa fille Reine. D'abord, il ne put voir son visage, il
ne s'étonna que d'une visite si matinale, tellement inattendue, qu'il ne songea pas à cacher sa surprise.

— Comment, c'est vous, mon cher ami?

La voix du comptable le frappa, changée, brisée, d'une terreur étranglée, qui lui donna un premier frisson.

— Oui, c'est moi... Je suis venu, j'ai besoin que vous me rendiez un service...

Et, comme il entendait les enfants, dans le salon, il y poussa sa fille Reine, souriante.

— Va, ma chérie, ne t'inquiète pas, joue avec tes petits amis. Je viendrai te reprendre. Embrasse-moi.

Quand il revint, après avoir fermé la porte, Mathieu lui vit le visage, un visage blême et décomposé, d'angoisse horrible, maintenant qu'il n'avait plus à se cacher de sa fille.

— Mon Dieu! mon pauvre ami, qu'y a-t-il donc?

Un instant, il bégaya, renfonçant des sanglots, si tremblant, qu'il ne pouvait parler.

— Il y a que ma femme se meurt... Pas chez nous, autre part. Je vous raconterai tout... Alors, Reine croit qu'elle est en voyage, et je lui ai dit que j'étais obligé de la rejoindre. Je vous en supplie, vous allez me garder Reine, le temps nécessaire... Mais ce n'est pas tout, j'ai une voiture, je vous emmène, il faut absolument que vous veniez tout de suite avec moi.

Malgré sa pitié profonde, Mathieu eut un geste de refus.

— Oh! c'est impossible, pas aujourd'hui. Ma femme accouche.

Hébété, Morange le regarda un instant, comme si un nouveau désastre croulait sur lui. Puis, il fut pris d'un affreux tressaillement, un flot d'amertume l'empoisonnait et lui tordait la bouche.

— Ah! oui, c'est vrai, votre femme était enceinte, et elle accouche, oui, c'est bien naturel. Je comprends que vous voulez être là, pour l'heureux événement... Mais ça ne fait rien, mon ami, vous allez venir avec moi, je suis

certain que vous allez venir avec moi, parce que je
suis trop malheureux, trop malheureux. Je vous assure
que je ne retournerai pas seul où je vais vous mener, je
ne puis plus, je n'en ai plus la force, il me faut quelqu'un, quelqu'un qui soit avec moi, oh! je vous en supplie, je vous en supplie!

Il y avait une telle épouvante, une telle détresse dans
ces paroles tremblées, balbutiées, que Mathieu en fut
remué jusqu'aux entrailles. Il sentait le pauvre homme,
faible et tendre, à bout de courage, seul désormais, sans
volonté, pareil à un enfant tombé à l'eau et qui se noie.

— Attendez, dit-il, je vais voir si je puis vous accompagner.

Vivement, il remonta conter à Marianne qu'il devait y
avoir quelque terrible malheur chez les Morange, et que
le comptable était en bas, le suppliant de venir un instant
lui prêter aide et secours. Tout de suite, elle décida qu'il
ne pouvait refuser, d'autant plus qu'elle ne souffrait pas
pour le moment. Elle s'était peut-être trompée. Et elle
eut une idée: puisque Morange avait une voiture, Mathieu
pouvait d'abord passer chez les Séguin, prévenir le docteur Boutan et le lui envoyer, s'il était libre; ensuite, il
irait plus tranquillement rendre à son ami le service que
celui-ci lui demandait.

— Tu as raison, tu es une brave femme, dit Mathieu,
qui la baisa de nouveau à pleine bouche. Je t'envoie Boutan et je reviens le plus tôt possible.

En bas, il entra dans le salon, embrassa les enfants à
leur tour, et embrassa Reine aussi, qui semblait sans un
soupçon, toute gaie à l'idée de ce déjeuner chez les Beauchêne, dont elle allait être. Il appela la bonne, voulut
qu'elle emmenât immédiatement, sous ses yeux, ce petit
monde. Après qu'il les eut, lui-même, fait sortir par le
jardin, il les accompagna du regard, tant qu'ils n'eurent
pas franchi le seuil de l'hôtel voisin.

Dans le vestibule, sans songer à revoir sa fille, Morange n'avait pas cessé de piétiner, de se dévorer d'anxiété et d'impatience.

— Vous y êtes? vous y êtes? répétait-il de son air hagard. Mon Dieu! dépêchons-nous!

Puis, dans le fiacre, il tomba brisé, anéanti, les yeux clos, une main sur la face. Mathieu, avant de monter, lui avait demandé s'il pouvait passer par l'avenue d'Antin; et, sur sa réponse que c'était le chemin justement, il avait donné l'adresse des Séguin au cocher. Devant l'hôtel, il descendit, en s'excusant. Il sut par une femme de chambre que madame venait enfin d'être délivrée, mais que les choses ne semblaient pas finies; et il se rassura pourtant, lorsque Boutan lui eut fait dire qu'avant une heure il serait près de madame Froment.

Comme il était remonté dans le fiacre, le cocher se pencha pour demander l'adresse.

— Cet homme vous demande l'adresse.

— L'adresse, l'adresse... Ah! oui, c'est vrai. Rue du Rocher, dans le bas, l'endroit où ça monte. Je ne sais pas le numéro. Il y a une boutique de charbonnier.

Mathieu comprit. Il avait vu, il savait. Déjà, lorsque Morange, à demi fou, était entré, disant que sa femme se mourait, il avait senti le froid du crime, dans le frisson qui lui passait sur la face. C'était chez la Rouche que se mourait Valérie.

Sans doute, Morange sentit la nécessité de l'aveu, de quelques explications du moins. Il sortit de son mutisme, sa fièvre d'agitation le reprit. Mais il ne put se résoudre d'abord à la vérité, il commença par essayer de mentir.

— Oui, Valérie était allée chez une sage-femme, pour que celle-ci la visitât. Et, pendant l'examen, voilà qu'une perte s'est déclarée, si forte, qu'il a été impossible d'arrêter le sang.

— Vous n'avez donc pas fait appeler un médecin?

Cette question suffit à le décontenancer. Il chercha un instant, balbutia.

— Un médecin, sans doute... Un médecin l'aurait sauvée peut-être. Mais on m'a dit que tout serait inutile.

Et l'aveu finit par lui échapper dans un sanglot, dans une révolte de son atroce désespoir.

— On m'a tenu les bras, on m'a enfermé, on m'a empêché de courir chercher un médecin... Moi, j'aurais tout brisé, j'aurais sauté par la fenêtre, lorsque j'ai compris que ma pauvre femme était perdue, à voir ce sang qui coulait. Et si vous saviez ce qu'on m'a dit, que j'étais fou, que nous irions tous au bagne !... Valérie elle-même se fâchait contre moi. Les autres me mettaient la main sur la bouche, pour étouffer mes cris, en m'affirmant maintenant que ce n'était rien, qu'on allait arrêter ça... Ah ! les misérables, les misérables !

Il disait tout, il avouait la tringle de rideau, le fer ignoble et banal, dirigée pourtant par une main experte, mais qui devait s'être trouvée devant un organe descendu très bas, et qui l'avait perforé d'un coup trop vif. Une hémorragie s'était aussitôt produite, contre laquelle la sage-femme avait d'abord lutté vainement. Puis, vers dix heures, elle avait repris quelque espoir. Mais, à minuit, la patiente avait eu une brusque syncope.

— Imaginez-vous que nous étions là depuis sept heures du soir, cette femme ayant voulu que la chose se fît après la nuit tombée, disant qu'elle n'avait pas besoin d'y voir clair, qu'une bougie suffisait, et que cette heure l'arrangeait mieux, pour toutes sortes de raisons... A deux heures du matin, j'étais encore dans cette chambre de malheur, où nous avions décidé que Valérie passerait cinq ou six jours, le temps de se remettre. Et elle n'avait pas repris connaissance, toujours en syncope, blanche, glacée, sans autre signe de vie qu'un petit souffle... Alors, que vouliez-vous que je fisse? A la maison, Reine devait être folle d'inquiétude, car je lui avais conté que je menais sa mère à la gare et que je serais de retour tout de suite. On m'a mis à la porte, on m'a dit que j'aurais peut-être une bonne surprise, en revenant ce matin; et je ne sais plus comment je suis rentré chez moi, et j'ai songé à vous pour m'aider, tellement je me suis senti incapable de retourner seul là dedans... Mon Dieu! mon Dieu! ma pauvre femme, dans quel état allons-nous la trouver?

Maintenant, après s'être dévoré d'impatience, disant que le fiacre ne marchait pas, il était repris d'un frisson, à l'idée qu'il avançait, qu'il saurait bientôt. Il jetait sur les rues un regard d'anxiété croissante, il avait déjà sur les épaules le froid humide de la maison d'épouvante, comme s'il en eût senti l'approche.

— Ah! mon ami, ne me condamnez pas. Si vous saviez ce que je souffre!

Mathieu, ne pouvant trouver une parole, se contenta de lui prendre la main, de la serrer, longuement, dans la sienne. Et cette preuve affectueuse de commisération, de pardon, toucha aux larmes le pauvre homme.

— Merci, merci!

Mais le fiacre s'arrêta, et Mathieu dit qu'il le gardait. D'ailleurs, Morange s'engouffrait dans la maison, il fallut que son compagnon se hâtât, pour le rejoindre. Ce fut d'abord, en quittant le gai soleil qui tiédissait la radieuse matinée, les demi-ténèbres de l'allée puante, aux murs lézardés et moisis. Puis, ce fut la cour verdâtre, pareille à un fond de citerne, et l'escalier gluant, empoisonné par les plombs, et la porte jaunâtre, que la crasse des mains avait noircie. Par les beaux temps, la maison suait plus encore son ignominie.

Au violent coup de sonnette, la petite bonne en tablier sale vint ouvrir. Mais, dès qu'elle eut reconnu le visiteur, et qu'elle le vit accompagné d'un ami, elle voulut les laisser tous deux dans l'étroite antichambre.

— Monsieur, monsieur, attendez...

Et, comme Morange l'écartait brutalement :

— J'ai des ordres, monsieur, vous ne passerez pas. Lais-sez-moi prévenir madame.

Il ne discuta pas, ne prononça pas un mot, la jeta de côté d'un coup d'épaule, et passa. Mathieu le suivit, pendant que la bonne se ramassait en hâte, pour aller chercher la sage-femme.

Morange tourna dans le couloir, alla jusqu'au fond, jusqu'à la porte, qu'il connaissait. Il l'ouvrit, d'une main égarée, tâtonnante, tremblante. Cette fille qui s'était mise en travers, cette chambre gardée ainsi, l'avaient rendu fou. Et quelle chambre de terreur et d'horreur, quand ils y pénétrèrent! Elle s'éclairait sur la cour par une étroite fenêtre poussiéreuse qui n'y laissait pénétrer qu'un faible jour de cave. Sous le plafond fumeux, entre les quatre murs dont l'humidité avait décollé des lambeaux du papier lie de vin, elle avait pour tout meuble une commode au marbre cassé, un guéridon branlant, deux chaises dépaillées à demi, une couchette en acajou peint, dont les joints gardaient des souillures de vermine. Et là, dans cette bassesse immonde, sur ce grabat encore tiré au milieu de la pièce, Valérie, toute froide, morte depuis six grandes heures, gisait. Sa tête adorable, d'une pâleur de cire, comme si tout le sang de son corps s'en était allé par la criminelle blessure, reposait parmi le flot déroulé de ses cheveux bruns. Sa face ronde et fraîche, d'une amabilité si gaie, si enflammée d'un désir de luxe et de plaisirs, quand elle vivait, avait pris dans la mort une gravité terrible, un regret désespéré de tout ce qu'elle quittait si affreusement. Le drap avait glissé, un peu de ses épaules apparaissait, ces épaules trop grasses déjà, mais d'une beauté dont son mari était fier, quand elle se décolletait. Une main, la droite, très pâle, très fine, comme allongée par le néant où elle tombait, reposait sur le drap, au bord du lit. Elle était morte, et elle était seule, sans une âme près d'elle, sans un cierge.

Béant, Morange regarda. Elle semblait dormir, les yeux pour toujours fermés. Mais il ne s'y trompa pas, il ne voyait plus le petit souffle, les lèvres étaient closes et toutes blanches. L'infamie de cette chambre, l'horreur froide de cette morte abandonnée ainsi, seule, telle qu'une assassinée, abattue au coin d'une borne, le frappait au cœur d'un tel coup, qu'il en restait stupide. Il lui prit la main, la sentit de glace, n'eut qu'un soupir rauque, qui lui montait des entrailles. Et il tomba sur les genoux, il appuya simplement la joue sur cette main de marbre, sans une parole, sans même un sanglot, comme s'il eût voulu se glacer à ce néant, entrer avec elle dans le froid de la mort. Et il ne bougea plus.

Mathieu était, lui aussi, demeuré immobile, terrifié de cette fin si rude, de cet écrasement, dans l'abjection où le misérable ménage était venu échouer. L'effrayant silence continuait, il finit par y entendre un léger bruit, comme l'approche d'une chatte prudente. Par la porte restée grande ouverte, c'était madame Rouche qui entrait, qui s'avançait de son air doux et tranquille, menue et discrète, dans son éternelle robe noire. Son grand nez fureteur se tourna tout de suite vers ce monsieur, dont elle se rappela la visite, le jour où il semblait avoir une dame à placer. Sans doute il ne l'inquiéta point, elle le jugea, garda le beau calme, où il était stupéfait de la voir. Elle semblait simplement pénétrée de commisération pour le pauvre mari, écroulé près de la morte. Son regard aimable disait : « Quel accident, quelle tristesse, comme nous sommes peu de chose devant les hasards fâcheux de la vie ! » Puis, lorsque Mathieu voulut intervenir, relever et réconforter le malheureux, elle l'en empêcha, elle chuchota :

— Non, non, laissez-le, ça lui fait du bien... Venez, monsieur, je désire vous parler.

Et elle l'emmena. Mais, dans le couloir, un vent de terreur passa, des cris sourds se firent entendre, un appel au loin retentit. Et, toujours sans s'émouvoir, elle ouvrit une porte, le poussa dans une pièce, en disant :

— Veuillez m'attendre là.

C'était le cabinet de la sage-femme, une étroite pièce, meublée de velours rouge usé, avec un petit bureau d'acajou, et dans laquelle une jeune femme en cheveux, une accouchée récente évidemment, tant elle était pâle encore, cousait d'une main nonchalante, allongée à demi au fond d'un grand fauteuil.

Lorsqu'elle leva les yeux, Mathieu eut l'étonnement de reconnaître Céleste, la femme de chambre de madame Séguin. Elle-même tressaillit, stupéfaite de la rencontre, si effarée de cette apparition inexplicable, que ce cri d'aveu lui échappa :

— Oh ! monsieur Froment !... Ne dites pas à madame que vous m'avez trouvée ici.

Il se souvint alors que, depuis trois semaines, Céleste avait obtenu de Valentine la permission d'aller passer quelques jours à Rougemont, son pays, près de sa mère mourante. Des lettres d'elle arrivaient régulièrement. Sa maîtresse lui avait même écrit, exigeant qu'elle fût là pour ses couches ; mais la femme de chambre avait répondu que sa mère étant à toute extrémité, elle ne pouvait la quitter ainsi, attendant d'une heure à l'autre une mort, qui n'était d'ailleurs pas venue. Et il trouvait cette fille chez la Rouche, accouchée d'une semaine au plus.

— C'est vrai, monsieur, j'étais grosse. J'ai bien vu, un jour, que vous vous aperceviez de quelque chose. Il n'y a que les hommes pour voir ça. Jamais madame n'a eu le moindre soupçon, tellement je m'arrangeais bien. Alors, n'est-ce pas ? ça m'ennuyait de perdre ma place, et j'ai dit que maman était malade : c'est une amie, la Couteau, qui reçoit les lettres, là-bas, et qui met mes réponses à la

poste... Sans doute, ce n'est pas beau de mentir, mais que
voulez-vous que nous devenions, des pauvres filles comme
nous, à qui des lâches et des parjures ont la saleté de
faire des enfants?

Ce qu'elle ne disait pas, c'était qu'elle venait d'accoucher de son second, c'était aussi que la chose, cette fois,
n'avait pas bien marché, comme pour le premier. L'année
précédente, presque jour pour jour, la Rouche l'avait
délivrée d'un mort-né, un des plus beaux mort-nés
qu'elle eût réussis, avec ce tour de main heureux dont
elle détenait la spécialité. Cette fois, bien qu'à sept mois
à peine, l'enfant était né vivant, déjà solide. Pourtant,
toutes les chances de mort semblaient assurées; mais la
vie a de ces obstinations. Et, la règle de la maison inter-
disant l'infanticide, il avait fallu faire appel à la Couteau,
qui était la suprême ressource, la fosse commune, dans
ces cas fâcheux. Elle était venue chercher l'enfant pour
l'emmener en nourrice, à Rougemont, dès le lendemain
de sa naissance. Il devait être mort.

— Vous comprenez, monsieur, que je ne puis pas me
dorloter comme une dame. Les médecins disent qu'il faut
rester au moins vingt jours couchée, à se remettre. Moi,
j'ai gardé le lit six jours, et je me suis levée aujourd'hui,
de façon à reprendre des forces, pour rentrer dans ma
place lundi. En attendant, vous voyez, je m'occupe, je
raccommode un peu le linge de madame Rouche, qui est
si bonne pour moi... C'est entendu, n'est-ce pas? monsieur
voudra bien me garder le secret.

Mathieu consentit d'un signe de tête. Il regardait cette
fille de vingt-cinq ans à peine, sans beauté, avec sa longue
tête chevaline, mais de chair fraîche, de dents éclatantes,
et il la voyait aller ainsi de grossesse en grossesse, rejetant des mort-nés à la terre, des semences mal écloses
que l'humidité pourrissait. Elle lui faisait horreur et
pitié.

— Que monsieur m'excuse si je l'interroge... Est-ce que monsieur pourrait me dire si madame est accouchée, elle aussi?

Et, quand il eut répondu que madame Séguin devait être délivrée à présent, mais qu'elle avait souffert pendant près de quarante-huit heures :

— Ah! ça ne m'étonne pas, madame est si délicate... Je suis contente tout de même. Merci, monsieur.

A ce moment, madame Rouche entra, referma la porte sans bruit, de son air furtif. L'appartement, après les cris de terreur sourde qui l'avaient traversé, était retombé à un silence de mort. Elle vint s'asseoir devant son petit bureau, s'y accouda, l'air paisible et bienveillant toujours, après avoir très poliment prié Mathieu de bien vouloir prendre une chaise. D'un geste, elle avait dit à Céleste de rester là : c'était une amie, une confidente, une fille sûre, devant laquelle on pouvait parler.

— Monsieur, je n'ai pas même l'honneur de savoir votre nom, mais j'ai compris tout de suite que j'avais affaire à un homme distingué et raisonnable, qui connaît la vie. Et c'est pourquoi j'ai voulu vous dire en particulier que le désespoir de votre ami m'inquiète un peu, oh! pour lui simplement. Cette nuit, vous n'imaginez pas la crise de démence qu'il nous a fallu calmer. Je crains, si sa folie le reprend, qu'il ne se livre à des actes dont les dangereuses conséquences ne sauraient vous échapper. Certes, le coup qui le frappe est affreux, vous m'en voyez moi-même bouleversée, je n'ai pas pu fermer l'œil depuis ce malheur. Seulement, vous le comprenez bien, ce serait loin d'arranger les choses, s'il allait lui-même se mettre dans la peine, sous les plus grosses responsabilités, en criant son chagrin inutilement... Encore un coup, je vous jure que je songe plus à lui qu'à moi, parce que moi, oh! mon Dieu! je m'arrange toujours.

Mathieu comprenait très bien. On ne faisait pas mieux

sentir aux gens leur complicité, en leur laissant entendre
que, s'ils étaient assez sots pour dénoncer le crime par
quelque imprudence de paroles, ils seraient les premiers
poursuivis et condamnés.

— Il faut respecter l'effroyable douleur de mon pauvre
ami, répondit-il froidement. Je n'aurai besoin de lui rien
dire pour qu'il agisse selon la raison, car il a sûrement
déjà fait toutes les parts, dans l'horrible attentat qui
l'accable.

Il y eut un silence. Madame Rouche le regardait de
son air tranquille, et un invincible sourire montait à ses
lèvres minces.

— Je vois bien, monsieur, que vous me prenez pour
une criminelle, une assassine... Ah! si vous aviez été là,
lorsque ce pauvre monsieur est venu avec sa dame! Ils
ont sangloté comme des enfants, ils se sont jetés à mes
genoux, parce que d'abord je ne voulais pas. Et quels
remerciements, quelles promesses d'éternelle reconnaissance, quand j'ai fini par consentir! Les choses ont mal
tourné, une mauvaise conformation sans doute m'a trompée, à tel point qu'un grand malheur s'en est suivi. Est-ce
que je ne suis pas la première désespérée et menacée?
est-ce que vous croyez que je n'ai pas mon chagrin et mes
craintes? Qu'ils restent chez eux, les maris et les femmes
qui n'acceptent pas les risques, après avoir offert leur fortune!

Elle s'animait, toute sa petite personne frémissait de
conviction.

— Mais ce que j'ai fait, toutes les sages-femmes le font!
mais tous les médecins le font aussi! mais je défie bien
une de nous de ne pas le faire, devant les confidences
lamentables que nous recevons chaque jour!... Ah!
monsieur, si je pouvais vous cacher dans ce cabinet, si
vous entendiez les malheureuses qui s'y présentent, vos
idées changeraient. Une pauvre petite commerçante me

tombe ici, à moitié morte, blessée au ventre par un coup
de pied de son mari, pleurant à chaudes larmes, disant
qu'elle ne voulait pas d'enfant : croyez-vous que j'aie eu
raison de la faire avorter, celle-là? L'autre semaine,
c'était une fille de ferme, grosse de six mois, arrivant à
pied de la Beauce, chassée de partout, poursuivie à coups
de pierres par les enfants, réduite à coucher dans les
meules et à voler la pâtée des chiens : ne pensez-vous pas
que c'était aussi une charité de la délivrer tout de suite,
pour qu'elle ne traînât pas plus longtemps son misérable
fruit. Et toutes celles que la province m'envoie, qui n'ont
qu'un saut à faire de la gare Saint-Lazare ici, des bourgeoises, des ouvrières, me jurant qu'elles tueront leur
enfant, si je ne les en débarrasse pas! Et toutes celles de
Paris qui n'ont également que cette menace à la bouche,
beaucoup de pauvres filles, mais aussi beaucoup de dames
riches, heureuses, respectées! Toutes, toutes, entendez-
vous! sont résolues aux pires extrémités, à risquer de
s'empoisonner avec des drogues, à se laisser tomber dans
un escalier pour attraper quelque mauvais coup libéra-
teur, à s'accoucher elles-mêmes, guettant l'enfant, l'étouffant ou le portant à la rue. Alors, quoi? que voulez-vous
que je fasse? Croyez-vous qu'on ne trouve déjà pas assez
de petits cadavres dans les égouts et dans les fosses d'ai-
sances? Est-ce que, si nous refusions, le nombre des
infanticides ne doublerait pas? Est-ce que, sans même
tenir compte de l'aide charitable que nous leur apportons,
à ces tristes femmes, il n'y a pas là un dérivatif nécessaire,
une besogne préventive de prudence sociale qui évite bien
des drames et des crimes?... Moi, monsieur, quand je
suis devant un homme intelligent tel que vous, je ne
cache pas ma façon de voir, qui est très nette. Il y a trois
degrés. S'arranger pour que la femme accouche d'un
mort-né, ce que je considère comme absolument licite,
car la femme, dans son libre-arbitre, a bien le droit,

n'est-ce pas? de donner ou de ne pas donner la vie.
Ensuite, l'avortement, qui, déjà, est à mes yeux une
manœuvre fâcheuse, d'un droit discutable, auquel il ne
faut consentir que dans des cas particuliers, sans parler
des dangers qu'il peut offrir. Enfin, l'infanticide, un crime
véritable, que je réprouve totalement... Vous entendez,
monsieur, je vous jure que jamais un enfant, né vivant,
n'a été tué chez moi. La mère ou la nourrice en font
après ce qu'elles veulent, je n'ai pas à m'en préoccuper.

Elle triomphait, elle jurait sur son honneur, la main
haute, voyant dans le silence frissonnant de Mathieu
l'acquiescement accablé d'un homme qui ne trouvait rien
à répondre. Et, comme il faisait un geste pour échapper
à cet enfer, elle reprit vivement :

— Encore un mot, monsieur... Un exemple; tenez!
Dans la maison d'en face, chez un très riche banquier, il
y avait, au commencement de l'hiver, une petite bonne
blonde, oh! charmante, une merveille. La voilà grosse,
naturellement, et elle vient me voir, mais trop tard pour
que j'ose intervenir selon mes principes. Puis, je trouvais
que cette petite logeait vraiment trop près de chez moi,
ce qui est dangereux, à cause des commérages... Deux
mois se passent. Un matin, dès six heures, la cuisinière
de la même maison accourt me chercher, me fait passer
discrètement par l'escalier de service, pour monter au
sixième, à la chambre qu'elle occupait avec la petite
bonne blonde. Et qu'est-ce que je trouve dans l'un des
deux lits? la malheureuse petite les jambes ouvertes, au
milieu d'une mare de sang, les mains tordues, crispées
encore autour du cou de l'enfant qu'elles avaient étranglé
au passage, à peine sorti; et morte elle-même, monsieur,
morte d'une hémorragie effroyable, dont le flot avait
percé le matelas et le sommier, pour couler jusqu'à terre.
Mais l'extraordinaire, c'était que l'autre, la cuisinière,
endormie à deux mètres au plus de distance, n'avait

absolument rien entendu, pas un cri, pas un souffle. Elle
ne venait de s'apercevoir de la chose qu'en se réveillant...
La voyez-vous, la pauvre enfant, renfonçant sa douleur,
ravalant ses cris, attendant l'enfant pour l'étouffer, de
ses deux mains fiévreuses? puis, la voyez-vous, sans force
après ce dernier effort, laissant couler tout le sang de
ses veines, s'endormant à son tour dans la mort avec le
petit être, que ses deux mains raidies n'avaient pas lâché?
Naturellement, j'ai dit à la cuisinière que ça ne me
regardait pas, et je l'ai envoyée chercher un médecin,
afin qu'il constatât le décès... Mais vous me croirez si
vous voulez, monsieur, je ne suis pas remise de cette
aventure. Oui, c'est un vrai remords pour moi d'avoir
repoussé cette fille. Et je vous le demande encore, je
l'aurais fait avorter, celle-là, est-ce que vous me jetteriez
la pierre, est-ce que je n'aurais pas fait en somme une
bonne action?

— Ah! pour sûr! cria Céleste, qui avait suivi passionnément l'histoire.

Mathieu avait senti son cœur se rompre. Le dernier
degré de l'horreur était franchi, il ne pouvait descendre
plus bas. C'était bien l'enfer suprême de la maternité. Il
se rappelait ce qu'il avait vu chez madame Bourdieu, la
maternité coupable et clandestine, les servantes séduites,
les épouses adultères, les filles incestueuses venant
accoucher en secret, sans nom, de tristes êtres ignorés
qui tombaient à l'inconnu. Puis, ici, chez la Rouche,
c'était le crime hypocrite, le fœtus étouffé avant d'être,
ne naissant que mort, ou par la violence expulsé, encore
incomplet, expirant au premier souffle d'air. Puis,
ailleurs, partout, c'était l'infanticide, le meurtre avoué,
l'enfant né viable étranglé, coupé en morceaux parfois,
plié dans un journal, oublié sous une porte. Le chiffre
des mariages n'avait pas décru, la natalité avait baissé
d'un quart, et tous les égouts de la grande ville roulaient

des petits cadavres. Dans ces bas-fonds de la déchéance
humaine, il sentait maintenant l'obscure infamie, le vent
de tant de drames, de tant d'assassinats cachés, lui passer
sur la face. Et l'épouvante, c'était que cette femme, cette
basse et lâche assassine parlait haut, semblait convaincue
de sa mission, lui disait des vérités qui le bouleversaient.
La maternité ne tombait à cette folie meurtrière que
par l'abomination sociale, la perversion de l'amour,
l'iniquité des lois. On salissait le divin désir, la flamme
immortelle de la vie, et il n'était plus que le rut qui en-
grosse au hasard les femelles qui passent. Le tressaillement des mères, au premier coup de l'enfant, devenait
un frisson de terreur, la crainte de mettre au jour le
fruit redouté d'un malentendu, le besoin de le détruire
dans son germe, comme une herbe mauvaise dont on
ne veut pas. Un cri d'égoïsme montait, plus d'enfant,
rien qui vienne détruire les calculs d'argent ou d'ambition! Mort à la vie de demain, pourvu que la jouissance
d'aujourd'hui soit! Toute la société agonisante le poussait, ce cri sacrilège, qui annonçait la fin prochaine de
la nation. Et Mathieu, qui avait senti Paris si mal ensemencé, neuf mois plus tôt, le soir où il s'était vu lui-
même sur le point de céder à la folie libertine de la
fraude, constatait maintenant de quelles mains méchantes
et coupables on le moissonnait. Certes, beaucoup de grains
s'y trouvaient perdus, jetés au pavé banal, desséchés,
brûlés; et que de déchet, pendant la culture, que d'épis
on y faisait couler, par la brutalité, par la misère! Mais
ce n'était rien encore, des mains féroces continuaient
l'œuvre de gaspillage, lorsque la récolte arrivait. Paris
mal ensemencé, mal moissonné, telle était l'œuvre diabolique d'avortement volontaire, toutes les puissances de
mort luttant contre la vie, en face de l'impassible nature
qui crée la prodigalité infinie des germes, pour l'infinie
moisson de vérité et de justice.

Alors, Mathieu se leva, en disant :

— Je vous répète, madame, que je n'ai pas à savoir ce qui a pu se faire ici. Mais la présence de cette morte n'y est-elle pas le plus grave des dangers ?

Madame Rouche eut son mince sourire.

— Oui, la surveillance est assez sévère. Heureusement, on a des amis un peu partout. J'ai envoyé déclarer le décès, le médecin va venir et ne constatera qu'un accident de fausse couche.

Elle aussi s'était levée, de nouveau douce et discrète, l'air apitoyé par les vilaines choses qui se passaient sur cette terre. Et elle prit un air de modestie offensée, elle eut un geste amical pour lui fermer la bouche, lorsque Céleste s'écria :

— Allez, monsieur, c'est bien vrai, tout ce qu'elle vous a dit. Il n'y a pas de meilleure femme au monde, on se ferait hacher pour elle... Bonsoir, monsieur, souvenez-vous de votre promesse.

Avant de partir, Mathieu voulut revoir Morange, tâcher même de l'arracher de là, s'il pouvait. Il le trouva sans larmes, assis près de sa femme morte, dans un anéantissement où sa douleur sombrait. Aux premiers mots, le malheureux l'arrêta, d'une voix très basse, lointaine, comme s'il craignait de troubler celle qui dormait pour toujours.

— Non, mon ami, non, ne me dites rien, ce que vous avez à me dire est inutile... Je sais quel est mon crime, jamais je ne me pardonnerai. Si elle est là, c'est que j'ai consenti. Je l'adorais pourtant, je n'ai jamais voulu que son bonheur, toute ma faiblesse est de l'avoir trop aimée. N'importe, j'étais l'homme, j'aurais dû, quand elle est devenue folle, me montrer raisonnable, lui faire entendre que nous allions commettre là un meurtre dont nous serions certainement punis... Elle, mon Dieu ! comme je la comprends, comme je l'excuse, la chère et douloureuse créature ! Moi, c'est fini, je suis un misérable, je me fais horreur.

Toute sa médiocrité, toute sa tendresse sanglotait dans cet aveu de sa faiblesse. Il continua, sans que sa voix se ranimât, s'élevât davantage, de son être brisé, à jamais vide maintenant.

— Elle voulait être gaie, riche, heureuse. C'était si légitime, elle si intelligente et si belle ! Je n'avais qu'une joie, contenter ses goûts, réaliser ses ambitions... Vous connaissez notre nouvel appartement, nous y avions dépensé beaucoup trop. Puis, est venue cette histoire du Crédit National, l'espoir enfin d'une prompte fortune. Alors, quand je l'ai vue folle, à l'idée de m'embarrasser d'un second enfant, je suis devenu fou comme elle, j'ai fini par croire que l'unique salut était de supprimer le pauvre petit... Et elle est là, mon Dieu ! Et vous savez, c'était un garçon, nous qui en avions tant désiré un, qui n'avons agi que dans la certitude d'une fille, de crainte d'avoir à la doter ! Et le petit n'est plus, et elle n'est plus, c'est moi qui les ai tués. Je n'ai pas voulu que l'enfant vive, et l'enfant a emporté la mère.

Cette voix sans larmes, sans violence, pareille à un glas lointain, déchirait Mathieu. Il cherchait en vain des consolations, il parla de Reine.

— Ah ! oui, vous avez raison, Reine, je l'aime beaucoup. Elle ressemble beaucoup à sa mère... Vous allez me la garder chez vous jusqu'à demain, n'est-ce pas ? Ne lui dites rien, laissez-la jouer, je lui apprendrai moi-même le malheur... Et je vous en supplie, ne me tourmentez pas, ne m'emmenez pas d'ici. Je vous promets d'être très sage, je vais rester là, tranquillement, à la veiller. On ne m'entendra même pas, je ne gênerai personne.

Puis, sa voix s'embarrassa, s'étrangla davantage, il ne bégaya plus que des phrases confuses, dans le rêve de sa vie écroulée.

— Elle qui aimait tant l'existence, partie tout d'un coup,
si affreusement... Hier, à cette heure, elle marchait, elle
parlait, je la sentais contre moi, je voulais lui acheter un
chapeau qu'elle avait vu... Mon Dieu ! puisque j'en étais,
pourquoi ne m'a-t-elle pas emmené avec l'enfant ?

. Mathieu dut se décider à le quitter, en le voyant si
écrasé, si calme. Il descendit, sauta dans le fiacre qui
l'avait attendu. Ah ! quel soulagement de revoir les
rues ensoleillées, vivantes de foule, de respirer l'air vif,
qui entrait par les deux portières grandes ouvertes ! Au
sortir de ces ténèbres immondes, il respirait à pleins
poumons le vaste ciel resplendissant de saine allégresse.
Et l'image de Marianne qu'il avait hâte de rejoindre,
s'était dressée devant lui, comme la promesse consolante d'une prochaine victoire de la vie, d'un rachat
compensateur de toutes les hontes et de toutes les iniquités. La chère femme ! elle était donc la bien portante,
la vaillante, que tenait debout l'éternel espoir ! elle allait
donc, même dans la douleur, faire triompher l'amour,
élargir l'œuvre de fécondité, travailler à l'expansion, à
l'effort de demain ! Et la lenteur du fiacre le désespérait, il brûlait de se retrouver dans la petite maison
claire et sentant bon, pour assister au poème de vie, à
cette fête auguste de la venue d'un nouvel être, tant
de souffrance et tant de joie, l'éternel cantique humain !

En arrivant, ce fut cette gaieté claire de la petite maison
qui le surprit. Le soleil y luisait de toutes parts. Il y
avait sur le palier un bouquet de roses, qu'on venait
d'enlever de la chambre de l'accouchée, et qui embaumait l'escalier. Puis, dès qu'il pénétra dans la chambre,
il fut attendri par un luxe de linge blanc, toute une neige
de linge, qui foisonnait sur les meubles ensoleillés. Une
fenêtre, à demi ouverte, laissait entrer le printemps
précoce.

Mais, tout de suite, il remarqua que la garde était seule.

— Comment! le docteur Boutan n'est pas encore là?

— Non, monsieur, il n'est venu personne... Madame souffre beaucoup.

Mathieu s'était approché de Marianne, qui, très pâle, les yeux fermés, semblait en effet dans les affres des grandes douleurs. Il s'emporta, raconta qu'il y avait deux heures bientôt que le docteur lui avait promis d'accourir tout de suite.

— Et moi, ma chérie, qui te laisse si longtemps seule! Je croyais que tu l'avais auprès de toi... Madame Séguin était délivrée, il devrait être ici.

Lentement, Marianne avait ouvert les yeux, s'était efforcée de sourire. Mais elle ne put parler immédiatement, elle finit par dire doucement, d'une voix entrecoupée :

— Pourquoi te mets-tu en colère? S'il ne vient pas, c'est qu'il y a eu quelque complication... D'ailleurs, que me ferait-il? Il faut attendre.

Et une telle crise lui coupa la parole, que tout son corps en fut secoué, soulevé, tandis que des plaintes profondes lui échappaient. De grosses larmes ruisselèrent sur ses joues.

— Oh! chérie, chérie, murmura Mathieu, pleurant lui aussi, est-ce possible que tu souffres à ce point! Moi qui espérais que tout se passerait si bien!... La dernière fois, tu n'as pas eu de pareilles douleurs.

Elle se calmait, elle retrouva son bon sourire.

— La dernière fois, j'ai bien cru qu'il ne resterait pas grand'chose de mon pauvre ventre. Tu ne te souviens plus. Va, c'est toujours la même chose, il faut payer durement sa joie. Mais ne t'inquiète pas, tu sais que je suis si heureuse de tout accepter... Mets-toi là, près de moi, et ne parle plus. Le moindre ébranlement aggrave les crises.

Alors, doucement, tendrement, il s'agenouilla, prit sa main au bord du lit, appuya la joue contre ce peu qu'il tenait de sa chair nue, comme pour entrer tout entier en elle et se mettre ainsi de sa souffrance. Un brusque souvenir lui revint, il se rappela que c'était là le geste de Morange, posant, d'une même caresse, sa joue brûlante contre la main glacée de Valérie morte. Dans la vie, dans la mort, le même lien se nouait. Mais toute la fièvre du malheureux n'avait pu réchauffer cette main de marbre, tandis que lui, au contraire, sentait bien qu'il prenait par ce contact, à sa femme en pénible labeur, une petite part de la souffrance dont elle frémissait. Il souffrait avec elle, il entendait jusqu'aux moindres ondes de douleur dont elle était traversée, il la soulageait dans l'œuvre commune de vie, à l'heure d'angoisse où toute joie humaine se paye. Cette communauté de l'œuvre, ne l'avait-il pas voulue, dès le soir où, cédant à l'éternel désir, tous deux s'étaient unis, en une flamme de volupté féconde? Dès lors, elle était devenue sienne davantage, il s'était senti davantage en elle, s'identifiant plus étroitement l'un à l'autre, à mesure que la grossesse montante, dans le flot vivant qui les confondait, la faisait peu à peu pleine de lui. Les soins dont il l'avait ensuite entourée, sa tendresse à veiller en serviteur toujours présent, son culte à lui éviter les moindres peines, à lui donner la joie du jour qui se lève, l'espérance du jour qui suivra, n'étaient à ses yeux que sa part trop petite de nécessaire besogne, pour mener à bien leur commun enfantement. Quand on est un père honnête homme, quand on désire que l'enfant soit solide et beau, il faut aimer la mère enceinte comme on a aimé l'épouse amoureuse, le soir de la conception, d'une ardeur sacrée, d'une passion infinie, jusqu'à s'absorber, à disparaître en elle. Et son unique regret, maintenant qu'il la voyait souffrir à ce point, était de ne pouvoir être là, près d'elle, qu'un soulagement et

qu'un réconfort, au lieu d'avoir sa moitié de peine,
comme il avait eu sa moitié de bonheur.

Ce fut pour Mathieu une longue détresse. Des minutes
s'écoulèrent, puis une heure, puis deux heures. Le docteur Boutan n'arrivait toujours pas. La servante, qu'on
avait envoyée chez les Séguin, était revenue dire que le
docteur la suivait. Et l'attente recommença. Marianne
avait forcé Mathieu à s'asseoir, en laissant sa main entre
les siennes. Tous les deux, pâles du même tourment, se
taisaient, n'échangeaient que de rares paroles d'inquiétude tendre. Ils connaissaient ensemble la grande et bonne
souffrance, celle dont l'effort fait de la vie, dans le mystère qui veut que toute création soit douloureuse. Et
cette douleur achevait de les confondre, les exaltait en
une telle beauté d'amour, que rien de triste n'émanait
d'eux, et que la chambre, au contraire, resplendissant
de leur passion, chantait déjà le triomphe.

Il y eut un coup de sonnette, Mathieu frémissant se
hâta de descendre. Et, quand il trouva le docteur Boutan
en bas de l'escalier :

— Ah! docteur, docteur...

— Ne me faites pas de reproches, mon cher ami. Vous
ne vous imaginez pas les transes par lesquelles je viens
de passer. Cette pauvre petite femme a failli me rester
deux ou trois fois entre les mains. Enfin, elle était
délivrée, lorsqu'une attaque d'éclampsie a manqué se
produire. C'était ce que je redoutais depuis le commencement... Dieu merci ! je la crois hors d'affaire.

Puis, comme il se débarrassait de son chapeau et de
son paletot, dans la salle à manger :

— Aussi comment voulez-vous qu'une femme ait de
bonnes couches, lorsque, jusqu'au sixième mois, elle se
serre à étouffer, va dans le monde, au théâtre, partout,
buvant et mangeant n'importe quoi, sans précaution aucune ! Ajoutez que celle-là est d'une nervosité inquiétante

et qu'elle a de gros ennuis dans son ménage. On y resterait à moins... Mais tout cela ne vous intéresse pas. Voyons
notre affaire.

En haut, quand il entra, carré des épaules, avec sa
bonne figure colorée, aux yeux vifs, au fin sourire, Marianne l'accueillit du même reproche.

— Oh! docteur, docteur...

— Me voilà, chère madame. Je vous jure bien que je
n'ai pas pu venir plus tôt. D'ailleurs, je vous avoue que
je n'avais aucune crainte sur votre compte, tant je
vous sais courageuse et solide.

— Mais je souffre horriblement, docteur.

— Tant mieux! c'est ce qu'il faut. Ça va être tout
de suite fini, si vous avez de bonnes coliques bien
franches.

Et il riait, et il était gai, la plaisantant, lui disant
qu'elle devait pourtant commencer à en prendre l'habitude, de ces bobos-là. Quatre ou cinq heures de souffrance,
qu'est-ce que c'était, lorsque les choses marchaient bien,
naturellement, sans la moindre inquiétude sérieuse?
Puis, lorsqu'il eut passé un grand tablier blanc et qu'il
se fut livré à un examen attentif de la patiente, il se récria d'admiration.

—C'est merveilleux, jamais je n'ai vu une présentation
si favorable. Avant une heure, nous aurons le cher petit...
Ah! ça fait plaisir, voilà de la belle ouvrage, comme
disent les braves femmes!

Vivement, aidé de la garde, il préparait tout, les linges
et le reste. Il accueillait d'une bonne parole chaque
plainte de Marianne, lui répétait de se laisser franche-
ment souffrir, de pousser ferme, pour hâter le travail.
Puis, pendant une accalmie, comme elle songeait à
demander des nouvelles de madame Séguin, il se contenta de répondre qu'elle avait une fille, ce qui venait
d'aggraver le désespoir du mari. Et, de même, Mathieu,

questionné par elle sur sa visite chez les Morange, dit
simplement que Valérie était très malade. Pourquoi
l'ar raient-ils attristée dans sa lutte, en lui apportant tous
ces deuils du dehors? Les dernières douleurs commençaient, si aiguës, qu'elles lui arrachaient de grands cris
réguliers, pareils à la clameur des bûcherons, qui, dans
leurs efforts, fendent les chênes. Elle renversait la tête,
les yeux fermés, elle était tout entière jetée en avant,
à chaque poussée violente des muscles, dont on voyait
tressaillir le ventre nu, le ventre sacré, qui s'ouvrait
comme la terre sous le germe, pour donner la vie. Alors,
Mathieu, éperdu, ne put rester en place. Cette plainte
continue le brisait lui-même, il sentait ses membres
s'écarteler, dans cet arrachement. Il s'éloignait du lit,
revenait se pencher sur cette chère tête torturée, dont les
yeux clos laissaient couler des larmes; et il les baisait
dévotement, ces pauvres yeux ruisselants, et il les buvait,
ces larmes.

— Mon cher, finit par dire le docteur, vous devriez
vous en aller, vous me gênez beaucoup.

Justement, la bonne montait dire que monsieur Beauchêne était en bas, demandant des nouvelles. Et Mathieu,
se sentant gagné par les sanglots, éperdu, descendit un
instant.

— Eh bien! mon ami, où en êtes-vous? Constance
m'envoie pour savoir... Est-ce fait?

— Non, non, pas encore, reprit le pauvre mari tout
frémissant.

L'autre se mit à rire, de l'air d'un homme heureux de
ne plus passer par ces grosses émotions. Il n'avait pas
éteint son cigare, la mine superbe toujours, content de
vivre.

— Et puis, je voulais vous dire que vos trois enfants
ne s'ennuyaient pas. Ah! les gaillards! ils ont déjeuné
comme des loups, et maintenant, ils sautent, ils crient!

Je ne sais pas comment vous pouvez vivre au milieu d'un sabbat pareil... Avec ça, nous avons envoyé chercher les deux petits Séguin, chez la tante où la maman les avait mis pour accoucher tranquillement. Ils sont donc de la partie, mais ceux-là sont un peu endormis, ils ont peur de se salir... Avec le nôtre, et cette grande fille de Reine, qui a l'air d'une femme déjà, ça nous en fait donc sept. Et c'est beaucoup, pour des gens qui s'entêtent à n'en avoir qu'un.

Cette plaisanterie redoubla son rire de bon vivant qui avait, lui aussi, plantureusement déjeuné. Mais le nom de Reine donna froid au cœur de Mathieu. Il revoyait, là-bas, sur le grabat immonde, Valérie morte, tandis que, près d'elle, écrasé, Morange veillait.

— Et elle joue aussi, cette grande fille? demanda-t-il.

— Oh! comme une perdue. Elle joue à la maman avec les autres. Seulement, elle ne veut pas avoir plus d'un bébé. Les cinq qui restent, ce sont des petits domestiques... Quelle femme délicieuse elle fera, dans trois ou quatre ans!

Il s'arrêta, souffla, cessa de s'égayer un moment.

— Le malheur est que notre Maurice a été repris ce matin par les jambes. Il grandit tant, ce garçon, il devient si fort!... Sa mère a dû l'installer sur un canapé, au milieu des six autres, et vous comprenez que ça lui gonfle un peu le cœur, de ne pouvoir sauter et crier comme eux. Pauvre petit bougre!

Ses yeux vacillèrent, un nuage assombrit un instant sa face. Peut-être sentait-il passer à son tour ce souffle froid, venu du mystère, qui avait, un soir, glacé Constance d'un frisson, devant son fils pris de syncope. Déjà, il sortait de cette ombre; et, comme si, dans sa rêverie, un rapprochement inconscient s'était fait, il se réveilla pour demander gaiement :

— Et, à propos, dites donc, la belle blonde, là-bas, pas encore ?

Mathieu s'étonna, puis finit par comprendre qu'il lui demandait si Norine n'était pas accouchée.

— Pas encore, pas avant un grand mois, vous le savez bien.

— Moi ! je ne sais rien du tout, et ma question est stupide en effet, car je ne veux rien savoir... Quand vous aurez tout payé, répétez-le lui de ma part : ni elle, ni l'enfant surtout, rien n'existe pour moi.

A cet instant, la voix de la garde retentit en haut de l'escalier.

— Monsieur, monsieur, venez vite.

Et Beauchêne lui-même le pressa de monter.

— Allez, allez, mon ami. Je vais attendre un peu, pour savoir si j'ai une petite cousine ou un petit cousin.

En entrant dans la chambre, Mathieu fut ébloui. Par la fenêtre, dont les rideaux étaient largement relevés, une telle gerbe épandue de soleil entrait, qu'on aurait dit un astre de glorieux accueil. Et il vit le docteur, en tablier blanc, qui, de ses mains d'opérateur sacré, aidait la venue de l'enfant, au seuil de la vie. Et il entendit Marianne, sa Marianne aimée, adorée, pousser un grand cri, le cri suprême des mères, le cri de toute vie nouvelle, éperdu de douleur, de joie et d'espérance, auquel répondit presque au même instant le vagissement clair du nouveau-né, saluant la lumière du jour. C'était fait, un être encore continuait les êtres, dans la flamme radieuse du soleil.

— C'est un garçon, dit le docteur.

Déjà Mathieu s'était penché, près de Marianne, et il les baisait de nouveau, en un élan de tendresse, de gratitude infinie, ses beaux yeux restés pleins de larmes. Mais, sous les pleurs, elle souriait maintenant, elle avait une allégresse d'aurore, si heureuse, encore toute frissonnante de souffrance.

— Oh ! chère, chère femme, comme tu as été bonne et brave, et que je t'aime !

— Oui, oui, je suis bien heureuse, c'est moi qui vais t'aimer davantage, de tout cet amour dont tu m'as comblée !

Le docteur Boutan intervint, lui défendit de dire un seul mot. Et il se récriait sur la beauté de l'enfant, plaisantant, répétant, dans sa passion des familles nombreuses, qu'il n'y a rien de tel pour faire des enfants superbes, que d'en faire le plus souvent qu'on peut. Quand le père et la mère s'adorent, qu'ils ne se livrent pas à des horreurs qui dupent la nature, qu'ils vivent sainement, honnêtement, en dehors des mœurs imbéciles du monde, comment voulez-vous qu'ils ne réussissent pas à merveille les enfants dont ils soignent la fabrication avec tant d'amour? Et il riait en brave homme.

Mais Mathieu s'était précipité hors de la chambre, pour crier à travers l'escalier :

— C'est un garçon !

— Bon ! répondit d'en bas la voix goguenarde de Beauchêne, ça vous en fait quatre, sans compter une fille. Toutes mes félicitations... Je cours donner la nouvelle à Constance.

Ah ! cette chambre de combat et de victoire, dans laquelle Mathieu rentra, comme dans une gloire triomphale ! Elle restait frémissante de la souffrance passée, mais quelle souffrance sainte, cette souffrance de la vie en éternelle besogne ! et de quel espoir sans fin, ouvrant l'avenir, l'emplissaient maintenant la joie délicieuse, l'orgueil vainqueur d'avoir enfanté ! La mort avait beau faire son œuvre nécessaire, le champ mal ensemencé, mal cultivé, avait beau être éclairci par le déchet des germes, toujours la moisson pousserait plus drue, grâce à la prodigalité divine des amants, qu'embrasait le désir, créateur du monde. Et la compensation était sans cesse

prochaine, la vie jaillissait de partout en rejets vigoureux, pullulait d'un côté, lorsque la faux avait passé de
l'autre, éclatait à cette heure, ici, dans cette chambre de
bonté, de gaieté si tendres, comme pour racheter d'autres
grossesses coupables et clandestines, d'autres couches
affreuses et criminelles. Un seul être qui naissait, ce
pauvre être nu, au faible cri d'oiseau frileux, c'était
l'immense trésor de vie accru, c'était l'éternité assurée.
Et, de même que, le soir de la conception, toute l'ardente nuit de printemps, avec son odeur, était entrée
pour que la nature entière fût de l'étreinte féconde,
de même aujourd'hui, à l'heure de la naissance, tout
l'ardent soleil flambait là, faisant de la vie, chantant le
poème de l'éternelle vie par l'éternel amour.

# LIVRE TROISIÈME

## I

— Je te dis que je n'ai pas besoin de Zoé, pour lui faire prendre son bain! criait Mathieu, qui se fâchait. Reste dans ton lit, repose-toi.

— Mais, répondait Marianne, il faut bien que la bonne te prépare la baignoire et t'apporte l'eau chaude.

Elle riait, l'air amusé de la querelle, et lui-même finit par rire.

Depuis l'avant-veille, ils étaient venus se réinstaller dans le petit pavillon qu'ils avaient loué aux Séguin, à la lisière des bois, près de Janville. Leur hâte même était telle de se retrouver aux champs, que Marianne avait commis l'imprudence, malgré le docteur, de s'y faire transporter quinze jours après ses couches. Mais un printemps précoce ensoleillait si tendrement ce mois de mars, qu'elle n'était qu'un peu brisée par le voyage. Aussi, le surlendemain, un dimanche, Mathieu, qui, n'allant pas à son bureau, se faisait une fête de passer la journée près d'elle, venait-il d'exiger qu'elle se lèverait seulement vers midi, pour le déjeuner.

— Voyons, répéta-t-il, je puis bien m'occuper un peu
de l'enfant, pendant que tu te reposes. Tu l'as assez sur
les bras du matin au soir. Et puis, si tu savais quel
plaisir j'ai à revivre ici avec toi, avec le cher petit, dans
cette chambre!

Il s'approcha pour la baiser doucement, elle lui rendit
son baiser, en riant de nouveau. C'était vrai que tous deux
s'y retrouvaient dans l'enchantement. N'était-ce pas la
chambre où ils s'étaient aimés, la saison dernière, où
ils avaient eu la nuit heureuse, la nuit féconde? Le printemps hâtif la dorait d'une allégresse, toute tiède, grande
ouverte sur le vaste ciel, sur la campagne renaissante,
frémissante de sève. Et comme elle leur paraissait
vivante et gaie, pleine encore de leur souvenir d'amour,
maintenant que l'enfant y fleurissait près d'eux!

Marianne se pencha sur le berceau, qui était à côté
d'elle, au bord du lit même.

— C'est que monsieur Gervais dort à poings fermés.
Regarde-le donc! Tu ne vas pas avoir le cœur de le
réveiller.

Alors, tous deux restèrent un instant à le regarder
dormir. Elle avait pris son mari au cou, elle s'abandonnait contre lui, leurs chevelures mêlées, leurs haleines
confondues, riant d'aise au-dessus de ce berceau, dans
lequel reposait la frêle créature. C'était un bel enfant,
déjà blanc et rose; mais il fallait être le père et la mère
pour s'occuper ainsi de ce balbutiement, de cette ébauche,
à peine finie, où vacillaient les formes. Puis, comme il
ouvrait ses yeux, sans regard encore, restés pleins du
mystère d'où il venait, ils se récrièrent d'émotion.

— Tu sais qu'il m'a vue!

— Certainement. Et moi aussi, il m'a regardé, il a
tourné la tête.

— Oh! le chérubin!

Ce n'était qu'une illusion. Mais cette chère petite

figure, encore si molle, si muette, leur disait tant de choses, que personne n'aurait entendues! Ils s'y retrouvaient comme fondus ensemble, ils y découvraient des ressemblances extraordinaires, qui leur faisaient agiter pendant des heures, des journées, la question de savoir auquel des deux il ressemblait le plus. Chacun d'eux, d'ailleurs, s'entêtait, déclarait qu'il était tout le portrait de l'autre.

Naturellement, dès qu'il eut les yeux ouverts, monsieur Gervais se mit à pousser des cris perçants. Mais Marianne était impitoyable : le bain avant tout, et la tétée ensuite. Zoé monta un broc d'eau chaude, puis prépara la petite baignoire, devant la fenêtre, au soleil. Et ce fut Mathieu qui s'obstina, baigna l'enfant, le lava pendant trois minutes, à l'aide d'une éponge fine, tandis que Marianne, de son lit, dirigeait l'opération, en plaisantant la délicatesse exagérée qu'il y mettait, comme s'il avait tenu quelque dieu naissant, fragile et sacré, que ses gros doigts d'homme craignaient de meurtrir. Du reste, ils continuaient à s'émerveiller ensemble de l'adorable scène. Était-il joli dans l'eau, scintillante de soleil, avec sa chair rose! Etait-il sage aussi, car c'était un prodige de le voir tout d'un coup se taire et témoigner une satisfaction béate, dès qu'il sentait la caresse enveloppante de l'eau tiède! Jamais père ni mère n'avaient eu un pareil trésor.

— Maintenant, dit Mathieu, lorsque Zoé l'eut aidé à l'essuyer avec un linge fin, on va peser monsieur Gervais.

C'était là une opération compliquée, que rendait difficile la répugnance profonde que l'enfant témoignait pour elle. Il se débattait, se remuait dans le plateau, si bien qu'il devenait impossible d'avoir le poids juste, de façon à établir exactement les différences des pesées, qui accusaient une augmentation variant de cent quatre-vingts à deux cents grammes, d'une semaine à l'autre. Le père, généralement, perdait patience. Il fallait que la mère s'en mêlât.

— Tiens! mets la balance près de mon lit, sur la table, et donne-moi le petit dans sa serviette. Nous ferons ensuite le décompte de la serviette.

Mais il y eut, à ce moment, l'invasion violente de chaque matin. Les quatre enfants, qui commençaient à s'habiller tout seuls, les grands venant au secours des petits, et que Zoé aidait d'ailleurs, parurent, se précipitèrent, en un galop de jeunes chevaux échappés. Ils avaient déjà sauté au cou de papa, s'étaient rués sur le lit de maman, pour dire bonjour, lorsque la vue de Gervais, dans la balance, les cloua d'intérêt et d'admiration.

— Tiens! demanda le cadet Ambroise, pourquoi donc qu'on le pèse encore?

Les deux aînés, les jumeaux Blaise et Denis, répondirent à la fois :

— Puisqu'on t'a dit que c'est pour savoir si maman n'a pas été volée, et si on lui a bien donné son poids, lorsqu'elle l'a acheté au marché de la Madeleine!

Mais Rose, toujours peu sûre sur ses jambes, grimpait le long du lit, s'accrochait à la balance, en criant de sa voix aiguë :

— Veux voir! veux voir!

Et elle faillit tout culbuter. Il fallut les mettre immédiatement à la porte; car, maintenant, les quatre s'en mêlaient, allongeaient leurs petites mains.

— Mes amours, dit le père, faites-moi le plaisir de descendre jouer dehors. Prenez vos chapeaux, à cause du soleil, et restez sous la fenêtre, qu'on vous entende.

Enfin, Marianne put obtenir une pesée exacte, malgré les plaintes et les sauts de monsieur Gervais. Et quelle joie, il avait profité, pendant la semaine, de deux cent dix grammes! Après avoir perdu pendant les trois premiers jours, comme tous les nouveau-nés, le voilà qui poussait, qui grandissait en bonne et solide plante humaine! Ils le voyaient déjà marcher, et beau, et fort. Assise sur son séant, la mère l'emmaillota largement, de ses mains expertes, plaisantant, répondant à chacun de ses cris :

— Oui, oui, je sais, nous avons très faim, très faim... Ça va venir, la soupe est au feu, on va la servir à monsieur toute chaude.

Elle avait fait, dès son réveil, une grande toilette de dimanche, ses cheveux superbes relevés très haut, en un énorme chignon qui dégageait la blancheur de son cou, simplement vêtue d'une belle camisole de flanelle blanche, ornée d'une dentelle, ne laissant voir qu'un peu de ses bras nus. Et, le dos appuyé contre deux oreillers, elle continua de rire, elle sortit de la camisole l'un de ses petits seins durs de guerrière, que le lait gonflait maintenant, épanoui comme une grande fleur de vie, blanche et rose; tandis que l'enfant goulu, ne voyant pas encore, promenait les mains, tâtonnait des lèvres. Lorsqu'il eut trouvé, il téta violemment, buvant toute la mère, jusqu'au meilleur de son sang.

Elle jeta un léger cri de souffrance, au milieu de son beau rire.

— Ah! le petit diable, il me mange, il vient de rouvrir ma crevasse!

Puis, comme Mathieu allait tirer un rideau, en remarquant qu'ils étaient inondés de soleil :

— Non, non, laisse-nous donc le soleil! reprit-elle. Ça ne nous gêne pas, ça nous met tout le printemps dans les veines.

Il revint, il s'oublia, dans le ravissement du spectacle. L'astre déroulait sa flamme, la vie flambait là, en une floraison de santé et de beauté. Il n'était pas d'épanouissement plus glorieux, de symbole plus sacré de l'éternité

vivante : l'enfant au sein de la mère. C'était l'enfantement qui continuait, la mère se donnait encore toute
pendant de longs mois, achevait de créer l'homme, ouvrait
la fontaine de vie qui coulait de sa chair sur le monde.
Elle n'arrachait de ses entrailles l'enfant nu et fragile
que pour le reprendre contre sa gorge tiède, nouveau
refuge d'amour, où il se réchauffait, où il se nourrissait. Et rien n'apparaissait plus simple ni plus nécessaire. Elle seule, pour leur beauté, pour leur santé à tous
deux, était normalement la nourrice, après avoir été la
créatrice. Il n'y avait ainsi, dans l'allégresse, dans
l'espérance infinie qu'ils épandaient autour d'eux, que
la naturelle grandeur de tout ce qui pousse sainement,
logiquement, élargissant la moisson humaine.

A ce moment, Zoé, qui, après avoir rangé la chambre,
remontait avec un gros bouquet de lilas dans un pot,
annonça que monsieur et madame Angelin, au retour
d'une promenade matinale, étaient en bas, demandant
des nouvelles de madame.

— Faites-les monter, dit gaiement Marianne. Je puis
recevoir.

Les Angelin étaient ce jeune ménage d'amoureux, qui,
installés dans une petite maison de Janville, couraient si
passionnément les sentiers solitaires, remettant l'enfant à
plus tard, pour ne pas en embarrasser, en gâter leur
vie errante d'égoïstes caresses. Elle était délicieuse,
brune, grande, bien faite, avec un continuel air de joie,
une adoration du plaisir. Lui, beau garçon, blond et carré
des épaules, avait la mine empanachée d'un mousquetaire, les moustaches et la barbiche au vent. Outre les
dix mille francs de rente qui leur permettaient de vivre
libres, il gagnait quelque argent, en peignant des éventails aimables, fleuris de roses et de petites femmes joliment campées. Aussi leur existence, jusque-là, n'avait-
elle été qu'une partie d'amour, un continuel gazouille-

ment. Vers la fin du dernier été, ils s'étaient liés avec
les Froment d'une façon étroite, à la suite de quoti-
diennes rencontres.

— On peut entrer, on n'est pas trop indiscret? cria,
du palier, la voix sonore d'Angelin.

Et, lorsque madame Angelin, toute vibrante de la
promenade au soleil printanier, eut embrassé Marianne,
elle s'excusa de venir de si bonne heure.

— Imaginez-vous, ma chère, nous avons su, hier soir
seulement, que vous étiez ici de la veille. Nous ne vous
attendions que dans huit à dix jours... Alors, comme
nous passions devant chez vous, nous n'avons pu résister,
nous avons voulu savoir... Vous nous pardonnez, n'est-ce
pas?

Puis, sans attendre la réponse, avec une pétulance de
mésange étourdie, grise de grand air :

— Le voilà donc, ce nouveau petit monsieur? Un
garçon, n'est-ce pas? Et tout s'est bien passé, je le vois.
Oh! avec vous, ça se passe toujours bien... Mon Dieu!
qu'il est encore petit et mignon! Regarde donc, Robert,
comme il tète gentiment. On dirait une vraie poupée...
Hein? est-il drôle, est-il drôle! C'est tout à fait amusant.

Le mari, en la voyant s'égayer, s'approcha, s'émerveilla,
pour dire comme elle.

— Ah! oui, celui-là est vraiment gentil... J'en ai vu
d'affreux, qui restent maigres, violets, pareils à des poulets plumés... Lorsqu'ils sont blancs et gras, c'est
agréable.

— Mais, s'écria Mathieu en riant, quand le cœur vous
en dira, vous en aurez un pareil. Vous êtes faits tous les
deux pour en fabriquer un superbe.

— Non, non, c'est ce dont on n'est jamais sûr... Et
puis, vous savez que Claire n'en veut pas un avant trente
ans. Encore cinq ans à attendre, à vivre un peu pour

nous deux... Quand Claire aura trente ans, nous verrons ça.

Cependant, madame Angelin était séduite, continuait à regarder l'enfant d'un air de femme tentée, prise du désir d'un jouet nouveau, sans doute aussi remuée au fond de l'être par un brusque éveil de maternité. Ce n'était point un méchant cœur, elle avait au contraire une infinie bonté, sous son insouciance d'amoureuse.

— Oh! Robert, murmura-t-elle doucement, si pourtant nous en avions un!

Il se révolta d'abord, il plaisanta.

— Alors, je ne te suffis plus? Tu sais que, pendant les neuf mois de la grossesse et pendant les quinze mois de l'allaitement, nous ne pourrons même pas nous embrasser. Ça fait deux ans sans la moindre caresse... N'est-ce pas, mon cher ami, qu'un mari raisonnable, qui a le souci de la bonne santé de la mère et de l'enfant, ne touche plus à sa femme de tout ce temps-là?

Mathieu s'était mis à rire avec lui.

— C'est un peu exagéré. Mais, tout de même, il y a du vrai. Le mieux est en effet de s'abstenir.

— S'abstenir, tu entends, Claire? Hein! le vilain mot! Est-ce là ce que tu veux?... Et si je ne peux pas, moi, si je vais ailleurs?

Les deux jeunes femmes, rougissantes, riaient elles aussi, se prêtaient aux plaisanteries d'usage, sur cette matière délicate. Ne pouvait-on leur donner cette grande, cette douce marque de tendresse, de leur être fidèle et d'attendre? Aller ailleurs, mais c'était abominable, cela soulevait le cœur de dégoût!

— Laissez-le donc dire! conclut madame Angelin. Il m'aime trop, il ne sait même plus s'il y a d'autres femmes.

Une crainte jalouse, pourtant, devait commencer à l'ébranler. Et ce qu'elle n'osait discuter à voix haute,

tandis qu'elle examinait Marianne, c'était la question
de savoir si une grossesse ne l'abîmerait pas, n'écarte-
rait pas son mari d'elle, tant elle en sortirait enlaidie
peut-être. Certainement, cette femme, gaie et fraîche,
avec son bel enfant au sein, dans ce lit tout blanc, au
milieu du soleil, le tableau était délicieux. Mais il y avait
des hommes qui avaient ça en horreur. Et ce débat
secret se traduisit par cette réflexion :

— D'ailleurs, je pourrais bien ne pas nourrir. Nous
prendrions une nourrice.

— Evidemment, dit le mari. Jamais je ne te laisserais
nourrir, ce serait idiot.

Tout de suite, il regretta cette brutalité, il s'en excusa
auprès de Marianne. Et il expliqua qu'aujourd'hui pas
une mère ne consentait à se donner le tracas de nourrir,
quand elle avait quelque fortune.

— Oh! moi, dit alors Marianne, avec son tranquille
sourire, j'aurais cent mille francs de rente, que je nourrirais
tous mes enfants, dussé-je en avoir douze. Je crois bien,
d'abord, que j'en tomberais malade, si ce cher petit ne
me débarrassait pas de ce lait qui m'inonde : c'est pour
ma santé qu'il me boit ainsi. Et puis, je m'imaginerais
que je ne l'ai pas fait jusqu'au bout, je me sentirais coupable de ses moindres bobos, oui ! une mère criminelle,
une mère qui ne veut pas la santé, la vie de son enfant!

Elle avait abaissé sur le petit ses beaux yeux tendres,
elle le regardait téter goulument, d'un regard d'immense
amour, heureuse même du mal qu'il lui faisait parfois,
ravie quand il la buvait trop fort, comme elle disait.
Et elle continua d'une voix de rêve :

— Mon enfant à une autre, oh ! non, jamais, jamais!
j'en serais trop jalouse, je veux qu'il ne soit fait que de
moi, sorti de moi, achevé par moi. Ce ne serait plus mon
enfant, si une autre l'achevait. Et il ne s'agit pas que
de sa santé physique, je parle de tout son être, de l'intel-

ligence et du cœur qu'il aura, qu'il doit tenir de moi, de moi seule. Si, plus tard, je le voyais sot et méchant, je croirais que c'est l'autre qui l'a empoisonné... Cher, cher enfant bien-aimé! quand il tète si fort, je sens que je passe toute en lui, c'est un délice.

Elle leva les yeux, elle aperçut au pied du lit Mathieu, qui la regardait, très ému. Et elle ajouta gaiement :

— Tu en es aussi, toi!

— Ah! cria-t-il, en se tournant vers les deux amants, elle a bien raison. Que toutes les mères l'entendent et qu'elles remettent donc à la mode, en France, de nourrir elles-mêmes leurs enfants! Il suffirait que cela devînt la beauté. Et n'est-ce pas la beauté, la plus éclatante et la plus haute?

Les Angelin s'étaient remis à rire, complaisamment. Ils ne semblaient point convaincus, dans leurs seuls désirs d'amants égoïstes. Et ce qui acheva la déroute, ce fut un petit accident prévu, la misère humaine. Comme monsieur Gervais finissait de téter, Marianne s'aperçut qu'il s'était oublié dans sa couche. Elle ne fit que s'en égayer davantage, elle ne se gêna pas pour prendre une couche propre et pour changer l'enfant. Elle demanda l'éponge, le lava, l'essuya. Sous le clair soleil, ce nettoyage, ce petit corps nu et rose, n'était pour elle qu'une joie de plus. Mais, tout de même, ceux à qui l'enfant n'appartient pas, peuvent avoir d'autres yeux. Et les Angelin se levèrent, prirent congé.

— Alors, c'est pour dans neuf mois? demanda gaillardement Mathieu.

— Mettons dix-huit, répondit le mari, si nous comptons les mois de réflexion.

Justement, sous la fenêtre, éclatait un vacarme, une clameur perçante de petits sauvages lâchés en pleins champs, parce qu'Ambroise, en lançant une balle, l'avait perchée dans un arbre. Blaise et Denis jetaient des

pierres, Rose sautait en criant, comme si elle avait eu
l'espoir d'allonger les bras jusque là-haut. Les Angelin
restèrent saisis de surprise et d'inquiétude.

— Bon Dieu! murmura Claire, qu'est-ce que ce sera,
lorsque vous en aurez douze?

— Mais, dit Marianne amusée, la maison nous semblerait morte, s'ils ne criaient pas... Au revoir, chère amie,
j'irai vous voir, dès que je pourrai sortir.

Les mois de mars et d'avril furent superbes, les relevailles de Marianne se firent très heureuses. Aussi la
petite maison, écartée, perdue dans les feuilles, vivait-
elle en continuelle joie. Chaque dimanche surtout devenait une fête, lorsque le père n'allait pas à son bureau.
Les autres jours, il partait dès le matin, ne revenait que
vers sept heures, toujours pressé, accablé de travail. Et,
si ces continuelles courses n'entamaient point sa belle
humeur, il commençait à être hanté par des préoccupations d'avenir. Jamais encore la gêne où il voyait son
jeune ménage, ne l'avait inquiété. Il était sans aucun
désir d'ambition ni de richesse, il savait que sa femme
n'avait, comme lui, d'autre idée de bonheur, que de vivre
là, très simplement, une vie brave de santé, de paix
et d'amour. Mais, tout en ne rêvant pas le pouvoir d'une
haute situation, la jouissance d'une grande fortune, il se
demandait comment vivre, si modestement que ce fût,
maintenant que sa famille s'élargissait sans cesse. Si des
enfants lui venaient encore, que ferait-il, de quelle façon
trouverait-il le nécessaire, chaque fois qu'une naissance
nouvelle lui imposerait de nouveaux besoins? Quand on
enfante ainsi, il faut bien, à mesure que de petites
bouches s'ouvrent et crient la faim, créer des ressources,
faire sortir du sol des subsistances, sous peine de tomber à une imprévoyance criminelle. On ne peut, honnêtement, pondre au hasard, comme l'oiseau, lâcher la
couvée à l'aventure, à la charge des récoltes d'autrui.

Et ces réflexions l'envahissaient d'autant plus, que la gêne s'aggravait chez lui, depuis la naissance de Gervais, au point que Marianne ne savait comment arriver aux fins de mois, malgré des prodiges d'économie. Il fallait discuter les moindres dépenses, épargner le beurre sur les tartines des enfants, leur faire porter leurs blouses jusqu'au dernier fil. Chaque année, pour comble d'embarras, ils grandissaient, ils dépensaient davantage. On avait dû mettre les trois garçons à une petite école de Janville, ce qui ne coûtait pas encore bien cher. Mais, l'année suivante, ne faudrait-il pas les envoyer au lycée, et dans quelle poche prendrait-on l'argent? Grave problème, souci croissant de toutes les heures, qui gâtait un peu l'adorable printemps, dont la bienvenue fleurissait la vaste campagne.

Le pis était que Mathieu avait la conviction d'être muré dans sa situation de dessinateur, à l'usine Beauchêne. En admettant qu'on finît un jour par doubler ses appointements, ce n'étaient pas ces sept ou huit mille francs qui lui permettraient de réaliser son rêve d'une famille nombreuse, poussant librement et fièrement, telle qu'une heureuse forêt ne devant sa force, sa santé, sa beauté, qu'à la bonne mère commune, la terre, où elle puisait toute sa sève. Et c'était pourquoi, depuis son retour à Janville, la terre l'attirait, le retenait dans de fréquentes promenades, pendant qu'il roulait des pensées vagues, sans cesse élargies. Il s'arrêtait de longues minutes, devant un champ de blé, à la lisière d'un bois touffu, sur le bord d'une mare dont les eaux luisaient au soleil, parmi les ronces d'une lande pierreuse. Toutes sortes de projets confus se levaient alors en lui, des rêveries indéterminées, si vastes, si singulières, qu'il ne les avait encore dites à personne, pas même à sa femme. On se serait moqué de lui sans doute, il n'en était qu'à cette heure trouble et frissonnante, où les inventeurs sentent passer sur eux le vent de la découverte, avant même que l'idée totale se formule. Pourquoi donc ne s'adressait-il pas à la terre, à l'éternelle nourrice? pourquoi donc ne défrichait-il pas, ne fécondait-il pas ces immenses terrains, ces bois, ces landes, ces pierrailles, qui l'entouraient et qu'on laissait stériles? pourquoi donc, puisqu'il était juste que chaque homme apportât sa richesse, créât sa subsistance, n'enfanterait-il pas, avec chaque enfant nouveau, le nouveau champ de terre féconde qui le ferait vivre, sans rien coûter à la communauté? Et c'était tout, rien ne se précisait davantage, la réalisation s'envolait dans le 'plus beau des songes.

Les Froment étaient ainsi à la campagne depuis un grand mois, lorsque Marianne, complètement remise, vint un soir jusqu'au pont de l'Yeuse, en poussant devant elle la petite voiture de Gervais, pour y attendre Mathieu, qui devait rentrer de bonne heure. Il fut là, en effet, avant six heures. Et elle eut l'idée, par ce beau soir, de faire un léger détour, de passer au moulin des Lepailleur, en aval de la rivière, dans le désir de leur acheter des œufs frais.

— Je veux bien, dit Mathieu. Tu sais que je l'adore, leur vieux moulin romantique. Ce qui n'empêche pas que je le jetterais par terre, pour le remettre à neuf, avec une bonne machine, s'il était à moi.

Dans la cour de l'antique construction, à demi couverte de lierre, d'un charme de légende, avec sa roue moussue dormant parmi les nénuphars, ils trouvèrent le ménage, l'homme roux, grand et sec, la femme aussi sèche, aussi rousse que lui, tous les deux jeunes et durs. L'enfant, Antonin, assis par terre, faisait un trou, de ses petites mains.

— Des œufs? dit la Lepailleur, certainement, madame, il doit y en avoir.

Elle ne se hâta point, regarda Gervais, endormi dans la voiture.

— Ah! c'est votre dernier. Il est bien gros et bien mignon. Vous n'avez pas perdu votre temps.

Mais Lepailleur ne put retenir un rire goguenard. Et, avec la familiarité du paysan vis-à-vis du bourgeois qu'il sait gêné:

— Alors, ça vous en fait cinq, monsieur. Ce n'est pas nous autres, pauvres gens, qui pourrions nous permettre ça.

— Pourquoi donc? demanda tranquillement Mathieu. Est-ce que vous n'avez pas ce moulin, est-ce que vous n'avez pas des champs, pour occuper les bras qui viendraient et dont le travail doublerait, triplerait vos produits?

Ces simples mots furent comme un coup de fouet, sous lequel Lepailleur se cabra. Une fois de plus, il lâcha toute sa rancune. Ah! sûrement, ce n'était pas sa patraque de moulin qui l'enrichirait, puisqu'il n'avait enrichi ni son grand-père ni son père! Et quant à ses champs, sa femme lui avait apporté là une belle dot, des champs où plus rien ne voulait pousser, qu'on avait beau arroser de sueur, sans en pouvoir tirer les frais de fumier et de semence!

— D'abord, reprit Mathieu, votre moulin, il faudrait le réparer, remplacer le vieux mécanisme, ou mieux encore mettre là une bonne machine à vapeur.

— Réparer mon moulin! mettre une machine à vapeur! mais c'est fou! et pourquoi faire? puisque je chôme déjà un mois sur deux, depuis que le pays a presque renoncé au blé!

— Ensuite, continua Mathieu, si vos champs rapportent moins, c'est que vous les cultivez mal, d'après toute une routine condamnée, sans soins, sans machines, sans engrais.

— Encore des machines, encore ces farces qui ont achevé de ruiner le pauvre monde! Ah! je connais ça, je

voudrais vous y voir, vous, à mieux cultiver la terre, pour
lui faire rendre ce qu'elle ne veut plus donner !

Il se fâcha tout à fait, devint d'une violence brutale, en
reprenant contre la terre marâtre les accusations de sa
paresse et de son entêtement. Il avait voyagé, il s'était
battu en Afrique, on ne pouvait pas dire qu'il avait vécu
dans son trou, ainsi qu'une bête ignorante. Mais, au
retour du régiment, ça n'empêchait pas qu'il s'était senti
tout de suite dégoûté, quand il avait compris que la culture était fichue et que jamais elle ne lui donnerait autre
chose que du pain sec à manger. La terre faisait faillite
comme le bon Dieu, les paysans ne croyaient plus en elle,
tant elle était vieillie, vidée, épuisée. Et jusqu'au soleil
qui se détraquait, de la neige en juillet, des orages en
décembre, tout un chambardement des saisons qui ruinait d'avance les récoltes !

— Non, monsieur, ce n'est plus possible, c'est fini. La
terre, le travail, ça n'existe plus. Nous sommes volés, le
paysan qui se tue de fatigue n'aura bientôt pas même de
l'eau à boire. Aussi est-ce pour cela que j'aimerais mieux
me ficher à la rivière que de faire encore un enfant à
ma femme, parce qu'il est inutile de mettre au monde
des malheureux et qu'Antonin aura du moins de quoi
vivre après nous, s'il est tout seul... Et vous le voyez, Antonin, eh bien! je vous jure que je n'en ferai pas un
paysan malgré lui. S'il mord à l'étude, s'il veut aller à
Paris, ah! grand Dieu! je lui dirai qu'il a raison, qu'il
n'y a encore que Paris pour les gaillards solides, résolus
à tenter la fortune... Il pourra tout vendre, risquer sa
moisson, là-bas, sur le pavé. C'est là que poussent les écus,
et je n'ai qu'un regret, moi, c'est de n'avoir pas couru la
chance, lorsqu'il en était temps encore.

Mathieu se mit à rire. N'était-ce pas singulier que lui,
bourgeois, bachelier, homme de science, rêvât de revenir
à la terre, à la mère commune de tout travail et de tout

bien, lorsque ce paysan, ce fils de paysan, maudissait, injuriait la terre et n'avait plus que l'ambition de la voir reniée par son fils? Jamais opposition plus significative ne l'avait frappé, c'était l'exode désastreux des campagnes vers les villes, qui s'aggravait d'année en année, anémiant et détraquant la nation.

— Vous avez tort, dit-il sur un ton de gaieté, pour enlever sa rudesse au débat. Ne trahissez pas la terre, c'est une vieille maîtresse qui se vengera. A votre place, j'aurais d'elle tout ce que je voudrais, par un redoublement de soins. Elle reste aujourd'hui, comme au premier jour, la grande épouse féconde, et elle enfante toujours au centuple, quand on l'aime d'une solide étreinte.

Mais Lepailleur se débattait, levait ses deux poings.

— Non, non! j'en ai assez, de la garce!

— Et tenez! continua Mathieu, ce qui m'étonne, c'est qu'il ne se soit pas encore trouvé un gaillard intelligent et brave, pour tirer parti de toute cette immense propriété abandonnée, ce Chantebled dont le père Séguin, autrefois, avait rêvé de faire un domaine royal. Il y a là de vastes terrains en friche, des bois dont il faudrait abattre une partie, des landes qu'on rendrait aisément à la culture. Quelle belle tâche, quelle création pour un homme!

Du coup, Lepailleur resta béant. Puis, sa goguenardise déborda.

— Mais, mon bon monsieur, vous êtes fou, excusez-moi de vous le dire!... Cultiver Chantebled, défricher ces pierrailles, s'embourber dans ces marécages! Eh! vous y enterrerez des millions, sans y récolter un boisseau d'avoine. C'est un coin maudit que le père de mon grand-père a vu tel qu'il est, et que le fils de mon petit-fils verra tout pareil... Ah bien! je ne suis pas curieux, mais ça m'amuserait de connaître l'imbécile qui tenterait une pareille folie. On peut dire que celui-là boirait un fameux bouillon.

— Mon Dieu ! qui sait ? conclut paisiblement Mathieu.
Il suffit d'aimer pour faire des miracles.

La Lepailleur, qui était allée chercher une douzaine
d'œufs, restait maintenant plantée devant son mari, en
admiration de l'entendre si bien parler à un bourgeois.
Tous les deux s'entendaient à merveille dans leur colère
avaricieuse de ne pas récolter les écus à la pelle, sans gros
travail, ainsi que dans leur ambition de faire de leur fils
un monsieur, puisque, seul, un monsieur pouvait s'enrichir. Aussi, comme Marianne prenait congé, après avoir
mis les œufs sous un coussin de la voiture de Gervais,
lui fit-elle complaisamment remarquer son Antonin, qui,
ayant creusé un trou, crachait dedans.

— Oh ! il est futé, il connaît déjà ses lettres, et nous
allons le mettre à l'école. S'il tient de son père, je vous
assure qu'il ne sera pas bête.

Ce fut une dizaine de jours plus tard, un dimanche,
que Mathieu, dans une promenade qu'il fit avec Marianne
et les enfants, eut la révélation suprême, le coup de
pleine lumière qui devait décider de leur vie à tous. Ils
étaient partis pour l'après-midi, ils avaient même fait le
projet de goûter dehors, au beau milieu des champs,
dans les herbes hautes. Et, après avoir battu les sentiers,
traversé les bouquets d'arbres, erré parmi les landes, ils
étaient revenus à la lisière des bois, s'installer sous un
chêne. De là, ils voyaient se dérouler la vaste étendue,
depuis le petit pavillon, l'ancien rendez-vous de chasse
qu'ils occupaient, jusqu'au lointain village de Janville :
à leur droite, se trouvait le grand plateau marécageux,
d'où descendaient de larges pentes desséchées et stériles,
dont les vallonnements se perdaient ensuite à leur
gauche ; tandis que, derrière leur dos, s'enfonçaient les
bois, des bois faits de taillis profonds, que séparaient des
clairières, des herbages que jamais faux n'avait coupés.
Et pas une âme autour d'eux, rien que cette nature laissée

à l'état sauvage, d'une grandeur calme, sous l'éclatant soleil de l'admirable journée d'avril. Toute la sève amassée semblait gonfler la terre d'un lac de vie ignoré, souterrain, dont on sentait frémir le flot dans les arbres vigoureux, les plantes débordantes, la poussée violente des ronces et des orties qui envahissaient le sol. Une odeur d'amour inassouvi, une odeur puissante et âpre s'exhalait des choses.

— Ne vous écartez pas trop, cria Marianne aux enfants. Nous allons rester sous ce chêne, nous goûterons tout à l'heure.

Déjà Blaise et Denis galopaient, suivis d'Ambroise, jouant à qui courrait le plus fort ; tandis que Rose, les appelant, se fâchant, voulait qu'on jouât à cueillir des fleurs. Ils étaient ivres de grand air, ils avaient des herbes jusque dans les cheveux, comme des petits faunes lâchés à travers les buissons. Puis, ils revinrent, firent des bouquets. Puis, ils repartirent, galopèrent encore, les grands frères avec la petite sœur sur le dos, d'un train fou.

Mais, pendant la promenade, longue déjà, Mathieu était resté distrait, les yeux errants autour de lui. Parfois, lorsque Marianne lui adressait la parole, il n'entendait pas, tombé en rêverie devant un champ inculte, un coin de bois envahi de broussailles, une source d'eau qui jaillissait, puis se perdait dans la boue. Et, pourtant, elle sentait qu'il n'y avait en son cœur rien d'indifférent ni de triste ; car, dès qu'il revenait à elle, il riait de son bon et tendre rire. C'était elle qui, souvent, l'envoyait pour son bien courir ainsi la campagne, même seul ; et, si elle avait deviné que toute une crise profonde se passait en lui, elle attendait qu'il parlât, confiante.

Cependant, comme il était retombé dans son rêve, les regards au loin, étudiant l'immense déroulement des divers terrains, elle eut un léger cri.

— Oh! vois donc, vois donc!

Sous le grand chêne, elle avait installé monsieur Gervais dans sa voiture, parmi de folles herbes qui noyaient les roues. Et, tandis qu'elle préparait une petite timbale d'argent, pour le goûter, elle venait de remarquer que l'enfant, levant la tête, suivait sa main, où l'argent, frappé par le soleil, étincelait. Elle recommença l'expérience, et de nouveau l'enfant suivit des yeux l'étoile, dont l'éclat, pour la première fois, luisait dans l'aube trouble de sa vue.

— Ah! on ne dira pas que je me trompe, que je me fais des idées! Il voit clair maintenant, c'est bien sûr... Mon beau mignon, mon cher trésor!

Elle s'était jetée sur lui pour le baiser, dans la fête de ce premier regard. Et ce fut ensuite la joie du premier sourire.

— Et tiens, tiens! dit à son tour Mathieu, qui s'était penché près d'elle, cédant au même ravissement, le voilà maintenant qui te sourit! Parbleu! dès que ça voit clair, ces petits hommes, ça se met à rire!

Elle-même éclata d'un grand rire.

— Tu as raison, il rit, il rit! Ah! qu'il est drôle, et que je suis contente!

Et la mère, et le père riaient d'aise, riaient ensemble, devant ce rire de l'enfant, à peine sensible, fugitif, tel qu'un léger frisson sur l'eau pure d'une source.

Dans leur allégresse, Marianne rappela les quatre autres, qui bondissaient autour d'eux, parmi les jeunes feuillages.

— Allons, Rose! allons, Ambroise! allons, Blaise et Denis!... C'est l'heure, venez vite goûter.

Ils accoururent, et la table fut mise sur une nappe de tendre gazon. Mathieu ayant décroché le panier pendu devant la petite voiture, la mère en tira les tartines, dont la distribution commença. Il y eut un gros silence, tous les quatre mordaient à belles dents, avalaient avec un appétit de santé, faisant plaisir à voir. Mais des cris s'élevèrent, c'était monsieur Gervais qui s'impatientait de n'avoir pas été servi le premier.

— Ah ! oui, c'est vrai, je t'oublie, dit Marianne gaiement. Tu vas avoir ta part... Ouvre le bec, mon mignon.

D'un geste simple et tranquille, elle dégrafa largement son corsage, elle en sortit le sein blanc, d'une douceur de soie, dont le lait gonflait la pointe rose, telle que le bouton d'où naîtrait la fleur de vie. Et elle fit cela sous le soleil qui la baignait d'or, en face de la vaste campagne qui la voyait, sans la honte ni même l'inquiétude d'être nue, car la terre était nue, les plantes et les arbres étaient nus, ruisselants de sève. Puis, s'étant assise dans l'herbe haute, elle y disparut presque, au milieu de cette éclosion, de cette poussée pullulante des germes d'avril ; tandis que l'enfant, sur sa gorge ouverte et libre, tétait à longs flots le lait tiède, de même que ces verdures innombrables buvaient la vie de la terre.

— Quelle faim ! cria-t-elle. Veux-tu bien ne pas me pincer si fort, petit goulu !

Mais Mathieu était resté debout, dans l'enchantement du premier sourire de l'enfant, dans la gaieté de cette grosse faim, de ce lait qui coulait par le monde, de ces tartines aussi que les autres engloutissaient. Il fut repris de son rêve de création, il laissa échapper l'idée d'avenir dont il était hanté, sans en avoir encore parlé à personne.

— Ah bien ! il n'est que temps que je me mette à l'œuvre, que je fonde un royaume, si je désire que ces enfants aient assez de soupe pour grandir ! Et il faut songer aussi à ceux qui viendront demain, qui vont allonger la table, d'année en année... Veux-tu savoir, veux-tu que je te dise ?

Elle avait levé les yeux, attentive, souriante.

— Oui, dis-moi ton secret, si l'heure est venue... Oh !
je sentais bien que tu portais quelque gros espoir. Mais
je ne te demandais rien, j'attendais.

Il ne répondit pas directement, envahi de révolte, à un
brusque souvenir.

— Tu sais que ce Lepailleur est un fainéant et un
imbécile, malgré son air malin. Est-il une sottise plus
sacrilège que d'aller s'imaginer que la terre a perdu de
sa fécondité, qu'elle est en train de faire banqueroute,
elle l'éternelle mère, l'éternelle vie ! Elle n'est marâtre
que pour les mauvais fils, les méchants, les têtus, les
bornés, ceux qui ne savent ni l'aimer ni la cultiver. Mais
qu'il lui vienne un fils intelligent, qui l'entourera d'un
culte, qui se donnera entièrement à elle, qui saura la
travailler par tous les moyens nouveaux de la science,
aidée de l'expérience, et on la verra tressaillir, enfanter
sans relâche, se couvrir d'incalculables moissons... Ah !
ils disent, dans le pays, que ce domaine de Chantebled
n'a jamais produit et ne produira jamais que des ronces.
Eh bien ! il viendra, l'homme qui le transformera, qui en
tirera toute une terre nouvelle de joie et d'abondance !

Puis, brusquement, se tournant, le bras tendu, il dé-
signa au fur et à mesure les points dont il parlait.

— Là, derrière, il y a plus de deux cents hectares de
petits bois, qui vont jusqu'aux fermes de Mareuil et de
Lillebonne. Ils sont séparés par des clairières d'excellent
sol, que de larges trouées réunissent, et dont on ferait
aisément d'admirables pâturages, car les sources s'y
trouvent nombreuses... Mais surtout, ces sources, elles
deviennent si abondantes, ici, sur la droite, qu'elles ont
changé ce vaste plateau en une sorte de marécage, coupé
de mares, planté de roseaux et de joncs. Et qu'on imagine un esprit hardi, un défricheur, un conquérant, qui
drainerait ces terrains-là, les débarrasserait des eaux
trop abondantes, grâce à quelques canaux, faciles à éta-

blir, voilà un immense champ conquis, donné à la culture, où le blé grandirait avec une extraordinaire puissance... Ce n'est pas tout, il reste ce pays devant nous, ces pentes douces, de Janville à Vieux-Bourg, là-bas, encore plus de deux cents hectares, laissés presque incultes, à cause de la sécheresse, de la maigreur pierreuse du sol. C'est donc bien simple, il n'y aura qu'à prendre là-haut les sources captées, les eaux aujourd'hui stagnantes, puis à les verser, à les irriguer à travers ces pentes stériles, qui peu à peu deviendront d'une fertilité formidable... J'ai tout vu, j'ai tout étudié. Je sens là, au bas mot, cinq cents hectares de terre, dont un créateur audacieux peut faire le plus fécond des domaines. C'est tout un royaume du blé, tout un monde nouveau à enfanter par le travail, avec l'aide des eaux bienfaisantes et de notre père le soleil, source d'éternelle existence.

Marianne le regardait, l'admirait, tandis qu'il frémissait, exalté dans l'évocation de son rêve. Mais elle fût effrayée par la grandeur d'un tel espoir, elle ne put retenir ce cri d'inquiétude et de prudence :

— Non, non, c'est trop, tu veux l'impossible. Comment peux-tu croire que nous aurons jamais tout ça, que notre fortune s'élargira sur le pays entier! Et des capitaux, et des bras, pour une telle conquête ?

Il resta un instant muet, effaré par la secousse, ramené à la réalité. Puis, de son air raisonnable et tendre, il se mit à rire.

— Tu as raison, je rêve, je dis des folies. Mon ambition ne va pas encore jusqu'à vouloir être le roi de Chantebled. Mais c'est vrai tout de même, ce que je te raconte, et quel mal y a-t-il à rêver de grands projets, pour se donner du courage et de la foi?... En attendant, je suis résolu à tenter la culture, oh! modestement, sur quelques hectares que Séguin me cédera sans doute à bon compte, avec le petit pavillon que nous occupons. Je sais que sa

propriété, immobilisée par des locations de chasse, lui
est à charge. Et, plus tard, nous verrons bien si la terre
veut nous aimer et venir à nous, comme nous venons à
elle... Va, va, chère femme, donne la vie à ce petit glouton, et vous, mes chéris, buvez et mangez, poussez en
force, la terre est à ceux qui sont la santé et le nombre!

Blaise et Denis lui répondirent en reprenant des tartines, tandis que Rose achevait la timbale d'eau rougie
qu'Ambroise lui avait passée. Mais Marianne surtout était
la fête de fécondité épanouie, la source de vigueur et de
conquête, avec son sein nu, que Gervais tétait de tout
son cœur. Il tirait si fort, qu'on entendait le bruit de ses
lèvres, comme le bruit léger d'une source à sa naissance,
le mince ruisseau de lait qui devait s'enfler et devenir
fleuve. Autour d'elle, la mère écoutait cette source naître
de partout et s'épandre. Elle n'était point seule à nourrir,
la sève d'avril gonflait les labours, agitait les bois d'un
frisson, soulevait les herbes hautes où elle était noyée.
Et, sous elle, du sein de la terre en continuel enfantement, elle sentait bien ce flot qui la gagnait, qui l'emplissait, qui lui redonnait du lait, à mesure que le lait
ruisselait de sa gorge. Et c'était là le flot de lait coulant
par le monde, le flot d'éternelle vie pour l'éternelle
moisson des êtres. Et, dans la gaie journée de printemps,
la campagne éclatante, chantante, odorante, en était baignée, toute triomphale de cette beauté de la mère qui, le
sein libre sous le soleil, aux yeux du vaste horizon, allaitait son enfant.

Le lendemain, après une matinée de gros travail, à son bureau de l'usine, Mathieu, dont la besogne courante se trouvait fort avancée, eut l'idée d'aller voir ce qu'il advenait de Norine, chez madame Bourdieu. Il la savait accouchée depuis quinze jours déjà, et il désirait constater par lui-même comment se portaient la mère et l'enfant, pour remplir jusqu'au bout la mission dont l'avait chargé Beauchêne. D'ailleurs, celui-ci ne lui ayant plus ouvert la bouche de ces choses, il le prévint seulement qu'il s'absenterait l'après-midi, sans lui dire le motif de cette absence. Mais il n'ignorait pas quel secret soulagement le patron éprouverait, lorsqu'il saurait enfin l'aventure terminée, l'enfant disparu, la mère aux bras d'un autre amant.

Rue Miromesnil, chez la sage-femme, il dut monter à la chambre de Norine, car elle était couchée encore, à peu près remise, devant quitter la maison le jeudi suivant. Et il eut la surprise d'apercevoir, au pied du lit, endormi dans son berceau, l'enfant, dont il croyait qu'elle s'était débarrassée déjà.

— Enfin, c'est vous ! cria joyeusement l'accouchée. J'allais vous écrire, pour vous voir au moins, avant de m'en aller. Et ma petite sœur vous aurait porté ma lettre.

Cécile était là, en effet, avec l'autre sœur, la plus jeune, Irma. La mère Moineaud, ne pouvant lâcher son ménage, les avait envoyées aux nouvelles, en les chargeant de porter à leur aînée en couches trois grosses oranges, qui luisaient sur la table de nuit. Les deux fillettes étaieut venues à pied, heureuses de la longue course, intéressées par la rue, regardant les boutiques. Maintenant, cette belle maison où elles trouvaient leur grande sœur couchée, les ravissait; sans compter que l'enfant encore là, cette poupée vivante sous son rideau de mousseline, les avait emplies d'une curiosité ardente.

— Alors, ça s'est bien passé, c'est fini? demanda Mathieu.

— Oh! tout à fait. Je me lève un peu depuis cinq jours, et, prochainement, je m'en irai... Pas plus volontiers que ça, vous savez, car je me suis joliment dorlotée ici, mon bon temps tire à sa fin... N'est-ce pas, Victoire, que ce n'est pas dans la rue que nous allons retrouver un si bon matelas ni de la si bonne nourriture?

Mathieu, alors, reconnut Victoire, la petite bonne, qui, assise près de son lit, raccommodait du linge. Accouchée huit jours avant Norine, elle était debout déjà, et devait quitter la maison le lendemain. En attendant, elle travaillait un peu, pour le compte de Rosine, la demoiselle riche, l'incestueuse candide dont le père avait abusé, et qui, accouchée seulement la veille, occupait encore la chambre d'à côté, où elle était seule. Dans la chambre aux trois lits, moins belle, mais égayée de soleil, Norine et Victoire n'avaient plus eu de compagne, depuis qu'Amy, délivrée, s'en était retournée chez elle, par le bateau.

La petite bonne, cessant de coudre, avait levé la tête.

— Bien sûr qu'on ne va plus traîner au lit et qu'on n'aura plus son lait chaud, le matin, avant de se lever. Mais, tout de même, ce n'est pas si drôle de voir toujours ce grand mur gris, en face. On ne peut pas passer sa vie à ne rien faire.

Norine riait, hochait la tête, en belle fille qui ne devait pas être de cet avis-là. Puis, comme ses deux petites sœurs la gênaient, elle voulut les congédier.

— Voyons, mes petits chats, vous dites que papa est encore si en colère contre moi, que je ne dois pas rentrer à la maison ?

— Oh ! expliqua Cécile, ce n'est pas tant qu'il est en colère, mais il crie que ça le déshonorerait, que tout le quartier le montrerait au doigt. Faut dire aussi qu'Euphrasie lui monte la tête, surtout depuis qu'elle va se marier.

— Comment ! Euphrasie va se marier ? Vous ne me le disiez pas.

Et elle eut l'air très vexé, surtout lorsque ses sœurs, parlant à la fois, lui contèrent que le mari était Auguste Bénard, le jeune maçon à l'air réjoui qui habitait au-dessus d'eux. Il s'était toqué de la petite, bien qu'elle ne fût guère jolie, maigre à dix-huit ans comme une sauterelle, la trouvant sans doute solide quand même et travailleuse.

— Grand bien leur fasse à l'un comme à l'autre. Avant six mois, elle le battra, tant elle est méchante... Vous direz à maman que je me fiche de vous tous, que je n'ai besoin de personne. Je ne suis pas à la rue encore, je chercherai du travail, je trouverai bien quelqu'un pour m'aider... Vous entendez, ne revenez plus, qu'on ne m'embête pas davantage !

Irma, dont les huit ans étaient tendres, se mit à pleurer.

— Pourquoi nous dis-tu des sottises ? Nous ne sommes pas venues te faire de la peine. Moi qui voulais te demander si ce petit-là était bien à toi et si nous pouvions l'embrasser, avant de partir.

Tout de suite, Norine regretta la violence de son dépit. Elle les appela encore ses petits chats, les baisa tendre-

ment, en leur répétant qu'il fallait s'en aller, mais qu'elles
pouvaient revenir la voir, si cela les amusait.

— Dites à maman que je la remercie de ses oranges...
Et, quant au petit, je veux bien que vous le regardiez,
mais surtout ne le touchez pas, parce que, s'il s'éveillait, nous aurions une chanson à ne plus nous entendre.

Alors, pendant que les deux fillettes se penchaient,
déjà renseignées, toutes brûlantes de leur curiosité de
petites femmes, Mathieu, lui aussi, regarda. Il vit un enfant bien portant, l'air solide, avec une face carrée, aux
traits forts. Et il lui sembla qu'il ressemblait singulièrement à Beauchêne.

A ce moment, madame Bourdieu entra, accompagnée
d'une femme, dans laquelle il reconnut Sophie Couteau,
la Couteau, cette meneuse qu'il se souvenait d'avoir
rencontrée chez les Séguin, le jour où elle y était venue
proposer une nourrice. Certainement, elle aussi reconnut
le monsieur dont la dame enceinte, orgueilleuse de
nourrir elle-même, semblait si peu disposée à faire aller
le commerce. Mais elle affecta de le voir pour la première fois, discrète par profession, sans curiosité d'ailleurs,
depuis que tant d'histoires lui passaient dans les mains.
Les deux fillettes, tout de suite, partirent.

— Eh bien! mon enfant, demanda madame Bourdieu à
Norine, avez-vous encore réfléchi, qu'est-ce que vous déci-
dez, au sujet de ce pauvre mignon, qui dort là si gentiment?... Voici la personne dont je vous ai parlé. Elle
vient de Normandie tous les quinze jours, elle amène des
nourrices à Paris, et chaque fois elle remmène des nourrissons, pour les placer là-bas... Puisque vous vous entêtez
à ne pas nourrir vous-même, vous pourriez au moins ne
pas abandonner votre enfant, le lui confier jusqu'à ce
que vous ayez les moyens de le reprendre... Ou bien,
enfin, si vous êtes résolue à l'abandon complet, elle va

nous rendre le service de le porter tout de suite aux Enfants-Assistés.

Un grand trouble s'était emparé de Norine, elle laissa retomber sa tête sur l'oreiller, dans la nappe dénouée de ses admirables cheveux blonds, le visage assombri, la voix balbutiante.

— Mon Dieu! mon Dieu! vous allez me tourmenter encore.

Et elle mit les deux mains sur ses yeux, comme pour ne plus voir.

— C'est ma consigne, monsieur, expliquait à Mathieu la sage-femme, baissant la voix, laissant un instant la jeune mère à ses réflexions. On nous recommande de tout faire pour que les accouchées, surtout celles qui sont dans la situation de celle-ci, nourrissent elles-mêmes leur enfant. Vous n'ignorez pas que c'est souvent là, non seulement l'enfant sauvé, mais la mère sauvée elle-même du triste avenir qui la menace. Alors, elle a beau vouloir l'abandonner, nous le laissons près d'elle le plus long-temps possible, nous le nourrissons au biberon, en atten- dant de voir si la maternité ne s'éveillera pas en elle, si la vue de ce pauvre petit être ne la touchera pas. Neuf fois sur dix, dès qu'elle lui donne le sein, elle est vaincue, elle le garde... Et c'est pourquoi vous trouvez cet enfant encore ici.

Mathieu, très ému, s'approcha de Norine, toujours perdue dans ses cheveux, les mains sur la face.

— Voyons, vous n'êtes pas méchante pourtant, vous êtes une bonne fille. Pourquoi ne le nourririez-vous pas, pourquoi ne le garderiez-vous pas, ce cher petit?

Alors, elle découvrit son visage brûlant et sans larmes.

— Est-ce que le père est seulement venu me voir? Non, je ne puis aimer l'enfant d'un homme qui agit si salement avec moi. Rien qu'à le savoir là, dans ce ber- ceau, ça me met en colère.

— Mais, le cher innocent, il n'est coupable de rien, lui. C'est lui que vous condamnez, c'est vous-même que vous punissez, car vous voilà seule, il serait peut-être pour vous une grande consolation.

— Non, je vous dis que non ! Je ne veux pas, je ne me sens pas la force d'avoir, comme ça, un enfant tout de suite, à mon âge, sans que l'homme qui l'a fait soit là pour m'aider. On sait ce dont on est capable, n'est-ce pas ? Eh bien ! j'ai beau m'interroger, je ne suis pas courageuse et bête à ce point... Non, non, et non !

Il se tut, comprenant que rien ne prévaudrait contre ce besoin de liberté qu'elle avait au fond. D'un geste, il dit sa tristesse, sans qu'il eût contre elle ni indignation ni colère, l'excusant d'avoir été ainsi faite, belle fille grisée de tous les désirs du pavé.

— Bon ! c'est entendu, on ne vous force pas à le nourrir, reprit madame Bourdieu, tentant un dernier effort. Mais ce n'est guère beau, de l'abandonner. Pourquoi ne le confiez-vous pas à madame, qui le mettrait en nourrice, ce qui vous permettrait de le reprendre un jour, quand vous aurez trouvé du travail ? Cela ne coûterait pas cher, le père payerait sans doute.

Cette fois, Norine se fâcha.

— Lui, payer ! Ah bien ! vous ne le connaissez guère. Ce n'est pas que ça le gênerait, car il est riche à millions. Seulement, il n'a qu'un désir, cet homme, c'est que le petit disparaisse, qu'on le jette dans un trou ; et, s'il avait osé, il m'aurait dit de le tuer... Demandez à monsieur si je mens. Vous voyez bien qu'il garde le silence... Et ce serait moi qui payerais, quand je n'ai pas le sou, quand demain je serai peut-être à la rue, sans travail, sans pain ! Non, non, mille fois non, je ne peux pas !

Et, prise d'une véritable crise d'énervement et de désespoir, elle sanglota.

— Je vous en supplie, laissez-moi tranquille... Voilà

quinze jours que vous me torturez avec cet enfant, à le garder là, près de moi, en croyant que je finirai par le nourrir. Vous me l'apportez, vous me le mettez sur les genoux, pour que je le regarde et le baise. Vous êtes toujours à m'occuper de lui, à le faire crier, dans l'espoir que je m'apitoierai, que je lui donnerai le sein... Eh, mon Dieu ! vous ne comprenez donc pas que, si je détourne la tête, si je ne veux ni le baiser, ni même le voir, c'est que j'ai peur de me laisser prendre, de l'aimer comme une bête, ce qui serait un grand malheur pour lui et pour moi. Il sera plus heureux tout seul... Entendez-vous ! je vous en supplie, qu'on l'emmène tout de suite, qu'on ne me martyrise pas davantage !

Elle était retombée, elle pleurait à gros sanglots, la face enfouie au fond de l'oreiller, échevelée, avec ses belles épaules à demie nues, dans son désordre.

Muette, immobile, la Couteau était restée debout, au pied du lit, attendant. Dans sa robe de petit lainage sombre, avec son bonnet noir garni de rubans jaunes, elle gardait son air de paysanne endimanchée ; et sa figure longue, ce masque étroit de cupidité et de ruse, s'efforçait d'exprimer une bonhomie apitoyée. Bien que l'affaire lui parût manquée, elle risqua son boniment ordinaire.

— Vous savez, madame, que votre petiot serait comme chez lui, à Rougemont. Il n'y a pas meilleur air dans le département, des personnes sont venues de Bayeux pour s'y guérir. Et ces petiots, si vous saviez comme on les soigne, comme on les gâte ! Tout le pays n'a que cette occupation, avoir des petits Parisiens, les dorloter, les aimer... Avec ça, je ne vous prendrai pas cher, j'ai une amie qui a déjà trois nourrissons, et comme elle les élève au biberon naturellement, ça ne la gênera guère plus d'en avoir quatre, elle vous nourrira le vôtre presque par-dessus le marché... Voyons, ça ne vous dit pas, ça ne vous tente pas ?

Mais, quand elle vit que les larmes seules de Norine
lui répondaient, elle eut un geste brusque de femme
active qui n'a pas les moyens de perdre son temps. A chacun de ses voyages de quinzaine, dès qu'elle s'était débarrassée dans les bureaux de son lot de nourrices, elle se
hâtait de faire, en quelques heures, son tour chez les
sages-femmes, où elle racolait les nourrissons à emporter,
de façon à pouvoir reprendre le chemin de fer le soir
même, avec les deux ou trois femmes qui l'aidaient au
charriage des petiots, comme elle disait. Cette fois, elle
était d'autant plus pressée, que madame Bourdieu, qui
l'employait un peu à toutes les besognes, lui avait demandé
de porter immédiatement l'enfant de Norine aux Enfants-
Assistés, si elle ne l'emmenait pas à Rougemont.

— Alors, reprit-elle en se tournant vers la sage-femme,
je n'aurai donc qu'à emmener l'enfant de l'autre dame.
Le mieux est que je la voie tout de suite, pour m'entendre définitivement... Puis, je vais revenir prendre
celui-ci, que j'irai déposer là-bas, au galop, au galop, car
mon train est à six heures.

Quand elles furent sorties, pour passer à côté, chez
Rosine, accouchée de la veille, il n'y eut plus, dans le
silence lourd de la pièce, que la lamentation de Norine,
pleurant toujours à gros sanglots. Mathieu s'était assis
près du berceau, regardant avec une infinie pitié le pauvre
être qui continuait à dormir paisiblement. Et Victoire, la
petite bonne, muette pendant toute la scène, l'air absorbé
par sa couture, se mit à parler dans ce grand silence,
d'une façon lente, interminable, sans même quitter son
aiguille des yeux.

— Vous avez joliment raison de ne pas lui confier
votre enfant, à cette sale femme! Quoi qu'on en fasse là-
bas, à l'hospice, il y sera mieux qu'entre ses mains. Au
moins, il aura la chance de vivre. C'est bien pour ça que
je me suis obstinée, comme vous, à ce qu'on y porte le

mien, tout de suite... Vous savez, moi, je suis de par là, oui ! je suis de Berville, à six kilomètres de Rougemont, et je la connais, la Couteau, on en parle assez chez nous. Quelque chose de propre ! Ça s'est d'abord fait faire un enfant dans un fossé, histoire d'être nourrice ; puis, lorsqu'elle s'est aperçue qu'elle ne pouvait pas voler assez en vendant son lait, ça s'est mis à vendre le lait des autres. Un beau métier de gueuse, dans lequel il ne faut avoir ni cœur ni âme ! Ajoutez qu'elle a eu la chance d'épouser ensuite un grand garçon brutal, qu'elle conduit à présent par le bout du nez et qui l'aide. Il amène aussi des nourrices, il remmène des poupons, quand l'ouvrage presse. A eux deux, ils ont plus de meurtres sur la conscience que tous les assassins qu'on guillotine... Le maire de Berville, un brave homme, un bourgeois retiré, disait que Rougemont était la honte du département. Je sais bien qu'entre Rougemont et Berville, il y a toujours eu de la rivalité. Mais ça n'empêche que ceux de Rougemont ne se gênent vraiment pas assez, à faire leur sale commerce avec les poupons de Paris. Tous les habitants ont fini par s'en mêler, le village entier n'a pas d'autre industrie, et il faut voir comment c'est organisé pour qu'on en enterre le plus possible. Je vous réponds que la marchandise ne traîne pas dans les ménages. Plus ça roule, plus il en meurt, plus on gagne... Alors, n'est-ce pas ? ça s'explique, si la Couteau est affamée, chaque semaine, d'en emmener tant qu'elle peut.

Elle répétait ces horribles choses de son air ahuri de fille simple, que Paris n'avait pas encore rendue menteuse, disant jusqu'au bout ce qu'elle savait.

— Et, autrefois, il paraît que c'était pis. J'ai entendu mon père raconter que les meneuses, de son temps, ramenaient chacune quatre ou cinq poupons à la fois. De vrais paquets qu'elles ficelaient et qu'elles portaient sous les bras. Dans les gares, elles les rangeaient sur les banquettes des salles d'attente ; même, un jour, une meneuse de Rougemont en oublia un, et ça fit toute une histoire, parce qu'on retrouva l'enfant mort. Puis, il fallait voir, dans les trains, quel entassement de pauvres êtres, qui criaient la faim. L'hiver surtout, par les grandes neiges, ça devenait pitoyable, tant ils grelottaient, bleus de froid, à peine couverts de maillots en loques. Souvent, il en mourait, et l'on débarquait le petit cadavre à la prochaine station, on l'enterrait au cimetière le plus voisin. Vous comprenez dans quel état devaient arriver ceux qui ne mouraient pas en route. Chez nous, on soigne les cochons beaucoup mieux, car on ne les ferait sûrement pas voyager ainsi. Mon père disait que ça tirait les larmes des pierres... Mais, maintenant, il y a davantage de surveillance, les meneuses ne peuvent plus emmener qu'un poupon à la fois. Elles trichent bien, elles en emmènent deux ; et puis, elles s'arrangent, elles ont des femmes qui les aident, elles profitent de celles qui rentrent au pays. Ainsi, la Couteau a toutes sortes d'inventions pour échapper à la loi. D'autant plus que tout Rougemont ferme les yeux, trop intéressé à ce que le commerce marche, n'ayant qu'une crainte, celle que la police ne vienne mettre le nez dans les affaires du pays... Ah! le gouvernement a beau envoyer des inspecteurs chaque mois, exiger des livrets, des signatures du maire, des timbres de la commune, c'est comme s'il chantait. Ça n'empêche pas les bonnes femmes de continuer tranquillement leur négoce, d'expédier tant qu'elles peuvent des petiots dans l'autre monde. Nous avions, à Rougemont, une cousine qui nous disait un jour : « La Malivoire, elle a eu de la chance, elle en a perdu encore quatre, le mois dernier. »

Un instant, Victoire s'arrêta, pour enfiler son aiguille. Norine pleurait toujours. Mathieu, muet d'horreur, écoutait, les yeux fixés sur l'enfant endormi.

— Sans doute, reprit la bonne, on en raconte moins aujourd'hui qu'autrefois sur Rougemont. Mais, tout de même, ce qu'il en reste, c'est à vous dégoûter de faire des enfants... Nous connaissons trois ou quatre nourrisseuses qui ne valent pas cher. Vous savez que l'élevage au biberon est la règle, et si vous voyiez quels biberons, jamais nettoyés, d'une crasse répugnante, avec du lait glacé en hiver, tourné en été ! La Vimeux, elle, trouve que le biberon, ça revient encore cher, et elle nourrit tout son monde à la soupe : ça les expédie plus vite, ils ont tous de gros ventres bouffis, à croire qu'ils vont éclater. Chez la Loiseau, la saleté est telle, qu'il faut se boucher le nez, quand on approche du coin où les petits sont couchés sur de vieux chiffons, dans leur ordure. Chez la Gavette, la femme va aux champs avec son homme, de sorte que la garde des trois ou quatre nourrissons qui sont toujours là, est laissée au grand-père, un vieux de soixante-dix ans, infirme, incapable même d'empêcher les poules de venir piquer les yeux des petits. C'est encore mieux chez la Cauchois, qui, n'ayant personne pour les garder, les attache dans les berceaux, de peur qu'ils ne se cassent la tête, en tombant par terre. Et vous visiteriez toutes les maisons du village, que vous trouveriez la même chose partout. Pas une maison qui ne trafique sur cette marchandise. Autour de chez nous, il y a des pays où l'on fait de la dentelle, d'autres où l'on fait du fromage, d'autres où l'on fait du cidre. A Rougemont, on fait des petits morts.

Brusquement, elle cessa de coudre, elle regarda Mathieu, de ses yeux clairs d'innocente effarouchée.

— Mais le plus beau, c'est la Couillard, une vieille voleuse, qui a fait jadis six mois de prison, et qui est maintenant établie un peu en dehors du village, à l'entrée du bois... Jamais un enfant vivant n'est sorti de chez la Couillard. C'est sa spécialité. Quand on voit une meneuse,

la Couteau par exemple, lui porter un enfant, on est tout
de suite renseigné, on sait ce que cela veut dire. La
Couteau a sûrement traité pour la mort du petit. Ça se
traite d'une façon bien simple, les parents donnent une
somme de trois ou quatre cents francs, à la condition que
le petit sera gardé jusqu'à sa première communion; et
vous pensez bien qu'il meurt dans les huit jours, il n'y a
qu'à laisser une fenêtre ouverte sur lui, comme faisait
une nourrisseuse que mon père a connue, et qui, l'hiver,
lorsqu'elle avait une demi-douzaine de poupons, ouvrait
la porte toute grande, puis sortait faire un tour... Ainsi,
tenez! le petit d'à côté, celui que la Couteau est allée
voir, je suis bien certaine qu'elle le portera chez la
Couillard, car j'ai entendu mademoiselle Rosine, l'autre
jour, convenir avec elle d'un forfait, d'une somme de
quatre cents francs, payée d'un coup, et sans qu'on ait
ensuite à s'occuper de rien.

Elle dut se taire, la Couteau rentrait seule, sans
madame Bourdieu, pour prendre l'enfant de Norine.
Celle-ci, que les histoires de la petite bonne avaient fini
par tirer de son tourment, ne pleurait plus, l'écoutait d'un
air très intéressé. Mais, quand elle aperçut la meneuse,
elle se rejeta la face dans son oreiller, comme prise de
crainte, n'ayant pas la force de voir ce qui allait se
passer. Mathieu s'était levé de sa chaise, frémissant lui
aussi.

— Alors, c'est entendu, je l'emporte, dit la Couteau.
Madame Bourdieu vient de me mettre les indications sur
un papier, la date et l'arrondissement. Seulement, il me
faut les prénoms... Comment voulez-vous qu'on l'appelle?

Norine ne répondit pas d'abord. Puis, d'une voix torturée, étouffée par l'oreiller :

—Alexandre.

— Bon ! Alexandre... Mais vous feriez bien de lui en

donner un autre, pour mieux le reconnaître un jour, si la fantaisie vous prenait de courir après.

De nouveau, il fallut arracher la réponse à Norine.

— Honoré.

— Bon ! Alexandre-Honoré. C'est le vôtre, ce petit nom-là, et le premier, n'est-ce pas ? c'est le petit nom du père... Voilà qui va bien, j'ai tout ce qu'il me faut. Seulement, il est déjà quatre heures, jamais je ne serai de retour pour mon train de six heures, si je ne prends pas une voiture. C'est au diable, là-bas, de l'autre côté du Luxembourg. Et une voiture, ça coûte... Comment devons-nous faire ?

Tandis qu'elle se lamentait, pour voir si elle ne pourrait rien tirer de cette fille énervée de chagrin, Mathieu eut l'idée brusque d'aller jusqu'au bout de sa mission, en la conduisant lui-même aux Enfants-Assistés, afin d'être en mesure d'affirmer à Beauchêne que l'enfant y avait bien été déposé, en sa présence. Il lui déclara donc qu'il descendait avec elle prendre un fiacre, et qu'il la ramènerait.

— Je veux bien, moi, ça m'arrange... Allons-y ! C'est dommage de le réveiller, ce petiot, tant il dort de bon cœur ; mais, tout de même, il faut l'emballer, puisque c'est comme ça.

De ses mains sèches, habituées à manier la marchandise, elle avait saisi l'enfant, peut-être avec un peu de rudesse, oubliant sa bonhomie câline, du moment qu'elle n'était chargée que de le porter à la concurrence. Il s'éveilla, se mit à crier violemment.

— Ah ! fichtre ! ça ne va pas être drôle, s'il nous fait cette musique dans le fiacre... Vite, filons !

Mais Mathieu l'arrêta encore.

— Norine, vous ne voulez donc pas l'embrasser ?

Aux premiers cris, la triste fille s'était enfoncée davantage dans les draps, portant les mains à ses oreilles, bouleversée d'entendre.

— Non, non, emportez-le, emportez-le tout de suite, ne recommencez pas à me faire souffrir !

Et elle fermait aussi les paupières, et elle repoussait du bras l'image dont on la poursuivait. Cependant, quand elle sentit que la meneuse posait l'enfant sur le lit, elle eut un frisson, elle se souleva, donna dans le vide un grand baiser éperdu, qui rencontra le petit bonnet. Elle avait à peine entr'ouvert ses yeux obscurcis de larmes, elle ne dut voir que le vague fantôme de ce pauvre être, criant et se débattant, à l'heure où il était jeté à l'inconnu.

— Vous me faites mourir, emportez-le, emportez-le !

Dans le fiacre, l'enfant se tut brusquement, soit que le bercement de la voiture le calmât, soit qu'il fût émotionné par le bruit grinçant des roues. La Couteau, qui l'avait pris sur elle, garda d'abord le silence, parut s'intéresser aux trottoirs, où luisait un clair soleil ; tandis que Mathieu, en sentant sur ses genoux les pieds du pauvre être, rêvait douloureusement. Puis, tout d'un coup, elle parla, elle continua tout haut ses réflexions.

— Cette petite dame a eu grand tort de ne pas me le confier, je l'aurais si bien placé, il aurait poussé comme un charme, à Rougemont... Mais voilà, toutes s'imaginent que l'idée seule du commerce nous fait les tourmenter. Je vous demande un peu ! si elle m'avait donné cent sous pour moi, et qu'elle m'eût payé mon retour, est-ce que cela l'aurait ruinée ? Une belle fille comme elle trouve toujours de l'argent... Je sais bien que, dans notre métier, il y en a qui ne sont guère honnêtes, qui trafiquent, exigent des primes, placent ensuite les nourrissons au rabais, en volant à la fois les parents et la nourrice. Ça, ce n'est guère beau, de faire de ces petits êtres mignons des choses à vendre, comme qui dirait de la volaille ou des légumes. A ce négoce-là, je comprends qu'on s'endurcisse le cœur et qu'on les bouscule, qu'on se les passe de main en main, sans plus de respect que si c'était de la marchandise... Seulement, monsieur, moi, je suis une honnête femme, je suis autorisée par le maire de mon pays, j'ai un certificat de moralité que je puis montrer à tout le monde. Et, si vous allez jamais à Rougemont, parlez donc de Sophie Couteau : on vous dira que c'est une travailleuse, qui ne doit pas un sou à personne.

Mathieu ne put s'empêcher de la regarder, pour voir de quel front elle faisait ainsi son éloge. Ce plaidoyer le frappait, venant en réponse à tout ce que Victoire avait raconté, comme si la meneuse, avec son flair de paysanne rusée, devinait les accusations portées contre elle. Lorsqu'elle se sentit fouillée jusqu'à l'âme, d'un coup d'œil perçant, elle dut craindre de n'avoir pas menti avec assez d'aplomb, de s'être trahie par quelque négligence, car elle n'insista pas, se fit plus douce, ne célébra plus que ce paradis de Rougemont, où les enfants étaient accueillis, nourris, soignés, dorlotés, comme des fils de prince. Puis, elle se tut de nouveau, en voyant que le monsieur ne desserrait pas les lèvres. C'était inutile de vouloir le conquérir, celui-là. Et le fiacre roula, roula toujours ; les rues succédaient aux rues, encombrées, bruyantes ; on avait traversé la Seine, on arrivait au Luxembourg. Ce fut seulement après avoir dépassé le jardin que la Couteau dit encore :

— Tant mieux, si cette petite dame s'imagine que son enfant gagnera quelque chose à passer par les Enfants-Assistés... Vous savez, monsieur, je n'attaque pas l'Administration, mais il y a, tout de même, beaucoup à dire aussi. Nous en avons en quantité, à Rougemont, des nourrissons qu'elle nous envoie, et ceux-là, je vous assure, ne poussent pas mieux, meurent aussi bien que les autres... Enfin, il faut laisser chacun agir selon ses idées. Mais je voudrais que vous puissiez, comme moi, savoir tout ce qui se passe là dedans.

Le fiacre s'arrêta dans le haut de la rue Denfert-

Rochereau, avant d'arriver à l'ancien boulevard extérieur. Un grand mur gris s'étendait, une froide façade de maison administrative ; et ce fut au bout de ce mur que la Couteau entra, avec l'enfant, par une petite porte nue et simple, d'une paix bourgeoise. Mathieu l'avait suivie. Mais il n'insista pas pour l'accompagner dans le bureau redoutable, où une dame recevait les enfants, trop ému, craignant les questions, comme s'il était là le complice d'un crime. La meneuse eut beau lui dire que la dame ne lui demanderait rien, que le secret le plus strict était gardé, il préféra s'arrêter dans une antichambre qui ouvrait sur plusieurs compartiments clos, où l'on parquait, pour qu'elles y attendissent leur tour, les personnes qui venaient déposer des enfants. Et il la regarda disparaître, emportant le petit, toujours très sage, avec ses yeux troubles, grands ouverts.

L'attente, qui ne dut pourtant pas dépasser une vingtaine de minutes, lui sembla terriblement longue. Une paix morte régnait dans cette antichambre lambrissée de chêne, sévère, triste, et qui sentait l'hôpital. Il n'entendait qu'un vagissement sourd de nouveau-né, que couvraient par moments de gros sanglots contenus, peut-être ceux d'une mère en train d'attendre, au fond d'un compartiment voisin. Et ses souvenirs le reportaient à l'ancien tour, à la boîte ronde tournant dans le mur : la mère arrivait en se cachant, enfournait l'enfant, donnait un coup de sonnette, puis se sauvait. Lui, trop jeune, ne l'avait vu fonctionner que dans un mélodrame de la Porte-Saint-Martin. Mais que d'histoires il évoquait, les bourriches de pauvres êtres amenés de province et déposés par le voiturier, les enfants de duchesse que des hommes furtifs venaient jeter à l'oubli, les files de tristes ouvrières se débarrassant dans l'ombre du fruit de la séduction ! Combien les choses paraissaient changées, le tour supprimé, le dépôt forcé de se faire ouvertement, et cette entrée nue et grave de maison de retraite, et cet appareil d'une administration prenant les dates, les noms, tout en s'engageant au mystère inviolable! Il n'ignorait pas que quelques-uns accusaient la suppression des tours d'avoir doublé le nombre des avortements et des infanticides. Chaque jour, pourtant, l'opinion condamne davantage l'attitude de la société d'hier devant les faits accomplis, cette idée qu'il faut accepter le mal, l'endiguer, le canaliser en le cachant, comme un égout indispensable, lorsque le vrai rôle d'une société libre doit être au contraire de le prévoir, de l'attaquer et de le détruire dans son germe. L'unique moyen de diminuer le nombre des abandons, c'est de connaître les mères, de les encourager, de les secourir, de leur donner le moyen d'être des mères. Mais, en ce moment, il ne raisonnait pas, son cœur seul était pris, d'une pitié et d'une angoisse croissantes, à la pensée des crimes, des hontes, des douleurs effroyables, qui avaient traversé l'antichambre où il se trouvait. Cette dame, qui recevait les enfants, au fond de son petit bureau mystérieux, quelles terribles confessions elle devait entendre, quel défilé de souffrances, d'ignominies et de misères! Un vent de tempête poussait à elle les épaves du pavé, les détresses d'en haut, toutes les abominations, toutes les tortures qu'on ignore. C'était là le port de naufrage, le trou d'ombre où venaient s'engloutir les fruits condamnés des misérables femmes. Et, comme son attente se prolongeait, il en vit arriver trois : l'une était sûrement une ouvrière pauvre, fine et jolie pourtant, si maigre, si pâle, dont l'air égaré lui rappela un fait divers qu'il avait lu, une fille pareille, qui, après avoir abandonné son enfant, était allée se jeter à l'eau; l'autre lui sembla une femme mariée, quelque femme d'ouvrier, trop encombrée de famille, ne pouvant nourrir une bouche de plus; la troisième devait être une gueuse, grande, forte, l'air insolent, une de celles qui, en six années, apportent là trois ou quatre enfants à la file, comme on jette, au matin, le seau d'ordures à la rue. Et elles s'engouffrèrent l'une après l'autre, et il entendit qu'on les parquait dans des compartiments séparés, tandis que lui, le cœur en larmes, sentant peser sur les êtres la rudesse du destin, attendait toujours.

Quand la Couteau reparut enfin, les bras vides, elle ne prononça pas une parole, Mathieu ne lui posa pas une question. Et ils remontèrent ainsi dans le fiacre, silencieux. Ce ne fut que dix minutes plus tard, lorsque la voiture roulait déjà parmi l'encombrement des rues populeuses, que la Couteau se mit à rire. Puis, comme son compagnon, toujours muet et fermé, ne daignait pas lui demander la cause de cette gaieté brusque, elle finit par dire à voix haute :

— Vous ne savez pas pourquoi je ris?... Si je vous ai fait un peu attendre, là-bas, c'est que j'ai trouvé, en sortant du bureau, une amie à moi, qui est infirmière dans la maison. Il faut vous dire que ce sont les infirmières qui portent les poupons aux nourrices de province... Eh bien! mon amie m'a conté qu'elle partait demain pour Rougemont, avec deux autres infirmières, et que, certainement, elles auraient dans le tas le petit que je viens de déposer.

De nouveau, elle eut le rire sec, dont grimaçait sa face doucereuse.

— Hein? est-ce drôle? la mère qui n'a pas voulu que je l'emmène à Rougemont, et voilà qu'on va pourtant l'y mener! Il y a, comme ça, des choses qui arrivent quand même.

Mathieu ne répondit pas. Mais tout un froid de glace lui avait traversé le cœur. C'était vrai, le destin passait, impitoyable. Qu'allait-il devenir, le pauvre être? à quelle mort prochaine, à quelle vie de souffrance, de misère ou de crime, venait-on de le jeter brutalement,

comme le petit chien qu'on prend au hasard dans la
portée, pour le mettre à la borne?

Et le fiacre continua de rouler, il n'y eut plus que le
grincement des roues. Ce fut seulement lorsqu'elle en
descendit, rue Miromesnil, devant la maison d'accouchement, que la Couteau, ayant vu qu'il était déjà cinq heures
et demie, se lamenta, dans la certitude qu'elle allait
manquer son train, d'autant plus qu'elle avait encore
à régler des comptes et à prendre l'autre enfant, là-haut.
Mathieu, qui voulait garder la voiture pour se faire conduire à la gare du Nord, eut la curiosité douloureuse de
tout connaître, d'assister au départ des meneuses. Et il la
calma, il lui dit de se dépêcher, et qu'il l'attendrait.
Puis, comme elle lui demandait un quart d'heure, il
désira revoir Norine, il monta, lui aussi.

Lorsqu'il entra dans la chambre, il l'y aperçut toute
seule, assise au milieu de son lit, sur son séant, en train de
manger une des oranges que ses petites sœurs lui avaient
apportées. Elle était d'une gourmandise de belle fille
grasse, elle détachait les tranches soigneusement, les
suçait de toute sa bouche rouge et fraîche, les yeux à demi
clos, la peau frémissante sous la nappe déroulée de ses
cheveux, telle qu'une chatte voluptueuse qui lape une
tasse de lait. La brusque entrée de quelqu'un la fit tressaillir. Et, quand elle reconnut le visiteur, elle eut un
sourire gêné.

— C'est fait, dit Mathieu simplement.

Elle ne répondit pas tout de suite, s'essuya les doigts à
son mouchoir. Il lui fallut parler pourtant.

— Vous ne m'aviez pas prévenue que vous reviendriez,
je ne vous attendais pas... Enfin, c'est fait, ça vaut mieux.
Je vous assure qu'il n'y avait pas moyen de faire autrement.

Et elle parla de son départ, demanda si elle pourrait
rentrer à l'usine, déclara qu'elle irait quand même s'y

présenter, pour voir si le patron aurait l'audace de la jeter à la rue.

— Vous savez, ce n'est pas que je sois embarrassée ni que je le regrette, car je ne tomberai jamais sur plus cochon que lui.

Puis, des minutes se passèrent, très longues, et la conversation devenait pénible, Mathieu répondant à peine, lorsque la Couteau reparut enfin, dans son coup de vent, de nouveau chargée, ayant l'autre enfant sur les bras.

— Dépêchons, dépêchons ! elles n'en finissent plus avec leurs comptes, elles se battent à qui ne me laissera pas deux sous de trop !

Mais Norine la retint.

— C'est l'enfant de mademoiselle Rosine. Je vous en prie, montrez-le-moi.

Elle lui découvrit la figure, elle se récria :

— Oh ! qu'il est gros, qu'il est beau ! En voilà un qui ne demande qu'à vivre.

— Pardi ! fit remarquer philosophiquement la meneuse, c'est toujours comme ça. Du moment qu'il doit gêner tout le monde, on peut être bien sûr qu'il est superbe.

Norine, égayée, attendrie, le regardait, avec ces yeux caressants des femmes que la vue d'un enfant passionne toujours. Et elle commença une phrase :

— Est-ce dommage, comment peut-on avoir le cœur... Seulement, elle s'arrêta, elle changea la phrase.

— Oui, quel crève-cœur, quand on est forcée d'abandonner ces petits anges !

— Bonsoir ! portez-vous bien ! cria la Couteau. Vous allez me faire manquer mon train. Et c'est moi qui ai les billets de retour, les cinq autres m'attendent, à la gare. Elles en feraient, une musique !

Et, comme elle filait au galop, Mathieu la suivit. Dans l'escalier, qu'elle descendit quatre à quatre, elle faillit tomber avec son léger fardeau. Puis, quand elle se fut jetée au fond du fiacre, et que celui-ci se mit à rouler :

— Ouf ! ce n'est pas malheureux... La voyez-vous, celle-là, monsieur ? Elle n'a pas voulu risquer quinze francs par mois, et elle accuse cette bonne mademoiselle Rosine, qui vient de me donner quatre cents francs, pour qu'on prenne soin de son petit jusqu'à sa première communion !... C'est vrai qu'il est superbe, ce petit. Regardez-le donc ! Ah ! quand l'amour fait les enfants, il les fait bien. Dommage que les plus beaux sont souvent ceux qui meurent le plus vite.

Mathieu le regardait, sur les genoux de la meneuse, où il avait remplacé l'enfant de Norine. Il le voyait dans un maillot très blanc, vêtu de linge très fin, garni de dentelle, ainsi qu'un fils de prince condamné, qu'on mène luxueusement au supplice. Et il se rappelait la monstrueuse histoire, le père dans le lit de la fille, trois mois après la mort de la mère, l'enfant de l'inceste né de couches clandestines, cédé pour un prix fait à la nourrisseuse qui le supprimerait, tranquillement, sous le hasard d'une fenêtre ou d'une porte, laissée grande ouverte. Le petit, à peine éclos, d'une figure fine d'où se dégageait déjà une beauté d'ange, était très sage, ne poussait pas un cri. Un frisson passa, abominable.

Dans la cour de la gare Saint-Lazare, la Couteau sauta vivement du fiacre.

— Merci, monsieur, vous avez été bien aimable... Et à la disposition des dames que vous connaissez, si vous voulez me recommander à elles !

Alors, Mathieu, descendu sur le trottoir, vit un spectacle qui le retint un instant encore. Cinq femmes, d'allures paysannes, chargées chacune d'un poupon, étaient là, parmi la bousculade des voyageurs et des bagages, à s'effarer, à courir, comme des corneilles en peine, leurs grands becs jaunes anxieux, leurs ailes noires battantes d'inquiétude. Puis, quand elles aperçurent enfin la Couteau, il n'y eut qu'un croassement, toutes les cinq fondirent vers elle, d'un vol furieux et vorace. Et, après un violent échange de cris, d'aigres explications, les six se rassemblèrent, se ruèrent vers le train, les rubans des bonnets flottants, les jupes envolées, emportant les nourrissons dans un même départ d'oiseaux de proie, qui craignaient de manquer le retour au charnier. Elles s'engouffrèrent au milieu de la fumée et des coups de sifflet, elles disparurent.

Mathieu était resté seul, dans la vaste foule. C'était ainsi, par an, vingt mille enfants que les corneilles de mauvais augure emportaient de Paris, et qu'on ne revoyait plus. Il ne suffisait pas que la semence humaine fût gâchée, jetée pour le plaisir au pavé brûlant, il ne suffisait pas que la moisson fût mal récoltée, qu'il y eût l'affreux déchet des avortements et des infanticides, il fallait encore que la moisson vivante fût mal mise en grange, que la moitié s'en trouvât détruite, écrasée, tuée. Le déchet continuait, des voleuses et des assassines, flairant le lucre, arrivaient des quatre coins de l'horizon, remportaient au loin tout ce que leurs bras pouvaient tenir de vie naissante, balbutiante, pour en faire de la mort. Elles étaient les rabatteuses, guettaient aux portes, sentaient de loin la chair innocente. Et le grand charriage roulait vers les gares, elles vidaient les berceaux, les salles des Hôpitaux et des Maternités, les refuges discrets de l'Administration, les chambres louches des sages-femmes, les taudis misérables des accouchées sans feu et sans pain. Tous les paquets étaient mis en tas, bousculés, expédiés, distribués, là-bas, à l'inconnu, au meurtre inconscient ou volontaire. Les rafles passaient en coups de vent, la faux abattait des épis à chaque heure, sans connaître de morte-saison. De même qu'on les avait mal semés, mal moissonnés, les tout petits allaient être mal nourris. Et de là venait le déchet monstrueux, les enfants nés viables et qu'on tuait, en les enlevant à la mère, la seule nourrice dont le lait faisait vivre.

Un flot de sang réchauffa le cœur de Mathieu, lorsque, tout d'un coup, il eut la pensée de Marianne, saine et forte, qui devait l'attendre, sur le pont de l'Yeuse, dans la vaste campagne, avec leur petit Gervais au sein. Des chiffres, qu'il avait lus, s'éveillaient dans sa mémoire. Pour certains départements, qui se livraient à l'industrie nourricière, la mortalité des nourrissons était de cinquante pour cent; pour les meilleurs, de quarante; pour les pires, de soixante-dix. En un siècle, on avait calculé qu'il en était mort dix-sept millions. Longtemps, la moyenne de la mortalité totale s'était tenue de cent à cent vingt mille par an. Les règnes les plus meurtriers, les grandes tueries des plus effroyables conquérants, n'avaient pas entassé de pareils massacres. C'était une bataille géante que la France perdait chaque année, le gouffre de toute force, le charnier de toute espérance. Au bout, fatalement, était la déroute, la mort imbécile de la nation. Et Mathieu, pris de terreur, se sauva, n'eut plus que le besoin consolant d'aller retrouver Marianne, dans leur paix, dans leur sagesse et leur santé.

# III

Un jeudi matin, Mathieu déjeunait chez le docteur
Boutan, dans le petit entresol que ce dernier occupait
depuis plus de dix ans déjà, rue de l'Université, derrière
le Palais-Bourbon. Par une contradiction dont il riait
lui-même, cet apôtre passionné de la fécondité était célibataire; et il expliquait cela en disant, de son air de bonhomie plaisante, qu'il était ainsi plus libre d'accoucher
les femmes des autres. Dans la continuelle bousculade
de sa grosse clientèle, il n'avait guère de libre que
l'heure du déjeuner; de sorte que, lorsqu'un ami désirait
causer sérieusement avec lui, il préférait l'inviter à sa
très modeste table de garçon, un œuf, une côtelette, une
tasse de café, avalés en courant.

C'était un conseil sur un grave sujet que Mathieu désirait lui demander. Après deux nouvelles semaines de réflexions, son rêve de tenter la culture, de tirer du chaos
ce domaine de Chantebled méconnu, ignoré de tous, l'ob-
sédait à un tel point, qu'il en était à souffrir de n'oser
prendre un parti. Chaque jour, grandissait en lui l'invincible besoin d'enfanter, de perpétuer la vie, le désir
impérieux d'un homme qui a trouvé l'œuvre à faire, de
la santé, de la force, de la richesse à créer, et qui n'en
dort plus. Mais quel beau courage, quel souriant espoir
il lui fallait, pour risquer une entreprise d'une si folle
apparence, dont lui seul sentait la sagesse prévoyante et
profonde! et avec qui discuter librement cela, à qui sou-

mettre ses hésitations dernières ? Quand l'idée lui fut venue de consulter Boutan, il lui demanda tout de suite un rendez-vous. C'était le confident dont il avait besoin, un esprit large, brave, adorateur de la vie, une intelligence vaste, dégagée des étroitesses du métier, qui verrait au delà des difficultés premières de l'exécution.

Tout de suite, dès qu'ils furent assis face à face, aux deux côtés de la table, Mathieu, passionnément, se confessa, exposa tout au long son rêve, son poème, comme il disait lui-même en riant. Sans l'interrompre, le docteur l'écouta, gagné visiblement par son émotion grandissante de créateur. Enfin, lorsqu'il dut se prononcer :

— Mon Dieu ! mon ami, je ne puis pratiquement vous rien dire, car je n'ai jamais planté une salade. J'ajoute même que votre projet me paraît d'une témérité telle, que, sûrement, tout homme du métier, si vous en consultez un, vous en détournera par les raisons les plus solides, les plus convaincantes du monde. Seulement, vous parlez de cette œuvre avec une foi superbe, un amour brûlant, qui viennent de me donner, à moi profane, la certitude absolue que vous réussirez. D'autre part, vous flattez toutes mes idées, voilà plus de dix ans que je ne cesse de démontrer la nécessité, pour la France, si elle veut voir refleurir les familles nombreuses, de se remettre à la passion, au culte de la terre, de déserter les villes pour la vie forte et féconde des champs. Comment voulez-vous que je ne vous approuve pas ? Je vous soupçonne même de n'être venu ici, comme tous les demandeurs de conseils, que dans la pensée de trouver en moi un frère, prêt au même combat.

Ils rirent de bon cœur tous les deux. Puis, Boutan lui ayant demandé avec quels capitaux il se mettrait en marche, Mathieu expliqua tranquillement son projet de ne point s'endetter, de débuter par quelques hectares à peine, s'il le fallait, certain de la force conquérante du

travail. Il serait la tête, il trouverait bien les bras nécessaires. Sa seule préoccupation était d'amener Séguin à
lui céder l'ancien pavillon de chasse, ainsi que les
quelques hectares autour, par annuités et sans argent
comptant. Et, comme il questionnait le docteur à ce
sujet :

— Oh! répondit celui-ci, je le crois très bien disposé,
car je sais qu'il serait ravi de vendre, tellement cet
immense domaine inculte l'embarrasse, dans ses crois-
sants besoins d'argent... Vous n'ignorez pas que tout va
de mal en pis dans le ménage.

Mais, discrètement, il s'interrompit pour demander :

— Et notre ami Beauchêne, l'avez-vous prévenu que
vous alliez quitter l'usine?

— Ma foi, non, pas encore. Je vous prie même de me
garder le secret, car j'attends d'avoir tout terminé, avant
de lui conter la chose.

Vivement, ils en étaient au café, et le docteur lui offrit
de le prendre dans sa voiture, pour le reconduire à l'usine,
où il se rendait lui-même, madame Beauchêne l'ayant
prié de venir ainsi une fois par semaine, à jour fixe, s'assurer de l'état de santé de Maurice. L'enfant, qui souffrait
toujours des jambes, avait en outre un estomac si délicat,
si faible, qu'il devait suivre un régime sévère.

— L'estomac des enfants que la mère n'a pas nourris,
continua Boutan. Votre vaillante femme ne connaît pas
ça, elle peut laisser manger à ses enfants tout ce qu'ils
désirent. Pour ce pauvre petit Maurice, quatre cerises, au
lieu de trois, déterminent une indigestion... Alors, c'est
dit, je vous reconduis à l'usine. Seulement, il faut que
je passe d'abord rue Roquépine, pour choisir une nourrice. Ça ne sera pas long, j'espère... Vite, partons!

Dans la voiture, il lui conta que c'était justement pour
les Séguin qu'il se rendait au bureau de nourrices. Il se
passait chez eux tout un drame, Séguin s'étant obstiné, le

lendemain des couches, repris d'une courte crise de tendresse pour sa femme, à choisir lui-même la nourrice
d'Andrée, la fillette née de la veille. Il prétendait s'y
connaître, il avait voulu une robuste fille, d'apparence
monumentale, avec des seins énormes. Mais, depuis
deux mois, l'enfant dépérissait, et le docteur, appelé,
avait constaté qu'elle mourait tout simplement de faim.
La superbe fille manquait de lait, ou plutôt son lait,
soumis à l'analyse, venait d'être jugé trop clair, insuffi-
sant. Grosse affaire que le changement d'une nourrice ! La
tempête soufflait dans la maison, Séguin faisait claquer
les portes, en criant qu'il ne s'occuperait plus de rien.

— Alors, conclut Boutan, me voilà chargé de choisir
et d'envoyer une nouvelle nourrice. Et cela presse, car je
suis très inquiet de cette pauvre petite Andrée. Ça fait
pitié, des enfants pareils.

— Mais, demanda Mathieu, pourquoi la mère n'a-t-elle
pas nourri ?

Le docteur eut un grand geste désespéré.

— Ah ! mon cher, vous en demandez trop. Comment
voulez-vous qu'une Parisienne de la bourgeoisie riche,
avec la vie qu'elle mène, avec le train de maison qu'elle
se croit forcée de tenir, les réceptions, les dîners, les
soirées, les continuelles courses au dehors, les obliga-
tions mondaines de toutes sortes, puisse accepter le
devoir, l'œuvre courageuse et longue d'allaiter un enfant ?
C'est quinze mois d'abnégation et de renoncement. Et je
ne parle pas des amoureuses, des jalouses, qui, entre
l'enfant et le mari, choisissent ce dernier, se gardent
pour lui seul, de peur qu'il ne les plante là... Ainsi, cette
petite madame Séguin se moque du monde, lorsqu'elle
prend des airs de désolation, en disant qu'elle aurait tant
voulu nourrir, mais qu'elle n'a pas pu, qu'elle n'avait pas
de lait. Elle n'a jamais essayé, elle aurait sans doute
fait, à son premier enfant, une nourrice comme une

autre. Aujourd'hui, si ce n'est plus sa tendresse pour
son mari qui l'en empêche, oh! non, il est malheureusement certain qu'elle est devenue incapable d'un tel
effort, avec son existence imbécile et gâchée... Et le pis,
voyez-vous, c'est qu'après trois ou quatre générations de
mères qui ne nourrissent pas, elles finissent toutes par
dire la vérité, elles ne peuvent plus nourrir, la glande
mammaire s'atrophie, perd son pouvoir de sécrétion
lactée. C'est à cela que nous marchons, mon ami, à une
race de misérables femmes, détraquées, incomplètes,
capables peut-être encore d'enfanter par hasard, radica-
lement incapables de nourrir.

Mathieu se souvint alors de ce qu'il avait vu chez la
Bourdieu et aux Enfants-Assistés. Il dit ses réflexions à
Boutan, qui eut de nouveau son grand geste de désespoir. Selon celui-ci, toute une œuvre immense de solidarité humaine et de salut social restait à faire. Sans
doute, un mouvement d'heureuse philanthropie s'indiquait déjà, beaucoup de bonnes œuvres privées, des
maisons charitables se fondaient. Mais, devant la plaie
affreuse, immense, toujours saignante, ces remèdes res-
treints demeuraient illusoires, n'indiquaient guère que
la bonne voie à suivre. Ce qu'il fallait, c'étaient des
mesures générales, des lois sauvant la nation : la femme
aidée, protégée dès les premiers jours pénibles de la
grossesse, soustraite aux dures besognes, devenue sacrée ;
la femme, plus tard, accouchée dans le calme, en secret
si elle le désire, sans qu'on lui demande rien autre que
d'être une mère ; la femme et l'enfant, ensuite, soignés,
secourus, pendant la convalescence, puis pendant les
longs mois de l'allaitement, jusqu'au jour où, l'enfant
mis au monde enfin, la femme puisse, de nouveau, être
une épouse saine et vigoureuse. Il n'y avait là qu'une série
de précautions à prendre, des maisons à créer, des refuges
de grossesses, des maternités secrètes, des asiles de con--

valescence, sans parler des lois de protection ni des secours d'allaitement. Pour combattre le mal, l'affreux déchet des naissances, la mort soufflant par rafales sur les tout petits, il n'existait qu'un moyen énergique, le prévenir. C'était uniquement par des mesures préventives qu'on arrêterait l'effroyable hécatombe des nouveau-nés, cette plaie constamment ouverte au flanc de la nation, et qui l'épuise, et qui la tue un peu chaque jour.

— Et, continua le docteur, tout ceci peut se résumer en cette vérité que la mère doit nourrir son enfant... Dans notre démocratie, la femme, dès qu'elle est enceinte, devient auguste. C'est elle qui est le symbole de toute grandeur, de toute force, de toute beauté. La vierge n'est que néant, la mère est l'éternité de la vie. Il lui faut un culte social, elle devrait être notre religion. Quand nous saurons adorer la mère, la patrie d'abord, puis l'humanité seront sauvées... C'est pourquoi je voudrais, mon ami, que cette image d'une mère allaitant son enfant soit la plus haute expression de la beauté humaine. Ah! comment donc persuader à nos Parisiennes, à toutes nos Françaises, que la beauté de la femme est d'être mère, avec un enfant sur les genoux? Le jour où cette mode-là prendrait, comme celle de la coiffure en bandeaux ou celle des jupes étroites, nous serions la nation reine, maîtresse du monde!

Il finissait par rire douloureusement, dans son désespoir de ne savoir comment changer les mœurs, pour mettre à la mode les familles nombreuses, n'ignorant pas qu'on ne révolutionne un peuple que par la conception changeante de la beauté. Et il conclut :

— En somme, pour moi, il n'y a donc que l'allaitement par la mère. Toute mère qui n'allaite pas, pouvant le faire, est une grande coupable... Ensuite, lorsque certains cas se présentent, lorsque la mère est dans l'impossibilité absolue de remplir son devoir, il y a le biberon, qui, bien tenu, employé soigneusement, avec du lait stérilisé, donnent des résultats suffisants... Quant à la nourrice au loin, c'est la mort presque certaine de l'enfant, et quant à la nourrice sur lieu, c'est une transaction honteuse, une source incalculable de maux, souvent même un double crime, le double sacrifice consenti de l'enfant de la mère et de l'enfant de la nourrice.

La voiture s'arrêta rue Roquépine, devant le bureau de nourrices.

— Je parie, reprit le docteur gaiement, que vous n'êtes jamais entré dans un bureau de nourrices, tout père de cinq enfants que vous êtes.

— Ma foi, non! répondit Mathieu.

— Eh bien! descendez, vous allez voir ça. Il faut tout connaître.

Le bureau de la rue Roquépine était le plus important, le plus avantageusement connu du quartier. Il était tenu par madame Broquette, une dame blonde d'une quarantaine d'années, d'un visage digne, un peu couperosé, toujours sanglée dans un corset et vêtue d'une robe fanée de soie feuille morte. Mais, si cette dame était la dignité, la prestance de la maison, chargée des rapports avec la clientèle, l'âme véritable, l'agent sans cesse en besogne était monsieur Broquette, le mari, un petit homme de cinquante ans, au nez pointu, aux yeux vifs, d'une agilité de furet. Chargé de la police du bureau, de la surveillance et de l'éducation des nourrices, il les recevait, les nettoyait, leur apprenait à sourire, à être gentilles, les parquait dans les chambres, les empêchait de trop manger. Du matin au soir, on ne voyait que lui, rôdant, grondant, terrorisant ce terrible monde de filles sales, grossières, souvent menteuses et voleuses. La maison, un ancien petit hôtel délabré, avec son rez-de-chaussée humide, seul ouvert à la clientèle, et ses deux étages de six chambres chacun, aménagées en dortoirs, n'était qu'une sorte de maison garnie, d'une nature spéciale, où couchaient à la nuit les nourrices avec leurs poupons. C'étaient de continuels arrivages, de continuels départs, une galopade ininterrompue de paysannes débarquées du matin, traînant des malles, charriant des enfants au maillot, emplissant les chambres, les corridors, les salles communes, de cris féroces et de mauvaises odeurs, au milieu du plus répugnant déballage qu'on pût voir. Et il y avait encore, dans la maison, mademoiselle Broquette, Herminie de son petit nom, une pâle fille de quinze ans, mangée de chlorose, longue et exsangue, qui promenait languissamment sa virginité fade, parmi ce pullulement de chairs étalées, de cette marée de nourrices plus ou moins débordantes de lait.

Boutan, très renseigné sur la maison, entra, suivi de Mathieu. L'allée centrale, assez large, était fermée au fond par une porte vitrée, donnant sur une sorte de cour, plantée d'un arbuste maigre, au milieu d'un rond de gazon que l'humidité pourrissait. A droite de cette allée, se trouvait le bureau où madame Broquette, sur la demande des clients, faisait comparaître les nourrices, qui se tenaient, avec leurs poupons, dans une pièce voisine, simplement garnie d'une table de bois blanc graisseuse, au centre, et de banquettes, le long des murs. Le bureau avait un vieux meuble Empire de velours rouge, un guéridon d'acajou, une pendule dorée, des carrés de guipure jetés sur les dossiers des fauteuils. Puis, à gauche de l'allée, près de la cuisine, se trouvait le réfectoire commun, deux longues tables recouvertes de toile cirée, et qu'une débandade de chaises à demi dépaillées entourait. Sous le coup de balai quotidien, on devinait, dans les coins sombres, la crasse tenace, longtemps amassée. Dès le seuil, une odeur âcre s'exhalait, le graillon de la

cuisine, la pestilence du lait aigri, des maillots mal
tenus, de tout le linge sale de ces campagnardes, aux
dessous empoisonnés.

Mais, comme Boutan poussait la porte du bureau, il
trouva madame Broquette en affaire, déballant devant un
vieux monsieur assis tout un lot de nourrices. Elle
reconnut le docteur, elle eut un geste de désolation.

— Non, non! faites, dit-il en l'arrêtant. Je ne suis pas
pressé, nous allons attendre.

Par la porte ouverte, Mathieu venait d'apercevoir Herminie, la fille de la maison, au fond d'un des fauteuils de
velours rouge, près de la fenêtre, rêveusement enfoncée
dans la lecture d'un roman, tandis que sa mère, debout,
vantait la marchandise de son air digne, menait le défilé
des nourrices devant le vieux monsieur, qui, muet, semblait ne pouvoir se décider.

— Allons voir le jardin, dit le docteur en riant.

C'était en effet, dans les prospectus, une des prétentions de l'établissement, d'avoir un jardin, du bon air, un
arbre même, enfin la campagne. Ils ouvrirent la porte
vitrée, et trouvèrent sur un banc, près de l'arbre, une
grosse fille, débarquée sans doute à l'instant même, qui
essuyait le derrière de son enfant avec un morceau de
journal. Elle était elle-même sordide, échouée là, sans
s'être débarbouillée encore. Dans un coin, la cuisine
débordait, une débâcle de terrines fêlées, de vieux ustensiles gras ou mangés de rouille. A l'autre bout, ouvrait,
par une porte-fenêtre, la salle d'attente réservée aux
nourrices; et, là aussi, se déversait un cloaque, des hail-
lons pendus, des couches souillées, traînant et séchant.
C'étaient les uniques fleurs de ce coin de nature.

Mais, brusquement, monsieur Broquette se précipita,
sans qu'on pût savoir au juste d'où il sortait. Il venait
d'apercevoir Boutan, un client à ménager.

— Madame Broquette est donc en affaire?... Jamais je

ne consentirai à ce que vous restiez là. Venez, venez, je vous en prie.

Ses petits yeux de furet s'étaient fixés sur la fille malpropre, en train de torcher son enfant; et, fort ennuyé du spectacle, il n'insistait si vivement, que pour ne pas laisser ces messieurs visiter davantage les dessous de la maison. Le docteur avait justement mené son compagnon jusqu'à la porte-fenêtre de la salle commune, d'où le coup d'œil jeté sur les nourrices, se mettant à l'aise, s'abandonnant, n'avait rien d'aimable. Elles se dégrafaient, s'étiraient, bâillaient, pendant les longues heures de paresse et de somnolence qu'elles passaient là, le long des banquettes, à s'engourdir, dans l'attente des pratiques; elles se soulageaient les bras, posaient, comme des paquets, leurs poupons sur la table, qui en était toujours encombrée; toutes sortes de saletés souillaient le sol, des papiers gras, des croûtes de pain, des chiffons immondes. Et le cœur des deux hommes chavirait, devant cette étable, cette vacherie, si mal tenue.

— Je vous en prie, docteur, suivez-moi, répétait monsieur Broquette.

Enfin, il comprit qu'il fallait sévir, faire un exemple, pour sauver le bon renom de propreté. Et il tomba sur la grosse fille.

— Dites donc, grande sale, est-ce que vous ne pourriez pas prendre un peu d'eau tiède pour le nettoyer, ce petit?... Et qu'est-ce que vous fichez là, d'abord? Pourquoi n'être pas montée tout de suite faire votre toilette?... Faut-il que ce soit moi qui vous jette un seau d'eau par la figure?

Il la força de se lever, la chassa devant lui, ahurie, prise de peur. Et, quand il l'eut ainsi poussée jusqu'à l'escalier, en ramenant les deux messieurs devant le bureau, il se lamenta.

— Ah! docteur, si vous saviez quelle peine j'ai pour

obtenir seulement de ces filles qu'elles se lavent les mains! Nous qui sommes si propres, qui mettons tout notre orgueil à ce que la maison soit propre ! Je puis bien dire que, lorsqu'il y a un grain de poussière quelque part, ce n'est pas ma faute.

Mais, depuis que la fille était montée, un bruit effroyable se déchaînait, aux étages supérieurs. Quelque discussion, quelque bataille sans doute. De cet escalier, où jamais le public n'était admis, descendait, par moments, ainsi que d'un égout, tout un débondage d'ignominies, mêlées à des puanteurs. Et, comme le souffle empesté apportait un redoublement d'ignoble vacarme, cela devint intolérable.

— Je vous demande pardon, finit par dire monsieur Broquette. Madame va vous recevoir à l'instant.

Il fila, s'envola par l'escalier, avec une agilité muette. Et, tout de suite, il y eut un éclat. Puis, la maison tomba brusquement à un silence de mort. On n'entendit plus, dans le bureau, que la voix de madame, qui continuait, d'un air digne, à vanter la marchandise.

— Eh bien ! mon ami, expliqua Boutan à Mathieu, en se promenant avec lui d'un bout à l'autre de l'allée, ce n'est encore rien, cet envers matériel des choses. Il faudrait pouvoir vous montrer l'envers des âmes. Et remarquez que cette maison est dans la bonne moyenne, car il existe des cavernes pires, que la police est obligée de fermer parfois, pour des contraventions trop graves... Sans doute on les surveille, sans doute il y a des règlements sévères, qui forcent les nourrices à ne nous arriver qu'avec des livrets, des certificats de moralité, toutes sortes de papiers qu'elles doivent, dès le premier jour, aller faire viser à la Préfecture, où l'autorisation dernière leur est accordée. Mais ce n'est là que des précautions bien illusoires, n'empêchant aucune des fraudes, ni les tromperies sur l'âge véritable du lait, ni les poupons malades, remplacés par des poupons superbes, ni même parfois les filles de nouveau enceintes, qui osent se donner pour des accouchées récentes. Vous n'imaginez pas toutes les ruses meurtrières, tous les mensonges assassins que ces femmes sont capables d'inventer, par une âpreté, une cupidité d'argent extraordinaire... Et cela s'explique, le seul fait de choisir ce métier de nourrice les met, pour moi, au bas de l'échelle humaine. Il n'y a pas d'industrie plus révoltante, plus dégradante. Beaucoup, et des filles sages jusque-là, vont au mâle, de même que l'on conduit la vache au taureau, pour le lait. L'enfant, aux yeux de la nourrice de profession, n'est qu'une nécessité préalable, un moyen de commerce. Aussi, dès qu'il est fait et qu'on peut les traire, qu'importe s'il meurt, il ne compte plus. C'est le dernier degré de l'inconscience stupide, de l'animale bassesse... Et voyez [la criminelle conséquence du marché honteux qui va se conclure, car si l'enfant à qui la nourrice vend son lait, meurt souvent de ce lait qui n'est point celui que lui destinait la nature, il arrive presque toujours que l'enfant de la nourrice meurt lui-même d'être remporté comme un paquet encombrant et d'être mis tout de suite à la pâtée, avec les bestiaux ; de sorte qu'il y a deux victimes et que les deux mères sont toutes deux coupables de meurtre, du meurtre le plus inquiétant, le plus lâche, celui de ces pauvres êtres à peine nés, dont la disparition ne trouble l'indifférence de personne, lorsqu'elle devrait au contraire nous faire jeter à tous un grand cri de réprobation et d'effroi, devant ce massacre imbécile de nos tendresses et de nos espoirs... Ah ! le gouffre est sans fond, le pays entier y tombera, s'y engloutira, si l'on ne cesse de payer ce tribut monstrueux au néant !

Comme les deux hommes, en causant, s'étaient arrêtés devant la porte du réfectoire, elle resta un moment ouverte, et ils aperçurent la Couteau attablée, entre deux

jeunes paysannes, d'air agréable et proprement mises.
Toutes trois, l'heure du repas étant passée, mangeaient
vivement de la charcuterie, sans assiette ni fourchette;
et il était à croire que, débarquée à l'instant, la meneuse,
après avoir livré son lot de nourrices, se hâtait de se res-
taurer un peu, pour filer à ses autres courses, avec ces
deux-là qui lui restaient de sa cargaison. La salle à
manger, aux tables humides de vin, aux murs tachés de
graisse, soufflait jusque dans l'allée une odeur d'évier
mal tenu.

— Vous connaissez la Couteau! s'écria Boutan, lorsque
Mathieu lui eut conté ses rencontres. Alors, mon cher,
vous avez touché le fond du crime. La Couteau, c'est
l'ogresse... Et dire qu'avec notre belle organisation
sociale, elle est un rouage utile, et que je vais sans doute
être heureux de pouvoir remplir ma mission, en choisissant une des nourrices qu'elle vient d'amener!

Mais madame Broquette, très aimable, les fit entrer
dans le bureau. Après avoir longuement réfléchi devant
tout ce que la maison avait de mieux en fait de gorges
nourricières, le vieux monsieur s'en était allé, sans
arrêter son choix, en disant qu'il reviendrait.

— Il y a des gens qui ne savent pas ce qu'ils veulent,
déclara judicieusement madame Broquette. Ce n'est pas
ma faute, je vous prie de m'excuser mille fois, monsieur le
docteur... Et si vous désirez une bonne nourrice, vous
allez être content, car il vient justement de m'en arriver
d'excellentes... Je vais vous montrer ça.

Herminie n'avait pas même daigné lever le nez de son
roman. Elle resta au fond de son fauteuil, lisant toujours,
avec sa mince figure de chlorose, noyée de lassitude et
d'ennui. Un peu à l'écart, Mathieu, après s'être assis, se
contentait de regarder; tandis que Boutan, tel qu'un
capitaine passant une revue, demeurait debout, très attentif, l'œil à chaque détail. Et le défilé commença.

D'abord, madame Broquette, ouvrant la porte qui donnait du bureau dans la salle commune, amena sans hâte, de la plus noble des manières, la fleur de ses nourrices, par petits groupes de trois, chacune ayant sur les bras son poupon. Il en passa·ainsi une douzaine, et les plus diverses, les plus dissemblables du monde, des courtes avec de gros membres, des grandes pareilles à des perches, des brunes aux durs cheveux, des blondes aux chairs très blanches, des vives et des lentes, des laides et des agréables. Mais toutes avaient le même sourire niais et inquiet, le même dandinement d'embarras craintif, cette mine anxieuse de la servante, de l'esclave à la foire qui craint de ne pas trouver d'acquéreur. Elles s'offraient, se donnaient, faisaient des grâces de pauvres filles maladroites, tout de suite ensoleillées d'une joie intérieure, dès que le client avait l'air de mordre, subitement assombries, au contraire, et jetant de noirs regards aux voisines, quand celles-ci semblaient devoir l'emporter. Elles arrivaient en file d'oies, s'en retournaient de même, lourdes sur le plancher, lasses et ahuries. Et, de ces douze-là, le docteur en mit trois de côté, après un bref examen. Puis, de ces trois-là, il finit par n'en garder qu'une, pour la soumettre à toute une étude approfondie.

— On voit bien que monsieur le docteur s'y connaît, se permit de dire madame Broquette avec un sourire flatteur. Je n'ai pas souvent de perles pareilles... Elle vient d'arriver, sans quoi elle ne serait sans doute plus là. Et je puis en répondre comme de moi-même à monsieur le docteur, car je l'ai déjà placée.

C'était une fille d'environ vingt-six ans, brune, de taille moyenne, assez forte, la figure épaisse et commune, avec une mâchoire dure. Mais, ayant servi déjà, elle se tenait bien.

— Alors, cet enfant n'est pas votre premier?

— Non, monsieur, c'est mon troisième.

— Et vous n'êtes pas mariée ?

— Non, monsieur.

Boutan parut satisfait, car, bien qu'il y ait là une prime à l'inconduite, les filles mères sont préférées comme nourrices. Elles se montrent plus dociles, plus aimantes, se font aussi payer moins cher, et n'ont pas derrière elles l'embarras d'une famille, d'un mari, qui devient une continuelle terreur.

Sans la questionner davantage, le docteur, après avoir feuilleté ses papiers, ses certificats, son livret, la soumit à un examen général. Il lui visita la bouche, les gencives, constata qu'elle avait les dents blanches et saines. Il passa aux ganglions du cou, l'emmena même dans un cabinet voisin pour une visite plus intime. Puis, quand il l'eut ramenée, il finit par une étude minutieuse des seins, le développement de la glande, la forme du mamelon, la quantité et la qualité du lait. Il en avait recueilli quelques gouttes dans sa main, il le goûta, alla le regarder au grand jour.

— C'est bien, c'est bien, répétait-il de temps à autre.

Enfin, il s'occupa de l'enfant, dont la mère s'était débarrassée sur un fauteuil, et qui restait là, les yeux ouverts, très sage. C'était un garçon, de trois mois au plus, l'air solide et fort. Après lui avoir regardé la plante des pieds et la face palmaire des mains, il inspecta la muqueuse de la bouche et de l'anus, car la syphilis héréditaire est toujours à craindre. Il ne découvrit aucune tare.

Un instant, il leva la tête pour demander :

— C'est bien à vous, au moins, cet enfant-là ?

— Oh ! monsieur !... Où voulez-vous donc que je l'aie pris ?

— Dame ! ma fille, ça se prête.

L'examen était fini. Il ne se prononça pas immédiatement, la regardant encore en silence, gêné par il ne savait quoi, bien qu'elle lui parût réunir toutes les bonnes conditions désirables.

— Tout le monde se porte bien dans votre famille, vous n'avez jamais eu de parents qui soient morts de la poitrine?

— Jamais, monsieur.

— Naturellement, vous ne me le diriez pas. Il faudrait que les livrets eussent une page pour ces sortes de renseignements... Et vous, vous êtes sobre, vous ne buvez pas?

— Oh! monsieur!

Cette fois, elle se fâchait, elle s'indignait, et il dut la calmer. Son visage, d'ailleurs, s'éclaira d'une joie vive, lorsque le docteur, avec le geste d'un homme qui se risque dans un de ces choix où il y a toujours une part de chance, déclara :

— Eh bien! c'est entendu, je vous 'prends... Si votre enfant peut partir tout de suite, vous entrerez dès ce soir à l'adresse que je vais vous donner... Comment vous appelez-vous?

— Marie Lebleu.

Madame Broquette, sans se permettre d'intervenir avec un docteur, avait gardé sa majesté, son air de dame cossue, qui était l'enseigne morale et bourgeoise de la maison. Elle se tourna vers sa fille.

— Herminie, va donc voir si madame Couteau est encore là.

Mais, comme la jeune demoiselle levait lentement ses yeux noyés et pâles, sans même se remuer, la mère jugea qu'elle devait faire la commission elle-même. Et elle ramena la Couteau, qui partait, avec les deux jolies filles. Ces dernières restèrent à l'attendre dans l'allée.

Le docteur réglait les questions d'argent, quatre-vingts francs par mois à la nourrice, quarante-cinq francs au bureau pour les frais, le logement et la nourriture de celle-ci, que les parents pouvaient lui retenir, ce qui ne se faisait point. Restait la question de son poupon à ramener au pays, trente francs encore, sans compter le pourboire à la meneuse.

— Je repars ce soir, dit la Couteau, je veux bien emmener le petit. Vous dites avenue d'Antin ? Je sais, je sais, il y a une femme de chambre de mon pays, dans cette maison-là... Marie peut y aller tout de suite. Moi, dans deux heures, quand j'aurai fait mes courses, j'irai la débarrasser.

A ce moment, par la porte restée ouverte, Boutan aperçut, dans l'allée, les deux jeunes paysannes, qui riaient, se poussaient, avec des jeux de chattes.

— Dites donc, on ne me les a pas montrées, celles-là. Elles sont gentilles... Est-ce que ce sont des nourrices ?

— Des nourrices, non, non ! répondit la Couteau, avec son mince sourire. Ce sont des personnes qu'on m'a chargée de placer.

En entrant, d'un coup d'œil oblique, elle avait examiné Mathieu, sans d'ailleurs sembler le reconnaître. Celui-ci était resté sur sa chaise, assistant à cet examen de bétail qu'on achète, écoutant ensuite ce marché de mère qui se vend, silencieux, le cœur peu à peu soulevé de pitié et de révolte. Puis, un frisson l'avait saisi, lorsque la meneuse s'était tournée vers le bel enfant bien sage, dont elle parlait de débarrasser la nourrice. Et il la revoyait, avec les cinq autres, à la gare Saint-Lazare, s'envolant, emportant chacune un nouveau-né, telles que des corneilles de massacre et de deuil. C'était la rafle qui recommençait, de la vie encore et de l'espoir qu'on volait au grand Paris, un nouveau convoi criminel pour le néant, avec la menace cette fois d'un meurtre double, comme disait le docteur, deux enfants en danger de mort, celui de la nourrice et celui de la mère.

Enfin, comme Boutan et Mathieu s'en allaient, accompagnés par les grands saluts de madame Broquette, ils retrouvèrent, dans l'allée, la Couteau et monsieur Broquette en grande conversation. Ce dernier était encore tout vibrant d'une querelle qu'il venait d'avoir avec le boucher; car il bousculait sans cesse les fournisseurs, il faisait manger à ses nourrices les plus bas morceaux, des provisions avariées, acquises au rabais; de même qu'il économisait sur le blanchissage du linge, laissant tomber à l'ordure tout ce qui ne se voyait pas. Et maintenant, nez à nez, il chuchotait avec la Couteau, en jetant des coups d'œil sur les deux jolies filles, qui continuaient à rire. Sans doute, il avait une idée, une bonne place où les mettre.

— Tous les métiers! se contenta de dire le docteur, en remontant en voiture.

Ils arrivaient à l'usine, lorsque, devant la porte même, ils firent une rencontre qui émotionna encore Mathieu. C'était Morange, que sa fille Reine, après le déjeuner, ramenait à son bureau, tous les deux en grand deuil. Le lendemain de l'enterrement de Valérie, il avait repris sa besogne de comptable, dans un accablement, une résignation écrasée, qui ressemblait presque à de l'oubli. Dès lors, il fut clair qu'il abandonnait tout projet ambitieux de partir de l'usine, pour tenter ailleurs une haute fortune. Mais, cependant, il ne put se décider à quitter son appartement, désormais trop grand et trop cher : sa femme avait vécu là, il voulait y vivre; puis, il entendait garder ce luxe, en faire le cadeau à sa fille. Toute la faiblesse, toute la tendresse de son cœur se portait sur cette enfant, dont la ressemblance avec sa mère le bouleversait. Il la regardait pendant des heures, les yeux en larmes. C'était une grande passion qui commençait, il n'avait plus que le rêve de la doter richement, d'être heureux par elle, s'il pouvait l'être encore; et l'avarice s'était déclarée en lui, il économisait sur tout ce qui ne la touchait pas, faisait le secret projet de chercher des

travaux supplémentaires, pour lui donner plus de bien-
être et grossir la dot. Sans elle, il serait mort de lassitude et d'abandon. Elle devenait sa vie.

— Mais oui, répondit-elle à une question de Boutan,
avec son joli sourire, c'est moi qui le ramène, ce pauvre
papa, pour être bien sûre qu'il fera un petit tour de promenade, avant de se remettre au travail. Autrement, il
s'enferme dans sa chambre, il ne bouge plus.

Morange eut un geste vague, pour s'excuser. Chez lui,
en effet, anéanti de douleur et de remords, il vivait dans
sa chambre, avec une collection de portraits de sa femme,
à tous les âges, une quinzaine de photographies qu'il avait
accrochées aux murs.

— Il fait très beau, aujourd'hui, monsieur Morange, reprit Boutan, vous avez eu raison de vous promener.

Le pauvre homme leva des yeux étonnés, regarda le
soleil, comme s'il ne l'avait pas encore vu.

— C'est vrai, il fait beau... Et puis, c'est aussi très bon
pour Reine, de sortir un peu.

Et il la contempla tendrement, si charmante, si rose,
dans le noir de son deuil. Il avait toujours peur qu'elle
ne s'ennuyât, pendant les longues heures où il la laissait
à la maison, seule avec la bonne. La solitude était pour
lui une telle détresse, toute pleine de celle qu'il pleurait,
qu'il s'accusait d'avoir tuée !

— Papa ne veut pas croire qu'on ne s'ennuie jamais à
mon âge, dit gaiement la jeune fille. Depuis que ma
pauvre maman n'est plus là, il faut bien que je sois une
petite femme... Et, d'ailleurs, la baronne vient quelque-
fois me chercher.

Elle eut un léger cri, en voyant une voiture s'arrêter au
bord du trottoir. Une tête de femme s'était penchée à la
portière, elle l'avait reconnue.

— Et tiens ! papa, la voici, la baronne... Elle doit

être allée chez nous, et Clara lui aura dit que je t'avais accompagné ici.

C'était, en effet, ce qui venait d'arriver. Morange se hâta de conduire Reine à la voiture, dont Sérafine ne descendit même pas. Et, lorsque sa fille eut, d'un saut joyeux, disparu dans le coupé, il resta là un instant encore, remerciant avec effusion, bien heureux de se dire que la chère enfant allait se distraire. Puis, lorsqu'il eut regardé longuement le coupé disparaître, il entra dans l'usine, tout d'un coup vieilli, affaissé, comme si son chagrin lui retombait sur les épaules, l'anéantissant à ce point, qu'il oublia les deux hommes et ne les salua même pas.

— Pauvre homme ! murmura Mathieu, que l'apparition de la tête de Sérafine, moqueuse, incendiée de ses cheveux roux, avait glacé.

A ce moment, d'une des fenêtres de l'hôtel, Beauchêne appela du geste Mathieu, pour lui dire de monter avec le docteur. Et ces deux derniers trouvèrent Constance et Maurice dans le petit salon, où le père était venu achever son café, en fumant un cigare. Tout de suite, Boutan s'occupa de l'enfant, qui allait beaucoup mieux des jambes ; mais l'estomac restait troublé, la moindre infraction au régime amenait des complications fâcheuses. Alors, pendant que Constance, dont l'inquiétude maternelle était devenue très grande, sans qu'elle l'avouât, questionnait sans fin le docteur, l'écoutait avec religion, Beauchêne emmena Mathieu à l'écart.

— Dites donc, vous, pourquoi ne m'avez-vous pas raconté que tout, là-bas, était fini?

Il riait, le sang aux joues, suçant son cigare, soufflant de grosses bouffées de fumée.

— Mais oui, la belle blonde, je l'ai rencontrée hier.

Tranquillement, Mathieu répondit qu'il attendait d'être interrogé, pour lui rendre compte de sa mission, désireux de ne pas soulever le premier ce sujet pénible. La provision d'argent, mise entre ses mains, ayant suffi, il n'avait plus qu'à lui montrer les factures, tout un petit dossier qu'il tenait à sa disposition. Et il commençait à fournir quelques détails, lorsque Beauchêne lui coupa la parole, dans la joie dont éclatait son visage.

— Vous savez ce qui s'est passé ici? Elle a eu l'audace de revenir demander du travail, pas à moi bien entendu, au chef de l'atelier des femmes. Heureusement, j'avais prévu le coup, mes ordres étaient formels, et le chef lui a répondu qu'il ne pouvait pas la reprendre, pour le bon ordre de la maison. Sa sœur Euphrasie, qui se marie la semaine prochaine, est encore à l'atelier. Les voyez-vous, de nouveau, se prendre aux cheveux? Et puis, enfin, sa place n'est plus chez moi, que diable!

Il alla prendre son petit verre de cognac sur la cheminée, le vida et revint, en disant de son air gai:

— Elle est trop belle fille pour travailler.

Mathieu se tut, devant ce mot abominable. Lui aussi, depuis la veille, savait par une rencontre que Norine, dès sa sortie de chez madame Bourdieu, peu désireuse de recommencer une vie de querelles chez ses parents, avait, pour quelques nuits, demandé asile à une amie qui vivait avec un amant. Après sa tentative infructueuse à l'usine Beauchêne, elle s'était bien présentée dans deux autres maisons; mais la vérité était qu'elle ne mettait pas une ardeur passionnée à chercher du travail. Pendant sa grossesse, ses quatre mois de paresse heureuse, ses grasses matinées venaient de la dégoûter à jamais de la rude vie d'ouvrière. Maintenant, ses mains étaient blanches et douces, elle n'avait plus que l'invincible désir de l'existence entretenue, des plaisirs faciles, rêvés dès l'enfance, le long du trottoir parisien.

— Alors, reprit Beauchêne, je vous disais donc, mon cher, que je l'ai rencontrée. Et devinez dans quelles conditions? toute pimpante, gentiment attifée, au bras d'un

gros garçon barbu, qui la mangeait des yeux... Ça y est,
je vous dis que ça y est ! Vous vous doutez de mon soulagement, j'en ris encore !

Et il poussa un profond soupir, comme si on lui ôtait
de la poitrine un poids de cent livres. Depuis sa fâcheuse
aventure, il avait tâté d'abord d'une femme mariée, puis
s'en était écarté, dans la brusque terreur de se trouver
pris à un nouveau piège ; et il revenait maintenant aux
simples filles de la rue, aux filles d'une nuit qui restent
sans conséquence, les seules d'ailleurs qu'il aimât par
tempérament, dont la docilité complaisante rassassiât sa
goinfrerie sexuelle. Il était parfaitement heureux, jamais
il n'avait paru plus triomphant, plus content de lui-
même.

— Mais voyons, mon cher, c'était certain ! Rappelez-
vous ce que je vous ai toujours dit. Elle était bâtie pour
ça, et pas pour autre chose, ça crevait les yeux ! D'abord,
ça fait des rêves, ça veut se garder pour un prince qui les
payera très cher ; puis, ça se laisse aller avec le premier
garçon de marchand de vin venu, ça tâche ensuite de se
raccrocher à quelque bon imbécile de bourgeois, s'il s'en
trouve encore par le monde ; et, quand le coup a manqué,
ça reprend vite un amant, et un autre, et un autre, autant
qu'un évêque en bénirait... Ouf ! ce n'est plus mon
affaire ! Bon voyage, et qu'elle ait bien du plaisir !

Déjà, il retournait vers sa femme et le docteur, lorsqu'un ressouvenir se réveilla, le ramena pour demander
à voix plus basse :

— Vous me disiez donc que l'enfant...

Et, lorsque Mathieu eut conté qu'il avait voulu le conduire lui-même aux Enfants-Assistés, pour être bien
certain du dépôt, il lui serra vigoureusement la main.

— Parfait ! merci, mon cher... Me voilà tranquille.

Il chantonna, il revint se planter devant Constance, qui
continuait à consulter le docteur. Elle avait pris le petit

Maurice contre ses genoux, elle le regardait avec la tendresse jalouse d'une bonne bourgeoise, veillant sur la santé de son fils unique, qu'elle adorait, dont elle voulaitt faire un des princes de l'industrie et de l'argent. Tout d'un coup, elle se récria.

— Mais alors, docteur, ce serait moi la coupable... Vraiment, vous croyez qu'un enfant nourri par sa mère est toujours d'une constitution plus forte, plus résistante aux maladies de l'enfance?

— Oh! sans aucun doute, madame.

Beauchêne, mâchonnant son cigare, haussa les épaules, éclata de son gros rire.

— Laisse donc! le petit vivra cent ans, la Bourguignonne qui l'a nourri était un vrai roc... Et c'est donc décidé, docteur, vous allez faire décréter par les Chambres l'allaitement maternel obligatoire?

Boutan, lui aussi, riait.

— Mon Dieu! pourquoi pas?

Du coup, ce fut pour Beauchêne un sujet de plaisanteries énormes, tout ce qu'une telle loi bouleverserait dans les habitudes et dans les mœurs, et la vie mondaine suspendue, les salons fermés pour cause d'allaitement général, et pas une femme qui garderait une gorge présentable au delà de trente ans, et les maris qui seraient forcés de se syndiquer, d'avoir un sérail où ils trouveraient des femmes de rechange, lorsque les leurs se cloîtreraient dans leurs fonctions de nourrice.

— Enfin, vous voulez une révolution.

— Une révolution, oui, dit le docteur doucement. On la fera.

IV

Mathieu acheva d'étudier son grand projet, le défrichement de Chantebled, cette œuvre qui tirerait de la terre, éveillée enfin, une fécondité débordante. Et il se décida, l'œuvre fut résolue, contre toute prudence, dans une belle audace de foi et d'espoir.

Un matin, il prévint Beauchêne qu'il quitterait l'usine à la fin du mois. Il avait eu, la veille, avec Séguin, une longue conversation, il s'était assuré que ce dernier céderait volontiers l'ancien pavillon de chasse et une vingtaine d'hectares aux alentours, à des conditions très douces. Comme il croyait le savoir, Séguin se trouvait dans une situation de fortune embrouillée, ayant perdu, disait-on, des sommes considérables au jeu, payant des maîtresses très cher, menant une existence de désastre, depuis que son ménage se disloquait ; et il continuait à se plaindre des rentes dérisoires que lui rapportaient les immenses terrains incultes de Chantebled, simplement affermés à des sociétés de chasse. Sa pensée constante était de vendre ; mais à qui, où trouver un acquéreur pour des marécages, des landes, des broussailles ? Aussi fut-il enchanté de l'affaire que lui proposait Mathieu, dans l'espoir que, si une telle expérience réussissait, il finirait par se débarrasser de la propriété entière. Ils eurent d'autres entrevues, il voulut bien consentir à la vente, sans aucun argent comptant, par annuités, la première annuité ne devant même être payée qu'à deux ans de date. Cependant, ils convinrent qu'ils se reverraient, pour régler les derniers détails, avant de faire dresser l'acte. Et, vers dix heures, un lundi, Mathieu se dirigea donc vers l'hôtel de l'avenue d'Antin, afin de terminer l'affaire.

Ce matin-là, justement, Céleste, la femme de chambre, reçut, dès huit heures, dans la lingerie où elle se tenait d'habitude, la visite de madame Menoux, la petite mercière de la rue voisine, dont les couches avaient si fort intéressé madame Séguin, enceinte alors et terrifiée. La mercière ne pouvait ainsi s'échapper un moment de son étroite boutique, que de très bonne heure, en la faisant garder par la petite fille de sa concierge. Elle attendait que son mari, un ancien soldat, un bel homme qu'elle adorait, et dont elle était adorée, fût parti pour le musée où il occupait un emploi de gardien ; et elle se hâtait de courir à ses courses, elle revenait vite gagner, dans le trou obscur où le ménage avait à peine la place de remuer les coudes, les quelques sous qui, joints aux appointements du mari, les faisaient presque riches. Ses relations de voisinage avec Céleste s'étaient resserrées depuis que la Couteau avait emmené son enfant, le petit Pierre, à Rougemont, pour l'y mettre en nourrice, dans les meilleures conditions possibles, à trente francs par mois. Même la Couteau, très complaisante, avait offert de venir, chaque mois, à l'un de ses voyages, toucher les trente francs, ce qui éviterait l'ennui de l'envoi par la poste, et ce qui permettrait à la mère d'avoir des nouvelles fraîches du petit. Aussi, dès l'échéance, si la Couteau était en retard d'un seul jour, madame Menoux s'effrayait-elle, accourant près de Céleste, toujours heureuse, d'ailleurs, de causer un instant avec cette fille, qui était du pays où son Pierre se trouvait.

— Vous m'excuserez, n'est-ce pas ? mademoiselle, de vous déranger si matin. Vous m'avez dit que votre dame n'avait pas besoin de vous avant neuf heures... Et vous savez, c'est parce que je n'ai pas de nouvelles de là-bas. Alors, j'ai pensé que peut-être quelqu'un vous avait écrit du pays.

Petite, maigre et blonde, madame Menoux, fille d'un pauvre employé, avait une mince figure pâle, d'un charme triste. De là lui venait sans doute son admiration passionnée pour son grand bel homme de mari, qui l'aurait brisée entre deux doigts. Et, d'une ténacité, d'un courage indomptable, elle se serait tuée au travail, pour qu'il eût son café et son cognac après chaque repas.

— Ah! c'est dur tout de même, d'avoir envoyé notre Pierre si loin. Moi qui, déjà, ne vois pas mon mari de la journée, voilà que j'ai un enfant et que je ne le vois pas du tout! Le malheur est qu'il faut vivre. Comment l'aurais-je gardé, dans ce trou de boutique, où, du matin au soir, je n'ai pas une minute à moi?... Ça n'empêche que j'en pleure encore, de n'avoir pu le nourrir; et, quand mon mari rentre, nous sommes comme des imbéciles, à ne parler que de lui... Vous dites alors, mademoiselle, que c'est très sain, ce Rougemont, et qu'il n'y a jamais par là de mauvaises maladies?

Mais elle fut interrompue par l'arrivée d'une autre visiteuse matinale, qui lui fit pousser un cri de joie.

— Oh! madame Couteau! que je suis contente de vous voir, quelle bonne idée j'ai eue de venir!

Au milieu des exclamations d'heureuse surprise, la meneuse expliqua qu'elle était arrivée par un train de nuit, avec un lot de nourrices, et que, les ayant vite déposées rue Roquépine, elle avait commencé tout de suite ses courses.

— Après un petit bonjour à Céleste, en passant, je comptais aller chez vous, ma chère dame... Mais, puisque vous voilà, nous pouvons régler notre mois, si vous le voulez bien.

Anxieusement, madame Menoux la regardait.

— Et mon petit Pierre, comment va-t-il ?

— Mais pas mal, pas mal... Vous savez, ce n'est pas tout ce qu'il y a de plus fort, on ne peut pas dire que c'est un gros enfant. Seulement, il est si mignon, si joli, avec sa mine un peu pâlotte... C'est certain, s'il y a plus gros, il y a tout de même plus petiot.

Elle ralentissait la voix, cherchant les mots, pour inquiéter la mère, sans pourtant la désespérer. C'était son habituelle tactique, de façon à troubler le cœur, à tirer ensuite des angoisses maternelles tout l'argent possible. Cette fois, elle dut voir qu'elle pouvait pousser les choses jusqu'à inventer une légère maladie de l'enfant.

— Cependant, il faut que je vous dise, parce que, moi, je ne sais pas mentir, et qu'après tout, c'est mon devoir... Eh bien ! il a été malade, le cher trésor, il ne va pas encore très bien.

Toute blême, madame Menoux joignit ses petites mains frêles.

— Mon Dieu ! il va mourir !

— Mais non ! mais non ! puisque je vous dis qu'il va un peu mieux... Ah ! dame, ce ne sont pas les soins qui lui manquent, faut voir comme la Loiseau le dorlote ! Quand les enfants sont gentils, ils savent si bien se faire aimer ! Et toute la maison est pour lui, et il n'y a pas de frais qu'on ne fasse ! Le médecin est venu deux fois, il y a même eu des médicaments... Seulement, ça coûte.

Le mot tomba, d'une pesanteur de massue. Puis, sans laisser à la mère, effarée, tremblante, le temps de se remettre :

— Voulez-vous que nous comptions, ma chère dame ?

Madame Menoux, qui se proposait d'aller faire un payement, avant de rentrer, fut tout heureuse d'avoir pris de l'argent sur elle. On chercha un bout de papier, pour l'addition. D'abord, le mois, trente francs ; ensuite, les deux visites du médecin, six francs ; et, avec les médicaments, ça faisait bien dix francs.

— Ah ! je voulais vous dire, il a tant sali de linge, à cause de son dérangement de corps, que vous devriez bien ajouter trois francs pour le savon. Ça ne serait que justice, sans compter qu'il y a eu d'autres petits frais, du sucre, des œufs, de manière que, moi, à votre place, pour agir en bonne mère, je mettrais cinq francs... Quarante-cinq francs en tout, ça vous va-t-il ?

Malgré son émoi, la mercière eut la sensation qu'on la volait, qu'on spéculait sur son tourment. Elle eut un geste de surprise et de révolte, à l'idée de donner tant d'argent, cet argent qu'elle avait si grand'peine à gagner. Il fallait en vendre, du fil et des aiguilles, avant d'amasser une telle somme ! Et son débat éperdu, entre ses nécessités d'économie et sa tendresse inquiète, aurait touché les cœurs les plus durs.

— Mais ça va me faire un demi-mois en plus !

Tout de suite, la Couteau redevint sèche.

— Qu'est-ce que vous voulez ? ce n'est pas ma faute. On ne peut pourtant pas le laisser mourir, votre enfant. Ce n'est point ce que vous demandez, je pense. Alors, il faut bien faire les dépenses nécessaires. Et puis, si vous n'avez plus confiance en moi, dites-le : vous enverrez votre argent directement, vous vous débrouillerez ; et moi, ça me soulagera beaucoup, car, dans tout cela, j'y suis de mon temps et de ma peine, parce que j'ai toujours la bêtise d'être trop bonne.

Madame Menoux ayant cédé, de nouveau frissonnante et vaincue, une autre difficulté se présenta. Elle n'avait que de l'or, deux pièces de vingt francs et une de dix. Les trois pièces luisaient sur la table. La Couteau les regardait, de ses yeux jaunes et fixes.

— Moi, je ne peux pas vous rendre vos cent sous, je

n'ai pas un sou de monnaie... Et toi, Céleste, est-ce que
tu as de la monnaie pour madame ?

Elle s'était décidée à poser cette question, mais d'un
tel ton, avec un tel regard, que l'autre comprit.

— Je n'ai pas un sou sur moi.

Il y eut un grand silence. Puis, le cœur meurtri, avec
un geste de résignation désespérée, madame Menoux
s'exécuta.

— Gardez ces cinq francs-là pour vous, madame Couteau, puisque vous vous donnez tant de peine. Et, mon
Dieu ! que tout cet argent me porte bonheur, fasse au
moins que mon pauvre petit devienne, comme son père,
un grand et bel homme !

— Ah ! pour ça, je vous en réponds ! cria la meneuse
enthousiasmée. Ça ne veut rien dire, ces bobos, au contraire ! J'en vois assez, des petiots, moi, et rappelez-vous
ce que je vous prédis : le vôtre sera extraordinaire. Il n'y
a pas mieux.

Lorsque madame Menoux s'en alla, la Couteau l'avait
comblée de telles flatteries, de telles promesses, qu'elle
était toute légère, toute gaie, ne regrettant plus
son argent, rêvant au jour où son Pierre lui reviendrait, avec de grosses joues et une vigueur de jeune
chêne.

Dès que la porte fut refermée, Céleste se mit à rire,
de son air de belle impudence.

— Lui en as-tu conté des histoires ! Je parie que son
petit n'a pas même été enrhumé.

La Couteau prit d'abord un air digne.

— Dis-moi tout de suite que je mens. L'enfant ne va
pas bien, je t'assure.

La gaieté de la femme de chambre redoubla.

— Non ! que tu es drôle, à faire cette tête-là avec moi !
Voyons, je te connais, je sais ce que ça veut dire, quand
le bout de ton nez remue !

— L'enfant est tout chétif, répéta la meneuse plus mollement.

— Oh! ça, je m'en doute. Tout de même, je voudrais voir les ordonnances du médecin, et le savon, et le sucre... Moi, tu sais, je m'en fiche. Cette petite madame Menoux, bonjour, bonsoir, et c'est tout. Elle a ses affaires, j'ai les miennes... C'est comme toi, tu as tes affaires, tant mieux si tu en tires ce que tu peux.

Mais la Couteau changea la conversation, en lui demandant si elle n'avait pas une goutte de quelque chose à boire, parce que les voyages de nuit lui mettaient l'estomac à l'envers. Et Céleste, rieuse, sortit d'un bas d'armoire une bouteille de malaga entamée et une boîte de biscuits. C'était sa cachette, des provisions volées à l'office. Puis, sur la crainte exprimée par la meneuse que sa dame ne les surprît, elle eut un geste d'injurieux dédain. Ah bien! oui, elle avait le nez dans ses cuvettes et dans ses petits pots, la dame! Pas de danger qu'elle l'appelât, avant de s'être fait un tas de sales histoires pour rester belle.

— Il n'y a que les enfants à craindre, leur Gaston et leur Lucie, des mômes qu'on a toujours sur le dos, parce que les parents, qui ne s'occupent guère d'eux, les laissent, du matin au soir, venir jouer ici ou à la cuisine... Avec ça, je n'ose pas fermer cette porte, de peur qu'ils ne tapent dedans à coups de pied et à coups de poing.

Quand elle eut jeté un regard de précaution dans le couloir, et qu'elles se furent toutes deux attablées, elles ne tardèrent pas à s'échauffer, à lâcher librement le fond de leur cœur. Elles en arrivèrent à la tranquille impudence, à l'inconsciente abomination de tout dire. Céleste, en buvant à petits coups son malaga, demandait des nouvelles du pays, et la Couteau ne mentait plus, disait maintenant la vérité brutale, entre deux biscuits. C'était chez les Vimeux, qu'avait succombé, quinze jours après son arrivée à Rougemont, le dernier enfant de la femme de chambre, celui dont la Rouche, prévenue trop tard, n'avait pu faire un mort-né; et les Vimeux, qui étaient un peu ses cousins, lui envoyaient leurs amitiés, en priant de lui annoncer aussi qu'ils mariaient leur fille. Chez la Gavette, le vieux qui soignait les nourrissons, pendant que la famille allait aux champs, était tombé dans le feu, avec un petiot aux bras; mais, tout de même, on les en avait tirés, il n'y avait eu que le petiot de roussi. La Cauchois, pas mécontente au fond, craignait d'avoir des ennuis, parce que, d'un seul coup, il en était parti quatre de chez elle, à cause d'une fenêtre laissée ouverte, la nuit, par mégarde : tous les quatre des petits Parisiens, deux de l'Assistance et deux qui venaient de chez madame Bourdieu, la sage-femme. Depuis le commencement de l'année, on aurait cru vraiment un fait exprès. Autant d'arrivés, presque autant d'enterrés. Si bien que le maire commençait à dire qu'il en mourait trop, que la commune finirait par se faire une mauvaise réputation. Et il était certain que la Couillard, la première, recevrait un beau jour la visite des gendarmes, si elle ne s'arrangeait pas pour en garder au moins un de vivant, de temps à autre.

— Ah! cette Couillard!... Imagine-toi, ma chère, je lui en avais apporté un, un vrai Jésus, le petit d'une jolie demoiselle que son papa, je crois, avait caressée de trop près. Quatre cents francs, pour l'élever jusqu'à sa première communion. Il a vécu cinq jours... Vrai, ce n'est pas assez. Je me suis mise dans une colère! J'ai demandé à la Couillard si elle voulait me déshonorer... Moi, ce qui me perdra, c'est mon bon cœur. Je ne sais pas résister, quand on me demande un service; et Dieu sait si je les aime, les enfants! Je n'ai jamais vécu qu'avec eux. Ainsi, toi, tu en aurais encore un...

— Ah! non, par exemple! cria Céleste, révoltée. J'ai été pincée deux fois, je prends trop bien mes précautions, maintenant.

— C'est une supposition. Tu en aurais encore un, je te dirais : « Ma fille, ne le mettons pas chez la Couillard, il ne faut jamais tenter le bon Dieu. » Après tout, nous sommes deux honnêtes femmes, n'est-ce pas? et moi, je m'en lave les mains, car, si je les amène, ces chérubins, ce n'est pas moi qui les nourris. Quand on a sa conscience pour soi, on dort tranquille.

— Évidemment, conclut Céleste d'un air de profonde conviction.

Et, tandis qu'elles s'attendrissaient ainsi, en achevant leur malaga, une vision rouge se levait, l'effroyable Rougemont, au cimetière pavé de petits Parisiens, le village immonde et sanglant, tel qu'un charnier de lâche assassinat, dont le clocher surgissait paisible, sur l'horizon des vastes plaines. Mais il y eut, le long du couloir, un bruit de galop, et la femme de chambre se précipita, pour renvoyer Gaston et Lucie qui accouraient.

— Allez-vous-en! je ne veux pas de vous, votre maman vous défend de venir ici.

Puis, elle reparut, furieuse.

— C'est vrai, ça! je ne puis rien dire ni rien faire, sans qu'ils soient dans mes jambes. Qu'ils aillent un peu avec la nourrice!

— A propos, reprit la Couteau, as-tu su qu'il était mort aussi, le petit de Marie Lebleu? On a dû lui écrire. Un si bel enfant! c'est un vent qui souffle, que veux-tu! Et puis, enfant de nourrice, enfant de sacrifice.

— Oui, elle m'a dit qu'on lui avait écrit ça. Mais elle m'a suppliée de ne pas le raconter à madame, parce que ça fait toujours un vilain effet. Au fond, elle s'en fiche, puisqu'elle a son lait maintenant. La punition, là dedans,

est que, si son petit est mort, la petite de madame ne va
guère.

La meneuse dressa l'oreille.

— Ah! ça ne marche pas?

— Non, par exemple! Ce n'est pas à cause de son lait,
elle a du lait à revendre, et du très bon. Seulement, on
n'a jamais vu une mauvaise tête pareille, toujours en
colère, brutale, insolente, faisant claquer les portes,
parlant de tout casser, au moindre mot. Et puis, elle boit
vraiment d'une sale façon, comme il n'est pas permis à
une femme de boire.

Une gaieté allumait peu à peu les yeux pâles de la
Couteau, et elle hochait la tête vivement, pour dire
qu'elle savait bien, qu'elle s'attendait à ces histoires.
Dans ce coin de Normandie, à Rougemont, toutes les
femmes buvaient plus ou moins, les fillettes emportaient à
l'école, au fond de leur petit panier, leur petite bouteille
d'eau-de-vie. Mais Marie Lebleu était parmi celles
qu'on ramassait sous la table, et l'on pouvait dire que,
durant sa dernière grossesse, elle n'avait pas dessoulé. Ça
n'était pas un moyen d'avoir des mères solides ni des
enfants vigoureux.

— Ma chère, je la connais, elle est impossible. Seulement, ce médecin qui l'a choisie, ne m'a pas demandé
mon opinion, n'est-ce pas? D'ailleurs, ça ne me regarde
pas, je l'amène, je remmène le poupon, ni vu ni connu,
et que les bourgeois se débrouillent.

Céleste, gagnée par le rire, éclata.

— Non, tu n'as pas idée de la vie infernale qu'elle
mène ici! Elle se bat avec le monde, elle a jeté une carafe
à la tête du cocher, elle a cassé un grand vase chez
madame, elle les fait tous trembler, dans la crainte
continuelle de quelque mauvais coup. Et puis, si tu
voyais les tours qu'elle leur joue, pour boire! car on
s'est bien aperçu qu'elle buvait, on a mis sous clef les

liqueurs. Alors, tu ne sais pas ce qu'elle a inventé? La semaine dernière, elle a vidé toute une bouteille d'eau de mélisse, et elle a été malade, mais malade! Une autre fois, on l'a surprise avalant de l'eau de Cologne, à même un des flacons du cabinet de toilette. Maintenant, je crois bien qu'elle se régale avec l'esprit-de-vin qu'on lui donne pour le réchaud... C'est à mourir de rire. Ce que je m'amuse, ce que je rigole dans mon coin!

Et elle étouffait, tapait des mains, riait aux larmes de ces mésaventures dont la vie des maîtres se trouvait bouleversée, tandis que la meneuse, comme chatouillée par de si bonnes histoires, s'était mise elle aussi à se tordre, dans un accès de joie sauvage. Mais, tout d'un coup, elle se calma.

— Dis donc, alors, on va la flanquer à la porte?

— Oh! ça ne traînera pas. S'ils avaient osé, ce serait déjà fait.

Un coup de sonnette retentit. Céleste laissa échapper un juron.

— Bon! voilà madame maintenant qui me sonne, pour que je la frotte. On ne peut pas être une minute tranquille.

Mais déjà la Couteau était debout, sérieuse, toute à son affaire, prête à partir.

— Non, non, ma petite, faut aller à ta besogne. Moi, j'ai une idée, je cours chercher une des nourrices que j'ai amenées ce matin, une fille dont je réponds comme de moi-même. Dans une heure, je suis ici de retour avec elle, et il y aura un petit cadeau pour toi, si tu m'aides à la placer.

Elle disparut, pendant que la femme de chambre, avant de répondre à un deuxième coup de sonnette, replaçait sans hâte, au fond de l'armoire, le malaga et les biscuits.

Dès dix heures, ce jour-là, Séguin devait emmener sa femme et leur ami Santerre déjeuner à Mantes, afin d'es-

sayer une voiture automobile, à moteur électrique, qu'il
venait de faire construire, chèrement. Il s'était passionné
pour ce sport récent des grandes vitesses, moins par goût
personnel que par désir d'être toujours au premier rang
des exaspérés de modes nouvelles. Aussi, un quart d'heure
d'avance, était-il déjà dans la vaste salle emplie de bibelots qui lui servait de cabinet, vêtu d'un costume appro-
prié, exécuté sur ses ordres, se composant d'une culotte
et d'un veston de velours à côtes verdâtre, de souliers
jaunes et d'un petit chapeau de cuir. Et il plaisanta Santerre, lorsque celui-ci se présenta en citadin, habillé d'un
complet gris clair, du plus tendre effet.

Au lendemain des relevailles de Valentine, le romancier était redevenu l'intime, le commensal de la maison.
Plus rien n'en gênait la gaieté, il ne s'y heurtait plus au
malaise d'une femme gâtée par la grossesse, il y pouvait
reprendre avec elle l'aimable roman interrompu, certain
maintenant de vaincre. Et Valentine elle-même, sauvée
de son affreuse peur de la mort, délivrée de cette maternité qu'elle regardait comme la pire des catastrophes, s'en
était échappée avec un soulagement immense, un besoin
de rattraper le temps perdu, en se rejetant follement dans
les fêtes, dans le tourbillon extravagant de sa vie mondaine. De nouveau fine et jolie, ayant retrouvé la jeunesse
un peu maigre de son air garçonnier, elle n'avait jamais
eu un tel besoin d'étourdissement, de plus en plus poussée par l'impérieuse logique des faits à laisser les enfants
aux soins des domestiques, à déserter chaque jour davantage sa maison, pour courir les champs de sa fantaisie,
depuis surtout que son mari faisait de même, dans ses
brusques accès de jalousie et de brutalité, qui éclataient
à l'imprévu, sans cause, d'une façon imbécile. C'était le
ménage définitivement détraqué, la famille détruite,
menacée du suprême désastre, et Santerre y vivait à l'aise,
en achevait la destruction, accepté naturellement par le

mari, avec lequel il continuait à faire assaut de philosophie et de littérature pessimistes, en attendant que la
femme lui tombât dans les bras.

Il eut un cri de ravissement, lorsque Valentine parut
enfin, avec une délicieuse toilette de route, coiffée d'une
toque cavalière. Et, comme elle se sauvait, en disant
qu'elle serait toute à eux, dès qu'elle aurait vu sa petite
Andrée et donné les derniers ordres à la nourrice :

— Dépêche-toi ! lui cria son mari. Tu es insupportable, de n'être jamais prête !

Ce fut à ce moment que Mathieu se fit annoncer, et
Séguin le reçut quand même, pour lui exprimer le regret
de ne pouvoir, ce jour-là, causer utilement avec lui. Pourtant, avant de fixer un autre rendez-vous, il voulut bien
prendre note d'une condition nouvelle que son acquéreur
désirait mettre à son achat, celle de se réserver le droit
exclusif d'acheter plus tard, sous de certaines conditions,
par morceaux et à des dates fixées, la totalité du domaine.
Il lui promettait d'examiner soigneusement sa proposi-
tion, lorsqu'un brusque tumulte lui coupa la parole, des
cris au loin, des piétinements sauvages, des portes violemment fermées.

— Quoi donc ? quoi donc ? murmura-t-il, en se tournant
vers les murs ébranlés.

Mais la porte se rouvrit, et Valentine reparut, effarée,
toute rouge de peur et de colère, avec sa petite Andrée
dans les bras, qui gémissait en se débattant.

— Oui, oui, mon trésor, ne pleure pas, elle ne te fera
plus de mal... Là, ce n'est rien, tais-toi !

Et elle la déposa au fond d'un vaste fauteuil, où l'enfant, tout de suite, redevint sage. C'était une fillette ravissante, mais si chétive encore pour ses quatre mois
bientôt, qu'elle n'avait guère que de grands beaux yeux,
dans sa face pâle.

— Enfin, qu'y a-t-il ? demanda Séguin, étonné.

— Il y a, mon ami, que je viens de trouver Marie ivre comme un portefaix, tombée en travers du berceau, et si malheureusement, qu'elle étouffait la petite. Quelques minutes plus tard, c'était fini... Ivre à dix heures du matin, comprend-on ça? Je m'étais bien aperçue qu'elle buvait, je cachais les liqueurs, j'espérais encore la garder, car son lait est excellent. Et vous ne savez pas ce qu'elle a bu? l'alcool à brûler pour le réchaud, la bouteille vide était restée près d'elle.

— Mais enfin que t'a-t-elle dit?

— Elle a voulu me battre, tout simplement. Comme je la secouais, elle s'est jetée sur moi, ivre furieuse, avec des mots ignobles. Et je n'ai eu que le temps de me sauver en emportant la petite, pendant qu'elle se barricadait dans la chambre, où elle est en train de casser les meubles... Tiens, écoute.

En effet, à travers les murs, arrivait un lointain bruit de massacre. Tous se regardèrent, il y eut un gros silence d'embarras et de crainte.

— Alors? finit par demander Séguin d'une voix sèche.

— Alors, mon ami, que veux-tu que je te dise? C'est une bête fauve que cette femme, je ne puis pourtant pas lui laisser Andrée, pour qu'elle nous la tue. J'ai apporté l'enfant, et je ne vais pas la lui reporter, bien sûr. Je t'avoue que ce n'est même pas moi qui me risquerai à rentrer dans sa chambre... Il va falloir que tu la jettes à la porte, après lui avoir réglé son compte.

— Moi, moi! cria-t-il.

Puis, s'étant mis à marcher, se fouettant d'une colère qui montait, il éclata.

— Tu sais que je commence à en avoir assez, de toutes ces histoires idiotes. Avec ta grossesse, avec tes couches, avec tes nourrices maintenant, la maison est devenue impossible, on finira par s'y battre du matin au soir... D'abord, on a prétendu que la première, celle que je

m'étais donné la peine de choisir, n'avait pas de bon lait.
Ensuite, en voilà une seconde qui a du bon lait, paraît-il,
mais qui se soûle et qui étouffe l'enfant. Et ça va être le
tour d'une troisième, quelque autre gredine qui achèvera
de nous affoler et de nous manger... Non, non, c'est trop,
je ne veux pas!

Valentine, calmée, devint agressive.

— Quoi? qu'est-ce que tu ne veux pas? Ça n'a pas de
sens... Nous avons une enfant, il nous faut bien une nourrice. Toi-même, si j'avais parlé de la nourrir, tu m'aurais
dit que c'était stupide. Ce serait alors qu'en me voyant
toujours avec la petite dans les bras, tu trouverais la
maison inhabitable. Et puis, je ne veux pas nourrir, je
ne peux pas... Comme tu le dis, nous allons prendre une
troisième nourrice, c'est bien simple, et tout de suite,
au petit bonheur.

Il s'était brusquement arrêté devant Andrée, qui,
inquiète de cette grande ombre, se mit à crier. Peut-être
ne la voyait-il pas, dans le flot de sang dont la colère
l'aveuglait, pas plus qu'il ne dut voir Gaston et Lucie,
accourant au bruit des voix, cloués dès la porte, de curiosité et de crainte; et, personne ne songeant à les renvoyer,
ils restèrent là, ils virent et entendirent.

— La voiture nous attend en bas, reprit Séguin d'un
ton qu'il s'efforçait de rendre calme. Dépêchons-nous,
partons.

Stupéfaite, Valentine le regarda.

— Voyons, sois raisonnable. Est-ce que je puis quitter
cette enfant, n'ayant personne à qui la confier?

— La voiture nous attend en bas, répéta-t-il, frémissant. Partons vite.

Et, comme, cette fois, sa femme se contentait de hausser les épaules, il devint fou, une de ces crises de subite
folie qui le jetaient aux violences dernières, même lorsque
du monde était là, étalant alors avec rage la plaie empoi-

sonnée dont il souffrait, cette absurde jalousie, née des
fraudes conjugales, causes premières du désastre. Cette
enfant pleurante, ce pauvre petit être si chétif, il l'aurait
broyée, comme coupable de tout, comme l'obstacle
aujourd'hui à son projet de promenade, à ce plaisir qu'il
s'était promis, dont la réalisation prenait une importance
décisive. Et c'était tant mieux, s'il y avait là un ami, et un
autre homme, pour l'entendre.

— Ah! tu ne veux pas venir... Est-ce que ça me
regarde, ta fille? Est-ce qu'elle est de moi? Tu te doutes
bien que, lorsque j'ai l'air de l'accepter, c'est pour avoir
la paix. Mais je sais ce que je sais, n'est-ce pas? et tu le
sais aussi, puisqu'il n'y a que nous deux qui puissions
le savoir. Oui, ça me revient toujours, je me rappelle
comment les choses se sont passées, j'en arrive quand
même à la certitude qu'elle n'est pas de moi... Toi, tu
n'es qu'une catin, ta fille n'est qu'une bâtarde; et, moi,
je serais trop bête de me gêner pour une enfant que tu es
allée te faire faire, je ne sais dans quel hôtel garni. A
vous deux, vous ne serez contentes que lorsque vous
m'aurez chassé de la maison... Tu ne veux pas venir,
n'est-ce pas? Bonsoir! je vais me promener tout seul.

Et Séguin partit en coup de foudre, sans un mot à
Santerre, resté silencieux, sans même se souvenir que
Mathieu était là, attendant une réponse. Ce dernier,
consterné par tout ce qu'on lui faisait entendre malgré
lui, n'avait point osé se retirer, de peur de paraître juger
la scène. Immobile, il détournait la tête, regardait la
petite Andrée, criant toujours, s'intéressait aux deux
autres enfants, Gaston et Lucie, muets d'épouvante,
serrés l'un contre l'autre, derrière le fauteuil où gémissait leur sœur.

Valentine s'effondra sur une chaise, les membres trem-
blants, suffoquée par les sanglots.

— Ah! comme il me traite, ah! le misérable... Et moi

qui ai failli mourir, et moi qui ai tant souffert, qui souffre encore, de cette malheureuse enfant, dont il est le père, je le jure bien devant Dieu!... Non, non! c'est fini, jamais plus il ne me touchera, même du bout des doigts. J'aimerais mieux me tuer, oui! me tuer, que de recommencer, de m'exposer de nouveau à une pareille abomination.

C'était le cri, bégayé dans les larmes, de la femme que son mari brutalise, qui s'exaspère des tourments d'une maternité maudite, bien résolue désormais à prendre son plaisir où elle le trouverait, puisque son ménage était détruit.

Santerre, à l'écart jusque-là, paraissait attendre. Doucement, il s'approcha d'elle, osa lui prendre la main, d'un geste de tendre compassion, disant à demi-voix :

— Voyons, chère amie, calmez-vous... Vous savez bien que vous n'êtes pas seule, qu'on ne vous abandonne pas... Il y a des choses qui ne sauraient vous atteindre. Calmez-vous, ne pleurez plus, je vous en supplie. Vous me fendez l'âme.

Il se faisait d'autant plus doux, que le mari venait de se montrer plus brutal, sachant de quelle délicieuse rosée les caresses trempent et amollissent le cœur d'une femme violentée. Sa main conquérante était remontée jusqu'au frêle poignet qu'on lui abandonnait, les pointes de ses moustaches frôlaient les petits cheveux fous des tempes. Et il se pencha davantage, l'enveloppant toute, baissant encore la voix, jusqu'à ne plus l'endormir que d'un murmure. A peine quelques mots s'entendirent.

— Vous avez bien tort de vous faire de la peine. Laissez donc ces sottises... Je vous l'ai déjà dit, ce n'est qu'un maladroit...

Deux fois ce mot de maladroit revint, avec une sorte de pitié moqueuse ; et elle dut comprendre, car elle eut un vague sourire, parmi ses larmes qui s'arrêtaient, murmurant très bas à son tour :

— Oui, oui, je sais... Vous êtes bon, merci. Et vous avez raison, je serais trop bête maintenant... Ah ! tout ce qu'on voudra, mais que je sois un peu heureuse !

Distinctement, Mathieu la vit qui dégageait avec lenteur son poignet, après avoir serré elle-même la main de Santerre. C'était la consolation accueillie, le rendez-vous retardé jusque-là, accepté enfin pour un prochain jour. Et cela logiquement, dans le désastre passionnel où elle était, dans l'inévitable course à l'adultère de l'épouse débauchée par le mari, de la mère qui s'est refusée à son devoir de nourrice. Un cri d'Andrée, pourtant, la mit debout, frémissante, réveillée à la réalité de la situation. Si la pauvre créature était si chétive, mourante de n'avoir pas eu le lait de sa mère, celle-ci ne se trouvait également ment en danger de chute que par son refus de la nourrir, de la porter au sein, telle qu'un bouclier d'invincible défense. La vie, le salut l'une par l'autre, ou la commune perte. Sans doute, elle eut alors la nette conscience du péril, car une révolte encore la sépara de Santerre, elle courut prendre l'enfant, pour la calmer en la couvrant de caresses, pour se faire d'elle un rempart, contre la folie dernière qu'elle se sentait sur le point de commettre. Et quel malaise ! ses deux autres enfants, qui étaient là, regardant, écoutant ! Puis, lorsqu'elle s'aperçut que Mathieu, lui aussi, attendait toujours, elle fut reprise par les larmes, elle tâcha d'expliquer les choses, alla jusqu'à défendre son mari.

— Excusez-le, il y a des moments où il n'a pas sa tête... Mon Dieu ! que vais-je devenir, avec cette enfant? Je ne puis pourtant pas la nourrir maintenant, c'est fini ! Est-ce affreux, d'être bouleversée au point de ne plus savoir ce qu'on doit faire !... Que vais-je devenir, mon Dieu ?

Gêné, sentant bien qu'elle lui échappait, depuis qu'elle

avait sa fillette dans les bras, Santerre tenta d'intervenir, de la reconquérir par de flatteuses paroles. Mais elle ne l'écoutait pas, et il allait remettre la lutte à une autre occasion, lorsqu'une intervention inattendue lui rendit la victoire.

Céleste, entrée sans bruit, était là, attendant que madame voulût bien lui permettre de parler.

— C'est mon amie qui est venue me voir, madame, vous savez, la femme de mon pays, Sophie Couteau, et comme elle a justement une nourrice avec elle...

— Il y a une nourrice là !

— Oh ! oui, madame, et une bien belle, une bien bonne.

Puis, voyant le saisissement ravi de sa maîtresse, la joie d'être ainsi brusquement soulagée, elle fit du zèle.

— Que madame ne se fatigue donc pas à porter la petite. Madame n'en a pas l'habitude... Si madame le permet, je vais lui amener cette nourrice.

Valentine s'était laissé prendre l'enfant, en poussant un soupir d'heureuse délivrance. Enfin, le ciel ne l'abandonnait donc pas ! Mais elle discuta, ne fut pas d'avis qu'on lui amenât la nourrice, reprise de terreur à l'idée que, si l'autre, celle qui était ivre, dans sa chambre, en sortait et rencontrait la nouvelle, elle était capable de les battre tous et de se remettre à tout casser. Ensuite, elle voulut absolument emmener Santerre et Mathieu, surtout ce dernier, qui devait s'y connaître, disait-elle, bien qu'il s'en défendît. Il n'y eut que Lucie et Gaston, à qui elle défendit formellement de la suivre.

— On n'a pas besoin de vous, restez ici, jouez... Et nous autres, allons-y tous, mais doucement, sur la pointe des pieds, pour que l'autre ne se doute pas.

Dans la lingerie, Valentine fit fermer avec soin les portes. La Couteau était là, debout, avec une forte fille, d'environ vingt-cinq ans, qui avait aux bras un enfant

superbe. Celle-ci, brune, le front bas, la face large, mise
très proprement, fit un petit salut de nourrice convenable, qui a servi chez des bourgeois riches, et qui sait
se conduire. Mais l'embarras de Valentine restait extrême,
elle la regardait, regardait le poupon en femme ignorante, dont les deux premiers enfants avaient été nourris
dans une chambre voisine de la sienne, sans qu'elle se
fût jamais inquiétée ni mêlée de rien. Désespérément,
tandis que Santerre se tenait à l'écart, elle fit appel aux
connaissances de Mathieu, qui se récusa de nouveau. Et,
alors seulement, la Couteau, après avoir jeté un regard
oblique sur ce monsieur qu'elle retrouvait partout, en
travers de ses affaires, se permit d'intervenir.

— Madame veut-elle avoir confiance en moi?... Que madame se rappelle, je m'étais permis de lui offrir mes services, et, si elle les avait acceptés, elle se serait évité
bien des ennuis. C'est comme pour Marie Lebleu, qui est
impossible, j'aurais pu certainement avertir madame,
quand je suis venue chercher son enfant. Mais, du moment
que le médecin de madame l'avait choisie, bien sûr que
je n'avais rien à dire. Oh! du bon lait, elle en a! seulement elle a aussi une bonne langue, toujours sèche...
Alors, si, maintenant, madame veut avoir confiance en
moi...

Et elle s'étalait, n'en finissait pas, faisait valoir l'honnêteté de son métier, donnait du prix à la marchandise
offerte.

— Eh bien! madame, je vous dis que vous pouvez
prendre la Catiche, les yeux fermés. C'est ce qu'il vous
faut, il n'y a pas mieux sur la place de Paris. Regardez-
moi comme c'est bâti, quelle solidité, quelle santé! et
l'enfant, voyez-moi ça, il ne demande qu'à vivre! Elle
est mariée, c'est vrai, elle a même une petite fille de
quatre ans, là-bas, au pays, avec son homme; mais, tout
de même, ce n'est pas un crime que d'être une honnête

femme... Enfin, madame, je la connais, je vous réponds
d'elle sur ma tête. Si vous n'êtes pas contente, c'est moi,
la Couteau, qui vous rendrai votre argent.

Valentine eut un grand geste d'abandon, dans sa hâte
d'en finir, et céda. Elle consentit même à donner cent
francs par mois, parce que la Catiche était mariée. D'ailleurs, la meneuse lui expliqua qu'elle n'aurait pas à
payer les frais du bureau de nourrices : c'était quarante-
cinq francs d'économisés, à moins que madame ne lui
tînt compte, à elle, de la peine qu'elle venait de prendre.
Il y aurait aussi les trente francs du retour, pour l'enfant.
Très large, Valentine promit de doubler la somme. Et
tout s'arrangeait, elle se sentait délivrée, lorsque la pensée de l'autre lui revint, celle qui s'était barricadée dans
sa chambre. Comment la faire sortir de là, pour installer
tranquillement la Catiche à sa place ?

— Quoi donc ? cria la Couteau, c'est Marie Lebleu qui
vous fait peur ? Ah ! il ne faut pas qu'elle m'ennuie, si
elle veut que je la place encore... Je vais lui parler,
moi !

Céleste, tout de suite, ayant posé Andrée sur une couverture qui se trouvait là, côte à côte avec l'enfant de la
nourrice, dont celle-ci avait dû se débarrasser, pour
montrer ses seins, se chargea de conduire la meneuse à
la chambre de Marie. Un silence de mort y régnait maintenant, et la Couteau n'eut qu'à se nommer : elle entra,
on n'entendit pendant quelques minutes que le petit bruit
de sa voix sèche. Puis, quand elle sortit, elle rassura
Valentine qui, tremblante, était venue écouter.

— Je vous réponds que je l'ai dégrisée !... Payez-lui
son mois. Elle fait sa malle, elle va partir.

Et, comme on retournait dans la lingerie, Valentine
régla les comptes, ajouta cinq francs pour ce nouveau
service. Mais une dernière difficulté se présenta, la Couteau ne pouvait revenir chercher l'enfant de la Catiche,

le soir, et qu'allait-elle en faire, pendant le reste de la
journée?

— Bah! finit-elle par dire, je le prends tout de même,
je vais le déposer au bureau, avant de me mettre à mes
courses. On lui donnera un biberon, il faut qu'il s'y habi-
tue, n'est-ce pas?

— Mais bien sûr! dit tranquillement la mère.

Alors, au moment où la Couteau, sur le point de partir,
après toutes sortes de salutations et de remerciements, se
tournait pour le prendre, elle eut un geste d'hésitation, devant les deux enfants couchés côte à côte sur la
couverture.

— Fichtre! murmura-t-elle, il ne faut pas que je me
trompe.

Le mot parut drôle, tous s'égayèrent, Céleste éclata,
tandis que la Catiche elle-même riait à belles dents. Et
la Couteau, saisissant le poupon de ses mains longues et
crochues, l'emporta. Encore un de pris, de charrié là-bas,
dans les continuelles rafles qui jetaient les tout petits au
massacre.

Seul, Mathieu n'avait pas ri. Le brusque souvenir lui
était revenu de sa conversation avec Boutan, l'action
démoralisante de ce métier de nourrice, le honteux mar-
chandage, le crime commun des deux mères, risquant
chacune la mort de son enfant, la mère oisive qui achetait
le lait d'une autre, la mère vénale qui vendait le sien. Il
eut froid au cœur, il regarda partir le pauvre être, si
plein de santé encore, il regarda l'autre qui restait, déjà
si chétif. Et quel serait le destin, quel vent soufflerait
d'une société à ce point mal faite et corrompue, sacrifiant
l'un ou l'autre, les deux peut-être? Les gens, les choses
s'assombrirent, lui firent horreur.

Mais déjà Valentine ramenait les deux hommes dans le
vaste salon luxueux, si enchantée, si complètement délivrée, qu'elle avait retrouvé toute sa cavalière insouciance,

sa passion de tumulte et de plaisir. Et, comme Mathieu prenait enfin congé, il entendit Santerre triomphant, qui lui disait, en gardant un instant sa main dans la sienne :

— Alors, à demain ?

— Oui, oui, à demain ! dit-elle, se donnant, sans défense désormais.

Huit jours plus tard, la Catiche était la reine indiscutée de la maison. Andrée avait repris quelques couleurs, elle pesait chaque jour davantage ; et, devant ce résultat, tous s'inclinaient, le pouvoir de la nourrice s'imposait, absolu. On redoutait à un tel point de la remplacer encore, qu'on fermait d'avance les yeux sur les fautes possibles. Elle était la troisième, une quatrième nourrice aurait tué l'enfant, ce qui faisait d'elle l'indispensable, la providentielle, celle qu'il fallait garder à tout prix. D'ailleurs, elle apparaissait sans défaut, elle était la paysanne calme et finaude, sachant gouverner les maîtres, tirant d'eux tout ce qu'on en pouvait tirer. Sa conquête chez les Séguin fut d'une adresse, d'une puissance extraordinaires. Au commencement, les choses faillirent se gâter, parce qu'elle se heurta contre un travail semblable, que Céleste menait aussi, avec une magistrale ampleur. Mais elles étaient femmes de trop d'intelligence pour ne pas finir par s'entendre. Leurs départements n'étant pas les mêmes, elles tombèrent d'accord qu'elles pouvaient conduire des envahissements parallèles. Et, dès lors, elles se soutinrent même, elles se partagèrent l'empire, et furent deux à manger la maison.

La Catiche trôna, les autres domestiques la servirent, les maîtres furent à ses pieds. On gardait pour la Catiche les meilleurs morceaux, elle avait son vin, son pain, tout ce qu'on trouvait de plus délicat, de plus nourrissant. Gourmande, fainéante, orgueilleuse, elle se prélassait les journées entières, pliant les gens et les choses à ses caprices. On lui cédait sur tout, pour ne pas la mettre en

colère, ce qui aurait pu faire tourner son lait. A la
moindre de ses coliques, la maison s'affolait. Une nuit,
elle eut une indigestion, on courut sonner chez tous
les médecins du quartier. Son seul défaut était d'être un
peu voleuse, il lui arriva de ramasser le linge qui traînait ; mais madame ne voulut pas le savoir. Et il y avait
aussi le chapitre des cadeaux dont on la comblait, afin
qu'elle fût toujours contente. En dehors du cadeau régle-
mentaire, à la première dent de l'enfant, on profita des
moindres occasions, on lui donna une bague, une broche,
des boucles d'oreilles. Naturellement, elle était la nourrice la plus ornée des Champs-Elysées, avec des pelisses
superbes, des bonnets riches, garnis de longs rubans, dont
l'éclat flambait au soleil. Jamais dame n'avait promené
d'oisiveté plus somptueuse. Et il y eut aussi les cadeaux
qu'elle tira pour son homme, pour sa fillette, là-bas, au
village. Chaque semaine, des paquets étaient expédiés,
par grande vitesse. Le matin où l'on apprit que le poupon, emporté par la Couteau, était mort d'un mauvais
rhume, on lui donna cinquante francs, comme pour le
lui payer. Enfin, on eut une dernière alerte, son mari
étant venu la voir ; car la terreur qu'elle ne s'oubliât dans
quelque coin avec lui, fut si grande, qu'on ne les laissa
pas une minute seuls et qu'on le renvoya vite, les
poches pleines. Après une chlorotique, après une ivro-
gnesse, une nourrice engrossée, c'eût été le suprême
désastre, d'autant plus que le cas était fréquent dans le
quartier, et que chez la comtesse d'Espeuille, une voisine,
la nourrice qu'on gardait à vue, était tombée enceinte, à
la stupéfaction de tous, des œuvres sournoises du cocher
de madame. La Catiche s'en montrait indignée. Et, la
petite Andrée allant de mieux en mieux, elle fut au som-
met, elle acheva d'écraser la maison sous sa royauté
tyrannique.

Le jour où Mathieu vint signer l'acte de vente, qui lui

cédait l'ancien pavillon de chasse, ainsi que vingt hectares de terre, en lui réservant la faculté de pouvoir acquérir de nouveaux morceaux du domaine, à de certaines conditions, il trouva Séguin près de partir pour Le Havre, où l'attendait un ami à lui, un riche Anglais, avec son yacht, pour une promenade d'un mois, sur les côtes d'Espagne. On racontait que ces messieurs emmenaient des femmes.

— Oui, dit-il fiévreusement, faisant allusion à de grosses pertes au jeu, je quitte Paris, je n'y ai pas de chance, en ce moment... Et vous, cher monsieur, bon courage et bonne réussite! Vous savez combien je m'intéresse à votre tentative.

Mathieu traversait les Champs-Elysées, ayant hâte de rejoindre Marianne, à Chantebled, tout ému de l'acte décisif qu'il venait de faire, tout frémissant aussi d'espérance et de foi, lorsque, dans une allée déserte, il eut une singulière vision. Un fiacre stationnait, où il reconnut le profil sournois de Santerre. Et, comme une femme, voilée et furtive, y montait vivement, il se retourna : n'était-ce pas Valentine? Il en eut la certitude, pendant que, stores baissés, le fiacre disparaissait.

Puis, dans la grande allée, ce fut encore une double rencontre : d'abord, Gaston et Lucie, tout de suite las d'avoir joué, traînant leurs mines chétives, sous la surveillance distraite de Céleste, très occupée en ce moment à rire avec un garçon épicier du voisinage; tandis que, plus loin, la Catiche, superbe, souveraine, parée telle que l'idole orgueilleuse de l'allaitement vénal, promenait la petite Andrée, en faisant ruisseler au soleil ses longs rubans de pourpre.

## V

Le jour où le premier coup de pioche fut donné, Marianne vint, avec Gervais aux bras, s'asseoir près des travaux, dans l'émotion heureuse de cette œuvre de foi et d'espoir que Mathieu entreprenait si hardiment. C'était par une journée claire et chaude du milieu de juin, sous un grand ciel pur d'encourageante confiance. Et, comme les enfants avaient congé, ils jouaient parmi les herbes, on entendait les cris aigus de la petite Rose, qui s'amusait à poursuivre les trois garçons.

— Veux-tu donner le premier coup de pioche? demanda gaiement Mathieu.

Mais elle montra son nourrisson.

— Non, non! j'ai ma besogne... Donne-le, toi. Tu es le père.

Il était là, avec deux hommes sous ses ordres, prêt lui-même au dur travail des bras, pour la réalisation de l'idée si longtemps discutée et mûrie. Très prudent, très sage, il s'était assuré un an d'existence modeste, tout entière vouée à l'effort, par un intelligent système d'association et de prêt remboursable sur le gain, qui, sans l'endetter, lui permettrait d'attendre la première moisson. Et il jouait simplement sa vie sur cette moisson future, si la terre la refusait à son culte et à son travail. Mais il était le fidèle, le croyant, certain de vaincre, parce qu'il aimait et qu'il voulait. Chez lui, cette énergie créatrice s'était révélée depuis son dernier enfant, avait de plus en plus éclaté, avec une puissance extraordinaire. Malgré sa douceur, lorsqu'on l'accusait d'entêtement au sujet de son rêve fou de Chantebled, il répondait en riant qu'il finirait, en effet, par être un bon professeur de volonté. Agir, créer, le passionnait. Et, un matin, il avait amusé Marianne, en découvrant enfin, en expliquant pourquoi tous les deux désiraient et faisaient tant d'enfants. N'était-ce pas de la volonté, de l'énergie, de l'action vivante et humaine, et la plus puissante au monde, la vie élargie et victorieuse?

— Alors, c'est fait, cria-t-il bravement. Que la terre nous soit une bonne mère!

Et il donna le coup de pioche. Cela se passait, à gauche de l'ancien pavillon de chasse, dans un coin du vaste plateau marécageux, que des sources noyaient de toutes parts, et où ne poussaient que des roseaux. Il ne s'agissait encore que de drainer quelques hectares, en captant ces sources, en les canalisant, pour les verser ensuite sur les pentes sablonneuses et desséchées qui descendaient jusqu'à la ligne du chemin de fer. Grâce à un examen attentif, il avait découvert que ces travaux seraient d'une exécution aisée, que des rigoles d'irrigation suffiraient, facilitées par la disposition et la nature des terrains. C'était même là sa vraie trouvaille, sans parler de la certitude où il était de la couche d'humus amassée sur le plateau, de la fécondité formidable qui s'y déclarerait, dès que la charrue y aurait passé. Et son coup de pioche n'était donc que l'acte du trouveur, du créateur, commençant la tranchée, ouvrant la voie aux sources captives, pour assainir les hauts terrains humides et féconder, plus bas, les terrains que la soif brûlait, nus et stériles.

Mais Gervais, affamé sans doute par le grand air, s'était mis à crier. Il avait maintenant trois mois et demi, c'était un fort garçon qui ne plaisantait pas sur l'heure de ses repas. Il poussait comme un des jeunes arbres du bois voisin, il montrait une belle santé de plein soleil, des

menottes qui ne lâchaient pas ce qu'elles avaient em-
poigné, des yeux de lumière où passaient des rires et des
larmes, surtout un bec d'oiseau gourmand, toujours
ouvert, déchaînant une tempête, lorsque sa mère le
faisait attendre.

— Oui, oui, je sais que tu es là... Allons, tiens ! ne
nous étourdis pas davantage.

Elle s'était dégrafée, lui avait donné le sein. Et l'on
n'entendit plus qu'un ronron de petit chat heureux, tétant
à perdre haleine, pétrissant la chair blanche, pour en
avoir davantage. La source bienfaisante s'était remise à
couler, comme intarissable. Le léger ruissellement du
lait chuchotait, chuchotait sans fin ; et l'on aurait dit qu'on
l'entendait descendre, s'épandre, tandis que Mathieu
continuait à ouvrir la tranchée, aidé maintenant des deux
hommes, robustes gaillards dont l'apprentissage était fait.

Il se releva, s'essuya le front, et, de son air de tranquille
certitude :

— Ce n'est qu'un métier à savoir. Dans quelques mois,
je ne serai plus qu'un paysan... Regarde ici, cette mare
stagnante, verdie de plantes d'eau. La source qui l'alimente, qui en fait une flaque boueuse, est là, dans cette
touffe de grandes herbes. Et, quand cette rigole sera
ouverte, jusqu'au bord de la pente, là-bas, tu verras la
mare se tarir, la source jaillir et prendre son cours, portant au loin l'eau bienfaisante.

— Ah ! dit Marianne, qu'elle féconde donc toutes ces
pierrailles, car rien n'est plus triste que des terres
mortes. Vont-elles être heureuses, de boire à leur soif
et de revivre !

Elle s'interrompit brusquement, pour gronder Gervais,
avec son beau rire.

— Dites donc, monsieur, si vous ne tiriez pas si fort !
Attendez que ça vienne, vous savez bien que tout est pour
vous.

Les pioches des deux hommes sonnaient, la tranchée avançait rapidement dans le sol gras, bientôt l'eau coulerait jusqu'aux veines desséchées des sablonnières voisines, pour les féconder. Et le petit ruissellement du lait continuait avec son léger murmure de source inépuisable, infinie, coulant du sein de la mère dans la bouche de l'enfant, comme d'une fontaine d'éternelle vie. Il coulait toujours, il faisait de la chair, de la pensée, du travail et de la force. Il mêlerait bientôt son chuchotement au bruit de la source délivrée, lorsqu'elle descendrait, par les rigoles, vers les terres brûlantes ; et ce serait le même ruisseau, le même fleuve peu à peu débordant, portant la vie à toute la terre, le grand fleuve de lait nourricier coulant par les veines du monde, créant sans relâche, refaisant plus de jeunesse et plus de santé, à chaque nouveau printemps.

Puis, ce furent les semailles, au même endroit, quatre mois plus tard, dès que Mathieu et ses hommes eurent terminé les labours d'automne. Marianne se retrouva là, par une très douce journée grise, si douce, qu'elle put s'asseoir encore et donner gaiement le sein au petit Gervais. Il avait huit mois déjà, c'était tout un personnage. A vue d'œil, il grandissait un peu chaque jour, aux bras de sa mère, sur cette poitrine tiède où il buvait l'existence. Il n'en était point détaché, tel le grain qui tient au sol, tant que la plante ne l'a pas mûri. Et même, dans le premier frisson de novembre, à cette approche de l'hiver qui allait endormir les germes au fond des sillons, il enfouissait sa petite face frileuse dans la chaleur du corsage, il tétait plus silencieusement, comme si le fleuve de vie se fût perdu et amassé sous terre.

— Ah ! dit-elle en riant, monsieur n'a pas chaud, il est temps qu'il prenne ses quartiers d'hivernage.

Son sac de semeur à la taille, Mathieu revenait vers eux, lançant le grain d'un grand geste rythmique, à toute volée. Il avait entendu, et il s'arrêta, pour répondre.

— Qu'il tète et qu'il dorme, en attendant le retour du soleil. Nous aurons un homme à la moisson.

Puis, montrant le vaste champ qu'il ensemençait avec ses deux aides :

— Ceci poussera et mûrira, lorsque notre Gervais marchera et parlera... Vois donc, vois donc notre conquête !

Il en était justement fier. Maintenant, quatre à cinq hectares du plateau étaient débarrassés des mares stagnantes, défrichés, aplanis; et ils s'étendaient en une nappe brune, toute grasse du terreau amassé, tandis que les rigoles qui les sillonnaient portaient l'eau des sources sur les pentes voisines. Là, pour livrer à la culture ces terrains secs, il fallait attendre que l'humidité les eût pénétrés et fertilisés. Ce serait le travail des saisons futures, la vie de proche en proche ranimerait tout le domaine. Au début, il suffisait que l'éveil se fît de ces quelques hectares, de quoi payer les premiers frais, vivre et annoncer le prodige.

— Le soir va venir, reprit-il. Il faut se hâter.

Et Mathieu repartit, lançant le grain à la volée, de son grand geste rythmique. Pendant que Marianne le regardait s'éloigner, grave et souriante, la petite Rose, qui était là, eut l'idée de semer, elle aussi. Elle l'accompagna, elle prit des poignées de terre qu'elle jeta au vent du ciel. Les trois garçons l'aperçurent, Blaise et Denis accoururent les premiers, Ambroise se hâta ensuite, tous semant à pleins bras. Ils en riaient follement, tourbillonnaient comme un vol sans fin, autour du père. Et il sembla un moment que Mathieu, du même rythme dont il confiait aux sillons les germes du blé attendu, les semait aussi, ces chers enfants adorés, les multipliait sans compter, à l'infini, pour que tout un petit peuple de semeurs futurs, nés de son geste, achevât de peupler le monde.

Mais Marianne eut une surprise, elle reconnut tout à coup, devant elle, les Angelin, le ménage d'amoureux, venus sans bruit par un sentier. Avant de s'enfermer jalousement, pour tout l'hiver, dans leur petite maison de Janville, ils promenaient leur tendresse le long des routes désertes, que jaunissaient les dernières feuilles. Et, lorsqu'ils erraient ainsi par les champs lointains, serrés l'un contre l'autre, ils étaient si profondément à leur amour, qu'ils ne voyaient même rien des horizons ; de sorte que, levant la tête, tirés de leur rêve par la rencontre inattendue, ils s'étonnèrent de cette terre nouvelle, de ces travaux qu'ils n'ignoraient pourtant pas. Mathieu avait fini par leur apparaître comme un original, qui, au lieu d'aimer la terre, de vouloir lui faire des enfants, à elle aussi, aurait dû se contenter de sa charmante femme. Et, d'ailleurs, ces choses étaient si loin d'eux !

Cependant, ils causèrent, affectèrent de s'émerveiller des résultats obtenus, par simple désir d'être aimables. Dans leur continuel ravissement, ils avaient cela d'exquis, qu'ils voulaient, à leur exemple, que tout le monde fût heureux. Jusque-là, leur vie n'avait jamais été qu'une fête, elle toute à l'unique enchantement d'être adorée, lui aimé, bien portant, riche, ne peignant ses quelques éventails que pour la joie d'y semer des vols de femmes et de fleurs.

Mais madame Angelin, restée debout, au bras de son mari, appuyée tendrement à son épaule, parut tomber en une rêverie vague, les yeux sur Mathieu, qui, après les avoir salués, continuait les bonnes semailles, de son grand geste. Et, brusquement, sans doute frappée du jeu des enfants, de cet essaim de gais petits êtres, comme envolés des mains du semeur, tourbillonnant autour de lui, elle dit d'une voix ralentie, sans transition apparente :

— Je viens de perdre une tante, une sœur de ma mère,

qui est certainement morte du chagrin de n'avoir pas
d'enfants. Elle avait épousé un solide gaillard de six pieds,
elle-même était grande, forte, très belle, et je me souviens
de son désespoir, lorsqu'elle rencontrait des petites
femmes de rien du tout, comblées de famille... Le mari
avait gagné une grosse fortune, le ménage possédait tout,
argent, santé, affections nombreuses. Mais aucun de ces
biens n'existait, je ne les ai connus que dans la peine,
souhaitant uniquement la seule joie qu'ils n'avaient pas,
des garçons, des filles, pour égayer leur triste maison
vide... Et ce souci, ils l'avaient eu, dès le lendemain de
leur mariage, étonnés d'abord de ne rien voir venir, puis
de plus en plus inquiets, à mesure que se succédaient les
années stériles, désespérés enfin, lorsque l'affreuse impuissance leur fut démontrée définitivement. Vous n'imaginez pas ce qu'ils ont tenté, les médecins, les eaux, les
drogues, une lutte de plus de quinze années, sans repos,
peu à peu honteux des efforts inutiles, se cachant comme
d'une tare et d'une faute... Encore eurent-ils, dans leur
malheur, la tendresse de ne pas s'accuser l'un l'autre, de
vivre **leur** misère en pauvres êtres également frappés;
car on m'a parlé d'un autre ménage qui était devenu un
enfer, ni l'homme ni la femme ne voulant accepter à son
compte cette déchéance d'être infécond... Ah! la chère et
triste tante, je la revois toujours, si désolée, portant partout son deuil de mère, suffoquée de larmes, le jour de
l'an, quand elle nous embrassait, nous les petites nièces.
Elle s'est éteinte, consumée comme par un remords de
toutes les heures, et je crois bien que son pauvre vieux
mari va la suivre, tant il est seul et perdu désormais.

Il y eut un silence, tandis qu'un grand frisson, très
doux, passait par le vaste ciel gris de novembre.

— Mais, fit remarquer Marianne, je pensais que, vous-
même, vous ne vouliez pas d'enfants.

— Moi, grand Dieu! qui vous a dit cela?... Je ne veux

pas d'enfants maintenant, parce qu'il y a temps pour tout, n'est-ce pas? On peut bien, à notre âge, jouir un peu du plaisir d'aimer... Seulement, dès que la sagesse viendra, vous allez voir. Il nous en faut quatre, deux garçons et deux filles.

Son joli rire d'amoureuse s'éteignit dans un nouveau silence, que traversa encore le léger souffle de la terre, ensommeillée déjà, par l'immensité nue.

— Et, reprit Marianne, si vous aviez trop attendu, s'il était trop tard ?

Stupéfaite, madame Angelin la regarda. Puis, elle se remit à rire, follement.

— Oh! qu'est-ce que vous dites? Nous autres ne pas avoir d'enfants!... Si vous saviez comme c'est drôle, cette idée !

Elle s'interrompit, prise d'embarras, confuse des choses qu'elle sous-entendait; et elle ne balbutia plus que des mots de plaisir et de caresse, avec son roucoulement de tourterelle pâmée.

— Voyons, voyons! mon chéri, c'est à toi de te défendre... Pas d'enfants, voyons !

— C'est comme si vous disiez, madame, cria plaisamment Angelin, aggravant les allusions galantes, qu'il ne poussera pas un épi de blé, dans ce champ que votre mari ensemence !

Les deux femmes s'égayèrent alors, un peu rougissantes et gênées. Et, à ce moment, suivi de ses deux hommes, Mathieu revenait, lançant toujours le bon grain, le confiant à la terre, du geste large qui semblait emplir l'horizon. Pendant des semaines, le grain allait dormir, tout à l'obscur travail du germe, à l'effort souterrain de vie qui s'épanouirait plus tard sous le soleil d'été. C'était le repos nécessaire, l'existence puisée au trésor commun, au lac immense des forces, qui baigne le sol de l'inépuisable source où s'alimente l'éternité des êtres. Et, sur le sein de Marianne, Gervais lui-même s'était à moitié endormi, en tétant, buvant désormais d'une lèvre si lente, que le ruissellement du lait n'était plus qu'un murmure insensible, à peine le petit bruit de la semence hivernale, nourrie par l'éternel fleuve vivant qui coule dans les veines du monde.

Deux mois se passèrent, et l'on était en janvier, le jour de grande gelée où les Froment reçurent la visite imprévue de Séguin et de Beauchêne, venus pour la chasse aux canards, parmi les mares non encore drainées du plateau. C'était un dimanche, toute la famille se trouvait réunie dans la vaste cuisine, égayée d'un grand feu ; tandis que, par les fenêtres claires, on apercevait la campagne vaste, blanche de givre, raidie et dormante sous cette châsse de cristal, pareille à la morte sacrée, que la résurrection d'avril attendait. Et, ce jour-là, quand les visiteurs se présentèrent, Gervais dormait également dans son berceau très blanc, assoupi par la saison, gras cependant comme les alouettes à l'époque des froids, n'attendant, lui aussi, que le réveil, pour réapparaître en sa force acquise, amassée, soudain décisive et triomphale.

La famille avait gaiement déjeuné ; et, maintenant, avant que la nuit tombât, les quatre enfants s'étaient réunis devant la fenêtre, autour d'une table, absorbés dans un jeu de création, qui les passionnait. Les deux jumeaux, Blaise et Denis, aidés de l'autre garçon, Ambroise, bâtissaient tout un village, avec des morceaux de carton et de la colle. Il y avait des maisons, une mairie, une église, une école. Et Rose, à qui l'on avait défendu l'usage des ciseaux, n'était préposée qu'à l'emploi de la colle, dont elle s'inondait, jusqu'aux cheveux. Dans la grande paix où sonnaient de temps à autre leurs rires, le père et la mère étaient restés assis côte à côte, en face du grand feu, goûtant délicieusement cette paix du dimanche, après le dur travail de la semaine. Ils vivaient là très simplement, installés en paysans véritables, sans luxe aucun, sans autre distraction que la joie d'être ensemble. Toute la cuisine joyeuse et flambante respirait cette facile vie primitive, que l'on vit près de la terre, guéri dès lors des nécessités factices, des ambitions et des plaisirs. Et aucune fortune, aucune puissance n'aurait pu payer la douceur d'une si calme après-midi d'intimité heureuse, pendant que le dernier-né dormait son bon sommeil, sans qu'on entendît même le petit souffle de ses lèvres.

Beauchêne et Séguin firent une invasion de chasseurs malchanceux, les jambes lasses, la face et les mains gelées. Au milieu des exclamations de surprise qui les accueillaient, ils pestèrent contre la fâcheuse idée qu'ils avaient eue de se hasarder hors de Paris, par un temps pareil.

— Imaginez-vous, mon cher, dit Beauchêne, que nous n'avons pas vu un canard. Sans doute, il fait trop froid pour eux. Et vous ne vous doutez pas du vent glacé qui souffle là-haut, sur le plateau, au milieu de ces mares et de ces broussailles hérissées de givre... Ma foi, nous avons lâché la chasse. Vous allez nous donner un verre de vin chaud, et nous rentrons bien vite à Paris.

Séguin, plus maussade encore, se dégourdissait devant le feu ; et, tandis que Marianne s'empressait à faire chauffer du vin, il parla des champs défrichés, dont il venait de longer le vaste espace nu. Mais, sous la couche de glace où ils dormaient, raidis, gardant l'inconnu de la semence, il n'avait rien vu, rien compris, inquiet d'une affaire qui se présentait si mal, ayant peur déjà de n'être pas payé. Aussi se permit-il d'être ironique.

— Dites donc, mon cher, je crains bien que vous n'ayez perdu votre temps et votre peine, là-haut. J'ai aperçu ça en passant, ça ne m'a pas fait bon effet. Comment pouvez-vous nourrir l'espoir de récolter quelque chose, dans un

terrain pourri, où il ne pousse que des roseaux depuis
des siècles?

— Il faut attendre, répondit tranquillement Mathieu.
Vous reviendrez voir cela en juin.

Beauchêne les interrompit.

— Je crois qu'il y a un train à quatre heures. Dépêchons-nous, car nous serions désolés de le manquer,
n'est-ce pas, Séguin?

Et il lui jeta un coup d'œil de complice gaillard,
quelque partie qu'ils avaient dû décider ensemble, en
maris qui entendent utiliser pleinement leur libre jour
de chasse. Puis, quand ils eurent bu, réchauffés, remis
d'aplomb, ils s'étonnèrent, ils se récrièrent.

— Mon bon ami, déclara Beauchêne, c'est stupéfiant
que vous puissiez vivre dans cette solitude, en plein
hiver. Il y a de quoi mourir. Je suis pour qu'on travaille;
seulement, après, que diable! il faut bien qu'on s'amuse.

— Mais nous nous amusons beaucoup, dit Mathieu, en
montrant d'un geste toute cette cuisine rustique, où se
resserrait leur bonne vie de famille.

Les deux hommes suivirent ce geste, regardèrent avec
ébahissement les murs, garnis d'ustensiles, les meubles
grossiers, la table sur laquelle les enfants continuaient
leurs constructions, après avoir tendu leurs joues aux
lèvres distraites des visiteurs. Sans doute les plaisirs qui
pouvaient tenir là leur échappaient complètement, car ils
hochèrent la tête, en réprimant un rire goguenard.
C'était vraiment, pour eux, une existence extraordinaire,
d'un bien singulier goût.

— Venez voir mon petit Gervais, dit tendrement
Marianne. Il dort, ne me le réveillez pas.

Par politesse, tous deux se penchèrent sur le berceau,
s'émerveillèrent qu'un enfant de dix mois pût être si fort.
Il était aussi bien sage. Seulement, quand il allait se
réveiller, il étourdirait tout le monde. Et puis, si un bel

enfant avait suffi pour rendre la vie heureuse, que de
gens seraient coupables de la gâter à plaisir ! Ils revinrent
devant le feu, ils n'avaient que la hâte de partir, maintenant qu'ils étaient ragaillardis.

— Alors, c'est bien entendu, demanda Mathieu, vous
ne voulez pas rester, pour dîner avec nous ?

— Ah ! non, par exemple ! crièrent-ils d'une même
voix.

Et, désireux de rattraper ce qu'un tel cri avait de déso-
bligeant, Beauchêne plaisanta, accepta l'invitation pour
plus tard, lorsqu'il ferait chaud.

— Parole d'honneur, nous avons une affaire à Paris...
Mais je vous promets qu'à la belle saison, nous revien-
drons tous passer ici une journée, oui ! avec nos femmes
et nos enfants. Et vous nous montrerez vos travaux, et
nous verrons bien si c'est vous qui aurez eu raison...
Tous mes vœux, mon cher ! Au revoir, cousine ! Au revoir,
petits, soyez sages !

Il y eut encore des baisers, des poignées de main, puis
les deux hommes disparurent. Et, lorsque le doux silence
fut retombé, Mathieu et Marianne se retrouvèrent à la
même place, devant le feu clair, tandis que les enfants
achevaient leur village, à grand renfort de colle, et que
Gervais continuait son bon sommeil, d'un léger souffle.
Avaient-ils donc rêvé ? quel soudain coup de vent, venu
des hontes et des souffrances de Paris, avait donc soufflé
dans leur tendre paix lointaine ? Au dehors, la campagne
gardait sa rigidité glacée. Le feu chantait seul l'espoir
futur du réveil. Et brusquement Mathieu, après quelques
minutes de rêverie, se mit à parler, comme s'il trouvait
enfin l'explication décisive, la réponse à toutes sortes de
questions graves qui se posaient depuis longtemps en lui.

— Mais ces gens-là n'aiment pas, mais ils sont incapables d'aimer ! L'argent, le pouvoir, l'ambition, le
plaisir, oui ! ils peuvent ces choses, mais ils ne peuvent

pâs l'amour ! Même ces maris qui trompent leurs femmes n'aiment pas leurs maîtresses. Ils n'ont jamais brûlé du grand désir, du divin désir qui est l'âme du monde, le brasier d'éternelle existence. Et cela explique tout. Qui n'a pas le désir, qui n'a pas l'amour, est sans courage et sans force. On n'enfante, on ne crée que par l'amour. Comment veut-on que les hommes d'aujourd'hui trouvent la belle vaillance d'une famille nombreuse, s'ils n'ont pas l'amour qui accomplit sans lâche restriction sa mission de vie? Ils mentent, ils fraudent, parce qu'ils n'aiment pas. Ils souffrent ensuite, ils tombent aux pires déchéances morales et physiques, parce qu'ils n'aiment pas. Au bout, il y a la douleur, il y a aussi cet effondrement d'une société pourrie, qui craque sous nos yeux chaque jour davantage... Voilà donc la vérité que je cherchais ! C'est le désir, c'est l'amour qui sauvent. Qui aimera, qui enfantera, qui créera, est le sauveur révolutionnaire, le faiseur d'hommes pour le monde qui va naître.

Jamais il n'avait si nettement compris que leur ménage, que sa femme et lui étaient autres. Cela le frappait, à cette minute, avec une évidence, un éclat extraordinaire; et des comparaisons s'imposaient, et leur existence si simple, dégagée de l'âpre souci de l'argent, leur dédain du luxe, des vanités mondaines, toute leur action commune mise dans le travail, dans la vie acceptée, enfantée, glorifiée, toute cette façon d'être qui faisait leur joie et leur force, ne jaillissait que de la source d'éternelle énergie, de l'amour dont le divin désir les embrasait. Si, plus tard, la victoire leur restait acquise, s'ils laissaient, un jour, des œuvres, de la santé, du bonheur, ce serait uniquement qu'ils auraient eu la puissance d'aimer, la bravoure de faire des hommes, cette famille pullulante, poussée d'eux comme une moisson, pour le soutien et la conquête. Et cette brusque certitude l'exalta, lui embrasa les veines d'une telle passion, qu'il se pencha vers 'sa femme, émue de l'entendre parler ainsi, pour la baiser ardemment sur les lèvres. C'était le divin désir qui passait en un vent de flamme. Mais, défaillante elle-même, les yeux brûlants, elle eut pourtant la force de l'arrêter, avec un léger rire de gronderie, en disant :

— Chut ! chut ! tu vas réveiller Gervais. Plus tard, quand il n'aura plus besoin de moi.

Ils restèrent la main dans la main, à s'étreindre les doigts fortement, et leur silence fut délicieux. Le soir venait, la pièce s'emplissait d'une paix dernière, tandis que les enfants, à leur table de jeux, poussaient des cris de ravissement, devant leur village terminé, parmi des bouts de bois, qui figuraient des arbres. Et les yeux attendris des époux allaient au loin, par la fenêtre claire, jusqu'à la moisson endormie, là-bas, sous le cristal du givre, puis revenaient au berceau de leur dernier-né, où dormait aussi l'espérance.

De nouveau, il s'écoula deux grands mois, Gervais venait d'avoir un an, et de beaux jours précoces hâtaient le réveil de la terre. Un matin que Marianne et les enfants allèrent, comme promenade, retrouver Mathieu sur le plateau, ils s'exclamèrent, tellement les premiers soleils avaient, en une semaine, transformé le vaste champ, conquis sur les marécages. Il n'était plus qu'un immense velours vert, une nappe sans fin, drue et forte, roulant le blé en herbe, d'une délicatesse tendre d'émeraude. Jamais si miraculeuse récolte ne s'était indiquée. Aussi, dans la tiède et radieuse matinée d'avril, au milieu de cette campagne sortie enfin du sommeil de l'hiver, toute frémissante de sa jeunesse nouvelle, la famille s'égaya-t-elle de cette santé, de cette fécondité en marche, qui semblait devoir combler son espérance. Et leur ravissement grandit encore, lorsque, tout d'un coup, ils s'aperçurent que le petit Gervais, lui aussi, dégagé des premiers liens, s'éveillait à l'existence, prenait des forces décisives. Comme il se débattait dans sa petite voiture et que sa mère l'en sortait, le voilà qui avait pris son vol et qui, en chancelant, venait de faire quatre pas, pour aller s'accrocher, de ses deux menottes, aux jambes de son père. Il y eut un cri d'extraordinaire joie.

— Mais il marche, il marche!

Ah! ces balbutiements de la vie, ces envolements successifs des chers petits êtres, le premier regard, le premier sourire, le premier pas, quelles délices ils apportent aux cœurs des époux! Ce sont les étapes ravies de la petite enfance, que les parents guettent, attendent impatiemment, saluent par des exclamations de victoire, comme si elles étaient chacune une conquête, une entrée nouvelle dans l'existence. L'enfant a grandi, l'enfant devient un homme. Et il y a encore la première dent perçant, telle qu'une pointe d'aiguille, la gencive rose; et il y a aussi le premier mot bégayé, le « papa », le « maman », que l'on met beaucoup de bon vouloir à comprendre, parmi le caquetage informe, un ronron de petit chat, un babil d'oiseau bavard. La vie fait son œuvre, le père et la mère sont toujours ébahis d'admiration et d'attendrissement, devant cette floraison de leur chair et de leur âme.

— Attends, dit Marianne, il va revenir me trouver... Gervais! Gervais!

Et l'enfant revint, après une hésitation, un faux départ, reprit sa course, refit les quatre pas, les bras élargis et battant l'air, comme d'un balancier.

— Gervais! Gervais! appela Mathieu à son tour.

Et l'enfant revint, et dix fois on voulut qu'il recommençât le voyage, au milieu des cris d'allégresse, tant on le trouvait gentil et drôle, à mourir de rire.

Puis, voyant les quatre autres, enthousiasmés, qui commençaient à le pousser et à jouer trop fort, Marianne le leur enleva. Et, une fois de plus, à cette place, noyée avec lui dans les jeunes herbes, elle lui donna le sein, disant en plaisantant qu'il avait mérité ce régal, bien que l'heure du repas ne fût pas tout à fait venue. D'ailleurs, il était toujours prêt, il enfouit sa large face avec une hâte gourmande, on n'entendit plus que le petit ruissellement du lait, qui se remettait à couler par les veines du monde, pour achever de nourrir les moissons futures.

A ce moment, il y eut une rencontre. Le long du champ, passait un chemin de traverse, en assez mauvais état, qui conduisait à une bourgade voisine. Et, justement, une charrette en débouchait, cahotée dans les ornières, conduite par un paysan que la vue des terrains défrichés absorbait à un tel point, qu'il aurait laissé son cheval monter sur un tas de cailloux, si la femme, qui était avec lui, n'avait tiré brusquement sur les guides. Le cheval s'arrêta, l'homme cria, goguenard :

— Alors, c'est ça votre ouvrage, monsieur Froment?

Mathieu et Marianne reconnurent les Lepailleur, les gens du moulin. Ils n'ignoraient pas les gorges chaudes qu'on faisait à Janville sur la folie de leur tentative, cette idée de récolter du blé dans les marais du plateau. Lepailleur, surtout, se distinguait par des plaisanteries violentes contre ce Parisien, ayant une bonne place, étant un monsieur, et bête au point de se faire paysan, de jeter ses quatre sous à cette gueuse de terre, qui les avalerait, lui, ses mioches, ainsi que ses quatre sous, sans rendre seulement assez de farine pour tous les accommoder. Aussi la vue du champ venait-elle de le stupéfier. Il n'était point passé par là depuis longtemps, jamais il n'aurait cru que la semence lèverait si dru, car il avait répété cent fois que pas un grain ne pousserait, tant ces terres étaient pourries. Mais, bien qu'il étranglât d'une sourde colère, à voir sa prédiction se réaliser si mal, il s'obstina, ne voulant pas se rendre, affectant un air de doute ironique.

— Alors, vous croyez que ça poussera?... Ah! on ne peut pas dire que ça n'a pas levé. Seulement, faut. voir si c'est capable de mûrir.

Et, comme Mathieu souriait tranquillement dans son espoir, dans sa certitude :

— Ah! dame, continua-t-il, cherchant à empoisonner sa joie, quand vous connaîtrez la terre, vous verrez bien qu'elle est pareille à ces sales femmes, dont on ne sait jamais si l'on aura, jusqu'au bout, du plaisir ou de la peine. J'en ai vu, de ces récoltes, qui s'annonçaient magnifiques; et puis, il suffisait d'une trahison de la gueuse, un orage, un coup de vent, des fois même rien, un caprice, et tout coulait, c'était la ruine!... Mais vous êtes encore trop jeune dans le métier, le malheur fera votre apprentissage.

Sa femme, qui l'écoutait parler si bien, en l'approuvant d'un hochement de tête, s'en prit à Marianne.

— Ce n'est pas pour vous décourager, madame, ce que mon homme vous dit là. La terre, vous savez, c'est comme les enfants. Il y en a qui vivent, il y en a qui meurent, les uns vous apportent de l'agrément, les autres vous tuent de chagrin. Mais, si l'on compte bien, on donne toujours plus qu'on ne reçoit, et l'on finit quand même par être dupe. Vous verrez, vous verrez!

Doucement, sans répondre, Marianne avait levé sur Mathieu des yeux confiants, émue de ces méchantes prédictions. Et Mathieu, un instant irrité devant tout ce qu'il sentait là d'ignorance, d'envie et d'ambition imbéciles, se contenta de plaisanter.

— C'est cela, nous verrons... Quand votre fils Antonin sera préfet, et que mes douze filles ne seront plus que des paysannes, je vous inviterai à leurs noces, car ce sera votre moulin qu'on aura dû rebâtir, avec une belle ma-

chine à vapeur, pour moudre tout le blé de mon domaine,
là-bas, à droite, à gauche, partout !

Son geste embrassait de si vastes terres, que le meunier,
vexé, se fâcha presque, n'aimant pas qu'on se moquât de
lui. Il allongea un grand coup de fouet à son cheval, la
voiture repartit en cahotant dans les ornières.

— Blé qui lève, n'est pas blé au moulin... Au revoir, et
bonne chance tout de même !

— Merci, au revoir !

Tandis que les enfants couraient, cherchaient les précoces primevères, parmi les mousses, Mathieu vint s'asseoir un instant à côté de Marianne, qu'il sentait toute
frissonnante. Il ne lui dit rien, il la savait assez forte, de
confiance assez solide, pour surmonter d'elle-même la
crainte où des menaces d'avenir pouvaient jeter son cœur
de femme. Simplement, il s'était mis là, si près d'elle,
qu'il la touchait, la regardant, lui souriant. Et, tout de
suite, elle se calma, elle retrouva son sourire, elle aussi,
tandis que le petit Gervais, que les propos des méchants
ne troublaient pas encore, continuait sans perdre une
gorgée, tétait de plus belle, avec son ronron vorace de
béate satisfaction. Le ruissellement du lait coulait, coulait sans cesse, gonflait les petits membres de jour en
jour plus forts, se répandait dans la terre, emplissait le
monde, nourrissait la vie accrue à chaque heure, épanouie en une éternelle floraison. N'était-ce pas la
réponse de foi et d'espoir à toute menace de mort, la victoire certaine de la vie, les beaux enfants qui toujours
grandiront au soleil, les belles récoltes dont les nappes
vertes monteront toujours du sol, à chaque printemps ?
Demain, une fois de plus, au jour glorieux de la moisson,
les blés auront mûri, les enfants seront des hommes.

Et il en fut ainsi, trois mois plus tard, lorsque les
Beauchêne et les Séguin, tenant leur promesse, vinrent
tous, les maris, les femmes, les enfants, passer à Chan-

tebled l'après-midi d'un dimanche. Ils avaient même
décidé Morange à être de la fête, avec Reine, ayant com-
ploté ensemble de le tirer, pour un jour, de l'anéantissement douloureux où il vivait. Dès que ce beau monde
fut débarqué du chemin de fer, on fit la partie de monter
sur le plateau, pour voir le fameux champ, car c'était la
curiosité de tous, tant l'idée que Mathieu avait eue de
retourner à la terre, de se faire paysan, leur semblait
extravagante, inexplicable. Il riait gaiement, il eut au
moins un succès de profonde surprise, quand, du geste,
il montra le champ qui déroulait à l'infini, sous le grand
ciel bleu, la mer des tiges vertes devenues hautes, des
épis déjà lourds, ondulant aux moindres brises. Par la
chaude et splendide après-midi, c'était la fécondité triomphante, une poussée des germes que le sol gras, le terreau accumulé par les siècles, avait nourris d'une prodigieuse sève, déterminant cette première et formidable
moisson, comme pour glorifier l'éternelle source de vie
qui dort aux flancs de la terre. Le lait avait coulé, le blé
grandissait de partout en un débordement d'énergie,
créait de la santé et de la force, disait le travail de
l'homme, la bonté et la solidarité du monde. Il était la
mer bienfaisante, nourrissante, où toutes les faims
s'apaiseraient, où demain pourrait naître, de cette houle
des tiges qui portait la bonne nouvelle, d'un bout à l'autre
de l'horizon. Jamais champ si victorieux n'avait flambé
sous un plus beau soleil. Ni Constance, ni Valentine n'en
étaient très touchées, indifférentes devant cette herbe, la
tête occupée d'autres ambitions; pas plus, d'ailleurs,
que Morange, qui, les yeux vagues et éteints, semblait
regarder sans voir. Mais Beauchêne et Séguin se récriaient,
en se souvenant de leur visite au mois de janvier, lorsque
la terre glacée dormait encore, mystérieuse. Ils n'avaient
rien deviné, ils restaient effarés devant ce miraculeux
réveil, cette fertilité conquérante qui avait changé un

coin du plateau marécageux et sauvage en un champ de vivante richesse. Et Séguin surtout ne tarissait pas d'élogieuses admirations, certain maintenant d'être payé, espérant déjà que Mathieu traiterait pour une nouvelle partie du domaine.

Puis, dès qu'on fut revenu à l'ancien pavillon, transformé en petite ferme, et qu'on se fut assis dans le jardin, en attendant le dîner, la conversation tomba sur les enfants. Marianne, la veille, avait justement sevré Gervais; elle lui avait donné la dernière tétée le soir; et il était là, au milieu de ces dames, encore bien peu solide sur ses pieds, allant pourtant de l'une à l'autre d'un air gaillard, malgré les continuelles chutes qui l'étalaient sur le dos ou sur le nez. C'était un enfant gai qui ne se fâchait pas, sans doute parce qu'il se portait bien. Ses grands yeux clairs riaient, ses petites mains se tendaient amicalement, et il était très blanc, très rose, très robuste, un petit homme déjà pour ses quinze mois et demi. Le fleuve de lait avait aussi passé là, c'était la poussée heureuse de la bonne source maternelle, la floraison magnifique dans la terre où la semence avait germé. Et Constance, et Valentine l'admiraient, tandis que Marianne plaisantait, l'écartait de sa gorge, chaque fois que, de son geste familier, il allongeait ses menottes par gourmandise.

— Non, non! monsieur, c'est fini... Vous n'aurez plus que de la soupe, maintenant.

— Ces sevrages, quelle terrible chose! dit Constance. Est-ce qu'il vous a laissée dormir cette nuit?

— Oh! oui, il avait de bonnes habitudes, il ne tétait jamais la nuit. Mais c'est ce matin qu'il a été stupéfait et qu'il a commencé par crier. Vous voyez, il est assez sage déjà. Jamais je n'ai eu plus d'ennuis avec les autres.

Beauchêne, debout, écoutait en fumant d'un air de satisfaction son éternel cigare; et Constance le prit à témoin.

— Vous avez de la chance, car tu te souviens, mon ami, de la vie que Maurice nous a faite, lorsque la nourrice s'en est allée. De trois nuits, on n'a pas pu dormir. Je crois bien, Dieu me pardonne! que c'est une des raisons pour lesquelles je n'aurais jamais voulu avoir un second enfant.

Elle riait, et Beauchêne s'écria :

— Tiens! regarde-le donc jouer, ton Maurice, et puis tu viendras me dire encore qu'il est malade!

— Mais je ne dis plus ça, mon ami, il va très bien à présent. Et, d'ailleurs, je n'ai jamais été inquiète, je sais qu'il est très fort.

Dans le jardin, au travers des allées et même des plates-bandes, une grande partie s'était engagée, entre les huit enfants qui se trouvaient là. Il y avait les quatre de la maison, Blaise, Denis, Ambroise et Rose; puis, Gaston et Lucie, le petit garçon et la fillette des Séguin, qui s'étaient dispensés d'amener Andrée, leur dernière; puis, Reine et Maurice. Et ce dernier, en effet, semblait maintenant d'aplomb sur ses jambes, l'air toujours un peu pâle, malgré sa face carrée, à l'épaisse mâchoire. Sa mère le regardait courir, si heureuse, si vaniteuse de son rêve réalisé, qu'elle en devenait aimable, même pour ces petits parents dont l'installation à la campagne lui semblait une déchéance incompréhensible, qui les rayait à jamais de son monde. Ils n'étaient plus.

— Ah! dame, reprit Beauchêne, je n'en fais. pas souvent, mais quand j'en fais, ils sont bâtis comme ça, n'est-ce pas, Mathieu?

Tout de suite, il dut regretter cette plaisanterie, il eut un léger frisson des paupières, un petit froid qui lui glaça les joues, lorsqu'il rencontra le regard de son ancien dessinateur fixé sur le sien, un regard clair où il

venait de voir reparaître l'autre, l'enfant de Norine, jeté
là-bas, on ne savait où. Et il y eut un silence, les cris
aigus des garçons et des fillettes, jouant à cache-cache,
retentirent, pendant qu'un vol de petites ombres passaient
dans le beau soleil, les petits maudits des maisons de
sage-femme, des hôpitaux et de l'Administration, les tout
petits à peine nés, ramassés, emportés par les meneuses,
abandonnés au hasard dans les coins, morts de froid
et de faim peut-être. C'était l'affreux déchet volontaire de
la moisson humaine, et quelle épouvante brusque, quelle
pitié au cœur !

Mathieu n'avait pu trouver un mot de réponse. Son
émotion s'attendrit encore, lorsqu'il aperçut Morange,
affaissé sur une chaise, regardant le petit Gervais rire et
marcher, s'absorbant dans la vue de cette enfance si gaie
et si saine, les yeux troubles, peu à peu gonflés de larmes.
Venait-il de voir, lui aussi, passer le fantôme de la
morte, emmenée par l'enfant qu'ils avaient refusé d'accueillir, le garçon tant désiré autrefois, qui s'en était allé
avant que d'être ? Les spectres tragiques évoquaient l'abominable bouge, toute la maternité sanglante, assassinée,
dans ce coin de jardin ensoleillé, que le jeu éperdu des
enfants emplissait d'une si joyeuse turbulence.

— Que votre Reine est délicieuse ! dit Mathieu, pour
le tirer de la hantise de son remords. Regardez-la donc
courir, si gamine, comme si elle n'était pas bientôt
bonne à marier !

Morange, qui avait lentement levé la tête, regarda sa
fille ; et, dans ses yeux, encore mouillés de larmes, un
sourire reparut, toute une adoration chaque jour croissante. A mesure qu'elle grandissait, il trouvait qu'elle
ressemblait davantage à sa mère, il était pris pour elle
d'une passion, où avaient sombré ses autres tendresses,
ses désirs et ses égoïsmes d'homme. Rien n'existait plus
que de la rendre très belle, très heureuse, très riche. Ce

serait là comme son pardon, la seule joie qu'il pouvait espérer encore. Et cela n'allait plus déjà sans une sorte de jalousie, à l'idée qu'un mari, un jour, la lui prendrait, et qu'il resterait seul, dans sa noire solitude, seul avec l'ombre de la morte.

— Oh! la marier, murmura-t-il, pas encore! Elle n'a que quatorze ans.

Tout le monde se récria, on lui en aurait donné dix-huit, tellement elle était forte, formée, d'une beauté de femme. Et c'était vrai, il se dégageait d'elle, de ses épais cheveux bruns, de sa peau fraîche et ambrée, une odeur d'amour précoce, de même que l'ardeur dont sa mère avait brûlé pour le plaisir et le luxe, s'accentuait encore chez elle, se trahissait, jusque dans ses jeux, par le don entier de sa personne, tout un emportement de gestes et de cris.

— La vérité est, reprit le père, flatté dans sa passion, qu'on me l'a déjà demandée en mariage. Vous savez que la baronne de Lowicz veut bien la venir prendre parfois, pour la promener un peu, et elle m'a conté qu'un étranger archi-millionnaire en était tombé amoureux fou... Qu'il attende! J'ai encore cinq ou six bonnes années à la garder pour moi.

Et il ne pleurait plus, il eut un petit rire de satisfaction égoïste, sans remarquer le froid que venait de jeter le nom de Sérafine, Beauchêne lui-même trouvant sa sœur compromettante, d'une société peu convenable pour une jeune fille.

Marianne, inquiète de voir tomber la conversation, questionna Valentine, tandis que, sournoisement, Gervais s'installait enfin sur ses genoux.

— Pourquoi donc n'avez-vous pas amené votre chère petite Andrée? J'aurais été si heureuse de l'embrasser. Et puis, elle aurait joué avec ce petit monsieur, qui, vous le voyez, ne me laisse pas une minute de paix.

Mais Séguin ne donna pas même à sa femme le temps de répondre.

— Ah bien! non, alors! c'est moi qui ne serais pas venu! Il suffit qu'on ait déjà les deux autres à traîner. Une sacrée gamine qui ne cesse de nous casser les oreilles, depuis que sa nourrice est partie!

Valentine expliqua qu'en effet Andrée n'était pas très sage. On l'avait sevrée au commencement de la semaine, et la Catiche, après avoir terrorisé la maison, pendant plus d'un an, par la dure tyrannie de sa royauté, venait de la plonger, par son départ, dans des embarras anarchiques de toutes sortes. Ah! cette Catiche! elle pouvait se vanter d'avoir coûté cher, renvoyée presque de force, comme une reine qui doit finir par abdiquer, comblée de cadeaux, pour elle, pour son homme et sa fillette, au pays! Et, maintenant, on avait eu beau prendre une nourrice sèche, Andrée ne jetait qu'un cri du matin au soir, on s'apercevait que la Catiche avait emporté des quantités de linge, sans compter qu'elle laissait derrière elle tout le personnel gâté, désorganisé, au point d'obliger les maîtres à faire maison nette. Cette nécessité terrible d'une nourrice, n'était-ce pas assez pour empêcher les jeunes ménages d'avoir des enfants?

— Bah! reprit obligeamment Marianne, quand les enfants se portent bien, tout le reste s'oublie.

— Eh! si vous croyez qu'Andrée se porte bien! s'écria Séguin, cédant à un de ses accès de brutalité. Sans doute, cette Catiche l'avait remise d'aplomb; mais, ensuite, je ne sais pas ce qu'elle lui a fait, la petite n'a que les os et la peau.

Et, comme sa femme voulait protester, il se fâcha.

— Voyons, je mens, peut-être? Nos deux autres, qui sont là, ont aussi des figures de papier mâché. C'est que tu ne t'occupes pas assez d'eux, évidemment... Tu sais bien que Santerre les appelle des fonds de panier.

L'autorité de Santerre restait intacte, pour lui ; et Valentine se contenta de hausser doucement les épaules ; tandis que les personnes présentes, un peu gênées, s'étaient mises à regarder Gaston et Lucie, qui, en effet, au milieu des autres enfants, s'essoufflaient vite, demeuraient en arrière, défiants et revêches.

— Chère amie, demanda Constance à Valentine, est-ce que notre bon docteur Boutan ne vous a pas dit que tout le mal venait de ce que vous n'avez pas nourri vos enfants vous-même ? Moi, il m'a mis ce compliment dans la main.

Au nom de Boutan, un haro amical s'était élevé. Oh ! Boutan, Boutan ! il était comme tous les spécialistes. Séguin ricana, Beauchêne plaisanta sur l'allaitement maternel obligatoire, décrété par les Chambres. Et il n'y eut que Mathieu et Marianne qui se turent.

— Naturellement, chère amie, reprit Constance, en se tournant vers cette dernière, ce n'est pas vous que nous plaisantons. Et, d'ailleurs, vos enfants sont en effet superbes, personne ne dit le contraire.

Marianne, égayée, eut un geste comme pour répondre qu'on pouvait la plaisanter, qu'elle serait contente d'être un sujet de joie. Mais, à ce moment, elle s'aperçut que Gervais, profitant de son inattention, fouillait son corsage, cherchait le paradis perdu. Et elle le remit par terre.

— Ah ! non, non, monsieur ! je vous ai dit que c'était fini... Vous voyez bien qu'on rirait de nous.

Et ce qui advint alors fut délicieux. Attendri, Mathieu regardait Marianne. Elle lui revenait donc, le devoir accompli, ayant achevé de mettre au monde l'enfant, en le nourrissant de sa chair. C'était l'épouse, l'amoureuse au réveil, redevenue femme, avec la sensation si gaie du sevrage, un printemps nouveau, une terre nouvelle, reposée, une fois encore frémissante de fécondité. Jamais il ne l'avait trouvée si belle, d'une beauté si forte et si calme, dans ce triomphe de la maternité heureuse, comme divinisée par ce fleuve de lait qui avait ruisselé d'elle, coulant par le monde. Toute une gloire chantait, gloire à la source de vie, gloire à la mère véritable, à celle qui nourrit après avoir enfanté, car il n'en est pas d'autres, les autres ne sont que d'incomplètes et lâches ouvrières, coupables d'incalculables désastres. Et à la voir ainsi, dans cette gloire, au milieu de ses enfants vigoureux, telle que la bonne déesse, en constante fertilité, déjà prête pour demain, il sentit qu'il l'adorait, qu'il la voulait, d'un désir accru, la flamme inextinguible de l'immortel soleil. Le divin désir passait, l'âme brûlante dont les champs palpitent, qui roule dans les eaux et flotte dans le vent, engendrant à chaque seconde des milliards d'êtres. Peut-être ne fut-il grisé que par l'odeur à peine sensible de sa chevelure, comme par un parfum de fleur lointaine. Peut-être n'y eut-il, entre eux, que la tendresse conquérante d'un simple regard échangé, la reprise mutuelle de tout ce qui, chez l'un, appartenait à l'autre. Et ce fut délicieux, l'extase où ils tombèrent, l'oubli du reste du monde, de tous ces gens qui étaient là. Ils ne les virent plus, n'eurent plus que le besoin de se reprendre, de se dire qu'ils s'aimaient, que la saison était venue où refleurissait l'amour. Il avança les lèvres, elle tendit les siennes, et ils se baisèrent.

— Eh bien ! ne vous gênez pas, cria gaillardement Beauchêne. Qu'est-ce qui vous prend ?

— Voulez-vous que nous nous en allions ? ajouta Séguin.

Et, pendant que Valentine riait follement et que Constance restait gênée, l'air prude, Morange eut ce mot profond de regret, d'une voix où remontaient des larmes :

— Ah ! vous avez bien raison !

Etonnés de ce qu'ils venaient de faire, n'ayant pas voulu le faire, Mathieu et Marianne demeurèrent un moment interdits, se regardant avec consternation. Et puis, ils éclatèrent d'un bon rire, ils s'excusèrent gaiement. Aimer, aimer! pouvoir aimer! c'est toute la santé, c'est tout vouloir et tout pouvoir!

— Alors, reprit Beauchêne goguenard, au sixième maintenant! c'est pour cette nuit, le sixième!

Gervais était allé, de sa marche encore chancelante, retrouver les trois grands frères et la grande sœur, qui menaient le jeu des autres enfants, d'un terrible galop, au travers du jardin ensoleillé.

— Mais certainement, au sixième! dit Mathieu, tandis que Marianne, d'un tendre signe de tête, consentait.

Et il répéta, avec son geste large, qui désignait le vaste champ, là-bas, roulant sous la brise la prochaine et débordante moisson:

— Au sixième, puisque voilà de quoi le nourrir!

C'était le cri de l'homme d'énergie et de volonté, qui se promettait de ne plus mettre au monde un enfant, sans créer en même temps sa part de subsistances. Cela lui semblait honnête, sa conscience avait retrouvé sa belle sérénité, grâce à cette solution de ne pas jeter des parasites par le monde. A mesure que la famille croîtrait, le domaine s'élargirait, conquérant de nouveaux champs fertiles sur les marais, sur les ronces et sur les pierres. Et la terre et la femme achèveraient ensemble l'œuvre de création, victorieuses des pires déchets, allant toujours à plus de vie, à plus de richesse et de force.

# LIVRE QUATRIÈME

## I

Quatre ans se passèrent. Et, pendant ces quatre ans, Mathieu et Marianne eurent deux enfants encore, une fille au bout de la première année, un garçon après la troisième. Et, chaque fois, en même temps que s'augmentait la famille, le domaine naissant de Chantebled s'accrut aussi, la première fois de vingt nouveaux hectares de terres grasses à conquérir sur les marais du plateau, la seconde de tout un vaste lot de bois et de landes que les sources captées commençaient à fertiliser. C'était la conquête invincible de la vie, la fécondité s'élargissant au soleil, le travail créant toujours, sans relâche, au travers des obstacles et de la douleur, compensant les pertes, mettant à chaque heure dans les veines du monde plus d'énergie, plus de santé et plus de joie.

Or, le jour où Mathieu vint s'entendre avec Séguin pour l'achat des bois et des landes, il trouva chez lui Séraﬁne. Séguin, enchanté d'être payé très régulièrement aux échéances convenues, ravi de vendre de la sorte, morceau à morceau, ce domaine inculte qui lui

pesait si fort, exécutait le traité, signait gaiement chaque
cession nouvelle. Et, ce jour-là, il voulait même retenir
Mathieu à dîner. Mais celui-ci avait hâte de retourner à
Chantebled, où la moisson l'attendait. Si bien que Sérafine, muette et souriante jusque-là, intervint, comme il
disait qu'il allait vite prendre une voiture, pour ne pas
manquer son train, à la gare du Nord.

— J'ai la mienne en bas, et je vais justement dans le
quartier. Désirez-vous que je vous conduise?

Il la regarda, ne voulut pas se donner le ridicule
d'avoir peur d'elle, après tant d'années de rupture, certain d'ailleurs d'être invulnérable.

— Mais certainement, merci de votre amabilité.

Dès que le coupé, tendu de soie verte, les emporta
côte à côte, au trot vif du cheval, elle se montra d'une
franchise charmante, très attendrie et très amicale.

— Ah! mon ami, vous ne savez pas quel plaisir vous
me faites, en acceptant ces quelques minutes d'intimité
avec moi. Vous avez toujours l'air de me fuir, on dirait
vraiment que vous tremblez de me voir me jeter sur
vous. Sans doute, j'ai pu rêver un instant de retrouver
des heures dont le souvenir m'est délicieux. Mais, mon
Dieu! que ces choses sont maintenant lointaines! et
combien vous avez raison, de n'en vouloir rien gâter,
en courant le risque d'une réalité nouvelle! Je vous
jure donc que mon désir unique est d'être votre amie, et
j'ajoute que vous êtes le seul homme à qui j'ai gardé
cette bonne place dans mon cœur. Aussi me sera-t-il très
doux de me confier à vous, de vous dire ce que je ne
conte à personne, pas aux hommes bien entendu, mais
pas même aux femmes. Si vous êtes gentil, nous serons
des amis sincères, et ça me fera beaucoup, beaucoup de
bien.

Elle était vraiment émue. Par quel prodige cet homme
qui la dédaignait, après l'avoir possédée, l'attendrissait-

il ainsi, elle si dure aux mâles, les pourchassant pour les
user, puis les jeter au tas commun? Elle se fit fraternelle, goûta un plaisir inconnu à tout avouer, en se plaignant.

— Je ne suis plus si heureuse qu'on le croit, mon bon
ami, je vis à présent dans des craintes continuelles...
Oui, vous ne l'avez pas su, personne ne l'a su, j'ai failli
avoir un enfant. La chance a voulu qu'une fausse couche
m'en débarrassât, à trois mois. Mais me voilà sous la
menace d'être reprise, d'un jour à l'autre... Et, sans
doute, vous qui êtes un sage, vous allez me dire de me
remarier, d'avoir des enfants. Seulement, que voulez-
vous? ce n'est point mon affaire, je ne suis qu'une amoureuse, et même une amoureuse un peu exigeante, je puis
bien vous l'avouer, à vous qui ne l'ignorez pas.

Malgré sa mélancolie, son petit rire inquiétant sonna,
tandis que ses yeux s'étaient remis à flamber, dans l'impudence passionnée de sa face rousse, aux cheveux fous,
couleur de flamme. La vérité était que son besoin exaspéré de l'acte grandissait, à mesure que venait l'âge. Elle
avouait orgueilleusement ses trente-cinq ans, d'une
beauté insolente encore, avec des épaules et une gorge
de marbre, sans une flétrissure. Elle prétendait même
n'en être que plus jeune, plus ardente, plus affamée, et
son ennui n'était pas de vieillir, elle ne souffrait que
de ne pas savoir comment se contenter, librement, sans
courir le risque désastreux des suites. Jusqu'à ce jour,
avec une maîtrise incomparable, elle avait réussi à con-
server intacte sa situation mondaine de veuve riche,
reçue partout, libre de changer d'amants tous les mois,
de les choisir par paires et même à la demi-douzaine,
pourvu qu'elle les gardât ignorés, dans le mystère de
son rez-de-chaussée si hermétiquement clos de la rue de
Marignan, sans les afficher jamais. On chuchotait que,
certains soirs de folie érotique, elle prenait, comme les

impératrices inassouvies de la Rome ancienne, le déguise-
ment d'une servante, pour battre les trottoirs des quartiers louches, en quête des mâles brutaux dont elle
souhaitait les violences. Elle cherchait les monstres, il
n'était pas d'accouplement trop rude, dont elle ne brûlât
de connaître la déchirure. Et, naturellement, les dangers de grossesse croissaient encore, dans ces bordées
frénétiques, avec des hommes ivres parfois, qui n'y
mettaient aucune délicatesse.

Mathieu, un peu surpris d'abord de pareilles confidences,
en vint à éprouver une sorte de pitié inquiète, comme
devant une malade. Il eut, à son tour, un rire involontaire, en songeant à tous ces fraudeurs, à toutes ces
fraudeuses, dont le monde était plein, et qui, malgré
leurs efforts têtus pour duper la nature, finissaient
quand même par en être les dupes.

— Vous étiez si certaine de prendre vos précautions! dit-il avec quelque ironie. Vous ne savez donc
plus?

— Est-ce qu'on sait jamais! cria-t-elle. Il y a aussi de
tels maladroits, sans parler des circonstances. On ne peut
pas toujours se garer.

Puis, elle oublia qu'elle était une femme, il n'y eut
plus là que deux hommes, causant librement. Et ce fut
avec une audace superbe et farouche, où éclatait tout son
désir insatiable, qu'elle ajouta hautement :

— D'ailleurs, ces fraudes, je les ai en horreur et en
mépris. Y a-t-il quelque chose de plus bas, de plus sot?
C'est tout l'amour amoindri, gâté, assassiné. Voyez-vous
deux amants surveillant leur délire, n'ayant en tête que
la préoccupation de ne pas s'aimer jusqu'au bout! Autant
vaut-il tout de suite se tourner le dos, ne rien commencer, puisqu'on ne finit rien. Moi, je déclare que j'en
reste révoltée, enragée, et que je serais, chaque fois,
pour le risque-tout, sans cette peur de me compromettre,

de perdre ma tranquillité, qui me rend aussi lâche que
les autres.

Elle continua, avec son beau calme, donnant à entendre
que, si elle avait eu des curiosités perverses, désireuse
de goûter à tous les amours, elle s'en était vite écartée,
comme de bagatelles, de joujoux sans conséquence, qui
la laissaient irritée, affamée davantage. Et toujours elle
en était revenue à l'homme, à l'acte normal, mais à
pleins bras, d'un appétit d'ogresse, que ne pouvaient
assouvir que les puissantes étreintes, totales, sans fin.
Aussi était-ce ce besoin qui l'enrageait contre les fraudes
nécessaires, dans sa terreur de l'enfant, et qui lui faisait
souhaiter ardemment le moyen de se garantir, sans rien
sacrifier de ses joies. Elle en était obsédée, elle rêvait
des nuits d'impunité, des nuits sans peur, sans contrainte, où elle se donnerait à sa faim et librement, en
plein triomphe frénétique de sa victoire sur la nature.

Lorsqu'elle reparla de sa fausse couche, sans avouer
l'avortement, Mathieu finit par soupçonner la vérité.

— Le pis est, mon bon ami, que cette fausse couche
m'a toute détraquée. Il a fallu me mettre entre les mains
d'un médecin, et j'ai trouvé heureusement, dans mon
quartier, un jeune homme très doux, très convenable,
oh! tout à fait inconnu, un de ces médecins comme il y
en a tant, mais que j'ai préféré à une célébrité, parce que
je n'en fais qu'à ma tête, avec lui, et que je suis plus sûre
du secret, personne ne le remarquant, lorsqu'il vient
chez moi. Voilà donc près de trois mois qu'il me soigne,
et il n'est pas rassurant, il prétend qu'au moindre rapport, je puis désormais redevenir enceinte, quelque chose
de là dedans s'étant déplacé, ayant descendu, je crois.
Me voyez-vous sous cette continuelle menace? c'est à ne
plus oser embrasser un homme. Alors, mon petit médecin m'a bien parlé d'une opération, mais j'en ai une peur,
une peur atroce!

Mathieu laissa échapper un geste d'étonnement.

— C'est donc grave, votre maladie?

Elle comprit, rattrapa sa phrase, eut un air de désolation.

— Mais certainement, ne vous ai-je pas dit que j'étais
détraquée tout à fait? Il y a des jours où j'ai des douleurs
intolérables. Et, si mon médecin commence à parler
d'une opération, c'est qu'il doit soupçonner quelque chose
de sérieux, je ne sais pas trop quoi. D'ailleurs, il n'est
pas chirurgien, il me conduirait simplement au célèbre
Gaude, pour que celui-ci m'examinât et m'opérât, s'il le
fallait... N'importe! ça me donne froid dans le dos, je
crois bien que jamais je n'aurai le courage de me
décider.

En effet, un pâle frisson avait passé dans ses yeux de
flamme, et tout son furieux désir grelottait encore, sous
l'appréhension glacée du fer. Le combat durait entre sa
peur et son rêve d'impunité.

L'ayant regardée, Mathieu n'eut plus de doute.

— Je crois savoir, dit-il doucement, que ces sortes
d'opérations sont très chanceuses. Il ne faut jamais y
recourir qu'à la dernière extrémité, lorsqu'il y a danger
de mort. Autrement, les pauvres opérées s'exposent à
bien des misères, à bien des désillusions.

— Oh! s'écria-t-elle avec exubérance, vous pensez,
j'espère, que si je me fais charcuter, c'est qu'il le faudra
absolument, et que je me serai d'abord renseignée. Gaude,
paraît-il, va opérer une des filles Moineaud, vous savez
le père Moineaud, qui est encore chez mon frère, à
l'usine. Si le cœur m'en dit, j'irai la voir ensuite, pour
me rendre un peu compte.

— Une fille Moineaud, répéta-t-il d'un air de surprise
chagrine. Ce ne peut être qu'Euphrasie, celle qui s'est
mariée voici quatre ans à peine, et qui a déjà trois enfants,
dont deux jumelles. J'ai pris justement chez moi, pour

rendre service à ces pauvres gens, Cécile, une des sœurs
cadettes, qui vient d'entrer dans sa dix-septième année ;
mais je crains bien qu'elle ne puisse faire notre
besogne, car la moindre fatigue la force à garder le lit.
Aujourd'hui, ces filles du peuple sont névrosées, désé-
quilibrées comme des duchesses. Il y a, décidément, des
pères et des mères qui n'ont guère de bonheur, avec leurs
nombreux enfants, et cela m'attriste, parce que, sans
tenir compte des funestes conditions sociales, ni des
mauvais cas individuels, vous en abusez pour triompher
contre moi, vous tous qui limitez la famille, quand vous
ne l'anéantissez pas.

Elle se remit à rire gaiement, oubliant ses maux. Et,
comme la voiture s'arrêtait :

— Nous sommes à la gare, déjà! Moi qui avais encore
tant de choses à vous conter!... Enfin, vous ne vous doutez pas combien je suis heureuse d'avoir fait ma paix avec
vous. C'était si bête, que vous sembliez trembler devant
moi, comme si vous me jugiez incapable de vous aimer
de bonne amitié! Je vous assure que ça me repose, et que
me voilà ravie d'avoir un confident, oui! un confident à
qui je pourrai tout dire... Allons! une bonne poignée de
main, en camarades!

Ils se serrèrent la main, il regarda s'éloigner la voiture, très surpris de cette Séraphine qu'il n'avait pas soupçonnée, tourmentée de la sorte, sur le tard, d'un besoin
de confession. Peut-être, en choisissant un ancien amant,
trouvait-elle une sensation nouvelle à son déshabillage
moral. Et à quelle vie de suprêmes secousses allait-
elle encore, dans son désir d'assouvissement impuni et
sans fin!

Mainfroy, le médecin de quartier, était un grand garçon
de trente ans, mince et correct, la figure poupine et
sérieuse. Toujours en redingote, il commençait une de ces
clientèles de femmes qui assurent à certains docteurs mé-

diocres, inconnus, des rentes solides; et sa règle était de
se montrer grave devant les plus légères indispositions, de
donner surtout de l'importance aux moindres troubles
nerveux, écoutant les plaintes sans se lasser, prodiguant
les remèdes, sans jamais céder à l'envie sotte de s'oublier
aux bras d'une cliente; car toute femme qui se donne à
son médecin est naturellement une cliente qui ne paye
pas. Ce fut ce qui fit son pouvoir sur Sérafine, elle écouta
ce beau garçon, qui, froidement, ne voulut pas comprendre. Appelé par elle, au hasard de la femme de
chambre qui courut le chercher, une nuit qu'elle souffrait
des suites de sa fausse couche, toute une brusque et violente crise de nerfs, il s'aperçut au premier examen des
manœuvres qui venaient d'aboutir à un avortement. Mais
il ne dit rien, il l'effraya en paraissant soupçonner une
affection qui désolerait sa vie, si elle passait à l'état
chronique. Aussi finit-elle par se mettre entièrement entre
ses mains, inquiète de le voir hocher la tête, avec des
réticences, des demi-mots évoquant toutes sortes d'infir-
mités affreuses. Il s'estimait, d'ailleurs, d'une honnêteté
professionnelle parfaite, ni meilleur ni pire que la grande
majorité des autres médecins du quartier; et il est très
certain qu'il n'aurait pas, personnellement, abusé de la
confiance d'un malade, en dehors des gâteries médicales
qu'il se permettait avec les dames; mais cela ne l'empêchait pas d'être, à l'occasion, le rabatteur de certains
chirurgiens célèbres, leur amenant des clientes, touchant sa prime, en toute sérénité d'âme. Ensuite, ce qui
se passait ne le regardait plus. Il n'avait servi que d'obli-
geant intermédiaire, et c'était au prince de la science,
au grand opérateur, de voir et d'agir.

Dès lors, pendant près d'une année, il se joua entre
Mainfroy et Sérafine une comédie lente, dont ils purent
se croire mutuellement les dupes de bonne foi. Ils n'auraient même pas su dire lequel des deux avait le premier

parlé d'une opération possible. Il venait presque régulièrement chaque semaine, elle le rappelait, s'il se faisait
désirer, le forçait à reprendre le traitement, exagérait ses
maux, parlait de douleurs atroces. Et, puisqu'elle manquait ainsi de patience, ils en étaient arrivés à causer
parfois ensemble de cette opération, qui, certainement, la
débarrasserait de tous ses ennuis. Longtemps, il avait eu
son hochement de tête, réservant l'avenir, préférant
garder pour lui cette cliente qui payait bien. Mais il dut
finir par craindre qu'elle ne lui échappât, qu'elle ne se
passât de son intermédiaire, en allant d'elle-même à
cette délivrance, dont le rêve ardent la hantait. Il avait
parfaitement compris, il se doutait que ses souffrances
étaient tolérables, qu'elle aurait pu se résigner à la simple
inflammation chronique, dont elle se serait du reste guérie depuis longtemps, si elle avait bien voulu ménager
ses nuits. A partir de ce moment, il affecta de désespérer
de la guérison, en disant qu'il faudrait sans doute des
mois et des mois. Puis, avec ces sortes de maladies,
on ne savait jamais : peut-être se trouvait-on en présence d'une complication qui échappait à son diagnostic.
Un jour, il prononça le mot de kyste, sans rien affirmer ;
et, tout de suite, il fut question de Gaude, l'opération
se trouva décidée en principe. Seulement, des jours
encore se passèrent, car elle disait son épouvante, épouvante réelle, atroce, dans laquelle aussi entraient toutes
sortes d'inquiétudes sur les suites possibles. Il ne la
visitait plus, sans qu'elle le questionnât passionnément,
s'enhardissant, voulant savoir surtout ce qu'il adviendrait
de ses désirs de femme. Des amies lui avaient fait peur,
en racontant qu'on n'était plus femme ensuite, refroidie,
impuissante au plaisir. C'était là l'anxiété où s'attardait
son hésitation dernière : supprimer la fonction en supprimant l'organe, supprimer l'enfant, ah ! certes, elle
n'avait pas d'autre but, elle ne se mettrait sous le cou-

teau que pour en être délivrée ; mais supprimer le désir, tuer le plaisir, qu'elle brûlait de garder seul, dégagé de tout devoir, désormais souverain, ce serait là une duperie atroce dont elle serait morte de honte et de colère. Et il riait doucement, haussait les épaules, traitant ces renseignements de commérages, affirmant que, neuf fois sur dix, les femmes opérées rajeunissaient, restaient fraîches jusqu'à cinquante ans, se montraient au contraire beaucoup plus ardentes, si bien que c'était même là un des inconvénients de l'opération.

Le jour où Mainfroy lui donna cette certitude, Sérafine le fit taire, comme prise d'une inquiétude pudique. Mais toute sa face brûlante rayonnait.

— Oh ! docteur, vous voyez-vous obligé de me soigner ensuite, pour me calmer ?... Je plaisante, je ris, mais je vous assure que, depuis hier, je souffre horriblement. Et, c'est affreux, de penser qu'on se promène peut-être avec une maladie mortelle... Que voulez-vous ? j'ai bien peur, mais je cède, vous me mènerez voir Gaude, et je le laisserai faire, puisque vous dites qu'il fait des miracles.

— Certes, dit Mainfroy, tous les journaux s'occupent de sa dernière opérée. Il a eu, depuis quelques mois, des succès étourdissants... Vous savez qu'il a remis debout cette ouvrière, cette Euphrasie, dont je vous ai parlé. Elle est maintenant rentrée dans son ménage, mieux portante que jamais, et votre cas semble être un peu le sien, car on m'a parlé d'un kyste de la nature la plus maligne.

Sérafine se récria.

— Tiens ! je m'étais promis d'aller la voir et de la faire causer. Attendez, n'est-ce pas ? avant de demander à Gaude un rendez-vous pour moi.

Euphrasie Moineaud, depuis qu'elle avait épousé Auguste Bénard, le jeune maçon réjoui qui s'était épris de sa petite personne rêche et maigriotte, vivait en

ménage, rue Caroline, à Grenelle, dans une grande pièce
qui servait de cuisine, de salle à manger et de chambre
à coucher. Il y avait aussi un étroit cabinet noir, que plus
tard, lorsque trois enfants eurent poussé, au bout de
quatre ans à peine, on utilisa, en y mettant le lit des
deux aînées, des jumelles. Le berceau du cadet, un
garçon, dut rester au pied du lit des parents. Et Euphrasie,
qui avait quitté l'usine, trop occupée chez elle par ce
petit monde, accomplissait là des miracles de propreté,
régnait en reine absolue, terrible et obéie de tous,
lorsque des douleurs affreuses, à la suite de ses dernières
couches, l'avaient comme paralysée. Elle s'était sans doute
remise trop tôt à la besogne, elle lutta longtemps, elle
désola son mari, qui tremblait devant cette sauterelle
rousse, tout gros gaillard qu'il était, tellement elle l'avait
conquis, dominé sous les éclats de son exécrable caractère. Enfin, elle avait consenti à partir pour l'hôpital ; et
c'était ainsi qu'elle revenait de la clinique de Gaude,
opérée, guérie, disait-on. Depuis quinze jours, les journaux parlaient de ce dernier triomphe du célèbre chirurgien, contant l'histoire touchante de cette jeune ouvrière
mariée, honnête, atteinte d'un effroyable mal, et sauvée
de la mort certaine, et rendue à son mari, à ses enfants,
plus saine, plus vigoureuse que jamais. C'était le chef-
d'œuvre, l'exemple décisif donné aux dames que tenterait
l'opération.

Le matin où, vers onze heures, Sérafine vint chez les
Bénard, désireuse de se renseigner, elle tomba justement
sur toute la famille. Bénard, dont le chantier se trouvait
dans le voisinage, était là, mangeant une soupe, sur un
coin de la table ; tandis que, debout, Euphrasie donnait
un coup de balai, en criant contre les trois mioches, qui
faisaient toujours des ordures. Et même la mère Moineaud, montée un instant pour prendre des nouvelles de
sa fille, se tenait au bord d'une chaise, les mains sous

son tablier, de son air effacé et dolent, très vieillie depuis
ces années dernières.

— Oui, expliqua Sérafine, j'ai su votre guérison, j'ai
voulu vous en féliciter d'abord, me souvenant de vous
avoir connue à l'usine, toute jeune ; et puis, comme j'ai
une amie dans votre cas, la curiosité m'est venue de vous
questionner un peu.

Les pauvres gens s'effaraient de cette visite inattendue.
Ils connaissaient la baronne, des histoires avaient couru,
parmi les ouvriers de l'usine, sur ses richesses fabuleuses
et sa vie extraordinaire. Pourtant, lorsqu'elle eut daigné
prendre une chaise, le maçon se remit à table, pour
achever sa soupe ; pendant que la Moineaude, assise elle
aussi de nouveau, retombait dans son silence hébété.

— Mon Dieu ! madame, raconta Euphrasie, toujours
debout, appuyée sur son balai, il est certain que ça ne
s'est pas trop mal passé. Moi, je ne voulais pas aller à
l'hôpital, parce que le docteur Boutan, qui nous a souvent
soignés pour rien, m'avait dit, après m'avoir visitée, que
je pouvais très bien me guérir chez moi, avec beaucoup de patience et de précautions. Seulement, sans
compter que j'aurais dû être toujours après ma personne,
il me recommandait surtout de ne rien faire ; et comment
voulez-vous qu'on ne fasse rien, quand on a mari et
enfants ? De sorte qu'un beau jour, souffrant davantage,
je me suis décidée.

— Et l'opération a eu lieu tout de suite ? demanda
Sérafine.

— Oh ! non, non, madame, il n'en était pas même
question, alors. La première fois qu'on a dit le mot, je
me suis fâchée, j'ai voulu partir, dans l'idée qu'on allait
m'estropier et que mon mari se dégoûterait de moi. Ça
faisait rire ces messieurs, si bien qu'ils ont fini par me
déclarer que, si je préférais mourir, c'était mon affaire.
Pendant huit jours encore, ils m'ont laissée comme ça,

en me répétant que je serais sûrement morte dans un
mois. Vous comprenez, ce n'est pas agréable de vivre
avec une telle pensée, on en arriverait à se laisser couper
bras et jambes; d'autant plus que, lorsque je leur demandais des explications sur ce qu'ils voulaient me faire, ils
ne me répondaient pas, ou bien en parlaient comme
d'une chose sans conséquence, qui se pratique tous les
jours et dont on ne sent même pas la douleur. Enfin, vous
n'avez pas idée du nombre de femmes qui consentent à y
passer, c'était par trois, par quatre, chaque matin, qu'on
les emmenait de la salle, puis qu'on les ramenait, en
racontant qu'elles étaient guéries... Et voilà comment
je me suis décidée à y passer à mon tour, oh! de
bonne volonté et bien contente aujourd'hui que ce soit
fait.

— Tout de même, interrompit Bénard, la bouche
pleine, ils auraient bien pu, le dimanche où je suis resté
plus d'une heure près de toi, m'avertir qu'ils allaient
t'enlever tout. C'est une chose, il me semble, qui regarde
un mari, et ça ne devrait pas se faire sans qu'on eût son
autorisation... Toi-même, tu n'as pas été prévenue, tu
es demeurée toute bête, lorsque tu as su que tu n'avais
plus rien.

Euphrasie s'irrita, le fit taire d'un geste.

— Si, j'ai été prévenue... C'est-à-dire qu'ils ne m'ont
pas dit la chose nettement. Mais je voyais bien ce qui se
passait pour les autres, je me doutais bien que je n'allais
pas te revenir entière... Enfin, que veux-tu? un peu plus,
un peu moins, va! tu n'as rien à regretter, du moment
que ça ne se voit pas. J'aime mieux ça qu'une coupure à
la joue.

Mais il continuait à gronder, le nez dans sa soupe.

— Ça n'est pas mon avis. Ils devaient m'avertir. Ils
devaient commencer par t'expliquer que, puisqu'ils
t'enlevaient tout, tu n'aurais jamais plus d'enfant.

Et il se remit à manger, sous le souffle de tempête qu'il avait déchaîné.

— Tais-toi! tu vas me rendre encore malade... Est-ce qu'il n'y en a pas assez de trois, des enfants? est-ce que tu crois que tu m'en aurais fait toute une séquelle, comme cette pauvre bête de maman s'en est laissé faire?... Voyons, madame, trois enfants, pour de pauvres gens comme nous, est-ce que ce n'est pas assez?

— Ah! bon Dieu, cria gaiement Sérafine, il y en a trois de trop!... Et l'opération, est-ce très douloureux?

— On n'en sait rien, madame, puisqu'on dort. Quand on se réveille, ce n'est guère agréable, mais ça se supporte.

— Enfin, vous êtes guérie?

— Oui, guérie, ils me l'ont bien dit... Auparavant, ça me tenait dans les reins et dans les cuisses, des douleurs à crier. Maintenant, je n'ai que de temps à autre des petites crises, et ils m'ont promis que je ne sentirais plus rien, lorsque tout sera cicatrisé.

Ce qui l'ennuyait, c'était de ne pas retrouver ses forces. Elle mettait la journée à faire son ménage, toujours le balai à la main, dans cette folie de propreté qui devenait une torture pour son mari, réduit à ne pas cracher, à ne pas bouger, à ôter ses souliers de maçon, dès le seuil. Puis, c'étaient les trois enfants qu'elle lavait, qu'elle bousculait, à la moindre tache. Et, tout de suite lasse, depuis son retour de l'hôpital, elle tombait sur une chaise, elle s'emportait, désespérée de n'être plus bonne à rien.

— Vous voyez, madame, au bout de dix minutes, j'en ai assez, continua-t-elle, en lâchant son balai et en s'asseyant. Enfin, il faut de la patience, puisqu'on m'a bien promis que je serais plus forte qu'auparavant.

Ces détails n'intéressaient guère Sérafine, qu'une seule préoccupation hantait, sans qu'elle eût jusque-là trouvé une façon honnête de poser cette délicate question.

Elle finit par se risquer, librement, en regardant Bénard de son air de tranquille impudeur.

— Les maris, ça consent encore à ne pas avoir d'enfant, mais ça se dérange, dès que ça ne trouve pas l'amusement chez soi, et, quand une femme ne peut plus, c'est le pire malheur qui puisse arriver dans un ménage.

Le maçon comprit et s'égaya, éclatant d'un gros rire.

— Oh! madame, quant à ça, je n'ai pas à me plaindre. Si je l'écoutais, depuis qu'ils me l'ont rendue, on ne s'arrêterait pas d'en prendre, de l'amusement!

Honteuse, furieuse, Euphrasie de nouveau le fit taire, en femme honnête, qui n'aimait pas les vilains mots. Et Sérafine, très égayée, elle aussi, ravie du renseignement, sachant enfin ce qu'elle désirait tant savoir, allait quitter sa chaise, lorsque la Moineaude, muette et endormie jusque-là, comme restée en arrière des choses qu'on disait, se mit à lâcher un flot de paroles lentes, interminables.

— C'est bien vrai, ta pauvre bête de maman s'en est laissé faire, une séquelle d'enfants. Et ce n'est pas ça qu'elle regrette, puisque ça faisait plaisir à son homme. Mais, tout de même, ni lui ni elle n'en sont guère récompensés. Le voilà, lui, qui s'éreinte toujours à l'usine, où il reste seul à travailler, depuis que Victor est parti soldat, pour crever peut-être dans quelque coin, comme notre Eugène. De nos trois garçons, il n'y a plus à la maison que le dernier, ce mauvais garnement d'Alfred qui manque l'école tant qu'il peut, dans la rue du matin au soir, plus vicieux à sept ans qu'on ne l'était à quinze autrefois. C'est comme de nos quatre filles, je n'ai plus qu'Irma, trop jeune encore pour être mariée, et que je tremble de voir mal tourner un jour, tant elle aime peu le travail. Toi, tu as failli mourir. Maintenant, voilà Cécile qui vient d'entrer à l'hôpital. Et quant à cette malheureuse Norine...

Elle eut un hochement de tête désespéré, puis elle continua sa plainte infinie, revenant sur chacun de ses enfants, s'attardant au peu de joie qu'elle en avait eu, plaignant aussi le père, qui, depuis vingt-cinq années bientôt, comme un cheval au manège, tournait la meule, sans tirer d'eux d'autre agrément que celui de les avoir faits. Du reste, les pauvres petits, maintenant envolés, tombés au hasard, n'étaient pas plus heureux que leur père et leur mère, recommençaient à faire des enfants, qui, eux encore, ne seraient pas plus heureux. Et, comme elle nommait de nouveau Norine, s'attendrissant, elle fut violemment interrompue.

— Ah! tu sais, maman, cria Euphrasie, je t'ai défendu de prononcer son nom devant moi... C'est une honte, je la giflerais, si je la rencontrais. On m'a dit qu'elle avait encore eu un enfant, et Dieu sait ce qu'elle en a fait! Le jour où ta fainéante d'Irma tournera mal, ce sera l'exemple de Norine qui l'aura perdue.

Toute sa haine ancienne contre son aînée, la grasse et belle fille, si passionnée au plaisir, se réveillait chez cette maigre et sèche ménagère, qui pliait les gens, autour d'elle, sous l'orgueil de son honnêteté. Et ni la mère, ni le mari n'osèrent plus ajouter un mot, de peur de provoquer une crise, en la contrariant.

— Ne disiez-vous pas que votre fille Cécile vient, elle aussi, d'entrer à l'hôpital? demanda Sérafine, de nouveau intéressée.

— Hélas! oui, madame. Elle avait eu la chance que monsieur Froment voulût bien la prendre à la ferme qu'il exploite, pour aider au ménage. Mais la maladie est venue, elle se plaignait d'une boule qui l'étouffait et d'un gros clou dont la pointe lui traversait le crâne. Puis, brusquement, c'est descendu dans les reins et dans les cuisses, si bien qu'elle ne peut plus remuer un membre, sans hurler, et qu'il est question de lui faire la même opération qu'à Euphrasie.

— Une fille de dix-sept ans, c'est tout de même pas drôle! dit Bénard, qui, ayant fini sa soupe, s'était levé.

— Elle n'est pas plus princesse que moi, bien sûr! cria la sœur aigrement, et pourquoi donc n'y passerait-elle pas, si c'est nécessaire? A moins qu'elle ne préfère être morte.

— Non, deux des miennes, c'est trop! murmura la Moineaude, retombée dans sa résignation dolente.

Sérafine prit congé, en remerciant, en donnant à chacun des enfants une pièce de vingt sous, pour acheter des gâteaux, ce qui la fit bénir de toute la famille. Et, dès le lendemain, elle chargea Mainfroy d'aller aux renseignements sur Cécile, résolue à ne rien décider tant qu'elle ne connaîtrait pas le résultat de cette nouvelle opération. Quand il lui eut confirmé que Cécile était à la clinique de Gaude, elle attendit qu'elle y fût opérée. Trois semaines plus tard, son petit docteur voulut bien la conduire un matin voir la jeune fille, dans la salle où, couchée encore, elle entrait en convalescence. Et ce fut comme une partie de curiosité vive.

A l'hôpital, Gaude régnait sur ses trois salles de femmes, en maître tout-puissant et glorifié. C'était un praticien de premier ordre, une admirable intelligence, gaie et brutale, servie par une main d'une décision, d'une adresse sans pareilles. Il vivait dans l'orgueil de son art, sans scrupule évidemment, mais incapable de bas calculs, d'actions louches de coquin; et, s'il battait monnaie, s'il avait ses rabatteurs, toute une industrie à gros bénéfices, toute une exploitation des riches clientes, il était heureux d'en tirer plus encore de vaniteux tapage que d'argent. Il pratiquait au plein jour de la publicité, il aurait convié tout Paris autour de sa table d'opération. Des peintures, des gravures, des dessins l'avaient popularisé, au travail, le grand tablier blanc noué sur la poitrine, les poignets nus, beau comme un dieu qui tranche et dispose de la vie. Il était le seul à ouvrir un ventre, à regarder, puis à recoudre, avec cette ampleur magistrale. Parfois, il le rouvrait, pour mieux voir. Grâce à l'anti-sepsie, l'opération n'était plus qu'un joujou, un rien l'y décidait, le simple plaisir de se rendre compte. Autant de femmes amenées, autant de femmes opérées. S'il y avait erreur de diagnostic, s'il se trouvait en présence d'un organe sain, il enlevait tout de même quelque chose, ne voulant pas recoudre sans avoir coupé. Et, d'un bout de Paris à l'autre, ses succès opératoires répandaient, célébraient cette maîtrise prodigieuse qu'il avait acquise, en s'exerçant la main sur des milliers de pauvres dia-blesses, dans cette clinique d'hôpital, et qui faisait de lui l'idole couverte d'or, le châtreur souverain de toutes les détraquées millionnaires.

Lorsque Sérafine, amenée par Mainfroy, entra dans la vaste salle blanche, aux petits lits blancs, occupés par de blanches figures de femmes, elle eut la surprise de trouver Mathieu, au chevet de Cécile, opérée depuis quelques jours déjà. Il avait su l'opération, il était venu la voir, par une sympathie douloureuse pour un si triste destin. Et il se tenait là, debout, silencieux, tandis que, dans le lit, Cécile sanglotait. A dix-sept ans, elle était restée mince et chétive, poussée en longueur, avec des bras, des épaules, une gorge de petite fille. Sur l'oreiller, ses pâles cheveux se dénouaient, sa face maigre blêmis-sait, creusée de souffrance et de chagrin. Et, les lèvres tremblantes, les yeux rougis, elle sanglotait, elle sanglo-tait, dans une crise d'inconsolable désespoir.

— Qu'a-t-elle donc? demanda Sérafine. Est-ce que l'opération n'a pas bien marché? est-ce qu'elle souffre?

— Si, si, l'opération a bien marché, répondit Mathieu. Un chef-d'œuvre, paraît-il, une exécution si brillante, que l'assistance aurait volontiers applaudi. Et, tout à l'heure, elle me disait qu'elle n'avait plus ressenti aucune douleur.

— Alors, pourquoi pleure-t-elle si fort?

Un instant, il se tut. Puis, avec une pitié attendrie :

— On vient seulement de lui apprendre que, si elle se marie, elle n'aura jamais d'enfant.

Stupéfaite, Sérafine regarda la chétive fille, aux chairs si pauvres.

— Comment, c'est pour ça! elle regrette ça!

Mathieu s'était tourné vers elle, les yeux dans les siens, très grave, en la voyant qui retenait un rire ironique.

— Oui, il paraît... Il paraît qu'il y a des filles misérables, malades et sans le sou, à qui l'idée de ne jamais avoir d'enfant fait de la peine.

Sérafine s'était approchée du lit, et elle voulut calmer ce grand chagrin, la tirer de ses larmes, pour la questionner un peu. La jeune fille finit par répondre, dégageant de ses pâles cheveux son visage meurtri, s'efforçant de renfoncer ses sanglots.

— Vous ne souffrez plus, ma chère petite?

— Non, madame, plus du tout.

— Mais vous avez beaucoup souffert, pendant qu'on vous opérait ?

— Non, madame, je ne puis pas dire, je ne sais pas.

Et elle se remit à sangloter, à sangloter plus fort, éperdument. Cette idée de l'opération lui rappelait qu'on lui avait tout enlevé, qu'elle n'aurait jamais d'enfant, jamais, jamais! Elle n'ignorait rien de l'amour, ni de la maternité, une fille de la rue, restée vierge au travers des souillures voisines. Et, chez cette vierge, ainsi tranchée dans sa fleur, clamait la désolation de la mère, un cri instinctif de furieux désespoir, qu'elle ne savait même pas en elle, qui s'exhalait si longuement, sans que ce fleuve de larmes le pût apaiser.

A ce moment, il y eut une joie dans la salle, Gaude parut, en dehors de ses visites réglementaires, comme il le faisait parfois, pour donner à son petit peuple obéissant de châtrées un témoignage de paternel intérêt. Il n'était accompagné que d'un interne, un gros garçon nommé Sarraille, aux yeux de ruse, dans une face basse et commune. Gaude, lui, grand bel homme roux, rasé soigneusement, la figure carrée, gaie et brutale, rayonnait vraiment d'intelligence et de force, d'une autorité souveraine, avec des familiarités de bon prince qui daigne s'humaniser. Et, quand il vit qu'une de ses femmes, celle qu'il appelait « son petit bijou », pleurait ainsi, il s'avança, voulut connaître la cause de son chagrin. Puis, mis au courant, il eut un sourire d'aimable pardon.

— Vous vous consolerez, mon petit bijou. C'est une chose dont on se console très bien, vous verrez ça plus tard.

Il ne s'était point marié, vivant en célibataire endurci, en homme infécond, qui avait, comme philosophie dernière, le parfait mépris des hommes. Moins on en faisait, mieux cela valait. Cette race d'imbéciles et de bandits pullulerait toujours assez. Il n'aurait pas fallu le pousser beaucoup, pour qu'il triomphât, à chaque femme qu'il châtrait, de la semence mauvaise qu'il écrasait dans l'œuf. Et l'on racontait ses succès d'amant prudent, parmi ses clientes, celles qui, certaines de ne plus courir de risque, jouaient avec lui, très nombreuses, disait-on, tout un sérail d'infécondes, surtout au lendemain des excitations du fer et dans la joie première de la délivrance.

Mais Mainfroy, après l'avoir pris un instant à l'écart, lui présenta la baronne de Lowicz. Il y eut des sourires, un échange d'amabilités mondaines, une entente immédiate, dès les premiers regards; et un rendez-vous fut fixé pour la semaine suivante, chez l'illustre chi-

rurgien. Comme il s'éloignait, continuant à faire le tour
de la salle, après un dernier salut, il tendit la main à son
modeste et correct confrère Mainfroy, serra la sienne d'une
façon énergique; et l'affaire fut conclue. Cécile pleurait
toujours, la face enfoncée dans ses cheveux. Elle ne
répondait plus, n'entendait plus. Il fallut la laisser.

— Alors, vous êtes décidée, je le vois, dit Mathieu à
Sérafine, en sortant avec elle. C'est bien grave.

— Que voulez-vous? je souffre trop, répondit-elle
tranquillement. Et puis, je ne vis plus avec cette idée, il
faut en finir.

Sérafine, quinze jours plus tard, fut opérée dans une
maison hospitalière, tenue par des religieuses, rue de
Lille. C'était une sorte de couvent, entouré de jardins,
où Gaude, au milieu d'une paix filiale de cloître, châtrait
celles qu'il appelait « ses grandes dames ». Il ne se fit
aider que de Sarraille, dont le mufle bovin, la tête dans
les épaules, aux quelques rares poils de barbe, aux raides
cheveux collés sur les tempes, n'était guère aimé des
femmes; mais il savait avoir en lui un chien fidèle, un
garçon d'énergie, révolté par l'antipathie qu'il inspirait,
déjà résolu à toutes les besognes, dans son besoin furieux
de prompte réussite. Et, naturellement, l'opération fut
merveilleuse, un miracle de légèreté adroite, l'organe
enlevé, envolé, disparu, comme entre les mains subtiles
d'un escamoteur. Et, n'étant pas malade, solide, en pleine
force, Sérafine la supporta d'une admirable façon, eut
une rapide convalescence, reparut dans le monde triomphante, éclatante de santé, ainsi qu'au retour d'une cure
sur les Alpes ou sur les bords de la mer bleue. Mathieu,
qui la revit alors, fut confondu de son insolente joie,
une telle flambée de désirs exaspérés, que son visage
doré en brûlait, une telle impudence de victoire à être
enfin inféconde, à pouvoir se donner, se rassasier sans
crainte, que ses yeux toujours en quête disaient ses nuits,

son alcôve ouverte à la rue, le débordement et le néant
de ses voluptés.

Un matin que Mathieu déjeuna chez Boutan, ils en
causèrent. Le docteur était au courant, très renseigné
sur toutes ces pratiques. Il en parla d'une voix désolée,
qui peu à peu s'irritait.

— Gaude, lui encore, est un chirurgien de premier
ordre, et je veux croire qu'il cède à l'unique passion de
son art. Mais si vous saviez les pratiques courantes où
en arrivent les autres, ceux qui s'autorisent de son
exemple, et quel effroyable mal ils sont en train de faire
à la patrie, à l'humanité!... Châtrer ainsi une femme est
simplement un crime, lorsqu'il n'y a pas nécessité absolue. Il faut qu'il y ait danger de mort, il faut que toute
intervention médicale soit reconnue insuffisante. Sur
vingt femmes qu'on opère aujourd'hui, quinze au moins
pourraient être guéries par des soins intelligents. Ainsi,
voyez ces deux cas, les deux filles Moineaud : j'ai soigné
Euphrasie, elle ne souffrait certainement que d'une
inflammation chronique, fort douloureuse il est vrai,
mais qu'un traitement sévère aurait guérie ; et quant à
Cécile, que j'ai eue aussi entre les mains, elle est sujette
à de graves accidents nerveux, elle devait être atteinte de
névralgies intenses. Opérer des chlorotiques, opérer des
nerveuses, c'est insensé, c'est digne du cabanon et du
bagne ! Ils en sont bien venus, m'a-t-on dit, à essayer de
la castration sur les folles furieuses, pour les calmer...
Que voulez-vous ? c'est la démence du jour, démence
qui s'accommode, j'imagine, avec l'appétit des gros hono-
raires. Du haut en bas, du grand au petit, on bat monnaie
avec cette affreuse industrie qui fait des inféconds. Voilà
une femme mariée qu'on évente, dont on arrache la
grappe de vie, en pleine ponte. Voilà une vierge mutilée,
chez qui on supprime la maternité en bouton, avant
même qu'elle ait fleuri. On coupe, on coupe, on coupe

toujours et partout. Pour le moindre bobo, pour la
moindre tare soupçonnée, on coupe, quitte à jeter l'organe sain au baquet, si l'on s'est trompé. Souvent, la
femme n'est pas prévenue, ni le mari, ni la famille, et
elle n'apprend ce qu'on a fait d'elle qu'en lisant la
feuille d'observations. Baste! ça n'a pas d'importance, une
femme de moins, une épouse et une mère de moins!...
Et vous savez où nous en sommes. Dans les hôpitaux,
on en châtre de deux à trois mille par an. Le chiffre
est au moins du double dans les cliniques particulières,
où il n'y a ni témoins gênants, ni contrôle d'aucune
sorte. Rien qu'à Paris, depuis quinze ans, le nombre des
opérations a dû être de trente à quarante mille. Enfin
on estime à cinq cent mille, à un demi-million les femmes
de France dont on a fauché, arraché la fleur de maternité, comme une herbe mauvaise... Un demi-million,
grand Dieu! un demi-million d'inutiles et de monstres!
Il avait jeté ces chiffres, dans un grand cri de colère,
et il conclut avec un mépris douloureux :
— Le pis est qu'il n'y a, là dedans, que mensonge,
duperie et vol. Elles sont menteuses, leurs statistiques,
celles qu'ils publient à leur gloire. Elles dupent les
clientes du lendemain, elles les volent, en ne réalisant
presque jamais les espérances qu'elles ont données.
Toute cette mode de la castration est ainsi basée sur
une vaste tromperie, car il ne s'agit pas de savoir
si l'opération réussit en elle-même, il faudrait suivre
ensuite les opérées, étudier ce qu'elles deviennent,
quels sont les résultats définitifs, aux points de vue
individuels et sociaux. Et quels terribles mécomptes
alors, dans quels enfers on tombe, effroyables de douleurs, de déchéances et de désastres! On ne guérit pas
un organe en supprimant une fonction, on fait des
monstres, je le répète, et les monstres sont la négation
de toute santé, de tout bonheur. Au bout, il n'y a

qu'un déchet immense, de la vie gâchée, anéantie, de l'humanité assassinée. En dix ans, le couteau des châtreurs de femmes nous a fait plus de mal que les balles prussiennes, pendant l'année terrible.

A Chantebled, Mathieu et Marianne fondaient, créaient, enfantaient. Et, pendant les quatre années qui se passèrent, ils furent de nouveau victorieux dans l'éternel combat de la vie contre la mort, par cet accroissement continu de famille et de terre fertile, qui était comme leur existence même, leur joie et leur force. Le désir passait en coups de flamme, le divin désir les fécondait, grâce à leur puissance d'aimer, d'être bons, d'être sains ; et leur énergie faisait le reste, la volonté de l'action, la tranquille bravoure au travail nécessaire, fabricateur et régulateur du monde. Mais, durant les deux premières années, ce ne fut pas sans une lutte constante que la victoire leur resta. Il y eut deux hivers désastreux, des neiges, des glaces ; puis, lorsque soufflèrent les vents de mars, des grêles tombèrent, des ouragans couchèrent les blés. Comme Lepailleur, avec son rire d'envieux et d'impuissant, les en avait menacés, il sembla que la terre se fît marâtre, ingrate pour leur travail, indifférente à leurs pertes. Ces deux années-là, ils ne se tirèrent d'affaire que grâce aux vingt autres hectares qu'ils avaient acquis de Séguin, à l'ouest du plateau, tout un élargissement de terre grasse, conquise de nouveau sur les marais, dont la première moisson, malgré les coups de gelée, fut prodigieuse. En s'accroissant, le domaine devenait fort, supportait les chances mauvaises. Ils eurent aussi de grands soucis de famille, les cinq enfants déjà nés leur coûtèrent bien des inquiétudes, bien des fatigues. De même que pour la terre, c'était une bataille quotidienne, des soins, des craintes, un sauvetage de chaque jour. Gervais, le dernier, faillit mourir, d'une fièvre maligne. La petite Rose, elle aussi, les secoua d'une émotion affreuse, étant tombée d'un arbre, sans autre mal qu'une foulure. Mais les trois autres, Blaise, Denis et Ambroise, heureusement, faisaient leur solide allégresse, d'une santé de jeunes chênes. Et, lorsque Marianne accoucha de son sixième enfant, une fille, à qui l'on donna le gai nom de Claire, Mathieu fêta le nouveau cadeau de leur amour, ravi de cette augmentation de puissance et de fortune.

Puis, durant les deux années suivantes, les éternelles luttes, les tristesses et les joies continuèrent, aboutirent aux mêmes victoires. Marianne enfanta encore, Mathieu conquit d'autres terres. Toujours beaucoup de travail, beaucoup de vie dépensée, beaucoup de vie réalisée. Cette fois, il fallut aggrandir le domaine du côté des landes, des pentes sablonneuses et pierreuses, où rien ne poussait depuis des siècles. Les sources du plateau, captées, épandues sur ces terrains incultes, les fertilisaient peu à peu, les couvraient d'une végétation grandissante. Il y eut d'abord des mécomptes, on put craindre la défaite, tant il fallut de patiente volonté à l'effort créateur. Mais les moissons, là aussi, débordèrent, tandis que des coupes intelligentes, dans le lot des bois achetés, apportaient de gros profits, donnaient l'idée de livrer plus tard à la culture de vastes clairières, jusquelà encombrées de ronces. Les enfants grandissaient, à mesure que s'étendait le domaine. On avait dû mettre les trois aînés, les trois garçons, Blaise, Denis et Ambroise, dans un lycée de Paris, où ils se rendaient gaillardement chaque jour, par le premier train, pour en revenir chaque soir. Les trois autres, le petit Gervais, les fillettes, Rose et Claire, poussaient encore librement, lâchés en pleine nature. Il ne vint, de leur côté, que les misères accoutumées, des maux qui cédaient à une caresse, des pleurs que séchait un rayon de soleil. Mais, pour le septième enfant, les couches de Marianne furent si laborieuses, que Mathieu, un moment, trembla de la perdre. Elle était tombée, en revenant de la basse-cour; et des douleurs aiguës se déclarèrent, elle dut prendre le lit, elle accoucha le lendemain, à huit mois, sans que Boutan, appelé en toute hâte, pût répondre d'elle ni de l'enfant. Ce fut une terrible alerte, d'où la tira son tempérament de belle et sage santé, tandis que l'enfant lui-même, le petit Grégoire, rattrapait le temps perdu, reprenait vie à son sein, comme à la source naturelle de toute existence. Lorsque Mathieu la revit souriante, avec ce cher petit au bras, il l'embrassa passionnément, il triompha une fois de plus, par-dessus tous les chagrins et toutes les douleurs. Encore un enfant, encore de la richesse et de la puissance, une force nouvelle lancée au travers du monde, un autre champ ensemencé pour demain.

Et c'était toujours la grande œuvre, la bonne œuvre, l'œuvre de fécondité qui s'élargissait par la terre et par la femme, victorieuses de la destruction, créant des subsistances à chaque enfant nouveau, aimant, voulant, luttant, travaillant dans la souffrance, allant sans cesse à plus de vie, à plus d'espoir.

Deux ans se passèrent. Et, pendant ces deux années, Mathieu et Marianne eurent un enfant encore, une fille. Et, cette fois, en même temps que s'augmentait la famille, le domaine de Chantebled s'accrut aussi, sur le plateau, de trente nouveaux hectares de bois, jusqu'aux champs de Mareuil, tandis que, sur les pentes, trente autres hectares de landes le prolongea, jusqu'au village de Monval, le long du chemin de fer. Mais, surtout, l'ancien rendez-vous de chasse, le pavillon délabré ne suffisant plus, il fallut bâtir, installer toute une ferme, des bâtiments, des granges et des hangars, des écuries et des étables, pour les récoltes, pour les serviteurs et les bêtes, dont le nombre se multipliait à chaque agrandissement, comme dans une arche prospère. C'était la conquête invincible de la vie, la fécondité s'élargissant au soleil, le travail créant toujours, sans relâche, au travers des obstacles et de la douleur, compensant les pertes, mettant à chaque heure dans les veines du monde plus d'énergie, plus de santé et plus de joie.

Mathieu, trop souvent à son gré, venait à Paris pour des affaires, en continuelles relations avec Séguin, appelé par des ventes, par des achats, par des commandes de toutes sortes. Un matin brûlant des premiers jours d'août, comme il était venu voir un nouveau modèle de moissonneuse, à l'usine, il n'y trouva ni Constance, ni Maurice, partis de la veille avec Beauchêne, qui, après les avoir installés à la mer, du côté d'Houlgate, devait rentrer le lundi suivant. Et, quand il eut examiné la machine, dont le mécanisme ne lui plut pas, il ne put que monter serrer la main au bon Morange, toujours cloué dans son bureau, devant ses registres, été comme hiver.

— Ah! vous êtes aimable, de ne pas venir ici, sans me dire un petit bonjour. Ce n'est pas d'hier qu'on se connaît.

— Non, non! et vous savez que j'ai beaucoup d'affection pour vous.

C'était un Morange apaisé, revenu à la vie, riant comme aux bons jours. De l'effroyable mort de sa femme adorée, il n'avait gardé qu'une faiblesse d'esprit plus grande, prompt aux larmes, d'une bonté et d'une timidité accrues. Entièrement chauve dès quarante-six ans, il soignait de nouveau sa belle barbe, dont il se montrait fier. Et Reine seule avait accompli le prodige, cette fille qui lui refaisait une existence heureuse, chez laquelle, chaque année, à mesure qu'elle grandissait, il retrouvait davantage la morte tant pleurée. Aujourd'hui, à vingt ans, Reine était Valérie même, à l'âge où il l'avait épousée, qui ressuscitait dans sa beauté jeune, pour le consoler, en un miracle de tendresse. Dès lors, le fantôme de la morte, de l'affreuse morte sur son grabat sanglant, venait d'être comme effacé, remplacé par cette claire résurrection de charme et de joie, dont la maison était pleine. Il avait cessé de trembler au moindre bruit, ne gardant de ses remords qu'un poids lourd au cœur, une douleur endormie que l'épouvante n'éveillait plus. Il s'était mis à aimer Reine d'un amour fou, infini, fait de tous les amours. Sa jeunesse renaissait, il lui semblait être marié de la veille, il revivait avec la femme désirée, qui lui était rendue vierge, qui recommençait l'amour, par un divin pardon du sort. Et toute cette passion pour une créature sacrée, qu'il ne pouvait toucher, dont il

faisait une divinité inaccessible, devant laquelle il restait
à genoux.

— Si vous étiez gentil, reprit-il, vous viendriez
déjeuner avec moi... Vous ne savez pas que je suis veuf,
depuis hier soir.

— Comment veuf?

— Mais oui, Reine est pour trois semaines dans un
château du Loiret. C'est la baronne de Lowicz qui m'a
supplié de la lui laisser emmener chez des amis. Et, ma
foi! j'ai fini par céder, en voyant l'envie folle que la chère
enfant avait de courir en pleins champs, en pleins bois.
Elle que je n'ai jamais menée plus loin que Versailles,
songez donc!... Tout de même, j'avais bien envie de
refuser.

Mathieu s'était mis à sourire.

— Oh! résister à un désir de votre fille, vous en étiez
incapable!

Et c'était vrai. De même que Valérie, autrefois, régnait
en souveraine absolue dans le ménage, Reine était redevenue la volonté toute-puissante à laquelle il obéissait.
Désemparé, à la mort de sa femme, éperdu et sans guide,
la grande raison de la paix, de la santé qu'il avait retrou-
vées, était certainement qu'une compagne adorée le
dominait, le dirigeait de nouveau, l'occupait du désir
unique de se soumettre et de lui plaire. Aussi ne vivait-il
plus que pour elle.

— Elle va vous revenir mariée, reprit Mathieu avec
quelque malice, car il n'ignorait pas les sentiments du
père.

Alors, Morange s'assombrit, devint nerveux.

— J'espère bien que non, j'ai fait mes recommanda-
tions à la baronne. Reine est encore une enfant, et elle n'a
pas la fortune que je veux lui donner, pour qu'elle trouve
l'homme digne d'elle. J'y travaille, on verra un jour...
Non, non! elle m'aime trop, elle ne me fera pas cette

peine, de se marier sans que je le lui permette. Et elle
sait que le moment n'est pas venu, que j'en mourrais
cette fois, si je ne réalisais pas mon rêve, tout le bonheur que je m'étais promis avec ma pauvre femme, tout
le bonheur que ma chère fille me donnera... Puis, si vous
saviez comme nous sommes heureux, dans notre petit
coin! Sans doute, je la laisse seule la journée entière,
mais il faut voir notre joie, lorsque nous nous retrou-
vons le soir! Elle est d'une telle innocence, elle n'a
pas besoin de se marier encore, puisque rien n'est prêt
et que rien ne presse.

Il souriait de nouveau, il reprit :

— Voyons, vous allez venir déjeuner chez moi... Nous
causerons d'elle, je vous dirai mes petits secrets, ce que
je rêve et ce que je prépare ; et puis, je vous montrerai
sa dernière photographie, qui ne date pas de huit jours.
Ça sera si gentil, de me tenir compagnie, pendant qu'elle
n'est pas là, de déjeuner tous les deux en garçons! Nous
mettrons un bouquet à sa place... Hein? c'est entendu,
je vous attends à midi.

Mathieu ne put lui faire ce grand plaisir.

— Non, c'est impossible, j'ai trop de courses, ce
matin... Mais, tenez! après-demain, je suis forcé de revenir à Paris. Si ce jour vous va, je vous promets de
déjeuner avec vous.

Ce fut convenu, ils se serrèrent la main gaiement, et
Mathieu reprit ses courses, déjeuna dans un petit restaurant de l'avenue de Clichy, où une affaire l'avait attardé.
Puis, comme il descendait par la rue d'Amsterdam, pour
se rendre chez un banquier de la rue Caumartin, il eut
l'idée, quand il fut arrivé au carrefour de la rue de
Londres, de raccourcir, en prenant le passage Tivoli, qui
débouche sur la rue Saint-Lazare, par un double porche,
dont les arches étranglées coupent pour ainsi dire toute
circulation aux voitures. Aussi le passage est-il peu fré-

quenté, n'étant guère utilisé que par des piétons, des
gens du quartier, des Parisiens rompus aux détours de
la grande ville; et lui-même ne se souvenait pas d'avoir
passé là depuis des années. Curieusement, il regardait ce coin oublié du vieux Paris, l'humide ruelle qui
reste noire, même par les jours ensoleillés, les maisons
pauvres, aux façades mangées de lèpre, aux étroites boutiques obscures, toute cette misère nauséabonde, pour-
rissant de vieillesse, lorsque, brusquement, une rencontre
imprévue le stupéfia. Comme il s'étonnait de trouver là,
les roues dans le ruisseau, stationnant, un coupé de
maître, luxueusement attelé, il vit sortir deux femmes
de la plus immonde des maisons, qui, vivement, montèrent, disparurent; et il reconnut, malgré les voilettes,
Sérafine accompagnée de Reine. Un instant, il hésita
pour Sérafine, ne l'ayant pas revue depuis des mois, tellement elle lui parut singulière, changée; mais il ne
pouvait se tromper pour Reine, dont l'aimable visage, si
doux, si gai, s'était tourné vers lui, sans l'apercevoir. Le
coupé se perdait déjà parmi les voitures, dont le flot
emplissait la rue Saint-Lazare, qu'il était encore à la
même place, figé, étourdi. Eh quoi! cette jolie fille, que
son père croyait dans un château, près d'Orléans, n'avait
donc pas quitté Paris? Et c'était là, au fond d'un pareil
bouge, que la baronne l'amenait, d'un air furtif, au lieu
de la promener sous les arbres séculaires de quelque
grand parc? Son cœur s'était serré affreusement, en
soupçonnant de terribles histoires. Il regardait la maison
à deux étages, basse, louche, souillée de misère, suant
l'ignominie. Sans doute une maison de rendez-vous,
mais combien honteuse, et pour quelles débauches inavouables! Puis, la tentation de savoir fut trop forte, il se
risqua le long d'une allée sombre et fétide, il arriva
jusqu'à une cour verdâtre comme un fond de citerne,
n'ayant pas trouvé de concierge à qui s'adresser Pas une

âme, pas un bruit. Il se retirait sans comprendre, lorsque la vue, sur une porte, d'une plaque de cuivre portant ces mots : Clinique du docteur Sarraille, l'éclaira d'une soudaine lumière. Il se rappela l'élève de Gaude, cette face épaisse au mufle bovin ; il se souvint surtout des quelques mots du docteur Boutan, qui connaissait le personnage. Alors quoi ? peut-être une maladie qu'on cachait, peut-être une consultation prise en grand mystère ? Et il s'éloigna, frissonnant, ne voulant pas aller jusqu'au bout de ses soupçons, tout d'un coup frappé par une terrifiante ressemblance, la même nausée, ici, passage Tivoli, chez Sarraille, que, là-bas, rue du Rocher, chez la Rouche, la même allée puante, la même cour gluante, le même antre de honte et de crime. Ah ! qu'il faisait bon, par ce chaud soleil d'août, dans les larges avenues de Paris en travail, tout à sa besogne de vie !

C'était une histoire logique, aux conséquences inévitables. Reine, élevée dans le désir de l'argent, dans la passion du plaisir, avait grandi pour une vie de luxe dont le continuel ajournement exaspérait ses appétits de jolie fille. Lorsque sa mère était là, elle ne l'entendait rêver que de toilettes, de voitures, de fêtes continuelles ; et, plus tard, restée seule avec son père, elle avait continué à se nourrir des mêmes ambitions. Le pis fut alors qu'elle cessa d'être surveillée, passant les journées entières seule en compagnie d'une bonne, s'ennuyant vite de la musique et de la lecture, vivant sur son balcon, à regarder si le prince rêvé ne venait pas, chargé d'or, la tirer de sa médiocrité, l'emmener pour la royale existence d'amusement sans fin, que ses parents lui avaient formellement promise. Rien autre n'existait, elle exigeait que le rêve se réalisât, les sens éveillés par une puberté précoce, d'une chair ardente, prompte à la sensation, dont ses longues heures d'attente oisive aiguillonnaient les curiosités. Et ce fut seulement Sérafine qui vint la chercher, qui l'emmena par les allées du Bois, par les spectacles permis aux jeunes filles, simplement amusée d'abord de la mine ravie de cette enfant, en qui elle sentait gronder un peu de l'ardeur à jouir dont elle brûlait elle-même. Puis, il advint ensuite, lorsque la petite grandit, devint femme, que la baronne, sans avoir fait le noir complot de la pervertir, la conduisit à des fêtes plus coupables, dans des théâtres moins innocents, qui achevèrent de lui tout apprendre. Alors, la chute s'acheva rapide, une intimité de plus en plus étroite, un oubli de leur différence d'âge, des confidences d'une liberté si grande, qu'elles en arrivèrent à ne se rien cacher. Acquises toutes deux à la religion du plaisir, elles s'étaient rencontrées dans un même culte passionné. Aussi l'aînée, n'ayant désormais d'autres scrupules, ne donnait-elle plus à la cadette que les conseils de son expérience, fuir le scandale, garder sa situation mondaine intacte, ne jamais avouer sa vie, éviter surtout l'enfant, qui est le pire des aveux, le malheur irréparable. Et, en effet, pendant près d'une année, la jeune fille vint souvent prendre le thé, de cinq à sept, chez son amie, dans l'appartement discret de la rue de Marignan, où elle rencontrait des hommes aimables, sans que l'accident si redouté se produisît, tellement elle était déjà savante à ne donner d'elle que ce qu'elle en devait donner, pour l'amusement d'une heure, en se garant des suites.

Mais l'inévitable était en marche. Un jour, Reine eut la conviction qu'elle se trouvait enceinte. Comment le désastre avait-il pu se faire? Elle-même n'aurait su le dire, stupéfaite de ce moment d'oubli, ne se souvenant plus, dans son épouvante du lendemain. Elle vit son père, son père qui l'adorait, écrasé sous cette abomination, sanglotant, mourant. Aucune réparation n'était possible, l'homme avait déjà femme et enfants, un haut fonctionnaire qui fréquentait les maisons closes; et, d'ailleurs, de pareilles grossesses, en de telles conditions, ne sont de personne. Lorsque Reine, pleurante, éperdue, fit sa confession à son amie Sérafine, celle-ci, dans un premier emportement de reine violente, dont un hasard imbécile dérange les plaisirs, faillit la battre. Puis, la terreur d'être compromise elle-même, de voir mettre à néant sa longue hypocrisie mondaine, lui rendit toute son audace tranquille. Elle baisa, consola la triste fille, lui jura de ne pas l'abandonner, de la tirer victorieusement d'affaire. L'idée immédiate lui était venue d'un avortement, elle attendit quelques jours, finit par lui en parler, mais ne fit que la jeter à une nouvelle crise d'effroi, mêlée de larmes. Longtemps, Reine avait cru que sa mère, comme on le lui racontait, était morte en couches ; et c'était par une indiscrétion de Sérafine elle-même, pendant un de leurs abandons intimes, qu'elle avait enfin su la vérité, les manœuvres criminelles, la mort dans un bouge ; de sorte que, frappée d'une crainte superstitieuse, elle s'affolait, elle criait qu'elle mourrait certainement comme sa mère, si elle consentait aux mêmes pratiques. D'ailleurs, Sérafine réfléchissait, finissait par trouver la sage-femme inquiétante, dangereuse : il fallait se livrer complètement à elle, celle dont elle avait usé pour son compte lui laissait, aujourd'hui encore, un frissonnant souvenir d'avidité, de bassesse et de menace. Et tout un autre projet germait en son esprit, plus radical, triomphant, l'idée que sa jeune amie devrait bien profiter de l'occasion pour se faire opérer comme elle, ce qui, d'un seul coup, la débarrasserait de son mauvais cas et la guérirait à jamais de la maternité. Elle l'en entretint d'abord avec prudence, lui conta ce qu'on lui avait dit de certains chirurgiens qui s'étaient trompés, qui avaient cru à la présence d'une tumeur, puis qui, l'opération faite, s'étaient trouvés en présence d'un fœtus. Pourquoi ne s'adresserait-on pas à un de ces médecins-là ?

D'autant plus que l'opération ne présentait aucun danger ; et elle s'offrait en exemple, disait la sécurité qu'elle goûtait maintenant, toutes ses voluptés insolentes, toute cette exaspération sensuelle dont elle ne s'avouait pas encore la fatigue, une brusque flétrissure qui tachait déjà de quelques rides son orgueilleuse beauté. Quand elle la vit ébranlée, elle lui parla de son père, lui expliqua que, dans ce cas, elle pourrait rester près de lui, puisqu'il répugnait tant à la marier et qu'elle-même préférait vivre libre, sans liens ni devoirs. Ne serait-ce donc rien d'aimer à sa guise, selon son caprice du moment, de se donner à l'homme qu'elle désirerait, certaine de n'être jamais mère, de pouvoir toujours se reprendre? Elle resterait souveraine maîtresse de sa vie, elle connaîtrait, elle épuiserait toutes les ivresses, sans crainte ni remords. Il lui suffirait d'être assez adroite pour garder le secret de ses joies, petite comédie bien permise, facile à jouer avec ce tendre et faible Morange, qui passait les journées à son bureau. Et, lorsqu'elle la vit rassurée, résolue, elle l'embrassa furieusement, ravie de cette adepte nouvelle, si jeune, si belle, en l'appelant sa chère fille.

Dès lors, il ne s'agissait plus que de savoir où prendre le chirurgien qui consentirait à l'opération. Elle ne songea pas un instant à Gaude, c'était un trop gros personnage, qu'elle jugeait incapable de se risquer dans une pareille histoire. Tout de suite, d'ailleurs, elle avait trouvé l'homme, Sarraille, l'élève de Gaude, celui qui avait aidé le maître à l'opérer elle-même. Elle le connaissait bien, avait reçu ses aveux, aux heures de convalescence, le savait enragé de sa laideur, de ce masque épais et blafard, aux rares poils de barbe, aux durs cheveux collés sur les tempes, qui devait, disait-il avec un désespoir empoisonné, l'empêcher de jamais réussir près des femmes, ses clientes. C'était la faillite de son exis-

tence, son avenir barré, sa chute au ruisseau, au bagne
peut-être. Fils unique d'un paysan pauvre, il avait dû
vivre comme un chien errant, en quête de la pâtée, tandis
qu'il faisait sa médecine à Paris, passant les nuits à de
basses besognes, pour pouvoir prendre ses inscriptions.
Puis, aujourd'hui, après ses années d'internat, malgré la
protection de Gaude, qui goûtait sa sombre application,
il était retombé au pavé. Sans clientèle avouable, il
avait ouvert, pour manger, cette clinique louche du passage Tivoli, où il végétait des miettes des autres, des cas
inquiétants qu'on voulait bien lui laisser. Le pis était
qu'un besoin féroce de prompte réussite le dévorait, toujours à l'affût des occasions, ne se résignant pas, rêvant
quand même la conquête du monde et de ses jouissances,
quitte à la payer en beau joueur, de sa vie même. Et ce
fut de la sorte que Sérafine trouva sûrement en lui
l'homme qu'elle cherchait. Elle avait senti le besoin de
lui conter une histoire, jugeant inutile de mettre sa
conscience à une trop rude épreuve, par une complicité
ouverte, avouée. Reine fut une nièce à elle, que sa famille
lui envoyait de province, pour qu'elle consultât un
médecin sur l'étrangeté de son cas, des douleurs affreuses
qui la tenaient dans le bas-ventre, bien qu'elle eût toutes
les apparences d'une bonne santé. Elle s'arrangea, fit
comprendre le reste, offrit mille francs, de sorte que
Sarraille, après un premier examen, déclara l'organe dur
et gonflé, finit par diagnostiquer une tumeur. D'autres
rendez-vous furent pris, Reine affectait de se plaindre de
plus en plus, jetait des cris au moindre attouchement.
Enfin, on décida l'opération comme l'unique remède
héroïque. Il fut entendu que la malade serait opérée à
la clinique même du passage Tivoli, où la convalescence,
ensuite, durerait de deux à trois semaines. Sérafine
avait alors imaginé le mensonge de trois semaines de
repos, de vie au plein air, dans ce château du Loiret où

elle emmenait sa jeune amie, et, lorsque Mathieu les
avait surprises, sortant de chez Sarraille, elles venaient
de tout y régler définitivement, pour le lendemain. Le
soir même, quand elle rentra chez la baronne qui l'hé-
bergeait, en attendant, Reine écrivit à son père une lettre
très tendre, pleine de gais détails, qui devait être jetée
à la poste, par une personne complaisante, là-bas, dans
le village lointain, près du château.

Le surlendemain, comme il l'avait promis, Mathieu
vint donc déjeuner chez Morange, dans son appartement
du boulevard de Grenelle. Il le trouva d'une gaieté heureuse d'enfant.

— Ah ! vous êtes exact, et vous allez attendre un peu,
car la bonne s'est mise en retard, pour sa mayonnaise...
Entrez dans le salon.

C'était toujours le même salon, avec son papier gris
perle, à fleurs d'or, avec son meuble Louis XIV laqué
blanc, son piano de palissandre noir, où il se souvenait
d'avoir été reçu par Valérie, il y avait déjà bien des
années. Tout s'y usait sous la poussière, on y sentait
l'abandon d'une pièce inutilisée, dans laquelle on n'entrait presque jamais.

— Sans doute, expliqua Morange, l'appartement est
trop grand pour nous deux. Mais cela m'aurait fait saigner le cœur de le quitter. Et puis, nous y avons nos
petites habitudes... Reine vit dans sa chambre. Venez voir
comme c'est gentil, comme elle a tout bien arrangé. Je
veux vous montrer deux vases dont je lui ai fait cadeau.

La chambre, bleu pâle, meublée de pitchpin verni,
n'avait pas changé non plus. Les deux vases, de cristal
émaillé, étaient fort beaux. Il y avait d'ailleurs là une
profusion extraordinaire de gentilles choses, les dons de
toutes sortes, les surprises dont le père comblait sa fille.
Et il y marchait sur la pointe des pieds, comme dans un
lieu sacré, il y parlait bas, avec un sourire béat de dévot,

initiant un profane au culte de l'idole. Puis, il l'emmena d'un air de mystère à l'autre bout de l'appartement, dans sa propre chambre, où il n'avait rien dérangé depuis la mort de sa femme, gardant comme des reliques les mêmes meubles de thuya, les mêmes tentures jaunes. Seulement, la cheminée, les tables, les murs étaient couverts de photographies, une prodigieuse collection de tous les portraits qu'il avait pu réunir de la mère, augmentée des portraits sans nombre de la fille, faits de six mois en six mois, depuis l'enfance.

— Venez, venez voir, puisque je vous ai promis de vous montrer le dernier portrait de Reine... Regardez.

Et il le plaça devant une sorte de petite chapelle, dressée religieusement sur une table, en face de la fenêtre. Les plus beaux portraits s'y trouvaient disposés d'une façon symétrique, encadrant deux d'entre eux, qui faisaient centre : le dernier portrait de la fille et un de la mère, au même âge, toutes deux côte à côte, belles et souriantes, ainsi que deux sœurs jumelles.

Des larmes étaient montées aux yeux de Morange. Il bégaya, dans une extase attendrie :

— Hein? qu'en dites-vous? N'est-ce pas ma Valérie si aimée, tant pleurée, que ma petite Reine a fini par me rendre? Je vous assure que c'est la même femme. Vous voyez bien que je ne rêve pas, que l'une a ressuscité l'autre, avec les mêmes yeux, la même bouche, la même chevelure. Et qu'elle est belle!... Je reste là devant des heures, mon ami, c'est mon bon Dieu!

Mathieu, ému lui-même aux larmes, d'une telle adoration, sentit un froid qui le glaçait en face de ces deux images, de ces deux femmes si semblables, l'une morte, l'autre là-bas, dans un inconnu, dont la menace le hantait depuis l'avant-veille. Mais la bonne vint dire que le homard et la mayonnaise étaient servis, et Morange le fit passer gaiement dans la salle à manger, où il voulut que

la fenêtre restât grande ouverte, pour qu on pût jouir, par
le balcon, de la belle vue. Il n'y avait que deux couverts.
Seulement, à la place habituelle de Reine, se trouvait un
gros bouquet de roses blanches.

— Asseyez-vous là, à sa droite, dit-il avec son bon
rire. Nous sommes trois tout de même.

Il s'égaya ainsi jusqu'au dessert. Après le homard, la
bonne apporta des côtelettes, puis des artichauts. Et lui,
qui parlait peu d'habitude, se montra particulièrement
expansif, comme s'il eût voulu prouver à son convive
qu'il était un sage, un homme d'intelligence et de prudence, que la destinée finirait par récompenser malgré
tout. Il reprenait les anciennes théories de sa femme,
expliquait qu'il avait eu bien raison de ne pas s'embarrasser d'enfants, que son grand bonheur était de pouvoir ne songer qu'à sa petite Reine. S'il avait recommencé son existence, il n'aurait encore voulu qu'elle.
Sans l'affreuse mort qui l'avait si longtemps accablé, il
serait entré au Crédit National, il aurait peut-être
aujourd'hui des millions. Mais rien n'était perdu, justement parce qu'il n'avait qu'une fille ; et il dit ses rêves,
la dot qu'il lui amassait, le mari digne d'elle qu'il
désirait lui trouver, la haute situation sociale conquise,
la sphère supérieure dans laquelle il finirait par monter
lui-même, grâce à elle ; à moins qu'elle ne préférât ne
pas se marier, ce qui serait le paradis pour eux deux,
car le projet sournois de la garder lui avait donné de
grandes ambitions, qu'il avoua. Il lui obéissait en toutes
choses, il la sentait ambitieuse comme sa mère, avide
de vie luxueuse, de jouissances, de fêtes, et l'idée lui
était venue de jouer à la Bourse, de réaliser quelque
coup de maître, puis de se retirer, d'avoir voiture et
maison de campagne. De plus bêtes que lui avaient
réussi. Il n'attendait qu'une bonne occasion.

— Vous avez beau dire, mon cher ami, l'enfant

unique, il n'y a encore que cela pour mettre toutes les chances de son côté. Un seul être cher dans le cœur, et les bras libres, afin de lui gagner une fortune.

Comme la bonne servait le café, il s'écria joyeusement :

— J'oubliais, je ne vous ai pas dit que Reine m'avait écrit déjà, oh! une lettre si tendre, si heureuse, où elle me donne toutes sortes de détails amusants sur son arrivée là-bas, sur une grande promenade qu'elle a faite, dès le premier jour... Je l'ai reçue ce matin.

Tandis qu'il fouillait dans sa poche, Mathieu sentit de nouveau passer en lui le frisson glacé, venu de l'inconnu, là-bas. Depuis l'avant-veille, il essayait de se rassurer, d'expliquer au mieux la rencontre du passage Tivoli. Ce déjeuner si gai, avec ce brave homme, finissait par noyer ses craintes en un vague de cauchemar. Mais, brusquement, ce mensonge, cette lettre évidemment écrite de Paris, le rendit à toute son angoisse pitoyable, devant le père si aimant, si heureux, tandis que, là-bas, la destinée de la fille s'accomplissait.

— La chère petite! reprit Morange, en lisant des phrases de la lettre, on l'a comblée de caresses, on l'a mise dans une belle chambre rouge, avec un grand lit, où elle se perd. Il y a des draps brodés, s'il vous plaît! et des flacons d'odeur sur la toilette, et des tapis partout. Oh! ce sont des gens très riches, tout ce qu'il y a de mieux dans l'aristocratie, à ce que m'a raconté la baronne... Je continue. La baronne a tout de suite emmené la chère enfant dans le parc, où elles se sont promenées pendant deux heures, au milieu des fleurs les plus admirables. Il y a des allées, avec des arbres centenaires, hautes comme des nefs d'église. Il y a de grands bassins, avec des cygnes qui nagent. Il y a des serres où poussent des plantes rares, et qui embaument... Vous savez, moi, je ne suis guère vaniteux, mais tout de même ça fait plaisir de savoir sa fille reçue dans un pareil château. Et qu'elle s'amuse donc, ma bonne chérie, qu'elle soit heureuse!

Il en oubliait de boire son café. Tout d'un coup, la porte s'ouvrit, il y eut une apparition extraordinaire, si imprévue, qu'un grand silence se fit. La baronne était entrée.

Béant, Morange la regardait, sans comprendre.

— Quoi donc? c'est vous... Reine est là, vous la ramenez?

Machinalement, il s'était levé pour regarder dans l'antichambre, croyant que sa fille s'y attardait à ôter son chapeau. Et il revint, il répéta :

— Vous ramenez Reine, où est-elle?

Très pâle, Sérafine ne se hâtait pas de répondre, l'air résolu pourtant, debout dans sa haute taille fière, toute prête à faire face aux pires dangers et à les vaincre. Elle avait tendu à Mathieu une main glacée, mais qui ne tremblait pas, comme heureuse de sa présence. Puis, elle parla enfin, très calme.

— Oui, je vous la ramène. Elle a eu une indisposition subite, et j'ai cru prudent de la ramener... Elle est chez moi.

— Ah! dit-il simplement, ahuri.

— Elle est un peu lasse du voyage, elle vous attend.

Il continuait à la regarder, les yeux ronds, dans la stupéfaction que lui causait cette histoire, sans paraître en remarquer les invraisemblances, sans songer même à demander pourquoi, si sa fille était souffrante, on ne l'avait pas ramenée directement chez elle.

— Alors, vous venez me chercher?

— Mais oui, dépêchez-vous.

— Bon! laissez-moi prendre mon chapeau et donner des ordres à la bonne pour qu'elle prépare la chambre.

Et il sortit, il disparut un instant, pas trop inquiet encore, si effaré, qu'il était tout à la préoccupation unique

de trouver son chapeau, ses gants, afin de ne pas faire
attendre.

Dès qu'il ne fut plus là, Sérafine, qui l'avait suivi des
yeux, eut un redressement de sa poitrine orgueilleuse,
comme la guerrière qui reprend haleine, avant le dur
combat qu'elle prévoit. Dans sa face blême, sous l'incendie
de ses cheveux roux, ses yeux pailletés d'or brûlaient
d'une flamme sombre. Elle rencontra ceux de Mathieu,
ils se regardèrent en silence, elle d'une bravoure sauvage, lui plus pâle qu'elle, frissonnant d'un terrible
soupçon.

— Quoi donc? finit-il par demander.

— Un affreux malheur, mon ami! Sa fille est morte.

Il étouffa un cri, il avait joint les mains, dans un geste
d'effroyable pitié.

— Morte!... Morte là-bas, chez ce Sarraille, au fond de
ce bouge!

A son tour, elle frémit, elle faillit crier de surprise et
de peur.

— Vous savez ça, vous?... Qui vous a dit ça, qui donc
nous a trahies?

Mais, déjà, elle se remettait, se redressait de nouveau,
confessait tout, d'une voix basse et rapide.

— Vous allez voir si je suis lâche. Je ne me dérobe
pas, puisque c'est moi qui ai voulu venir ici, chercher le
père... C'est vrai, quand elle a été grosse, j'ai eu l'idée
de l'opération, pour la débarrasser de cet enfant et des
autres. Pourquoi cela n'aurait-il pas réussi avec elle,
lorsque, moi, je m'en étais si bien tirée? Et il a fallu l'accident le plus inattendu, le plus imbécile, une pince dont
le ressort, paraît-il, a cédé cette nuit, pendant que la
garde dormait, si bien qu'on a trouvé, ce matin, la
pauvre petite morte dans un bain de sang... Elle était si
ardente, si jolie! Je l'aimais beaucoup, beaucoup...

Sa voix se brisa, elle dut s'interrompre, tandis que de

grosses larmes éteignaient, dans ses yeux, les paillettes
d'or qui les embrasaient d'habitude. Jamais Mathieu ne
l'avait vue pleurer ainsi, ces larmes achevèrent de le
bouleverser, dans l'horreur que lui causait la vérité enfin
connue tout entière.

— Je viens de l'embrasser encore, si blanche, si froide,
reprit-elle, et tout de suite je me suis fait conduire ici.
Il faut en finir, ce pauvre homme doit être prévenu, je
sais bien que moi seule peux tout lui apprendre. Oh !
j'accepte le danger... Mais, puisque vous êtes là, venez
donc avec nous. Il vous aime, nous ne serons pas trop de
deux. D'autant plus que, dans la voiture, il va falloir le
préparer au coup atroce.

Elle se tut, Morange rentrait. Il surprit sans doute
leurs chuchotements, il les regarda, saisi de méfiance.
Puis, il avait dû réfléchir, se reprendre un peu, pendant
qu'il cherchait partout ses gants. Sa voix, maintenant,
tremblait d'un commencement d'angoisse.

— Dites donc, demanda-t-il, ce n'est pas grave, son
indisposition ?

— Oh! non, répondit Sérafine, qui n'osait encore lui
porter le premier coup.

— Alors, vous auriez dû, de la gare, me l'amener tout
de suite. C'était plus simple.

— Evidemment. Mais c'est elle qui n'a pas voulu,
par crainte de vous effrayer... Vous êtes prêt, partons
vite.

Morange descendit d'un pas lourd, sans ajouter un
mot. Sa tête, à présent, travaillait, dégageait toutes
sortes d'objections. Reine, puisqu'il était le matin à son
bureau, n'aurait-elle pu se faire reconduire chez elle, se
coucher même? et elle n'avait donc pas à craindre de l'effrayer. Son inquiétude devenait telle, qu'il n'osait plus
poser de questions, dans l'effroi sourd de l'inconnu, qui
s'ouvrait là, comme un gouffre. Mais, quand il vit que

Mathieu montait avec eux en voiture, il pâlit davantage, il ne put retenir ce cri :

— Tiens ! vous venez aussi, pourquoi donc ?

— Non, non ! il ne vient pas, se hâta de répondre la baronne. Nous le déposerons en route, il a une course à faire par là.

Cependant, le temps pressait, Morange s'agitait, s'affolait, en proie de plus en plus à l'envahissement de la terrible vérité. Comme le coupé filait rapidement, sur le point déjà de passer le pont, Sérafine songea qu'il allait bien s'apercevoir qu'on s'éloignait par l'avenue d'Antin, sans s'arrêter chez elle. Et elle dut commencer à lui conter une histoire, elle revint sur la maladie de Reine, elle laissa peu à peu entendre que la chère enfant devait être atteinte d'une infirmité grave, qui certainement nécessiterait une opération. Il l'écoutait, la regardait, la face torturée, les yeux troubles. Puis, lorsque le coupé traversa les Champs-Elysées, il vit bien qu'on ne le menait pas chez la baronne, un grand sanglot le déchira tout entier, devant cette clarté soudaine, cette certitude que sa fille était opérée déjà, pour qu'on lui parlât ainsi d'opération. Mathieu avait pris doucement ses mains convulsives, pleurant avec lui, tandis que Sérafine commençait l'aveu, expliquait que l'opération, en effet, venait d'être faite. Si l'on s'était caché, si l'on avait imaginé ce séjour à la campagne, c'était pour lui éviter toutes sortes de tortures. Et elle osa prétendre que les choses, désormais, marcheraient sans doute très bien, voulant lui donner un nouveau répit, attendant quelques tours de roues, avant de l'assommer sous le dernier coup. Pourtant, il ne se calmait pas, éperdu, regardant, la tête aux deux portières, d'un mouvement farouche de bête qu'on tient enfermée, par quel chemin, dans quel lieu ignoré, redoutable, on le menait ainsi. Brusquement, comme le coupé débouchait devant la gare Saint-Lazare, après avoir suivi

la rue La Boëtie et la rue de la Pépinière, il reconnut
la pente raide, les maisons noires de la rue du Rocher,
dévalant jusqu'au carrefour de la rue de Rome. Et ce fut
pour lui encore un éblouissement d'éclair, la vérité
totale, aveuglante, qui le frappait en coup de foudre, dans
l'évocation atroce du souvenir, sa femme morte, étendue,
là-bas, sur le grabat immonde, taché de sang.

— Ma fille est morte, ma fille est morte, on me l'a
tuée !

Le coupé filait, parmi l'encombrement des voitures et
des piétons. Vivement, il arriva rue Saint-Lazare, tourna
sous l'une des arches étroites du passage Tivoli, se trouva
dans la ruelle presque déserte, humide, immonde et
noire. Morange se débattait, hagard, fou, les deux mains
tenues par Mathieu, aveuglé de larmes, lui aussi, tandis
que Sérafine, très attentive, très maîtresse d'elle-même,
le suppliait de se taire, prête à lui fermer la bouche de
ses doigts minces, s'il continuait à gémir, comme un
misérable qu'on mène au supplice. Que voulait-il faire ?
il l'ignorait lui-même : hurler, sauter de la voiture,
pour courir plus vite, il ne savait où. Aussi, quand le
coupé s'arrêta, les roues dans le ruisseau, devant la
maison louche, cessa-t-il tout d'un coup de s'agiter,
s'abandonnant aux deux autres qui le descendirent, qui
l'emmenèrent, ainsi qu'une chose. Mais, dès l'allée sombre
et puante, dont le froid, tel qu'un suaire, lui tomba sur
les épaules, le souvenir se réveilla, farouche, avec une
puissance de terrible évocation : c'était la même allée que
là-bas, aux murs lézardés et moisis ; et ce fut ensuite la
même cour verdâtre, fétide, pareille à un fond de citerne.
Tout renaissait, l'atroce drame recommençait, plus abominable. Et quel quartier, cette cohue toujours pullulante de la gare Saint-Lazare, cette bousculade continuelle des départs et des arrivées, cette vaste place où
semblait aboutir le monde entier avec ses fièvres, comme

pour y noyer son inconnu! Et, là, à droite, à gauche, dans ce bas montueux de la rue du Rocher, dans ce coin ignoré du passage Tivoli, ainsi qu'en deux antres sordides où toutes les hontes, attendues, guettées à chaque train, pouvaient se cacher, quels effrayants refuges de misère et de crime, ces deux gouffres de mort, la maison d'accouchement de la Rouche et la clinique du docteur Sarraille !

Debout au milieu de son étroit cabinet de consultations, une pièce sombre, à peine meublée, empoisonnant l'éther, Sarraille attendait, en vieille redingote noire, les yeux durs et résolus, dans sa grosse face blême. Tout de suite, Morange, piétinant, regardant partout d'un air d'égarement imbécile, tandis que ses dents claquaient, comme s'il était pris d'un grand froid, s'était remis à crier, à répéter sans fin :

— Où est-elle ? Montrez-la-moi, je veux la voir.

Vainement, Sérafine, aidée de Mathieu, continuait à lui parler, à tâcher de l'étourdir de bonnes paroles, pour gagner quelques minutes encore, espérant amortir un peu le coup suprême du spectacle qui l'attendait. Mais il les écartait, il recommençait à bégayer les mêmes mots, en tournant autour de la pièce, avec son obstination de bête qui cherche une issue.

— Montrez-la-moi, je veux la voir. Où est-elle?

Puis, comme Sarraille croyait devoir lui parler, le préparer lui aussi, Morange soudain parut l'apercevoir, marcha sur lui furieusement, serrant les poings, pour l'assommer.

— Alors, c'est vous le médecin, c'est vous qui l'avez tuée !

Et il y eut une scène horrible : le père brandissant les bras, vomissant des injures, des menaces, tout ce qui lui montait à la bouche, la douleur enragée d'un pauvre homme faible, à qui l'on vient d'arracher le cœur ; tandis

que le médecin, d'abord très digne, très correct, l'excusant, finissait par se fâcher, par crier à son tour qu'on
l'avait trompé, qu'il n'était pas responsable, après la
comédie indigne jouée par cette jeune dame. Les paroles
irréparables furent dites, il lâcha tout, la grossesse, les
douleurs simulées, la situation critique où elle l'avait mis
en se faisant opérer pour une tumeur, lorsqu'elle était
simplement enceinte. Sans doute, il s'était mépris, mais
ses maîtres eux-mêmes avaient de pareilles erreurs sur
la conscience. Personne n'est infaillible, et, comme le
père s'était rué, en le traitant de menteur et d'assassin,
en hurlant qu'il le traînerait devant la justice, il déclara
qu'il voulait bien, qu'il y raconterait toute l'histoire.
Alors, défaillant, le malheureux homme chancela, tomba
sur une chaise, sous les coups répétés de ces révélations
ignobles. Sa fille enceinte, grand Dieu! sa fille criminelle, complice et victime! C'était l'écroulement du ciel,
la fin du monde. Et il sanglotait, et il bégayait toujours,
avec de pauvres gestes de fou qui battaient l'air, comme
pour écarter tant de décombres :

— Vous êtes des assassins!... Vous êtes des assassins,
tous des assassins!... Vous irez au bagne, tous, tous au
bagne !

Sérafine, qui s'était assise près de lui, voulut lui
reprendre les mains, luttant de sa personne, bravement,
pour le vaincre.

— Non! vous êtes des assassins, tous des assassins!...
Vous irez au bagne, la première au bagne!

Elle ne l'écoutait pas, lui parlait toujours, disait des
choses touchantes, rappelait combien elle avait aimé la
chère petite, son dévouement, son continuel désir de la
rendre heureuse.

— Non, non! c'est vous l'assassin!... Au bagne, au
bagne, tous les assassins!

Cependant, laissant Sérafine à son combat, Sarraille

avait pris Mathieu à part, car il flairait en lui un témoin possible, si l'affaire se gâtait. Et il lui expliqua l'opération, l'ablation de tout l'organe par la voie naturelle, en coupant les liens, ce qui ne demandait pas trois minutes. Seulement, il y avait toujours un grand danger d'hémorragie. Aussi n'avait-il voulu employer que des pinces neuves, pour pincer les artères, dont la cicatrisation s'obtient par écrasement. Il s'était servi de huit pinces, il avait eu même la précaution de s'assurer, le soir, qu'elles restaient bien en place, contrôlant, comptant les petits manches qui sortaient; et, voyez la malchance! L'une d'elles s'était détachée pendant la nuit, le ressort ayant cédé, sans doute par un défaut de fabrication ; car c'était là son unique remords, le regret maintenant d'avoir employé des pinces neuves, dont il ne pouvait répondre, puni précisément de trop de zèle. Puis, il avait fallu le lourd sommeil de la garde, la faiblesse de l'opérée qui n'avait pas même dû sentir couler tout son sang, qui était certainement morte, comme on s'endort, dans une grande douceur. Et il jura encore, d'un air de tranquille audace, que l'organe gravide, lourd et dur, aurait trompé tout autre de ses confrères, devant les affirmations si nettes de la jeune personne, dont les prétendues souffrances avaient un accent déchirant de vérité.

— Oh! je suis bien tranquille, murmura-t-il, et la baronne de Lowicz, qui est là, me couvre d'ailleurs complètement, car elle a menti, elle aussi, avec son histoire d'une nièce que les parents lui envoyaient de province. On peut me dénoncer, je suis prêt à répondre... Une opération magnifique, une complète réussite, que mon maître Gaude m'aurait enviée!

Il restait livide pourtant, son mufle nerveusement contracté, ses gros yeux gris brûlant d'une sourde exaspération contre le sort. La destinée s'acharnait, il n'avait

accepté les risques d'une telle besogne que dans l'espoir
d'atteler ensuite à sa fortune la baronne complice; et
voilà qu'un hasard imbécile allait peut-être l'envoyer en
cour d'assises! Il n'était même plus certain d'avoir les
mille francs que lui avait promis cette femme; car il connaissait son avarice, elle n'aurait payé que par tendresse
pour sa petite amie. C'était, cette fois, la pire des
défaites, dans sa rage impuissante à jamais violer la fortune.

Mathieu revint près de Sérafine, qui n'avait point cessé
d'étourdir Morange de ses conseils, de ses consolations.
Elle lui avait repris les mains, elle le fatiguait des mêmes
paroles, son dévouement, son deuil affreux, sa crainte de
voir le cher souvenir de la morte traîné dans la boue, s'il
n'était point assez raisonnable pour garder l'horrible
secret. Elle acceptait sa part de responsabilité, disait
combien elle était coupable, parlait de son éternel
remords. Mais, grand Dieu! que tout cela fût enseveli
avec la chère petite, qu'il ne poussât sur sa tombe que
des fleurs pures, les regrets unanimes de tant de jeunesse, de tant d'innocente beauté! Et, peu à peu, Morange
fléchissait, cédait à sa faiblesse de cœur, tandis que le
mot d'assassin qu'il répétait toujours, par une obstination
maniaque, s'espaçait, devenait plus rare, n'était plus
qu'un murmure bégayé, étouffé dans les larmes. Sa fille
traînée en justice, son corps ouvert, étalé devant tous
avec sa souillure, les journaux racontant le crime, disant
l'ignominie de cette caverne où il la retrouvait, non, non!
il ne pouvait vouloir cela, cette femme avait raison.
L'impuissance où il était de la venger acheva de
l'anéantir, de le rompre, comme si on l'avait roué de
coups, les membres meurtris, la tête vide, le cœur froid,
battant à peine. Et il retombait à une sorte d'enfance,
il joignit les mains, il supplia en petit garçon peureux,
avec des balbutiements plaintifs, toute une terreur, toute

une résignation de pauvre être qui demande pitié, tant il souffre.

— Je ne ferai de mal à personne, ne me faites pas de mal... Seulement, montrez-la-moi, je veux la voir.

Sérafine, ayant vaincu enfin, voulut se relever. Mais il fallut que Mathieu l'aidât, tellement elle était brisée elle-même, exténuée, à bout de forces. Une sueur mouillait sa face, elle dut rester appuyée un instant au bras qu'il lui avait offert; puis, elle le regarda, peu à peu redressée, en sa taille fière, triomphante d'avoir été brave jusqu'au bout, atteinte pourtant et chancelante, dans son énergie à défendre son plaisir. Et il s'étonna de la voir si vieille, comme si les symptômes de flétrissure qu'il avait constatés déjà, se fussent aggravés tout d'un coup, ridant de mille plis son visage blême.

Morange tendait ses mains tremblantes, répétait sa triste plainte enfantine.

— Je vous en supplie, montrez-la-moi, je veux la voir... Je ne ferai de mal à personne, je resterai près d'elle bien tranquille.

Sarraille finit par le satisfaire, puisque, maintenant, il semblait résigné. On le soutint, on le mena dans la chambre terrible, au bout d'un petit couloir. Mathieu et Sérafine entrèrent avec lui, tandis que le docteur s'arrêtait sur le seuil de la porte, qui resta grande ouverte.

C'était la même chambre, la chambre de terreur et d'horreur, où le mari, huit ans plus tôt, avait trouvé sa femme morte. La même fenêtre poussiéreuse ne laissait pénétrer que le jour verdâtre de la cour, le même mobilier d'hôtel garni louche traînait dans la crasse, entre les quatre murs nus, au papier semé de fleurs rouges, décollé par l'humidité. Et là, au fond de cette bassesse, sur le grabat immonde, le père, cette fois, trouvait sa fille, sa petite Reine, l'idole, la divinité, dont le culte unique emplissait son existence. La tête adorable de l'enfant, d'une pâleur de cire, tout le sang de son corps s'en étant allé par la criminelle blessure, reposait parmi le flot déroulé de ses cheveux bruns. Sa face ronde et fraîche, d'une amabilité si gaie, si enflammée d'un désir de luxe et de plaisir, quand elle vivait, avait pris dans la mort une gravité terrible, un regret désespéré de tout ce qu'elle quittait si affreusement. Elle était morte, et elle était seule, sans une âme près d'elle, sans un cierge. On avait simplement remonté le drap jusqu'à son menton, de même que, pour toute toilette à la chambre, on s'était contenté de laver, sous le lit, le flot de sang qui avait coulé, traversant le matelas. Et cette grande tache humide sur le plancher, mal essuyé et rougeâtre encore, disait l'effroyable drame.

Trébuchant, ivre de douleur, Morange s'était arrêté. Valérie, Reine, laquelle des deux? Il le savait bien, que la mère était ressuscitée dans la fille, qu'elle était revenue ainsi pour revivre un peu encore de son existence de tendresse avec lui; il le savait bien, qu'elles n'avaient jamais fait qu'une même femme, et cela était prouvé désormais, puisque voilà la fille qui s'en allait comme la mère. Refleurie un instant en sa beauté, au clair soleil, elle rentrait dans la mort, par la même abominable porte. Deux fois, on l'avait assassinée. Maintenant, c'était fini, elle ne reviendrait plus. Et lui, le misérable, il subissait cette torture qu'aucun homme n'a connue, celle de perdre deux fois la femme adorée, d'assister deux fois à la souillure atroce, à la tempête de honte et de crime qui emportait son cœur.

Il tomba sur les genoux, il pleura sans fin; et, comme Mathieu voulait le relever, il murmura, d'une voix basse, à peine distincte :

— Non, non, laissez-moi, c'est fini... Elles sont parties l'une après l'autre, et moi seul suis coupable. Autrefois, j'avais menti à Reine, en lui disant que sa mère était en voyage; et voilà qu'elle m'a menti, l'autre jour, avec cette histoire d'une invitation dans un château. Si je m'étais opposé, il y a huit ans, au coup de démence de ma pauvre Valérie, si je n'avais pas assisté, impuissant, à son assassinat, ma pauvre Reine, aujourd'hui, n'aurait pas recommencé l'horrible aventure... C'est ma faute, c'est moi, moi seul qui les ai tuées. Les chères âmes! est-ce qu'elles savaient, est-ce que je n'étais pas là pour les aimer, pour les défendre, les conduire et les rendre heureuses? Je les ai tuées, c'est moi l'assassin!

Il succombait, il mâchait ses sanglots, grelottant, envahi d'un froid de mort.

— Et, misérable imbécile, c'est parce que je les aimais trop, que je les ai tuées... Elles étaient si belles, elles avaient tant d'excuses à vouloir être riches, gaies, heureuses! L'une après l'autre, elles m'avaient pris mon cœur, je ne vivais qu'en elles, par elles, pour elles. Quand l'une n'a plus été là, l'autre à son tour est devenue ma volonté, j'ai recommencé le rêve d'ambition que la mère avait fait, dans l'unique désir de le réaliser pour la fille, en qui revivaient toutes mes tendresses... Et je les ai tuées, c'est à ce double crime que m'a fait choir la folie de monter, de conquérir la fortune, en sacrifiant le meilleur de moi, d'abord le pauvre être qui, supprimé violemment, a emporté la mère, puis l'âme même de ma fille, gâtée par l'exemple, brûlée de la même fièvre, expirée dans le même flot de sang... Ah! quand je songe que, ce matin encore, j'osais me dire heureux de n'avoir que cette fille, pour n'avoir qu'elle à aimer! Quel stupide blasphème contre la vie, contre l'amour! La voilà morte maintenant, morte après sa mère, et je suis tout seul, je n'ai plus personne à aimer, plus personne qui m'aime... Ni femme ni fille, sans un désir ni une volonté, tout seul, tout seul, à jamais!

C'était le cri de suprême abandon, il s'affaissait par

terre, vide, tel qu'une loque humaine; et il n'eut plus
que la force de serrer les deux mains de Mathieu, en
bégayant encore :

— Non, non, laissez-moi, ne me dites rien... Vous seul
aviez raison. J'ai refusé la vie, et la vie a fini par tout
me reprendre.

Mathieu, pleurant, l'embrassa, resta quelques minutes
encore, dans le bouge tragique, ensanglanté du plus affreux
déchet de vie dont son cœur eût jusque-là souffert. Enfin,
il partit, il laissa Sérafine qui se chargeait du pauvre
homme, le traitant en petit enfant malade dont elle ferait
à présent ce qu'elle voudrait.

A Chantebled, Mathieu et Marianne fondaient, créaient,
enfantaient. Et, pendant les deux années qui se passèrent,
ils furent de nouveau victorieux dans l'éternel combat de
la vie contre la mort, par cet accroissement continu de
famille et de terre fertile, qui était comme leur existence
même, leur joie et leur force. Le désir passait en coup
de flamme, le divin désir les fécondait, grâce à leur puissance d'aimer, d'être bons, d'être sains; et leur énergie
faisait le reste, la volonté de l'action, la tranquille bravoure au travail nécessaire, fabricateur et régulateur du
monde. Mais, durant ces deux années, ce ne fut pas sans
une lutte constante que la victoire leur resta. Ils en
étaient toujours au rude début de la conquête, ils pleu-
rèrent souvent, dans la douleur et dans l'angoisse. Comme
l'ancien rendez-vous de chasse, l'étroit pavillon ne suffisait plus, ils eurent des soucis nombreux, lorsqu'ils
durent installer peu à peu toute une ferme, avec ses
bâtiments, ses écuries, ses étables, ses granges. Les
avances d'argent étaient considérables, parfois les récoltes
menacèrent de ne pas payer les mémoires des entrepre-
neurs. A mesure que l'exploitation s'agrandissait, elle
nécessitait aussi en plus grand nombre le bétail, les
chevaux, les serviteurs et les servantes, tout un personnel,

tout un matériel, dont le contrôle quotidien allait les
écraser de besogne, tant que leurs enfants grandis ne pourraient les soulager d'une part de la tâche. Mathieu avait
pris la direction des travaux de culture, les améliorant
sans cesse, en continuel effort de pensée et d'action, pour
faire rendre à la terre toute la vie qui dormait en ses
flancs. Marianne dirigeait la ferme, veillait aux étables,
à la laiterie, à la basse-cour, se révélait comme un
comptable de premier ordre, tenait les comptes, payait,
encaissait. Et, malgré les ennuis renaissants, des mauvais hasards, des erreurs inévitables, la fortune quand
même, au travers des mécomptes et des pertes, leur
donnait toujours raison, tant ils étaient braves et sages,
dans la lutte incessante de chaque jour.

Puis, en dehors des bâtisses nouvelles, le domaine
s'agrandit encore de trente hectares de pentes sablonneuses, jusqu'au village de Monval, tandis que, sur le
plateau, trente autres hectares de bois le prolongèrent, du
côté de Mareuil. La lutte de Mathieu devenait plus âpre,
plus héroïque, avec ces pentes stériles, à mesure qu'il
augmentait son champ d'action ; mais là était l'idée
géniale, il finissait par vaincre, par les fertiliser plus
largement à chaque saison, grâce aux sources fécondantes,
dont il les baignait de toutes parts. De même, sur le plateau, il avait troué de larges routes les nouveaux bois
acquis, afin d'établir des communications, puis de réaliser
l'idée qu'il avait de transformer les clairières en pâturages, où il lâcherait son bétail, en attendant de pouvoir
se livrer à l'élevage. De tous côtés, maintenant, dans cet
effort croissant de création, la bataille se trouvait donc
engagée, élargie sans cesse ; et les chances de décisive
victoire augmentaient aussi, les pertes possibles sur une
mauvaise récolte étaient compensées par la prodigieuse
moisson qui débordait d'un autre champ. C'était comme
pour les enfants, qui continuaient à grandir, pendant que

s'étendait le domaine : ceux qui s'attardaient un peu semblaient pousser les autres. Les deux jumeaux, Blaise et Denis, âgés de quatorze ans déjà, moissonnaient les couronnes au lycée, faisant quelque honte à Ambroise, leur cadet de deux ans, qui, d'esprit vif, ingénieux, était trop souvent à d'autres sujets que ses leçons. Les quatre suivants, Gervais, les deux filles, Rose et Claire, ainsi que le dernier, Grégoire, trop jeune pour qu'on les risquât quotidiennement à Paris, achevaient de s'élever au grand air, sans trop de plaies ni de bosses. Et, lorsque, au bout de ces deux années, Marianne accoucha de son huitième enfant, une fillette cette fois, Louise, elle ne souffrit heureusement pas comme pour Grégoire, qui avait failli lui coûter la vie ; mais elle fut tout de même longue à se remettre, ayant voulu se lever trop tôt, pour une lessive. Quand Mathieu la revit debout et souriante, avec la chère petite au bras, il l'embrassa passionnément, il triompha une fois de plus, par-dessus tous les chagrins et toutes les douleurs. Encore un enfant, encore de la richesse et de la puissance, une force nouvelle lancée au travers du monde, un autre champ ensemencé pour demain.

Et c'était toujours la grande œuvre, la bonne œuvre, l'œuvre de fécondité qui s'élargissait par la terre et par la femme, victorieuses de la destruction, créant des subsistances à chaque enfant nouveau, aimant, voulant, luttant, travaillant dans la souffrance, allant sans cesse à plus de vie, à plus d'espoir.

# III

Deux ans se passèrent. Et, pendant ces deux années, Mathieu et Marianne eurent un enfant encore, une fille. Et, cette fois, en même temps que s'augmentait la famille, le domaine de Chantebled s'accrut aussi, à l'ouest du plateau, de tous les terrains marécageux dont il restait à dessécher les mares et à capter les sources. Maintenant, cette partie entière du domaine se trouvait acquise, plus de cent hectares de terres où n'avaient poussé jusque-là que des plantes d'eau, livrées désormais à la culture, débordantes de moissons. Et les nouvelles sources utilisées, canalisées de toutes parts, allèrent, là-bas, achever de porter la vie bienfaisante, en fertilisant les pentes sablonneuses. C'était la conquête invincible de la vie, la fécondité s'élargissant au soleil, le travail créant toujours, sans relâche, au travers des obstacles et de la douleur, compensant les pertes, mettant à chaque heure dans les veines du monde plus d'énergie, plus de santé et plus de joie.

Cette fois, dans les constants rapports d'affaires que Mathieu avait avec Séguin, ce fut celui-ci qui, le premier, le pressa d'acquérir une nouvelle part du domaine, s'efforça même de le décider à en prendre d'un coup tout le reste, les bois, les landes, près de deux cents hectares encore. Il en était à de continuels besoins d'argent, il offrait des avantages, des rabais. Mais Mathieu, très sage, n'accepta pas, eut la prudence de ne point s'écarter de sa volonté première, celle de ne créer que par étapes, au fur et à mesure des nécessités, et selon ses forces. Puis, pour l'acquisition de la totalité des landes, le long du chemin de fer, vers l'est, une difficulté s'était présentée : il y avait là, coupant ces landes en deux parts, une enclave désastreuse, quelques hectares appartenant à Lepailleur, le maître du Moulin, qui n'en avait jamais tiré aucun parti. Et c'était pourquoi Mathieu, ayant à désigner un lot, venait de choisir, vers l'ouest, ce qui restait des hauts terrains vaseux, tout en ajoutant qu'il traiterait volontiers pour les landes, plus tard, lorsque le meunier aurait cédé son enclave. D'ailleurs, il se savait jalousé de celui-ci, exécré à un tel point, depuis l'incessante création du domaine, qu'il croyait ne pas devoir se charger de l'achat, certain d'échouer. Séguin se récria, prétendit qu'il saurait bien mettre l'homme à la raison, en se flattant même d'avoir l'enclave pour rien, le jour où il s'en mêlerait. Et, sans doute, ne désespérant toujours pas de se débarrasser de ce lot avec l'autre, il s'entêta, il voulut voir Lepailleur, faire marché avec lui, avant de signer l'acte de vente des hauts terrains.

Quelques semaines se passèrent. Puis, le jour où Mathieu vint à l'hôtel de l'avenue d'Antin, pour y échanger les signatures, il ne trouva pas Séguin au rendez-vous que celui-ci lui avait fixé par lettre. Un domestique, qui le laissa seul, dans la vaste salle du premier étage, lui dit que monsieur allait sûrement rentrer, ayant donné l'ordre de faire attendre. Resté debout, le visiteur marcha, regarda, frappé de l'air de lent désastre où il trouvait cette pièce luxueuse, qu'il avait admirée jadis, avec ses riches étoffes, ses collections d'objets rares, ses étains, ses reliures. Les merveilles étaient bien encore là, mais au milieu d'un abandon qui les glaçait, les ternissait, comme des fantaisies démodées, dédaignées, désormais mangées de poussière. Dans son éternel ennui d'étroit cerveau, que seul dévorait le besoin de se mettre en vue, d'exagérer la folie du moment, Séguin, renonçant à sa pose d'amateur d'art, qui l'amusait si peu, avait d'abord affecté une passion extravagante pour les sports nouveaux, les débauches de vitesse, puis en était revenu à son unique tendresse vraie, le cheval. Il avait voulu avoir une écurie, ce qui activait sa ruine, tant il y mettait d'outrance vaniteuse. Cette grosse fortune que les maîtresses et le jeu avaient entamée, les chevaux l'achevaient. On disait maintenant qu'il jouait à la Bourse, pour réparer les brèches, cédant aussi au stupide orgueil d'affecter une attitude d'homme puissant, que des ministres renseignaient. Et, à mesure que s'aggravaient ses pertes, sous la menace de l'effondrement prochain, il ne restait du bel esprit, du moraliste, discutant sans fin avec Santerre de littérature et de philosophie sociale, que l'impuissant amer, que le pessimiste par mode, pris à son piège, ayant gâché sa propre existence, au point de n'être plus, dans sa haine peu à peu réelle, exaspérée de la vie, qu'un artisan de corruption et de mort.

Comme Mathieu finissait de faire à petits pas le tour de la pièce, une grande et belle fille blonde entra, âgée de vingt-cinq ans à peine, vêtue d'une robe de soie noire, qu'elle portait avec une élégante simplicité. Elle eut un léger cri, en fouillant les coins du regard.

— Tiens! je croyais que les enfants étaient là!

Et, souriant au visiteur, elle entra quand même, elle affecta de venir ranger les papiers sur la table qui servait de bureau à Séguin, d'un air de maîtresse de maison qui veut, devant le monde, affirmer ses droits de surveillance et de contrôle.

Mathieu la connaissait, pour la voir ainsi, depuis un an, s'installer, commander, tandis que Valentine montrait de plus en plus le dégoût des soucis du ménage.

Elle se nommait Nora, elle était Allemande, institutrice, maîtresse de piano, et Valentine l'avait surtout prise pour veiller sur les enfants, depuis qu'elle avait dû congédier Céleste, grosse de nouveau malgré toute sa ruse, si malchanceuse cette fois, qu'ayant eu la sottise de s'oublier avec un facteur, elle n'était même pas parvenue à cacher son état. D'ailleurs, c'était Séguin, qui, après s'être montré brutal, lors du renvoi de la femme de chambre, en criant au scandale, à la démoralisation de ses deux filles, avait amené Nora, une perle qu'il volait, disait-il gaiement, à une de ses amies. Et il devint bientôt de toute évidence qu'elle était sa maîtresse; il ne l'avait sans doute introduite chez lui que dans le but de l'y posséder à l'aise, surtout de l'y garder prisonnière; car il paraissait en être follement jaloux, d'une de ces jalousies morbides qui, aujourd'hui encore, le jetaient parfois sur sa femme, les poings levés, bien que tous rapports eussent cessé entre eux. La grande et belle fille blonde, il est vrai, semblait faite pour légitimer les pires inquiétudes, avec ses lèvres sensuelles, ses yeux d'impudeur inconsciente, toute la superbe bête qu'elle était, aux rires imbéciles et mauvais.

— Vous attendez monsieur Séguin, finit-elle par dire. Je sais qu'il vous a donné rendez-vous, il va rentrer sûrement.

Mathieu, qui l'étudiait, très intéressé, voulut faire une expérience.

— Il est peut-être sorti avec madame Séguin. Je sais qu'ils sortent souvent ensemble.

— Eux! cria-t-elle en riant, et de la plus inconvenante façon pour une simple institutrice, vous êtes bien mal renseigné, monsieur! Jamais ils ne vont au même endroit... Je crois bien que madame est au sermon, à moins qu'elle ne soit ailleurs.

Et, moqueuse, effrontée, elle se remit à tourner dans

la pièce, comme si elle s'efforçait d'y rétablir un peu d'ordre, tout en venant frôler le visiteur de ses jupes, par ce besoin instinctif qu'elle paraissait avoir de s'offrir, dès qu'un homme était seul avec elle.

— Ah ! quelle maison ! continuait-elle à demi-voix, en ayant l'air de se parler à elle-même. Comme on l'abandonne, ce pauvre monsieur !... Ça irait mieux, si madame n'était pas occupée du matin au soir !

Valentine occupée ! Pour goûter toute l'ironie de cette parole, il fallait, ainsi que Mathieu, savoir qu'elle était, depuis six mois, à l'unique bonheur d'avoir renoué avec Santerre, après une rupture de trois ans bientôt. Maintenant, elle osait même le recevoir au domicile conjugal, elle s'enfermait, le gardait dans son petit salon, durant des après-midi entières ; et c'était sans doute de ce qu'ils y faisaient ensemble, de ces occupations graves, que parlait si railleusement l'institutrice. Santerre, après avoir conquis Valentine, de son air de tendre caresse, au temps où il la croyait indispensable à ses succès de romancier, l'avait ensuite exécutée sauvagement, d'une impitoyable brutalité d'égoïsme, quand elle lui était devenue inutile, gênante même. Désespérée de cette rupture, elle avait alors étonné ses amies par son zèle religieux, en se remettant à pratiquer ainsi qu'autrefois chez sa mère, dans cette maison des antiques Vaugelade, d'un si ardent catholicisme. Elle se retrouvait de leur sang, elle ne renonçait aux allures libres, prises parmi les compagnonnages de son mari, que pour afficher une exagération d'intolérance absurde, hantée de folies nouvelles, au nom du bon Dieu. Comme la musique de Wagner, la religion de Rome était surannée, démodée : il lui fallait la venue sanglante d'un Antéchrist, pour balayer les péchés du monde. On disait bien qu'elle avait essayé d'un autre amant, mais le fait n'était pas prouvé. Séguin, qui traitait la religion en simple élégance, s'était un

instant rapproché d'elle, flatté, poussant la réconciliation
jusqu'à pratiquer lui-même. Presque aussitôt, les querelles d'alcôve avaient recommencé, plus injurieuses, sans
réconciliation désormais possible, et il en était venu,
depuis que Nora l'occupait jalousement tout entier, à
rêver de mettre un peu de paix dans la maison, en y ramenant le bon ami d'autrefois, Santerre, qu'il rencontrait
toujours à son cercle. Cela s'était fait avec une grande
simplicité, le romancier finissant par s'embourgeoiser
dans le succès, ayant la conscience qu'après avoir tiré
des femmes ce qu'il pouvait raisonnablement en attendre,
il ne lui restait guère qu'à se marier ou à faire sien le
nid d'un autre. Il reculait encore devant le mariage,
autant par théorie que par haine personnelle. Il avait,
comme Séguin, quarante et un ans; Valentine allait en
avoir trente-six : n'étaient-ce pas là des âges de tout repos,
où la sagesse était de songer à une de ces liaisons solides
et durables, que le monde indulgent tolère? Elle, mon
Dieu! plutôt qu'une autre, puisqu'il la connaissait, riche,
répandue, dévote maintenant, toutes les conditions dési-
.rables. Et, dans l'écroulement final, le train de la
maison s'était ainsi réglé, le père avec l'institutrice, la
mère avec le bon ami, tandis que les trois enfants achevaient de pousser à la diable, au travers du désastre.

Brusquement, des cris perçants éclatèrent, et Mathieu
fut tout surpris d'un terrible bruit de galopade, d'un
envahissement soudain de la pièce. C'était Andrée qui
fuyait, terrifiée, poursuivie par Gaston, répétant:

— Nono, Nono! il va me tirer les cheveux!

Elle avait les plus jolis cheveux du monde, fins, cen-
drés, envolés autour de son adorable tête de fillette,
petite femme déjà à dix ans, d'un charme discret et doux;
tandis que son frère, de quatre ans son aîné, mince, sec
comme le père, avait, dans sa face rousse, en lame de
couteau, des yeux d'un bleu dur, sous un front d'étroite

obstination. Il l'attrapa enfin, il lui tira violemment les cheveux.

— Oh! le méchant! empêche-le, Nono! cria-t-elle, en sanglotant, en allant tomber dans les jupes de l'institutrice.

Mais Nora la repoussait, la grondait.

— Taisez-vous donc, Andrée! Vous êtes toujours à vous faire battre. C'est insupportable.

— Je ne lui disais rien, je lisais, expliqua la fillette au milieu de ses larmes. Il est venu m'arracher mon livre, puis il s'est jeté sur moi... Alors, j'ai couru.

— Elle est bête, elle ne veut jamais s'amuser, répondit simplement Gaston, en riant de son rire taquin. C'est pour ton bien que je te tire les cheveux, ça les allonge.

L'institutrice se mit à rire avec lui, trouvant ça très drôle. Elle lui donnait toujours raison, le laissant régner en maître redouté sur ses deux sœurs, tolérant même en fille complaisante les farces qu'il lui faisait personnellement, comme de lui enfoncer une main froide dans le dos ou de lui sauter tout d'un coup sur les épaules.

Et Mathieu s'étonnait, s'indignait même un peu, lorsque le docteur Boutan entra. La petite Andrée, qui l'aimait pour sa bonhomie souriante, courut à sa rencontre, lui tendit le front, déjà consolée.

— Bonjour, mon enfant... Je vais attendre votre maman qui m'a envoyé une dépêche, ce matin, et qui, paraît-il, n'est pas encore rentrée. Je suis d'ailleurs en avance... Tiens! mon bon Mathieu, vous êtes là aussi, vous?

— Oui. Moi, j'attends monsieur Séguin.

Ils échangèrent une poignée de main affectueuse. Puis, le docteur, qui avait jeté sur Nora un regard oblique, se tourna vers elle, lui demanda si madame Séguin était souffrante, pour l'avoir ainsi appelé par un télégramme. Elle répondit sèchement qu'elle ne savait pas. Et,

comme il l'interrogeait encore, s'inquiétant de Lucie,
qu'il ne voyait pas là, avec Andrée et Gaston, elle finit
par dire :

— Lucie est couchée.

— Comment, couchée ! Alors, c'est elle qui est
malade ?

— Oh ! non, elle n'est pas malade.

Il la regarda de nouveau, de ses yeux fins qui semblaient vouloir lui aller au fond de l'âme. Puis, il cessa
de l'interroger.

— C'est bon, j'attendrai.

Nora, enfin, quitta la place, emmena Gaston et Andrée,
en les bousculant un peu, l'air gêné, irrité de ce regard
d'enquête qui ne la quitta, qui ne se détacha d'elle et des
deux enfants, laissés à sa garde, que lorsqu'ils eurent
franchi la porte.

Boutan s'était retourné vers Mathieu. Un instant, ils
restèrent ainsi face à face, en silence. Tous deux savaient,
tous deux hochèrent la tête. Et le docteur parla le premier, à demi-voix :

— Hein ! que dites-vous de la demoiselle ? Moi, mon
ami, elle me fait froid dans les os. Avez-vous étudié sa
bouche et ses yeux, qu'elle a superbes d'ailleurs ? Jamais
je n'ai vu si nettement le crime, en une telle splendeur
de la chair... Espérons que je me trompe !

Un nouveau silence régna. Il s'était mis à faire, lui
aussi, le tour de la pièce ; et, quand il revint, il eut un
geste, pour en montrer l'abandon, pour dire, même au
delà des murs, la catastrophe pitoyable où menaçait de
s'abîmer la maison entière.

— C'était fatal, vous en avez prévu, suivi les phases,
n'est-ce pas ?... Je le sais bien, on se moque de moi, on
me traite en doux maniaque, en médecin spécialiste hanté
par les cas uniques qu'il soigne. Mais, que voulez-vous ?
si je m'entête, c'est que je suis convaincu d'avoir raison...

Ainsi, pour les Séguin, n'est-il pas évident que tout le mal est venu des fraudes premières, lorsque le mari et la femme se sont pervertis, exaspérés, dans leur obstination à ne plus vouloir faire d'enfant? Dès lors, on peut dire que le ménage a été en perdition. Ils en ont quand même fait un, inconsciemment, par oubli, et voilà l'homme ravagé, fou de jalousie imbécile, et voilà la femme battue, délaissée, jetée à toutes les chutes. Le double adultère était nécessairement au bout, avec de pareilles natures, en lutte furieuse, qui s'énervaient, s'empoisonnaient, mutuellement, au milieu des pires excitations mondaines. Aujourd'hui, c'est la rupture complète, le lien de famille détruit, la maîtresse de monsieur et l'amant de madame installés au foyer, l'écroulement prochain dans la fraude encore et partout, dans la fraude immonde qui s'étale, se multiplie, qu'ils sont quatre ici maintenant à pratiquer... J'en enrage, c'est vrai! Et, si je vous en parle, c'est que ça me soulage, bien que je n'aie pas la prétention de vous rien apprendre.

Il se fâchait, lui si doux. Sa voix, restée basse, prenait une netteté, une énergie singulière.

— On fait grand bruit de notre névrose moderne, de notre dégénérescence, de nos enfants de plus en plus chétifs, mis au monde par des femmes malades, détraquées, affolées. Mais, avant bien d'autres causes, moins graves, la fraude est la première, la grande cause, celle qui empoisonne la vie à sa source! Mais c'est la fraude, la fraude universelle, préméditée, obstinée, vantée, qui nous jette à cette décrépitude précoce et qui nous achèvera!... Songez donc! on ne trompe pas impunément un organe. Imaginez-vous un estomac qu'on nourrirait d'un continuel leurre, dont des corps indigestes appelleraient sans cesse le sang, en ne donnant jamais rien à la digestion? Toute fonction, qui ne s'accomplit pas dans l'ordre normal, **devient un danger permanent de troubles.**

Vous énervez la femme, vous ne contentez chez elle que
le spasme, vous en restez à la satisfaction du désir, qui
est simplement l'appât générateur, sans consentir à la
fécondation, qui est le but, l'acte nécessaire et indispensable. Et vous ne voulez pas que, dans cet organisme
dupé, bousculé, détourné de son usage, se déclarent de
terribles désordres, les déchéances, les perversions!...
Ajoutez que, si le mari a fraudé, l'amant fraude de plus
belle. C'est un assaut de toutes les heures. Dès que la
peur de l'enfant ne modère plus les appétits, l'organe est
mis au régime du plaisir facile, répété, exténuant. J'ai
vu des cas d'un acharnement, d'une brutalité incroyables.
Sans doute, je n'ose demander aux hommes la sagesse
des animaux, qui ont leur saison. Mais encore faudrait-il
que l'enfant ne fût pas proscrit d'une façon impitoyable,
qu'on en laissât pousser un de temps à autre, pour rétablir la fonction abolie. Que de femmes malades, irritées,
brisées par des pratiques frauduleuses, j'ai vues se
remettre, grâce à une grossesse! Et que d'autres sont
retombées aux mêmes souffrances, dès qu'elles se sont
refusées de nouveau à vivre la vie comme elle doit être
vécue!... Car, vous entendez bien! mon ami, tout est là.
La nature trompée se révolte. Plus on fraude, plus on
pervertit, plus la population s'affaiblit et se dégrade. On
en arrive à notre fameux nervosisme moderne, à notre
prochaine banqueroute physique et morale. Voyez nos
femmes, comparez-les aux fortes commères d'autrefois.
Nos femmes désexuées, frémissantes, éperdues, c'est nous
qui les faisons, par nos pratiques, par notre art et notre
littérature, par notre idéal de la famille restreinte, im-
molée aux furieuses ambitions d'argent et de pouvoir.
Mort à l'enfant, et par là même mort à la femme, mort à
nous-mêmes, à tout ce qui est la joie, la santé, la force!...
Et, dites-moi, avez-vous jamais mieux senti la fin d'une
société que dans cette maison, dans cette pièce aux bibe-

lots rares, d'un luxe défaillant? N'y assistez-vous pas au grand drame actuel, la démoralisation du dégoût de la vie, de l'infécondité voulue et préconisée? A quoi bon vivre, puisque tout être qui naît est un misérable de plus? Les fraudes ont fait leur œuvre de destruction, une querelle d'alcôve a désorganisé le ménage, le mari d'un côté, la femme de l'autre, et voilà les trois pauvres enfants entre les mains de cette fille, l'institutrice, poussant mal, à l'aventure, exposés aux pires dangers. Ah! les pauvres êtres, ce sont eux que je plains surtout, je ne peux venir ici, sans en avoir le cœur gros!

Plus doucement, Boutan continua, dit combien il aimait la petite Andrée, si jolie, si tendre, si différente, à ce point que la mère, en plaisantant parfois, accusait sa nourrice, la Catiche, de l'avoir faite sienne, d'un lait de bête de ferme, docile, pour qu'elle fût si peu de la famille, toujours tranquille et rieuse, sans révolte sous les continuelles taquineries de son frère. Quant à Gaston, il ne lui plaisait guère, brutal, d'une intelligence étroite, outrant encore l'affinement du père, avec plus d'entêtement, plus de sécheresse, dans l'égoïste certitude de sa supériorité, qu'il ne laissait même pas mettre en discussion. Mais la grande curiosité du docteur était Lucie, alors âgée de douze ans, une mince fille pâle et délicate, aux cheveux d'un blond décoloré, aux yeux d'un bleu vague, noyés de rêve. Formée de très bonne heure, contre toute prévision, elle en avait fait une maladie, révoltée de terreur et de répugnance, devant le flot de sang qui la faisait femme. Et, depuis qu'il l'avait remise debout, il suivait, il étudiait chez elle les phénomènes les plus curieux, un dégoût croissant des sensations charnelles, une sorte de mysticisme précoce dont l'envolement la jetait à d'extraordinaires imaginations d'anges, de vierges, d'une pureté, d'une candeur immatérielle. Toute vie, tout pullulement, une fourmilière, un essaim d'abeilles, un nid avec des pe-

tits oiseaux nus encore, la bouleversaient, la faisaient souffrir, jusqu'à lui donner de véritables nausées. Et il disait,
en manière de plaisanterie, que celle-là était bien la fille
du pessimisme des parents, par son horreur de la chair
féconde, vivante et chaude.

Mais, à ce moment, Valentine rentra, dans son habituel
coup de vent, toujours en retard, toujours effarée par
quelque aventure imprévue. A trente-six ans, elle restait
sans âge, aussi maigre, aussi vive qu'elle l'était, lorsqu'elle avait eu Andrée, avec les mêmes petits cheveux
blonds envolés, la même petite figure fine et sèche. Elle,
plus heureuse que d'autres, selon un mot du docteur, ne
faisait que se cuire, que se réduire davantage, à la flamme
de ses perversions.

— Bonjour, monsieur Froment... Bonjour, docteur...
Ah! docteur, je vous fais toutes mes excuses. Imaginez-
vous que j'étais allée à la Madeleine, pour entendre le
commencement d'une conférence de l'abbé Levasseur, en
me disant que je m'échapperais ensuite, puisque je
vous avais donné rendez-vous ; et voilà que je vous ai totalement oublié, tant l'abbé m'a prise, oh! prise toute,
toute, sans que rien de moi se réserve.

Elle se pâmait encore, les yeux mourants. Pourtant,
elle trouvait l'abbé un peu tiède, pactisant avec les idées
modernes, parce qu'il avait semblé croire à une entente
possible entre la religion et la science.

Boutan l'interrompit, souriant.

— Est-ce que vos douleurs névralgiques vous ont
reprise?

— Moi, non, non!... Ce n'est pas pour moi que je
vous ai prié de venir, c'est pour Lucie, qui décidément me
désole. Je ne comprends plus rien à cette enfant...
Croyez-vous que, ce matin, elle a refusé de se lever!
Quand on m'a dit ça, je suis allée la voir; et, d'abord,
elle ne m'a pas répondu, elle s'est tournée contre le

mur. Puis, à toutes mes questions, elle a répété dix fois, vingt fois, qu'elle voulait entrer au couvent, sans autre explication, la face blanche comme un linge, les yeux fixes... Que pensez-vous de cette nouvelle lubie?

— Mais, demanda le docteur, ne s'est-il rien passé cette nuit, hier soir?

— Cette nuit, non, rien à ma connaissance... Hier soir, non plus. La soirée a été fort calme. J'étais seule à la maison, je ne suis pas sortie; et, notre ami Santerre étant venu de bonne heure me demander une tasse de thé, je me suis réfugiée avec lui dans mon petit salon, après avoir embrassé les enfants, pour qu'ils ne nous cassent pas la tête... Ils ont dû se coucher comme à leur habitude.

— A-t-elle dormi, ne s'est-elle pas plainte?

— Ça, je n'en sais rien. Elle n'a pas l'air de souffrir. Je ne la crois pas malade, car vous pensez bien que je me serais privée de sortir, cette après-midi, si j'avais eu la moindre inquiétude sérieuse. Seulement, j'ai voulu tout de même vous consulter, tant cela me suffoque, une pareille obstination à ne plus vouloir quitter son lit... Passons dans sa chambre, docteur, et grondez-la-moi bien fort, remettez-la-moi vivement sur pied.

A son tour, Séguin venait de rentrer. Il avait écouté les dernières paroles de sa femme, il se contenta de donner une poignée de main silencieuse à Boutan, que celle-ci emmenait. Puis, il s'excusa, lui aussi, auprès de Mathieu.

— Pardonnez-moi, cher monsieur Froment, de vous avoir fait attendre. J'ai un cheval malade, un coureur extraordinaire, en qui j'avais mis de gros espoirs. Enfin, tout va mal... Causons de notre affaire, où j'ai d'ailleurs totalement échoué.

Et il s'emporta contre Lepailleur, qui avait demandé de ses quelques hectares de landes, la fâcheuse enclave,

un prix tellement fou, que, désormais, tout marché
devenait impossible. Le meunier, du reste, avait laissé
percer sa rage sourde du triomphe de Mathieu, ces vastes
champs incultes, abandonnés aux ronces depuis des
siècles, où il l'avait défié de faire jamais pousser un épi,
et que couvraient maintenant de débordantes moissons.
Il en était exaspéré dans sa rancune contre la terre, il
l'en exécrait davantage, la marâtre injuste, si dure pour
lui, un fils de paysan, si bienveillante à ce bourgeois,
tombé du ciel pour révolutionner le pays. Et il avait
dit en ricanant que ces broussailles valaient de l'or à
présent, puisqu'il y avait des sorciers qui faisaient pousser le blé sur les pierres.

— Vous savez que j'ai pris la peine d'aller le voir moi-
même. Autrefois, il était venu me proposer à vil prix
son bout de landes, et je n'en avais pas voulu, naturellement, car je désirais déjà me débarrasser du domaine.
Aussi ne s'est-il pas privé de goguenarder, en me faisant comprendre ma bêtise. Je l'aurais giflé... Il a donc
une fillette, maintenant?

— Oui, la petite Thérèse, répondit Mathieu qui souriait, tellement il était certain à l'avance du résultat de la
démarche. L'année dernière, il a eu ce malheur, comme
il dit. Il n'en a pas encore décoléré, il s'en est pris d'abord
à sa femme, puis à la société entière, à tous les saints, au
bon Dieu lui-même. C'est un homme vaniteux et vindi-
catif.

— Parfaitement, j'ai dû le blesser aussi, en ne me
récriant pas d'admiration sur son galopin, son Antonin,
qui, dès douze ans, paraît-il, vient de remporter son certificat d'étude, à l'école de Janville, où il joue le rôle de petit
prodige.

Mathieu continuait à s'égayer doucement.

— Bien! bien! je ne m'étonne plus de votre échec. Un
jour que je leur conseillais d'envoyer Antonin à une école

d'agronomie, l'homme et la femme ont failli me battre.
Ils rêvent d'en faire un monsieur.

Enfin, l'affaire était manquée, et Séguin ne s'en con-
solait pas, car il devait renoncer à voir Mathieu, cette
année-là, prendre d'autres terres, en dehors des derniers
marais du plateau, vers l'ouest. D'ailleurs, l'acte de cession était prêt, ils échangèrent les signatures. Et il resta
deux lots encore, d'une part près de cent hectares de
bois, du côté de Lillebonne, de l'autre toutes les landes,
jusqu'à Vieux-Bourg, que l'enclave des Lepailleur coupait des terrains pauvres, acquis déjà.

— Je vous aurais fait de meilleures conditions, vous
y auriez gagné, répéta Séguin, que le besoin d'argent
pressait. Mais vous êtes un sage, je sais que je ne vous
déciderai pas, si vous avez résolu d'attendre, de n'obéir
qu'aux nécessités des lendemains de victoire... Bonne
chance donc, c'est mon intérêt.

Leurs rapports avaient toujours été très corrects, un
peu âpres, et ils échangeaient une poignée de main,
lorsque la porte s'ouvrit, sans qu'un domestique prît la
peine d'annoncer.

— Tiens! c'est vous, dit tranquillement le maître de
la maison. Je vous croyais à la répétition générale de votre
ami Maindron.

Santerre entrait, souriant de son sourire un peu las
d'homme habile que la fortune avait comblé. Il était fort
engraissé, engorgé par le succès, avec ses beaux yeux
bruns restés caressants, avec sa barbe toujours soignée,
qui cachait sa bouche mauvaise. Le premier, il avait senti
la faillite prochaine des romans d'alcôve, des aventures
de garçonnières, et il était allé rejoindre Valentine dans
sa toquade religieuse, écrivant maintenant des histoires où
il y avait des conversions, où triomphait l'esprit d'autorité
catholique, que restaurait la mode. Cela, d'ailleurs,
n'avait fait qu'accroître son mépris du troupeau humain.

— Oh ! la pièce de Maindron, répondit-il, vous n'avez pas idée d'une platitude pareille ! Encore un adultère, c'est dégoûtant à la fin ! Il est incroyable que le public, mis à un tel régime, ne finisse pas par se révolter, et il faut vraiment que nos tristes psychologues, qui portent si lugubrement la vieille société en terre, aient achevé de la pourrir à jamais, pour qu'elle agonise ainsi dans la boue... Je n'ai pas changé, moi. La règle seule est souveraine, si l'on veut tuer le désir. C'est Dieu qui, pour le bonheur final, anéantira le monde.

Puis, comme il s'aperçut que Mathieu le regardait avec stupeur, en se souvenant sans doute de son ancien rôle de romancier en habit noir, menant la danse, enterrant ce beau monde, qu'il exploitait, il se contenta de couper court, en ajoutant :

— Je me suis enfui du théâtre... Il fait beau, j'ai une voiture, venez-vous aux Pastellistes avec moi ?

— Ah ! non, mon cher, pas moi du moins, dit Séguin de son air détaché. Les Pastellistes, ça m'assomme... Voyez si Valentine est libre.

Et le geste qui accompagnait cette parole, donnait la femme, dans une de ces confiances de mari, résolues à ne rien savoir. Dix fois, il avait failli tuer Valentine, enragé d'abominables jalousies, l'accusant de trahisons immondes. Puis, sans qu'il y eût une explication raisonnable possible, sans logique, il lui avait toujours toléré Santerre : celui-là, sans doute, ne comptait pas ; ou, du moins, si le mari avait longtemps ignoré des rapports probables, il s'était accommodé plus tard du fait accompli. Et surtout, depuis qu'il avait eu la belle idée de ramener l'amant dans la maison, pour y vivre librement lui-même, il l'y laissait venir à chaque heure, s'y installer, sortir avec la femme, rentrer avec elle, en bonne camaraderie tous les trois, riant, discutant comme jadis, d'une élégance exaspérée et désenchantée.

— Ce n'est pas que j'y tienne, aux Pastellistes... Ça ou autre chose. L'affaire est de tuer l'après-midi. Maindron vient de m'achever, avec son premier acte... Dieu ! qu'il y a donc des journées bêtes !

— Quand elles ne sont que bêtes encore ! Sirius est malade, voilà mon écurie désorganisée, toutes les déveines !... On en finirait si volontiers !

— Comment ! c'est vrai ? Sirius est malade ! Pauvre ami, si vous voulez que nous en finissions ensemble... Je traîne, je bâille ma vie, moi !

— Moi, je la crache, je la vomis. Ah ! la sale chose !

Il y eut un silence, puis Séguin, languissamment, recommença.

— Alors, mon cher, pas d'autre malheur aujour-d'hui ?

— Non. Les cheminées ne me tombent pas encore sur la tête. Ça viendra.

— Espérons-le. Et cette vieille gueuse de terre, avec son ignoble pullulement d'êtres, qui continue à tourner... Sirius malade, c'est la fin de tout !

Mathieu, ennuyé, s'était levé pour partir, lorsqu'une domestique vint expliquer longuement que madame priait monsieur de la rejoindre tout de suite dans la chambre de mademoiselle Lucie, parce que mademoiselle s'obsti-nait à n'être pas raisonnable. Et Séguin continua de plai-santer, avec son flegme ironique, en se faisant accompa-gner des deux hommes, afin de l'aider, disait-il, à convaincre de bonne heure cette petite femme de la toute-puissance masculine.

Dans la chambre de Lucie, se passait une scène extra-ordinaire. La fillette, couchée sur le dos, avait ramené la couverture à son menton, la tenant de ses deux petites mains crispées, comme pour lutter, pour empêcher qu'on ne la tirât de ce lit, dont elle s'entêtait à ne plus bouger. Elle ne montrait que sa mince face blanche, glacée, noyée dans le flot décoloré de ses cheveux ; tandis que ses yeux, d'un bleu si vague, restaient obstinément fixés au plafond, d'un air de résolution farouche. Lorsqu'elle avait vu entrer sa mère et le docteur Boutan, son regard s'était assombri d'une ombre d'affreuse souffrance ; mais rien d'elle n'avait remué, le léger souffle de sa maigre poitrine ne soulevait même pas le drap ; et, pendant plusieurs minutes, elle s'était refusée à répondre, le visage mort.

— Vous êtes donc malade, ma chère enfant ? Votre maman vient de me dire que vous n'aviez pas voulu vous lever ce matin... Où souffrez-vous ?

Elle resta morte, sans une parole, sans un mouvement.

— Voyons, ce serait très laid d'inquiéter ainsi vos parents, en vous entêtant à ne pas me donner les moyens de vous soulager... Soyez gentille, dites-moi ce que vous avez. Est-ce le ventre qui vous fait du mal ?

Elle resta morte, sans desserrer les lèvres, sans bouger un doigt.

— Décidément, je vous croyais plus raisonnable, vous nous causez beaucoup de peine à tous... Il faut pourtant que je sache, pour vous guérir.

Et, cette fois, comme il s'avançait, faisant mine de lui dégager et de lui prendre une main, elle eut un tel frémissement de révolte, elle serra si étroitement la couverture autour de son cou, qu'il dut renoncer à lui tâter le pouls, ne voulant pas la violenter.

Valentine, qui attendait, silencieuse, se fâcha.

— En vérité, ma chérie, tu abuses de notre patience, ça devient fou, et je vais finir par appeler ton père, pour qu'il te corrige... Depuis ce matin, tu te cramponnes à ton lit, tu ne veux pas même nous raconter ce qu'il t'arrive. Parle au moins, explique-nous ton affaire, que nous sachions à quoi nous en tenir... As-tu à te plaindre de quelqu'un ?

Puis, comme Lucie était retombée dans son immobilité de mort, la mère, sur le conseil du docteur, fit venir Nora, l'institutrice, pour qu'il pût la questionner lui-même. Lorsque la grande fille blonde parut, il crut remarquer, chez l'enfant, le même frisson qu'au moment où il avait voulu la toucher, le même besoin de s'enfouir, de disparaître toute.

Questionnée, Nora, debout au pied du lit, répondit avec le tranquille sourire, l'inconsciente impudeur, dont riaient toujours ses beaux yeux de superbe créature.

— Mais je ne sais rien, monsieur. Ce n'est naturellement pas moi qui couche les enfants. Hier soir, mademoiselle Lucie semblait bien portante. Elle a dû se mettre au lit, comme de coutume, à l'heure habituelle, après être allée, dans le petit salon, embrasser sa mère, qui avait une visite... Moi, ainsi que tous les soirs, je ne suis entrée ensuite qu'un instant dans cette chambre, pour lui souhaiter une bonne nuit... Que voulez-vous que je vous dise? je ne sais rien de plus.

En parlant, elle ne quittait pas la fillette de ses grands yeux, parfaitement à l'aise du reste, l'air à la fois provocant et certain qu'elle ne dirait rien, qu'elle ne pouvait rien dire. Une gaieté intérieure, comme au souvenir de quelque bonne histoire, finit même par monter à ses lèvres, en découvrant ses dents blanches de jeune louve. Et ce fut trop, l'enfant éclata en sanglots convulsifs, dès que son pâle regard bleu, obstinément fixé au plafond, s'abaissa, rencontra cet autre regard si moqueur, si brûlant, qui pesait sur elle.

— Oh! qu'on me laisse, qu'on ne me parle pas, qu'on ne me regarde pas!... Je veux aller au couvent! je veux aller au couvent!

C'était le cri que la femme précoce en elle, restée enfant, exaspérée du dégoût de son sexe, avait déjà poussé le matin. Elle le reprit avec un emportement

nouveau, elle ne cessa plus. Et, dans son entêtement à
ne pas se lever, à ne pas permettre désormais qu'on pût
voir la peau de ses mains, il y avait une volonté de s'ensevelir, de mourir au monde, avec toute sa personne
charnelle, en haine de la sensation physique. Elle aurait
voulu qu'on fermât les rideaux, pour ne plus être baignée
de la lumière du jour. Elle aurait voulu être seule à
jamais, sans la chaleur voisine d'un autre être, dans
le néant d'une tombe, pour échapper à son horreur de
vivre, d'avoir de la vie autour d'elle, en elle.

— Je veux aller au couvent! je veux aller au couvent !

Ce fut alors que Valentine, croyant qu'elle devenait
tout à fait folle, envoya chercher Séguin. Et, en l'attendant, elle se remit à la sermonner, très maternelle, très
digne.

— Vraiment, tu me désespères... Ce n'est pas à ton
âge qu'on parle ainsi d'aller au couvent, comme si l'on
ne trouvait, dans sa famille, que des sujets de tristesse
et de souffrance. Je crois avoir toujours fait mon devoir,
je n'ai heureusement rien à me reprocher... Certes, tu
connais assez mes profonds sentiments religieux, je t'ai
assez élevée dans le respect de notre religion, pour qu'il
me soit permis de te dire que tu outrages Dieu, en le
mêlant à un caprice d'enfant malade... On ne va au couvent que si l'on est obéissante, et Dieu ne veut pas des
filles qui offensent leurs mères, après n'avoir reçu d'elles
que de bons exemples.

Les yeux de Lucie, maintenant, s'étaient arrêtés sur
ceux de sa mère; et, à mesure que celle-ci parlait, ces
pauvres yeux d'innocente, bouleversée dans sa folie de
pureté divine, s'élargissaient d'effroi, exprimaient la plus
atroce douleur, le respect détruit, la tendresse abolie,
toute la détresse d'une petite âme d'enfant où croulait la
piété filiale.

A ce moment, Séguin entra, suivi de Santerre et de
Mathieu. Tandis que Valentine continuait, lui soumettait
le cas, faisait appel à son autorité paternelle, il gardait,
au coin des lèvres, un léger pli d'ironie, comme pour
dire : « Que veux-tu? ma chère, tu les as si mal élevés,
qu'ils ont des caprices imbéciles. » Quand la mère eut
fini, il se tourna vers le docteur, qui, d'un geste, se
désintéressa, puisque la fillette ne voulait pas se laisser
examiner. Il regarda Nora elle-même, complaisamment,
en voyant qu'elle souriait ainsi que lui de cette scène
ridicule. Et il affectait de prendre à témoin Mathieu,
avant de juger, lorsque Santerre, par amour de la paix,
crut pouvoir arranger les choses gaiement.

— Comment! ma petite Lucette, c'est vrai, tout ce que
ta maman raconte? Non, non! elle se trompe, n'est-ce
pas? tu es très raisonnable... Voyons, je vais t'embrasser,
moi, et tu m'embrasseras, et tout sera fini. Je me charge
de ton papa et de ta maman, qui te pardonneront.

Il riait très haut, il s'avança, la face en avant. Mais,
devant cette face d'homme, cette chair aux gros yeux luisants, à la bouche épaisse, à demi perdue dans le flot de
la barbe, Lucie s'agita, donna les marques d'un trouble
affreux, d'une répugnance terrifiée.

— N'approchez pas, je ne veux pas... Oh! ne m'embrassez pas, ne m'embrassez pas, vous!

Santerre passait outre, s'entêtait absolument à la saisir,
en manière de jeu, espérant ainsi user son caprice.

— Pourquoi donc ne t'embrasserais-je pas, Lucette?
Je t'embrasse bien tous les jours.

— Oh! non, je ne veux plus... Laissez-moi, par
pitié!... Oh! non, oh! non, pas vous, jamais plus!

Et, comme il poussait le jeu jusqu'au bout, malgré ses
cris, elle se souleva, se rejeta en arrière, évita sa bouche
ainsi qu'un fer rouge qui l'aurait brûlée. Ce drap qu'elle
avait serré si étroitement à son cou, elle l'écartait pour

fuir, dans une débâcle éperdue de sa pudeur, montrant ses épaules maigres, son corps gracile de petite femme en formation. Et elle grelottait de terreur, et elle devenait folle de l'ignominie du monde, sanglotante, bégayante.

Puis, quand elle crut qu'il allait la prendre, qu'il la tenait, qu'il l'embrassait, elle lâcha, dans une nausée, le secret honteux qui la tenait, depuis le matin, glacée, muette, s'obstinant à ne plus vivre.

— Ne m'embrassez pas ! jamais, jamais plus !... Je vous dis que je vous ai vu, hier soir, dans le petit salon, avec maman... Ah ! la saleté, la saleté !

Santerre, blêmissant, recula. Il sembla qu'un silence, qu'un froid de mort tombaient du plafond. Tous, béants, attendirent, sans un geste pour empêcher maintenant l'inévitable, l'irréparable.

Lucie, exaspérée, affolée, continuait :

— C'est Nono qui est venue me chercher, comme j'allais m'endormir, pour me montrer quelque chose de drôle... Elle a percé un gros trou dans la porte, Nono, et elle s'amuse à regarder, le soir... Moi, j'ai pensé que Gaston faisait quelque bêtise avec Andrée, j'y suis allée pieds nus, en chemise. Et ce que j'ai vu, ce que j'ai vu... Oh ! je suis trop malheureuse, qu'on m'emmène au couvent, qu'on m'emmène au couvent tout de suite !

Elle retomba dans le lit, elle ramena toute la couverture comme pour s'y ensevelir, se tournant vers le mur, ne voulant plus ni voir ni entendre. Et, lorsque les longs frissons qui l'agitaient encore eurent cessé, elle parut morte.

Sous le coup de la révélation publique, sortie d'une telle bouche, Séguin avait eu un flot de sang aux yeux, un réveil de cette jalousie brutale qui le faisait rêver d'égorgement ; et déjà, négligeant Santerre, livide, il s'était tourné vers Valentine, si menaçant, que Mathieu s'apprêtait à intervenir, avec le docteur. Mais, presque aussitôt, ceux-ci le virent qui se domptait, qui retrouvait le pli moqueur de ses lèvres, en apercevant de nouveau, debout au pied du lit, Nora un peu pâle, étonnée que l'enfant eût osé dire la chose, toujours superbe d'ailleurs, et quand même insolente. Ce fut Valentine qui, seule, osa s'indigner, crier sa révolte, en un cri de fierté et d'autorité, où se retrouvait le sang des Vaugelade, si gâté qu'il pût être.

Elle marcha sur l'institutrice, elle lui dit dans la face :

— C'est immonde, ce que vous avez fait là, mademoiselle. La dernière des filles, dans la dernière des maisons publiques, n'aurait pas eu l'idée de cette ignominie, souiller si bêtement, si bassement l'enfance, détruire tout respect, toute tendresse entre une mère et sa fille. Vous êtes une malade ou la pire des coquines... Allez-vous-en, je vous chasse.

Alors seulement, Séguin, qui n'avait pas encore ouvert la bouche, daigna intervenir, fit enfin acte de maître. Il dit, de son air sec et souriant :

— Pardon, chère amie, je ne veux pas que Nora s'en aille. Elle restera... Nous n'allons sûrement pas bouleverser la maison, changer des habitudes dont nous nous trouvons très bien, chaque fois que cette détraquée de Lucie aura des cauchemars, la nuit... Purgez-la-moi, docteur, douchez-la-moi fortement. Et surtout plus de visions, plus d'histoires à dormir debout, ou je me fâcherai.

Lorsque Mathieu se trouva sur le trottoir, en compagnie du docteur, après que ce dernier se fut contenté de prescrire une potion calmante, ils échangèrent une longue poignée de main silencieuse. Puis, comme Boutan montait dans sa voiture, il dit simplement :

— Est-ce complet ? est-ce bien l'écroulement que je

vous annonçais tout à l'heure?... Une société à l'agonie,
dans sa haine de la vie normale et saine! Tous les déchets, la fortune diminuée, gâchée jour à jour, la famille
limitée, souillée, détruite! Les pires abominations hâtant
la décomposition finale, les filles de douze ans mystiques,
hystériques, jetées avant l'âge au dégoût de toute fécondité, aspirant à la mort charnelle du couvent!... Ah!
nous allons bien, ces malheureux-là veulent décidément la fin du monde!

A Chantebled, Mathieu et Marianne fondaient, créaient,
enfantaient. Et, pendant les deux années qui se passèrent,
ils furent de nouveau victorieux dans l'éternel combat de
la vie contre la mort, par cet accroissement continu de
famille et de terre fertile, qui était comme leur existence
même, leur joie et leur force. Le désir passait en coups
de flamme, le divin désir les fécondait, grâce à leur puissance d'aimer, d'être bons, d'être sains; et leur énergie
faisait le reste, la volonté de l'action, la tranquille bravoure au travail nécessaire, fabricateur et régulateur du
monde. Mais, durant ces deux années, ce ne fut pas sans
une lutte constante que la victoire leur resta. A mesure
que le domaine s'agrandissait, le roulement de fonds était
plus considérable, aggravait les tracas. Les dettes du
début venaient pourtant d'être payées, on put dès lors
renoncer au système onéreux d'association et de prêt
remboursable sur les gains, qu'il avait fallu accepter
d'abord. Il n'y eut plus qu'un chef, qu'un patriarche, dont
la pensée était de fonder sa famille sur le domaine même,
de n'avoir d'autres aides, d'autres associés que ses enfants. C'était pour chacun d'eux qu'il conquérait un champ
nouveau, il donnait une patrie à son petit peuple. Plus
tard, les racines, tout ce qui attache et nourrit serait là,
même si plusieurs se dispersaient, allaient par le monde,
aux diverses situations sociales. Aussi, cette fois, quelle
décisive expansion, ce dernier lot des marais qui per

mettait de livrer à la culture le plateau entier, plus de
cent hectares ! Un enfant encore pouvait naître, il aurait sa
part de nourriture, du blé pousserait pour son pain quotidien. Et, dès que les travaux furent finis, les dernières
sources captées, les terrains drainés et défrichés, ce fut
un prodigieux spectacle, au printemps suivant, que la
vaste, la totale étendue verte, à perte de vue, annonçant
la triomphale moisson. Cela payait toutes les larmes, tous
les soucis cuisants des premiers temps de labeur.

Puis, à côté de cette création de Mathieu, il y eut aussi,
pendant ces deux années, le continuel enfantement
de Marianne. Elle n'était pas que l'adroite fermière,
l'aidant à l'exploitation, tenant les comptes, s'occupant
des soins intérieurs. Elle restait l'épouse adorable,
adorée, que le divin désir fécondait, la mère qui, après
avoir mis l'enfant au monde, après l'avoir achevé en le
nourrissant, devenait l'éducatrice, l'institutrice, pour lui
donner encore sa raison et son cœur. Bonne pondeuse,
bonne éleveuse, disait Boutan avec son doux rire. Faire
beaucoup d'enfants, ce n'est là qu'une aptitude physiolo-
gique, que beaucoup de femmes ont sans doute ; et
l'heureuse rencontre est que ces femmes soient aussi
dans de saines conditions morales pour les bien élever.
Elle, si sage, si gaie, mettait sa fierté à tout obtenir de
ses enfants par la douceur et la grâce. Il lui suffisait de
leur plaire, elle était écoutée, obéie, entourée d'un
culte, parce qu'elle était très belle, très bonne et très
aimée. Et sa tâche n'était point facile, au milieu de ses
huit enfants déjà, dont le flot montant aggravait son
devoir. Comme en toutes choses, elle apportait là beaucoup d'ordre, employait les aînés à veiller sur les cadets,
accordait à chacun sa part de tendre autorité, sortait victorieuse des pires embarras, en faisant régner sur tous
la vérité et la justice. Les aînés, Blaise et Denis qui
avaient seize ans, Ambroise qui allait en avoir quatorze.

lui échappaient un peu, aux mains du père maintenant.
Mais les cinq autres, de Rose avec ses onze ans, à Louise
avec ses deux ans, en passant par Gervais, Claire et Grégoire, espacés de deux en deux années, l'entouraient
toujours du même troupeau, un nouveau venu y remplaçant chaque fois le petit qui s'envolait, dès qu'il se sentait des ailes. Et, cette fois, après ces deux années, ce fut
encore d'une fille, Madeleine, que Marianne accoucha,
lorsqu'elle eut son neuvième enfant. Les couches furent
belles ; mais elle avait eu, dix mois plus tôt, une fausse
couche, à la suite de grandes fatigues. Aussi, quand
Mathieu la revit debout et souriante, avec la chère petite
Madeleine au sein, l'embrassa-t-il passionnément, triomphant une fois de plus, par-dessus tous les chagrins et
toutes les douleurs. Encore un enfant, encore de la
richesse et de la puissance, une force nouvelle lancée au
travers du monde, un autre champ ensemencé pour
demain.

Et c'était toujours la grande œuvre, la bonne œuvre,
l'œuvre de fécondité qui s'élargissait par la terre et par
la femme, victorieuses de la destruction, créant des subsistances à chaque enfant nouveau, aimant, voulant, luttant, travaillant dans la souffrance, allant sans cesse à
plus de vie, à plus d'espoir.

## IV

Deux ans se passèrent. Et, pendant ces deux années, Mathieu et Marianne eurent un enfant encore, une fille. Et, cette fois, en même temps que s'augmentait la famille, le domaine de Chantebled s'accrut aussi, à l'est du plateau, de tous les bois restés en vente, jusqu'aux fermes lointaines de Mareuil et de Lillebonne. Maintenant, toute la partie nord du domaine se trouvait acquise, près de deux cents hectares de bois, coupés de larges clairières, qu'un système de routes acheva de relier. Et, transformées en pâturages naturels, ces prairies entourées d'arbres, arrosées par les sources voisines, permirent de tripler le bétail, de tenter en grand l'élevage. C'était la conquête invincible de la vie, la fécondité s'élargissant au soleil, le travail créant toujours, sans relâche, au travers des obstacles et de la douleur, compensant les pertes, mettant à chaque heure dans les veines du monde plus d'énergie, plus de santé et plus de joie.

Depuis que les Froment devenaient des conquérants, occupés à fonder leur petit royaume, en marche pour la plus solide des fortunes, celle de la terre, les Beauchêne ne plaisantaient plus l'extravagante idée qu'ils avaient eue de se fixer à la campagne, des paysans amateurs, des cultivateurs d'occasion, comme ils les nommaient d'abord. Etonnés, acquis d'avance à tous les succès, ils les ménageaient, les traitaient désormais en parents

riches, daignaient les visiter parfois, l'air ravi de cette
grande ferme remuante, vivante, toute sonnante de
prospérité. Et ce fut dans une de ces visites que
Constance retrouva madame Angelin, son ancienne amie
de pension, qu'elle n'avait jamais d'ailleurs perdue de
vue complètement. Le jeune ménage qui, dix ans plus
tôt, était venu promener, par les sentiers déserts de
Janville, ses amours joueuses, échangeant des baisers
goulus derrière chaque haie, avait fini par acquérir une
petite maison, au bout du village, où, chaque année, il
passait les beaux jours. Mais ce n'était plus la tendre
insouciance d'autrefois, madame Angelin allait avoir
trente-six ans; et, depuis six ans qu'elle et son mari
tenaient leur ancienne parole de cesser d'être des amants
fraudeurs à la trentaine, depuis six ans qu'ils se conduisaient en époux sérieux, attendant l'enfant qu'ils s'étaient
promis, l'enfant ne naissait toujours pas. Ils avaient beau
le vouloir de toute la passion qu'ils gardaient l'un pour
l'autre, leurs étreintes restaient infécondes, comme
frappées de stérilité par le long égoïsme de leur plaisir.
Et la maison tombait à une tristesse croissante : lui le
beau mousquetaire, grisonnant déjà, perdant la vue,
désespéré de voir à peine assez clair pour peindre ses
éventails; elle aux rires si gais, prise de peur devant
cette cécité menaçante, glacée de l'ombre et du silence
qui envahissaient leur foyer peu à peu refroidi.

Maintenant qu'elles avaient renoué, madame Angelin,
lorsqu'elle venait à Paris pour des courses, allait parfois
demander à Constance une tasse de thé, vers quatre
heures, avant de reprendre son train. Un jour, comme
elles étaient seules, elle éclata en gros sanglots, elle lui
confia toute l'angoisse de sa misère.

— Ah! ma chère, vous ne saurez jamais ce que nous
souffrons. Quand on a un enfant, on ne s'imagine pas à
quel chagrin en arrive un ménage, qui n'en peut avoir,

et qui en désire un, oh! de toutes ses forces. Mon pauvre mari m'aime toujours, mais je vois bien qu'il est convaincu que c'est de ma faute, et cela me fend le cœur, j'en sanglote seule des heures entières. Ma faute! est-ce qu'on osera jamais affirmer de qui c'est la faute, de la femme ou de l'homme? Mais je ne lui dis pas ça, il en deviendrait fou. Et, si vous nous voyiez tous les deux, dans notre maison vide, si abandonnés, surtout depuis que ses mauvais yeux le rendent morose! Ah! nous donnerions notre sang, pour qu'un enfant fût là, à faire du tapage, à nous tenir le cœur chaud, maintenant que la vie se glace en nous, autour de nous!

Constance, très surprise, la regardait.

— Comment! ma chère, vous ne pouvez pas avoir un enfant, à trente-six ans à peine? J'ai toujours cru, moi, que si l'on en voulait un, on en faisait un, lorsqu'on était bien portante et solide comme vous... D'ailleurs, ça se soigne, il y a continuellement des annonces dans les journaux.

Un nouveau flot de larmes suffoqua madame Angelin.

— Vous me forcez à tout dire... Hélas! ma pauvre amie, je me fais soigner depuis trois ans, voici plus de six mois que je suis entre les mains d'une sage-femme de la rue Miromesnil, et, si vous me voyez si souvent, l'été, c'est que je viens à sa consultation. Ce sont toujours de belles promesses, mais rien n'arrive... Aujourd'hui, elle a été plus franche, elle a paru se décourager, voilà pourquoi je n'ai pu retenir mes larmes, tout à l'heure. Excusez-moi.

Puis, les mains jointes, dans une exaltation ardente, éloquente :

— Mon Dieu! mon Dieu! dire qu'il y a des femmes si heureuses, des femmes qui ont des enfants tant qu'elles veulent, tenez! votre cousine, madame Froment, par exemple! L'a-t-on assez plaisantée, assez blâmée,

moi la première! Eh bien! je lui en ai fait mes excuses,
cela finit par être très beau, très grand, cet enfantement
continu, si tranquille, si victorieux. Et ce que je
l'envie, ah! ma chère, à rêver d'aller, un soir, lui en
voler un, de ces enfants qui poussent si naturellement
d'elle, comme les fruits abondants d'un arbre vigoureux!... Mon Dieu! mon Dieu! est-ce donc parce que
nous avons trop attendu? notre faute, à tous les deux,
serait-elle d'avoir desséché la branche, en l'empêchant de
produire, aux saisons des bonnes sèves?

Devenue grave, Constance avait hoché la tête, au nom
de sa cousine Marianne. Elle la désapprouvait toujours
de ses grossesses successives, véritablement scandaleuses,
et qu'elle expierait certainement un jour.

— Non, non! ma chère, ne tombez pas à l'autre exagération. Un enfant, certes, il n'est pas une femme, pas
une mère qui n'en ait l'impérieux besoin. Mais toute
cette bande, tout ce troupeau, non, non! c'est une honte,
une folie... Sans doute, maintenant que voilà Marianne
riche, elle peut répondre qu'il lui est permis d'être
imprévoyante. J'admets qu'il y a là une excuse. N'importe! je garde mes idées, vous verrez que, tôt ou tard,
elle en sera terriblement punie.

Cependant, ce soir-là, lorsque madame Angelin l'eut
quittée, Constance resta hantée, troublée de sa confidence. Sa surprise demeurait, qu'on ne pût avoir encore
un enfant à leur âge, lorsqu'on en désirait un. Et d'où
venait donc le petit froid de glace qu'elle avait alors
senti passer dans ses veines? De quel inconnu, de quelle
crainte d'avenir venait-elle d'être ainsi effleurée, à la
sensibilité la plus secrète de son cœur? Ce malaise,
d'ailleurs, était vague, à peine formulé, pas même un
pressentiment, rien que le léger frisson instinctif de sa
fécondité compromise, perdue peut-être. Elle ne s'y serait
pas arrêtée, si, déjà, le regret de n'avoir pas un second

fils ne l'avait traversée d'une angoisse, le jour où le triste Morange, foudroyé par la mort tragique de sa fille unique, était resté seul. Depuis cet abandon suprême, le misérable vivait dans une sorte de stupeur, l'imbécillité du bon employé médiocre, méticuleux, appliqué mécaniquement à sa besogne. Parlant à peine, très correct, très doux, il avait repris son travail de comptable, en homme à jamais échoué, qui ne devait plus quitter l'usine, où ses appointements étaient montés au chiffre de huit mille francs. On ne savait trop ce qu'il pouvait faire de cette somme, forte pour un homme d'existence si étroite, si régulière, sans dépense aucune, sans fantaisie connue, en dehors de l'appartement, beaucoup trop vaste désormais, qu'il avait obstinément gardé, s'y enfermant, y menant une vie de jaloux qui se verrouille, dans une solitude farouche. Et c'était cette douleur écrasée qui avait un instant bouleversé Constance, au point de l'attendrir, de la faire sangloter avec Morange, les premiers jours, elle dont les larmes coulaient difficilement. Sans doute, le retour inconscient sur elle-même, la pensée de l'autre enfant qu'elle aurait pu avoir, lui en était demeurée, lui revenait aux heures troubles, lorsque, du fond de sa maternité réveillée, inquiète, montaient des craintes obscures, de brusques effrois qu'elle ne s'était jamais connus. Pourtant, son fils Maurice, après une adolescence délicate, qui avait nécessité de grands soins, était maintenant un beau garçon de dix-neuf ans, toujours un peu pâle, mais d'air vigoureux ; il venait de terminer d'assez bonnes études, il aidait déjà son père dans la direction de l'usine ; et sa mère, en adoration devant lui, n'avait jamais mis plus de souveraines espérances sur sa tête de fils unique, le voyant maître demain de cette maison dont il élargirait encore la fortune, qui lui donnerait la royauté de l'argent et du pouvoir.

Ce culte de Constance pour le fils, le héros de demain, grandissait surtout depuis que le père, chaque jour davantage, déclinait, tombait en elle au mépris et au dégoût. C'était une déchéance logique, qu'elle ne pouvait arrêter, dont elle-même, fatalement, précipitait les phases. Au début, quand elle avait fermé les yeux sur les premières infidélités, les nuits passées au dehors, avec des filles, elle ne voulait faire que la part des appétits trop gros dont il la brisait, désireuse également d'éviter le plus possible la mauvaise chance de l'enfant. Cependant, elle l'avait longtemps subi par idée de devoir, pour le garder aussi, lui éviter les fautes irréparables, jusqu'au jour où le désaccord d'alcôve s'était fatalement produit, lui de plus en plus brutal, rapportant du dehors des exigences, elle révoltée à la fin, écœurée de ces choses qui la laissaient si froide, déjà souffrante d'ailleurs de son acharnement à frauder, les soirs de bons repas, de grogs et de cigares. Il avait quarante-deux ans, il buvait trop, mangeait trop, fumait trop. Il engraissait, devenait poussif, les lèvres molles, les paupières lourdes, ne se soignant plus comme autrefois, se débraillant, avec de grossières gaietés, des plaisanteries malsonnantes. Mais surtout il s'encanaillait dehors, allait à la basse débauche, qui l'avait toujours attiré, dans son besoin glouton de femmes faciles, se donnant toutes, et sans phrases. Aussi, maintenant qu'il était à peu près sevré chez lui, s'abandonnait-il aux pires aventures de la rue. Il disparaissait, découchait, mentait mal, ne prenait même pas la peine de mentir. Comment aurait-elle pu lutter, elle qui n'avait plus le courage que d'accepter de temps à autre l'abominable corvée, afin que leur rupture ne fût pas complète? Elle se sentait impuissante, elle avait fini par le laisser entièrement libre, sans rien ignorer de cette vie d'immonde plaisir. Et le pis était, pour elle, que la désorganisation progressive de ce solide gaillard, la sorte de dégéné-

rescence physique et morale où le jetait l'abus des filles,
vues en fraude, avait son terrible contre-coup à l'usine,
qui périclitait. L'ancien grand travailleur, le patron
d'énergie et de résistance s'empâtait, perdait le flair des
opérations heureuses, ne trouvait plus la force des vastes
entreprises. Il s'oubliait au lit le matin, restait des trois
et quatre jours sans faire le tour des ateliers, laissait le
désordre, le gaspillage grandir, à ce point que les inven-
taires, si triomphants jadis, accusaient, d'année en année,
des défaites qui s'aggravaient. Et quelle fin, pour cet
égoïste, ce jouisseur, d'activité si gaie, si bruyante, qui
avait toujours professé que l'argent, le capital décuplé
grâce au travail des autres, était l'unique puissance désirable, et que trop d'argent, trop de jouissance, par une
juste ironie, jetait à une ruine lente, à la paralysie
dernière des impuissants!

Une suprême blessure devait frapper Constance, lui
donner l'horreur sourde de son mari. Des lettres ano-
nymes, de basses vengeances de domestiques congédiés,
lui apprirent les amours de Beauchêne avec Norine,
cette ouvrière de la fabrique, devenue grosse de ses
œuvres, accouchée clandestinement d'un garçon, qu'on
avait fait disparaître. Et, après dix ans, elle ne pouvait,
aujourd'hui encore, songer à cette sale aventure, sans
une révolte de tout son être. Sans doute, cet enfant, elle
n'aurait pas voulu qu'il le lui fît; mais quelle honte,
quelle ordure, qu'il fût allé le faire à cette fille! Où
l'avait-on jeté? vivait-il? au fond de quelle ignominie?
Elle restait bouleversée de cette maternité de débauche
et de raccroc, cette maternité qu'il lui avait volée, dont
elle était surprise de sentir le cuisant regret, puisqu'elle
l'avait refusée d'une volonté si têtue. Il semblait que la
mère, en elle, à mesure qu'elle s'était détachée de lui,
par dégoût, avait grandi, avec des tendresses jalouses,
toute cette flamme de dévouement, d'abnégation, de

passion, qu'elle n'avait jamais eue comme épouse.
C'était ainsi qu'elle donnait maintenant sa vie entière à
son adoré Maurice, qu'elle faisait de lui un dieu, lui
sacrifiant jusqu'à sa juste rancune. Elle avait décidé qu'il
ne devait pas souffrir de l'indignité de son père, et il
était pour beaucoup dans cette fière attitude qu'elle gardait, avec une extraordinaire force d'âme, ayant l'air
de tout ignorer, n'adressant jamais un reproche à son
mari, demeurant pour lui devant le monde la femme
respectueuse qu'elle avait toujours été. Même, en tête-à-
tête, et jusque dans l'alcôve, elle se taisait, elle évitait
les explications, les querelles. La bourgeoise prude,
l'honnête femme, loin de songer à un amant, à une vengeance possible, semblait au contraire, en haine des
débordements de l'homme, s'être fixée plus étroitement
au foyer, serrée contre son fils, protégée par lui autant
que par sa rigidité de cœur et de chair. Et, blessée,
répugnée, cachant son mépris, elle attendait le triomphe
de ce fils qui purifierait, qui sauverait la maison, d'une
foi ardente en sa force, toute surprise et inquiète les
jours où, brusquement, sans cause raisonnable, le petit
frisson venu de l'inconnu la glaçait, lui donnait le
remords de quelque faute ancienne, dont elle ne se souvenait pas.

Ce fut Constance qui, la première, revint aux confidences
que madame Angelin lui avait faites. Elle se montra très
intéressée, très apitoyée. Puis, comme la triste inféconde,
que son désir d'un enfant affolait, lui avouait que chacune
de ses visites à la sage-femme était une désespérance de
plus, elle parut chercher quelque consolation, elle s'offrit
affectueusement.

— Me permettez-vous, chère amie, de vous accompagner un jour? Peut-être me dira-t-elle ce qu'elle n'ose
vous dire.

Surprise, madame Angelin eut un geste las de refus.

— Oh ! à quoi bon ? Vous n'en sauriez pas plus que moi. Je serais désolée de vous faire perdre inutilement votre temps.

— Mais pas du tout ! mon temps vous appartient, dans une si grave circonstance. Et je ne vous cacherai pas que je suis curieuse de causer avec cette sage-femme, tellement vous me racontez des choses qui me surprennent.

Alors, elles finirent par prendre rendez-vous, elles décidèrent que, le jeudi suivant, l'après-midi, elles iraient ensemble chez madame Bourdieu, rue Miromesnil.

Justement, ce jeudi-là, vers deux heures, comme Mathieu, venu à Paris pour voir une batteuse, chez Beauchêne, suivait tranquillement à pied la rue La Boëtie, il y rencontra Cécile Moineaud, qui portait un petit paquet, soigneusement ficelé. Elle allait avoir vingt et un ans, elle était restée mince, très pâle et très faible depuis son opération, mais sans troubles graves. Il lui avait gardé, des quelques mois douloureux passés par elle à la ferme, une grande affection, à laquelle s'était jointe plus tard une compassion attendrie, devant l'affreuse crise où elle avait tant sangloté son désespoir de ne pouvoir plus être mère. Et, dès sa sortie de l'hôpital, il s'occupa d'elle, lui chercha un petit travail facile, lui trouva, chez un fabricant de ses amis, des cartonnages, des boîtes à coller, seule besogne sans fatigue que pouvaient faire ses pauvres mains grêles, des mains de gamine qui n'avaient pas grandi, tout de suite lasses. Depuis qu'elle n'était plus femme, on aurait dit une grande fillette arrêtée dans sa croissance, bien qu'elle ne rencontrât jamais un enfant, sans convoiter de le prendre, pour le couvrir de caresses. Très adroite de ses doigts minces, elle arriva pourtant à gagner deux francs par jour, avec ses petites boîtes. Et, comme elle souffrait beaucoup chez ses parents, toujours frissonnante à présent de la brutalité du milieu, dépouillée chaque semaine de sa paye, elle n'avait plus rêvé que de se mettre chez elle, de trouver le peu d'argent qui lui permettrait de s'installer dans une chambre, où elle serait si tranquille, si heureuse de n'être pas bousculée. Mathieu, projetait de lui faire une bonne surprise, en lui donnant un beau jour ce peu d'argent nécessaire.

— Où allez-vous donc si vite? lui demanda-t-il gaiement.

Elle restait un peu saisie de la rencontre; et, gênée, elle répondit d'abord d'une façon évasive.

— Je vais là, rue Miromesnil, pour une visite.

Puis, le voyant d'une bonté toujours prête à la secourir, elle lui dit bientôt toute la vérité. Cette pauvre Norine, sa sœur, venait d'accoucher une troisième fois, chez madame Bourdieu : encore une lamentable histoire, cette troisième grossesse tombant dans une vie de noce, lorsqu'elle était avec un monsieur très bien, qui lui avait meublé une jolie chambre; et, comme le monsieur très bien avait filé tout de suite, elle s'était vue forcée, pour vivre, de vendre ses quatre meubles, heureuse d'avoir pu, avec ses derniers deux cents francs, faire de nouveau ses couches chez madame Bourdieu, dans sa terreur de l'hôpital. Mais, lorsqu'elle sortirait de la maison, prochainement, elle se trouverait de nouveau sur le pavé. A trente et un ans, ça commençait à n'être pas drôle.

— Elle n'a jamais été mauvaise pour moi, continua Cécile. Je suis allée la voir, car je la plains de tout mon cœur. Aujourd'hui, je lui porte un peu de chocolat... Et si vous voyiez son petit garçon, c'est un amour.

Ses yeux brillèrent, elle eut un rire tendre qui fit rayonner sa mince face pâle. C'était merveille, que cette ancienne gamine dégingandée, cette vaurienne des rues de Grenelle, fût devenue, sous le fer brutal, une créature de sensibilité si délicate, une mère déclassée, restée fillette, d'une tendresse frissonnante, et si fragile, qu'un bruit trop fort menaçait de la briser comme verre. La fonction supprimée, il semblait que l'instinct de la maternité se fût exaspéré chez elle.

— Quel malheur qu'elle s'obstine à s'en débarrasser, comme des deux autres! Pourtant, cette fois, il criait si fort, qu'elle lui a donné le sein. Mais c'est en attendant, elle dit qu'elle ne veut pas le voir crever de faim près d'elle... Ça me retourne, moi, cette abomination, qu'on puisse avoir un enfant sans le garder. Alors, j'avais fait le rêve d'arranger très bien les choses. Vous savez que je veux partir de chez mes parents. Je louais donc une chambre assez grande, je prenais ma sœur et son garçon, je lui montrais à découper, à coller mes petites boîtes, et nous vivions tous les trois parfaitement heureux... C'est là qu'on aurait fait du beau travail, dans la joie d'être libre, de n'être plus forcée à des choses qui vous dégoûtent!

— Et elle n'a pas voulu? demanda Mathieu.

— Elle m'a dit que j'étais folle, et c'est un peu vrai, puisque je n'ai pas le premier sou pour louer la chambre. Ah! si vous saviez comme j'en ai le cœur gros!

Mathieu, qui cachait son émotion, reprit de son air tranquille :

— Une chambre, ça se loue. Vous trouveriez un ami qui vous aiderait. Seulement, je doute fort que vous décidiez jamais votre sœur à garder son enfant, car je crois connaître ses idées sur ce point. Il faudrait un miracle.

Cécile, vivement, avec son intelligence éveillée, le regardait. C'était lui, l'ami. Mon Dieu! son rêve se réaliserait-il? Et elle finit par dire bravement :

— Ecoutez, monsieur, vous êtes si bon pour nous, que vous devriez me faire une grande grâce. Ce serait de venir tout de suite voir Norine avec moi. Vous seul pouvez lui parler et la décider peut-être... Allons doucement, j'étouffe, tant je suis contente!

Très touché, Mathieu s'était mis à marcher près d'elle.
Ils tournèrent le coin de la rue Miromesnil, et son
cœur battait à lui aussi, lorsqu'ils montèrent l'escalier de
la maison d'accouchement. Dix ans déjà ! Toute l'horreur
ancienne lui revenait, il revit passer la petite figure
ahurie de Victoire Coquelet, grosse du fils de ses maîtres,
sans savoir comment, le candide visage de Rosine, incestueuse et virginale, telle qu'un lis tragique, la vision
effroyable de madame Charlotte, encore saignante, toute
déchirée du fruit de l'adultère, retournant au lit conjugal,
pour y mentir, pour y mourir peut-être. Et c'était ensuite, lorsque les misérables enfants venaient au monde,
le profil inquiétant de la Couteau qui apparaissait, l'assassine, toujours prête à charrier les nourrissons, qu'on
charge et qu'on décharge, ainsi que des paquets encombrants. Ces choses semblaient d'hier, car la maison
n'avait pas changé, il lui semblait reconnaître, aux portes
des étages, les mêmes taches de graisse.

En haut, dans la chambre, Mathieu fut envahi davantage encore par cette sensation qu'il y était venu la veille.
Elle restait la même, avec son papier gris perle, semé
de fleurettes bleues, avec son pauvre mobilier dépareillé d'hôtel garni. Les trois lits de fer s'y trouvaient
placés de même, deux côte à côte, le troisième en travers. Sur l'un d'eux, une valise bouclée attendait, près
d'un petit sac, modestes bagages auxquels il ne fit pas
attention d'abord, mais qui achevaient la ressemblance.
Et, en face des fenêtres ensoleillées, derrière le grand
mur gris, les mêmes clairons de la caserne voisine sonnaient les mêmes fanfares.

Assise sur son lit défait, Norine, qui venait de s'habiller, assez forte déjà pour prendre quelque exercice,
donnait le sein à son enfant.

— Comment ! c'est vous, monsieur ! cria-t-elle, lorsqu'elle eut reconnu Mathieu. Cécile est bien gentille de

vous amener... Mon Dieu ! que de choses ! Cela ne nous rajeunit guère.

Il l'examinait, elle lui sembla, en effet, bien vieillie, de cette rapide flétrissure de certaines blondes, qui, passé la trentaine, n'ont plus d'âge. Pourtant, elle demeurait agréable, empâtée un peu trop, l'air très las, bien qu'elle parût avoir gardé son insouciance, faite maintenant de beaucoup d'abandon.

Cécile voulut mener l'explication rondement.

— Voici ton chocolat... J'ai rencontré monsieur Froment dans la rue, et il est si bon, il me porte tant d'intérêt, qu'il a bien voulu s'intéresser à mon idée de louer une chambre, où tu viendrais travailler avec moi... Alors, je l'ai prié de monter te voir pour causer un instant, pour te décider à garder ce pauvre petit. Tu vois qu'on n'entend pas te prendre par traîtrise, puisque je te préviens.

Emotionnée, Norine s'agita, protesta.

— Qu'est-ce que c'est encore que cette histoire ! Non, non, je ne veux pas qu'on me tourmente, je suis déjà trop malheureuse !

Tout de suite, Mathieu intervint, lui fit comprendre que la vie de plaisirs se gâtait à son âge, que ce seraient des chutes de plus en plus profondes, si elle retournait au pavé. Et il la trouva bien d'accord avec lui là-dessus, elle lui parla de son existence de fille amèrement, en désillusionnée qui n'attend plus des hommes que de la misère, des mensonges et des coups. C'était l'âpre réalité où se brise le rêve de libre fortune, que font tant de jolies ouvrières parisiennes, corrompues dès l'atelier, cherchant à se vendre cher pour la possession de ce luxe dévoré des yeux aux étalages des grands quartiers, puis tombant à la rue, après n'avoir tiré des hommes, comme prix de leur beauté, que l'unique, l'affreuse duperie de ces grossesses de hasard, de ces tristes enfants dont elles

se débarrassent, dans leur rage d'être volées. Elle en
était exaspérée maintenant, sans pain, sans métier possible, sans jeunesse et sans espoir. Mais que pouvait-
elle faire? Quand on était dans la crotte, il fallait bien
y rester.

— Ah! oui, ah! oui, j'en ai assez de cette sacrée vie
qu'on croit si drôle, si amusante, lorsqu'on est jeune, et
où l'on ne mange même pas souvent à sa faim, sans parler
des saletés de toutes sortes... Vous savez, aujourd'hui,
c'est comme une pierre à mon cou, autant que je crève
là dedans. D'ailleurs, on ne s'en sauve plus, ça m'attend,
et j'y retourne, jusqu'à ce qu'on me ramasse dans quelque
coin, pour qu'on m'achève à l'hôpital.

Elle avait dit ces mots avec l'énergie farouche d'une
femme qui, brusquement, a la nette vision du destin
auquel elle ne saurait échapper. Puis, elle regarda l'enfant qui tétait toujours.

— Vaut mieux qu'il aille de son côté, et moi du mien.
Ça fait que nous ne nous gênerons pas.

Sa voix s'était attendrie, tandis que, sur son visage
désolé, passait une infinie douceur. Et Mathieu, étonné,
sentant chez elle cette émotion nouvelle qu'elle ne disait
pas, se hâta de reprendre :

— Qu'il aille de son côté, c'est le plus court chemin
pour qu'il meure, à présent que vous avez commencé à le
nourrir.

Elle se fâcha de nouveau.

— Est-ce ma faute? Je refusais de lui donner le sein,
moi. Vous savez quelles étaient mes idées, et je me suis
mise en colère, j'ai failli me battre avec madame Bourdieu, quand elle me l'a posé de force entre les bras. Ensuite, que voulez-vous? il criait tellement la faim, le
pauvre être, il avait l'air de tant souffrir de mon refus,
que j'ai eu la faiblesse de le laisser téter un petit peu, en
me promettant bien que je ne continuerais pas le lende-

main. Et puis, le lendemain, il criait encore, il a fallu
continuer quand même... Tout ça pour mon malheur. On
n'a pas eu pitié, on m'a rendue beaucoup, beaucoup plus
malheureuse, puisque voilà le jour bientôt venu où je
vais être forcée de me débarrasser de lui, comme des
deux autres.

Des larmes parurent dans ses yeux. C'était l'histoire
assez fréquente de la fille mère qu'on finit par décider à
nourrir son enfant, pendant quelques jours, avec l'espoir
qu'elle s'attachera, qu'elle ne pourra plus se séparer de
lui. On agit surtout en vue de le sauver, il n'est d'autre
bonne nourrice que la nourrice naturelle, la mère. Aussi
avait-elle instinctivement senti ce piège sentimental, se
débattant, criant avec raison qu'on ne commençait pas
une telle besogne pour l'abandonner ensuite. Dès qu'elle
avait cédé, elle était prise, son égoïsme devait être vaincu,
sous le flot de pitié, de tendresse, d'espérance, qui allait
noyer son cœur. Le pauvre être ne pesait pas lourd,
chétif, blême, le jour de la première tétée. Dès ce moment, chaque matin, on l'avait pesé, et l'on avait pendu
au mur, au pied du lit, le graphique, le tracé des poids.
Elle ne s'y était d'abord que peu intéressée, y jetant parfois un coup d'œil indifférent. Mais, à mesure que la
courbe s'était élevée, avait dit clairement combien l'enfant profitait, elle avait témoigné une attention grandissante. Brusquement, la courbe était redescendue, à la
suite d'un malaise ; et, dès ce jour, elle avait attendu
l'heure de la pesée avec fièvre, elle se jetait tout de suite
sur la feuille, afin de voir si le tracé remontait. Puis, la
courbe ayant repris son ascension continue, elle avait ri
de joie, elle s'était passionnée pour cette petite ligne
si grêle qui montait toujours, qui lui disait que son
enfant était sauvé, que tout ce poids, toute cette force
acquise, c'était d'elle qu'il la tirait, de son lait, de son
sang, de sa chair. Elle achevait de le mettre au monde,

la maternité éveillée, enfin, s'épanouissait chez elle en
une floraison d'amour.

— Si vous voulez le tuer, répéta Mathieu, vous n'avez
qu'à l'enlever de là. Voyez donc comme il s'en donne, le
cher petit !

En effet, il tétait de tout son cœur. Et elle éclata en
gros sanglots.

— Mon Dieu ! voilà que vous recommencez à me torturer... Croyez-vous que ce soit avec plaisir que je vais
m'en débarrasser maintenant ? Vous me forcez à vous dire
des choses qui me font pleurer la nuit, lorsque j'y pense.
Je n'ai jamais été mauvaise, vous le savez, n'est-ce pas ?
Quand on va venir me le prendre, cet enfant, je sens
bien qu'on m'arrachera les entrailles... Là, êtes-vous
contents tous les deux, que je vous dise ça ? Vous êtes bien
avancés de me mettre dans un état pareil, puisque personne n'y peut rien, et qu'il faut qu'il aille à la borne,
pendant que, moi, je retournerai au tas, pour le coup de
balai qui m'attend !

Pleurante elle aussi, Céline l'embrassa, baisa l'enfant,
en reprenant son rêve, en expliquant tout au long combien ils seraient heureux à trois, dans une jolie chambre,
qu'elle voyait pleine de joies sans fin, comme un paradis. Les petites boîtes n'étaient pas difficiles à découper,
à coller. Quand Norine saurait, elle qui était forte, gagnerait peut-être trois francs. Cinq francs à elles deux,
n'était-ce pas la fortune, l'enfant élevé, toutes les vilaines
choses finies, oubliées ? Et Norine, de plus en plus lasse,
se laissait vaincre, cessait de dire non.

— Vous m'étourdissez, je ne sais plus, faites comme il
vous plaira... Ah ! bien sûr que ce sera un très grand
bonheur pour moi que de le garder, ce cher petit !

Ravie, Céline battit des mains, tandis que Mathieu,
très ému, disait simplement ce mot profond :

— Vous l'avez sauvé, et il vous sauve.

Mais, à ce moment, une longue figure noire entra, une grande fille sèche, maigre, au visage sévère, avec des yeux éteints, une bouche pâle. Où donc avait-il vu cette haute planche à peine équarrie, cette taille plate, sans hanches ni poitrine ? Et, brusquement, il eut la stupeur de la reconnaître, c'était Amy, l'Anglaise, qu'il retrouvait toute semblable après dix ans, le même âge, la même robe, la même sérénité de l'étrangère, ignorant jusqu'à la langue du pays où elle venait se débarrasser. Maintenant, il reconnaissait même, sur le lit voisin, la valise bouclée, ainsi que le petit sac. Pour la quatrième fois, elle accouchait dans la maison ; et, cette quatrième fois comme la première, elle y était débarquée un beau matin, sans prévenir, huit jours avant ses couches ; puis, après être restée au lit trois semaines, après avoir fait disparaître l'enfant, en l'envoyant aux Enfants-Assistés, elle retournait tranquillement dans son pays, elle reprenait le bateau qui l'avait amenée.

Comme elle partait avec ses légers bagages, Norine la retint.

— Vous avez réglé en bas, vous nous quittez ?... Embrassez-moi donc, embrassez mon petit.

L'Anglaise baisa du bout des lèvres le crâne nu du nourrisson, l'air inquiet de cette chair nouvelle, si tiède, si tendre.

— Et bon voyage, dit encore Norine.

— Yes... bonjour, bonjour...

Elle s'en alla, ne regarda même pas une dernière fois la pièce où elle avait souffert. Et Mathieu retombait à son ébahissement de jadis, devant cette grande fille si peu taillée pour l'amour, venant se faire périodiquement délivrer en France, entre deux bateaux. Et de quelles œuvres, grand Dieu ! et avec quelle paisible dureté de cœur, sans une émotion au départ, sans une pensée pour l'enfant laissé à la borne !

— Elle ira bien à la demi-douzaine, reprit Norine, lorsqu'elle eut disparu. Ajoutez que ça ne lui apprend guère le français, de venir accoucher chez nous, car j'ai eu beau la questionner sur ce qu'elle faisait en Angleterre, je ne suis pas arrivée à lui tirer quatre mots. Si elle est dans un couvent, comme on dit, ça prouve qu'on peut se mal conduire partout... En voilà une qui aurait besoin de donner à téter, pour qu'un enfant l'empêchât de reprendre si souvent le bateau !

Elle riait maintenant, elle était heureuse, avec un gros poids de moins sur la poitrine. Et elle voulut absolument se lever, descendre avec son enfant dans les bras, désireuse d'accompagner sa sœur et leur ami jusqu'au premier étage.

Depuis une demi-heure, Constance et madame Angelin se trouvaient enfermées avec madame Bourdieu, en grande conférence. La première avait évité de se nommer, jouant simplement le rôle de l'amie complaisante qui accompagne une amie, dans une circonstance délicate. Mais la sage-femme, avec le flair de la profession, devinait une cliente possible, chez cette dame si curieuse, qui l'accablait de questions singulières. Il venait d'y avoir une scène douloureuse, lorsque, lasse des insistances désespérées de madame Angelin, comprenant qu'elle ne pouvait décemment la bercer davantage de faux espoirs, elle s'était décidée à lui faire entendre que tout traitement lui semblait inutile. La triste femme avait fondu en larmes, pleurant sa stérilité, tandis que Constance se récriait, exigeait des explications, étonnée, effrayée qu'une telle chose arrivât, à leur âge. Et c'était alors que madame Bourdieu avait complaisamment vanté sa méthode, cité des cas extraordinaires, nommé deux dames de cinquante ans passés, qui, grâce à elle, se trouvaient enceintes. Dieu merci ! la plupart des cas étaient guérissables, elle réussissait huit fois sur dix, il fallait vraiment

des complications rares, pour qu'elle se déclarât vaincue.
Les larmes de madame Angelin redoublèrent, dans sa
douleur d'être parmi ce petit nombre de maudites. Vainement Constance s'efforça de la consoler, toute soulagée, elle, par cette consultation : des enfants à cinquante
ans, encore dix ans, si elle se repentait. Et elle avait fait
des signes, pour supplier la sage-femme d'être charitable,
en continuant à tromper son amie.

Madame Bourdieu, quand ces dames se levèrent et
qu'elle les accompagna, voulut donc rattraper son fâcheux
diagnostic. A quarante-deux ans, elle avait engraissé, elle
gardait sa ronde figure de gaieté, qui aidait si bien à sa
fortune. Et, avec le désir d'être aimable :

— Vous savez, chère madame, que vous étiez bâtie
pour en avoir des douzaines, d'enfants. Vous avez certainement trop attendu, l'organe s'est engorgé, je soupçonne une dégénérescence. Mais j'ai eu tort tout à l'heure,
il ne faut jamais se croire vaincue. Mon idée, maintenant, serait de tenter l'électricité... Revenez me voir.

A ce moment, Mathieu et Cécile se trouvaient encore
sur le palier, en grande conversation avec Norine, dont
l'enfant s'était endormi comme un Jésus, entre ses bras.
Tous trois s'attardaient à décider la location immédiate
d'une chambre, lorsque Constance et madame Angelin
parurent. Elles restèrent si surprises de le rencontrer là,
en compagnie de ces deux filles, qu'elles feignirent de ne
pas le voir. Mais Constance, brusquement, par un travail
de mémoire, reconnut Norine, n'ignorant pas que, dix
ans plus tôt, il avait servi d'intermédiaire à son mari. Et
ce fut, en elle, un soulèvement de révolte, une fièvre
d'imaginations folles : que faisait-il dans cette maison ?
de qui donc était cet enfant, que cette fille avait encore
aux bras ? L'autre se dressa du passé, elle le revit au
maillot comme celui-ci, elle les confondit, ne sut plus
si ce n'était pas le même qu'elle avait là, sous les yeux.

Et toute sa joie des bons espoirs de madame Bourdieu fut
gâtée, elle s'en alla furieuse, honteuse, comme salie et
menacée par ces abominations vagues qu'elle sentait depuis quelque temps autour d'elle, sans savoir d'où venait
le petit froid dont elle frissonnait.

Mathieu, comprenant que ni Norine ni Cécile n'avaient
reconnu madame Beauchêne, sous sa voilette, continua
tranquillement d'expliquer à la première qu'il allait s'occuper de lui avoir, à l'Assistance publique, un berceau,
une layette, ainsi qu'un secours immédiat, puisqu'elle
voulait bien garder son enfant et le nourrir. Ensuite, il
lui obtiendrait une rente d'une trentaine de francs par
mois, au moins pendant une année. Cela serait, pour
les deux sœurs, d'une aide puissante, surtout au début
de leur ménage à trois, dans la chambre dont la location venait d'être résolue. Quand il eut ajouté qu'il se
chargeait de faire face aux premiers frais, pour le petit
mobilier et l'installation, Norine voulut l'embrasser.

— Allez, c'est de bon cœur. Ça me remet un peu des
autres, un homme comme vous... Tenez! embrassez-le
aussi, mon pauvre gamin, pour lui porter chance.

Rue La Boëtie, Mathieu, qui se rendait à l'usine Beauchêne, eut l'idée de prendre une voiture et d'offrir à
Cécile de la reconduire chez ses parents, puisqu'il allait
dans son quartier. Mais elle lui expliqua qu'elle devait
passer d'abord rue Caroline, chez sa sœur Euphrasie. Et,
comme cette rue était voisine, il la fit monter quand
même, en disant qu'il la mettrait à la porte de sa sœur.

Dans le fiacre, elle était si saisie, si heureuse de voir
enfin se réaliser son rêve, qu'elle ne savait comment le
remercier. Elle en avait les yeux tout humides, riant et
pleurant.

— Pourtant, monsieur, il ne faut pas me croire une mauvaise fille, si je montre une telle joie de partir de chez
mes parents... Papa continue de travailler tant qu'il peut

à l'usine, sans en être guère récompensé. Maman fait aussi son possible à la maison, quoiqu'elle n'ait plus la force de faire grand'chose. Depuis que Victor est revenu du service, il s'est marié, il a des enfants à son tour, et je crois bien qu'il en aura plus qu'il n'en nourrira, car il semble avoir perdu le goût du travail au régiment. La plus maligne encore, c'est cette paresseuse d'Irma, ma cadette, qui est si gentille, si fine, peut-être parce qu'elle est toujours malade. Vous vous souvenez, maman tremblait de la voir mal finir, comme Norine? Eh bien! pas du tout, elle seule aura réussi, elle va épouser un employé de la poste, dont elle a su se faire adorer, sans lui permettre seulement de baiser le bout de ses cheveux... De sorte qu'il ne reste que moi, chez nous, avec Alfred. Oh! celui-là, c'est un vrai bandit. Je le dis comme je le pense. Il a volé l'autre jour, on a eu bien de la peine à le tirer des mains du commissaire. Avec ça, maman est d'une faiblesse avec lui, au point de lui laisser prendre tout ce que je gagne. Non, non! j'en ai assez, d'autant plus qu'il me donne des peurs atroces, à me menacer de me battre, de me tuer, sachant bien que, depuis mon opération, le moindre bruit un peu fort me fait tomber en défaillance. Et, ma foi! puisque en somme ni maman ni papa n'ont besoin de moi, je suis bien excusable de vouloir vivre à part, tranquillement... N'est-ce pas? monsieur, c'est mon droit.

Ensuite, elle parla de sa sœur Euphrasie.

— Oh! ma pauvre sœur, si vous saviez ce qu'elle est devenue, depuis qu'on l'a opérée!... Moi encore, je n'ai pas trop à me plaindre, en dehors de cette affreuse chose que jamais je n'aurai d'enfant. Vous voyez, je suis debout, pas forte, tout de même assez solide. Je dois dire que les douleurs de reins ne sont jamais revenues. Mais j'ai toujours parfois le clou, là, derrière la tête, ainsi que la boule qui me monte de l'estomac dans la gorge, pour m'étouf-

fer... Ça se supporte, et c'est le paradis, à côté du misérable état où cette pauvre Euphrasie est tombée. Vous
n'avez pas l'idée d'une ruine pareille, son ménage en a
été rompu, son mari vit dans la même pièce avec une
autre femme, qui fait la cuisine, qui soigne les trois
enfants. Elle, vieillie de vingt ans, molle comme une
chiffe, ne peut même plus donner un coup de balai... Il
faut voir ça, c'est à trembler.

Puis, après un silence, comme le fiacre arrivait rue
Caroline :

— Voulez-vous monter la voir? Vous lui diriez quelques
bonnes paroles... Ça me serait agréable, car je vais faire
chez elle une commission ennuyeuse. J'avais cru qu'elle
aurait la force de fabriquer, comme moi, des petites
boîtes, pour gagner au moins quelques sous; mais voici
qu'elle garde l'ouvrage depuis plus d'un mois; et, si
décidément elle ne peut en venir à bout, il faut bien que
je le lui reprenne.

Mathieu consentit. En haut, dans la chambre, ce fut un
des spectacles les plus poignants, les plus effroyables
qu'il eût jamais vus.

Au milieu de cette unique pièce, où l'on couchait, où
l'on mangeait, Euphrasie était assise sur une chaise de
paille; et l'on aurait dit une petite vieille de cinquante
ans, bien qu'elle en eût à peine trente, si amaigrie, si
flétrie, qu'elle ressemblait à un de ces fruits, tout d'un
coup privés de sève, qui ont séché sur l'arbre. Ses dents
étaient tombées, il ne lui restait que quelques rares cheveux blancs. Mais surtout ce qui caractérisait cette sénilité précoce, c'était une perte incroyable des forces
musculaires, une disparition presque complète de la
volonté, de l'énergie, du pouvoir d'agir, à ce point qu'elle
restait ainsi maintenant les journées entières, oisive,
hébétée, sans avoir le courage de lever un doigt.

Quand Cécile lui eut nommé M. Froment, l'ancien

dessinateur en chef de l'usine, elle ne parut même pas le reconnaître, elle ne s'intéressait plus à rien. Et, comme sa sœur disait ensuite l'objet de sa visite, réclamait le travail qu'elle lui avait confié, elle répondit avec un geste d'immense fatigue :

— Ah! que veux-tu? c'est trop long à coller, tous ces petits morceaux de carton. Je ne peux plus, ça me met en sueur.

Alors, une grosse femme qui était là et qui s'occupait à faire goûter les trois enfants, en leur distribuant des tartines, intervint d'un air de tranquille autorité.

— Vous devriez bien le remporter, ce travail, mademoiselle Cécile. Elle est incapable de s'en tirer. Il finira par se salir, et l'on ne voudra plus le reprendre.

C'était madame Joseph, une veuve de quarante ans, qui faisait des ménages, dans le quartier, et qu'Auguste Bénard, le mari, avait priée de venir, d'abord deux heures le matin, pour soigner la maison, lorsque sa femme n'avait plus eu la force de chausser un enfant, de mettre la soupe au feu, ni même de donner un coup de balai. Les premiers jours, elle s'était furieusement opposée à cette entrée chez elle d'une étrangère, elle luttait, s'exaspérait, malade de sa manie de propreté qu'elle ne contentait plus. Puis, à mesure que sa déchéance physique s'était aggravée, il lui avait bien fallu tolérer que l'étrangère prît peu à peu sa place. Et, naturellement, comme il arrive dans les ménages pauvres où les besoins se satisfont au plus court, madame Joseph n'avait pas tardé à la lui prendre toute, sa place, auprès des enfants, auprès de l'homme lui-même. L'infirme, après une excitation passagère, était tombée à ce point de détresse de ne plus pouvoir être une épouse pour son mari, malgré l'affreuse jalousie qui survivait à son impuissance. Une autre femme se trouvait là, Bénard s'en était servi, simplement, en gros garçon incapable de jeûner, sans méchanceté d'ailleurs. Il y avait d'abord eu des scènes affreuses, jusqu'au jour où, bégayante, grelottante, la misérable châtrée en était venue à une résignation ahurie de petite vieille, rayée du monde. Ensuite, elle avait fini par céder d'elle-même le lit conjugal, elle s'était réfugiée dans l'ancien cabinet noir de ses deux fillettes, par peur, par désir de se terrer comme un animal déchu, laissant coucher les enfants près de leur maman de rechange. Et ce qui prouvait bien que ni Bénard ni madame Joseph n'étaient pas au fond de mauvais cœurs, c'était qu'ils la gardaient avec eux, inutile, encombrante, au lieu de la jeter au tas, ainsi que tant d'autres l'auraient fait.

— Vous voilà encore au milieu de la pièce! dit brusquement la grosse femme, qui, s'empressant, allant et venant, devait chaque fois éviter la chaise. Est-ce drôle, ça, que vous ne puissiez pas vous mettre dans un coin!... Auguste va rentrer pour sa bouchée de quatre heures, et il ne sera guère content, s'il ne trouve pas son fromage et son verre de vin sur la table.

Inquiète, sans répondre, Euphrasie chancelante se leva, eut toutes les peines du monde à traîner sa chaise un peu en arrière, près de la table. Puis, elle se rassit, s'abandonna de nouveau, très lasse.

Justement, comme madame Joseph apportait le fromage, Bénard, dont le chantier était voisin, parut. C'était toujours le même gros garçon réjoui, il se mit à plaisanter avec sa belle-sœur, se montra très poli pour Mathieu, qu'il remercia de s'intéresser au sort de sa pauvre femme.

— Mon Dieu! monsieur, il n'y a pas de sa faute, c'est ce que je lui répète. Les coupables, ce sont ces brigands qui lui ont tout enlevé, sans même me prévenir. Pendant un an, on a pu croire qu'elle était guérie, et puis vous voyez ce qu'elle est devenue. Ça ne devrait pas être permis, d'abîmer une femme comme ça, lorsqu'elle a un mari et des enfants, surtout lorsqu'elle ne peut pas vivre de ses rentes... Vous savez ce qu'ils ont fait de Cécile. Et il y en a une autre aussi qu'ils ont bien arrangée, une baronne que vous devez connaître. Elle s'est présentée ici, l'autre jour, pour voir. Je ne la reconnaissais pas, une si belle femme, ah! l'horreur, elle a cent ans... Moi, je dis qu'on devrait les condamner à de la prison, pour le mal qu'ils nous ont fait.

Puis, quand il voulut s'asseoir devant la table, il buta lui aussi contre la chaise d'Euphrasie, qui le suivait des yeux, toujours inquiète, en son hébètement.

— Te voilà encore dans mes jambes! Comment fais-tu pour qu'on ne rencontre que toi?... Voyons, débarrasse un peu le plancher.

Il n'était pas bien terrible. Mais elle se mit à trembler, prise d'une peur enfantine, ainsi que sous une menace de coups affreux qui l'aurait brisée. Cette fois, elle eut la force de traîner sa chaise jusqu'au cabinet noir où elle couchait. La porte en était ouverte, elle s'y réfugia, elle s'assit dans l'ombre, on ne la vit plus que comme une petite figure vague, amincie, fondue, une très vieille aïeule qui mettrait encore des années et des années à mourir.

Et ce fut, pour Mathieu, le grand serrement de cœur, cette terreur sénile, cette obéissance grelottante d'une femme dont il se rappelait l'exécrable caractère, rageuse, sèche et dure, toujours en querelle avec sa sœur aînée autrefois, avec son mari ensuite. Elle avait longtemps terrorisé ce dernier, les ongles dehors, le pliant à chacun de ses caprices. Maintenant, c'était elle qui frissonnait au moindre mot de mauvaise humeur. La femme, la créature de volonté, de travail, de vie, s'en était allée avec la fonction de l'épouse et de la mère. Le sexe supprimé, il n'y avait plus que cette loque. Et dire que

cette opérée, dans les annales, passait encore pour un
des succès, un des miracles de Gaude, qui triomphait
de cette ouvrière, mariée, honnète, sauvée d'une mort
certaine, rendue plus saine, plus vigoureuse à son mari
et à ses enfants! Et comme Boutan avait raison de vouloir attendre, pour juger les vrais résultats de ces belles
opérations victorieuses!

Cécile avait embrassé, de son air de vive tendresse, les
trois enfants qui poussaient quand même, dans ce ménage
rompu. Des larmes lui montaient aux yeux, elle se sauva,
emmena Mathieu, quand madame Joseph lui eut rendu le
travail. Puis, en bas, sur le trottoir :

— Merci, monsieur Froment, je vais rentrer à pied
chez nous... Est-ce affreux! Je vous disais bien que nous
serons au paradis, dans la tranquille chambre dont vous
avez la bonté de vous occuper.

A l'usine, Mathieu, qui alla directement dans les ateliers, n'y obtint aucun renseignement précis sur sa batteuse, commandée depuis des mois. On lui dit que le fils
du patron, monsieur Maurice, étant sorti pour affaires,
personne ne pouvait lui répondre, d'autant plus que le
patron lui-même n'avait point paru de la semaine. Enfin,
il sut que ce dernier, rentré de voyage à l'instant,
devait être en haut, avec madame. Il prit donc le parti
de se présenter chez les Beauchêne, moins pour la batteuse que pour la solution d'une affaire qui lui tenait au
cœur, l'entrée dans la maison de l'un de ses jumeaux,
Blaise. Le grand garçon, âgé de dix-neuf ans, était sur le
point, au lendemain de sa sortie du lycée, d'épouser une
jeune fille sans fortune, Charlotte Desvignes, à la suite d'un
roman d'amour qui durait depuis l'enfance. Ses parents,
attendris, n'avaient pas voulu le désespérer, en retrouvant chez lui leur divine imprévoyance d'autrefois. Mais,
pour qu'on pût le marier tout de suite, il fallait le caser
d'abord. Et, pendant que Denis, l'autre jumeau, entrait

dans une école spéciale, Beauchêne, mis au courant, avait offert gaiement de prendre Blaise, heureux de témoigner ainsi son estime pour la fortune croissante de ses bons cousins, comme il les nommait.

Mathieu, qu'on introduisit dans le petit salon jaune de Constance, la trouva en train de prendre une tasse de thé avec madame Angelin, à leur retour de chez la sage-femme. Sans doute, l'arrivée inattendue de Beauchêne venait d'interrompre désagréablement leurs confidences émues. Sous le prétexte d'un court voyage, il rentrait de quelque coucherie, d'une de ses habituelles fringales de chair blonde, nées d'une rencontre de trottoir; et il fatiguait les deux femmes par des mensonges bruyants, un peu ivre encore, la langue pâteuse, les yeux battus et fiévreux, bavant sans honte sa joie de vivre.

— Ah ! mon cher, cria-t-il, je racontais à ces dames mon retour d'Amiens... Il y a là-bas des pâtés de canards extraordinaires.

Puis, quand Mathieu lui parla de Blaise, il se répandit en protestations d'amitié : c'était une affaire entendue, qu'on lui amenât le jeune homme, il le mettrait d'abord avec Morange, pour qu'il pût se rendre compte du mécanisme de la maison. Et il soufflait, il crachait, exhalant cette odeur de tabac, d'alcool, de musc, qu'il rapportait de chez les filles; tandis que sa femme, qui lui souriait affectueusement, ainsi qu'à son habitude, devant le monde, laissait par moments tomber sur lui, quand madame Angelin tournait la tête, des regards désespérés, d'un infini dégoût.

Comme Beauchêne continuait à trop causer, avouant qu'il ne savait pas où en était la construction de la batteuse, Mathieu vit bien que Constance, inquiète, tendait l'oreille. L'entrée de Blaise dans la maison l'avait déjà rendue grave; maintenant, elle souffrait de cette ignorance où son mari semblait être des travaux; et puis,

l'image de Norine revenait, le ressouvenir vivant de
l'enfant, la crainte de quelque nouvelle entente entre
les deux hommes. Aussi Mathieu, qui devinait, se mit-il
à dire le beau résultat des .opérations de Gaude, en contant sa rencontre avec Cécile, puis sa visite à Euphrasie.
Ces dames frémirent, bien que Beauchêne, très excité,
parût s'amuser beaucoup des détails délicats, qu'il forçait
le bon cousin à leur donner. Et, tout d'un coup, la mère
eut un cri de délivrance :

— Ah ! voici Maurice !

C'était son fils qui rentrait, l'unique dieu en qui maintenant elle mettait sa tendresse, son orgueil, le prince
héritier qui serait le roi de demain, qui sauverait le
royaume en perdition, qui la hausserait à sa droite, dans
une gloire. Elle le trouvait beau, grand, fort, invincible
à dix-neuf ans, comme les chevaliers des légendes. Quand
il expliqua qu'il venait de transiger avec profit dans une
affaire fâcheuse, mal engagée par son père, elle le vit
réparer les désastres, remporter des victoires. Puis, elle
acheva de triompher, en l'entendant promettre que la
batteuse serait livrée avant la fin de la semaine.

— Mon chéri, tu devrais prendre une tasse de thé. Tu
te casses trop la tête, ça te ferait du bien.

Il accepta. Et, gaiement :

— Tu sais qu'un omnibus a manqué tout à l'heure
de m'écraser, rue de Rivoli.

Elle devint livide, la tasse lui échappa des mains. Grand
Dieu ! son bonheur était-il à la merci d'un accident ? Une
fois encore, l'affreuse menace passait, ce froid qui venait
elle ne savait d'où et qui la glaçait jusqu'aux entrailles.

— Mais, grosse bête, dit Beauchêne avec son rire, c'est
lui qui a écrasé l'omnibus, puisque le voilà qui te raconte
l'aventure... Ah ! mon pauvre Maurice, tu as une maman
bien ridicule. Moi, qui sais comment je t'ai bâti, tu vois,
je suis tranquille.

Ce jour-là, madame Angelin revint à Janville avec Mathieu. Dans le wagon, où ils étaient seuls, des larmes jaillirent encore de ses yeux, sans cause apparente. Elle s'excusa, elle murmura, comme en un rêve :

— Avoir un enfant et le perdre, ah ! certes, ce doit être une atroce douleur. Pourtant, il est venu, il a grandi, on en a connu, pendant des années, la joie unique, infinie. Mais quand l'enfant ne vient pas, jamais, jamais... Ah ! la souffrance, le deuil, tout plutôt que ce néant !

A Chantebled, Mathieu et Marianne fondaient, créaient, enfantaient. Et, pendant les deux années qui se passèrent, ils furent de nouveau victorieux dans l'éternel combat de la vie contre la mort, par cet accroissement continu de famille et de terre fertile, qui était comme leur existence même, leur joie et leur force. Le désir passait en coups de flamme, le divin désir les fécondait, grâce à leur puissance d'aimer, d'être bons, d'être sains ; et leur énergie faisait le reste, la volonté de l'action, la tranquille bravoure au travail nécessaire, fabricateur et régulateur du monde. Mais, durant ces deux années, ce ne fut pas sans une lutte constante que la victoire leur resta. Pourtant, elle devenait de plus en plus large et certaine, à mesure que la conquête s'étendait au domaine entier. Les étroits soucis des premiers temps avaient disparu, il s'agissait maintenant de gouverner en toute raison, en toute justice. Au nord, sur le plateau, de la ferme de Mareuil à la ferme de Lillebonne, l'acquisition totale était faite, il n'y avait plus un bouquet de bois qui ne leur appartînt : vaste lot d'environ deux cents hectares, qui ajoutait aux champs de culture voisins, à la mer roulante des blés, un royal parc d'arbres centenaires. Mathieu, en dehors des coupes réglées, ne croyant pas devoir le garder inutile, pour la beauté seule, avait eu l'idée de réunir entre elles, par des avenues, les larges clairières, transformées en pâturage ; et du bétail y fut lâché, tout un élevage,

qui réussit admirablement. L'arche de vie pullula, s'augmenta de ces centaines de bêtes, déborda bientôt au travers des grands arbres. Il y eut une poussée nouvelle de
fécondité, les étables décuplées, des bergeries créées,
des fumiers par tombereaux, qui engraissèrent les
terres d'une fertilité formidable. Des enfants, des enfants
toujours pouvaient naître, le lait ruisselait à flots, les
troupeaux sans fin étaient là pour les vêtir et les nourrir.
A côté des moissons mûres, les bois roulaient leurs
ombrages, frémissants des semences éternelles qui germaient dans leur ombre, sous l'éclatant soleil. Et il ne
restait qu'un lot à conquérir, celui des dernières pentes
sablonneuses, à l'est, pour que le royaume fût complet.
Cela payait toutes les anciennes larmes, tous les soucis
cuisants des premiers ans de labeur.

Puis, pendant que Mathieu achevait sa conquête,
Marianne, au cours de ces deux années, eut la joie de
marier son premier enfant, lorsqu'elle-même était enceinte, près d'enfanter encore. Comme la bonne terre,
elle restait féconde, même aux jours de maturité où la
semence, sortie de ses flancs, allait faire œuvre de vie à
son tour. Ce mariage de Blaise, à dix-neuf ans, épousant
une adorable fille de dix-huit ans, tout un amour d'une
fraîcheur de bouquet, né par les sentiers fleuris de Chantebled, dès leur douzième année, fut une délicieuse fête,
d'espérance infinie. Les huit autres enfants étaient là :
les grands frères, Denis, Ambroise, Gervais, qui terminaient leurs études ; Rose, la fille aînée, dont les quatorze ans promettaient une femme de saine beauté, de
gaieté heureuse ; puis, Claire enfant encore, Grégoire à
peine entré au lycée, sans compter les deux toutes petites,
Louise et Madeleine. On accourut par curiosité des villages voisins, pour voir le gai troupeau mener le grand
frère à la mairie. Ce fut un cortège merveilleux,
des fleurs, des chairs de printemps, une félicité, dont les

cœurs s'émurent. D'ailleurs, les jours de vacances où la famille faisait la partie d'aller en bande au marché de quelque village, c'était le long des routes une telle galopade, en voiture, à cheval, à bicyclette, les cheveux au vent, parmi de grands rires, que les bonnes gens s'arrêtaient par amusement, tant le spectacle était joli à voir. Les bonnes gens criaient, en façon de plaisanterie : « Voilà la troupe qui passe! » comme pour dire que rien ne leur résistait, que le pays était à eux par droit de conquête, depuis qu'il en poussait un de plus tous les deux ans. Le pays entier finissait par être à cette joie, à cette santé, à cette force, qui se multipliait ainsi joyeusement, envahissant l'horizon. Et cette fois, après ces deux années, ce fut encore d'une fille, Marguerite, que Marianne accoucha, lorsqu'elle eut son dixième enfant. Les couches se passèrent bien, elle fut pourtant prise ensuite d'une fièvre inquiétante, des accidents de lait qui la désespérèrent un moment, dans la crainte de ne pouvoir nourrir la dernière venue, comme elle avait nourri tous les autres. Aussi, lorsque Mathieu la revit debout et souriante, avec la chère petite Marguerite au sein, l'embrassa-t-il passionnément, triomphant par-dessus tous les chagrins et toutes les douleurs. Encore un enfant, encore de la richesse et de la puissance, une force nouvelle lancée au travers du monde, un autre champ ensemencé pour demain.

Et c'était toujours la grande œuvre, la bonne œuvre, l'œuvre de fécondité qui s'élargissait par la terre et par la femme, victorieuses de la destruction, créant des subsistances à chaque enfant nouveau, aimant, voulant, luttant, travaillant dans la souffrance, allant sans cesse à plus de vie, à plus d'espoir.

V

Deux ans se passèrent. Et, pendant ces deux années, Mathieu et Marianne eurent un enfant encore, un garçon. Et, cette fois, en même temps que s'augmentait la famille, le domaine de Chantebled s'accrut aussi, de toutes les landes qui s'étendaient à l'est, jusqu'au village de Vieux-Bourg. Mais, dès lors, le dernier lot se trouvait acquis, la conquête du domaine était enfin complète, les cinq cents hectares de terres autrefois incultes, achetées par le père de Séguin, l'ancien fournisseur des armées, pour y installer une royale demeure. Maintenant, d'un bout à l'autre, ces terres devenaient fécondes, une fertilité formidable s'y était déclarée, sous l'effort constant de l'homme ; et, seule, l'enclave appartenant aux Lepailleur, qu'ils s'entêtaient à ne pas vendre, coupait cette plaine verte d'une bande pierreuse, désolée de sécheresse. C'était la conquête invincible de la vie, la fécondité s'élargissant au soleil, le travail créant toujours, sans relâche, au travers des obstacles et de la douleur, compensant les pertes, mettant à chaque heure dans les veines du monde plus d'énergie, plus de santé et plus de joie.

Blaise, qui avait maintenant une fillette de dix mois, habitait depuis le dernier hiver à l'usine, et il y occupait l'ancien petit pavillon où sa mère, autrefois, était accouchée de son frère Gervais. Charlotte, sa femme, avait ravi les Beauchêne par sa grâce blonde, son charme

frais et jeune de bouquet, à ce point que Constance
elle-même, séduite, avait bien voulu qu'elle logeât
près d'elle. La vérité était que madame Desvignes avait
fait de ses deux filles, Charlotte et Marthe, deux
adorables créatures. A la mort de son mari, un employé
d'agent de change, qui la laissait à trente ans avec une
fortune très compromise, elle avait eu la sagesse de
réaliser ses maigres rentes, pour se retirer à Janville,
son pays d'origine, où elle s'était entièrement consacrée
à l'instruction de ses filles. Les sachant presque sans
dot, elle les avait très bien élevées, en pensant que cela
les aiderait à se marier, ce qui, par hasard, avait réussi.
Une affectueuse liaison s'était nouée entre elle et les
Froment, les enfants jouaient ensemble, le candide
roman d'amour qui devait aboutir au mariage de Blaise
et de Charlotte, datait de ces premiers jeux ; et, lorsque
celle-ci s'était mariée à dix-huit ans, sa sœur Marthe,
qui en avait quatorze, avait fini par devenir l'inséparable de Rose Froment, de même âge, jolie comme elle,
aussi brune qu'elle était blonde. Charlotte, d'une nature
plus fine, plus faible aussi que sa cadette, de raison
solide et gaie, s'était passionnée pour l'art de simple
agrément que madame Desvignes avait voulu lui donner,
en lui faisant suivre un cours de dessin ; si bien qu'elle
en était venue à peindre très gentiment la miniature :
une ressource en cas de catastrophe, disait la mère. Et,
certainement, dans l'accueil sans rudesse de Constance,
dont elle avait peint un médaillon ressemblant, mais
flatté, entrait beaucoup de l'estime de la bourgeoise
pour les belles éducations.

D'ailleurs, Blaise, qui tenait des Froment la flamme
créatrice, le travail ardent, toujours en effort, était
devenu très vite pour Maurice un aide précieux, dès qu'il
s'était trouvé au courant des opérations de la maison,
après un court passage dans le bureau de Morange. Aussi

était-ce Maurice lui-même, de moins en moins secondé
par son père, en continuelle escapade, qui avait insisté
pour que le jeune ménage habitât le pavillon, de
manière à pouvoir disposer de son cousin à toute heure ;
et la mère, prosternée devant son fils, n'avait pu qu'obéir
respectueusement. Elle montrait une foi sans bornes dans
l'extraordinaire ampleur de son intelligence. Il avait
fini par faire d'assez bonnes études, un peu lourd, lent
à comprendre, appliqué pourtant, malgré les continuels
retards de ses maladies de jeunesse. Comme il parlait
peu, elle le donnait pour un génie concentré, caché,
dont les actes étonneraient. Il n'avait pas quinze ans,
qu'elle disait de lui, dans son adoration : « Oh ! c'est un
cerveau ! » Et Blaise n'était naturellement accepté par
elle qu'à titre de lieutenant nécessaire, l'humble serviteur, la main qui exécuterait les ordres du maître sachant
tout, voulant tout. Il était si fort maintenant, si beau,
en train de relever la maison compromise par la lente
déchéance du père, en marche pour la fortune prodigieuse, pour ce définitif triomphe du fils unique qu'elle
rêvait, qu'elle préparait si orgueilleusement, si égoïste-
ment, depuis tant d'années !

Alors, ce fut le coup de foudre. Blaise n'avait pas
accepté sans hésitation de venir occuper le petit pavillon
voisin, n'ignorant pas à quel rôle de rouage obéissant
on entendait le réduire. Puis, après les couches de sa
femme, devant ce premier enfant, une fillette, qui naissait, il s'était bravement décidé, acceptant la lutte ainsi
que l'avait acceptée son père, autrefois, dans la pensée
de la nombreuse famille qui pouvait aussi lui venir. Et
ce fut donc un matin, comme il montait prendre les
ordres de Maurice, qu'il apprit de Constance elle-même
qu'elle avait empêché son fils de se lever, en le trouvant
brisé, après une mauvaise nuit. Elle ne se montrait d'ailleurs pas trop inquiète : ce devait être un peu de fatigue, les

deux cousins s'étant, depuis huit jours, exténués de travail, pour une livraison considérable, qui mettait toute l'usine en branle. D'autre part, la veille, Maurice en sueur, nu-tête, avait eu l'imprudence de s'oublier sous un hangar, dans un courant d'air, pendant qu'on y expérimentait une machine. Le soir, une fièvre intense se déclara, on envoya chercher Boutan, en grande hâte. Le lendemain, alarmé sans trop le dire de la marche foudroyante du mal, il exigea une consultation, deux de ses confrères vinrent, furent vite d'accord. C'était une phtisie galopante, d'un caractère infectieux particulier, comme si le mal, tombant en un terrain prêt à l'incendie, y prenait une violence de destruction extraordinaire. Beauchêne était absent, en voyage toujours. Constance, malgré les visages graves des médecins, qui ne voulaient pas être brutaux, restait, dans son inquiétude croissante, pleine de l'espoir entêté que son fils, le héros, le dieu, nécessaire à sa propre vie, ne pouvait être malade sérieusement, et mourir. Le surlendemain, il mourut entre ses bras, la nuit même où Beauchêne, rappelé par dépêche, rentrait. Ce n'était, en somme, que la décomposition dernière d'un sang bourgeois appauvri, gâté à sa source, la brusque disparition d'un pauvre être médiocre, souffrant depuis l'enfance, derrière sa façade de santé. Mais quel foudroiement pour la mère, pour le père, dont tous les calculs étaient détruits! L'héritier unique, le prince de l'industrie qu'ils avaient voulu, par un calcul d'égoïsme si obstiné, passait comme une ombre, et la réalité affreuse, lorsque leurs bras ne serrèrent que le vide, se dressa. D'une seconde à l'autre, plus d'enfant.

Blaise était avec les parents au chevet du lit, au moment où Maurice expira, vers deux heures du matin; et, dès qu'il le put, il annonça la mort à Chantebled, par dépêche. Neuf heures sonnaient, lorsque, dans la cour de la ferme, Marianne, très pâle, bouleversée, appela Mathieu.

— Maurice est mort!... Mon Dieu! ce fils unique, les pauvres gens!

Ils en restèrent éperdus, glacés d'un frisson. A peine avaient-ils su la maladie, qu'ils ne croyaient même pas grave.

— Je vais m'habiller, dit Mathieu, et je prendrai le train de dix heures un quart. Il faut aller les embrasser.

Marianne, bien qu'elle fût alors grosse de huit mois, décida qu'elle irait aussi. Elle aurait souffert de ne pouvoir donner cette preuve d'affection à ses cousins, qui s'étaient montrés, en somme, très bons pour le jeune ménage de Blaise. Puis, elle avait vraiment le cœur déchiré d'une telle catastrophe. Et tous deux, s'étant attardés à distribuer le travail du jour, n'arrivèrent à la gare de Janville que pour prendre, en hâte, le train de dix heures un quart. Le train roulait déjà, lorsqu'ils reconnurent les Lepailleur et leur fils Antonin, installés dans le compartiment qu'ils venaient d'envahir.

En les voyant partir ensemble, en cérémonie, le meunier crut qu'ils allaient à la noce; et, quand il sut que c'était à une visite de deuil :

— Alors, c'est le contraire, dit-il. N'importe, ça fait sortir, ça distrait.

Depuis la victoire de Mathieu, le vaste domaine entièrement conquis, fertilisé, Lepailleur traitait ce bourgeois avec quelque considération. Mais, tout en ne pouvant nier les résultats obtenus, il ne se rendait pas, il continuait à ricaner sournoisement, ayant l'air d'attendre quelque cataclysme de la terre ou du ciel qui lui donnerait raison. Il ne voulait pas avoir eu tort, il répétait qu'il savait ce qu'il savait, et qu'on verrait bien un jour si le métier de paysan n'était pas le dernier des métiers, depuis la faillite de cette sale gredine de terre où rien ne poussait plus. D'ailleurs, il tenait sa vengeance, cette enclave dont il laissait les maigres champs incultes, pour protester contre le domaine voisin, qu'elle coupait, qu'elle salissait. Cela le rendait ironique.

— Alors, reprit-il, avec sa goguenardise vaniteuse, nous aussi nous allons à Paris... Tenez! nous allons y installer ce monsieur-là.

Et il désignait son fils Antonin, âgé de dix-huit ans, un grand garçon roux, qui avait la tête longue de son père, mais aveulie, semée déjà de quelques poils d'une barbe rare et décolorée. Il était habillé en citadin, chapeau de soie, gants, cravate d'un bleu vif. Après avoir étonné Janville par ses succès scolaires, il venait de montrer une telle répugnance pour tout travail manuel, que son père s'était décidé à faire de lui, comme il le disait, un Parisien.

— C'est donc résolu, votre parti est définitif? demanda obligeamment Mathieu, qui était au courant.

— Eh! oui, pourquoi voulez-vous que je le force à suer sang et eau, sans le moindre espoir de s'enrichir? Ni mon père ni moi n'avons jamais pu mettre un sou de côté, avec ce damné moulin dont les meules se pourrissent plus qu'elles n'écrasent de farine. De même, d'ailleurs, que nos champs de misère produisent plus de cailloux que d'écus. Alors, puisque le voilà un savant, qu'il fasse donc à sa tête, qu'il aille à Paris tenter la fortune! Il n'y a que la ville pour se débrouiller.

Madame Lepailleur, qui ne quittait pas des yeux son fils, en admiration devant lui, comme autrefois elle l'était devant son mari, dit à son tour d'une mine béate :

— Oui, oui, il a une place de clerc, chez maître Rousselet, l'avoué... Nous lui avons loué une petite chambre, je suis allée m'occuper des meubles, du linge; et c'est le grand jour, aujourd'hui, il y couchera ce soir, après que nous aurons tous les trois dîné dans un bon restaurant... Ah! je suis contente, le voilà donc qui part!

— Et il arrivera peut-être ministre, dit Mathieu souriant. Qui sait? tout est possible.

C'était l'exode des campagnes vers les villes, la fiévreuse impatience d'une fortune rapide, les parents eux-mêmes fêtant le départ, accompagnant le transfuge, dans la hâte orgueilleuse de monter avec lui d'une classe. Et ce qui faisait sourire le fermier de Chantebled, de bourgeois redevenu paysan, c'était aussi l'idée de ce chassé-croisé, le fils du moulin allant à Paris, tandis que lui était retourné à la terre, à la commune mère de toute force et de toute régénération.

Antonin s'était mis à rire également, de son air de fainéant malin, que la libre noce de Paris attirait surtout.

— Oh! ministre, je n'en ai guère le goût. Ça donne trop de peine... J'aimerais mieux gagner tout de suite un million, pour me reposer ensuite.

Les Lepailleur s'égayèrent bruyamment, émerveillés de tant d'esprit. Oh! le garçon irait loin, c'était bien sûr!

Marianne, silencieuse, le cœur gros du deuil qui l'attendait, voulut pourtant dire un mot; et elle demanda pourquoi la petite Thérèse n'était pas de la fête. Sèchement, Lepailleur répondit qu'il n'allait point s'embarrasser d'une mioche de six ans, qui ne savait pas encore se conduire. En voilà une, par exemple, qui aurait mieux fait de rester où elle était, car elle avait tout dérangé dans la maison! Et, comme Marianne se récriait, disant qu'elle avait rarement vu une fillette si intelligente et si jolie, madame Lepailleur répondit plus doucement:

— C'est bien vrai qu'elle est futée, mais tout de même, les filles, ça ne peut pas s'envoyer à Paris, faudra la caser, et c'est bien du souci, bien de l'argent... Enfin, ne parlons pas de ça, puisqu'on est tout au bonheur, ce matin.

A Paris, au sortir de la gare du Nord, les Lepailleur furent pris, emportés, dans le flot brutal de la foule, et s'y noyèrent.

Quand le fiacre s'arrêta, quai d'Orsay, devant l'hôtel des Beauchêne, Mathieu et Marianne reconnurent, au bord du trottoir, le coupé des Séguin. Ils y virent, muettes, immobiles derrière les glaces, les deux filles, Lucie et Andrée, en toilettes claires, qui attendaient. Et, comme ils s'approchaient de la porte, ils virent en sortir Valentine, dans son éternel coup de vent, l'air très pressé. Mais, lorsqu'elle les aperçut, elle prit un air de pitié profonde, elle dit le mot de la situation :

— Hein ? quel affreux malheur, un fils unique !

Puis, elle eut un flot de paroles.

— Vous accourez, comme moi, c'est bien naturel... Imaginez-vous que j'ai su la catastrophe par hasard, il n'y a pas une heure ; et, voyez ma chance, mes filles étaient habillées, je m'habillais moi-même pour les mener à une messe de mariage, une cousine de notre ami Santerre qui épouse un diplomate. Ajoutez que toute mon après-midi est prise. Alors, bien que la messe fût pour onze heures et quart, je n'ai pas hésité, je me suis fait conduire ici, avant de me rendre à l'église ; et, naturellement, je suis montée seule, mes filles m'attendent, là, dans la voiture. Nous serons un peu en retard, à ce mariage... Vous allez les voir, ces pauvres parents, dans leur maison vide, près du corps qu'ils ont très bien arrangé, sur le lit. Ça fend le cœur.

Mathieu la regardait, surpris de constater qu'elle ne vieillissait plus, comme séchée à la flamme de sa vie folle. Il savait la désorganisation dernière du ménage, par ses continuels rapports d'affaires. Ouvertement désormais, Séguin vivait chez Nora, l'ancienne institutrice, qui avait préféré se faire meubler un petit hôtel, lorsque la bonne vie à quatre s'était gâtée, avenue d'Antin. C'était même chez sa maîtresse qu'il avait pris rendez-vous, pour signer la vente définitive et totale du domaine de Chantebled. Et, depuis que Gaston était entré à Saint-Cyr, Valentine n'avait donc plus avec elle que ses deux filles, dans la vaste et luxueuse demeure, dont le vent de ruine achevait la destruction lente.

— J'ai envie, reprit-elle, que Gaston demande la permission d'assister au convoi, car je ne suis pas sûre que son père soit à Paris en ce moment... C'est comme notre ami Santerre, il part demain pour un petit voyage. Ah! il n'y a pas que les morts qui s'en vont, c'est effrayant le nombre des vivants qui s'éloignent, disparaissent... N'est-ce pas? chère madame, la vie est bien triste!

Un petit frisson avait passé sur sa face, la menace de la rupture prochaine qu'elle sentait venir depuis plusieurs mois, dans les habiles préparations dont Santerre l'entourait, quelque projet sourd longtemps mûri, une dernière incarnation du romancier, qu'elle ne devinait pas encore. Elle eut un geste pâmé de dévote.

— Nous sommes dans la main de Dieu.

Marianne, qui souriait aux deux jeunes filles, toujours muettes, immobiles dans le coupé fermé, changea la conversation.

— Comme elles ont grandi, embelli! Votre Andrée est adorable... Quel âge a donc votre Lucie? La voilà bientôt bonne à marier.

— Ah! bien, s'écria Valentine, qu'elle ne vous entende pas, vous la feriez fondre en larmes! Elle a dix-sept ans; mais, pour la raison, elle n'en a pas douze. Croyez-vous que, ce matin, elle sanglotait, refusait d'aller à cette messe de mariage, en disant que ça la rendait malade? Elle parle toujours du couvent, il va falloir prendre une décision... Andrée, avec ses treize ans, est déjà beaucoup plus femme. Mais c'est une petite bête, elle est comme un mouton. J'en suis malade parfois, tant sa douceur me porte sur les nerfs.

Et elle finissait par monter en voiture, elle serrait la main de Marianne, lorsqu'elle la vit enceinte.

— Vrai! je perds la tête. Moi qui ne vous demande pas des nouvelles de votre santé!... Vous êtes à votre huitième mois, n'est-ce pas? Et ça fera votre onzième enfant. C'est terrible, terrible! Enfin, puisque ça vous réussit... Ah! ces pauvres gens que vous allez voir, là-haut! En voilà dont la maison va rester vide!

Quand le coupé fut parti, Mathieu et Marianne songèrent qu'ils devraient, avant de monter, passer par le pavillon, où leurs enfants leur donneraient peut-être quelque renseignement utile. Mais ni Blaise ni Charlotte ne s'y trouvaient. Ils n'y rencontrèrent que la bonne, qui gardait la fillette, Berthe. Cette bonne n'avait pas même, depuis la veille, revu monsieur, resté là-haut près du corps. Quant à madame, elle y était aussi montée, dès le matin, et elle avait même donné l'ordre qu'on lui amenât Berthe, vers midi, à l'heure de la tétée, pour qu'elle n'eût pas la peine de redescendre, tant elle désirait ne pas perdre une minute. Et, comme Marianne, surprise, la questionnait:

— Madame a pris sa boîte, expliqua la bonne. Je crois qu'elle fait le portrait de ce pauvre jeune homme qui est mort.

En traversant la cour de l'usine, Mathieu et Marianne eurent le cœur serré par le grand silence de tombe qui régnait là, dans cette vaste ville du travail, si retentissante d'ordinaire. La mort avait brusquement passé, et toute cette vie ardente s'était arrêtée d'un coup, les machines refroidies et muettes, les ateliers silencieux et déserts. Plus un bruit, plus une âme, plus un souffle de cette vapeur qui était comme l'haleine même de la mai-

son. Le maître mort, elle était morte. Et leur navrement
grandit, lorsqu'ils passèrent de l'usine à l'hôtel, au travers de cette absolue solitude, la galerie ensommeillée,
l'escalier frissonnant du lourd silence, toutes les portes
ouvertes, en haut, comme en une demeure inhabitée,
abandonnée depuis longtemps. Dans l'antichambre, ils
ne rencontrèrent pas de domestique. Le salon lui-même
leur parut vide, à demi obscur, les stores de mousseline
brodée baissés complètement, les fauteuils rangés en
cercle, ainsi qu'aux jours de réception, lorsqu'on attendait
beaucoup de monde. Puis, enfin, ils se trouvèrent en
face d'une ombre, d'une figure indécise, qui, debout au
milieu de la pièce, marchait à petits pas. C'était Morange,
nu-tête, en redingote, accouru dès la terrible nouvelle,
venu là ponctuellement, du même air correct qu'il serait
venu à son bureau. Il paraissait être chez lui, il recevait,
effaré, hébété par cette perte d'un enfant, dont la brusque
disparition devait lui faire revivre la mort abominable
de sa fille. Sa plaie s'était rouverte, il était livide, avec
sa grande barbe grise, dans un tel désarroi, qu'il piétinait sans fin, s'oubliant là, faisant sienne toute la douleur
épandue.

Quand il eut reconnu les visiteurs, lui aussi eut le mot
qui sortait de toutes les lèvres :

— Quel affreux malheur, un fils unique !

Il leur avait serré la main, il chuchotait, il expliqua
que madame Beauchêne, brisée, venait de se retirer un
moment, tandis que Beauchêne et Blaise s'occupaient, en
bas, des détails à régler. Et, reprenant sa marche lente
de maniaque, il leur montra du geste la chambre voisine,
dont la porte était ouverte à deux battants.

— Il est là, sur le lit où il est mort. On a mis des
fleurs, c'est très bien... Vous pouvez entrer.

C'était, en effet, la chambre de Maurice. On avait fermé
les grands rideaux, de façon à faire la nuit complète.

Des cierges brûlaient près du lit, éclairant d'une clarté
douce le visage du mort, très calme, très blanc, les yeux
clos, comme s'il dormait. Il n'était point changé, amaigri
seulement, épuré dans le coup de foudre qui l'avait emporté. Les deux mains jointes tenaient un crucifix. Des
fleurs, des roses, semées sur le drap, lui faisaient une
couche de printemps. L'odeur, mêlée à celle de la cire
chaude, en était un peu suffocante, au milieu du grand
silence qui tombait de toute cette tragique immobilité.
Et, dans les demi-ténèbres, où seul le lit se voyait, pas
un souffle n'agitait la haute flamme droite des cierges.

Lorsque Mathieu et Marianne furent entrés, ils aperçurent près de la porte, derrière un paravent, leur belle-
fille Charlotte, qui, assise, éclairée par une petite lampe,
un carton sur les genoux, prenait un dessin de la tête du
mort, parmi les roses. Elle avait cédé au désir éperdu de
la mère, malgré l'angoisse d'une telle œuvre pour son
cœur de vingt ans. Depuis trois heures, elle était là,
s'appliquant, voulant bien faire, très pâle, d'une beauté
de jeunesse extraordinaire, avec son visage en fleur, ses
yeux bleus élargis, dans l'or fin de ses cheveux. Quand
Mathieu et Marianne s'approchèrent, elle ne voulut pas
leur parler, elle n'eut qu'un léger signe de tête. Mais un
peu de sang était remonté à ses joues, ses yeux sourirent;
et, lorsqu'ils retournèrent sans bruit dans le salon, après
être demeurés là un instant, en une contemplation douloureuse, elle continua son travail, seule en face du
mort, parmi les roses et parmi les cierges.

Dans le salon, Morange allait et venait toujours, de son
air d'ombre égarée. Mathieu resta debout, pendant que
Marianne, à qui son état ne permettait pas les longues
fatigues, s'asseyait près de la porte. Il n'y eut plus une
parole échangée, l'attente lourde continua, sous le silence
étouffant de ces pièces closes, envahies d'ombre. Au bout
d'une dizaine de minutes, une nouvelle visite se pré-

senta, une dame et un monsieur, qu'ils ne purent reconnaître d'abord. Morange s'était incliné, avait reçu, dans son hébètement. Puis, comme la dame ne quittait pas la main du monsieur, l'amenait ainsi qu'un aveugle, parmi les meubles, afin qu'il ne se cognât pas, Marianne et Mathieu reconnurent les Angelin. Depuis le dernier hiver, ceux-ci avaient vendu leur maison de Janville, pour s'installer à Paris, frappés d'un dernier malheur, la perte presque complète de leur petite fortune, emportée dans le désastre d'une grande maison de banque. La femme, cherchant une occupation, venait d'être nommée, à l'Assistance publique, dame déléguée, une de ces inspectrices qui surveillent les mères secourues, visitent les enfants, rédigent des rapports; et, comme elle le disait, avec une tristesse souriante, c'était encore une consolation, ce petit monde à gouverner, pour elle que sa stérilité, maintenant certaine, désespérait. Quant au mari, la vue de plus en plus malade, il avait dû cesser tout travail de peinture, il ne vivait plus que dans la désolation morose de sa vie gâtée, tombée au néant.

A petits pas, comme si elle avait conduit un enfant, madame Angelin l'amena près de Marianne, l'assit elle-même dans un fauteuil voisin. Il avait gardé sa mine haute de mousquetaire, mais ravagée d'inquiétude, déjà blanchie à quarante-quatre ans. Et quel souvenir, cette dame triste amenant cet infirme, pour ceux qui se rappelaient le jeune ménage de tendresse et de beauté, dans la joie insouciante de son libre amour, courant les sentiers discrets de Janville!

Dès qu'elle tint, dans ses mains tremblantes, les mains de Marianne, madame Angelin, elle aussi, ne trouva que le mot désespéré, bégayé tout bas :

— Ah! l'affreux malheur, un fils unique!

Ses yeux s'emplirent de larmes, elle ne voulut pas s'asseoir, sans être allée un instant dans la chambre, devant le corps. Quand elle en revint, elle étouffait des sanglots sous son mouchoir, elle s'affaissa sur un fauteuil, entre Marianne et son mari, qui demeurait immobile, avec ses pauvres yeux fixes. Et le silence recommença, dans la maison morte, où ne montait plus le branle de l'usine, éteinte, déserte et glacée.

Enfin, Beauchêne parut, suivi de Blaise. Il semblait vieilli de dix ans, sous le coup de massue qu'il venait de recevoir. C'était, brusquement, comme si le ciel lui fût tombé sur la tête. Jamais, dans son égoïsme vainqueur, dans son orgueil d'homme fort, au milieu de ses plaisirs, il n'avait pensé qu'un pareil écroulement fût possible. Jamais il n'avait voulu voir Maurice malade, une telle idée étant une sorte d'attentat à sa propre santé, à sa certitude de n'avoir pu faire qu'un garçon solide, défiant toute catastrophe. Il se croyait au-dessus de la foudre, le malheur n'oserait pas. Et, dans le premier écrasement, il s'était trouvé d'une faiblesse de femme, la chair lasse, amolli déjà par sa vie d'inconduite, par la désorganisation lente de ses facultés. Il avait sangloté comme un enfant, devant son fils mort, toutes ses vanités brisées, tous ses calculs anéantis. La foudre avait passé, il n'y avait plus rien. D'une minute à l'autre, sa vie était balayée, le monde devenait noir et vide. Et il en restait blême, atterré, son gros visage boursouflé de chagrin, ses paupières lourdes meurtries de larmes.

Quand il aperçut les Froment, il fut repris d'une défaillance, il vint à eux, chancelant, les bras ouverts, suffoqué par de nouveaux sanglots.

— Ah! mes pauvres amis, quel coup terrible! Et je n'étais pas là! Lorsque je suis rentré, il avait perdu connaissance, il ne m'a pas même reconnu... Est-ce possible? un garçon si bien portant! Je crois que je rêve, qu'il va se lever et descendre avec moi dans les ateliers.

Ils l'embrassèrent, il leur faisait pitié, foudroyé ainsi, revenu de quelque noce, ivre peut-être encore, pour tomber au milieu de ce deuil affreux, frappé d'une stupeur où se mêlait la fatigue des vins bus, des caresses prolongées. Sa barbe, trempée de larmes, empoisonnait le cigare et le musc.

Puis, il serra dans ses bras les Angelin eux-mêmes, qu'il connaissait à peine.

— Ah! mes pauvres amis, quel coup terrible, quel coup terrible!

Blaise vint, lui aussi, embrasser ses parents. Malgré l'horrible nuit passée, malgré son chagrin, il avait ses beaux yeux clairs, son frais visage de jeunesse. Des larmes, pourtant, roulaient encore sur ses joues, car il s'était pris pour Maurice d'une bonne amitié, dans leur commun travail de chaque jour.

Le silence recommença. Morange, comme s'il était seul, sans paraître avoir conscience de ce qui se passait autour de lui, continuait à marcher doucement, d'un pas de somnambule. Beauchêne, égaré, disparut, puis reparut, avec de petits registres. Il tourna un instant encore, finit par s'asseoir devant un bureau, qu'on avait sorti de la chambre de Maurice. Et, obsédé, si peu habitué au chagrin, qu'il avait l'instinctif besoin de s'étourdir, il se mit à fouiller les petits registres, des livres d'adresse, pour dresser la liste des invitations. Mais ses yeux se brouillaient, il appela d'un geste Blaise, qui, après être allé jeter un regard sur le dessin de sa femme, rentrait dans le salon. Le jeune homme vint se tenir debout près du bureau, dictant des noms à voix basse; et il y eut dès lors, au milieu du grand silence, ce léger murmure, d'une régularité monotone.

Les minutes, lentement, s'écoulaient. Les visiteurs attendaient toujours Constance. Dans la chambre mortuaire, une petite porte de communication s'ouvrit avec lenteur, et Constance entra, sans bruit, sans que personne eût conscience qu'elle fût là. C'était un spectre qui sortait de l'ombre, dans la pâle lumière des cierges. Elle n'avait pas encore pleuré, la face livide, contractée, durcie par une rage froide. Comme soulevée d'une furieuse révolte, sa petite taille, loin de plier, semblait avoir grandi, sous l'injustice du destin. Pourtant, son deuil, à elle, était sans surprise : elle avait tout de suite senti qu'elle s'y attendait, bien qu'une minute avant la mort, elle se ¡fût entêtée à ne pas y croire. Cela était resté latent depuis des mois, au fond même de ses entrailles, dans un mystère qui éclatait brusquement en une effroyable évidence. Soudain, elle venait d'entendre, de comprendre les chuchotements de l'inconnu, ces petits froids qui glaçaient sa chair, ces regrets vagues et terrifiés de n'avoir pas un autre enfant. Et la menace se réalisait, l'irréparable destin voulait que ce fils unique, ce salut de la maison en péril, ce prince de demain dont son orgueil partagerait l'empire, fût emporté comme une feuille sèche. C'était l'effondrement, elle tombait au gouffre. Et sa pire douleur était la sécheresse où elle restait, cette fureur qui brûlait en elle les larmes, tandis que la bonne mère qu'elle avait toujours été, souffrait l'atroce torture d'une maternité exaspérée, empoisonnée par la perte de son enfant.

Elle s'approcha de Charlotte, s'arrêta derrière elle, regardant le mince profil de son fils mort, parmi les fleurs. Et elle ne pleura toujours pas. Lentement, elle contemplait le lit, s'emplissait les yeux du douloureux spectacle, puis les reportait sur le papier, comme pour voir ce qu'elle aurait encore de cet enfant adoré, ces quelques traits de crayon, lorsque la terre, le lendemain, le lui aurait pris à jamais. Charlotte, l'ayant sentie derrière son dos, eut un tressaillement, en levant la tête. Elle avait eu peur, elle ne lui parla pas. Toutes deux, seule-

ment, échangèrent un regard. Et quel serrement de cœur,
pour la mère, au milieu de cet appareil de mort, en face
de son néant, que ce visage de tendresse, de santé, de
beauté, qui se levait ainsi, comme un jeune astre
rayonnant d'avenir, parmi l'or fin de sa chevelure!

Mais, à ce moment, Constance eut une autre douleur,
des paroles basses, chuchotées dans le salon, à la porte
même de la chambre, et qui lui parvenaient distinctement. Elle ne bougea pas, resta debout derrière Charlotte, qui s'était remise au travail. L'oreille tendue, elle
écoutait, sans se montrer encore, bien qu'elle eût aperçu
déjà Marianne et madame Angelin, assises contre la porte,
presque dans les plis de la tenture.

— Ah! disait madame Angelin, la pauvre mère avait
comme un pressentiment. Je l'ai vue très inquiète, quand
je lui ai confié ma triste histoire... Moi, c'est fini. Et la
mort a passé, voilà que c'est aussi fini pour elle.

Il y eut un silence. Puis, une relation dut se faire, elle
reprit doucement, dans son besoin de parler :

— Vous, c'est pour le mois prochain, n'est-ce pas?...
Le onzième, et sans vos deux fausses couches, cela vous
en ferait treize... Onze enfants, ce n'est pas un compte,
vous irez bien au douzième.

Elle oubliait le deuil voisin, un pâle sourire était
monté à ses lèvres, comme si sa jalousie sourde se trouvait désarmée par une telle fécondité.

Mais, vivement, Marianne protestait.

— Oh! cette fois, non! je crois bien que le douzième
restera en route. Songez donc que j'ai quarante et un ans.
Il est temps que je m'arrête, mon rôle est rempli. C'est
désormais à mes garçons et à mes filles, de faire des
enfants.

Et Constance frémit, soulevée par un accès de cette
rage qui brûlait ses larmes. D'un regard oblique, elle
pouvait la voir, cette mère de dix enfants vivants, enceinte

du onzième, avec sa taille toute gonflée de vie prochaine,
qu'elle apportait dans cette maison de mort. Elle la
retrouvait toujours jeune, toujours fraîche, débordante
de joie, de santé, d'espoir infini. Et, dans l'arrachement
suprême, quand elle-même perdait son unique enfant,
l'autre était encore là, près de la couche funèbre, telle
que la bonne déesse des moissons sans fin, au ventre
ruisselant d'une éternelle fertilité.

— Puis, dit encore Marianne, en souriant à son tour,
vous oubliez que je suis déjà grand'mère... Tenez! voyez
moi ça! Voilà qui me met à la retraite!

D'un geste, elle montrait à madame Angelin la bonne
de sa fille Charlotte, qui, exécutant l'ordre reçu, apportait
sur son bras la petite Berthe, à l'heure de la tétée, pour
que madame ne prît pas la peine de descendre. Cette fille,
hésitant, n'osant entrer dans tout ce deuil, était restée à
la porte du salon. Mais l'enfant, joyeuse, amusée, agita
ses menottes grasses, eut un léger rire. Et Charlotte, qui
l'entendit, se hâta de se lever, de traverser le salon légèrement, pour l'emmener dans la salle voisine, où elle put
lui donner le sein.

— Est-elle mignonne! murmura madame Angelin.
C'est un bouquet, ces petits êtres. Ça met de la fraîcheur
et de la clarté, partout où ça entre.

Constance venait d'en avoir comme un éblouissement.
Tout d'un coup, dans les demi-ténèbres, étoilées par les
flammes des cierges, dans l'air mort, que l'odeur des
roses coupées alourdissait, l'enfant rieuse avait mis une
entrée de printemps, l'air frais et clair d'une longue promesse de vie. Et cela, c'était la victoire accrue des mères
fécondes, c'était l'enfant de l'enfant, Marianne féconde
encore dans la fécondité de son fils. Grand'mère déjà, elle
en avait souri. Une beauté, une majesté de plus lui étaient
venues, le fleuve coulé de ses flancs allait s'élargir sans
fin. Et le coup de hache retentissait plus affreusement au

cœur de Constance, l'arbre coupé à sa racine, l'unique
rejeton tranché, plus rien à naître d'elle.

Un instant encore, elle resta seule dans ce néant, dans
cette chambre où gisaient les restes de son fils. Puis, elle
se décida, elle passa dans le salon, de son air de spectre
glacé. Tous se levèrent, l'embrassèrent, frémirent au
contact de ses froides joues, que le sang ne chauffait plus.
Une pitié profonde étreignait les âmes, tant elle était
effrayante, avec son calme. On cherchait de bonnes
paroles, mais elle les arrêtait d'un petit geste sec.

— C'est fini, disait-elle, que voulez-vous? c'est fini,
bien fini.

Madame Angelin sanglotait, Angelin lui-même essuyait
ses pauvres yeux fixes et troubles. Marianne et Mathieu
lui avaient gardé les mains dans les leurs, en pleurant.
Elle, rigide, ne pouvait toujours pas pleurer, refusait les
consolations, répétant d'une voix monotone :

— C'est fini, rien ne me le rendra, n'est-ce pas? Alors,
il n'y a plus rien, c'est fini, bien fini.

Il fallait être brave pourtant, tout un flot de visites
allait venir. Mais il lui restait à recevoir un dernier coup
au cœur. Beauchêne, que les larmes avaient repris, depuis
qu'elle était entrée, ne voyait plus clair à écrire. Sa
main tremblait, il dut quitter le bureau, se jeter dans un
fauteuil, en disant à Blaise :

— Tiens! mets-toi là, continue.

Et Constance vit Blaise qui s'installait au bureau de
son fils, qui prenait la place de son fils, trempant sa
plume dans l'encrier, écrivant, comme elle avait vu si
souvent Maurice écrire, du même geste. Ce Blaise, cet
aîné des Froment! Le pauvre mort n'était pas encore
enseveli, et déjà un Froment le remplaçait, de même que
les plantes vivaces, pullulantes, envahissent les champs
déserts du voisinage. Elle sentit plus menaçant, tout ce
flot de vie qui roulait autour d'elle, pour l'universelle

conquête : les grand'mères enceintes encore, les belles-filles allaitant déjà, les fils s'emparant des royautés vacantes. Et elle restait seule, elle n'avait là que son indigne mari, effondré, achevé, tandis que le maniaque Morange, piétinant sans fin, était comme le fantôme de sa détresse, un pauvre homme dont la fille unique, en sa mort affreuse, avait emporté toute l'âme, la force et la raison. Pas un bruit ne montait de l'usine vide et refroidie, l'usine était morte.

Le surlendemain, au convoi, la cérémonie fut imposante. Les cinq cents ouvriers de l'usine suivirent, des notabilités de toutes les classes firent un cortège immense. On remarqua beaucoup qu'un vieil ouvrier, le père Moineaud, le doyen de l'usine, tenait un des cordons du poêle; et cela fut trouvé touchant, bien que le brave homme traînât un peu la jambe, ahuri dans sa redingote, hébété par ses trente ans de travail. Au cimetière, près du tombeau, Mathieu fut surpris d'être abordé par une dame âgée, qui descendait d'une voiture de deuil.

— Je vois, mon ami, que vous ne me reconnaissez pas.

Il eut un geste d'excuse. C'était Sérafine, toujours haute et mince, mais si décharnée, si flétrie, qu'elle avait cent ans, telles les vieilles reines déchues des contes. Cécile, la triste opérée, avait eu beau le prévenir, jamais il n'aurait cru à une si rapide destruction de cette insolente beauté rousse, qui défiait l'âge. Quel vent d'effroyable déchéance avait donc passé?

— Ah! mon ami, dit-elle encore, je suis plus morte que le pauvre mort qu'on va descendre, là... Venez donc causer un jour. Vous êtes le seul homme, le seul confident à qui je puisse tout dire.

On descendait le corps, les cordes criaient, il y eut un petit choc sourd, le dernier. Beauchêne, que soutenait un parent, regardait, d'un regard éteint. Constance, qui avait eu l'atroce courage de venir, maintenant épuisée de larmes, défaillit. On l'emporta, on la ramena dans la maison vide, à jamais vide, pareille à un de ces champs foudroyés qui restent nus, frappés de stérilité. La terre avait tout repris.

A Chantebled, Mathieu et Marianne fondaient, créaient, enfantaient. Et, pendant les deux années qui se passèrent, ils furent de nouveau victorieux dans l'éternel combat de la vie contre la mort, par cet accroissement continu de famille et de terre fertile, qui était comme leur existence même, leur joie et leur force. Le désir passait en coups de flamme, le divin désir les fécondait, grâce à leur puissance d'aimer, d'être bons, d'être sains; et leur énergie faisait le reste, la volonté de l'action, la tranquille bravoure au travail nécessaire, fabricateur et régulateur du monde. Mais, durant ces deux années, ce ne fut pas sans une lutte constante que la victoire leur resta. Aujourd'hui, elle était complète. Séguin avait, lambeau à lambeau, cédé le domaine entier, dont Mathieu était roi, par sa conquête prudente, élargissant son empire, à mesure qu'il se sentait devenir fort, dans son combat pour les subsistances. La fortune que l'oisif avait dédaignée, gaspillée, passait aux mains du travailleur, du créateur. C'étaient les cinq cents hectares qui se déroulaient d'un bout à l'autre de l'horizon; c'étaient les bois coupés à présent de larges prairies, où paissaient de nombreux troupeaux; c'étaient les marais desséchés, changés en une grasse terre, débordante de moissons; c'étaient les landes que les sources captées, distribuées au loin, arrosaient, trempaient chaque année d'une fertilité plus grande. Seule, la lande inculte des Lepailleur restait là, comme pour attester le prodige, l'effort humain qui avait engrossé ce désert de sable et de boue, dont les récoltes désormais nourrissaient un petit peuple heureux. Il ne mangeait la part de personne, il avait taillé, défriché sa part, augmentant la richesse commune, sub-

juguant un peu plus du vaste monde, si pauvrement
peuplé encore, si mal utilisé pour le bonheur. Au milieu
du domaine, la ferme avait poussé, grandi, ainsi qu'une
ville prospère, avec sa population, son personnel, ses
bêtes, tout un foyer de vie ardente, triomphante. Et
quelle souveraine puissance, cette fécondité heureuse
qui ne s'était pas lassée d'engendrer, ces créatures et
ces choses pullulantes depuis douze ans, cette ville envahissante qui n'était que l'expansion d'une famille, ces
arbres, ces plantes, ces blés, ces fruits, dont le flot nourricier montait sans cesse, sous l'éclatant soleil ! Toutes
les douleurs et toutes les larmes étaient oubliées, dans
cette joie de la création, l'œuvre faite, l'avenir conquis,
ouvrant l'infini de l'action.

Puis, pendant que Mathieu terminait sa conquête, Marianne, au cours de ces deux années, eut le bonheur de
voir naître une fille de son fils Blaise, lorsqu'elle-même
était enceinte, près d'enfanter encore. C'était l'arbre
puissant dont les branches commençaient à se bifurquer,
pour se multiplier ensuite sans fin, tel qu'un grand chêne
royal couvrant au loin le sol. Les enfants de ses enfants,
les enfants de ses petits-enfants, toute la descendance, de
plus en plus élargie, à travers les générations, se mettait
en marche. Et, de quelle main soigneuse et tendre, elle
rassemblait encore, autour d'elle, les onze de la nichée
première, depuis les deux aînés, les jumeaux Blaise et
Denis, qui avaient vingt et un ans déjà, jusqu'au dernier
venu, une frêle créature à peine existante, dont les
lèvres goulues la buvaient jusqu'au sang ! Dans sa nichée,
il y en avait de tout âge, un grand qui était père lui-
même, d'autres qui allaient aux écoles, d'autres qu'il
fallait culotter le matin ; il y avait des garçons, Ambroise, Gervais, Grégoire, Nicolas ; il y avait des filles,
Rose, bientôt bonne à marier, Claire, Louise, Madeleine,
Marguerite, celle-ci qui marchait à peine. Et il fallait les

voir lâchés au travers du domaine, comme une bande de
petits chevaux, se suivant d'un galop inégal, selon la
taille, filant aux quatre points de l'horizon! Elle savait
bien qu'elle ne les retiendrait pas toujours dans ses jupes,
heureuse si la ferme en gardait deux ou trois, résignée
à laisser les cadets, ceux qui n'y trouveraient pas leur
place, s'en aller à la conquête des pays voisins. C'était
l'expansion fatale, la terre réservée, acquise à la race la
plus nombreuse, Blaise installé dans l'usine depuis deux
ans bientôt, ses frères partis déjà pour d'autres envahissements. Puisqu'ils étaient le nombre, ils seraient la
force, le monde leur appartiendrait. Eux aussi, le père et
la mère, à chaque enfant nouveau, s'étaient sentis plus
forts. Chaque enfant les avait rapprochés, unis davantage.
S'ils avaient vaincu toujours, malgré de terribles soucis,
c'était à leur amour, à leur travail, au continuel enfantement de leur cœur et de leur volonté, qu'ils devaient
cette continuelle victoire. La fécondité est la grande
victorieuse, elle fait les héros pacifiques, qui soumettent
la terre, en la peuplant. Et, cette fois surtout, après ces
deux années, lorsque Marianne accoucha d'un garçon,
Nicolas, le onzième, Mathieu l'embrassa passionnément,
triomphant par-dessus tous les chagrins et toutes les douleurs. Encore un enfant, encore de la richesse et de la
puissance, une force nouvelle lancée au travers du monde,
un autre champ ensemencé pour demain.

Et c'était toujours la grande œuvre, la bonne œuvre,
l'œuvre de fécondité qui s'élargissait par la terre et par la
femme, victorieuses de la destruction, créant des subsistances à chaque enfant nouveau, aimant, voulant, luttant,
travaillant dans la souffrance, allant sans cesse à plus
de vie, à plus d'espoir.

# LIVRE CINQUIÈME

---

## I

La vie, lentement, reprit à l'usine, dans le grand deuil.
Sous le coup terrible qui l'écrasait, Beauchêne ne sortit
plus, resta les premières semaines au foyer, comme
anéanti, sans désir. Il paraissait corrigé, ne mentant plus,
ne prétextant plus de continuels voyages d'affaires pour
assouvir au dehors les brusques fringales de femmes,
dont l'âge exaspérait chez lui le besoin. Et il s'était remis
au travail, il s'occupait de sa maison, descendait de nouveau chaque matin dans les ateliers, aidé de Blaise, un
lieutenant dévoué, actif, sur lequel il se déchargeait
chaque jour davantage des besognes trop lourdes. Mais,
surtout, ce qui frappait les intimes, c'était le rapprochement du ménage, Constance aux petits soins pour son
mari, Beauchêne ne quittant plus sa femme, tous les
deux très d'accord, vivant à l'écart dans leur hôtel fermé,
comme drapé de noir, où n'étaient reçus que les parents.

Chez Constance, au lendemain de l'horrible douleur,
de cette perte soudaine de Maurice qui la laissait amputée
et saignante, il y avait eu la sensation affreuse d'une

infirme dont un membre a été tranché. Elle n'était plus entière, elle éprouvait une honte à se sentir défigurée, amoindrie. Et, dans son regret, où sanglotait sa tendresse déçue, il entrait aussi une révolte exaspérée d'orgueil, tellement elle souffrait de sa diminution, depuis qu'elle n'était plus mère, qu'elle n'avait plus là, près d'elle, le dauphin pour prendre l'empire. Elle qui s'était obstinée à ce fils unique, dans le désir qu'il fût le seul maître de la fortune, le roi tout-puissant de demain ! L'imbécile mort le lui avait volé, et la maison lui semblait moins à elle, l'usine lui échappait, maintenant surtout que ce Blaise s'y trouvait installé, avec sa femme, son enfant, toute cette fécondité pullulante des Froment envahisseurs. Elle ne se pardonnait pas de les y avoir accueillis, logés, elle ne brûlait plus que de la passion de se défendre, de ressusciter son fils, d'avoir un fils encore, afin de reconquérir son bien, sa place, sa royauté. Sans doute, elle avait adoré Maurice, elle n'avait même jamais aimé que lui, d'une froideur d'épouse simplement résignée aux caresses conjugales. Mais son amour maternel, jusque-là sans éclat, muet et profond, se rallumait à présent d'une brusque flambée de fièvre, où s'embrasait tout son être.. Cette maternité violente, exigeante, qu'elle avait comme pervertie en la mettant sur un seul, elle en sentait désormais le continuel tourment. Elle était la mère dupée, volée, la mère à qui l'on a pris son enfant, qui le veut, qui en veut un autre, dont rien n'apaisera plus l'ardente soif d'aimer, si elle n'est pas mère encore. Pour son cœur, pour son orgueil, pour sa chair comme pour son ambition, un enfant, il lui fallait un enfant. Et c'était pourquoi, sans calcul, même d'instinct, elle s'était rapprochée de son mari.

Dans le deuil de la maison close, des vêtements noirs, il y eut un renouveau de lune de miel. Ils ne fraudaient plus, tous deux attendirent, pleins de confiance d'abord.

Constance avait à peine quarante et un ans. Beauchêne, de
six ans plus âgé, affectait la certitude d'un gaillard solide,
capable encore de peupler un monde. On ne les voyait
plus qu'ensemble. Ils se couchaient tôt. Pendant six mois,
ils eurent une existence réglée, étroite, dans laquelle on
les sentait d'accord, mettant toute leur bonne volonté,
toute leur puissance à réussir l'œuvre commune. Mais
l'enfant désiré, attendu, ne vint pas. Et six mois encore
se passèrent, et dès lors il sembla que la bonne entente
se rompait, que des inquiétudes, des reproches, des
colères devaient commencer à troubler l'alcôve, car Beauchêne s'échappait de nouveau parfois, pour prendre l'air,
disait-il, tandis que Constance, les yeux rouges, fiévreuse,
restait seule au foyer.

Un jour que Mathieu était venu rendre visite à sa belle-
fille Charlotte, et qu'il s'oubliait, dans le jardin, à jouer
avec la petite Berthe, grimpée sur ses genoux, il fut
surpris de voir descendre Constance, qui devait l'avoir
aperçu des fenêtres de l'hôtel voisin. Elle finit par
l'emmener sous un prétexte, elle le garda près d'un
quart d'heure, sans se décider à parler. Puis, brusquement :

— Mon cher Mathieu, excusez-moi de vous entretenir
d'une chose qui ne peut que nous être pénible... Il y a
bientôt quinze ans déjà, mon mari a eu, je le sais, un
enfant, d'une ouvrière de l'usine. Et je sais aussi que,
dans cette circonstance, vous lui avez rendu le service
d'être son intermédiaire, de vous occuper de cette fille
et de son enfant, un garçon, n'est-ce pas?

Elle attendit une réponse. Mais Mathieu, stupéfait de
la voir si bien renseignée, ne comprenant pas pourquoi,
après tant d'années, elle s'adressait à lui, au sujet de cette
histoire fâcheuse, n'eut qu'un geste, où se trahirent sa
surprise et son inquiétude.

— Oh! reprit-elle, je ne vous fais aucun reproche, je

suis convaincue que votre rôle, là dedans, a été tout
amical, même affectueux pour moi, dans la crainte de
quelque scandale qui aurait pu m'atteindre. D'ailleurs,
vous le pensez bien, je ne récrimine pas sur une trahison
si ancienne. Mon désir est simplement d'être renseignée.
Longtemps, je n'ai pas voulu approfondir les dénoncia-
tions qui m'ont mise au courant. Aujourd'hui, cette chose
me revient, m'obsède, et il est bien naturel que je
m'adresse à vous, car je n'en ai jamais soufflé mot à mon
mari, je croirais très mauvais pour notre tranquillité de
lui arracher une confession, des détails, toute l'irréparable faute. Enfin, ce qui achève de me décider, c'est le
souvenir de notre rencontre, le jour où j'ai accompagné
madame Angelin chez la sage-femme de la rue Miromesnil, et où je vous ai aperçu, avec cette fille, qui avait
de nouveau un enfant au bras... Vous l'avez donc revue,
vous devez savoir ce qu'elle devient, si son premier enfant
vit encore, et, dans ce cas, où il est, ce qu'il fait.

Il ne répondit toujours pas. La fièvre dont il la voyait
peu à peu brûler le mettait en garde, lui faisait chercher
le motif d'une si étrange démarche, de la part de cette
femme si fière, si discrète d'habitude. Que se passait-il
donc? Pourquoi s'efforçait-elle de l'amener à des confidences, dont il ne pouvait prévoir les résultats? Puis,
comme elle le dévisageait, le fouillait de ses yeux aigus,
il chercha de bonnes paroles évasives.

— Vous m'embarrassez beaucoup. Et, d'ailleurs, je ne
sais rien qui puisse vous intéresser... Pour votre mari,
pour vous plus encore, à quoi vous servirait de remuer ce
passé lointain?... Croyez-moi, oubliez ce qu'on a pu vous
dire, vous qui avez tant de raison, tant de sagesse...

Elle l'interrompit, elle lui saisit les mains, les garda
dans les siennes, d'une étreinte chaude et tremblante.
Jamais elle n'avait eu ce geste, d'une passion qui s'oubliait, qui se livrait.

— Mais je vous répète que personne n'a rien à craindre de moi, ni mon mari, ni cette fille, ni l'enfant. Comprenez donc! je suis seulement tourmentée, je souffre de ne pas savoir, oui! il me semble que je serai plus tranquille, dès que je saurai. C'est pour moi que je vous interroge, pour mon repos... Ah! si je vous disais, si je vous disais!

Il commençait à deviner bien des choses, elle n'avait pas besoin de tout lui dire. Déjà, le rapprochement du ménage le renseignait, il s'était douté, au lendemain de la mort de Maurice, du désir ardent qu'ils avaient de le remplacer, des efforts qu'ils faisaient pour avoir un fils encore. Et, depuis un an que ce fils ne venait pas, il avait pu suivre leur déception, leur tristesse croissante, la colère enfin, les amertumes et les querelles, où leur impuissance les jetait. Puis, voilà qu'il assistait, chez l'épouse vieillie, à cette crise de jalousie singulière, cette hantise de l'enfant que son mari ne lui faisait pas maintenant, qu'il avait fait à cette fille autrefois. La femme ne comptait plus, elle avait su cette fille belle, fraîche, de chair adorable, autant qu'elle-même était sèche, jaune, glacée avant l'âge; et elle n'avait pas un mot d'amoureuse blessée. C'était la mère seule qui souffrait en elle, c'était l'enfant qu'elle jalousait d'un cœur éperdu. Elle ne pouvait le chasser de son souvenir, il revenait sans cesse comme une moquerie, comme une insulte, chaque fois qu'elle constatait l'inutilité de son attente, la débâcle d'une espérance nouvelle. Et, chaque mois, la désillusion s'aggravait, elle rêvait plus passionnément de l'enfant de l'autre, elle le voulait, elle s'irritait à se demander où il était, ce qu'il était devenu, et s'il se portait bien, et s'il ressemblait à son père.

— Je vous assure, mon cher Mathieu, reprit-elle, que vous ferez une bonne œuvre en me répondant... Vit-il? dites-moi seulement s'il vit. Mais ne me mentez pas... S'il était mort, je crois qu'il me laisserait plus calme. Et grand Dieu! je ne lui souhaite pourtant pas de mal!

Alors, Mathieu, qu'elle finissait par toucher beaucoup, lui dit la vérité toute simple.

— Puisque vous insistez, au nom de votre repos, puisque ceci doit rester entre nous, sans que votre ménage ait à en souffrir, je ne vois pas de mal à vous confier ce que je sais; et, je le répète, ce que je sais est peu de chose... L'enfant a été mis, sous mes yeux, aux Enfants-Assistés. Depuis, la mère, n'en ayant jamais demandé, n'en a jamais eu de nouvelles. Je n'ai pas besoin d'ajouter que votre mari est également dans une ignorance profonde, car il a toujours refusé de s'occuper de cet enfant... Vit-il encore? où est-il? c'est donc ce que je ne puis vous dire. Il faudrait faire toute une enquête. Cependant, si vous voulez mon opinion, il y a de grandes probabilités pour qu'il soit mort, tant la mortalité est grande sur ces pauvres petits êtres.

Elle le regardait fixement.

— Vous me dites bien la vérité, vous ne me cachez rien?

Et, comme il protestait :

— Oui, oui, j'ai confiance en vous... Alors, il serait mort, c'est votre pensée? Ah! tous ces enfants qui meurent, quand il y a des femmes qui seraient si heureuses d'en sauver un, d'en avoir un à elles!... Enfin, si ce n'est pas une certitude, c'est tout de même un renseignement. Merci.

Pendant les mois qui suivirent, Mathieu se retrouva plusieurs fois seul avec Constance; mais elle ne revint jamais sur ce sujet. Elle semblait ignorer de nouveau, vouloir oublier, par un effort d'énergie. Pourtant, il la sentait hantée toujours, et il n'était point difficile de deviner que les rapports du ménage se gâtaient davantage, à mesure que les époux perdaient l'espoir d'avoir un enfant, cet espoir qui, seul, les avait rapprochés. S'ils gardaient encore devant le monde leur attitude de bonne entente, des faits disaient la lente désunion, la rupture nouvelle, s'aggravant de semaine en semaine. Beauchêne avait repris presque complètement sa vie au dehors, en homme harassé, irrité des corvées conjugales, si peu douces, d'autant moins agréables, qu'elles restaient parfaitement inutiles. Constance luttait quand même, le retenait, d'une âpreté de guerrière qui se trahissait dans le regard de possession dont elle l'enveloppait, résolue à ne le rejeter que vide et mort. Etait-ce donc possible, en étaient-ils à l'impuissance des Angelin? tout ce qu'elle avait pressenti, redouté, allait-il se réaliser, faire choir son ménage au vide affreux où elle voyait sombrer le ménage de son amie? Cette idée d'impuissance l'exaspérait, la rendait honteuse, comme d'une tare, d'une déchéance. Elle ne l'acceptait pas pour elle. Son mari peut-être, car il s'était prodigué, usé partout. Et il y eut une heure furieuse où la querelle d'alcôve éclata, où ils s'accusèrent mutuellement de la stérilité qui les désolait, dans la colère enfin débordante de leurs vaines étreintes.

Beauchêne déclarait que ça se soignait. Mais qui consulter? Quand il nomma Boutan, Constance protesta d'abord, car elle le redoutait, elle craignait de le voir triompher, avec ses théories qu'elle avait si longtemps combattues. Puis, elle céda, d'une pruderie toujours en éveil, ne consentant encore à se laisser examiner que par l'accoucheur qui la connaissait.

Le matin où Boutan fut appelé, il trouva les époux dans le petit salon jaune, qu'il connaissait bien, pour y être venu tant de fois en visite, lors de l'enfance maladive de Maurice. Tout de suite, les portes soigneusement fermées, Beauchêne voulut le prendre sur le ton de la plaisanterie, afin d'esquiver l'embarras des premières explications. Il amena Boutan devant sa femme, debout, très pâle, très grave.

— Docteur, voici une dame qui désire redevenir une jeune mariée... Elle veut un enfant, et il faut que vous lui disiez comment ça se fait.

Le bon docteur se prêta volontiers au jeu. Il avait sa grosse face de brave homme, son doux regard, sans qu'il parût triompher le moins du monde d'une catastrophe, prévue par lui depuis longtemps. Il se contenta de rire avec gaieté.

— Un enfant, c'est parfait ! Mais vous savez aussi bien que moi comment on s'y prend.

— Ma foi, non, docteur ! reprit Beauchêne, de son air gaillard. Du moins, nous l'avons oublié, car voici bientôt un an que nous faisons tout ce qu'il faut pour en avoir un, et le cher petit s'entête à ne pas venir.

Il eut le tort d'ajouter, sans attendre, dans le vaniteux besoin de sauver de la défaite sa responsabilité de bon mâle :

— Je crois bien qu'il y a quelque chose de détraqué chez la maman, et si nous avons recours à vous, c'est pour vous prier de voir et de raccommoder ça.

Blessée du tour qu'il donnait à la consultation, le sang brusquement au visage, Constance, muette jusque-là, intervint, d'un ton de colère.

— Pourquoi m'accuses-tu? En sais-tu quelque chose?.. Docteur, selon moi, c'est le père que vous aurez raison d'examiner et de soigner.

— Voyons, chère amie, je n'ai pas voulu te faire de la peine.

— De la peine, ah ! grand Dieu, qu'importe ! Je pleure maintenant les journées entières... Mais je ne veux pas que tu commences par jeter sur moi toute la cause de notre chagrin. Et, puisque tu m'y pousses, je suis bien forcée de prévenir le docteur, pour qu'il sache au moins à quoi s'en tenir sur ton compte.

Vainement, Beauchêne tenta de la calmer. Elle s'affolait, perdait toute mesure.

— Le mari que tu as été, le mari que tu es encore, penses-tu donc que je le connaisse seulement d'aujourd'hui? Ah! pauvre homme, j'ai toujours été au courant de ton abominable existence!

Il voulut l'interrompre, lui prendre les mains, inquiet de la crise qu'il sentait venir.

— Tais-toi! c'est stupide, à quoi bon tout ça?

— Ne me touche pas, tu me fais horreur!... Est-ce parce que le docteur est là? Mais tu me l'as dit toi-même, un médecin est un confesseur, on lui avoue tout, on lui montre tout. D'ailleurs, t'imagines-tu qu'il ne sache pas, lui aussi, ton affreuse conduite? Tout le monde la sait... Quand je pense que, pendant plus de vingt années, tu as pu croire à mon aveuglement, à ma bêtise! Et cela, parce que je me taisais!

Elle s'était plantée devant lui, petite, noire, rageuse. C'était vrai, elle avait eu vingt ans la force héroïque de se taire. Non seulement elle n'avait jamais, devant le monde, laissé voir des soupçons, des colères, une attitude de femme délaissée, irritée; mais elle s'était même abstenue de tout reproche, de tout changement d'humeur, dans le secret de l'alcôve. L'orgueil, la dignité la tenaient ainsi debout, méprisante et muette. Puis, que lui importait le père indigne, qu'elle n'aimait pas, dont les caresses trop rudes avaient fini par la blesser, lui répugner! N'avait-elle pas son fils, le dieu, en qui elle s'était réfugiée, qui était devenu sa vie, sa joie, sa gloire? Elle serait morte sans daigner se plaindre; et, pour qu'elle rompît son long silence, il fallait que le destin eût passé, lui arrachant l'enfant qui faisait son héroïsme, la laissant vide, désemparée, en proie aux tempêtes. Alors, cette silencieuse éclatait, tout sortait, la débâcle roulait les trahisons de vingt années, son mépris, son dégoût, ce qu'elle avait caché et qui l'étouffait depuis si longtemps.

— Mais, pauvre homme, je me suis doutée que tu courais, tout de suite, pas trois mois après notre mariage. Oh! ce n'était pas grave, simplement de petites infidélités, celles que les femmes intelligentes tolèrent... Seulement, ça s'est gâté bientôt, tu t'es mis à me mentir avec impudence, toujours un mensonge t'a forcé de m'en faire un autre. Et tu es tombé à la rue, aux dernières des filles, tu m'es revenu, la nuit, pendant que je dormais, ivre parfois, empoisonné de vice ignoble... Ne dis pas non, ne cherche pas un mensonge encore! Tu vois bien que je sais tout!

Et elle marchait sur lui, l'acculait, sans lui laisser placer une parole.

— Alors, cet enfant que tu ne peux plus me faire, tu es allé le faire au dehors, à toutes les filles qui ont bien voulu. La première venue, la passante du trottoir en avait un, si le cœur lui en disait. Tu jetais ça au vent, pour ton plaisir, et ça pouvait pousser, tant pis! Des enfants, mais tu dois en avoir partout! Où sont-ils? où sont-ils donc?... Quoi! tu ris, tu n'as pas eu d'enfant? Eh bien! et celui de cette Norine, de cette ouvrière, que tu as été assez bas de ramasser ici, près de moi, dans ton usine? N'as-tu pas payé pour les couches, n'as-tu pas fait porter le petit aux Enfants-Assistés? Ne mens donc plus, puisque tu vois bien que je sais tout! Et où est-il encore, celui-là? où est-il, dis-moi?

Beauchêne ne plaisantait plus, blême, les lèvres tremblantes. Il avait d'abord imploré du regard l'aide de Boutan, qui s'était simplement assis, d'un air d'attente. A combien de scènes semblables, et de plus grossières, et de plus dangereuses, le docteur avait-il assisté, en confident naturel de ces drames secrets, que déterminent les fraudes! Aussi s'était-il donné pour règle de laisser parler la colère des gens, ayant acquis l'expérience que c'était la seule occasion de tirer d'eux des renseignements vrais, car ils mentaient toujours, dès qu'ils étaient de sang-froid.

— Ma chère amie, finit par répondre Beauchêne, en jouant la douleur, tu es vraiment sans pitié, veux-tu donc nous achever l'un et l'autre? Si j'ai commis des fautes, crois bien que je les pleure amèrement... Mais, enfin, il ne faudrait pas pourtant m'accabler, mettre tout .notre malheur à ma charge. Tu me reproches d'avoir couru, n'est-ce donc pas que tu m'as laissé courir?... C'est un peu ta faute.

— Comment, ma faute !

— Certainement... Tu l'avoues toi-même, tu fermais les yeux, tu tolérais mon égarement. Ne pouvais-tu donc me retenir ? Qui te dit que des rémontrances, des tendresses de ta part ne m'auraient pas corrigé?... Vois-tu, un homme qui ne trouve pas chez lui la femme aimable, dévouée, dont il a besoin pour vivre, surtout un homme caressant comme moi, a souvent quelque excuse, lorsqu'il se dérange... C'est ta faute.

— Ma faute ! est-ce que je me suis jamais refusée?

— Oh ! il y a une façon de se refuser en se donnant. Ça ne se discute pas, ça se sent, cette chose-là... Enfin, puisque tu me forces à être brutal, une femme est mal venue de reprocher des maîtresses à son mari, quand elle n'a pas su faire ce qu'il fallait pour le garder tout à elle. Je ne suis pas un ange. Tu devais te livrer, m'exiger, t'arranger pour que je n'aie pas en tête d'autre idée de plaisir.

Elle l'écoutait, indignée, hors d'elle.

— Mais c'est immonde, ce que tu me dis là ! Alors, c'est parce que tu n'avais pas assez de plaisir avec ta femme, que tu es allé en demander à toutes les filles des rues? Et quel plaisir? est-ce que je sais, est-ce que je n'ai pas rempli mon devoir ? Reproche-moi d'avoir été honnête, d'avoir été propre, de n'avoir pas été une de ces misé-

rables qui ont fait de toi l'être dégradé, imbécile et impuissant que tu es devenu.

Il l'interrompit d'un geste violent, la face cravachée par
ce reproche d'impuissance, sur le point de soulager la
répulsion que lui avaient toujours causée sa maigreur, sa
peau sèche, son teint de plomb. Une telle femme, « cet
os », si maladroite à l'amour, si froide, qu'elle ne s'était
jamais réchauffée dans ses bras, sans un rire, sans un
bonheur, avait-elle le droit de lui jeter tant de reproches
au visage ?

— Eh bien ! bats-moi maintenant, s'écria-t-elle, ce sera
le comble !... Et si ça ne se passait pas à ton idée, si tu
désirais autre chose, pourquoi ne t'expliquais-tu pas ?
Nous ne voulions pas d'enfant, nous étions bien forcés de
prendre les précautions nécessaires. C'est toi, d'ailleurs,
qui me les avais apprises, je n'ai jamais fait que ce que
tu m'as dit de faire... Tu ne vas pas prétendre que tu
voulais un enfant ?

— Non, et pourtant il y aurait encore beaucoup à dire
là-dessus.

— Comment ! tu voulais un enfant ?

— Si je n'en voulais pas un, je n'étais pas, en tout cas,
sans cesse en éveil, à surveiller les moindres caresses,
à ne songer éperdument qu'aux suites possibles d'un
oubli. Dans ces conditions, il vaut mieux se tourner le
dos... Voyons, ma chère amie, rappelle-toi, de grâce !
Est-ce que, vingt fois, je ne me serais pas laissé aller, si
tu ne m'avais pas retenu ?

Cette dernière affirmation acheva de la rendre folle.

— Tu mens, tu mens encore !... Oh ! je comprends,
tu veux faire croire que c'est moi la coupable, la seule
coupable, si nous n'avons pas aujourd'hui un autre fils,
qui prendrait la place vide de notre pauvre Maurice. Oui !
tu es assez lâche pour en jeter sur moi toute la responsabilité... Mon Dieu ! notre pauvre Maurice ! n'est-ce pas

parce que nous le voulions riche, heureux, triomphant,
que nous sommes dans un tel chagrin aujourd'hui? Si
nous avons péché, c'est par excès de tendresse, par adoration. Et tu disais comme moi, et tu as toujours agi
comme moi !

Il ne céda point, fort maintenant de ne pas mentir.

— Comme toi, non ! je te répète que tu n'aurais eu
qu'à ne pas faire le gendarme, et ça y était... Puis, je ne
sais ce que tu manigançais, tu prenais des précautions de
ton côté.

— Moi ! moi !

— Parfaitement ! Tu me l'as même laissé entendre un
soir. Tu te méfiais et tu t'arrangeais, dans le cas d'une
brusque folie de ma part... Enfin, je sais bien ce que les
femmes sont capables de se fourrer, je ne suis pas né
d'hier.

Elle s'était dressée, elle cherchait le coup de massue
pour l'écraser. Mais un souvenir aigu lui revint, il disait
vrai cette fois, elle se rappelait comment, sans le mettre
dans le secret, elle avait jadis, par un luxe de prudence, barré la route aux grossesses possibles, sur le
conseil d'une amie, dont le mari rêvait d'enfants nombreux, et qui n'en voulait point. Ce souvenir la boule-
versa, la déchira d'un remords éperdu, dans la pensée
que, ces nuits-là, elle aurait eu un second enfant peut-
être ; et elle l'avait tué, elle en était punie à cette heure,
seule au monde, le cœur arraché, avec sa maternité vide
et saignante ! Trop orgueilleuse pour consentir à un
aveu, elle finit par trembler, par bégayer.

— Tu me rends folle... Vous voyez, docteur, que notre
maison est un enfer à présent... Excusez-moi, je ne peux
plus, je ne peux plus !

Et elle s'en alla, elle fit claquer les portes, on l'entendit s'enfermer dans sa chambre, à double tour.

Au bout d'un silence, Beauchêne, qui s'était mis à se

promener de long en large, s'approcha de Boutan, pour lui dire, en haussant les épaules :

— Elles sont toutes pareilles, ça ne pouvait pas finir autrement... J'ai eu tort de rester là, j'aurais dû filer, ne pas assister à la consultation... Enfin, vous reviendrez, mon pauvre docteur. Vous la verrez seule, ça vaudra mieux.

Puis, de son air d'homme heureux de vivre, qu'il avait déjà retrouvé :

— Elle est convaincue que c'est moi, l'impuissant, et elle vous appelle surtout pour que vous lui donniez raison. Je n'ai pas de méchanceté, je vous demande même de dire comme elle, si cela doit la calmer et ramener un peu la paix dans le ménage... Mais, entre nous, et vous le savez mieux que moi, c'est elle qui est malade.

C'était, en effet, l'opinion de Boutan. Il connaissait bien le cas, il le rencontrait constamment dans sa clientèle. Pourtant, il questionna Beauchêne, bien qu'il n'eût guère besoin des confidences du mari fraudeur. Les fraudes restaient les grandes désorganisatrices, même lorsqu'elles prenaient une sorte de caractère normal, dans les prudes alcôves bourgeoises. Par leur fréquence, par les secousses dont elles ébranlaient l'organisme, elles déterminaient les pires ravages, elles amenaient des occlusions chroniques. Le docteur en soupçonnait une, surtout depuis qu'il avait soigné Constance pour une inflammation locale. Et la stérilité devait en être l'inguérissable résultat.

— Je ne veux plus m'en mêler, vous prendrez un nouveau rendez-vous avec elle, répéta Beauchêne, en le reconduisant. Et guérissez-la, ça ne doit pas être impossible, car elle a raison de dire qu'elle est presque toute neuve, qu'elle n'a pas commis d'excès, elle. Vous le savez, d'ailleurs, je ne crois pas à votre théorie, qu'il faut faire toujours des enfants, pour en faire un, quand on le veut... Si l'on ne triche pas, la vie n'est plus possible.

— Que diriez-vous, répondit le docteur, d'un monsieur qui aurait un pommier dont il arracherait les fleurs, à chaque renouveau, et qui s'étonnerait, plus tard, de ne pas le voir produire des pommes?... Vous avez brutalisé l'arbre, il est infécond.

Lorsque, le surlendemain, Boutan eut examiné Constance, il se confirma dans son diagnostic, tout en ne pouvant le formuler qu'à titre d'hypothèse infiniment probable, car ces sources de la vie sont si obscures, qu'il est impossible d'y lire en pleine certitude. Il se montra très prudent, très sobre de paroles, ne voulant pas la jeter d'un coup au complet désespoir. Un instant, il eut même l'air d'accueillir ses récriminations sur son mari, que les désordres, les fatigues de sales amours avaient pu briser, user avant l'âge. En tout cas, elle était bien forcée de mettre son unique espérance de fécondité en cet homme, solide encore, malgré le gaspillage de son existence. Et il finit par lui faire admettre, chez elle, un dérangement d'organe, des troubles qu'il allait soigner, guérir sans doute. Ce serait évidemment très long, il faudrait avoir de la patience. Lui-même espéra d'abord s'être trompé, se trouver simplement devant un état congestif, dont il serait vainqueur par une médication opiniâtre. Un jour pourtant, comme il laissait échapper le mot grave d'occlusion, elle s'effara, il dut rattraper le terme. Et des mois s'écoulèrent, des soins qu'il lui donnait deux fois par semaine, tout un traitement religieusement suivi, dans une attente anxieuse qui, chaque mois, aboutissait à la même déception, à des crises grandissantes d'affreux découragement.

Un moment devait venir où Constance n'aurait plus confiance en ce docteur dont la science ne pouvait même pas la rendre mère. Elle le trouva trop doux, de médication trop prudente, de moyens trop corrects. Puis, elle le sentait évasif, elle devinait qu'il l'endormait avec des pro-

messes sans cesse reculées, convaincu au fond de l'inutilité
de tous les efforts. Et elle résolut de tenter autre chose,
elle se mit dans les mains de madame Bourdieu, à la suite
d'une visite, où celle-ci, après l'avoir examinée, se récria,
s'engagea formellement à la guérison, en expliquant que
le cas de madame Angelin était bien différent, un cas
d'abus, de délais destructifs, de perversion lente de l'organe. Alors, un nouveau régime, une nouvelle attente
commencèrent. Pendant des mois encore, elle alla rue
Miromesnil, elle se soumit aux soins les plus rudes, aux
pratiques les plus douloureuses. Mais rien ne venait toujours, la nature si longtemps dupée se refusait à lui
refaire une fertilité, elle retomba dans l'angoisse de sa
maternité morte, brisée par les continuelles alternatives
d'espoir et de désespoir. Et ce fut l'affolement, la course
aux empiriques, les journaux lus chaque matin pour y
trouver l'annonce d'un remède, l'adresse de quelque
officine louche, où l'on trafiquait sur les mères stériles,
comme on spéculait dans d'autres sur les mères trop
fécondes. Un soir, elle se rendit chez la Rouche, qui avait
joint à sa spécialité des mort-nés la vente d'une drogue
infaillible contre la stérilité chronique, supprimant ou
donnant ainsi des enfants, selon le désir des clientes.
Désormais, cette bourgeoise prude, qui refusait de se
montrer même à son accoucheur, fréquentait des cliniques
de charlatans, provoquait d'incessantes visites, se serait
dénudée sur une place publique, si la foi lui était venue
qu'une grossesse miraculeuse lui tomberait du ciel. Elle
en arrivait à l'idée fixe, à un enragement de volonté
contrecarrée, de tendresse inassouvie, si douloureux, que
son mari parfois la crut folle, la nuit, en la voyant mordre
son oreiller, pour ne pas hurler à la mort. Et, lorsqu'elle
eut tout essayé, tout épuisé, jusqu'aux saisons d'eau et
aux neuvaines, aux cierges brûlés devant des Vierges
propices, elle ne voulut pas encore s'avouer vaincue,

elle s'entêta longtemps dans l'attente d'un prodige, elle
s'acharna, jura qu'elle violenterait le destin.

Beauchêne était fort ennuyé. Elle ne l'accusait plus
d'impuissance, elle le gardait, fermait les portes, le voulait tout à elle, dans l'idée que chacune de ses trahisons,
maintenant, lui volerait un peu de son espoir. Et cela
sans tendresse, d'une main rude, d'un air de comman-
dement, où il y avait toujours pour lui le même mépris,
le même dégoût. Elle l'acceptait, l'exigeait, comme les
drogues nauséabondes qu'elle consentait à prendre, si
répugnée souvent, qu'elle l'aurait chassé, renvoyé à son
ordure coutumière, avec un soupir de soulagement
immense. Elle le martyrisait aussi, en ne lui parlant que
de l'enfant voulu, attendu, rêvant tout haut, répétant
à satiété ce qu'elle faisait, ce qu'elle espérait. Puis, à
chaque mécompte, c'étaient des querelles infernales, le
flot des anciens reproches, les bâtards inconnus jetés à sa
face; et cette déconvenue amère revenait comme un
glas, son succès de mâle avec les autres femmes, lorsque
rien avec elle ne réussissait. Etait-ce donc que l'un et
l'autre se neutralisaient, qu'ils n'étaient pas faits pour
s'appareiller? Peut-être, un moment, songea-t-elle à un
adultère de simple expérience, torturée par cette idée que
là se trouvait l'unique façon de savoir si, vraiment, la
stérilité venait d'elle. Mais elle ne pouvait s'y résoudre,
tout son être protestait, se révoltait, son tempérament,
son éducation. Et ce dernier doute, ce point qui devait
rester à jamais obscur, acheva de l'exaspérer, en empoisonnant son tourment.

Depuis près de deux années, Constance luttait ainsi,
lorsqu'il lui vint un espoir encore, l'idée d'une partie
suprême. Elle avait reçu les confidences de Sérafine,
qui s'était rapprochée de sa famille, si fréquemment
malade à présent, si lasse, si vieillie, qu'elle s'oubliait
volontiers au foyer des autres, dans la terreur de se

retrouver seule chez elle. En l'écoutant raconter, avec
une amertume affreuse, les opérations de Gaude, le
chirurgien illustre, Constance s'était dit qu'un homme,
capable d'accomplir de tels miracles pour empêcher les
enfants de naître, devait aussi pouvoir les faire éclore,
sous ses doigts de magicien. Elle avait toujours en tête
le mot de Boutan, l'occlusion, qui la ravageait, éveillait
en elle une idée d'obstacle, de route obstruée et close.
Mais cela dépendait de la chirurgie, pourquoi ne s'adres-
serait-elle pas à Gaude? Elle ne voulut même pas consulter de nouveau le docteur, son plan fut d'aller à Gaude
tout droit, afin qu'on ne la décourageât pas, en discutant
l'utilité de sa visite. Seulement, lorsqu'elle supplia
Sérafine de l'accompagner chez le terrible opérateur,
celle-ci refusa furieusement, déclarant qu'elle ne pourrait le revoir sans lui arracher un peu de son abominable chair d'homme, destructeur de la femme, tueur
du désir. Et Constance, qui parut abandonner son projet,
s'exalta, attendit l'heure du courage, pour faire seule,
en grand secret, la démarche.

Un jour que Sérafine revenait justement de chez les
Beauchêne, elle rencontra Mathieu, l'emmena chez elle,
tant elle l'apitoya. C'était un besoin qu'elle lui avait
témoigné dix fois, un très ancien besoin de l'avoir pour
confident, de se soulager en lui confessant le désastre
de sa vie, qu'elle ne pouvait dire à personne. Lui,
l'amant d'autrefois, l'ami de vingt ans, l'entendrait.

— Ah! mon ami, je ne vis plus, excusez-moi si vous
trouvez ici tout à l'abandon, lui dit-elle, en l'introduisant
dans son rez-de-chaussée de la rue de Marignan, autrefois si discrètement, si voluptueusement tenu.

Il en fut très frappé. Sans doute elle n'y recevait plus
les mystérieuses visites pour lesquelles l'appartement
semblait avoir été fait. Les pièces closes, aux lourdes
tentures, aux épais tapis, semblaient envahies de pous-

sière et de froid, comme mortes. Mais surtout il reconnut
à peine le petit salon préféré, sans fenêtres apparentes,
d'un silence de tombe, où il se souvenait d'avoir été reçu
en plein jour, aux lueurs adoucies de deux candélabres.
Il en avait emporté le parfum troublant, il se rappelait
la crise de désir fou qui avait failli l'y ramener, un soir
d'ivresse. Et ce salon n'était plus le même, une fenêtre
sans rideau l'éclairait d'une lumière livide, il apparaissait
glacé, usé, dans un désordre honteux.

— Ah! mon ami, répéta Sérafine, asseyez-vous comme
vous pourrez. Je n'ai plus de chez-moi, je ne rentre ici
que pour y agoniser de regrets et de colère.

Elle retira ses gants, elle ôta son chapeau et sa voilette. Et il la regardait, telle qu'elle lui était apparue
déjà, lors de leurs quelques rencontres, mais saisi d'un
véritable effroi, à la voir de près, à l'étudier dans son
inquiétante déchéance. Il l'évoquait quelques années
plus tôt, à trente-cinq ans, avec son insolente beauté
rousse, sa haute taille de conquête, sa chevelure de
soleil, sa gorge, ses épaules impudiques, sans une flétrissure. Quel vent terrible l'avait donc détruite, pour la
vieillir brusquement ainsi, d'un néant de spectre, comme
si la mort avait déjà passé, et qu'il vit se lever là,
devant lui, le squelette décharné de la femme triomphante qu'il avait connue! Elle avait cent ans.

— Oui, vous me regardez encore, vous ne pouvez pas
le croire. C'est comme moi, lorsque je m'aperçois dans
une glace, j'ai peur... Aussi, vous le voyez, j'ai voilé
toutes les glaces, ici, tant je tremble à l'idée de rencontrer mon fantôme.

Il s'était assis sur un canapé très bas, elle vint se
mettre à son côté, lui prit les mains amicalement, entre
ses doigts amaigris.

—Hein? vous ne craignez plus que je vous violente,
me voilà trop vieille, et je puis tout vous dire... Mon

histoire, vous la savez bien. C'est vrai, je n'étais pas née pour être mère, ni même épouse. J'ai eu deux fausses couches, je ne les ai jamais regrettées. Quant à mon mari, je ne l'ai pas pleuré davantage, c'était un fou dangereux. Ensuite, veuve, j'étais libre de vivre à ma guise, n'est-ce pas? On ne peut me reprocher aucun scandale, j'ai gardé mon rang, j'ai fait ce qu'il m'a plu, les portes fermées... Une créature d'amour, uniquement de beauté, de volupté, oui, voilà bien ce que j'ai rêvé d'être, de toute ma force, de tout le désir dont je brûlais. Et c'est vrai encore, je vous ai menti autrefois, lorsque je vous ai raconté que j'étais malade, afin d'expliquer l'opération à laquelle je feignais de me résigner. D'ailleurs, vous ne devez pas avoir été ma dupe, c'était trop clair... Ah! j'avoue! j'ai cédé à cette folie d'être la maîtresse de mon plaisir, de le prendre comme je voudrais, autant que je voudrais, sans être continuellement inquiétée, empêchée par la crainte imbécile de l'enfant. Et je me suis fait opérer pour être à part, libérée de la nature, supérieure ainsi qu'une chair divine, hors de la loi. Et je n'ai eu que la faim de connaître où peut monter la jouissance humaine, dans toutes les étreintes, impunément... J'avoue, j'avoue! J'ai beau être foudroyée, je recommencerais demain si l'expérience était à refaire, je ne résisterais pas au besoin de tenter encore l'infini du plaisir.

Ce cri, qui lui échappait, l'avait à demi soulevée, dans une sorte d'exaltation farouche. Elle continua, elle osa dire son triomphe, au lendemain de l'opération, lorsqu'elle avait senti d'abord ses désirs croître, sous les blessures irritées du fer. C'était bien la nature battue, le spasme décuplé, l'accueil fait sans danger à tous les amants. Puis, la lente déchéance avait commencé, une sénilité précoce, dont les symptômes, un à un, se déclaraient. Elle n'était plus femme, il semblait que le sexe, amputé, emportait avec lui tout ce qui faisait sa grâce, sa gloire de femme. Puisqu'elle ne pouvait plus être ni épouse, ni mère, à quoi bon la beauté conquérante des épouses et des mères? Ses cheveux tombèrent, elle vit ses dents jaunir et s'ébranler. Il survint aussi une faiblesse progressive de la vue, tandis que des bourdonnements d'oreille, presque incessants, l'affolaient. Mais ce dont elle s'épouvanta le plus, ce fut de cet amaigrissement qui la desséchait, la décharnait, balafrée de rides, la peau dure, jaunie, cassante comme un parchemin. Et elle eut un geste affreux, dans son impudeur de femme agonisante.

— Oh! vous ne voyez pas tout, mon ami... Tenez! regardez!

Et, des deux mains, elle ouvrit, elle arracha son corsage. Sa gorge, ses épaules apparurent, tout le désastre de sa beauté détruite, tout le deuil effroyable de sa chair, autrefois si chaude, si odorante, si éclatante, aujourd'hui crevassée, vidée, tel qu'un fruit trop mûr qui tombe et se gâte. C'était le saccage de sa nudité secrète, la défaite à jamais de l'amour. Et ses deux mains tremblèrent d'une honte enragée, quand elle se recouvrit peureusement, pour cacher cette vieillesse hâtive, ainsi qu'un ulcère immonde, qui l'aurait rongée.

— Alors, mon ami, que faire? Mes mains elles-mêmes ne me semblent plus être à moi, je ne sais plus à quoi les occuper. Il ne me reste qu'une envie, dormir toujours, dormir sans rêves. Mais, dès que je m'assoupis, j'ai des cauchemars affreux. Je passe mes nuits comme mes jours, à me traîner de chaise en chaise, dans une exaspération de continuelle colère, qui achève de me rendre la vie intolérable... Et tout cela, ce n'est rien. La vieillesse, la ruine de mon corps, je l'accepterais. Si ce Gaude n'avait fait que hâter mes rides, l'inévitable flétrissure, je pourrais lui pardonner, en me disant qu'il faut bien payer toute chose. Ce qui me rend folle, c'est qu'il a tué en moi la sensation, tué le plaisir, la seule raison que j'avais de vivre. Et ça, voyez-vous, mon ami, c'est le crime, c'est la plus abominable des tortures.

Elle s'était levée, elle marchait maintenant devant lui, dans une audace croissante de paroles, ravagée d'une telle souffrance, que l'ignominie de sa confession en arrivait à une sauvage grandeur. Et elle donnait les détails crus, comme si un homme ne l'avait pas écoutée, et il en tremblait d'un effroi pitoyable, sans en être blessé, tant son cri de furieuse impuissance disait la misère humaime. Ah! qu'elle les enviait, les autres opérées, celles qui, en perdant tout, avaient perdu le désir, cette Euphrasie Moineaud, par exemple, si anéantie, la chair froide! Elles n'étaient plus que des choses, elles pouvaient vivre, comme cette petite Cécile, cette vierge qui n'avait jamais rien connu, qui ne connaîtrait jamais rien. Mais elle, misérable, agonisait de la sensation morte, elle en qui le désir irrité, inassouvi, brûlait toujours, et qui n'arrivait plus à le contenter. S'imaginait-on ce diabolique supplice, n'étreindre que du néant, mâcher à vide le plaisir, ne plus l'atteindre, quel que fût l'effort, l'enragement à le poursuivre! De la fatigue, des crises nerveuses dont elle sortait brisée, oui! mais du plaisir, jamais, jamais plus! Et c'était son besoin de plaisir sans fin, de plaisir libre, impuni, qui l'avait décidée à cette opération imbécile, dont son plaisir était mort! L'atroce ironie de cela, ces représailles vengeresses de la nature dupée, cette idée qu'elle avait assassiné la volupté en amputant la femme, la jetait dans une fureur sombre. Elle! grand Dieu! elle, la curieuse qui, à quinze ans, s'était livrée! elle, dont le mariage n'avait été qu'une débauche! elle, dont les débordements de veuve avaient roulé tant d'amants, jusqu'aux passants des rues! elle, la jouisseuse effrénée, sans conscience ni morale, finir ainsi,

par l'impuissance absolue du spasme! Dans le vent qui
l'avait flétrie, elle croyait entendre passer une grande
voix, qui criait : « Plus d'enfant, mais plus de joie charnelle! » Et cette joie perdue, elle la pleurait en éternelle affamée, rôdeuse inassouvie, au travers de ce petit
salon poussiéreux et glacé maintenant, où jadis elle
avait connu tant d'heures délirantes, noyée d'ombre
chaude, ivre d'odeurs.

Elle s'arrêta brusquement devant Mathieu.

— Vous savez que j'en deviendrai folle... On dit que
nous sommes plus de vingt mille châtrées à Paris. Cela
doit faire un joli peuple. Je voudrais les connaître toutes,
je les mènerais toutes chez Gaude, et la conversation
serait drôle, n'est-ce pas?

Puis, se laissant de nouveau tomber sur le canapé, près
de lui :

— Oh! ce Gaude! Vous ai-je dit que Constance m'a
suppliée de la conduire à sa consultation, dans l'espoir
qu'il lui ferait faire un enfant?... Cette pauvre Constance,
je la crois aussi détraquée que moi, tellement elle s'enrage à son idée de remplacer son Maurice. Elle m'a prise
pour confidente, elle me raconte des choses extraordinaires, jamais je n'ai battu Paris plus éperdument, même
dans mes heures de pire folie. Il faut, en vérité, que ce
désir d'être mère soit aussi violent, aussi dévastateur
que l'autre désir, le grand désir, le mien... Et n'importe!
c'est encore moi qui souffre le plus. Sans doute, elle lutte
avec désespoir, elle essaye tout. Mais si je vous contais,
moi! l'horrible bataille que j'ai menée, en quête du
plaisir perdu! J'ai tenté l'infamie, je suis descendue aux
étreintes abominables. Et rien, et jamais rien, le grand
froid de la mort, même sous les brutalités... Un enfant!
elle veut un enfant! ça se remplace, on prend un petit
chien! Mais cette nécessité vitale de contenter le désir!
Est-ce qu'on peut vivre sans nourrir le corps? est-ce qu'on

peut vivre sans que la chair ait sa flambée de joie? Et c'est moi la torturée, la crucifiée, car il n'est pas d'autre souffrance!

Des sanglots la suffoquèrent. Mathieu lui reprit les mains, pour la calmer, bouleversé lui-même par cette clameur de détresse. Jamais il n'en avait entendu de plus douloureuse, arrachée du plus profond de l'être. Et il resta frissonnant, devant cette figure farouche du désir qui veut être infécond, et qui en meurt.

Tous deux causaient encore, lorsqu'une visite inattendue stupéfia Sérafine. C'était Constance qui s'était décidée, qui sortait justement de chez Gaude. Jamais elle ne venait ainsi, à pareille heure, rue de Marignan. Mais, frappée au cœur par les paroles du chirurgien, la tête perdue, elle s'était, dehors, trouvée si seule, elle avait éprouvé un tel besoin de parler, de se soulager, qu'elle accourait là, inconsciente, toute à sa passion.

Dès la porte, elle parla fiévreusement, sans s'étonner, sans se préoccuper de la présence de Mathieu.

— Ah! ma chère, j'avais peur de ne pas vous rencontrer... Vous savez ce qu'il vient de me dire, votre Gaude : « Madame, je ne tiens pas l'enfant sur commande. » Et il riait, et il était fort, et il était beau!... Ah! le vilain homme!

— Je vous avais prévenue, fit remarquer Sérafine. Il s'est moqué de vous, j'en étais sûre. L'enfant sur commande, non, certes ! puisqu'il le décommande!

Constance, les jambes molles, s'était assise sur le canapé, à la place que quittait sa belle-sœur. Alors, elle conta toute sa visite, elle expliqua comment elle avait quand même obtenu de Gaude qu'il l'examinât. Et son désespoir venait de la brutalité tranquille avec laquelle il lui avait déclaré que jamais plus elle n'aurait d'enfant. Sa condamnation était formelle, des charlatans pouvaient seuls l'exploiter, en la leurrant de mensonges.

Pour lui, l'occlusion des trompes, à la suite d'inflamma-
tions successives, devenues chroniques, ne faisait pas de
doute. Et c'était fini, et il avait laissé voir une sorte de
surprise amusée de la douleur où il la plongeait, lui donnant à entendre qu'une grossesse tardive, à son âge, était
un désastre. Tant d'autres, parmi les dames ses clientes,
se seraient montrées si heureuses de la bonne nouvelle!
Par centaines, il les avait châtrées, et il continuait à les
châtrer par centaines, dans sa gaieté sonnante de bel
opérateur, convaincu, comme il le disait parfois, que ses
petits couteaux travaillaient à la richesse, à la joie du
monde.

— Il ment, il ment! cria furieusement Sérafine. C'est
un assassin, et c'est ma joie qu'il a tuée!

— Quand je suis sortie de chez lui, acheva Constance,
j'ai cru que j'allais tomber dans l'escalier... N'importe!
il a eu raison d'être brutal. Maintenant, je sais, c'est fini,
bien fini, à jamais!

Et des sanglots, à son tour, l'étouffèrent. Longuement,
Constance pleura sa maternité, à la place où Sérafine
avait pleuré son plaisir; tandis que Mathieu, maintenant,
les regardait aux bras l'une de l'autre, la prude et l'impure, la mère et l'amante, rapprochées, confondues,
dans le même désespoir d'impuissance.

Lorsque Constance quitta sa belle-sœur, elle pria
Mathieu de lui offrir le bras, pour la reconduire.
Elle avait renvoyé sa voiture, elle étouffait, elle voulait marcher. Et lui, bientôt, comprit dans quel but
secret elle venait, saisissant l'occasion, de l'emmener
ainsi.

— Mon cher cousin, lui dit-elle brusquement, dès
qu'ils furent sur les quais déserts, marchant à petits pas,
pardonnez-moi de revenir sur un sujet pénible, mais je
souffre trop, ce dernier coup m'achève... L'enfant de
mon mari, l'enfant qu'il a eu de cette fille, me hante,

me torture l'esprit et le cœur. Voulez-vous me rendre un grand service ? faites l'enquête dont vous m'avez parlé, tâchez de me savoir s'il est vivant ou s'il est mort... Quand je saurai, il me semble que la paix me reviendra.

Surpris, Mathieu fut sur le point de répondre que cet enfant retrouvé ne lui donnerait pas l'enfant qu'elle se désespérait de ne plus pouvoir faire. Il avait bien deviné l'angoisse où elle agonisait, en voyant Blaise prendre à l'usine la place de Maurice, surtout depuis que Beauchêne, retournant à son vice, se déchargeait sur lui de la maison, lui abandonnait chaque jour une autorité plus large. Le jeune ménage fructifiait, Charlotte venait d'accoucher encore, cette fois d'un garçon, et quel nouveau foyer de fécondité envahissante, quelle menace d'usurpation prochaine, maintenant qu'elle-même, stérile, n'aurait jamais plus d'héritier légitime, le dauphin tant caressé, pour barrer la route à la conquête étrangère ! Sans pénétrer le singulier sentiment auquel elle cédait, il pensa qu'elle désirait le sonder simplement, voir s'il n'était pas derrière son fils Blaise, à mener le complot de spoliation. Peut-être allait-il s'inquiéter, refuser de faire toutes recherches. Et cela le décida, dans sa croyance aux seules forces vivantes, en dehors des bas calculs ambitieux.

— Je suis à votre disposition, ma cousine. Il suffit que vous attendiez d'une telle enquête un peu de soulagement. Et, si cet enfant vit, faudra-t-il vous l'amener ?

— Oh ! non, oh ! non, je ne demande pas cela !

Puis, d'une voix bégayante, avec un geste égaré :

— Je ne sais pas ce que je demande, je souffre à en mourir !

Elle ne mentait pas, elle n'avait aucun projet arrêté, sous la tempête qui la ravageait. Songeait-elle à cet héritier possible ? Irait-elle jamais, dans sa haine contre le conquérant du dehors, jusqu'à l'accepter, malgré l'injure, malgré sa révolte de femme, son horreur bourgeoise de la bâtardise, souillée de basse débauche? S'il n'était pas d'elle pourtant, il était du sang de son mari. Et, peut-être déjà, l'idée de l'empire à sauver, de l'usine à remettre entre les mains de l'héritier, la grandissait-elle, au-dessus de ses préjugés et de ses rancunes. Mais ce n'était encore là qu'un ouragan de sensations confuses, et il n'y avait toujours, en son être, que cette tourmente éperdue de la mère qui n'a plus d'enfant, qui n'en aura jamais plus, qui en est à vouloir retrouver l'enfant d'une autre, torturée du rêve fou de le faire un peu sien.

— Dois-je mettre Beauchêne au courant de mes recherches? demanda Mathieu.

— Faites comme il vous plaira. Cela vaudrait mieux pourtant.

Le soir même, Constance rompit rudement avec son mari. Elle le chassa du lit conjugal, elle le chassa de la chambre. Puisqu'elle le voyait perdu, incapable désormais de diriger l'usine, puisqu'elle n'attendait plus de lui l'enfant, elle pouvait donc lui cracher tout le mépris, tout le dégoût qu'elle avait de son étreinte, depuis tant d'années. Il y avait, pour elle, un sentiment si vif de délivrance, dans cette idée de n'être plus touchée par cet homme, qu'elle eut une heure de joie vengeresse, à lui dire sa nausée, combien il lui avait répugné toujours, avec son odeur de débauche. Et il eut peur, il s'en alla coucher dehors, tellement elle lui parut grande et redoutable, toute grêle et noire qu'elle était, lorsqu'elle lui cria qu'elle ne le retenait plus, qu'il pouvait retourner à son ordure, y rester librement, s'y noyer. C'était la logique en marche, l'inévitable désorganisation qui s'achevait, d'abord les fraudes nécessitées par l'égoïste orgueil de l'argent, l'exutoire d'un peu de vice toléré aux appétits mal satisfaits du mari, puis la déchéance lente de l'homme intelligent, du travailleur tombé à la crapule du plaisir, puis enfin, après la mort du fils unique, la débâcle du ménage, la mère devenue stérile, le père chassé par elle, roulant au gâtisme final. Et la vie continuait.

Lorsque Mathieu commença ses recherches discrètes, la première idée qu'il eut, même avant de consulter Beauchêne, fut de s'adresser directement à la maison des Enfants-Assistés. Si l'enfant était mort, comme il le pensait, cela enterrait l'affaire. Il se rappelait heureusement les moindres détails, le double prénom Alexandre-Honoré, la date exacte du dépôt, tous les petits faits du jour où il avait accompagné la Couteau en fiacre. Et, quand il eut été reçu par le directeur de la maison, qu'il lui eut expliqué le motif vrai de son enquête, en se nommant, il fut surpris de la prompte et nette réponse : Alexandre-Honoré, mis en nourrice, à Rougemont, chez la femme Loiseau, après avoir gardé les vaches, puis essayé l'état de serrurier, était depuis trois mois en apprentissage chez un charron, le sieur Montoir, à Saint-Pierre, un hameau voisin. L'enfant vivait, avait quinze ans, et ce fut tout, il ne put avoir aucun renseignement autre, ni sur les conditions physiques, ni sur la moralité.

Dans la rue, Mathieu, un peu étourdi, se souvint que la Couteau lui avait dit, en effet, d'après une infirmière, que l'enfant allait être envoyé à Rougemont. Toujours, il l'y avait vu mort, emporté par la rafale qui décimait les nouveau-nés, couché dans le muet cimetière de village que pavaient les petits Parisiens. Le retrouver ainsi, sauvé du massacre, était une surprise de la destinée, une vague angoisse au cœur, comme une crainte de pires catastrophes. Mais, puisque l'enfant vivait, et qu'il savait maintenant où le chercher, il fut pris d'un scrupule, il sentit la nécessité de prévenir Beauchêne, avant de pousser son enquête plus loin. Cela devenait grave, il ne croyait plus pouvoir agir sans l'autorisation du père.

Immédiatement, avant de rentrer à Chantebled, Mathieu se rendit à l'usine, où il eut la chance de rencontrer le patron, qu'une absence de Blaise clouait à son bureau. Aussi l'y trouva-t-il très maussade, bâillant, soufflant, à moitié endormi. Trois heures sonnaient, et il ne digérait plus, disait-il, lorsqu'il ne sortait pas après son déjeuner. La vérité était que, depuis sa rupture avec sa femme, il donnait ses après-midi entières à une fille de brasserie, qu'il venait de mettre dans ses meubles.

— Ah ! mon bon ami, soupira-t-il en s'étirant, j'ai décidément le sang qui s'épaissit. Il faut que je me remue. Sans ça, j'y laisserai la peau.

Mais il se réveilla, quand Mathieu, très nettement, lui eut expliqué le motif de sa visite. D'abord, il ne comprit pas, tant l'histoire lui paraissait extraordinaire, imbécile.

— Quoi ? qu'est-ce que vous dites ? C'est ma femme qui vous a parlé de cet enfant ? c'est elle qui a la belle idée de vouloir qu'on se renseigne, qu'on le cherche ?

Sa grosse figure congestionnée se décomposait, il bégayait, outré de colère. Et, lorsqu'il sut la mission décisive dont elle avait chargé le cousin, il éclata.

— Elle est folle ! je vous dis qu'elle est folle furieuse ! A-t-on jamais vu des imaginations pareilles ? Chaque matin, c'est une nouvelle invention, une torture, pour me faire perdre la tête.

Tranquillement, Mathieu finit par conclure :

— Je reviens donc des Enfants-Assistés, où j'ai su que l'enfant vivait. J'ai l'adresse... Maintenant, que dois-je faire ?

Ce fut le coup de massue. Beauchêne, exaspéré, serra
les poings, leva les deux bras.

— Ah bien! nous voilà propres!... Mais, tonnerre de
Dieu! qu'a-t-elle donc à m'embêter avec cet enfant? Il
n'est pas d'elle, qu'elle nous fiche la paix, à l'enfant et à
moi! Ça me regarde, les enfants que j'ai pu faire. Je vous
demande un peu si c'est convenable, que ma femme vous
fasse courir après eux? Et puis, quoi? vous n'allez pas le
lui amener, j'espère? qu'en ferions-nous, de ce petit
paysan, qui a peut-être tous les vices? Le voyez-vous entre
nous deux... Je vous dis qu'elle est folle, folle, folle!

Il s'était mis à marcher rageusement. Tout d'un coup,
il s'arrêta.

— Mon cher, vous allez me faire un plaisir, c'est de lui
dire qu'il est mort.

Mais il devint pâle, il recula. Constance, sur le seuil
de la porte, venait d'entendre. Depuis quelque temps,
elle rôdait ainsi par les bureaux de l'usine, sans bruit, ap-
paraissant partout à la fois, comme si elle eût voulu exercer
une surveillance. Un instant, devant l'embarras des deux
hommes, elle resta silencieuse. Ensuite, sans même
s'adresser à son mari, elle demanda simplement :

— Il vit, n'est-ce pas?

Mathieu ne pouvait que dire la vérité. Il répondit d'un
signe affirmatif. Et Beauchêne, désespéré, tenta un dernier effort.

— Voyons, ma chère amie, sois raisonnable. Je le disais
à l'instant, nous ne savons même pas ce qu'il vaut, ce
petit. Tu ne vas pas troubler notre vie à plaisir.

Sèche et froide, elle le regardait d'un air dur. Elle lui
tourna le dos, elle exigea le nom de l'enfant, les noms
du charron et du hameau.

— Bon! vous dites Alexandre-Honoré, chez le charron
Montoir, à Saint-Pierre, près de Rougemont, dans le Cal-
vados... Eh bien! mon ami, rendez-moi le service de

continuer vos recherches, tâchez de m'avoir des renseignements précis sur les habitudes et le caractère de cet
enfant. Soyez prudent, n'est-ce pas? ne nommez personne...
Merci déjà, merci de tout ce que vous faites pour moi !

Et elle s'en alla, sans autre explication, sans même
dire à son mari ses projets, peut-être si confus encore,
qu'elle les ignorait elle-même. Lui, sous cet écrasant
mépris, s'était calmé. Pourquoi aurait-il gâté sa vie d'é-
goïste jouissance, en tenant tête à la folle qu'il avait désormais chez lui? Il en était quitte pour prendre son chapeau et s'en aller dehors, à son plaisir coutumier. Aussi
finit-il par hausser ses lourdes épaules.

— Après tout, qu'elle le ramasse, ce n'est pas moi qui
aurai fait la bêtise... Obéissez-lui, mon cher, poursuivez
vos recherches, contentez-la. Peut-être me fichera-t-elle
la paix... Et j'en ai assez aujourd'hui, bonsoir! je sors.

La première pensée de Mathieu fut, pour se renseigner
sur Rougemont, de s'adresser à la Couteau, s'il la retrouvait. Elle était discrète par métier, il suffirait d'acheter
son silence. Déjà, le lendemain, il projetait d'aller aux
nouvelles, rue de Miromesnil, chez madame Bourdieu,
lorsque l'idée lui vint d'une autre piste, qui lui parut
plus sûre. Après être longtemps resté sans voir les
Séguin, à la suite de la cession totale de Chantebled, il
venait de renouer avec eux, dans des circonstances particulières; et il avait eu la surprise de retrouver, près de
Valentine, l'ancienne femme de chambre Céleste, autrefois congédiée, rentrée en grâce depuis quelques mois.
Ses souvenirs s'éveillaient, il décida que, par Céleste, il
arriverait directement à la Couteau.

C'était toute une heureuse aventure que ce lien
nouveau qui se nouait entre les Séguin et les Froment.
Ambroise, le cadet des deux jumeaux, qui allait avoir
vingt et un ans, était entré, dès sa sortie du lycée, à dix-
huit ans, chez un oncle de Séguin, Thomas Du Hordel, un

des commissionnaires en marchandises les plus riches de
Paris. Depuis trois années, le vieillard, fort âgé, solide
encore, dirigeant toujours sa maison avec une flamme
de jeunesse, s'était pris d'une tendresse peu à peu croissante pour ce garçon admirablement doué, en qui s'embrasait le génie du commerce. Il n'avait eu que deux
filles, l'une morte de bonne heure, l'autre mariée à un
fou, qui s'était logé une balle dans la tête, en la laissant
détraquée elle-même, sans enfant. Ainsi s'expliquait l'intérêt passionné de grand-père que Du Hordel témoignait
à cet Ambroise, cette merveille qui lui tombait du ciel,
le plus beau des Froment, le teint clair, de grands yeux
noirs, des cheveux bruns naturellement frisés, surtout
d'une finesse, d'une élégance parfaite. Mais ce qui plus
encore l'avait séduit, c'était l'extraordinaire esprit d'entreprise du jeune homme, les quatre langues vivantes
qu'il parlait comme en se jouant, la maîtrise évidente
qu'il apporterait un jour dans la conduite d'une maison
dont le commerce s'étendait sur les cinq parties du
monde. Tout jeune, parmi ses frères et ses sœurs, il était
déjà le plus hardi, le séduisant, l'envahissant. Les autres
pouvaient être meilleurs, il régnait en joli gamin ambitieux et gourmand, le futur homme de joie et de conquête. Et c'était bien cela, le vieux Du Hordel conquis
en quelques mois, par son charme de victorieuse intelligence, de même qu'il devait conquérir plus tard tout ce
qu'il lui plairait de soumettre à sa fortune, les gens
comme les choses. Sa force était de plaire et d'agir, de
la grâce dans le plus acharné des labeurs.

Vers ce temps, il y eut un rapprochement entre Séguin
et son oncle, qui ne remettait plus les pieds dans l'hôtel
de l'avenue d'Antin, depuis que la démence y soufflait. Et
ce fut d'ailleurs à la suite de tout un drame tenu secret,
que l'apparente réconciliation se produisit. Endetté
maintenant, lâché par Nora qui sentait venir la ruine,

tombé entre les mains pires de filles voraces, Séguin avait fini par commettre, aux courses, une de ces indélicatesses qu'on appelle des vols, dans le monde des honnêtes gens. Averti, Du Hordel était accouru, avait payé, pour éviter l'effroyable scandale, si bouleversé de l'extraordinaire gâchis où il retrouvait la maison de son neveu, autrefois prospère, qu'il en avait éprouvé un cuisant remords, comme s'il s'était senti un peu responsable de ce qui s'y passait, depuis qu'il avait résolu de s'en écarter, par égoïsme, désireux de ne pas troubler sa paix. Mais surtout son cœur venait d'être pris par sa petite-nièce Andrée, une délicieuse enfant de dix-huit ans bientôt, bonne à marier, qui aurait suffi désormais à le retenir là, tant il était navré du dangereux abandon où il la voyait. Le père achevait de traîner sa vie au dehors. La mère, Valentine, sortait à peine d'une crise affreuse, sa rupture définitive avec Santerre, qui, las de subir les charges du mariage sans en avoir les bénéfices, s'était décidé à épouser une vieille dame fort riche, fin logique de cet exploiteur rusé de la femme, l'âme la plus basse et la plus goulue, derrière sa pose de lettré pessimiste monnayant la sottise d'une société en décomposition. Eperdue, Valentine, à quarante-trois ans, tremblant de n'être plus aimée, s'était donnée davantage à la religion, où elle semblait avoir trouvé des consolations presque immédiates, dans la compagnie d'hommes discrets. Maintenant, elle aussi disparaissait les journées entières, on la disait la collaboratrice active du vieux comte de Navarède, président d'une Œuvre de propagande catholique. Sorti de Saint-Cyr depuis trois mois, Gaston était à l'Ecole de Saumur, dans un si beau feu de la carrière militaire, qu'il parlait déjà de rester garçon, un officier ne devant avoir d'autre amour, d'autre femme légitime, que son épée. Lucie, à dix-neuf ans, était entrée enfin chez les Ursulines, où elle devait prendre

le voile, ravie de consommer le sacrifice de son corps
dont le dégoût l'affolait, toute à l'exaltation mystique
d'être stérile, sans sexe ni chair. Et, dans le grand hôtel
vide, d'où le père, la mère, le frère, la sœur étaient
partis, il ne restait que la douce et adorable Andrée,
sous la menace des folies qui soufflaient là, au milieu
d'une telle détresse, que l'oncle Du Hordel, envahi d'une
tendresse pitoyable, avait conçu la bonne idée de lui
donner Ambroise, le futur conquérant, pour mari.

Ce fut alors que la rentrée de Céleste dans la maison
hâta ce projet de mariage. Huit ans déjà s'étaient écoulés,
depuis que Valentine avait dû congédier la femme de
chambre, enceinte une troisième fois, impuissante désormais à dissimuler sa taille épaissie. Et, pendant ces huit
années, dégoûtée de servir, Céleste s'était essayée à des
métiers louches, dont elle ne parlait pas : d'abord, ven-
deuse vague de layettes à bas prix pour les filles en
couches, ce qui, en lui permettant de s'introduire chez les
sages-femmes, la faisait la confidente, la commissionnaire,
l'entremetteuse, parfois payée grassement ; puis, d'une
façon plus directe, employée à tout faire d'une maison
close, de compagnie avec la Couteau, qui amenait de
Normandie, parmi ses lots de nourrices, des paysannes
jeunes, jolies et complaisantes. Mais, la maison ayant
eu des malheurs, Céleste avait disparu, après s'être sauvée
d'une descente de police, en sautant par une fenêtre. Là,
se creusait une lacune de dix-huit mois, comme si elle
eût sombré dans une nuit totale. On la retrouvait enfin
à Rougemont, son pays, malade, très misérable, allant en
journée pour vivre, peu à peu rétablie, nippée, grâce à
la protection du curé, que sa dévotion extrême avait
conquis. Et ce fut là qu'elle dut projeter sa rentrée chez
les Séguin, tenue au courant de ce qui s'y passait par la
Couteau, qui était restée en rapport avec madame
Menoux, la petite mercière voisine. Au lendemain de sa

rupture avec Santerre, un jour de furieux désespoir où elle venait une fois de plus de congédier d'un coup tous ses domestiques, Valentine la vit tomber chez elle, si repentante, l'air si dévoué, si sérieux, qu'elle en fut touchée. Quand elle lui rappela sa faute, elle la fit pleurer, en lui demandant de jurer devant Dieu de ne jamais se laisser reprendre; car Céleste se confessait, communiait à présent, apportait même du curé de Rougemont un certificat de piété profonde et de haute moralité. Ce certificat acheva de décider Valentine, qui comprit quelle aide précieuse elle allait avoir en cette fille, dans son horreur croissante à vivre chez elle, lasse des tracas de la maison. C'était bien sur cet abandon du pouvoir entre ses mains que Céleste comptait. Deux mois plus tard, elle avait, en favorisant l'excès de ses pratiques religieuses, achevé de pousser Lucie au couvent. Gaston n'apparaissait plus que les jours de permission. Andrée restait donc seule au logis, gênante encore, empêchant par sa présence le grand pillage rêvé. Et la femme de chambre était ainsi devenue l'ouvrière la plus active du mariage de mademoiselle.

Ambroise, d'ailleurs, avait conquis Andrée, dans son universelle conquête. Depuis un an déjà, elle le rencontrait chez l'oncle Du Hordel, avant que celui-ci eût l'idée de les marier. C'était une grande enfant très douce, un petit mouton blond, comme l'appelait sa mère. Ce beau jeune homme souriant, si tendre pour elle, était devenu sa pensée, un espoir où elle aimait à se réfugier, lorsqu'elle souffrait trop de solitude et d'abandon. Elle n'était plus battue par son frère, mais elle avait senti croître le malaise de la famille détruite, elle se savait mise en péril par tout ce qui l'entourait de honteux et de louche, sans qu'elle en eût la nette conscience. Aussi, lorsque son oncle, rêvant son œuvre de salut, l'avait questionnée prudemment sur le mariage, sur Ambroise,

s'était-elle jetée dans ses bras, avec de grosses larmes
de gratitude et d'aveu. Valentine, pressentie, témoi-
gna d'abord quelque surprise : un fils des Froment? ils
leur avaient pris Chantebled, voulaient-ils donc leur
prendre encore l'une de leurs filles? Puis, elle ne trouva
aucune objection raisonnable, dans la débâcle de fortune où s'effondrait la maison. Jamais elle n'avait aimé
Andrée, qu'elle accusait sa nourrice, la Catiche,
d'avoir faite sienne, de son lait de bête de ferme. Ainsi
qu'elle le disait souvent, ce mouton-là, si docile, d'un
charme si attendri, n'était pas une Séguin. Tout en ayant
l'air de défendre l'enfant, Céleste aigrissait la mère contre
elle, lui inspirait le désir qu'un prompt mariage en
débarrassât son existence, donnée à d'autres passions. Et
Du Hordel, après avoir longuement causé avec Mathieu,
qui promit son consentement, n'avait donc plus qu'à s'assurer celui de Séguin, avant que les parents fissent la
demande officielle. Mais il n'était pas facile de trouver
Séguin dans des conditions convenables. Des semaines
furent perdues, on dut calmer Ambroise, devenu très
amoureux, averti sans doute, par son génie envahisseur,
du futur royaume que cette enfant, si aimante et si
simple, lui apportait discrètement, dans un pli de sa
robe.

Un jour que Mathieu passait avenue d'Antin, il eut
l'idée d'entrer, désireux de savoir si Séguin avait reparu,
depuis un brusque départ, une disparition inexpliquée,
en Italie, croyait-on. Puis, comme il se trouvait seul avec
Céleste, l'occasion lui parut excellente pour retrouver la
Couteau. Il causa donc un instant, il finit par demander
des nouvelles de la meneuse, ayant un ami, disait-il, qui
cherchait une bonne nourrice.

— Vous tombez bien, répondit obligeamment la femme
de chambre, la Couteau doit ramener aujourd'hui un
enfant chez notre petite voisine, madame Menoux. Quatre

heures vont sonner, et c'est justement l'heure où elle a promis d'être là... Vous savez, madame Menoux, la troisième boutique, dans la première rue, en tournant à gauche.

Puis, elle s'excusa de ne pouvoir l'y conduire.

— Je suis seule à la maison. On n'a toujours pas de nouvelles de monsieur. Le mercredi, madame préside sa séance de l'Œuvre, et mademoiselle Andrée vient d'être emmenée par son oncle, pour une promenade, je crois.

Mathieu se hâta de se rendre chez madame Menoux. De loin, sur le seuil de la boutique, il aperçut la mercière, encore réduite par l'âge, redevenue à quarante ans d'une maigreur de fillette, le visage effilé en lame mince. Elle était comme brûlée d'activité muette, elle s'acharnait depuis vingt années à vendre ses deux sous de fil et ses trois sous d'aiguilles, sans jamais faire fortune, heureuse simplement d'ajouter chaque mois son pauvre gain aux appointements de son mari, pour lui donner des douceurs. Ses rhumatismes allaient sans doute le forcer à quitter sa place du musée, que deviendraient-ils avec les quelques centaines de francs de la retraite, si elle ne continuait pas son commerce ? Puis, ils n'avaient pas eu de chance : la mort de leur premier enfant, la naissance tardive du second, certes passionnément accueilli, mais tout de même bien lourd à leurs épaules, maintenant surtout qu'elle avait dû se décider à le reprendre. Et Mathieu la trouvait ainsi dans la grosse émotion de l'attente, sur le seuil de la boutique, les regards au loin, guettant le coin de l'avenue.

— C'est Céleste qui vous envoie, monsieur... Non, la Couteau n'est pas encore là. Mais j'en suis étonnée, je l'attends d'une minute à l'autre... Si vous voulez bien, monsieur, prendre la peine d'entrer et de vous asseoir.

Il refusa l'unique chaise qui barrait l'étroit couloir, où trois clientes avaient peine à se tenir debout. Derrière

une cloison vitrée, on apercevait, au fond, la pièce
obscure dans laquelle vivait le ménage, à la fois cuisine,
salle à manger et chambre à coucher, ne prenant un
peu d'air que sur une cour humide, pareille à un regard
d'égout.

— Vous voyez, monsieur, nous n'avons guère de place.
Seulement, nous ne payons que huit cents francs, et
où trouverions-nous une boutique, à ce prix-là ? Sans
compter que, depuis vingt ans bientôt, ma petite clientèle
est faite dans le quartier... Oh ! moi, je ne me plains pas,
je ne suis pas grosse, il y a toujours assez d'espace pour
moi. Et, comme mon mari ne rentre que le soir, il s'in-
stalle à fumer sa pipe dans son fauteuil, il ne souffre pas
trop. Je le gâte le plus que je peux, il est assez raisonnable pour ne pas en demander davantage... Mais,
avec un enfant, ça devient impossible.

Le souvenir de son premier garçon, de son petit Pierre,
lui revint, lui emplit les yeux de larmes.

— Tenez ! monsieur, il y a dix ans de cela. Je vois
encore la Couteau me ramener le petit, comme elle va,
tout à l'heure, me ramener l'autre. On me racontait tant
d'histoires, et le bon air de Rougemont, et la vie saine
des enfants, et les joues rouges du mien, que je l'y avais
laissé jusqu'à l'âge de cinq ans, désolée de ne pas
avoir ici de place pour lui. Les cadeaux que la nourrice a tirés de moi, tout l'argent que j'ai donné, non !
vous ne pouvez pas vous en faire une idée, c'était la ruine.
Et puis, brusquement, je n'ai eu que le temps de le faire
revenir, on m'a rendu un enfant si maigre, si blême, si
faible, comme s'il n'avait jamais de sa vie mangé du
bon pain. Deux mois plus tard, il mourait dans mes
bras... Le père en a fait une maladie, monsieur, et, si
nous n'avions pas eu de la tendresse l'un pour l'autre,
je crois bien que nous serions allés tous les deux nous
jeter à l'eau.

Elle retourna, fiévreuse, les yeux mal essuyés, sur le seuil de la boutique, jeta de nouveau, vers l'avenue, son regard passionné d'attente. Et, lorsqu'elle revint, n'ayant rien vu :

— Alors, vous comprenez notre émotion, il y a deux ans, lorsque je suis accouchée d'un garçon encore, à trente-sept ans passés. Nous en étions fous de joie, comme des jeunes mariés. Mais, tout de même, quel souci, quels embarras! Il a bien fallu l'envoyer aussi en nourrice, puisque nous ne pouvions pas le garder avec nous. Même après avoir juré qu'il n'irait pas à Rougemont, nous avons fini par nous dire que nous connaissions l'endroit, qu'il ne serait pas plus mal là qu'ailleurs. Seulement, je l'ai mis chez la Vimeux, ne voulant plus entendre parler de la Loiseau, qui m'avait rendu mon Pierre dans un si bel état. Et, cette fois, quand le petit a eu deux ans, je n'ai pas écouté les belles offres, les belles promesses, j'ai voulu qu'on me le ramenât, sans même savoir où je vais le loger... Je l'attends depuis une heure, et je tremble, tant j'ai peur toujours de quelque catastrophe.

Elle ne pouvait plus rester dans la boutique, elle se tint à la porte, le cou tendu, les yeux fixés là-bas, au coin de la rue. Soudain, elle eut un cri profond.

— Ah! les voilà !

Sans hâte, l'air maussade et harassé, la Couteau entra, mit l'enfant endormi sur les bras de madame Menoux, en disant :

— Je vous réponds qu'il pèse son poids, votre Georges. Celui-là, vous ne direz pas qu'on vous le rend à l'état de squelette.

Frémissante, les jambes cassées par la joie, la mère avait dû s'asseoir, gardant le petit sur les genoux, le baisant, l'examinant, ayant hâte de voir s'il se portait bien, s'il vivrait. Il avait une grosse face un peu pâle, il sem-

blait fort, l'air empâté. Mais, lorsqu'elle l'eut démail-
loté, de ses mains que l'inquiétude agitait, elle lui
trouva les jambes et les bras petits, le ventre fort.

— Il a le ventre bien gros, murmura-t-elle, cessant
de rire, assombrie d'une nouvelle crainte.

— Plaignez-vous donc ! cria la Couteau. L'autre était
trop maigre, celui-ci va être trop gras... Jamais les mères
ne sont contentes.

Du premier coup d'œil, Mathieu avait reconnu un de
ces enfants nourris de soupe, bourrés par économie de
pain et d'eau, victimes désignées à tous les détraquements
d'estomac de la petite enfance. Et, devant ce pauvre
être, l'effroyable Rougemont, avec son massacre quotidien d'innocents, se dressait dans sa mémoire, tel qu'on
le lui avait conté jadis. C'était la Loiseau, d'une saleté
si répugnante, que les nourrissons y pourrissaient sur un
fumier ; c'était la Vimeux n'achetant jamais une goutte
de lait, ramassant les croûtes du village, faisant la pâtée
au son pour ses pensionnaires, comme pour des porcs ;
c'était la Gavette toujours aux champs, les confiant à la
garde d'un vieux paralytique, qui en laissait parfois tomber un dans le feu ; c'était la Cauchois qui se contentait
de les attacher dans leurs berceaux, n'ayant personne
pour les surveiller, les abandonnant en compagnie des
poules, dont la bande entrait leur piquer les yeux, mangés par les mouches. Et les coups de mortalité passaient,
les assassinats en masse, les portes grandes ouvertes sur
une file de berceaux, afin de faire plus vite de la place
aux nouveaux paquets expédiés de Paris. Pourtant, tous
ne mouraient pas, puisque celui-ci, au moins, revenait.
Mais, quand on les ramenait vivants, la plupart rapportaient en eux un peu de la mort de là-bas, et il y avait là
encore une hécatombe, payée au dieu monstrueux de
l'égoïsme social.

— Je n'en puis plus, je m'assois, reprit la Couteau,

en s'installant sur l'étroite banquette, derrière le comptoir. Ah ! quel métier ! Et dire qu'on nous reçoit toujours mal, comme si nous étions des sans-cœur, des criminelles et des voleuses !

Elle aussi s'était desséchée, la face hâlée, tannée, telle qu'un bec d'oiseau. Mais elle avait gardé ses yeux vifs, aiguisés d'une cruauté rageuse. Sans doute elle ne s'enrichissait pas assez vite, car elle continua ses lamentations, se plaignant du métier, de l'avarice croissante des parents, des exigences de l'administration, de la guerre qu'on déclarait de toutes parts aux meneuses. C'était un métier perdu, il fallait qu'elle fût abandonnée de Dieu pour le continuer à quarante-cinq ans, sans avoir mis encore des rentes de côté.

— J'y laisserai la peau, je n'y trouverai jusqu'à la fin que peu d'argent, avec beaucoup de mauvaises paroles. Vous voyez l'injustice, je vous rapporte un enfant superbe, et vous n'avez pas l'air content... Vrai, c'est à dégoûter de bien faire !

Peut-être aussi sa plainte n'était-elle destinée qu'à tirer de la mercière le plus gros cadeau possible. Celle-ci en fut troublée. L'enfant, sorti de sa somnolence, s'était mis à pleurer très fort. On lui fit avaler un peu de lait tiède. Et, quand on eut réglé les comptes, la meneuse se radoucit, en voyant qu'elle aurait dix francs de pourboire.

Puis, comme elle allait prendre congé :

— Monsieur vous attendait pour une affaire, dit madame Menoux en montrant Mathieu.

La Couteau reconnaissait parfaitement le monsieur, qu'elle n'avait pourtant pas revu depuis des années. Mais elle ne s'était même pas tournée vers lui, elle le savait mêlé à trop de choses, pour n'être pas d'une absolue discrétion, profitable à ses propres intérêts. Aussi se contenta-t-elle de dire :

— Si monsieur veut bien m'expliquer ce dont il s'agit, je suis tout à son service.

— Je vais vous accompagner, répondit Mathieu. Nous causerons en marchant.

— C'est parfait, ça m'arrange, car je suis un peu pressée.

Dehors, il résolut de ne pas ruser avec elle. Le mieux était de lui dire nettement ce qu'il voulait, puis de la payer, pour acheter son silence. Dès les premiers mots, elle comprit. Elle se rappelait parfaitement l'enfant de Norine, bien qu'elle en eût porté des douzaines aux Enfants-Assistés; mais les circonstances particulières, les paroles échangées, la course en voiture, lui étaient restées dans la mémoire. D'ailleurs, cet enfant, elle l'avait retrouvé cinq jours plus tard à Rougemont, elle se souvenait même que son amie, l'infirmière, était venue le placer chez la Loiseau. Seulement, elle ne s'en était plus occupée, elle le croyait mort, emporté avec tant d'autres. Et, lorsqu'elle entendit parler du hameau de Saint-Pierre, du charron Montoir, de cet Alexandre-Honoré, âgé de quinze ans, qui devait se trouver là, comme apprenti, elle parut très surprise.

— Oh! monsieur, vous devez vous tromper. Je connais bien Montoir, à Saint-Pierre. En effet, il a chez lui un enfant de l'administration, de l'âge que vous dites. Mais celui-là vient de chez la Cauchois, il s'agit d'un grand garçon roux nommé Richard, amené quelques jours avant l'autre. J'ai su qui était la mère, et tenez! vous l'avez vue comme moi : c'est l'Anglaise, cette Amy qui se trouvait chez madame Bourdieu, une habituée de la maison, où elle est revenue trois fois, à ce qu'on m'a raconté... Ce rougeaud-là n'est sûrement pas l'enfant de votre Norine. Alexandre-Honoré était brun.

— Alors, dit Mathieu, c'est qu'il y a un autre apprenti chez le charron. Mes renseignements sont précis, je les tiens de source officielle.

La Couteau, perplexe, eut un geste d'ignorance, se rendit tout de suite.

— C'est bien possible, il y a peut-être deux apprentis chez Montoir. La maison est forte, et comme voilà des mois que je ne suis pas allée à Saint-Pierre, je n'affirme rien... Enfin, que désirez-vous de moi, monsieur?

Très clairement, il lui donna sa mission. Elle prendrait sur l'enfant les renseignements les plus précis, sa santé, son caractère, sa conduite, si l'instituteur avait toujours été content de lui, si son patron se montrait également satisfait, en un mot une enquête complète. Mais, surtout, elle devait la mener de façon que personne ne s'en doutât, ni l'enfant, ni les gens de l'entourage. L'absolu secret.

— Tout cela est facile, monsieur. Je comprends parfaitement, vous pouvez vous fier à moi... Il me faudra un peu de temps, le mieux est que je vous apporte de vive voix le résultat de mes recherches, dans quinze jours, lors de mon prochain voyage à Paris... Et, si vous le voulez bien, vous me trouverez d'aujourd'hui en quinze, à deux heures, dans le bureau de la maison Broquette, rue Roquépine. J'y suis comme chez moi, et c'est une tombe.

Quelques jours plus tard, comme Mathieu était à l'usine, avec son fils Blaise, il fut aperçu par Constance, qui l'appela, le questionna si directement, qu'il dut lui apprendre ce qu'il avait fait, où en était l'enquête dont elle l'avait chargé. Puis, quand elle sut le rendez-vous pris avec la Couteau, pour le mercredi de la semaine suivante, elle dit de sa voix résolue :

— Venez me chercher, je veux interroger moi-même cette femme... J'ai besoin d'une certitude.

Rue Roquépine, la maison Broquette, après quinze ans, était restée la même, avec cette unique différence que, madame Broquette étant morte, sa fille Herminie lui avait succédé. D'abord, la perte brusque de cette dame blonde, si digne, la prestance, l'enseigne décorative, morale et bourgeoise de l'établissement, avait paru sensible. Mais il s'était trouvé qu'Herminie, bourrée de romans, longue, exsangue, promenant d'un air de langueur sa virginité fade, au milieu du lait débordant des nourrices, était aussi d'une représentation distinguée, flatteuse pour la clientèle. A trente ans déjà, elle ne s'était pas encore mariée, sans désirs, comme dégoûtée par toutes ces filles à grosse gorge, les bras chargés d'enfants pleurards. Et, d'ailleurs, le père, monsieur Broquette, malgré ses soixante-cinq ans sonnés, restait secrètement l'âme toute-puissante et remuante de la maison, faisant la police intérieure, instruisant les nourrices nouvelles ainsi que des recrues, le nez et la main partout, dans un continuel galop au travers des trois étages de son vague et louche hôtel garni.

La Couteau attendait Mathieu, sous le porche. En apercevant Constance, qu'elle ne connaissait pas, qu'elle n'avait jamais vue, elle parut surprise. Quelle était donc cette dame, qu'avait-elle à voir dans l'affaire? Du reste, elle éteignit tout de suite la curiosité vive dont ses yeux avaient flambé. Et, comme Herminie, avec une distinction nonchalante, occupait le bureau, où elle déballait un lot de nourrices devant deux messieurs, la meneuse fit entrer son monde dans le réfectoire, alors vide, empoisonné par une horrible odeur de graillon.

— Excusez-moi, monsieur et madame, il n'y a pas d'autre coin libre. La maison regorge.

Puis, elle promena ses regards aigus de Mathieu à Constance, préférant être interrogée, puisqu'il y avait une personne nouvelle dans le secret.

— Vous pouvez parler librement... Avez-vous fait les recherches dont je vous ai chargée?

— Parfaitement, monsieur. Tout est fait et bien fait, je crois.

— Alors, dites-nous le résultat... Je vous répète que vous pouvez parler devant madame.

— Oh! monsieur, ce ne sera pas long... Vous étiez dans la vérité, il y avait bien deux apprentis chez Montoir, le charron de Saint-Pierre, et l'un d'eux était en effet Alexandre-Honoré, l'enfant de la jolie blonde, celui que nous avons conduit ensemble là-bas. Il s'y trouvait depuis deux mois à peine, après avoir essayé de trois ou quatre autres métiers, ce qui explique mon ignorance. Seulement, de même qu'il n'est resté nulle part, voici trois semaines qu'il en a filé...

Constance l'interrompit, ne pouvant retenir un cri d'inquiétude.

— Comment, filé?

— Oui, madame. Je veux dire qu'il s'est sauvé, et cette fois on est même certain qu'il a tout à fait quitté le pays, car il a disparu en emportant trois cents francs à Montoir, son patron.

Sa petite voix sèche sonna, comme si elle donnait un coup de hache. Bien qu'elle ne comprît rien à la brusque pâleur, à l'émotion désespérée de cette dame, il sembla qu'elle y prenait une jouissance cruelle.

— Etes-vous sûre de vos renseignements? reprit Constance, qui se débattait. Ce ne sont là peut-être que des cancans de village.

— Des cancans, madame, non! quand j'ai accepté de m'occuper d'une affaire, moi, je suis sérieuse... J'ai vu les gendarmes. Ils ont battu tout le pays, il est certain qu'Alexandre-Honoré n'a pas laissé son adresse, en partant avec les trois cents francs. Il court encore. Ça, voyez-vous, j'en donne ma main à couper.

C'était bien, pour Constance, le coup de hache : cet enfant qu'elle croyait avoir retrouvé, dont elle rêvait, sur la tête duquel elle bâtissait tant de projets de revanche, inavouables, inavoués encore, et qui, brusquement, lui échappait, retombait dans son louche inconnu. Elle en restait bouleversée comme devant un acharnement du sort, une défaite nouvelle, irréparable. Et ce fut elle qui continua l'interrogatoire.

— Vous n'avez pas vu que les gendarmes, on vous avait chargée de questionner tout le monde.

— C'est bien ce que j'ai fait, madame. J'ai vu l'instituteur, j'ai causé avec les autres patrons, chez qui l'enfant avait passé. Tous m'ont dit qu'il ne valait pas grand'chose, l'instituteur s'en souvient comme d'un menteur et d'un brutal. Enfin, le voilà voleur, ça le complète... Moi, que voulez-vous? je ne puis pas dire autre chose, puisque c'est la vérité que vous avez voulu connaître.

Elle insistait, en voyant grandir la souffrance de cette dame. Et quelle étrange souffrance, les coups au cœur que lui portait chacune de ces accusations, comme si l'enfant de son mari, dans le désastre de sa stérilité, était devenu un peu de sa propre chair! Elle finit par faire taire la meneuse.

— Merci. L'enfant n'est plus à Rougemont, c'est tout ce que nous désirions savoir.

Alors, la Couteau se tourna vers Mathieu, continuant, voulant lui en donner pour son argent.

— J'ai aussi fait bavarder l'autre apprenti, le fils de l'Anglaise, Richard, vous vous souvenez bien, ce grand garçon roux dont je vous ai parlé. Encore un à qui je ne donnerais pas le bon Dieu sans confession. Mais, pour sûr, il ne sait pas où a filé son camarade... Les gendarmes croient qu'Alexandre est à Paris.

A son tour, Mathieu la remercia, lui mit dans la main un billet de cinquante francs, ce qui la rendit muette, souriante, obséquieuse, d'une discrétion de tombe, selon son mot favori. Et, comme trois nourrices entraient, étalant de la charcuterie, tandis qu'on entendait monsieur Broquette, dans la cuisine, laver furieusement à la brosse les mains d'une quatrième, pour lui apprendre comment on se décrottait du fumier natal, Constance se hâta de suivre son compagnon, le cœur soulevé d'une nausée de dégoût. Mais, sur le trottoir, elle s'arrêta, ne remonta pas tout de suite dans sa voiture, pensive, hantée de nouveau par le dernier mot qu'elle emportait.

— Vous avez entendu, ce malheureux enfant serait à Paris.

— C'est probable, tous viennent échouer là.

Elle se tut encore, parut réfléchir, hésiter, enfin se décida, la voix un peu tremblante.

— Et la mère, mon ami, vous savez où elle demeure. Ne m'avez-vous pas dit que vous vous étiez occupé d'elle?

— En effet.

— Alors, écoutez... Et surtout ne vous étonnez pas, mon ami, plaignez-moi plutôt, car je souffre vraiment beaucoup... Une idée vient de m'envahir, je m'imagine que, si l'enfant est à Paris, il a pu y retrouver sa mère, et qu'il est peut-être chez elle, ou qu'elle sait du moins où il loge... Non, non! ne me dites pas que c'est impossible. Tout est possible.

Surpris, ému de la voir céder à de telles imaginations, elle si calme, il ne voulut pas l'agiter davantage, il promit de se renseigner. Mais elle ne montait toujours pas dans la voiture, elle regardait fixement le trottoir. Et, quand elle leva les yeux, elle le supplia, gênée, très humble.

— Vous ne savez pas ce que nous devrions faire ?... Excusez-moi. C'est un service que jamais je n'oublierai. Si je pouvais me calmer un peu, en sachant tout de suite... Eh bien! nous allons aller immédiatement chez cette fille. Oh! je ne monterai pas, moi! Vous monterez seul, pendant que je vous attendrai dans la voiture, au coin de la rue... Et peut-être aurez-vous des nouvelles.

C'était fou. Il éprouva d'abord le besoin de le lui

démontrer. Puis, en la regardant, elle lui apparut si
misérable d'abandon, si douloureuse d'inavouable torture,
qu'il consentit sans une parole, d'un geste de pitoyable
bienveillance. Et la voiture les emporta.

La grande chambre où Norine et Cécile avaient installé
leur commun ménage, se trouvait à Grenelle, au bout de
la rue de la Fédération, près du Champ de Mars. Elles y
étaient depuis six ans bientôt, elles y avaient eu, dans les
commencements, beaucoup de tracas et de misère. Mais
l'enfant qu'elles avaient à nourrir, à sauver, les avait
sauvées elles-mêmes. La mère qui sommeillait en Norine,
s'était éveillée passionnément pour ce petit être, depuis
qu'elle lui avait donné le sein, le faisant de sa chair, le
veillant, le baisant; et c'était merveille de voir comment
Cécile, dans son désespoir de vierge à jamais stérile,
l'avait adopté, le regardait elle aussi comme sien. L'enfant
avait deux mères, uniquement occupées de lui. Si Norine,
les premiers mois, s'était rebutée souvent de passer ses
jours à coller des petites boîtes, si même des idées de
fuite lui étaient venues, elle avait toujours été retenue
par les deux bras frêles qui se nouaient à son cou. Maintenant, elle était calmée, raisonnable, travailleuse, devenue très adroite à ces légers travaux de cartonnage, que
Cécile lui avait enseignés. Et il fallait les voir toutes deux,
très unies, très gaies, vivant sans homme comme au
couvent, assises les journées entières aux deux côtés de
leur petite table, avec le cher enfant entre elles, qui
était leur unique raison de vivre, de travailler et d'être
heureuses.

Les deux sœurs n'avaient fait qu'une grande amie,
madame Angelin. Justement, cette dernière, comme
dame déléguée ae l'Assistance publique, chargée d'un
quartier de Grenelle, avait eu Norine parmi les pen-
sionnées qu'elle devait inspecter. Prise de tendresse pour
ce gentil ménage des deux mères, ainsi qu'elle les

nommait, elle avait réussi à maintenir sur la tête de l'enfant la petite rente mensuelle de trente francs, pendant trois années. Puis, à trois ans, elle lui avait fait obtenir l'assistance scolaire, sans compter les continuels cadeaux qu'elle apportait, des effets, du linge, même de l'argent, des sommes assez fortes qu'elle récoltait chez des personnes charitables, en dehors de l'administration, et qu'elle distribuait ainsi entre les mères pauvres les plus méritantes. Maintenant encore, elle venait parfois, aimait à passer là une heure, dans ce coin de tranquille besogne, égayée par les rires et les jeux de l'enfant. Elle y était loin du monde, elle y souffrait moins de sa maternité détruite. Et Norine lui baisait les mains, en disant que, sans elle, jamais le ménage des deux mères n'aurait pu vivre.

Lorsque Mathieu parut, il y eut des cris de joie. Lui aussi était un ami, un sauveur, celui qui, en louant et en meublant la grande chambre, avait fondé le ménage. Elle était très propre, cette grande chambre, très coquettement arrangée avec ses rideaux blancs, très égayée aussi par les deux larges fenêtres, qui laissaient entrer la nappe d'or du soleil à son déclin. Norine et Cécile, devant leur table, travaillaient, découpaient, collaient; et le petit lui-même, rentré de l'école, assis entre elles sur une haute chaise, maniait gravement une paire de ciseaux, en croyant qu'il les aidait.

— Ah! c'est vous, ah! que vous êtes gentil de venir nous voir! Voici cinq jours que personne n'est venu. Oh! nous ne nous en plaignons pas. Nous sommes si contentes, toutes seules!... Depuis qu'elle a épousé un employé, Irma nous dédaigne. Euphrasie ne descend plus son escalier. Victor demeure au diable avec sa femme. Et, quant à ce vaurien d'Alfred, il ne monte ici que pour voir s'il n'y a rien à voler... Maman est venue, il y a cinq jours, nous dire que papa, la veille, avait failli être tué à l'usine. Pauvre maman! elle est si lasse, qu'il lui sera bientôt impossible de mettre un pied devant l'autre.

Pendant qu'elles parlaient toutes les deux à la fois, se coupant vivement la parole, reprenant, achevant la phrase, Mathieu regardait Norine, qui, dans cette vie régulière et calme, retrouvait, à trente-six ans, une fraîcheur apaisée, une pleine maturité de fruit superbe, doré de soleil. Et Cécile elle-même, si mince, restée fillette à jamais, avait pris de la force, l'énergique amour dans un corps d'enfant.

Cette dernière jeta brusquement une exclamation de terreur.

— Mais il s'est blessé, le malheureux!

Et elle arracha les ciseaux des mains du petit, qui, une goutte de sang au bout d'un doigt, riait.

— Ah! mon Dieu! murmura Norine toute pâle, j'ai cru qu'il s'était fendu la main.

Un instant, Mathieu se demanda s'il était bien utile de remplir jusqu'au bout son étrange mission. Puis, il lui parut bon de prévenir au moins la jeune femme, qu'il voyait là si paisible, dans la vie de travail qu'elle avait fini par se faire. Et il procéda prudemment, ne lâcha la vérité que peu à peu. Pourtant, il vint un moment où, après lui avoir rappelé la naissance d'Alexandre-Honoré, il dut lui dire que cet enfant vivait.

Elle le regarda, bouleversée.

— Il vit, il vit!... Pourquoi me dites-vous cela? J'étais si tranquille de ne pas savoir!

— Sans doute, mais il vaut mieux que vous sachiez. On m'a même assuré que l'enfant devait être à Paris, et je me demandais s'il ne vous avait pas retrouvée, s'il n'était pas venu vous voir.

Alors, elle s'affola complètement.

— Comment! venu me voir!... Personne n'est venu me voir... Et vous pensez qu'il pourrait venir? Mais je ne veux pas ! mais j'en perdrais la tête ! Un grand garçon de quinze ans, qui me tomberait comme ça, que je ne connais pas, que je n'aime pas !... Oh ! non, oh ! non, empêchez-le, je ne veux pas, je ne veux pas !

Elle s'était mise à fondre en larmes, elle avait saisi d'un geste éperdu le petit qui se trouvait près d'elle, et elle le serrait sur sa poitrine, comme pour le défendre contre l'autre, l'inconnu, l'étranger, dont la résurrection menaçait de lui voler un peu de sa place.

— Non, non ! je n'ai qu'un enfant, je n'en aime qu'un, je ne veux pas de l'autre, jamais, jamais !

Très émue, Cécile s'était levée, désirant lui faire entendre raison. S'il venait pourtant, comment le mettre à la porte ? Et elle aussi pleurait déjà leur bonheur, malgré sa pitié inquiète pour l'abandonné. Il fallut que Mathieu les rassurât, en leur jurant qu'une pareille visite lui semblait tout à fait improbable. Sans leur conter l'histoire vraie, il dit la disparition de l'enfant, l'ignorance où il devait être du nom même de sa mère. Et, quand il les quitta, les deux sœurs collaient de nouveau leurs petites boîtes, soulagées, riant au gamin, à qui elles avaient rendu les ciseaux, pour qu'il découpât des bonshommes.

En bas, au coin de la rue, Constance, dans une mortelle impatience, allongeait la tête en dehors de la voiture, guettant de loin la porte.

— Eh bien ? demanda-t-elle, frémissante, dès que Mathieu fut près d'elle.

— Eh bien ! la mère ne sait rien, n'a vu personne, c'était certain à l'avance.

Elle plia les épaules, comme sous un écroulement suprême, tandis que sa face blême se décomposait.

— C'était certain, vous avez raison. Mais on espère toujours.

Et, avec un geste d'anéantissement :

— Maintenant, c'est fini, tout casse entre mes doigts, mon dernier rêve est mort.

Mathieu, qui lui avait serré la main, attendait qu'elle donnât une adresse, pour la transmettre au cocher. Mais elle restait égarée, ne semblait plus savoir elle-même où elle allait. Puis, comme elle lui demandait s'il voulait qu'elle le mît quelque part, il dit qu'il se rendait chez les Séguin. Et, sans doute par terreur de se retrouver tout de suite seule, elle eut alors l'idée de faire une visite à Valentine, se souvenant qu'elle ne l'avait pas vue depuis longtemps.

— Montez, nous irons ensemble avenue d'Antin.

La voiture roula, un lourd silence se fit, ils n'avaient pas une parole à échanger. Pourtant, comme ils arrivaient, elle dit encore, amèrement :

— Vous donnerez à mon mari la bonne nouvelle, vous lui annoncerez que l'enfant a disparu. Ah ! quel soulagement pour lui !

En allant chez les Séguin, Mathieu espérait y trouver toute la famille réunie. Huit jours auparavant, Séguin étant enfin revenu, on ne savait d'où, la demande officielle de la main d'Andrée avait pu lui être faite, et il s'était montré charmant, à la suite d'un entretien avec l'oncle Du Hordel. On avait même tout de suite fixé la date du mariage, le reculant un peu, l'attardant jusqu'au mois de mai, parce qu'à cette époque les Froment devaient aussi marier leur fille aînée, Rose : ce serait délicieux, on ferait les deux mariages le même jour, à Chantebled. Et, dès ce moment, Ambroise, accepté comme fiancé, ravi, put venir chaque soir, vers cinq heures, faire sa cour. C'était pourquoi Mathieu comptait bien se rencontrer là, avec toute la famille.

Mais, lorsque Constance demanda Valentine, un valet lui dit que madame était sortie. Et, lorsque Mathieu demanda Séguin, le valet lui répondit que monsieur n'était pas là non plus. Il n'y avait en haut que mademoiselle Andrée, avec son fiancé. Les deux visiteurs montèrent.

— Comment ! on vous laisse tout seuls ? cria Mathieu, en les apercevant assis côte à côte, sur un étroit canapé, au fond de la vaste salle du premier étage.

— Mais oui, nous sommes tout seuls dans la maison, répondit Andrée avec un beau rire. Nous sommes bien contents.

Ils étaient adorables, ainsi serrés l'un contre l'autre, elle si douce, si tendrement jolie, lui d'un charme d'homme fort, dont la grâce surtout avait vaincu. Ils s'étaient plaisamment donné le bras, tout en restant assis, comme s'ils allaient se lever, pour entreprendre ainsi, au bras l'un de l'autre, leur long voyage.

— Céleste est là, au moins ?

— Non, pas même Céleste ! Elle a disparu, nous ne savons pas où elle est.

Et de rire, et d'être gais comme des oiseaux libres et jaseurs, lâchés dans la fraîche solitude d'une forêt !

— Mais enfin que faites-vous là, tout seuls ?

— Oh ! nous ne nous ennuyons pas, nous avons tant de choses à faire ! D'abord, nous causons. Ensuite, nous nous regardons. Et ça dure, et jamais on n'en verrait la fin !

Constance les admirait, le cœur saignant. Ah ! tant de grâce, tant de santé, et tant d'espoir ! Tandis que, chez elle, le vent de stérilité avait tout brûlé, tout anéanti, la race féconde de ces Froment pullulerait donc, s'élargirait donc toujours ? Car c'était une conquête encore, ces deux enfants laissés de la sorte libres de s'aimer, seuls désormais dans cet hôtel luxueux, dont ils seraient demain les maîtres.

— Ne mariez-vous pas aussi votre fille aînée ? demanda-t-elle.

— Oui, Rose, répondit gaiement Mathieu. En mai prochain, grande fête à Chantebled! Il faudra que vous veniez tous.

C'était bien cela, la force du nombre, la victoire de la vie, Chantebled conquis sur les Séguin, leur hôtel envahi bientôt par Ambroise, l'usine elle-même à moitié tombée aux mains de Blaise.

— Nous irons, dit-elle frémissante. Et que votre bonne chance continue, c'est ce que je vous souhaite !

## III

Rose, dans l'allégresse du double mariage qui allait être comme le sacre glorieux de Chantebled, avait eu l'idée d'y réunir toute la famille, un dimanche, dix jours avant la cérémonie. Dès le matin, elle irait avec son fiancé, suivie de la famille entière, chercher à la gare de Janville l'autre couple, Ambroise et Andrée, qu'on amènerait triomphalement à la ferme, pour y déjeuner. Ce serait une répétition, expliquait-elle en riant de son beau rire : on s'entendrait, on arrêterait ensemble le programme du grand jour. Et elle était si heureuse de son idée, et elle se promettait une telle joie de cette première fête, que Mathieu et Marianne, qui l'adoraient, consentirent.

Ce mariage de Rose achevait le bonheur de la maison, telle que la floraison suprême d'une longue prospérité. Elle était la plus jolie des filles, les cheveux bruns, le teint doré, avec sa figure ronde et fraîche, ses yeux de gaieté, sa bouche de charme. Et d'une douceur toujours égale, d'un rire toujours sonnant, l'âme même de cette grande ferme vivante, dont elle semblait être la bonne fée, la chanson victorieuse. Mais le choix de son fiancé avait surtout montré toute la raison, toute l'énergique tendresse de son cœur, sous cette continuelle belle humeur qui la faisait chanter du matin au soir. Depuis huit ans, Mathieu avait engagé le fils d'un petit cultivateur voisin, Frédéric Berthaud, un solide garçon, qui s'était passionné pour les travaux créateurs de Chantebled, s'y instruisant, y montrant

un esprit d'une activité, d'une intelligence rares. Il n'avait
d'ailleurs aucune fortune. Rose, grandie près de lui, le
savait l'aide préféré de son père ; et, dès son retour du
service, comme il rentrait à la ferme, elle avait très
simplement provoqué son aveu, se sentant aimée. Elle
fixait son destin, elle était résolue à ne pas quitter ses
parents, à rester dans cette ferme où son bonheur avait
tenu jusque-là. Ni Mathieu ni Marianne ne furent surpris.
Emus aux larmes, ils avaient approuvé un choix où entrait
tant de sage affection pour eux. Le lien de famille se
trouvait comme resserré, et il n'y avait eu que plus de
joie encore dans la maison.

Tout fut donc réglé. Il était convenu que, ce dimanche-
là, par le train de dix heures, Ambroise amènerait à Janville sa fiancée Andrée, accompagnée de sa mère, madame
Séguin. Et, dès huit heures, Rose eut à combattre, pour
que toute la famille fût du cortège qui se rendrait à la
gare, au-devant des fiancés.

— Voyons, mon enfant, c'est fou, disait doucement
Marianne. Il faut bien que quelqu'un reste ici. Je garderai Nicolas, les enfants de cinq ans n'ont pas besoin de
courir les chemins. Je garderai aussi Gervais et Claire...
Emmène tous les autres, je veux bien, et ton père vous
conduira.

Mais Rose, au milieu de ses grands rires, tenait bon,
ne voulait rien lâcher de son idée plaisante, qui l'égayait
tant.

— Non, non ! maman, tu viendras, et tous viendront,
c'est promis... Comprends donc qu'Ambroise et Andrée,
c'est, comme dans les contes, le royal couple d'un empire voisin. Mon frère Ambroise, ayant obtenu la main
d'une princesse étrangère, l'amène pour nous la présenter... Alors, naturellement, afin de leur faire les honneurs
de notre empire, à nous, Frédéric et moi, nous allons à
leur rencontre, accompagnés de toute la cour. Vous êtes

la cour, vous ne pouvez pas faire autrement que de venir...
Hein? quelle pompe, quel spectacle, dans la campagne,
quand nous nous déroulerons, au retour!

Marianne, que cette gaieté débordante gagnait, finit par
rire et par céder.

— Voici l'ordre et la marche, reprit Rose. Oh! j'ai
tout organisé, tu vas voir... Frédéric et moi, nous irons à
bicyclette, c'est plus moderne. Nous emmènerons, à bicyclette aussi, mes suivantes, mes trois petites sœurs,
Louise, Madeleine, Marguerite, onze, neuf et sept ans :
ça fera l'escalier derrière moi, un joli effet. Et nous pouvons encore accepter à bicyclette mon frère Grégoire, un
page de treize ans, fermant l'escorte de nos augustes personnes... Tout le reste de la cour s'empile dans le char,
je veux dire dans le grand break de famille, où l'on tient
huit. Toi, la reine mère, tu pourras garder Nicolas, ton
dernier rejeton, sur les genoux. Papa, lui, n'aura que sa
royauté de chef de dynastie à porter dignement. Et
mon frère Gervais, jeune hercule de dix-sept ans,
conduira, ayant près de lui, sur la banquette, ma sœur
Claire, dont les quinze ans fleurissent en haute sagesse...
Quant aux deux aînés, aux illustres jumeaux, les puissants
seigneurs Blaise et Denis, nous les prendrons à Janville,
chez madame Desvignes, puisqu'ils nous y attendent.

Elle triompha, elle dansa, chanta, en tapant des
mains.

— Ah! pour un beau cortège, je crois que voilà un beau
cortège!

Une telle hâte joyeuse la pressait, qu'elle fit partir tout
son monde beaucoup trop tôt et qu'on fut à Janville, dès
neuf heures et demie. Mais il s'agissait d'y prendre le
reste de la famille.

La maison où madame Desvignes s'était réfugiée, après
la mort de son mari, et qu'elle occupait depuis douze ans
déjà, en y vivant des petites rentes sauvées du désastre,

très paisible, très retirée, tout entière à l'éducation de
ses deux filles, se trouvait sur la route, la première du
village. Depuis huit jours, sa fille aînée, Charlotte, que
Blaise avait épousée, était venue s'y installer pour un
mois, avec ses deux enfants, Berthe et Christophe, qui
avaient besoin de grand air ; et, la veille au soir, Blaise
lui-même les y avait rejoints, lâchant l'usine jusqu'au
lundi, ravi de passer avec eux la journée du dimanche.
C'était une joie pour la cadette, Marthe, lorsque la grande
sœur revenait vivre ainsi quelques semaines dans l'ancien
nid, amenant les bébés, retrouvant sa chambre de jeune
fille, où l'on mettait deux berceaux. Les jeux et les rires
d'autrefois recommençaient, la bonne madame Desvignes
ne rêvait plus, dans sa fierté d'être grand'mère, que d'a-
chever sa tâche, si prudemment menée, en mariant Marthe
à son tour. Et la vérité était qu'on avait pu croire un
instant qu'il y aurait trois mariages à Chantebled, au lieu
de deux. Denis, qui, au sortir de son École spéciale, s'était
lancé dans de nouvelles études techniques, couchait souvent à la ferme, voyait presque tous les dimanches Marthe,
de même âge que Rose, les deux inséparables, ainsi
qu'on les nommait ; et la jeune fille, blonde et jolie
comme sa sœur Charlotte, mais d'une intelligence plus
pratique, d'une raison plus froide, l'avait séduit, au
point de le décider à l'épouser, même sans dot, depuis
qu'il avait découvert en elle les qualités des compagnes
solides, celles, qui aident aux grandes fortunes. Seulement, dans leurs causeries d'amoureux, tous deux
étaient si sages, si pleins d'une sereine confiance, qu'ils
n'éprouvaient aucune hâte, lui surtout, très méthodique,
désireux de ne pas risquer le bonheur d'une femme,
avant de pouvoir lui offrir une situation certaine. Et
voilà comment ils avaient, d'eux-mêmes, ajourné leur
mariage, résistant, avec de paisibles sourires, aux assauts
passionnés de Rose, que l'idée des trois noces à la fois

exaltait. Denis n'en continuait pas moins ses tendres visites chez madame Desvignes, qui le recevait comme un fils, confiante et prudente, elle aussi. Ce matin-là, il était même parti de la ferme, dès sept heures, en disant qu'il allait surprendre Blaise en famille, au saut du lit, de sorte qu'on devait également le retrouver à Janville.

Justement, la fête de Janville tombait ce dimanche, le deuxième de mai. Devant la gare, la Grand'Place était envahie par des chevaux de bois, des guinguettes volantes, des baraques et des tirs. Pendant la nuit, des ondées orageuses avaient lavé le ciel, il était d'un bleu pur, avec un soleil flamboyant, trop chaud pour la saison. Aussi, du monde était déjà là, tous les badauds du pays, des bandes d'enfants, des paysans d'alentour pressés de voir. Et ce fut au milieu de cette foule que la famille tomba, les bicyclistes d'abord, le break ensuite, puis la queue qu'on avait prise à l'entrée du village.

— Nous produisons notre petit effet, dit Rose, en sautant de sa machine.

C'était incontestable. Les premières années, Janville tout entier s'était montré dur pour les Froment, ces bourgeois venus on ne savait d'où, qui avaient l'outrecuidance de vouloir faire pousser du blé où ne poussaient que des pierres, depuis des siècles. Puis, le miracle, l'extraordinaire victoire, en blessant les vanités, avait longtemps encore exaspéré les haines. Mais tout s'use, on ne tient pas rancune au succès, les gens qui s'enrichissent finissent toujours par avoir raison. Et, maintenant, Janville souriait avec complaisance de cette famille pullulante qui avait grandi là, oubliant que chaque enfant de plus, autrefois, était un nouveau scandale pour les commères. D'ailleurs, comment résister à la force heureuse, à la gaieté de cette invasion, lorsque, comme par ce dimanche de fête, la famille entière arrivait au galop, conquérait les routes, les rues et les places? Le

père et la mère, onze enfants, dont six garçons et cinq
filles, plus deux petits-enfants déjà, ça faisait quinze. Les
deux aînés, les jumeaux, avaient vingt-quatre ans, si semblables encore, que les gens parfois les confondaient,
bien qu'ils ne fussent plus tout à fait pareils, comme jadis
dans leur berceau, où il leur fallait ouvrir les yeux pour
qu'on les reconnût, Blaise les ayant gris, Denis les ayant
noirs. Le plus jeune, Nicolas, à l'autre bout, n'avait que
cinq ans, un délicieux gamin, un petit homme précoce,
d'une énergie, d'un courage qui semblait drôle. Et, des
deux grands frères à ce petit, les huit autres s'étageaient,
de deux ans en deux ans : Ambroise, le mari séducteur
de demain, en marche pour toutes les conquêtes; Rose,
si éclatante de vie, à la veille également d'être femme,
d'être mère; Gervais, au front carré, aux membres de
lutteur, qui bientôt livrerait le bon combat de la grande
culture; Claire, silencieuse, laborieuse, sans beauté, un
cœur solide, une tête sage de ménagère; Grégoire, l'éco-
lier indiscipliné, la volonté toujours en éveil, battant les
buissons, cherchant l'aventure; les trois dernières fillettes
enfin, Louise la bonne grosse fille, Madeleine la délicate
et la rêveuse, Marguerite la moins jolie, la plus tendre.
Et, lorsque, derrière le père et la mère, les onze débou-
chaient à la file, lorsqu'ils étaient suivis de Berthe et de
Christophe, ceux de l'autre génération déjà, ça faisait
une vraie queue de monde, comme ce beau dimanche,
au travers de la Grand'Place de Janville, emplie de la
population en fête. Et c'était irrésistible, même ceux
qui gardaient en travers la prodigieuse création de
Chantebled, s'égayaient, s'amusaient de les voir galoper
de la sorte, envahir le pays où ils tombaient, tant ils
apportaient avec eux de santé, de joie et de puissance,
comme si la terre elle-même, en son débordement de vie,
les eût enfantés à profusion, pour les éternels espoirs de
demain.

— Que ceux qui sont davantage se montrent! reprit gaiement Rose. On se comptera.

— Tais-toi, voyons! dit Marianne, qui, descendue de la voiture, venait de poser Nicolas à terre. Tu finiras par nous faire huer.

— Huer! mais ils nous admirent tous, regarde-les!... Est-ce drôle, maman, que tu ne sois pas plus orgueilleuse de toi et de nous!

— J'en suis tellement orgueilleuse, que je crains d'humilier les autres.

Tous se mirent à rire. Et Mathieu, près de Marianne, était très fier, lui aussi, bien qu'il gardât sa bonhomie tranquille, lorsqu'il se trouvait de la sorte, en public, au milieu du bataillon sacré, comme il nommait plaisamment ses fils et ses filles. La bonne madame Desvignes, souriante, en faisait également partie, depuis que sa fille Charlotte, en attendant que Marthe à son tour s'y employât, continuait l'œuvre de vie, donnait des soldats au bataillon toujours grandissant, qui finirait par devenir une armée. Ce n'était qu'un commencement encore, on verrait plus tard s'élargir sans cesse, pulluler sans fin la race victorieuse, les petits-fils, les fils des petits-fils. On serait cinquante, on serait cent, on serait deux cents, pour le bonheur et pour la beauté du monde. Et, dans l'ébahissement, dans l'indulgence amusée de Janville, autour de cette famille féconde, il entrait certainement l'inconsciente admiration de la force et de la santé qui créent les grands peuples.

— D'ailleurs, nous n'avons plus que des amis, fit remarquer Mathieu. Tous nous aiment.

— Oh! tous! murmura Rose. Regarde donc les Lepailleur, là, devant cette baraque.

En effet, les Lepailleur étaient là, le père, la mère, Antonin, Thérèse. Afin de ne pas voir les Froment, ils affectaient de s'intéresser à un jeu de tourniquet, chargé de porcelaines violemment peintes. Du reste, ils ne les saluaient plus, ils avaient profité d'une légère discussion pour rompre, dans leur rage impuissante de tant de prospérités ininterrompues. Lepailleur considérait la création de Chantebled comme une insulte personnelle, car il n'oubliait pas ses goguenardises, ses défis, au sujet de ces landes où l'on devait ne jamais récolter que des cailloux, Et, quand il eut bien examiné les porcelaines, l'idée lui vint d'être insolent, il se retourna, il regarda de ses yeux fixes la famille, qui, débarquée trop tôt, ayant un grand quart d'heure à tuer, avant l'arrivée du train, défilait gaiement au milieu de la fête.

L'exécrable humeur du meunier, depuis deux mois, s'aggravait de la rentrée à Janville de son fils Antonin, dans des conditions déplorables. Le garçon, parti un matin à la conquête de Paris, installé par ses parents pleins d'une aveugle confiance en sa belle écriture, était resté quatre ans chez maître Rousselet, petit clerc, d'un esprit lourd, d'une paresse insigne. Il n'avait pas fait un progrès, il ne s'était lancé, peu à peu, que dans une noce facile, d'abord la tentation du café, de la fille qui passe, puis la pente fatale, l'alcool, le jeu, les amours crapuleuses. Paris conquis, c'étaient les bas plaisirs, rêvés au village, réalisés sans mesure, avec une voracité gloutonne. Tout son argent y passait, l'argent qu'il tirait de sa mère par de continuelles promesses de victoire, dont elle acceptait le mensonge dévotement, d'une foi totale devant lui, comme devant un bon Dieu. Puis, il finit par y laisser sa santé, il devint si maigre, si jaune, perdant ses cheveux à vingt-trois ans, que sa mère, prise de peur, le ramena un soir, en déclarant qu'il travaillait trop et qu'elle ne lui permettrait pas de se tuer ainsi. On le sut plus tard, maître Rousselet l'avait simplement mis à la porte. Mais cette retraite nécessaire, ce désastreux retour au bercail, n'alla pas sans faire grogner Lepailleur, qui commençait à comprendre. S'il ne se fàchait pas encore ouvertement, c'était par orgueil, pour ne pas avouer son mécompte, le doute où il tombait du bel avenir d'Antonin. Les portes closes, il se vengeait sur sa femme, la poursuivait de querelles affreuses, depuis qu'il avait découvert ses continuels envois d'argent ; et elle lui tenait tête, admirant son garçon comme elle l'avait admiré lui-même autrefois, sacrifiant le père au fils, maintenant que l'instruction plus grande de celui-ci la stupéfiait davantage ; de sorte que le désaccord se mettait dans le ménage, né justement de leur tentative d'avoir pour héritier un monsieur, un Parisien, qui les avait gonflés d'un si vaniteux espoir. Antonin, lui, ricanait, haussait les épaules, promenait au soleil sa laide maladie, en attendant d'être assez fort pour retourner à son vice.

Lorsque les Froment passèrent, ce fut un beau spectacle de voir les Lepailleur raidis, les mangeant des yeux. Le père tordit la bouche comme pour se moquer, la mère eut un hochement de bravade. Debout, les mains dans ses poches, le garçon parut lamentable, avec sa tête déjà chauve, son dos qui se voûtait, la ruine blême où sombrait sa jeunesse. Et ils cherchaient tous les trois ce qu'ils pourraient bien trouver de désagréable, lorsqu'une occasion se présenta.

— Eh bien ! où donc est Thérèse ? glapit tout d'un coup la Lepailleur. Elle était là, qu'est-elle encore devenue ? Je ne veux pas qu'elle me quitte, quand il y a tout ce monde.

En effet, Thérèse avait disparu depuis un instant. Elle venait d'entrer dans sa dixième année, elle était jolie comme un cœur, une petite blonde déjà grasse, avec des cheveux fous, des yeux noirs qui luisaient, pareils à des chandelles. On se l'imaginait toute rose, toute dorée, poudrée à blanc, dans la farine du moulin. Mais elle se montrait terrible, d'une vivacité, d'une décision à faire frémir, s'échappant et disparaissant pendant des heures, pour battre les buissons, en quête d'oiseaux, de fleurs, de fruits sauvages. Et, si sa mère s'effarait ainsi, courant à sa recherche, lorsque les Froment passaient, c'était que, l'autre semaine, elle avait constaté un grand scandale. Le rêve passionné de Thérèse était d'avoir une bicyclette, surtout depuis que ses parents la lui refusaient avec obstination, déclarant ces machines-là bonnes pour les bourgeois, pas convenables pour les filles honnêtes. Or, une après-midi qu'elle s'en était allée par les champs, à sa coutume, sa mère qui revenait du marché, l'avait aperçue sur un bout de route déserte, en compagnie du petit Grégoire Froment, un autre rôdeur de buissons, un coureur de son espèce, avec lequel elle se retrouvait souvent de la sorte, dans des coins connus d'eux seuls. Ils faisaient bien la paire, on ne voyait qu'eux deux s'égayant, galopant, par les sentes, sous les feuilles, le long des ruisseaux. Et l'abomination, ce jour-là, était que Grégoire, ayant installé Thérèse d'aplomb sur sa bicyclette, la tenait à la taille, d'un bras ferme, courant près d'elle, l'aidant à rouler. Enfin, une vraie leçon que le petit gueux lui donnait et que la petite gueuse recevait de tout son cœur; et des rires, et des tapes, et des joujoux de gamins qui pouvaient très mal tourner. Aussi, lorsqu'elle était revenue, le soir, Thérèse avait-elle reçu deux maîtresses gifles.

— Mais où a-t-elle passé, cette sacrée coureuse? continuait à crier la Lepailleur. On ne peut pas la quitter des yeux, sans qu'elle file.

Antonin, ayant allongé la tête derrière la baraque aux porcelaines, revint en traînant la jambe, les mains toujours dans les poches, avec son ricanement vicieux.

— Regarde donc là, maman. Ça chauffe.

Et, derrière la baraque, la mère surprit encore Thérèse et Grégoire ensemble. Lui tenait d'une main sa bicyclette, dont il devait expliquer le mécanisme; tandis qu'elle, figée d'admiration et de convoitise, regardait la machine de ses yeux de péché. Elle ne put résister au désir, il la soulevait toute rieuse dans ses bras de petit homme, pour l'asseoir une minute sur la selle, lorsque la terrible voix de la mère éclata. .

— Sacrée gueuse, qu'est-ce que tu fais là encore? Veux-tu bien vite revenir, ou je vas te régler ton compte ! ·

Mathieu, qui s'était aperçu de la scène, rappela Grégoire, lui aussi, sévèrement.

— Va mettre ta machine avec les autres, et tu sais ce que je t'ai déjà défendu, ne recommence pas.

C'était la guerre. Lepailleur, impudent, gronda des menaces, avec des mots ignobles, que les brusques accords d'un orgue de Barbarie couvrirent. Et les deux familles se séparèrent, s'éloignèrent au milieu de la foule endimanchée, dont le flot grandissait.

— Mon Dieu! ce train n'arrivera donc pas! reprit Rose, qui, dans son impatience joyeuse, se tournait à chaque instant vers l'horloge de la petite gare, au fond de la place. Encore dix minutes, qu'est-ce que nous pourrions bien faire?

Justement, elle s'était arrêtée devant un homme, debout au coin d'un trottoir, en train de vendre des écrevisses, un plein panier d'écrevisses, grouillant à ses pieds. Elles venaient sûrement des sources de l'Yeuse, à trois lieues de là : des écrevisses pas grosses, mais excellentes, qu'elle connaissait bien, pour en avoir elle-même pêché parfois quelques-unes, le long du ruisseau. Une idée de gourmandise lui vint, qui était aussi une idée de jeu.

— Oh! maman, nous allons lui acheter tout son panier... Tu comprends, c'est pour le festin de bienvenue, c'est notre cadeau au royal couple que nous attendons. On ne dira pas que Nos Majestés 'ne font pas bien les choses,

quand elles attendent des Majestés voisines... Et c'est moi
qui vas les faire cuire en rentrant, vous verrez si je les
réussis !

Alors, on la plaisanta, et les parents cédèrent à cette
grande enfant, qui ne savait plus, dans son bonheur, à
quel amusement se dépenser, tant la vie lui semblait en
fête. Mais, comme elle s'entêtait à vouloir compter les
écrevisses, en manière de distraction, ce fut une rude
affaire ; car elle fut pincée par quelques-unes, elle les
lâcha, avec de petits cris ; et voilà que, le panier s'étant
renversé, toutes galopèrent. Les garçons, les fillettes se
jetèrent à leur poursuite, il y eut une chasse en règle,
même les gens sérieux de la famille finirent par s'en
mêler. Et c'était si drôle, si gai, si bon enfant, de les
entendre rire, de les voir s'exciter à cette poursuite,
les grands comme les petits, toute la nichée heureuse,
que Janville s'amassa de nouveau, prenant sa part de
l'amusement, plein de bienveillance.

Soudain, il y eut au loin un grondement de roues, un
train siffla.

— Ah ! mon Dieu ! les voilà ! dit Rose effarée. Vite !
vite ! nous allons manquer la réception !

Et ce fut une bousculade, on paya l'homme, on n'eut
que le temps de fermer le panier et de le porter dans la
voiture. Déjà, toute la famille courait, envahissait l'étroite
gare, pour se ranger en bon ordre sur le quai de débar-
quement.

— Non, non ! pas comme ça, répétait Rose, en replaçant
son monde. Vous n'observez pas les préséances. La reine
mère avec le roi son époux, puis les princes par rang de
taille. Frédéric va se mettre à ma droite. Nous sommes les
fiancés... Et, vous savez, c'est moi qui fais le compliment.

Le train s'arrêtait. Lorsque Ambroise et Andrée descendirent, ils furent d'abord stupéfaits que tout le monde fût

ainsi venu les attendre, en rang, d'un air de solennité. Mais, Rose s'étant mise à leur adresser un petit discours pompeux, traitant la fiancée en princesse lointaine qu'elle avait charge de saluer, au seuil des Etats de son père, le couple finit par rire, voulut bien continuer la plaisanterie, en répondant sur le même ton. Les employés de la gare regardaient, écoutaient, bouche béante. Ce fut d'une bonne folie, ils étaient tous ravis de se montrer si enfants, par cette chaude matinée de mai.

Cependant, Marianne eut une exclamation de surprise.

— Comment! madame Séguin n'est pas venue avec vous? Elle avait tant promis!

En effet, derrière Ambroise et Andrée, Céleste seule, la femme de chambre, venait de descendre du train. Et elle expliqua les choses.

— Madame m'a chargée de dire qu'elle était vraiment au désespoir. Hier encore, elle espérait bien tenir sa promesse. Seulement, elle a reçu, dans la soirée, la visite de monsieur de Navarède, qui préside, aujourd'hui dimanche, une conférence donnée par l'Œuvre, et il a été naturellement impossible à madame de ne pas y assister. Alors, madame s'est fiée à moi pour vous amener les jeunes gens. Vous voyez que tout va bien, les voilà à bon port.

Au fond, personne ne regrettait Valentine, que la campagne attristait. Et Mathieu résuma l'opinion générale, en exprimant un regret poli.

— Enfin, vous lui direz combien elle nous a manqué... En route, maintenant!

Mais Céleste, de nouveau, intervint.

— Pardon, monsieur, je ne reste pas avec vous... Non, madame m'a bien recommandé de revenir tout de suite auprès d'elle, car elle a besoin de moi pour l'habiller. Et puis, elle s'ennuie trop seule... Il y a un train pour Paris à dix heures un quart, n'est-ce pas? Je vais le

prendre. Puis, ce soir, je serai ici dès huit heures, je ramènerai mademoiselle... Nous avons réglé tout ça sur
un indicateur des trains. A ce soir, monsieur.

— A ce soir, c'est chose entendue.

Et, laissant la femme de chambre dans la petite gare
déserte, tous sortirent, se retrouvèrent sur la place du
village, où attendaient le break et les bicyclettes.

— Nous voilà au grand complet, cria Rose. Enfin, la
vraie fête commence... Laissez-moi organiser le cortège
pour la rentrée triomphale au château de nos pères.

— Je crains bien, dit Marianne, que ton cortège ne soit
trempé. Vois là-bas cette averse qui arrive.

Depuis un instant, le ciel, si pur, était envahi par une
grande nuée livide, qui montait de l'ouest, flagellée d'un
vent de bourrasque. C'était comme une suite des violentes
ondées orageuses de la nuit précédente.

— La pluie! nous nous en moquons bien! répondit
superbement la jeune fille. Jamais elle n'osera tomber
avant que nous soyons chez nous.

Et elle plaça son monde, avec une autorité comique,
selon l'ordre arrêté depuis huit jours dans sa tête. Et le
cortège s'ébranla, traversa Janville émerveillé, au milieu
des sourires de toutes les commères qui accouraient
sur les portes, se déroula le long de la route blanche, à
travers les champs fertiles, faisant lever des bandes
d'alouettes, dont la claire chanson montait au ciel. Ce fut
vraiment magnifique.

En tête, Rose et Frédéric, le couple, filaient à bicyclette,
côte à côte, ouvrant la marche nuptiale, d'une majes-
tueuse allure. Derrière eux, les trois demoiselles d'apparat, les trois sœurs cadettes, Louise, Madeleine et Marguerite, s'étageaient de la plus grande à la plus petite, sur
des machines faites à leur taille; et, coiffées de bérets,
avec leurs chevelures dans le dos, flottantes au vent de
la course, elles étaient adorables, un vol d'hirondelles

messagères qui rasaient le sol, porteuses de bonnes nouvelles. Quant au page Grégoire, toujours emballé, à pleines pédales, il ne se conduisait pas très bien, s'oubliait parfois jusqu'à vouloir dépasser le royal couple tenant la tête, ce qui lui attirait de sévères objurgations, tant qu'il n'était pas rentré dans le devoir, à son rang de déférence et de modestie. Seulement, les trois demoiselles d'apparat s'étant mises à chanter la complainte de Cendrillon, en marche pour le palais du prince Charmant, le royal couple avait daigné trouver d'un aimable effet ce chant de circonstance, malgré l'étiquette. Et Rose, et Frédéric, et Grégoire aussi, tous avaient fini par le chanter, à pleine voix. Et cette chanson, dans la vaste campagne sereine, faisait la plus belle musique du monde.

Puis, à quelque distance, venait le char, le bon vieux break familial, bondé maintenant. Selon le programme arrêté, Gervais conduisait, ayant Claire à sa gauche, sur la banquette de cuir. Les deux forts chevaux allaient de leur train bonhomme, malgré les coups de fouet qu'il faisait claquer allégrement au-dessus de leurs oreilles, désireux de faire lui aussi de la musique. A l'intérieur, pour les six places, on était sept, en comptant trois gamins qui tout de même tenaient leur coin, tant ils se démenaient. C'était d'abord Ambroise et Andrée, les fiancés qu'on honorait de cette glorieuse bienvenue, assis en face l'un de l'autre. Ensuite, c'étaient, également face à face, les hauts seigneurs du pays, Mathieu et Marianne, laquelle gardait sur les genoux le petit Nicolas, le dernier prince de la lignée, qui braillait comme un petit âne, parce qu'il avait de la joie. Enfin, les deux dernières places se trouvaient occupées par la petite-fille et le petit-fils des hauts seigneurs, mademoiselle Berthe et monsieur Christophe, incapables encore d'une longue course à pied. Et le char s'avançait en grande pompe, bien que, dans la crainte de la pluie prochaine, on en eût déjà tiré à demi les rideaux de grosse toile blanche, ce qui le faisait ressembler, de loin, à quelque charrette de meunier.

Puis, derrière encore, en guise d'arrière-garde, marchait à pied un groupe formé de Blaise et de Denis, de madame Desvignes et de ses deux filles, Charlotte et Marthe. Ils avaient absolument refusé de prendre une voiture, ils trouvaient très agréable de faire, en se promenant, les deux kilomètres qui séparaient Chantebled de Janville. S'il pleuvait, ils se réfugieraient bien quelque part. D'ailleurs, Rose l'avait déclaré : c'était parfait, il fallait une suite à pied, pour que le cortège eût tout le développement, toute la signification désirable : ces cinq-là faisaient la foule, l'immense concours de peuple qui suivait ses souverains, en les acclamant. Ou bien encore ils étaient la garde nécessaire, les aînés, les hommes d'armes qui veillaient, en queue, afin de déjouer l'attaque possible de quelque voisin félon. Le malheur advint que, la bonne madame Desvignes ne marchant pas vite, l'arrière-garde se trouva vite distancée, à ce point qu'elle ne forma bientôt plus, au loin, qu'un très petit groupe perdu.

Mais cela ne déconcertait pas Rose, dont les mécomptes redoublaient le grand rire. Au premier coude de la route, elle se retourna sur sa selle ; et, lorsqu'elle vit son arrière-garde à plus de trois cents mètres, elle se récria d'admiration.

— Oh ! regardez donc, Frédéric. Quel cortège interminable ! En tenons-nous, une place ! Ça s'allonge, ça s'allonge toujours, et la campagne ne va pas être assez longue.

Et, comme les trois demoiselles d'apparat, ainsi que le page, se permettaient de gouailler :

— Dites donc, vous autres, si vous étiez respectueux... Comptez donc un peu, pour voir ! Nous sommes six à l'avant-garde, n'est-ce pas ? Dans le char, ils sont neuf, ça fait quinze! Ajoutez les cinq de l'arrière-garde, ça fait vingt... On vous en donnera des familles pareilles! Les lapins qui nous regardent passer, sont muets de stupeur et d'humiliation.

Et de rire, et de reprendre tous à la fois la complainte de Cendrillon, en marche pour le palais du prince Charmant.

Ce fut au pont de l'Yeuse que les premières gouttes de pluie commencèrent à tomber, des gouttes larges. La nuée livide, que poussait un vent terrible, galopait au ciel, l'emplissait d'une clameur de tempête. Et, presque tout de suite, les gouttes s'élargirent encore, se multiplièrent, fouettées par une si violente rafale, que l'eau ruissela, s'abattit brusquement en paquets, comme si quelque formidable écluse se rompait là-haut. On ne voyait plus à vingt mètres devant soi. En deux minutes, la route déborda, telle qu'un lit de torrent.

Alors, dans le cortège, il y eut un sauve-qui-peut. On ne sut que plus tard la chance heureuse de l'arrière-garde, qui, surprise près de la maison d'un paysan, s'y réfugia, en toute tranquillité. Ceux du break, simplement, fermèrent les rideaux, puis firent halte à l'abri d'un arbre, au bord du chemin, par crainte de quelque effarement des chevaux, sous une averse pareille. Ils crièrent aux bicyclistes, qui tenaient la tête, de s'arrêter eux aussi, de ne pas être assez fous, pour s'entêter à recevoir un tel déluge; et leur voix se perdit dans le grondement de l'eau. Pourtant, ce fut le sage parti que prirent les fillettes et le page, en s'abritant derrière une haie épaisse, avec leurs machines. Mais, devant eux, le couple des fiancés, éperdument, continua.

Frédéric, le plus raisonnable des deux, avait eu le bon sens de dire :

— Ce n'est pas prudent, ce que nous faisons là. Je vous en prie, arrêtons-nous comme les autres.

Et il s'était attiré cette réponse de Rose, excitée, emportée dans sa fièvre heureuse, comme insensible au cinglement de la pluie :

— Bah! maintenant, nous sommes trempés. C'est en nous arrêtant, que nous prendrions du mal... Filons! filons! en trois minutes nous sommes chez nous, et nous nous moquerons de tous ces traînards, quand ils arriveront dans un grand quart d'heure.

Ils venaient de franchir le pont de l'Yeuse, ils volaient côte à côte, bien que la route se fît dure, une montée d'un bon kilomètre, entre les hauts peupliers.

— Je vous assure que nous avons tort, répéta-t-il. On me grondera, on aura raison.

— Ah bien! cria-t-elle, moi qui m'amuse tant! C'est très drôle, ce bain à bicyclette!... Laissez-moi, si vous ne m'aimez pas assez pour me suivre.

Il la suivit, se serra contre elle, tâcha de la protéger un peu contre la pluie oblique. Et ce fut une course éperdue, une course démente, ce couple ainsi lié, dont les coudes se touchaient, filant à une vitesse folle, comme soulevé, emporté par toute cette eau galopante, hurlante, qui faisait rage. Il semblait que l'orage les charriât avec son tonnerre. Au moment où ils sautaient de machine, dans la cour de la ferme, l'averse cessa tout d'un coup, le ciel redevint bleu.

Rose riait follement, très rouge, essoufflée, mouillée à un tel point, que ses vêtements, ses cheveux, ses mains ruisselaient, une fée des sources qui aurait renversé son urne sur elle.

— Hein? la fête est complète!... Ça n'empêche pas que nous arrivons les premiers.

Elle se sauva, monta se peigner et changer de robe. Mais ce qu'elle n'avoua pas, ce fut qu'elle ne prit pas même la peine de mettre du linge sec, pour gagner quelques minutes, dans la hâte où elle était de préparer

la cuisson des écrevisses. Avant que toute la famille
arrivât, elle voulait que l'eau fût sur le feu, avec le vin
blanc, les carottes, les épices du court-bouillon. Et elle
allait, et elle venait, acti ant la flamme, emplissant la
cuisine de son allègre activité, en bonne ménagère
heureuse de montrer son savoir; tandis que son fiancé,
redescendu, lui aussi, la suivait des yeux, d'un air d'admiration béate.

Enfin, lorsque la famille entière fut là, ceux du break,
et même les gens à pied, il y eut une explication assez
vive, car le père et la mère se fâchaient, tellement cette
course sous l'orage les avait inquiétés.

— Ma fille, répétait Marianne, ça manque de tout bon
sens... Au moins as-tu bien changé de linge?

— Mais oui! mais oui! répondit Rose. Où sont les
écrevisses?

De son côté, Mathieu sermonnait Frédéric.

— Vous pouviez vous casser le cou, sans compter que
ce n'est guère bon de recevoir toute cette eau froide,
lorsqu'on a chaud... Vous auriez dû l'arrêter.

— Dame! elle a voulu filer quand même, et moi, vous
savez, quand elle veut quelque chose, je n'ai pas la force
de ne pas le vouloir.

Ce fut Rose qui, gentiment, mit fin aux reproches.

— Voyons, voyons, assez de gronderies, j'ai eu tort...
Et personne qui me ferait un compliment sur mon court-
bouillon! Avez-vous jamais vu des écrevisses sur le feu,
qui sentissent aussi bon que celles-là?

Le déjeuner fut d'une gaieté débordante. Comme on
était vingt, et qu'on désirait faire une vraie répétition
des noces, on avait mis la table dans une grande salle,
voisine de l'ordinaire salle à manger. Elle était nue
encore; mais, tout le temps du déjeuner, on ne parla
que de la façon dont on comptait l'embellir, avec des
arbustes, des guirlandes de feuillages, des touffes de

fleurs. Au dessert, on fit même apporter une échelle, pour tracer sur les murs les grandes lignes de la décoration.

Depuis un instant, Rose, si bavarde jusque-là, se taisait. Elle avait pourtant mangé de grand appétit. Mais, sous sa lourde chevelure, mouillée encore, elle n'avait plus le sang au visage, elle était devenue d'une pâleur de cire. Et, comme elle voulait monter elle-même à l'échelle, pour indiquer un motif d'ornement, elle trébucha, elle eut une brusque syncope. Vivement, on l'avait installée sur une chaise, tout le monde s'effarait. Pendant quelques minutes, elle resta sans connaissance. Puis, quand elle revint à elle, une sorte d'angoisse la tint encore un instant étouffée, muette, sans paraître comprendre ce qui s'était passé. Mathieu et Marianne, bouleversés, la pressaient de questions, voulaient savoir. Evidemment, elle devait avoir pris froid, c'était le beau résultat de cette course imbécile. Pourtant, la jeune fille se remettait, souriait de nouveau ; et elle expliqua qu'elle ne souffrait pas, qu'elle avait senti tout d'un coup comme un gros pavé sur sa poitrine, mais que ça s'était ensuite fondu, qu'elle respirait mieux. En effet, elle fut bientôt debout, elle acheva de donner ses idées pour la décoration de la salle, si bien qu'on finit par se rassurer et que l'après-midi se passa joyeusement à tirer des plans, à faire les plus beaux projets du monde. Au dîner, on mangea peu, tant on avait fêté les écrevisses, le matin. Puis, dès neuf heures, dès que Céleste fut revenue chercher Andrée, on se sépara. Ambroise retournait le soir même à Paris. Blaise et Denis devaient prendre le premier train, le lendemain, à sept heures. Et Rose, en accompagnant madame Desvignes et ses filles, jusque sur la route, leur criait encore dans la nuit des au revoir, des à bientôt, toute vibrante de la gaieté dernière de ce rendez-vous que la famille se donnait, pour les prochaines noces heureuses.

Cependant, ni Mathieu ni Marianne ne se couchèrent tout de suite. Sans vouloir même en causer entre eux, ils trouvaient Rose singulière, les yeux troubles, l'air ivre. Elle avait de nouveau trébuché en rentrant, ils la décidèrent à se mettre au lit, bien qu'elle se plaignît seulement d'un peu de suffocation. Puis, lorsqu'elle se fut retirée dans sa chambre, qui était voisine de la leur, ils attendirent, la mère alla plusieurs fois s'assurer qu'elle était bien couverte, qu'elle s'endormait tranquillement, pendant que le père veillait, inquiet et rêveur sous la lampe. Enfin, elle dormit, et tous deux alors, après avoir laissé la porte de communication ouverte, s'entretinrent un instant à demi-voix, voulant se tranquilliser : ce ne serait rien, une bonne nuit suffirait. Ils se couchèrent à leur tour, toute la ferme fit silence, anéantie de sommeil, jusqu'au premier chant du coq. Mais, vers quatre heures, avant l'aube, une brusque plainte sourde, étouffée : Maman! maman! éveilla les époux, les jeta sur le parquet, pieds nus, frissonnants, tâtonnants, en quête de la bougie. C'était Rose qui étouffait, qui se débattait contre une nouvelle crise, d'une violence extrême. Pour la seconde fois, après quelques minutes, elle reprit connaissance, elle parut soulagée, et les parents, dans leur angoisse pourtant si vive, préférèrent n'appeler personne, attendirent le jour. Leur terreur, surtout, venait de ce qu'ils trouvaient leur fille méconnaissable, la face gonflée, décomposée, comme si quelque puissance mauvaise la leur changeait, la leur volait, en une seule nuit. Elle s'était pourtant rendormie, d'un air d'accablement. Et ils ne bougeaient plus, de peur de troubler ce repos, et ils veillaient, ils attendaient, en écoutant la ferme revivre, à mesure que grandissait le jour. Les heures sonnèrent, cinq heures, six heures. Vers sept heures moins vingt, Mathieu, apercevant dans la cour Denis qui devait rentrer à Paris par le train de

sept heures, descendit en hâte lui dire de passer chez
Boutan, pour le supplier d'accourir sans perdre une
minute. Et, après le départ de son fils, il était remonté
près de Marianne, ne voulant encore appeler ni même
prévenir personne, lorsqu'une troisième crise se produisit. Et, cette fois, ce fut la foudre.

Rose s'était soulevée, les bras ouverts, la bouche élargie, en jetant sa plainte.

— Maman! maman!

Puis, dans une révolte, dans une dernière flambée de
vie, elle sauta de sa couche, voulut marcher, alla jusqu'à
la fenêtre, que le soleil levant embrasait. Un instant, elle
s'y appuya, les jambes nues, les épaules nues, d'une
nudité pure de vierge, avec ses lourds cheveux dénoués,
qui la couvraient d'un royal manteau. Jamais elle n'avait
paru plus belle, plus éclatante de force et d'amour.

— Oh! que je souffre! C'est fini, je vais mourir.

Le père s'était précipité, la mère la soutenait, l'enveloppait de ses deux bras, comme d'une invincible armure,
pour la défendre contre tout péril.

— Tais-toi, malheureuse enfant! Ce n'est rien, c'est
une crise encore qui va se calmer... Recouche-toi, de
grâce! Ton vieil ami Boutan est en route, demain tu
seras debout.

— Non, non! je vais mourir, c'est fini!

Elle tomba dans leurs bras, ils n'eurent que le temps
de la recoucher. Et ce fut la foudre, elle mourut sans
un mot, sans un regard, en quelques minutes, d'une
congestion pulmonaire.

La foudre imbécile, la faux aveugle qui, d'un coup, sabre
tout le printemps. Cela fut si brutal, si violemment inattendu, que la stupeur, d'abord, l'emporta sur le désespoir. Aux cris de Marianne et de Mathieu, la ferme
entière accourut, s'emplit de la rumeur affreuse, puis
tomba au grand silence de la mort, toute besogne, toute

vie ayant cessé. Et ils étaient là, effarés, écrasés, les autres enfants : le petit Nicolas qui ne comprenait pas encore ; Grégoire, le page de la veille ; les trois demoiselles d'apparat, Louise, Madeleine et Marguerite ; les plus grands, les plus frappés, Claire et Gervais. Mais il y en avait d'autres par les chemins, les aînés, Blaise, Denis, Ambroise, qui roulaient vers Paris à ce moment même, ignorant l'imprévu, l'effroyable coup de hache qui s'abattait sur la famille. Où la nouvelle terrible les rattraperait-elle ? dans quelle cruelle détresse reviendraient-ils ? Et ce médecin qui allait accourir ! Et, tout d'un coup, au milieu de la confusion terrifiée des premières minutes, éclatèrent les cris de Frédéric, le fiancé, hurlant son désastre. Il devenait fou, il voulait se tuer, en disant qu'il était l'assassin, qu'il aurait dû empêcher Rose de rentrer sous l'orage. On l'écarta, il fallut l'emmener de la ferme, dans la crainte de quelque nouveau malheur. Sa subite démence avait rompu les cœurs, les sanglots coulèrent, il y eut une lamentation des misérables parents, des frères, des sœurs, de tout Chantebled foudroyé, que la mort, pour la première fois, visitait.

Rose, grand Dieu ! sur ce lit de deuil, blanche, froide, morte ! La plus jolie, la plus gaie, la plus aimée ! Celle devant qui tous les autres étaient en admiration, en fierté, en amour ! Et cela dans un tel espoir de longue vie et de solide bonheur, dix jours avant le mariage, le lendemain même de cette belle journée de gaieté folle, où elle avait tant plaisanté, tant ri ! On la revoyait si vivante, si adorable, avec ses imaginations de grande enfant heureuse, ses réceptions princières, son royal cortège. Les deux prochains mariages, célébrés ensemble, c'était comme la floraison même du bonheur constant, la longue prospérité de la famille épanouie en une suprême joie. Jusque-là, sans doute, on avait peiné souvent, pleuré parfois ; mais on s'était serré, consolé, les uns contre les

autres; pas un encore n'avait manqué, le soir, à la bonne
embrassade qui guérissait de tout. Et voilà que la meilleure partait; la mort venait dire qu'il n'y avait de joie
absolue pour personne, que les plus vaillants, les plus
heureux ne triomphaient jamais dans la plénitude de leur
espérance. La vie n'était pas sans la mort. En une fois,
ils payaient leur dette de misère humaine, d'autant plus
chèrement, qu'ils s'étaient taillé une plus large part de
vie, créant beaucoup pour vivre beaucoup. Lorsque tout
germe, tout pousse autour de soi, lorsqu'on a voulu la
fécondité sans réserve, l'œuvre d'enfantement continu,
quel rappel atroce à l'éternel gouffre obscur, dans lequel
s'élabore le monde, le jour où le malheur s'abat, creuse
la première fosse, emporte un être cher! C'est la
brusque cassure, l'arrachement des espoirs qui semblaient
sans fin, la stupeur qu'on ne puisse vivre et s'aimer
toujours.

Ah! les deux terribles journées qui suivirent, la ferme
morte elle aussi, sans autre bruit que le souffle du bétail,
la famille entière accourue, anéantie de cruelle attente,
brûlée de larmes, tant que le pauvre corps resta là, sous
une moisson de fleurs! Et il y eut cette aggravation de
cruauté que, la veille des obsèques, le corps, mis en
bière, fut descendu dans la salle où l'on avait déjeuné
si joyeusement, en discutant la façon magnifique dont on
la décorerait, pour la grande fête des deux noces. Ce fut
là que se fit la dernière veillée funèbre, et il n'y avait
pas d'arbustes verts, pas de guirlandes de feuillages,
quatre cierges brûlaient seuls, des roses blanches se
fanaient, cueillies du matin. Ni la mère ni le père ne
voulurent se coucher pendant cette nuit suprême. Ils
restèrent côte à côte près de l'enfant que la terre leur
reprenait. Ils la revoyaient toute petite, à seize mois,
dès leur premier séjour à Chantebled, dans l'ancien
pavillon de chasse, lorsqu'elle venait d'être sevrée et

qu'ils allaient la recouvrir la nuit. Ils la revoyaient, plus tard, à Paris, si petite encore, accourant le matin, grimpant, envahissant leur lit mis au saccage, avec des rires de conquête. Ils la revoyaient surtout grandie, embellie, à mesure que Chantebled s'agrandissait, comme si elle s'était épanouie elle-même de toute la santé, de toute la beauté de cette terre devenue fertile. Et elle n'était plus, et, quand cette pensée leur revenait qu'ils ne la reverraient jamais plus, leurs mains se cherchaient, se nouaient d'une étreinte affreuse, tandis que, d'une même plaie, de leurs deux cœurs écrasés ensemble, il leur semblait que toute leur vie, que tous leurs jours futurs coulaient au néant. Désormais, la brèche était faite, est-ce que les autres bonheurs n'allaient pas suivre, emportés à leur tour? Et les dix autres enfants avaient beau être là, depuis le petit de cinq ans jusqu'aux deux aînés de vingt-quatre ans, vêtus de noir, en larmes, autour de la sœur endormie, ainsi qu'un douloureux bataillon qui lui aurait rendu les honneurs funèbres : ni le père ni la mère ne les voyaient plus, ne les comptaient plus, le cœur déchiré, arraché par la perte de celle qui partait, qui emportait de leur chair. Et, dans la grande salle nue, que les quatre cierges éclairaient mal, l'aube se leva sur cette veillée de mort, ce dernier adieu de toute la famille.

Puis, ce fut encore la douleur du convoi se déroulant par la route blanche, entre les hauts peupliers, au milieu des blés verts, cette route que Rose avait si follement montée sous l'orage. Tous les parents, tous les amis étaient venus, tout le pays avait apporté son émotion d'une mort si foudroyante. Aussi le cortège, cette fois, s'allongeait-il réellement au loin, derrière le char drapé de blanc, comme fleuri, dans le clair soleil, d'un buisson de roses blanches. La famille entière avait voulu mener le deuil, la mère elle-même, ainsi que les sœurs, ayant déclaré qu'elles ne quitteraient la chère morte qu'au bord de la fosse. Ensuite, marchaient les intimes, les Beauchêne, les Séguin. Mais, dans leurs larmes, ni Mathieu ni Marianne, brisés de fatigue, anéantis de souffrance, ne reconnaissaient plus les gens. Ils se souvinrent, seulement le lendemain, qu'ils avaient dû voir Morange, sans être certains pourtant que ce fût bien Morange, ce monsieur silencieux, effacé, entrevu comme une ombre, qui leur avait serré les mains, en pleurant. Et ce fut de même, dans une sorte de rêve horrible, que Mathieu se rappela la maigre figure, le profil sec de Constance s'approchant de lui, au cimetière, après la descente du corps, et lui disant de vagues bonnes paroles, tandis qu'il avait cru voir flamber ses yeux d'un triomphe abominable.

Qu'avait-elle dit? il ne savait plus. Des paroles correctes naturellement, de même que son attitude était celle d'une parente affligée. Mais un souvenir brûlant lui revenait, d'autres paroles qu'elle avait prononcées, le jour où elle avait promis d'assister aux deux noces, en lui souhaitant, d'une bouche amère, que la bonne chance de Chantebled continuât. Et ils étaient donc foudroyés à leur tour, ces Froment si féconds, si prospères! et c'était peut-être leur bonne chance finie à jamais! Il en garda un long frisson, ébranlé dans sa foi en l'avenir, hanté par la peur de voir la prospérité, la fécondité s'interrompre et se perdre, maintenant que la brèche était ouverte.

IV


Un an plus tard, Ambroise et Andrée baptisaient leur
premier enfant, un garçon, le petit Léonce. Ils s'étaient
mariés six semaines après la mort de Rose, dans l'intimité, sans fête. Et ce baptême allait être la première
heureuse occasion de sortie, pour Mathieu et Marianne,
encore en deuil, mal remis de la terrible secousse. D'ailleurs, il était décidé qu'après la cérémonie, on déjeunerait simplement chez le jeune ménage, et que chacun
retournerait ensuite à ses affaires. Toute la famille ne
pouvant venir, il n'y aurait là, en dehors du grand-père
et de la grand'mère, que les deux aînés, Denis et
Blaise, ce dernier avec sa femme Charlotte. Beauchêne,
le parrain, avait choisi madame Séguin pour commère,
car la pauvre Constance, comme il le disait, frissonnait
à la seule pensée de toucher un enfant, depuis la mort
de leur Maurice. Elle avait pourtant accepté d'être du
déjeuner, auquel Séguin s'était excusé de ne pouvoir
prendre part. Et, de cette façon, on était encore dix, de
quoi emplir la petite salle à manger, dans l'appartement
modeste que le ménage occupait rue La Boëtie, en
attendant la fortune prochaine.

Ce fut une matinée d'une grande douceur. Mathieu et
Marianne qui, même pour cette réjouissance, n'avaient
pas voulu quitter leurs vêtements noirs, finirent par
s'égayer tendrement, devant le berceau de ce petit-fils,

dont la venue leur apportait comme un renouveau d'espoir. Au début de l'hiver, un autre deuil avait frappé la famille. Blaise avait perdu son petit Christophe, à deux ans et demi, victime du croup. Mais, par une sorte de compensation, Charlotte se trouvait de nouveau enceinte, de quatre mois déjà, et la douleur des premiers jours s'était changée en une attente émue. Puis, l'étroit appartement sentait bon, tout parfumé de la grâce blonde d'Andrée, tout ensoleillé du charme victorieux d'Ambroise, un couple de beaux amoureux qui s'adoraient, qui partaient bravement, au bras l'un de l'autre, à la conquête du monde. Et il y eut, en outre, pendant le déjeuner, le gros appétit, les gros rires de Beauchêne, le compère, très occupé de sa commère Valentine, plaisantant, lui faisant une cour outrée, dont elle s'amusait elle-même, si mince à quarante-cinq ans, qu'elle jouait encore les jeunes filles, bien qu'elle fût grand'mère, elle aussi. Seule Constance restait grave, ne daignant sourire que d'un léger pli de ses lèvres minces, tandis que, par moments, une ombre d'atroce souffrance passait sur sa face séchée, lorsque son regard se promenait autour de cette table réjouie, d'où se levait, malgré les deuils récents, une force nouvelle d'invincible avenir.

Vers trois heures, Blaise quitta la table, sans vouloir que Beauchêne reprît de la chartreuse.

— C'est vrai, mes enfants, il a raison, finit par dire celui-ci, docile. On est très bien chez vous, mais il faut absolument que nous rentrions à l'usine. Et nous allons vous enlever Denis, nous avons besoin de ses lumières pour toute une grosse histoire de construction... Voilà comme nous sommes, nous autres. Nous ne boudons pas contre le devoir.

Constance s'était également levée.

— La voiture doit être en bas, est-ce que tu la prends ?

— Non, non, nous irons à pied, ça nous débarbouillera
un peu la tête.

Le temps était couvert ; et, comme le jour baissait de
plus en plus, Ambroise, qui s'était approché de la fenêtre, cria :

— Vous allez être mouillés.

— Bah ! ça menace depuis ce matin, nous aurons bien
le temps d'arriver jusqu'à l'usine.

Il fut entendu que Constance prendrait Charlotte, dans
la voiture, pour la mettre chez elle, à la porte du petit
pavillon. Rien ne pressait Valentine, elle rentrerait tranquillement avenue d'Antin, à deux pas, dès que le temps
se serait éclairci. Et quant à Marianne, quant à Mathieu,
ils venaient de céder aux tendres supplications d'Andrée,
ils voulaient bien dîner là, passer la journée entière, de
façon à ne regagner Chantebled que par le dernier train.
Ce serait la fête complète, le jeune ménage en était ravi,
dansait et tapait des mains.

Mais le départ des autres fut égayé encore par un incident, une erreur de Constance, qui parut très comique,
dans la joie dernière du plantureux déjeuner. Elle s'était
tournée vers Denis, elle lui demanda tranquillement,
en le regardant de ses yeux pâles :

— Blaise, mon ami, donnez-moi donc mon boa, que
j'ai dû laisser dans l'antichambre.

Tout le monde se mit à rire, sans qu'elle en comprît la
cause. Et ce fut avec la même tranquillité qu'elle remercia Denis, lorsqu'il lui apporta l'objet.

— Merci, Blaise, vous êtes très aimable.

Alors, ce fut une explosion, on étouffait, tellement sa
paisible assurance semblait drôle. Quoi donc ? qu'avaient-
ils tous à se moquer de la sorte ? Elle finit par soupçonner
sa méprise, elle regarda plus attentivement le jeune
homme.

— Ah ! oui, ce n'est pas Blaise, c'est Denis... Que

voulez-vous ? moi, je les confonds toujours, surtout depuis qu'ils portent la barbe taillée de même.

Obligeamment, pour corriger ce que de tels rires pouvaient avoir d'un peu railleur, Marianne rappela l'anecdote, si connue dans la famille, qu'elle-même, lorsqu'ils étaient petits et qu'ils dormaient ensemble, les réveillait, pour les reconnaître, à la couleur différente de leurs yeux. Puis, les autres, Beauchêne, Valentine, s'en mêlèrent, racontèrent chacun les incroyables circonstances dans lesquelles ils avaient confondu les deux jumeaux, tant leur ressemblance, certains jours, sous certains éclairages, devenait complète. Et ce fut au milieu de cette gaie animation qu'on se sépara, après avoir échangé toutes sortes d'embrassades et de poignées de main.

Dans la voiture qui les ramenait, Constance n'adressa que de rares paroles à Charlotte, en prétextant une violente migraine, que le déjeuner, trop prolongé, venait d'accroître. L'air las, les yeux clos à demi, elle songeait. Au lendemain de la mort de Rose, lorsque le petit Christophe s'en était allé lui aussi, élargissant la plaie ouverte au cœur des Froment, elle avait eu comme une résurrection d'espoir. Une fièvre s'était déclarée, où elle crut reconnaître un réveil de tout son être. Des flots de sang lui montaient au visage, des frissons brûlaient sa chair, elle passa des nuits troublées de désirs, elle qui n'en avait jamais eu. Etait-ce donc, grand Dieu ! sa fécondité, sa maternité qui revenait? Parfois n'arrive-t-il pas ainsi que, déjà dépouillés, certains arbres robustes, par de beaux automnes, se recouvrent de feuilles et de fleurs ? Alors, il y eut, chez elle, une allégresse folle. A mesure qu'elle s'était éloignée du jour affreux où Gaude lui avait brutalement dit qu'elle n'aurait plus d'enfant, elle avait douté davantage de sa parole de praticien, ne pouvant admettre sa propre impuissance, préférant croire à l'erreur d'un autre, toujours possible, si autorisé

qu'il fût. Et c'était bien cela, Gaude avait dû se tromper.
Elle écouta la vie battre en ses veines, elle se mit à suivre
avec passion cette crise de son sang, ces brûlures, ces
angoisses, qu'elle ne s'expliquait pas, qu'elle pensait être
un renouveau tardif de son sexe. Une nuit même, comme
elle entendait rentrer son mari, elle fut sur le point de
se lever, de l'appeler dans sa couche, éperdue, prise de
la certitude de l'enfant. Puis, des douleurs graves sur-
vinrent, Boutan dut être consulté, et ce fut un écroulement
encore, le coup de massue, lorsqu'il constata simplement un précoce retour d'âge, à quarante-six ans à peine,
en laissant entendre que les fraudes avaient pu le hâter.
Cette fois, l'arbre de vie était bien mort, rien désormais ne pousserait plus de la branche desséchée, d'où
elle venait de voir tomber les dernières fleurs de sang.

Depuis deux mois, Constance mâchait ainsi sourdement
sa rage de n'être plus une femme. Et, le matin, pendant
ce baptême, et maintenant, dans cette voiture, près de
cette jeune femme enceinte, c'était sa déchéance inavouée
encore, tenue secrète comme un mal honteux, qui empoisonnait son rire, qui la rendait jaune et mauvaise,
capable des pires méchancetés. L'enfant qu'elle avait
perdu, l'enfant qu'elle ne pouvait plus avoir, cette maternité longtemps contentée dans le calme, aujourd'hui
dupée, inassouvie, la jetait à un véritable perversion
morbide, où passaient des souhaits de monstrueuse rancune, qu'elle n'osait se dire à elle-même. Elle accusait
le monde entier, et les événements, et les hommes, de
s'entendre pour l'écraser. Son mari était le plus lâche, le
plus imbécile des traîtres, car il la trahissait, en laissant
aller, davantage chaque jour, un peu de l'usine à ce
Blaise, dont la femme, si elle perdait un fils, en faisait
tout de suite un autre. Elle s'irritait de voir ce mari si
gai, si heureux, depuis qu'elle l'avait abandonné à ses
basses jouissances du dehors, sans rien lui demander du

devoir conjugal, pas même la présence. Il gardait son air
de supériorité victorieuse, déclarant qu'il n'avait pas
changé ; et c'était vrai, le patron actif d'autrefois avait
beau être devenu le rôdeur sénile, en marche pour la
paralysie générale, il n'était toujours que l'égoïste pratique tirant de sa vie la plus grande somme de jouissance
possible. Il suivait sa pente, il n'adoptait Blaise que
dans son ravissement d'avoir rencontré un garçon intelligent, travailleur, qui lui évitait des soucis devenus trop
lourds à ses épaules lasses, tout en lui gagnant encore
l'argent de ses plaisirs. Constance savait qu'un projet
d'association allait intervenir, son mari devait même
avoir touché déjà une forte somme pour boucher des
trous qu'il lui cachait, des opérations ineptes, des
dettes ignobles. Et, les yeux clos, pendant que la voiture
roulait, elle achevait de s'empoisonner de ces choses,
elle en aurait crié de fureur, en se jetant sur cette
jeune femme, cette Charlotte qui était près d'elle, l'épouse
aimée, la mère féconde, pour la gifler et lui déchirer le
visage.

Puis, l'idée de Denis lui revint. Pourquoi l'emmenait-
on à l'usine ? allait-il la voler aussi, celui-là ? Elle savait
pourtant que, sans situation encore, il avait refusé de
s'adjoindre à son frère, estimant qu'il n'y avait point là
place pour deux. Il possédait des connaissances techniques
très étendues en mécanique, il ambitionnait la direction
de quelque vaste chantier de construction ; et c'étaient
même ces connaissances qui faisaient de lui un conseiller
précieux, lorsque l'usine avait à établir le modèle nouveau de quelque importante machine agricole. Mais elle
l'écarta pourtant, il ne comptait pas dans ses craintes,
puisqu'il n'était chez elle que le passant d'une heure, qui,
le lendemain peut-être, s'installerait à l'autre bout de la
France. La pensée de Blaise était revenue, obsédante,
étouffante, et elle eut tout d'un coup l'inspiration que,

si elle se hâtait de rentrer, avant que les trois hommes fussent là, elle pourrait voir Morange seul dans son bureau, le faire causer, savoir bien des choses. Evidemment, lui, le comptable, connaissait le traité d'association, même si ce traité n'était qu'à l'état de projet. Et elle se passionna, brûla dès lors d'être arrivée, certaine d'obtenir les confidences de Morange, dont elle croyait pouvoir disposer à sa guise.

Comme la voiture filait sur le pont d'Iéna, elle regarda par la portière.

— Mon Dieu! que cette voiture est lente!... S'il pouvait pleuvoir, cela me soulagerait peut-être un peu la tête.

Elle songeait qu'une violente averse lui donnerait plus de temps, en arrêtant les trois hommes sous quelque porte cochère. Et, devant l'usine enfin, elle fit arrêter, sans même reconduire sa compagne jusqu'au pavillon.

— Ma chère, vous m'excusez, n'est-ce pas? Vous n'avez qu'à tourner le coin de la rue.

Charlotte, souriante, affectueuse, lui prit la main, la garda quelques secondes dans la sienne, lorsqu'elles furent toutes deux descendues.

— Sans doute, et merci mille fois. Vous êtes trop aimable... Et veuillez prévenir mon mari que vous m'avez mise à bon port, car il s'inquiète aisément, depuis que me revoilà intéressante.

Il fallut que Constance sourît à son tour, promît de faire la commission, avec de nouveaux témoignages de tendre amitié.

— Au revoir, à demain.

— Oui, oui, à demain, au revoir.

Il y avait dix-huit ans déjà que Morange avait perdu sa femme Valérie, neuf ans que sa fille Reine était morte. Et il semblait toujours au lendemain de ces catastrophes, dans les vêtements noirs qu'il avait gardés, dans la vie qu'il menait à l'écart, se cloîtrant, ne disant plus que les paroles indispensables. Il était d'ailleurs redevenu le bon employé modèle, le comptable correct, méticuleux, toujours à l'heure, comme cloué sur le fauteuil de bureau, où, depuis bientôt trente ans, il s'asseyait chaque matin ; car ses deux femmes, ainsi qu'il appelait passionnément ses chères disparues, avaient emporté avec elles sa volonté, son ambition, tout ce qu'il s'était un instant efforcé de rêver pour elles de conquête, de haute fortune, de vie luxueuse, triomphante. Lui, si seul désormais, retombé à sa faiblesse, à sa timidité d'enfant, ne souhaitait pour mourir que ce coin d'ombre habituel, cette besogne obscure dont il recommençait l'effort chaque jour, en bête de manège tournant sa roue. Mais on le soupçonnait d'avoir chez lui, dans cet appartement du boulevard de Grenelle qu'il s'obstinait à ne point quitter, une vie de mystère, toute une existence de maniaque, tenue secrète, en jaloux inquiet. La bonne avait l'ordre de ne laisser entrer personne. Du reste, elle-même ne savait rien. S'il lui abandonnait la salle à manger et le salon, il ne tolérait pas qu'elle mît le pied dans sa chambre, l'ancienne chambre conjugale, ni dans la chambre de Reine, où lui seul entrait. Il s'y enfermait pour les nettoyages, sans qu'on sût au juste quels soins il pouvait y prendre. C'étaient comme des sanctuaires sacrés, redoutables, dont il était l'unique prêtre, en dévot fervent qui assumait tout le culte. Vainement, la bonne avait tenté d'y jeter un coup d'œil ; vainement, lorsqu'il y vivait ses journées libres, elle collait l'oreille à la porte : elle ne voyait rien, n'entendait rien. Pas une âme n'aurait pu dire les reliques que contenaient ces chapelles, ni de quelles pratiques religieuses il les honorait. Une autre raison de surprise était sa chiche vie d'avare dont il aggravait de plus en plus la rudesse, n'ayant comme frais que les seize cents francs du loyer, les gages de la

bonne, les quelques sous par jour qu'elle avait grand'peine
à lui tirer, pour la nourriture et l'entretien. Il était arrivé
au chiffre de huit mille francs d'appointements, il n'en
dépensait pas la moitié, à coup sûr. Où passaient ses
grosses économies, dont il refusait de jouir? Dans quel
trou caché les enfouissait-il? Pour quelle passion secrète,
pour quel rêve de tendresse folle? Et il était très doux,
très propre, la barbe très soignée, maintenant toute
blanche, et il venait à son bureau avec un petit sourire,
sans que rien, chez cet homme si régulier, si méthodique,
révélât l'effondrement intérieur, tout ce que le désastre
avait laissé de cendre et d'incendie mal éteint.

Un lien s'était peu à peu noué entre Constance et
Morange. Lorsqu'elle l'avait vu revenir à l'usine, après la
mort de sa fille, dévasté, elle s'était prise pour lui d'une
pitié profonde, dans laquelle, confusément, entrait une
sourde inquiétude personnelle. Son Maurice devait vivre
cinq ans encore, mais elle était hantée déjà, elle ne
pouvait rencontrer Morange sans qu'un petit frisson lui
glaçât la chair : c'était celui qui avait perdu son enfant
unique. Grand Dieu ! une telle catastrophe était donc
possible? Puis, quand, frappée elle-même, elle avait connu
l'horrible détresse, la brusque plaie béante, inguérissable, elle s'était rapprochée de ce frère en douleur,
l'accueillant, le traitant avec une bienveillance qu'elle ne
montrait pour personne. Parfois, elle l'invitait à venir
passer la soirée, et tous deux causaient, souvent même
ne disaient rien, mettaient leur misère en commun, dans
leur silence. Elle avait profité plus tard de cette intimité
pour être, grâce à lui, au courant des choses de l'usine,
dont son mari évitait de lui parler. Depuis surtout qu'elle
soupçonnait ce dernier de gestion mauvaise, de fautes,
de dettes, elle tâchait de faire du comptable un confident, un espion même, qui l'aidât à prendre le plus possible d'une direction qu'elle sentait compromise. Et c'était

pourquoi elle se hâtait tant de rentrer à l'usine, ce jour-
là, saisissant l'occasion d'y être seule avec Morange, certaine de le forcer aux confidences, en l'absence des
patrons.

A peine prit-elle le temps d'ôter ses gants et son chapeau. Elle le trouva dans son bureau étroit, assis à sa
place immuable, penché sur l'éternel registre, grand ouvert
devant lui.

— Tiens ! dit-il étonné, c'est donc fini déjà, ce baptême ?

Tout de suite, elle conta les choses en les arrangeant,
pour servir de transition.

— Mais oui. C'est-à-dire que je suis revenue, moi, parce
que j'avais un mal de tête fou. Les autres sont restés là-
bas... Alors, comme nous voilà seuls ici, j'ai pensé que
ça me ferait du bien de causer un peu avec vous, mon
ami. Vous savez à quel point je vous estime... Ah ! je ne
suis pas heureuse, pas heureuse !

Elle était tombée sur une chaise, suffoquée par les
larmes qu'elle contenait depuis si longtemps, devant le
bonheur des autres. Bouleversé de la voir ainsi, sans force
lui-même, il voulait appeler la femme de chambre, dans
la crainte qu'elle ne se trouvât mal. Mais elle l'en empêcha.

— Je n'ai plus que vous, mon ami... Tout le monde
m'abandonne, tout le monde est contre moi. Je le sens
bien, on me ruine, on travaille à ma perte, comme si je
n'avais déjà pas tout perdu, en perdant mon enfant... Et,
puisque vous me restez seul, vous qui savez ma torture,
vous qui n'avez plus de fille, soyez avec moi, de grâce !
dites-moi la vérité. Au moins, je pourrai me défendre.

En l'entendant parler de sa fille, il s'était mis à pleurer avec elle. Et elle pouvait le questionner maintenant,
il répondrait, dirait tout, anéanti dans cette douleur
commune qu'elle venait d'évoquer. Il lui apprit donc

qu'en effet un traité allait intervenir entre Blaise et Beauchêne; mais ce n'était pas précisément une association. Beauchêne, ayant prélevé des sommes considérables sur la caisse de l'usine, pour des dépenses inavouables, tout un chantage, disait-on, la mère d'une fillette qui parlait des assises, avait dû se confier à Blaise, au lieutenant dont les mains actives menaient la maison, en le chargeant de lui trouver un prêteur; et c'était alors que le jeune homme avait lui-même prêté l'argent, sans doute un argent que Mathieu Froment, son père, avançait, heureux de le mettre ainsi dans l'usine, au nom de son fils. Aujourd'hui, pour régulariser la situation, on avait simplement résolu de diviser la propriété de la maison en six parts, afin de céder à Blaise une de ces parts, en remboursement. Celui-ci devenait donc propriétaire pour un sixième, si toutefois Beauchêne ne rachetait pas ce sixième, dans de certains délais. Le pire danger était qu'au lieu de se libérer, il ne succombât désormais à la tentation de vendre une à une les autres parts, sur la pente de gaspillages et de sottises où il roulait.

Constance avait écouté, frémissante, toute pâle.

— C'est signé, ça?

— Non, pas encore. Mais les pièces sont prêtes, on signera ces jours-ci. D'ailleurs, c'est une solution raisonnable, et qui s'impose.

Mais elle n'était évidemment pas de cet avis, soulevée de révolte, cherchant de toutes les forces de son être l'obstacle, ce qu'elle pourrait inventer d'irréparable pour empêcher sa ruine, sa honte.

— Mon Dieu! que faire? comment agir?

Puis, dans sa rage de ne rien trouver, d'être impuissante, ce cri lui échappa :

— Ah! ce misérable Blaise!

Le bon Morange en fut tout ému. Il n'avait pas compris encore. Aussi, tranquillement, s'efforça-t-il de la calmer, en lui expliquant que Blaise était un brave cœur, que dans cette circonstance il s'était montré parfait, s'employant à étouffer le scandale, se montrant même très désintéressé. Et, comme elle s'était mise debout, satisfaite de savoir, désireuse de n'être pas trouvée là par les trois hommes, qui rentraient à pied, le comptable se leva, lui aussi, l'accompagna le long de la galerie qu'elle devait suivre pour retourner à son appartement.

— Je vous en donne ma parole d'honneur, madame, ce jeune homme n'a fait aucun vilain calcul... Toutes les pièces me passent par les mains, personne n'est mieux renseigné que moi... Et, si j'avais eu quelque doute d'une machination, j'aurais eu le courage de reconnaître vos bontés en vous prévenant.

Elle ne l'écoutait plus, tâchait de se débarrasser de lui. A ce moment, la violente averse, longtemps menaçante, s'abattait, fouettait furieusement les vitres. Le ciel s'était obscurci d'une nuée si noire, qu'il faisait presque nuit, bien qu'il fût quatre heures à peine. Et cette idée lui vint : les trois hommes, sous un tel déluge, allaient prendre une voiture. Elle hâta le pas, toujours suivie du comptable.

— Tenez ! un exemple, continua-t-il. Lorsqu'il s'est agi de rédiger le traité...

Tout d'un coup, il s'interrompit, eut une exclamation rauque, en l'arrêtant, en la rejetant en arrière, d'un geste d'épouvante.

— Prenez garde !

Sous leurs pas, s'ouvrait un abîme. Il y avait là, au bout de la galerie, avant le corridor qui servait de communication avec l'hôtel, un monte-charge d'une grande puissance, actionné par la vapeur, destiné à descendre les grosses pièces aux ateliers d'emballage. D'ailleurs, on ne l'utilisait que certains jours. Habituellement, l'énorme trappe restait fermée ; et, quand l'appareil fonctionnait, un homme, un gardien spécial se tenait là, veillant, réglant la besogne.

— Prenez garde! prenez garde! répétait Morange, glacé, affolé.

La trappe était descendue, l'immense trou s'enfonçait, béant. Pas une barrière, rien qui pût les avertir, qui les eût empêchés de faire le terrible saut. La pluie claquait toujours sur les vitres, l'obscurité devenait si complète dans la galerie, qu'ils y marchaient de confiance, sans rien voir devant eux. Et un pas de plus, ils étaient précipités. C'était miracle que le comptable se fût inquiété de cet épaississement d'ombre, de ce gouffre qu'il avait plutôt senti qu'aperçu, le sachant là.

Cependant, Constance, ne comprenant pas encore, voulait se dégager de l'étreinte éperdue de Morange.

— Mais voyez donc! cria-t-il.

Et il se pencha, et il la força de se pencher au-dessus du trou. Cela s'enfonçait dans les sous-sols, à trois étages, tel qu'un puits de ténèbres. Un souffle humide de cave s'exhalait, on distinguait à peine des profils vagues de grosses ferrures. Seule, tout en bas, une lanterne brûlait, une clarté lointaine, comme pour mieux montrer la profondeur et l'horreur du gouffre. Et ils s'écartèrent, pâlissant.

Maintenant, Morange se fâchait.

— C'est idiot! qu'est-ce qu'ils font? pourquoi n'obéissent-ils pas au règlement?... D'habitude, il y a un homme là, un homme exprès, qui ne doit pas quitter son poste, tant que la trappe n'est pas remontée... Où est-il? qu'est-ce qu'il fiche, celui-là?

Il retourna près du trou, il y jeta un furieux appel.

— Bonnard!

Rien ne répondit, le trou restait sans fond, noir et vide. Ce silence l'enragea.

— Bonnard! Bonnard!

Et toujours rien, pas un bruit, l'humide souffle des
ténèbres montait seul, comme du lourd silence d'une tombe.

Alors, il prit un parti violent.

— Je vais descendre, il faut que je trouve Bonnard...
Nous voyez-vous, là-bas, au fond?... Non, non! on ne
peut accepter ça. Et puis, je veux qu'il la ferme, sa trappe,
ou bien qu'il reprenne son poste... Qu'est-ce qu'il fiche?
où peut-il être?

Déjà, il s'était engagé dans un petit escalier tournant,
qui desservait tous les étages, le long du monte-charge,
lorsqu'il cria encore, d'une voix peu à peu perdue:

— Je vous en prie, madame, attendez-moi, restez là,
pour avertir, si quelqu'un passait.

Constance était seule. Le roulement sourd de l'averse
continuait contre les vitres, mais un peu de jour livide
renaissait, sous la rafale qui emportait la nuée. Et voilà
que, dans cette pâle lumière, Blaise apparut, au bout
de la galerie. Il rentrait, il venait de laisser un instant les
deux autres, pour descendre aux ateliers, en quête d'un
renseignement, dont ils avaient besoin. Préoccupé, tout
à l'œuvre qui le reprenait, il s'avançait la tête un peu
basse, d'un pas tranquille. Et, quand elle le vit apparaître, elle eut seulement au cœur la cuisson de la rancune, la colère avivée de ce qu'elle avait appris, ce traité
qu'on signerait le lendemain et qui la dépouillerait.
C'était l'ennemi, chez elle, contre elle, qu'un soulèvement
de tout son être aurait voulu exterminer, jeter dehors,
ainsi qu'un usurpateur de ruse et de mensonge.

Il avançait. Elle se trouvait dans l'ombre épaisse,
près du mur, de sorte qu'il ne pouvait la voir. Mais elle,
à mesure qu'il approchait doucement, le voyait avec une
netteté singulière, baigné de clarté grise. Jamais elle
n'avait senti à ce point la puissance de son front, l'intelligence de ses yeux, la volonté ferme de sa bouche. Et,
brusquement, le fait la frappa d'une fulgurante certitude:

il marchait vers le trou sans l'apercevoir, il allait sûrement y culbuter, à moins qu'elle ne l'arrêtât au passage. Tout à l'heure, comme lui, elle était venue de là-bas, elle y serait tombée, si une main amie ne l'avait retenue ; et elle avait encore l'affreux frisson dans les veines, elle voyait toujours l'humide gouffre noir, avec la petite lanterne, au fond. L'effroyable chose s'évoqua, se précisa : le sol qui manque sous les pieds, la chute dans un grand cri, l'écrasement.

Il avançait. Certes, une telle chose était impossible, elle l'empêcherait, puisqu'un petit geste de la main devait suffire. Quand il serait là, devant elle, n'aurait-elle pas toujours le temps d'allonger le bras? Cependant, d'un coin obscur de son être, une voix très claire, très froide, montait, disait de brèves paroles, qu'elle entendait comme si des trompettes les eussent sonnées à ses oreilles. Lui mort, c'était fini, jamais il n'aurait l'usine. Elle qui, passionnément, se désespérait de ne pouvoir imaginer un obstacle, n'avait qu'à laisser faire le hasard secourable. Et la voix disait cela, répétait cela, d'une insistance aiguë, sans rien ajouter d'autre. Après, il n'y avait rien. Après, il n'y avait qu'un homme broyé, supprimé, un trou de ténèbres éclaboussé de sang, où elle ne voyait plus, ne prévoyait plus, ne raisonnait plus. Que se passerait-il le lendemain? elle ne voulait rien en savoir, il n'y avait même pas de lendemain. Et ce n'était que le fait brutal, immédiat, qu'exigeait la voix impérieuse. Lui mort, c'était fini, jamais il n'aurait l'usine.

Il avançait. En elle, ce fut alors un effrayant combat. Combien dura-t-il? des journées, des années? A peine quelques secondes sans doute. Elle était toujours résolue à l'arrêter au passage, certaine qu'elle allait vaincre l'atroce pensée, quand viendrait l'instant du geste décisif. Mais cette pensée pourtant l'envahissait, se matérialisait dans sa chair, comme un besoin physique, la soif, la

faim. Elle avait faim de cela, elle en souffrait, prise d'une
de ces fringales qui font le crime, le passant dépouillé,
égorgé, au coin d'une rue. Il lui semblait que, si elle
ne pouvait s'assouvir, elle allait y laisser sa propre vie.
Une passion brûlante, un désir fou de l'anéantissement
de cet homme la submergeait, à mesure qu'elle le voyait
se rapprocher. Elle le voyait mieux, elle en était exaspérée. Son front, ses yeux, sa bouche, la torturaient d'une
exécration. Un autre pas, un pas encore, puis un autre,
et il serait devant elle. Encore un pas, et elle allongeait déjà la main, prête à l'arrêter, lorsqu'il la tou-
cherait.

Il avançait. Que se passa-t-il donc, grand Dieu ? Quand
il fut là, si songeur, qu'il la frôla sans la sentir, elle devint
de pierre. Sa main était glacée, elle ne put la soulever,
trop pesante à son bras. Un grand frisson froid l'avait
prise, dans le brasier de sa fièvre, l'immobilisant, la
stupéfiant, tandis qu'une clameur, montée d'elle-même,
l'assourdissait. Tout débat fut emporté, le besoin de cette
mort restait dévorant, invincible, sous l'impérieuse
obstination de la voix intérieure, qui l'empêchait de vouloir et d'agir. Il serait mort, il n'aurait pas l'usine. Et,
rigide, rasée contre le mur, sans un souffle, elle ne l'arrêta pas. Elle entendit sa respiration légère, elle vit son
profil, puis sa nuque. Il était passé. Encore un pas,
encore un pas. Si pourtant elle avait jeté un appel, elle
pouvait de nouveau, à cette dernière seconde, changer le
destin. Elle crut en avoir l'intention, mais elle serrait les
dents à les casser. Et ce fut un pas encore, de cette tranquille marche confiante sur un sol ami, sans même un
regard, tout à la préoccupation du travail. Et le sol
manqua, et il y eut un grand cri terrible, le vent brusque
de la chute, l'écrasement sourd, au fond, dans les ténèbres.

Constance ne bougeait pas. Un moment, elle resta pétri-
fiée, écoutant toujours, attendant encore. Mais rien ne

montait du gouffre qu'un profond silence. Elle entendait
seulement la pluie cingler les vitres, avec une rage nouvelle. Alors, elle s'enfuit, enfila le couloir, rentra dans
son salon. Là, elle se retrouva, elle s'interrogea. Avait-
elle donc voulu cette abominable chose? Non, sa volonté
n'y était pour rien. Certainement, sa volonté s'était trouvée comme paralysée, empêchée d'agir. Si la chose avait
pu se faire, la chose venait de se faire en dehors d'elle,
car sûrement elle était absente. Le mot, la puissance du
mot, la rassura. Elle s'y raccrocha, le répéta. C'était bien
cela, oui, oui! elle était absente. Sa vie entière se déroulait sans une faute, sans une action mauvaise. Jamais elle
n'avait péché, pas une méchanceté coupable, jusqu'à ce
jour, ne pesait même à sa conscience. Honnête femme,
elle était restée digne, au milieu des débordements de
son mari. Mère passionnée, elle montait son calvaire,
depuis la mort de son fils. Et ce souvenir de Maurice, seul,
la tira un instant de sa sécheresse, l'étrangla d'un commencement de larmes, comme si sa démence était là,
l'explication du crime qu'elle cherchait en vain. Un vertige la reprenait, son fils mort, l'autre maître à sa place,
toute cette passion pervertie de l'enfant unique, du petit
prince dépossédé, toute cette rage empoisonnée, fermen-
tant, la détraquant, l'affolant jusqu'au meurtre. Cette
végétation monstrueuse, en elle, avait-elle donc gagné le
cerveau? Un flot de sang suffit pour obscurcir une conscience. Mais elle s'entêtait à rester absente, elle renfonça
ses larmes, demeura glacée. Aucun remords ne lui
vint. C'était fait, c'était bien ainsi. Il fallait que cela
fût. Elle ne l'avait pas poussé, il était tombé tout seul. Si
elle ne s'était pas trouvée là, il serait tombé de même.
Alors, puisqu'elle n'y était pas, que son cerveau, que son
cœur n'y étaient pas, ça ne la regardait pas. Et le mot
renaissait toujours, l'absolvait, chantait la victoire : il
était mort, il n'aurait pas l'usine.

Cependant, debout au milieu du salon, l'oreille tendue, Constance écoutait. Pourquoi donc n'entendait-elle
rien? Comme ils étaient lents à descendre le ramasser!
Anxieuse, le tumulte qu'elle attendait, l'effroi grandissant qui monterait de l'usine, les gros pas, les grosses
voix, lui faisaient retenir son souffle, frémissante aux
moindres bruits épars. Mais le calme était sans fin, il ne
montait que du silence. Des minutes s'écoulèrent encore,
elle fut heureuse de la paix tiède de son salon. C'était
comme un asile d'honnêteté bourgeoise, de luxueuse
dignité, où elle se sentait protégée, sauvée. Des objets
intimes, un flacon de poche orné d'une opale, un couteau
à papier d'argent bruni, laissé dans un livre, la rassu-
rèrent complètement. Elle les retrouvait, elle était surprise, émue, de les voir, comme s'ils avaient pris un sens
nouveau. Puis, elle eut un petit frisson, elle s'aperçut
que ses mains étaient glacées. Doucement, elle les frotta,
elle voulut les réchauffer un peu. Pourquoi donc, maintenant, éprouvait-elle une si grande lassitude? Il lui semblait rentrer d'une longue marche, revenir de quelque
accident, des coups qu'on lui avait donnés, qui l'auraient
meurtrie. D'ailleurs, c'était, en elle, une sorte de somnolence repue, quelque nourriture dont elle se serait trop
rassasiée, après avoir eu trop faim. Quand son mari
rentrait du vice, elle l'avait vu ainsi parfois, la chair à ce
point satisfaite, qu'il dormait debout, enfin calmé, sans
désir ni regret. Elle, de même, ne désirait plus rien, dans
la fatigue qui l'engourdissait, étonnée seulement d'elle ne
savait quoi, gardant une stupeur des choses. Pourtant,
elle s'était remise à écouter, en se disant que, si cet
effrayant silence continuait, elle allait s'asseoir, fermer
les yeux, dormir. Et, très loin encore, il lui sembla percevoir un bruit léger, à peine un souffle.

Qu'était-ce donc? Non, rien encore. Peut-être avait-
elle rêvé cet affreux cauchemar, l'homme en marche, le

gouffre, le grand cri terrible. Peut-être n'y avait-il rien de tout cela, puisqu'elle n'entendait rien. D'en bas, la clameur serait montée, en une vague grandissante, tandis qu'un galop éperdu, à travers l'escalier et les couloirs, lui aurait apporté la nouvelle. Puis, de nouveau, elle perçut le petit bruit, très lointain, qui se rapprochait pourtant. Ce n'était point une foule, à peine un pas isolé, sans doute le pas d'un promeneur sur le quai. Mais non, cela sortait de l'usine, très distinct maintenant, d'abord gravissant des marches, puis filant le long d'un corridor. Et les pas se précipitèrent, et une respiration haletante se fit entendre, si tragique, qu'elle sentit enfin l'horrible chose venir. La porte s'ouvrit violemment.

Ce fut Morange qui entra. Il était seul, bouleversé, la face blême, la parole bégayante.

— Il respire encore, mais il a le crâne défoncé, c'est fini.

— Qu'avez-vous? demanda-t-elle. Qu'arrive-t-il?

Béant, il la regarda. Il était monté en courant, pour lui demander une explication, tant sa pauvre tête se perdait, devant une catastrophe qui confondait toutes ses idées. L'apparente ignorance, la tranquillité où il la retrouvait, achevaient de l'égarer.

— Mais, cria-t-il, je vous ai laissée près de la trappe.

— Près de la trappe, oui. Vous êtes descendu, et moi, je suis rentrée ici directement.

— Mais, reprit-il avec une violence désespérée, avant de descendre, je vous ai priée de m'attendre là, de garder le trou, pour que personne ne tombe.

— Ah! ça, non! vous ne m'avez rien dit, ou, du moins, je n'ai rien entendu, je n'ai rien compris de pareil.

Terrifié, il continuait à la regarder dans les yeux. Elle mentait sûrement. Elle avait beau être très calme, il entendait trembler sa voix. Puis, c'était l'évidence, elle devait être encore là, puisqu'il n'avait pas même eu le temps de descendre. Tout d'un coup, il se rappela leur conversation, les questions posées par elle, son cri de haine contre celui qu'on avait ramassé sanglant, au fond du gouffre. Le pauvre homme, sous le vent d'horreur qui le glaçait, ne trouva que cette phrase :

— Eh bien! madame, derrière votre dos, ce pauvre Blaise est venu et s'est brisé le crâne.

Elle fut parfaite, leva des mains frémissantes, dit d'une voix entrecoupée :

— Mon Dieu! mon Dieu! quel effroyable malheur!

Mais, à ce moment, une rumeur grandissait dans la maison. La porte du salon était restée ouverte, et l'on entendait s'approcher des voix, des pas, une foule de plus en plus prochaine et grondante. Il y eut, le long de l'escalier, des ordres donnés, des efforts sourds, des poitrines qui reprenaient haleine, toute l'approche d'un fardeau embarrassant, porté avec douceur.

— On me le monte donc! dit Constance pàlissante, en un cri involontaire qui aurait achevé de renseigner le comptable. On me l'apporte ici!

Ce ne fut pas Morange qui répondit, comme hébété sous le coup de hache. Brusquement, Beauchêne avait paru, précédant le corps, livide, décomposé lui aussi, tant cette soudaine visite de la mort le ravageait de peur, dans son besoin de vie heureuse.

— Ma chère, Morange t'a dit l'épouvantable catastrophe... Heureusement que Denis était là, pour les responsabilités, devant la famille... Et c'est Denis justement, comme nous allions porter le malheureux chez lui, au pavillon, qui s'y est opposé, en criant que nous tuerions sa femme, si nous lui ramenions son mari mourant, dans l'état de grossesse où elle est... Alors, n'est-ce pas? il n'y avait qu'à le faire monter ici.

Il la quitta, avec des gestes éperdus, retourna sur le
palier, où l'on entendit sa voix grelottante, qui reprenait :

— Doucement, doucement... Méfiez-vous de la rampe...

Le convoi lugubre entra dans le salon. On avait couché
Blaise fracassé sur une civière garnie d'un matelas.
Denis, d'une pâleur de linge, suivait, soutenant l'oreiller
où posait la tête de son frère, les yeux clos, un filet de
sang au front ; tandis que quatre hommes, quatre ouvriers
de l'usine, étaient aux brancards. Les gros souliers
écrasaient le tapis, des meubles frêles furent bousculés,
pour ouvrir un passage, dans cette invasion d'horreur et
d'effroi.

Beauchêne, qui continuait à commander la manœuvre,
eut une idée, au milieu de son effarement.

— Non, non, ne le laissez pas là... Il y a un lit, dans
la chambre d'à côté... Nous allons le soulever doucement
avec le matelas, et nous poserons le tout sur le lit.

C'était la chambre de Maurice, c'était le lit où Maurice
était mort, et que Constance, par dévotion maternelle,
avait gardé intact, consacrant la pièce à la mémoire de
son fils, telle qu'il l'avait quittée. Mais que dire ? comment empêcher que ce Blaise n'y mourût à son tour, tué
par elle ?

L'abomination de cela, le destin vengeur qui voulait ce
sacrilège, l'emplit d'une telle révolte, qu'elle en fut
comme fouettée, tenue debout, au moment où elle sentait
le parquet fuir, un vertige l'abattre. Et elle se montra
extraordinaire de force, de volonté, d'insolent courage.
Quand le blessé passa devant elle, son petit corps maigre
se raidit, sembla grandir. Elle le regarda, elle n'eut,
dans sa face jaune, immobile, qu'un battement des paupières, qu'un tic nerveux involontaire, au coin gauche de
sa bouche, qui la lui tira en une légère grimace. Et ce
fut tout, et elle fut de nouveau parfaite de geste, de
voix, faisant et disant le nécessaire, sans se prodiguer,

l'air saisi simplement par la soudaineté de la catastrophe.

Dans la chambre, cependant, la manœuvre venait d'être exécutée, et les porteurs, bouleversés, se retiraient. Tout de suite, en bas, dès l'accident, on avait dit au père Moineaud de sauter dans une voiture, de courir chez Boutan, pour le ramener, avec un chirurgien, s'il en pouvait trouver un, en route.

— Je l'aime mieux là que dans le sous-sol, tout de même, répétait machinalement Beauchêne, devant le lit. Il respire toujours, tenez! voyez en ce moment, c'est très sensible... Qui sait? Boutan va peut-être le tirer d'affaire.

Mais Denis ne se faisait point d'illusion. Il avait pris, dans ses mains, une des mains molles et froides de son frère, et il la sentait bien redevenir une chose, comme brisée elle-même, arrachée de la vie, dans la chute. Un instant encore, il resta là, contre ce lit de deuil, immobile, avec l'espoir fou que son étreinte donnerait au mourant un peu du sang de son cœur. Ce sang, ne leur était-il pas commun? leur fraternité jumelle ne l'avait-elle pas bu à la même source? C'était la moitié de lui qui allait mourir. En bas, après un cri d'affreuse détresse, il n'avait plus rien dit. Et, tout d'un coup, il parla.

— Il faut aller chez Ambroise prévenir ma mère et mon père. Puisqu'il respire encore, ils arriveront assez tôt pour l'embrasser peut-être.

— Veux-tu que je coure les chercher? offrit complaisamment Beauchêne.

— Non, non! merci, j'avais d'abord voulu vous demander ce service, mais j'ai réfléchi, il n'y a que moi qui puisse dire à maman l'horrible chose... Qu'on attende aussi pour Charlotte. Nous verrons tout à l'heure, quand je serai revenu... Et que la mort veuille bien patienter un peu, pour que je le retrouve, mon pauvre frère!

Il s'était penché, il baisa Blaise immobile, les yeux clos,

qui respirait toujours d'un petit souffle. Ensuite, éperdument, il lui baisa encore la main, il partit.

Constance s'occupait, appelait la femme de chambre, désireuse d'avoir de l'eau tiède, afin de laver le front ensanglanté du mourant. On ne pouvait songer à lui retirer sa jaquette, on se contenta de l'arranger le plus proprement possible, en attendant le médecin. Et, pendant ces apprêts, Beauchêne revint à l'accident, le discuta de nouveau, obsédé, hors de lui.

— Comprend-on ça ! faut-il qu'il y ait des fatalités imbéciles !... En bas, une courroie de transmission qui se déplace, qui empêche le mécanicien de faire remonter la trappe. En haut, Bonnard qui se fâche, qui appelle, qui se décide à descendre, furieux, en voyant qu'on ne lui répond pas. Et puis, Morange qui arrive, qui se fâche aussi, qui descend à son tour, exaspéré d'appeler Bonnard sans recevoir de réponse. Et, alors, Blaise qui arrive, qui tombe... Ce pauvre Bonnard ! il sanglote, il voulait se tuer, quand il a vu son chef-d'œuvre.

Tout d'un coup, il s'interrompit, pour demander à Constance :

— Dis donc, et toi, là dedans ?... Morange m'a dit qu'il t'avait laissée en haut, près de la trappe.

Elle était debout devant lui, en plein dans le jour de la fenêtre. Elle n'eut que son battement, que son petit tic nerveux qui tordit légèrement le coin gauche de sa bouche.

— Moi, mais j'avais pris le corridor, j'étais rentrée tout de suite ici... Morange le sait bien.

Depuis un instant, Morange, les jambes cassées, anéanti, s'était laissé tomber sur une chaise. Incapable d'aider en rien, il se taisait, il attendait la fin des choses. Quand il entendit Constance mentir avec cette tranquillité, il la regarda. C'était elle, l'assassine, il n'en doutait plus. Et il eut, à cette seconde, le besoin de le dire, de le crier tout haut.

— Tiens ! avait repris Beauchêne, il croyait t'avoir priée de ne pas t'éloigner, de rester là, en faction.

— En tout cas, pas un mot ne m'en est parvenu, répondit-elle sèchement. Voyons, s'il m'avait demandé cela, est-ce que j'aurais bougé ?

Et, se tournant vers le comptable, elle osa le regarder à son tour, de ses yeux pâles.

— Rappelez-vous, Morange... Vous êtes descendu comme un fou, vous ne m'avez rien dit, et j'ai continué mon chemin.

Sous ces yeux pâles, qui entraient dans les siens, d'une dureté d'acier, il fut pris d'une véritable peur. Toute sa faiblesse revenait, sa lâcheté de cœur tendre et docile. Pouvait-il l'accuser d'un forfait si atroce? Il vit les suites inacceptables. Puis, lui-même ne savait plus, sa pauvre tête de maniaque se perdait. Il bégaya :

— C'est bien possible, j'aurai cru parler... Enfin, c'est ainsi, puisque ça ne peut pas être autrement.

Il retomba dans son silence, avec un geste d'immense lassitude. C'était la complicité voulue, acceptée. Un instant, il eut le désir de se lever, pour voir si Blaise respirait toujours. Puis, il n'osa pas. Dans la pièce, une grande paix s'était faite.

Ah! quelle angoisse, quelle torture, dans le fiacre, lorsque Denis ramena Mathieu et Marianne ! Il ne leur avait parlé d'abord que d'un accident, une chute assez grave. Mais, à mesure que la voiture roulait, il s'était affolé lui-même, pleurant, avouant, devant leurs questions désespérées. Et, quand ils arrivèrent enfin à l'usine, ils n'eurent plus de doute, leur enfant était mort. On venait d'y arrêter le travail, ils se rappelèrent leur visite, au lendemain de la mort de Maurice. C'était dans la même immobilité, dans le même silence de tombe qu'ils rentraient. Toute la vie grondante avait cessé d'un coup, les machines refroidies et muettes, les ateliers assombris et déserts. Plus un bruit, plus une âme, plus un souffle de cette vapeur qui était comme l'haleine même de la maison. Le chef était mort, elle était morte. Puis, leur effroi s'accrut, lorsqu'ils passèrent de l'usine à l'hôtel, au milieu de cette absolue solitude, la galerie ensommeillée, l'escalier frissonnant, toutes les portes ouvertes, en haut, ainsi qu'en une demeure inhabitée, abandonnée depuis longtemps. Dans l'antichambre, ils ne rencontrèrent pas un domestique. Et c'était bien le même drame de mort soudaine qu'ils recommençaient, qu'ils revivaient, mais c'était leur fils, cette fois, qu'ils allaient trouver dans la même chambre, sur le même lit, glacé, pâle et sans vie.

Blaise venait d'expirer. Boutan était là, au chevet, tenant la main inanimée, où la dernière pulsation du sang s'éteignait. Et, quand il vit entrer Mathieu et Marianne, qui, d'instinct, avaient franchi le salon en désordre, s'étaient précipités dans cette chambre dont ils reconnaissaient l'odeur de néant, il ne put que murmurer, les yeux pleins de grosses larmes :

— Mes pauvres amis, embrassez-le, vous aurez encore un peu de son dernier souffle.

Le petit souffle cessait à peine, et la pauvre mère, le pauvre père s'étaient rués, baisant ces lèvres d'où s'exhalait le frisson de vie, sanglotant, criant leur détresse. Leur Blaise était mort. Comme Rose, à une année de distance, il était mort brusquement, le jour d'une fête. La plaie de leur cœur, encore mal fermée, se rouvrait, en un déchirement tragique. Dans leur long bonheur, c'était le second rappel terrible à la misère humaine, c'était le second coup de hache qui s'abattait, en pleine poussée de la famille saine et heureuse. Et leur effroi grandissait : n'avaient-ils pas fini de payer au malheur leur dette amassée ? était-ce donc la destruction lente qui arrivait maintenant, coup à coup ? Déjà, depuis le départ de leur Rose au milieu des fleurs, ils avaient eu

cette crainte de voir la prospérité, la fécondité s'interrompre et se perdre, à présent que la brèche était ouverte.
Et, par cette brèche saignante, voilà que leur Blaise
aujourd'hui s'en allait affreusement, comme broyé, sous
une colère jalouse du destin. Et, demain peut-être, quel
autre de leurs enfants serait arraché de leur chair
commune, pour payer à son tour la rançon de leur joie
et de leur beauté?

Longtemps, Mathieu et Marianne sanglotèrent, tombés
à genoux devant le lit. Constance se tenait à quelques
pas, muette, d'un air de désolation frissonnante. Depuis
un instant, Beauchêne, comme pour combattre cette peur
de la mort qui le faisait grelotter, s'était assis à l'ancien
petit bureau de Maurice, laissé dans le salon, en pieux
souvenir, et s'efforçait de rédiger un avis aux ouvriers,
les avertissant que l'usine resterait fermée jusqu'au
lendemain des obsèques. Vainement, il cherchait les mots,
lorsqu'il aperçut Denis qui sortait de la chambre, ayant
pleuré toutes ses larmes et mis tout son cœur dans un
dernier baiser à son frère. Il l'appela, sembla vouloir le
distraire, en se faisant aider.

— Tiens! mets-toi là, continue.

Et Constance, qui entrait, elle aussi, entendit le mot.
C'était le mot que son mari avait prononcé, en faisant
asseoir Blaise à ce même bureau de Maurice, autrefois,
le jour où il lui avait donné la place du pauvre enfant,
dont le corps était encore sur le lit, dans la pièce voisine.
Et elle eut un recul, une épouvante, à voir Denis écrivant,
assis à ce bureau. N'était-ce point Blaise ressuscité?
Ainsi qu'elle avait confondu les deux jumeaux, cette
même après-midi, au sortir du gai déjeuner de baptême,
elle revoyait là Blaise dans Denis, si pareils l'un à
l'autre, que les parents ne les avaient longtemps distin-
gués qu'à la couleur différente de leurs yeux. C'était
Blaise qui revenait, qui reprenait sa place, qui aurait

l'usine, bien qu'elle l'eût tué. Elle s'était trompée, il avait beau être mort, il aurait l'usine. Elle en avait tué un, de ces Froment, mais il en renaissait un autre. Quand un mourait, un autre bouchait la brèche. Et son crime lui apparut alors d'une telle inutilité, d'une telle stupidité, qu'elle en restait abêtie, le poil de sa nuque hérissé, suant la peur, reculant comme devant un spectre.

— C'est un avis pour les ouvriers, répétait Beauchêne. Nous le collerons à la porte.

Elle voulut être brave, s'approcha, dit à son mari :

— Fais donc cela toi-même. Pourquoi, en un tel moment, donnes-tu cette peine à Blaise ?

Elle avait dit Blaise, son horreur froide la reprit. Inconsciemment, elle s'était entendue, là-bas, dans l'antichambre. « Blaise, où ai-je donc mis mon boa ? » Et c'était Denis qui le lui avait apporté. A quoi bon avoir tué Blaise, puisque Denis était là ? Quand la mort fauche un de ces soldats de la vie, il y en a toujours un autre, pour prendre la place de combat restée vide.

Mais une dernière défaite l'attendait. Marianne et Mathieu reparurent, tandis que Morange, saisi d'un besoin d'agitation, allait et venait, piétinait de son air hébété, dans le désarroi des douleurs atroces, des choses sans nom qui achevaient de détraquer son crâne étroit de pauvre homme.

— Je vais descendre, bégaya Marianne, tâchant d'essuyer ses larmes, s'efforçant de se tenir debout. Je veux voir Charlotte, la préparer, lui dire le malheur... Moi seule saurai trouver les mots, pour qu'elle n'en meure pas, avec le pauvre petit qu'elle porte.

Plein d'inquiétude, dans son bouleversement, Mathieu la retenait, désireux de lui éviter cette épreuve nouvelle.

— Non, je t'en prie. Denis descendra, ou bien j'irai moi-même.

Avec une obstination douce, elle marchait toujours vers l'escalier.

— Il n'y a que moi pour lui dire les choses, je t'assure. J'aurai la force.

Et, tout d'un coup, elle défaillit, elle eut une syncope. Il fallut la coucher sur un canapé du salon. Puis, comme elle revenait à elle, toute blanche, la face convulsée, elle fut prise de vomissements terribles, une crise dont la violence lui arrachait les entrailles.

Alors, en voyant Constance qui s'empressait d'un air d'inquiète sollicitude, sonnant sa femme de chambre, se faisant apporter sa petite pharmacie, Mathieu avoua la vérité, que le ménage n'avait point dite encore.

— Elle est enceinte, oui! de quatre mois, de la même époque que Charlotte. A son âge, à quarante-trois ans, elle en est un peu confuse, nous n'en parlions pas... Ah! la chère femme, si vaillante, elle qui voulait éviter un coup trop violent à sa belle-fille, pourvu qu'elle n'y succombe pas elle-même!

Enceinte, grand Dieu! Constance avait reçu la nouvelle, comme le coup de massue qui achève la déroute. Alors, si elle laissait Denis se tuer maintenant, un autre Froment poussait encore, qui le remplacerait? Et toujours un autre, et toujours un autre, à l'infini! C'était un pullulement de force, de vie intarissable, contre lequel toute lutte devenait impossible. Dans sa stupeur que la brèche, aussitôt ouverte, fût réparée ainsi, elle sentit la misérable impuissance, le néant de sa stérilité. Et elle fut vaincue, prise d'une terreur sacrée, comme balayée elle-même, emportée par le débordement victorieux de cette fécondité sans fin.

## V

Il y eut fête à Chantebled, quatorze mois plus tard. Denis, qui avait pris à l'usine la succession de Blaise, épousait Marthe Desvignes. Et, dans le deuil si douloureux de la maison, c'était le premier sourire, comme le clair, le tiède soleil de printemps, après le rude hiver. Mathieu et Marianne, jusque-là endoloris, vêtus de noir, s'égayaient d'une émotion tendre, devant cet éternel recommencement de la vie. La mère avait bien voulu mettre une robe moins sombre, le père s'était résigné à ne pas retarder davantage un mariage résolu depuis des mois, que toutes les circonstances nécessitaient. Il y avait plus de deux ans déjà que Rose dormait dans le petit cimetière de Janville, plus d'un an que Blaise était venu l'y rejoindre, sous des fleurs toujours fraîches. Et le souvenir des chers morts, visités de tous, restés vivants au fond de tous les cœurs, allait être de la fête, à la place familiale qui leur était réservée, comme s'ils eussent décidés eux-mêmes, avec les parents, que l'heure des noces était sonnée, pour que leur regret n'entravât pas plus longtemps la joie de s'accroître et de créer encore.

Cette installation de Denis à l'usine s'était faite naturellement. S'il n'y était pas entré, dès sa sortie de l'Ecole spéciale où il avait passé trois ans, c'était que la situation se trouvait alors prise par son frère. Toutes ses études techniques l'y destinaient, il y fut du matin au soir à sa vraie place, il n'eut qu'à occuper l'ancien pavillon, d'où

Charlotte s'était enfuie, avec sa petite Berthe, dans l'épouvante de la catastrophe, pour se réfugier à Chantebled. En outre, cette entrée de Denis arrangeait la grosse affaire de l'argent prêté à Beauchêne, que devait rembourser une part, un sixième de la propriété de l'usine. L'argent venant de la famille, le frère simplement se substituait au frère, signait le traité que l'autre aurait signé; et il voulut cependant, par une honnêteté délicate, qu'on prélevât sur les bénéfices une pension pour Charlotte, la veuve. Ces choses s'étaient réglées en huit jours, sans discussion possible, sous la logique des faits. Etourdie, écrasée, Constance n'avait même pu entrer en lutte, réduite au silence par son mari, qui lui répétait: « Que veux-tu que je fasse? il me faut un aide, autant Denis qu'un étranger; et puis, je lui rachèterai cette part avant un an, je le flanquerai dehors, s'il m'embête! » Et elle se taisait, pour ne pas lui jeter son ignominie au visage, dans son désespoir de sentir les murs de la maison, morceau à morceau, crouler sur elle.

Ce fut alors que Denis pensa l'heure venue de réaliser le projet de mariage qu'il avait arrêté si longtemps à l'avance avec Marthe Desvignes. Cette sœur cadette de Charlotte, cette inséparable amie de Rose, l'attendait depuis trois ans bientôt, de son clair sourire, de son air de tendre sagesse. Ils s'étaient connus enfants, ils avaient échangé des serments, par tous les sentiers perdus de Janville; mais ils s'étaient dit qu'ils ne hâteraient rien, que le bonheur de toute l'existence valait bien qu'on patientât d'avoir l'âge et la force de fonder sérieusement une famille. On s'étonna fort qu'un garçon d'un si grand avenir, dans une position déjà superbe, à vingt-six ans, s'obstinât de la sorte à épouser une fille qui ne lui apportait pas un sou. Mathieu et Marianne souriaient, consentaient, sachant les bonnes raisons de leur fils. Il ne voulait pas d'une fille riche qui lui aurait coûté plus cher que sa

dot, il était ravi d'avoir découvert une femme jolie, très
saine, très raisonnable, adroite et sensée, qui serait la
compagne, l'aide et la consolation de chaque heure. Avec
elle, il ne redoutait pas de surprise, il l'avait étudiée :
elle était à la fois le charme, la sagesse, la bonté, tout
l'unique bonheur solide d'un ménage. Et lui aussi était
très bon, très sage, trop sage, disait-on, et elle le savait,
se mettait en route à son bras, heureuse, certaine qu'ils
iraient ensemble du même pas tranquille, jusqu'au bout
de la vie, sous ce limpide et divin soleil de la raison
dans l'amour.

La veille du mariage, on fit de gros préparatifs à Chantebled. Pourtant, la fête devait rester intime, à cause du
deuil récent. En dehors de la famille, on n'avait invité
que les Séguin et les Beauchêne ; encore ces derniers
étaient-ils des cousins. On ne serait guère plus d'une
vingtaine, et il n'y aurait qu'un déjeuner. Mais on avait
le désir d'être tendres, d'être beaux, et chacun s'ingé-
niait à trouver quelque tendresse, quelque beauté nouvelle, comme pour resserrer davantage le lien étroit des
cœurs. Aussi s'occupait-on de la table, de l'endroit où
elle serait dressée, de la façon dont on l'ornerait. Ces
premiers jours de juillet étaient si ensoleillés, si chauds,
qu'on décida tout de suite de dresser la table dehors,
sous les arbres. Il y avait là un emplacement délicieux,
devant l'ancien rendez-vous de chasse, le pavillon pri-
mitif, habité par les parents autrefois, dès leur arrivée à
Janville. C'était comme le nid même de la famille, le
foyer d'où elle avait ensuite rayonné sur tout le pays voisin. Ce pavillon, qui finissait par tomber en ruine,
Mathieu venait de le faire réparer et élargir, dans la
pensée de s'y retirer avec Marianne, en ne gardant près
d'eux que Charlotte et ses enfants, lorsqu'il abandonne-
rait prochainement la ferme à son fils Gervais, heureux
de vivre de bonne heure en patriarche, en roi descendu

du trône, encore obéi pour la sagesse de ses conseils. Et, remplaçant l'ancien jardin inculte, toute une pelouse s'étendait là, un grand carré d'herbe fraîche, que d'admirables arbres, des ormes et des charmes, entouraient, tels qu'un peuple de grands et bienveillants amis. Ces arbres, il les avait plantés, il les avait vus grandir, ils étaient un peu de sa chair. Mais son véritable enfant bien-aimé, le préféré de son cœur, était, au milieu de la pelouse, un chêne déjà fort, âgé de vingt ans bientôt, dont il avait mis la tige frêle en terre, aidé de Marianne, qui tenait le plant, tandis que lui manœuvrait la bêche, le jour où ils avaient fondé leur domaine de Chantebled. Leur œuvre même avait poussé, s'était étendue avec les branches, comme si le sang de leur effort remontait en un flot croissant de sève, à chaque printemps nouveau. Et il y avait encore, près de ce chêne, qui était ainsi de leur robuste famille, un bassin d'eau vivante, alimenté par les sources du plateau qu'ils avaient captées, et dont le petit bruit cristallin entretenait là une perpétuelle allégresse.

La veille du mariage, ce fut donc là qu'il y eut conseil. Mathieu et Marianne étaient venus les premiers, pour voir les préparatifs à faire ; et ils y trouvèrent Charlotte, un album sur les genoux, qui achevait un rapide croquis du grand chêne.

— Quoi donc, une surprise ?

Elle souriait, gênée, un peu confuse.

— Oui, oui, une surprise, vous verrez.

Puis, elle leur avoua que, depuis quinze jours, elle décorait, à l'aquarelle, des menus pour le déjeuner des noces. Et son idée gentille et tendre était de n'avoir mis que des jeux d'enfants, des têtes d'enfants, toute la poussée des enfants de la famille, dont elle avait pu prendre les ressemblances sur d'anciennes photographies. Son croquis du grand chêne allait servir de fond aux deux derniers venus, le petit Benjamin et le petit Guillaume.

Mathieu et Marianne s'émerveillèrent, ravis, attendris par ce défilé, cette galopade de museaux roses, qu'ils reconnaissaient parfaitement au passage. C'étaient les deux jumeaux dans leur berceau encore, aux bras l'un de l'autre; c'était Rose elle-même, la chère disparue, en petite chemise; c'était Ambroise, c'était Gervais, nus au grand air, luttant sur l'herbe; c'était Grégoire, c'était Nicolas, en école buissonnière, dénichant des pies; c'était Claire, c'étaient les trois autres filles, Louise, Madeleine, Marguerite, lâchées par la ferme, se querellant avec les poules, sautant à califourchon sur les chevaux. Mais ce qui toucha surtout Marianne, ce fut son dernier, Benjamin, qui avait tout juste neuf mois, et que Charlotte avait mis, sous le chêne, dans une même petite voiture, avec son fils à elle, son Guillaume, exactement du même âge, né huit jours plus tard.

— L'oncle et le neveu, dit Mathieu en plaisantant. N'importe! l'oncle est tout de même l'ancêtre, il a une semaine de plus.

Des larmes douces étaient montées aux yeux de Marianne, dans son sourire. L'aquarelle tremblait un peu entre ses mains heureuses.

— Les chers trésors! mon cher fils, mon cher petit-fils! et me voilà une fois de plus mère et grand'mère, avec ces chers petits êtres!... Ah! ces deux-là sont la consolation suprême, ils ont pansé la blessure, nous leur devons d'avoir repris espoir et courage!

Et c'était vrai. Quel deuil, quelle tristesse, les premiers temps, lorsque Charlotte, quittant l'usine, s'était réfugiée à la ferme! Enceinte de quatre mois, comme Marianne, elle avait failli mourir du tragique accident qui venait d'emporter Blaise. Son premier adoucissement fut de voir que sa fillette, Berthe, un peu chétive à Paris, retrouvait

de bonnes joues roses, au grand air de Chantebled. D'ailleurs, elle avait fixé sa vie, elle vieillirait là, en la paix
de cette maison hospitalière, se donnant toute à ses
deux enfants, bien heureuse de cette grand'mère, de ce
grand-père si tendres, qui l'aideraient, la soutiendraient.
Toujours elle s'était montrée un peu en dehors de l'existence, d'un charme de rêveuse, n'ayant que le besoin
d'aimer, d'être aimée. Elle se reprit doucement à vivre,
quand elle fut installée avec ses grands-parents, dans
l'ancien pavillon que Mathieu aménageait pour eux trois.
Elle se remit même au travail, voulut s'occuper, sans
compter sur son intérêt dans l'usine, peignit des miniatures que lui achetait un marchand de Paris. Mais, surtout, après ses couches, le réconfort, la guérison de tant
de douleurs, ce fut son petit Guillaume, le cadeau de son
mari mourant, l'enfant en qui ressuscitait le père, qui
semblait le rendre à sa tendresse d'épouse. Et il en était
de même pour Marianne, depuis que son Benjamin était
né, un fils encore qui remplaçait le fils perdu, un revenant lui aussi, qui reprenait dans son cœur la place
laissée vide. Alors, les deux femmes, les deux mères,
goûtèrent une douceur infinie à nourrir ensemble les
deux chers petits consolateurs. Elles s'oubliaient en eux,
les regardaient croître côte à côte, leur donnaient le
sein aux mêmes heures, comme pour ne point les séparer, dans leur désir commun de les voir devenir très forts,
très beaux, très bons. Bien que l'une eût presque le
double de l'âge de l'autre, elles se retrouvaient sœurs, le
même lait-nourricier coulait de leur gorge féconde. Et
leur deuil s'éclairait, elles en arrivaient à rire quand
riaient leurs petits anges, et rien n'était plus gai ni plus
touchant que cette belle-mère et cette bru confondues
ainsi, n'ayant qu'un berceau, dans une floraison sans fin
de maternité.

— Prenez garde, cachez vos aquarelles, dit Mathieu.

Voici Gervais et Claire qui viennent pour la table.

A dix-neuf ans, Gervais était un colosse, le plus grand, le plus fort de la famille, avec des cheveux noirs, courts et frisés, de vastes yeux clairs, une face pleine, taillée à larges pans. Mathieu l'appelait par plaisanterie « le fils de Cybèle », ce qui faisait sourire Marianne, au souvenir de la nuit où elle l'avait conçu, dans un frisson des germes, lorsque tout Chantebled sommeillait encore, à la veille d'être enfanté. Il était resté le préféré du père, le fils de la terre fertile, celui qu'il élevait dans l'amour du domaine, dans la passion de la culture intelligente, conquérante, afin qu'il pût continuer l'œuvre, un jour. Déjà, il se déchargeait sur lui d'une partie des travaux, il n'attendait que de l'avoir marié, pour lui laisser la direction de la ferme entière. Et, volontiers, il rêvait de lui adjoindre Claire, lorsqu'elle-même aurait épousé quelque brave et solide garçon, qui prendrait sa part de la besogne. Deux hommes qui s'entendraient bien, ce n'était pas de trop, dans une exploitation dont l'importance grandissait chaque jour. Depuis que sa mère allaitait de nouveau, Claire la suppléait, gaillarde elle aussi à dix-sept ans, sans beauté, mais d'une santé vigoureuse. Elle s'occupait surtout de la cuisine et du ménage, tenait également les comptes, fille de tête, d'une stricte économie, dont la plaisantaient les prodigues de la famille.

— Alors, c'est là qu'on mettra la table, dit Gervais. Il faut que je fasse faucher la pelouse.

De son côté, Claire s'inquiétait du nombre des convives, du couvert qu'il lui faudrait dresser. Et, comme Gervais avait appelé Frédéric pour qu'il donnât un coup de faux, tous trois discutèrent les dispositions à prendre. Après la mort de Rose, Frédéric, son fiancé, n'ayant pu quitter la ferme, avait continué son travail près de Gervais, dont il était devenu le camarade, l'aide le plus actif, le plus intelligent. Depuis quelques mois, Mathieu et Marianne s'étaient aperçus que le garçon tournait autour de Claire, comme si, à défaut de l'aînée, il voulait bien de la cadette, moins belle, mais solide et bonne ménagère. D'abord, ils en avaient éprouvé une tristesse : pouvait-on oublier leur chère enfant? Ensuite, un attendrissement leur était venu, la pensée que le lien de la famille serait resserré encore, que le cœur de ce garçon n'irait point aimer autre part, leur resterait acquis, en leur devenant deux fois cher. Et ils fermaient les yeux, ils souriaient, trouvant en Frédéric le beau-frère associé dont Gervais avait besoin, attendant que Claire fût d'âge à être mariée.

Mais, comme la question de la table était réglée, il y eut sous le chêne, à travers l'herbe haute, une brusque invasion, des jupes volantes, des chevelures dénouées dans le soleil.

— Oh! criait Louise, il n'y a pas de roses!

— Non! répétait Madeleine, pas une rose blanche!

— Et, confirmait Marguerite, nous avons visité tous les rosiers. Pas une blanche, rien que des rouges!

Treize ans, onze ans et neuf ans. Louise, forte et gaie, semblait déjà une petite femme. Madeleine, fluette, jolie, passait des heures à son piano, les yeux noyés de rêve. Marguerite, le nez trop fort, la bouche épaisse, avec d'admirables cheveux dorés, ramassait les oiseaux l'hiver, pour les réchauffer dans ses mains tièdes. Et toutes trois, qui avaient battu le potager où les fleurs se mêlaient aux légumes, accouraient ainsi, désespérées de leurs recherches vaines. Pas de roses blanches pour une noce, c'était la fin de tout. Qu'allait-on offrir à la mariée? que mettrait-on sur la table?

Derrière les trois filles, Grégoire, dont les quinze ans poussaient en terrible malice, venait de paraître, goguenard, les mains dans les poches. Il était le turbulent, l'inquiétant de la famille, toujours en inventions diabo-

liques. Son nez pointu, ses lèvres fines, disaient l'aventure, la volonté aussi, l'adresse à vaincre. Et, l'air amusé
de la déconvenue de ses trois sœurs, il s'oublia, il cria,
pour les taquiner :

— Moi, je sais où il y en a, des roses blanches, et des
belles !

— Où donc? demanda Mathieu.

— Mais au Moulin, après la roue, dans le petit clos.
Trois gros rosiers qui en sont tout blancs. Des roses
comme des choux.

Puis, il rougit, se troubla, lorsque son père le regarda
d'un air de sévérité, en lui disant :

— Comment! tu rôdes encore autour du Moulin. Je te
l'avais absolument défendu... Et, pour savoir qu'il y a
des roses blanches dans le clos, tu es entré ?

— Non, j'ai regardé par-dessus le mur.

— Tu es monté sur le mur, c'est complet. Tu veux
donc me faire avoir des ennuis avec ces Lepailleur, qui
sont décidément de sottes et méchantes gens?... En vérité,
mon garçon, tu as le diable dans le corps.

Ce que Grégoire ne disait pas, c'était qu'il allait retrouver dans le clos Thérèse, la petite meunière, la blondine
rose, au museau si drôlement enfariné, dont les treize
ans étaient eux aussi terriblement aventureux. Leurs
jeux, d'ailleurs, restaient encore des jeux de gamins, en
toute innocence. Mais il y avait, au fond du clos, sous
des pommiers, un endroit délicieux, où l'on s'amusait
bien, à causer et à rire.

— Entends-tu! répéta Mathieu, je ne veux pas que tu
retournes jouer avec Thérèse. Elle est très gentille, la
chère enfant. Seulement, c'est une maison où tu ne dois
pas aller... Il paraît qu'on s'y bat, maintenant.

C'était vrai. Lorsque Antonin s'était cru guéri du vilain
mal dont causaient les commères de Janville, le regret
de Paris l'avait tourmenté, il avait tout fait pour retour-

ner y reprendre sa belle existence de paresse et de fête.
D'abord, Lepailleur, désabusé, irrité d'être dupe, s'y
était opposé violemment. Mais que faire, aux champs, de
ce gaillard qu'il avait élevé lui-même dans la haine de la
terre, dans le mépris du vieux moulin, à moitié pourri ?
Puis, il avait désormais contre lui la mère, en admiration béate devant la science de son garçon, d'une foi
têtue, certaine que cette fois il finirait par avoir une
bonne place. Et le père avait dû céder, Antonin s'achevait à Paris, petit employé chez un commerçant de la rue
du Mail. Seulement, la querelle s'aggravait dans le ménage, surtout lorsque Lepailleur soupçonnait sa femme
de le voler pour envoyer de l'argent à son grand fainéant
de fils. Du pont de l'Yeuse, certains jours, on entendait
voler les jurons et les gifles. Et, là encore, c'était la
famille détruite, de la force et du bonheur gâchés.

Mathieu continuait, soulevé d'une véritable colère.

— Des gens qui avaient tout pour être heureux ! On
n'est pas bête à ce point, on ne veut pas sa propre misère
avec une telle obstination... Leur idée d'un fils unique,
par gloriole d'en faire un monsieur, ah ! la réussite est
belle, ils en sont contents aujourd'hui !... C'est comme
sa haine de la terre, sa culture de routine, son entêtement à laisser stériles les landes qu'il refuse de me
céder, sans doute pour protester contre le succès de nos
défrichements, s'imagine-t-on quelque chose de plus
bassement stupide !... Et c'est comme son moulin encore, qu'il regarde, par sottise et paresse, tomber en
ruine. Autrefois, il avait au moins une raison, il disait
que, le pays ayant presque renoncé au blé, les paysans
ne lui apportaient plus de quoi faire tourner ses meules.
Mais, aujourd'hui que, grâce à nous, le blé déborde,
est-ce qu'il n'aurait pas dû jeter par terre la vieille
roue, pour la remplacer par une bonne machine à
vapeur ?... Ah ! si j'étais à sa place, il y aurait déjà là un

moulin tout neuf, reconstruit, élargi, utilisant les eaux de l'Yeuse, se reliant à la gare de Janville par une voie qui ne coûterait pas cher à établir !

Grégoire écoutait, heureux que l'orage se fût détourné. Et Marianne, voyant ses trois filles désolées de n'avoir point de roses blanches, les consola.

— Pour la table, vous cueillerez demain matin les moins rouges, les roses pâles, et ça sera tout de même très bien.

Alors, Mathieu se calma, fit rire les enfants en concluant gaiement :

— Cueillez donc aussi les roses rouges, mettez les plus rouges. C'est le sang de la vie.

Cependant, Marianne et Charlotte s'attardaient à causer de tous ces apprêts, lorsque des petits pieds encore accoururent dans l'herbe. Nicolas, fier de ses sept ans, amenait par la main sa nièce Berthe, une grande fille de six ans. Ils s'entendaient très bien ensemble. Ce jour-là, ils étaient restés près du berceau de Benjamin et de Guillaume, dans la maison, jouant au ménage, disant que les deux enfants étaient leurs bébés. Mais voilà que, se réveillant, les deux enfants avaient crié la faim. Alors, ayant pris peur, Nicolas et Berthe s'étaient mis à galoper, pour venir chercher les deux mères.

— Maman ! appela Nicolas, c'est Benjamin qui te demande. Il a soif.

— Maman, maman ! répéta Berthe, c'est Guillaume qui a soif. Viens vite, ça presse.

Marianne et Charlotte s'égayèrent. C'était vrai, pourtant, que ce mariage du lendemain leur avait fait oublier les chers mignons. Et elles se hâtèrent de rentrer, car l'heure de la tétée était venue.

Ah ! le lendemain, ces noces heureuses, dans quelle intimité tendre elles se firent ! On ne fut que vingt et un à table, sous le grand chêne, au milieu de la pelouse,

entourée des charmes et des ormes amis, telle qu'une
discrète salle de verdure. Toute la famille se trouvait là,
d'abord tous ceux de la ferme, puis Denis, le marié,
qu'on voyait rarement, cloué à l'usine, puis Ambroise et
sa femme Andrée, qui avaient amené leur petit Léonce,
de visite rare, eux aussi, dans les nécessités de vie active
où Paris les tenait. Et c'était une joie, ce retour au nid
familial des oiseaux envolés déjà, ce bonheur de pouvoir
se réunir au grand complet, malgré la dispersion continuelle de l'existence. En dehors, il n'y avait que les
parents invités, Beauchêne et Constance, Séguin et
Valentine, sans compter naturellement madame Desvignes, la mère de Marthe, la mariée. On était vingt et un
à la table, mais il y en avait trois autres, les tout petits,
la petite table : Léonce qu'on venait de sevrer, à quinze
mois, Benjamin et Guillaume encore au sein ; et, pour
qu'ils fussent de la fète, on avait approché leurs voitures,
ils tenaient tout de même leur place. Ça faisait donc
vingt-quatre, un compte rond, les deux douzaines. La
table, fleurie de roses, embaumait, à l'ombre fraîche,
sous la pluie du soleil d'été qui la criblait d'or, au travers
des feuillages. Un triomphal ciel de juillet tendait, d'un
bout de l'horizon à l'autre, une prodigieuse tente d'azur.
Et la robe blanche de Marthe, les robes claires des petites
et des grandes filles, ces toilettes gaies, ces belles santés
de jeunesse, semblaient être la floraison même de ce coin
verdoyant de bonheur. On mangea joyeusement, on finit
par trinquer à la campagnarde, en souhaitant toutes les
prospérités au jeune ménage, ainsi qu'aux personnes
présentes.

Alors, pendant que les servantes enlevaient le couvert,
Séguin, qui affectait de s'intéresser à l'élevage, voulut que
Mathieu lui montrât ses étables. Il n'avait fait que causer
chevaux pendant le déjeuner, il désirait voir surtout des
paires de forts chevaux de labour, dont son hôte lui vantait

la qualité d'extraordinaire vigueur. Et il détermina Beauchêne à être de la visite. Puis, comme les trois hommes partaient, Constance et Valentine, désœuvrées, curieuses de cette ferme dont le pullulement si prompt restait pour elles une stupeur, eurent l'idée de les suivre, laissant sous les arbres le reste de la famille s'installer, dans la paix rieuse de la belle après-midi de fête.

Les étables et les écuries se trouvaient sur la droite. Mais, pour s'y rendre, il fallait traverser la vaste cour, d'où l'on découvrait le domaine entier. Et il y eut là une halte, un brusque arrêt d'admiration, tant la grandeur de l'œuvre accomplie éclatait sous le soleil. Ils avaient connu cette terre embroussaillée, desséchée, stérile, ils la revoyaient roulant une mer de blé, couverte de moissons dont le flot montait davantage, à chaque saison nouvelle. Là-haut, sur l'ancien plateau marécageux, c'était une telle fertilité, dans les terreaux amassés par les siècles, qu'on ne fumait pas encore. Ensuite, à droite, à gauche, les pentes autrefois sablonneuses s'étendaient verdoyantes, engraissées aujourd'hui par les sources qui les trempaient d'une fécondité sans cesse accrue. Et les bois eux-mêmes, au loin, aménagés, aérés de larges clairières, semblaient déborder de plus de sève, comme si toute la vie décuplée, autour d'eux, les eût gonflés d'un redoublement de force et de puissance. C'était cette force, c'était cette puissance qui montaient du domaine entier, l'œuvre de vie enfantée, créée, le travail de l'homme engrossant la terre stérile, l'accouchant des richesses nourricières, pour une humanité élargie, conquérante du monde.

Il y eut un long silence. Séguin dit simplement de sa petite voix sèche, avec un ricanement que sa ruine personnelle aiguisait d'amertume :

— Vous avez fait une bonne affaire. Jamais je n'aurais cru ça.

Puis, on se remit en marche. Mais, dans les étables, dans la vacherie, dans la bergerie, cette sensation de force et de puissance s'accrut encore. La création continuait, une création vivante, les vaches, les moutons, les poules, les lapins, tout ce qui grouillait là, tout ce qui pullulait en une éclosion continue. Chaque année, l'arche s'emplissait, se faisait trop petite, nécessitait d'autres parcs, d'autres bâtiments. La vie augmentait la vie, on marchait au milieu d'un peuple en perpétuelles couches, partout des couvées, des nichées qui lâchaient de nouveaux vols, de nouveaux troupeaux, tandis que, derrière, les germes sé multipliaient, l'enfantement recommençait, d'un flot débordé, montant toujours. Là encore, c'était la richesse conquérante de l'inépuisable fécondité.

Dans les écuries, Séguin admira beaucoup les paires de forts chevaux, avec des mots de connaisseur. Ensuite, il revint sur l'élevage, il cita un de ses amis qui obtenait, par certains croisements, des résultats extraordinaires. Et, revenant à ses idées anciennes, il ajouta, en manière d'explication :

— Oh! pour les bêtes, j'accepte le « Croissez et multipliez », lorsque c'est nous, les éleveurs, qui, par besoin ou par curiosité, tenons la chandelle.

Il ricana, trouva son mot très drôle. Puis, comme Valentine et Constance, muettes, un peu répugnées de toute cette fermentation odorante de vie, revenaient lentement sur leurs pas, il déblatéra contre le siècle, recommença ses vieilles théories, sans autre transition. Peut-être une sourde rancune jalouse le poussait-elle à protester contre la victoire de la vie, que clamait la ferme entière. La dépopulation, ah! certes, elle ne marchait pas assez vite! Ce Paris qui voulait mourir, il y mettait vraiment le temps! Tout de même, il notait certains bons symptômes, car la banqueroute s'aggravait partout, dans la science, dans la politique, dans les lettres et les arts eux-mêmes. La liberté était déjà morte. La démocratie, en exaspérant les instincts d'ambition, en déchaînant la lutte des classes pour le pouvoir, aboutissait au rapide effondrement social. Il n'y avait plus que la populace, les humbles, les pauvres, qui faisaient encore des enfants, par stupidité, sur leur fumier d'ignorance et de misère. Quant à l'élite, aux intelligents, aux riches, ils enfantaient de moins en moins, ce qui permettait d'espérer, avant l'heureux anéantissement final, une dernière période de civilisation acceptable, lorsqu'on serait entre soi, très peu, quelques hommes et quelques femmes, parvenus au raffinement suprême, ne vivant plus que d'odeurs, ne jouissant plus que de souffles. Mais il se disait dégoûté, certain maintenant de ne pas voir cette époque trop lente à venir.

— Encore, si le christianisme, revenant à la foi première, condamnait la femme, comme impure, diabolique et néfaste, on irait revivre la vie sainte au désert, on en finirait plus vite. Ce qui m'enrage, c'est ce catholicisme politique, qui, pour vivre lui-même, règle et tolère l'ignominie du mariage, en couvrant ainsi l'ordure et le crime d'enfanter... Dieu merci! si j'ai péché moi-même, si j'ai mis au monde des malheureux de plus, j'ai la douceur de croire qu'ils rachèteront ma faute, en restant eux-mêmes inféconds. Gaston dit qu'il ne se mariera pas, qu'un officier ne doit avoir d'autre femme que son épée; et, quant à Lucie, depuis le jour où elle a prononcé ses vœux, aux Ursulines, je suis bien tranquille... Ma race est morte, c'est ma joie.

Mathieu écoutait en souriant. Il connaissait ce pessimisme littéraire. Autrefois, de tels arguments, la civilisation en lutte avec la natalité, l'infécondité relative des plus intelligents, des plus forts, l'avaient troublé. Mais, dès le moment où il avait lutté pour l'amour, la simple joie d'agir lui était devenue une foi, une certitude de bien faire. Aussi se contenta-t-il de dire, un peu méchamment :

— Eh bien! et votre Andrée, avec son petit Léonce?

— Oh! Andrée! répondit Séguin, en faisant un geste, qui la rejetait, comme n'étant pas sienne.

Valentine s'était arrêtée, levant les yeux, le regardant fixement. Depuis qu'ils menaient leur vie chacun de son côté, sans rien de commun, elle ne tolérait plus sa brutalité folle, ses anciennes crises de jalousie, pareilles à des coups de démence. Dans l'engloutissement de leur fortune, elle le tenait aussi, par la crainte de certains règlements de comptes.

— Oui, accorda-t-il, il y a Andrée. Mais les filles, ça ne compte pas.

On recommençait à marcher, lorsque Beauchêne, qui s'était contenté, jusque-là, de souffler, de mâchonner son cigare, dans la réserve que lui imposait sur la question son affreux drame personnel, ne put se taire davantage, oublieux, reconquis à l'extraordinaire inconscience qui le remettait toujours d'aplomb, supérieur, victorieux quand même. Il parla carrément, très haut.

— Je ne suis pas de l'école de Séguin. Tout de même, il dit des choses justes... Cette question de la natalité, vous n'avez pas idée comme elle me passionne encore. Je puis me vanter de la connaître à fond. Eh bien! il est évident que Malthus avait raison, on n'a pas le droit de pondre des enfants à l'infini, sans s'inquiéter de savoir d'abord comment on les nourrira... Si les pauvres crèvent de faim, c'est leur faute, ce n'est pas la nôtre, car ce n'est pas nous, bien sûr, qui allons engrosser leurs femmes.

Il éclata d'un rire énorme. Et il continua, sortit la conférence qu'il faisait d'habitude sur la question. Seules, les classes dirigeantes étaient raisonnables, en se restreignant. Un pays ne pouvait produire qu'une quantité déterminée de subsistance, de sorte qu'il se trouvait par là même astreint à une quantité déterminée de population. De là, les coups de misère, lorsque les pauvres s'oubliaient, s'amusaient trop sur leurs grabats. On accusait la mauvaise distribution de la richesse ; mais c'était fou d'espérer une cité utopique, où il n'y aurait plus de patrons, rien que des frères, des travailleurs égaux, se partageant, comme un gâteau de fête, le bonheur universel. Alors, la faute en était donc certainement à l'imprévoyance des misérables, bien qu'il reconnût, avec une brutale franchise, la nécessité où les patrons se trouvaient d'utiliser ce trop d'enfants, pour embaucher au rabais les ouvriers nécessaires.

Et, se grisant, perdant tout souvenir, dans l'infatuation vaniteuse et têtue de ses idées, il en arriva bruyamment à son cas.

— On nous dit que nous ne sommes pas des patriotes, parce que nous n'avons pas des queues de mioches derrière nous. C'est stupide, chacun sert la patrie à sa façon. Si les pauvres bougres lui donnent des soldats, nous autres nous lui donnons nos capitaux, l'effort de notre industrie et de notre commerce... Enfin, n'est-ce pas ? chacun connaît ses affaires. La patrie sera bien avancée, quand nous nous serons ruinés à faire pour elle des enfants, qui nous casseront les bras, nous empêcheront de nous enrichir, détruiront derrière nous les œuvres créées, en se les partageant ! Avec nos lois, avec nos mœurs, il n'y a de solide fortune que pour le fils unique... Eh, mon Dieu ! oui, il s'impose, le fils unique, il est la seule sagesse, le seul bonheur possible.

Cela devenait si pénible, si douloureux, que tous, pris de gêne, se taisaient. Lui triomphait, croyant les convaincre.

— Ainsi, moi...

Constance l'interrompit. Elle avait marché d'abord la

tête basse sous ce flot de paroles qui l'accablaient, la rendaient honteuse, comme sous une aggravation de sa défaite. Et elle venait de relever la face, où coulaient deux grosses larmes.

— Alexandre!

— Quoi donc, ma chère ?

Il ne comprenait pas encore. Puis, en la voyant pleurer, il finit par être pris d'un trouble, dans sa belle assurance. Il regarda les autres, voulut avoir le dernier mot.

— Ah! oui, notre pauvre enfant... Mais les cas particuliers n'ont rien à voir dans la théorie, les idées restent les idées.

Il y eut un lourd silence, on se retrouvait d'ailleurs près de la pelouse, où la famille était restée. Et, depuis un instant, Mathieu songeait à Morange, qu'il avait invité, mais qui s'était excusé, comme pris de terreur devant cette joie des autres, inquiet aussi d'un tel voyage, d'une absence pendant laquelle il redoutait toutes sortes d'attentats contre le mystérieux sanctuaire de son culte. Se serait-il également obstiné dans ses idées d'autrefois, Morange? aurait-il encore défendu la théorie de l'enfant unique, l'exécrable calcul d'ambition qui lui avait coûté sa femme et sa fille ? Et sa figure éperdue passait, blême, sous l'orage trop rude pour son pauvre crâne de médiocre, et il piétinait d'un pas de maniaque, il marchait à quelque fin énigmatique, guetté par la démence. Mais la vision lugubre disparut, la pelouse s'étendait de nouveau sous le joyeux soleil, offrant, dans son cadre de grands arbres, un tel tableau de santé heureuse, de beauté triomphante, que Mathieu rompit le silence de deuil, en criant malgré lui :

— Voyez donc, voyez donc! est-ce gai, est-ce délicieux, ces chères femmes, ces chers enfants, dans toute cette verdure! On devrait peindre cela, pour apprendre aux gens combien il est sain et beau de vivre.

Sur la pelouse, on n'avait pas perdu le temps, depuis que les Beauchêne et les Séguin s'en étaient allés visiter les étables. D'abord, il y avait eu un partage des menus, ornés par Charlotte de si délicates aquarelles. La surprise, au déjeuner, les avait tous ravis, de bons rires couraient encore devant cette débandade de têtes d'enfants, une descendance de mère Gigogne assez nombreuse pour qu'on en décorât des services de table entiers. Puis, pendant que les servantes enlevaient le couvert, Grégoire eut un gros succès, en offrant à la mariée un bouquet d'admirables roses blanches, qu'il tira d'un buisson voisin, où il l'avait tenu caché jusque-là. Sans doute il guettait une absence de son père. C'étaient les roses du Moulin, il avait dû saccager les rosiers du clos, aidé de Thérèse. Marianne, sentant l'horreur de la faute, voulut le gronder. Mais quelles roses blanches superbes, grosses comme des choux, ainsi qu'il le disait! Et il avait raison, il pouvait triompher, ses roses étaient les seules roses blanches, qu'il avait conquises, en gamin coureur et chevaleresque, capable de sauter des murs, de séduire des fillettes, pour fleurir de blanc une mariée.

— Elles sont trop belles, déclara-t-il avec assurance, papa ne me dira rien.

Cela fit rire, et il y eut toute une émotion nouvelle. Benjamin et Guillaume, qui s'étaient réveillés, criaient la faim. Ainsi qu'on le fit remarquer gaiement, leur tour était bien venu. Puisque la grande table avait déjeuné d'un si bel appétit, rien n'était plus juste qu'on servît à son tour la petite table. Et, comme on se trouvait en famille, cela fut fait bonnement, sans embarras. Marianne, assise à l'ombre du grand chêne, prit Benjamin sur ses genoux, se dégrafa, lui donna le sein de son air riant et grave; tandis que, près d'elle, à sa droite, Charlotte, avec la même sérénité, faisait de même, dévorée par Guillaume, qui était très goulu; et, à sa gauche,

Andrée vint également s'asseoir, son petit Léonce aux bras, ne tétant plus, sevré depuis huit jours, mais désireux de caresse, heureux contre cette gorge tiède où il avait jusque-là vécu. La conversation était tombée sur l'allaitement. Ambroise raconta comment sa femme, Andrée, avait la conviction de ne pouvoir nourrir, de n'avoir pas de lait, si bien que, sans lui, elle n'aurait pas même essayé ; puis, le lait était venu tout de même, elle avait parfaitement nourri. Il n'y avait certainement qu'à vouloir.

— C'est vrai, ce qu'il raconte, dit Andrée en riant. J'avais une terreur de nourrir, toutes mes amies me disaient que ce n'était pas possible. D'abord, ça m'a semblé dur, et maintenant je suis si heureuse !

Elle donna un gros baiser à Léonce. Alors, la mariée, Marthe, eut un involontaire cri du cœur, qui redoubla la gaieté.

— Tu entends, maman ! Je ne suis pas si forte que ma sœur Charlotte, qui nourrit déjà son troisième. Mais ça ne fait rien, je nourrirai.

Ce fut à ce moment, au milieu des rires, dont la rougeur brusque de Marthe augmentait l'éclat, que les Beauchêne et les Séguin reparurent, avec Mathieu. Ils s'arrêtèrent, frappés du délicieux, du puissant tableau. Dans le cadre des grands arbres, sous le chêne patriarcal, comme née de la même terre grasse, parmi l'herbe drue, toute la famille était là, d'une poussée vigoureuse, en un groupe triomphant de joie, de force et de beauté. Gervais et Claire, toujours actifs, s'occupaient avec Frédéric de hâter les servantes, qui n'en finissaient pas d'apporter le café sur la table desservie. Les trois filles, qui se faisaient aider par le chevalier Grégoire, imaginaient une nouvelle décoration de cette table, perdus tous quatre dans un monceau de fleurs, des roses-thé, des roses tendres, des roses rouges. A quelques pas, les mariés, Denis et Marthe, causaient à demi-voix, tandis que la mère, madame Desvignes, les écoutait en silence, avec un discret sourire, d'une infinie douceur. Et c'était au milieu que Marianne rayonnante allaitait son douzième enfant, la chair blanche, fraîche encore, belle toujours de sa sérénité forte, de sa volonté saine, riant à son Benjamin qui la buvait toute une fois de plus, accueillant sur son autre genou Nicolas, l'avant-dernier, jaloux de se garder cette place. Et ses deux brus ne semblaient être qu'un prolongement d'elle-même, Andrée à sa gauche, qu'Ambroise était venu rejoindre pour taquiner son petit Léonce, Charlotte à sa droite, avec ses deux enfants, Guillaume au sein, Berthe dans ses jupes. La foi en la vie avait germé là en une prospérité, en une richesse sans cesse accrue et débordante, toute la souveraine floraison de la fécondité heureuse.

Séguin, s'adressant à Marianne, plaisanta.

— Alors, ce petit monsieur est le quatorzième que vous nourrissez?

Gaiement, elle se mit à rire elle-même.

— Non, il ne faut pas mentir... Ça m'en ferait bien quatorze, mais j'ai eu deux fausses couches. J'en aurai nourri douze, voilà le chiffre exact.

Beauchêne, qui retrouvait sa carrure, ne put s'empêcher d'intervenir encore.

— Enfin, la douzaine. C'est fou!

— Je suis bien de cet avis, dit à son tour Mathieu, en s'égayant lui aussi. Si ce n'est pas fou, c'est vraiment désordonné... Quand nous sommes seuls, ma femme et moi, nous nous avouons que nous sommes allés un peu loin. D'ailleurs; nous ne pensons pas que tous devraient suivre notre exemple, oh non!... Mais, baste! par le temps qui court, on peut sans crainte dépasser la mesure. Trop, c'est à peine assez. Si nous avons exagéré l'exemple, notre pauvre pays s'en trouverait bien, le jour où notre

folie deviendrait contagieuse... Et il n'y a qu'une chose
à redouter, c'est que la sagesse ne l'emporte.

Marianne écoutait, en souriant toujours, tandis que des
larmes montaient à ses yeux. Une tristesse attendrie
l'envahissait, la blessure encore saignante de son cœur
s'était rouverte, au milieu de la joie rare de voir là,
réunis autour d'elle, les enfants nés de sa chair, nourris
de son lait.

— Oui, murmura-t-elle d'une voix tremblante, cela
m'en ferait douze, mais je n'en ai plus que dix. Deux
déjà dorment là-bas, dans la terre où ils nous attendent.

Et cette évocation, faite par la mère, du petit cimetière
de Janville, si paisible, de la tombe de famille, dans
laquelle, l'un après l'autre, tous les enfants espéraient
bien se coucher côte à côte, fut sans effroi, prit une douceur de bonne promesse, au milieu de ces noces rieuses.
Le cher souvenir des deux disparus restait vivant, et
tous en gardaient une gravité tendre, même dans la
gaieté, maintenant que des mois avaient déjà pansé la
plaie. N'était-ce point la vie qu'on ne pouvait accepter
sans la mort? Chacun venait faire sa part de besogne,
puis allait, sa journée finie, retrouver les aînés dans
l'éternel sommeil, où se réalisait la grande fraternité
humaine.

Mais, devant ce Beauchêne et ce Séguin qui plaisantaient, tout un flot de paroles montait aux lèvres de
Mathieu, il aurait voulu leur répondre, triompher des
théories menteuses qu'ils osaient soutenir encore, dans
leur défaite. La crainte de la terre trop peuplée, de trop
de vie amenant la famine, n'était-ce point imbécile? On
n'avait qu'à faire comme lui, à créer les subsistances
nécessaires, chaque fois qu'on mettait un enfant au
monde; et il aurait montré Chantebled, son œuvre, le
blé poussant sous le soleil, à mesure que poussaient les
hommes. Certes, on n'accuserait pas ses enfants d'être

venus manger la part des autres, puisque chacun d'eux était né avec son pain. Des millions de nouveaux êtres pouvaient naître, la terre était grande, plus des deux tiers restaient à défricher, à ensemencer, il y avait là une fertilité sans fin pour notre humanité sans limites. Puis, est-ce que toutes les civilisations, tous les progrès ne s'étaient pas produits sous la poussée du nombre? Seule, l'imprévoyance des pauvres avait jeté les foules révolutionnaires à la conquête de la vérité, de la justice, du bonheur. Chaque jour encore, le torrent humain nécessiterait plus de bonté, plus d'équité, la logique répartition des richesses par de justes lois réglant le travail universel. Et, s'il était vrai que la civilisation fût un frein à la natalité trop grande, ce phénomène précisément pouvait faire espérer l'équilibre final, dans le lointain des siècles, lorsque la terre, entièrement peuplée, serait devenue assez sage pour vivre dans une sorte d'immobilité divine. Mais il n'y avait là d'ailleurs qu'une spéculation pure, devant les nécessités du moment, les nations à refaire, à élargir sans cesse, en attendant la définitive fédération humaine. Et c'était bien l'exemple brave, l'exemple nécessaire, que Marianne et lui donnaient, pour changer les mœurs, et l'idée de morale, et l'idée de beauté.

Déjà, Mathieu ouvrait les lèvres. Tout d'un coup, il sentit l'inutilité de la discussion, devant l'admirable tableau, cette mère entourée d'une telle floraison de vigoureux enfants, allaitant un enfant encore, sous le grand chêne planté par elle. Bravement, elle faisait sa besogne, le monde à continuer, à créer sans fin. Elle était la beauté souveraine.

Et il ne trouva qu'une chose utile et suffisante, ce fut de l'embrasser solidement, devant toute la noce.

— Tiens! chère femme, tu es la plus belle, et tu es la meilleure. Que toutes fassent comme toi!

Alors, Marianne l'ayant aussi glorieusement embrassé,

il y eut une acclamation, une tempête de bons rires..
Tous deux étaient des héros, qui avaient mené leur existence dans un grand mouvement d'héroïsme, grâce à leur
foi en la vie, grâce à leur volonté d'agir, à leur puissance
d'aimer. Et Constance le sentit enfin, comprenant la force
conquérante de la fécondité, voyant déjà les Froment
maîtres de l'usine par Denis, maîtres de l'hôtel des
Séguin par Ambroise, maîtres de toute la contrée par
leurs autres enfants. C'était le nombre, c'était la victoire.
Et, réduite, consumée d'une tendresse qu'elle ne pouvait plus contenter, se rassasiant de l'amertume de sa
défaite, tout en espérant encore quelque abominable
revanche du destin, elle se détourna pour cacher les
deux grosses larmes ardentes qui brûlaient ses joues
desséchées, elle qui ne pleurait jamais.

Benjamin et Guillaume tétaient toujours, en petits
hommes goulus que rien ne dérangeait de leur repas.
Marianne venait de changer le premier de sein. Charlotte
surveillait l'autre, pour qu'il ne la mordît pas trop fort.
Si l'on avait moins ri, on aurait entendu le ruissellement
du lait, ce petit ruisseau dans le torrent de la sève qui
soulevait la terre, qui faisait frémir les grands arbres,
au puissant soleil de juillet. De toutes parts, la vie
féconde charriait les germes, créait, enfantait, nourrissait. Et, pour l'éternelle œuvre de vie, l'éternel fleuve de
lait coulait par le monde.

# LIVRE SIXIÈME

## I

Un dimanche matin, Norine et Cécile, qui, malgré le
jour férié, travaillaient aux deux côtés de leur petite
table commune, dans le coup de feu des cartonnages
pour les étrennes prochaines, reçurent une visite, dont
elles restèrent toutes pâles de stupeur et d'épouvante.

Jusque-là, leur vie ignorée, cachée, avait coulé paisible, sans autre combat que les deux bouts de la semaine
à joindre et que l'argent du terme à mettre de côté, tous
les trois mois. Depuis huit ans qu'elles habitaient
ensemble, rue de la Fédération, près du Champ de Mars,
la grande chambre aux fenêtres gaies, dont la propreté
coquette les rendait fières, l'enfant de Norine avait gaillardement poussé, entre ses deux mères, également passionnées et tendres ; car il finissait par les confondre, il y
avait maman Norine, et il y avait maman Cécile, sans
qu'il sût au juste si l'une des deux était sa maman
plus que l'autre. Elles ne travaillaient plus, elles ne
vivaient plus que pour lui, l'une belle encore à quarante

ans, sauvée des hommes par sa maternité tardive, l'autre restée fillette à trente ans bientôt, ayant mis sur cet enfant tout l'amour éperdu de l'amoureuse et de l'épouse qu'elle ne pourrait jamais être.

Or, ce dimanche-là, vers dix heures, on frappa fort, à deux reprises. Puis, la porte ouverte, ce fut un garçon trapu, de dix-huit ans environ, qui entra. Il était brun, la face carrée, la mâchoire dure, avec des yeux d'un gris pâle. Et il avait un vieux veston en loques, une casquette de drap noir, roussie par usure.

— Pardon, demanda-t-il, c'est bien ici mesdames Moineaud, qui travaillent dans le cartonnage?

Norine, debout, le regardait, prise d'un soudain malaise. Son cœur s'était serré, comme sous une menace. Elle avait certainement vu cette figure quelque part, mais elle ne retrouvait dans sa mémoire qu'un danger ancien, qui revenait, aggravé, pour gâter son existence.

— Oui, c'est ici, répondit-elle.

Sans hâte, le jeune homme faisait des yeux le tour de la pièce. Il devait s'attendre à plus de fortune, car il eut une moue légère. Son regard, ensuite, s'arrêta sur l'enfant, qui, s'amusant à lire, en petit garçon bien sage, avait levé la tête, pour examiner le nouveau venu. Et il acheva son inspection par un bref coup d'œil donné à l'autre femme qui était là, si mince, si frêle, l'air inquiet, elle aussi, devant l'inconnu qu'il apportait si brusquement.

— On m'avait dit au quatrième, la porte à gauche, reprit-il. Tout de même, j'avais peur de me tromper, parce que ce que j'ai à dire, je ne peux pas le dire à tout le monde... C'est une chose pas commode, et bien sûr qu'avant de venir ici, j'ai fait mes réflexions.

Il traînait les mots, il ne quittait plus Norine de son regard pâle, après s'être encore assuré que l'autre femme était trop jeune pour être celle qu'il cherchait. L'angoisse

croissante dont il la voyait frémir, l'appel évident qu'elle
adressait à sa mémoire, lui firent un instant prolonger
l'épreuve. Enfin, il se décida.

— Je suis l'enfant qu'on a mis en nourrice à Rougemont, je me nomme Alexandre-Honoré.

Et il n'eut pas besoin d'en dire davantage. Norine
s'était mise à trembler de tout son pauvre corps, ses
mains se joignirent, se tordirent, tandis que sa face bouleversée blêmissait. Grand Dieu! Beauchêne! C'était à
Beauchêne qu'il ressemblait, et d'une façon si frappante,
avec ses yeux de proie, sa rude mâchoire de jouisseur
tombé aux basses voracités, qu'elle s'étonnait maintenant de n'avoir pas crié son nom, à première vue. Ses
jambes défaillirent, elle dut s'asseoir.

— Alors, c'est vous, dit simplement Alexandre.

Comme elle continuait de grelotter, avouant, sans pouvoir prononcer un mot, tellement le désespoir et la peur
la serraient à la gorge, il sentit le besoin de la rassurer
un peu, s'il ne voulait pas se fermer du premier coup
la porte qu'il venait se faire ouvrir.

— Il ne faut pas vous révolutionner à ce point. Vous
n'avez rien à craindre de moi, mon intention n'est pas
de vous causer de la peine... Seulement, n'est-ce pas?
quand j'ai fini par savoir où vous étiez, j'ai eu le désir
de vous connaître, c'est bien naturel. Et je me suis même
dit que vous seriez peut-être contente de me voir... Puis,
la vérité est que je suis dans la peine. Voilà bientôt
trois ans que j'ai eu la bêtise de revenir à Paris, où je
n'arrive guère qu'à crever de faim. Les jours où l'on
n'a pas déjeuné, ça donne envie, n'est-ce pas? de retrouver les parents, qui vous ont lâché à la rue, mais qui,
tout de même, n'auraient pas le mauvais cœur de vous
refuser une assiette de soupe.

Des larmes montèrent aux yeux de Norine. C'était le
comble, ce retour du misérable abandonné, ce grand gail-

lard inquiétant qui l'accusait, qui criait la faim. Et, fâché de ne tirer toujours d'elle que des frissons et des sanglots, il se tourna vers Cécile.

— Je sais, vous êtes sa sœur... Dites-lui donc qu'elle est bête de se manger les sangs. Je ne vais pas l'assassiner, bien sûr. C'est drôle, le gros plaisir qu'elle a de me voir... Pourtant, je ne fais pas de bruit, je n'ai rien dit en bas à la concierge, je vous jure.

Puis, sans lui répondre, Cécile s'étant levée pour aller au secours de Norine, il s'intéressa de nouveau à l'enfant, que la peur prenait aussi, très pâle, en voyant ses deux mamans dans le chagrin.

— Alors, ce gamin-là, c'est mon frère?

Mais, tout d'un coup, Norine, debout, se mit entre l'enfant et lui. L'idée folle l'envahissait d'une catastrophe, d'un écroulement qui devait les broyer. Elle aurait voulu ne pas être méchante, trouver même de bonnes paroles. Et elle achevait de perdre la tête, hors d'elle, dans un soulèvement de révolte, de rancune et d'hostilité.

— Vous êtes venu, je comprends ça... Seulement, c'est si cruel, qu'est-ce que je puis faire? Après tant d'années, on ne se connaît pas, on n'a rien à se dire... Et puis, vous le voyez bien, je ne suis pas riche.

Alexandre, d'un regard, fit une seconde fois le tour de la pièce.

— Je vois bien... Et mon père, vous ne pouvez pas me dire son nom?

Elle resta saisie, elle blêmit encore, pendant qu'il continuait :

— Parce que, si mon père avait des sous, je saurais le forcer à m'en donner. On ne jette pas les enfants comme ça, au coin des bornes.

Brusquement, elle avait revu le passé, Beauchêne, l'usine, le père Moineaud, qui venait d'en sortir, infirme, en y laissant son fils Victor. Et elle fut prise d'une prudence instinctive, à la pensée que, si elle livrait le nom de Beauchêne, ce serait peut-être compromettre toute sa vie heureuse, au milieu des complications terribles qui pourraient se produire. Sa peur de ce garçon louche, qui suait la paresse et le vice, l'inspira.

— Votre père, il y a longtemps qu'il est mort.

Sans doute il ne savait rien, il n'avait rien appris de ce côté, car il ne douta pas, tant elle avait mis d'énergique vouloir dans son affirmation. Il n'eut qu'un geste brutal, disant sa colère de voir ainsi détruite l'espérance vorace de sa démarche.

— Faut donc crever de faim !

Norine, bouleversée, n'avait qu'un besoin douloureux, qu'il ne fût plus là, qu'il ne la torturât plus par sa présence, tant son pauvre cœur saignant était à la fois plein de remords, de pitié, d'épouvante et d'horreur. Elle ouvrit un tiroir, y prit une pièce de dix francs, des économies de trois mois, qu'elle destinait aux étrennes de l'enfant. Et, les donnant à Alexandre :

— Écoutez, je ne puis rien faire pour vous. Nous vivons trois dans cette chambre, nous avons à peine du pain... Cela me chagrine beaucoup de vous savoir malheureux. Mais il ne faut pas compter sur moi... Faites comme nous, travaillez.

Il avait empoché les dix francs, il resta un instant encore à se dandiner, à dire qu'il n'était pas venu pour ça, qu'il savait comprendre les choses. Il se conduisait bien avec les gens, quand les gens se conduisaient bien avec lui. Et il répéta que son idée n'était pas de faire du scandale, du moment qu'elle se montrait gentille. Une mère qui partageait, accomplissait son devoir, ne donnât-elle que dix sous.

Puis, comme il partait enfin :

— Ne voulez-vous pas m'embrasser?

Elle l'embrassa, les lèvres froides, le cœur mort. Elle

garda, aux joues, un petit frisson, des deux lourds baisers qu'il y posa ensuite, avec une affectation bruyante.

— Et au revoir, n'est-ce pas? On a beau être pauvres et ne pouvoir habiter ensemble, on sait tout de même qu'on existe, maintenant. Et ça ne m'empêchera pas de monter de temps à autre, vous dire en passant un petit bonjour.

Quand il eut disparu, un long silence régna, dans l'infinie détresse qu'il laissait de son passage. Norine était retombée sur une chaise, comme sous l'écrasement de la catastrophe. En face d'elle, Cécile, accablée, elle aussi, avait dû également s'asseoir. Et ce fut elle, au milieu du deuil de la grande chambre, où, le matin encore, tenait leur bonheur, qui parla la première, pour dire son étonnement, sa protestation.

— Mais tu ne lui as rien demandé, nous ne savons rien de lui... D'où vient-il, que fait-il, que veut-il? Et, surtout, comment a-t-il pu te découvrir?... C'étaient les seules choses intéressantes à savoir.

— Ah! que veux-tu? répondit Norine, quand il m'a dit son nom, ça m'a glacée, anéantie! Oh! c'est bien lui, tu as aussi reconnu le père, n'est-ce pas?... Et tu as raison, nous ne savons rien, nous allons vivre à présent sous cette menace, avec la peur continuelle que la maison ne s'écroule sur notre tête.

Elle se remit à sangloter, sans force, sans courage, ne bégayant plus que des paroles noyées de larmes.

— Un grand garçon de dix-huit ans qui vous arrive comme ça, sans crier gare!... Et c'est bien vrai que je ne l'aime pas, puisque je ne le connais seulement pas... Quand il m'a embrassée, je n'ai rien senti, qu'un froid de glace, comme si mon cœur était gelé... Mon Dieu! que j'ai de peine! que tout ça est vilain, et sale, et cruel!

Et, comme son enfant, en la voyant pleurer, accourait, se jetait sur sa poitrine, effrayé, en larmes lui-même, elle le serra éperdument dans ses bras.

— Mon pauvre petit! mon pauvre petit! pourvu que tu
n'en souffres pas, que ce ne soit pas sur toi que retombe
la faute!... Ah! ce serait une rude punition, le mieux est
décidément de se bien conduire, quand on ne veut pas
avoir des embêtements plus tard!

Le soir, les deux sœurs, s'étant un peu calmées, décidèrent qu'elles devaient écrire à Mathieu. Norine se rappela la visite qu'il lui avait faite, quelques années plus
tôt, pour lui demander si Alexandre n'était pas venu la
voir. Lui seul connaissait l'affaire, savait où se renseigner. Et, dès qu'une lettre l'eut averti, Mathieu s'empressa d'accourir rue de la Fédération, inquiet du contre-
coup qu'une telle aventure pouvait avoir à l'usine, dans
la situation de Beauchêne, qui s'embarrassait chaque jour
davantage. Après avoir longuement interrogé Norine, il
devina qu'Alexandre avait dû découvrir l'adresse de celle-
ci par la Couteau, sans bien saisir encore l'enchaîne-
ment logique des faits, tant il y avait de lacunes et de
trous. Enfin, à la suite d'un grand mois de discrètes
recherches, de conversations avec madame Menoux, avec
Céleste, avec la Couteau elle-même, il put rétablir à peu
près les choses. L'éveil venait certainement de l'enquête
qu'il avait chargé la meneuse de faire à Rougemont,
lorsqu'elle s'était rendue au hameau de Saint-Pierre,
pour recueillir des renseignements sur l'enfant qui devait
être en apprentissage chez le charron Montoir. Elle avait
trop parlé, elle en avait trop dit, surtout à l'autre apprenti
charron, à ce Richard, un enfant de l'Assistance publique,
d'instincts si mauvais, lui aussi, que, sept mois plus tard,
il filait à son tour, comme Alexandre, après avoir volé
son patron. Là, des années se passaient, on perdait leur
trace. Mais plus tard, à coup sûr, les deux jeunes vau-
riens s'étaient retrouvés sur le pavé de Paris, de sorte
que le grand roux avait appris au petit brun toute l'histoire, et de quelle façon ses parents le faisaient recher-

cher, et peut-être qui était sa mère, le tout noyé de commérages, d'inventions saugrenues. Seulement cela ne
suffisait pas, Mathieu fut amené, pour comprendre comment le garçon avait eu l'adresse, à l'hypothèse qu'il la
tenait de la Couteau, mise au courant de bien des choses
par Céleste ; car il eut la preuve, à la maison Broquette,
qu'un jeune homme trapu, de mâchoires brutales, était
venu deux fois y causer avec la meneuse. Sans doute,
des faits restaient inexpliqués, l'aventure s'agitait dans
cette ombre tragique des bas-fonds parisiens, dont il n'est
pas sain de remuer la boue. Il finit par se contenter de
se rendre compte, en gros, de l'affaire, pris d'effroi lui-
même devant le dossier déjà lourd des deux bandits,
lâchés sur le pavé de la grande ville, vivant de hasards,
traînant leur paresse et leur vice. Et il n'eut qu'une
certitude consolante, ce fut que, si la mère, Norine, était
connue, le nom et la situation du père, Beauchêne,
n'étaient certainement soupçonnés de personne.

Lorsque Mathieu revit Norine, il la terrifia par les
quelques détails qu'il dut lui donner.

— Oh ! je vous en supplie, je vous en supplie, qu'il ne
revienne pas ! Trouvez un moyen, empêchez-le de revenir... Ça me fait trop de mal de le voir.

Naturellement, Mathieu n'y pouvait rien. Et tout son
effort, après de mûres réflexions, devait se restreindre
à empêcher Alexandre de découvrir Beauchêne. Ce qu'il
avait appris du garçon était si gros, si bassement douloureux, qu'il voulait éviter à Constance elle-même l'affreux
scandale d'un tel chantage. Il la voyait blêmir devant
l'ignominie de cet enfant, qu'elle avait si passionnément
souhaité, cherché, dans la perversion de son amour trahi ;
et il était pris de honte pour elle, il jugeait nécessaire et
pitoyable d'ensevelir le secret en un silence de tombe.
Mais ce ne fut pas sans un long combat, car il trouvait
dur aussi d'abandonner le misérable au pavé. Etait-il

encore un sauvetage possible? il ne le croyait guère. Puis, qui voudrait, qui saurait mener jusqu'à la guérison une cure d'honnêteté par le travail? Un être de plus à la mer, dans la tempête, et son cœur saignait de le condamner, bien qu'il doutât de tout moyen raisonnable de salut.

— Mon avis, dit-il à Norine, est qu'en ce moment vous lui cachiez le nom de son père. Nous verrons plus tard. Aujourd'hui, je redouterais des ennuis pour tout le monde.

Elle approuva vivement.

— Oh! ne vous inquiétez pas. Je lui ai déjà dit que son père était mort. Toute l'histoire me retomberait sur le dos, et j'ai tant le désir qu'on me laisse tranquille, dans mon coin, avec mon petit!

La face chagrine, Mathieu réfléchissait encore, ne pouvait se décider à l'abandon.

— Je lui trouverais bien quelque besogne, s'il voulait travailler. Plus tard, je le prendrais même à la ferme, lorsque je ne craindrais plus qu'il m'empoisonnât mon petit peuple... Je vais voir, je connais un charron qui l'emploierait sans doute, et je vous écrirai la réponse, pour que vous lui disiez où il doit se présenter, quand il reviendra vous voir.

— Comment, quand il reviendra! cria-t-elle, désespérée, vous croyez donc qu'il va revenir? Oh! mon Dieu, mon Dieu! je ne serai plus jamais heureuse!

Il revint, en effet. Mais, lorsqu'elle lui donna l'adresse du charron, il haussa les épaules en ricanant. Les charrons, à Paris, il les connaissait, des exploiteurs, des fainéants qui faisaient travailler le pauvre monde pour eux. D'ailleurs, il n'avait pas fini son apprentissage, il n'était bon qu'à faire les courses, il voulait bien une place dans un grand magasin. Et, quand Mathieu lui eut procuré cette place, il n'y resta pas quinze jours, il disparut un beau soir, avec les paquets de marchandises qu'il portait.

Successivement, il commença l'état de boulanger, il servit les maçons, il fut employé aux Halles, sans jamais se fixer nulle part, décourageant son protecteur, laissant à liquider derrière lui toutes sortes de vilenies. On dut renoncer au sauvetage. Il fallut se borner simplement, lorsqu'il reparaissait, en loques, hâve, affamé, à lui donner de quoi s'acheter une veste et du pain.

Alors, Norine ne vécut plus que dans cette mortelle inquiétude. Durant des semaines, Alexandre semblait mort. Mais elle n'en tressaillait pas moins, au moindre bruit, sur le palier. Toujours elle le sentait là, et, quand il frappait, brusquement, elle reconnaissait son coup de poing, elle se mettait à trembler, comme s'il venait la battre. Il s'était bien aperçu de quelle force d'anéantissement il terrorisait la triste femme, il en abusait pour tirer d'elle tout ce qu'elle cachait au fond de ses tiroirs. Quand elle lui avait remis la pièce de cent sous, l'aumône dont Mathieu la chargeait discrètement, il ne s'en contentait pas, il voulait fouiller lui-même. Parfois, il tombait chez elle, égaré, racontant qu'il irait en prison le soir, s'il n'avait pas dix francs, parlant de tout casser dans la chambre, d'emporter la petite pendule afin de la vendre. Et il fallait que Cécile s'interposât, le jetât dehors, très brave, si mince et si chétive qu'elle fût. Il ne partait que pour revenir quelques jours plus tard, avec des exigences nouvelles, des menaces de crier son histoire dans l'escalier, à moins qu'on ne lui donnât les dix francs. Un jour, comme sa mère pleurait, n'ayant pas un sou, il voulut découdre le matelas, en disant qu'elle y cachait son magot. Le pauvre ménage des deux sœurs devenait un enfer.

Mais le désastre fut qu'Alexandre fit, rue de la Fédération, la connaissance d'Alfred, le plus jeune frère de Norine, le dernier-né des Moineaud. Il avait alors vingt ans, deux ans de plus que son neveu d'occasion, comme il

appela plaisamment Alexandre, dès leur première rencontre. Et il n'était pas de pire rôdeur de trottoir, le voyou
blême, la face imberbe et sans cils, aux yeux clignotants,
à la bouche tordue, toute la plante mauvaise du ruisseau,
poussée librement dans le fumier parisien. A l'âge de
sept ans, il volait ses sœurs, il battait Cécile, le samedi,
pour arracher sa paye, de ses petites mains faibles.
Jamais la mère Moineaud, éreintée de sa besogne, ne
pouvant le surveiller, n'était parvenue à lui faire fréquen-
ter l'école, à le maintenir ensuite en apprentissage ; et il
l'exaspérait tellement, qu'elle finissait par l'envoyer elle-
même à la rue, afin d'avoir la paix. Les grands frères lui
allongeaient des taloches, le père était au travail du
matin au soir, l'enfant moralement abandonné poussait
au dehors pour le vice et pour le crime, parmi le flot
grouillant des gamins et des gamines de son âge, qui se
pourrissaient ensemble, tels que des pommes hâtives
tombées des branches. Et il avait grandi en corruption,
et il était l'excès sacrifié de la famille pauvre, le trop-
plein versé à l'égout, le fruit gâté qui gâtait les
autres.

Comme Alexandre, d'ailleurs, il ne vivait plus que de
hasards, sans qu'on sût même où il couchait, depuis que la
mère Moineaud était allée mourir à l'hôpital, épuisée
d'avoir trop enfanté dans la misère et sous l'écrasement
de son rude ménage. Elle n'avait que soixante ans, elle
marchait courbée, détruite, telle qu'une centenaire. Son
aîné de deux ans, le père Moineaud, déjeté comme elle,
pris par les jambes que tordait la paralysie, lamentable
ruine de cinquante années d'injuste travail, venait d'être
forcé de quitter l'usine ; et c'était la maison vidée, les
quelques misérables nippes aux quatre vents. Lui, heureusement, touchait une petite pension de retraite, qu'il
devait à l'initiative pitoyable de Denis. Mais il tombait en
enfance, hébété par son long effort de vieux cheval de

ménage ; il buvait ses quelques sous, il ne pouvait rester seul, les pieds impotents, les mains si tremblantes, qu'il manquait de mettre le feu, quand il allumait sa pipe ; de sorte qu'il était venu s'échouer chez ses deux filles, Norine et Cécile, les seules de la famille qui avaient eu le bon cœur de vouloir bien le recevoir. Elles lui avaient loué un cabinet au-dessus de leur chambre, au cinquième, elles le soignaient, dépensaient sa maigre pension à sa nourriture, à son entretien, en ajoutant beaucoup du leur. Cela faisait, comme elles le disaient d'un air de gai courage, qu'elles avaient désormais deux enfants, le tout petit et le tout vieux, une lourde charge pour deux femmes qui gagnaient cinq francs, à coller leurs boîtes du matin au soir. Et l'ironie tendre des choses voulait que le père Moineaud n'eût trouvé d'autre refuge que chez Norine, la fille autrefois chassée par lui, maudite pour son inconduite, cette propre à rien, cette cateau qui le déshonorait, et dont il baisait les mains aujourd'hui, lorsqu'elle l'aidait à allumer sa pipe, de peur qu'il ne se flambât le bout du nez.

Mais c'était le vieux nid branlant des Moineaud détruit, la famille tout entière envolée, dispersée, au hasard de la chute. Seule, Irma, grâce à son beau mariage avec un employé, vivait heureuse, faisait la dame, si vaniteuse, qu'elle ne voyait plus ni ses frères ni ses sœurs. Victor recommençait, à l'usine, la vie de son père, tournant la meule que son père avait tournée, du même effort aveugle et têtu. Il s'était marié, il avait six enfants déjà, trois garçons et trois filles, à moins de trente-six ans, refaisant à sa femme le destin de sa mère, la Moineaude, des nuits de rigolade imprévoyante après des jours sans pain, des couches continuelles aggravant les dures besognes du ménage ; et tous deux finiraient également fourbus, tandis que leurs enfants continueraient à leur tour, sans même le savoir, le pullulement de la race

maudite des meurt-de-faim. Chez Euphrasie, l'inévitable
destinée était plus tragique encore. La misérable opérée
n'avait point eu la chance suprême de mourir. Réduite à
rien, depuis qu'elle avait cessé d'être femme, elle s'était
peu à peu immobilisée dans un lit, incapable d'un geste,
pourtant vivante, écoutant, regardant, comprenant. Et,
de cette tombe ouverte, elle avait assisté, pendant des
mois, à la débâcle de ce qu'il restait de son ménage. Elle
était une chose que son mari injuriait, que madame Joseph, devenue maîtresse, torturait, la laissant des jours
entiers sans eau, lui jetant des croûtes comme à une bête
malade, dont on ne change pas même la paille. Encore,
personnellement, se résignait-elle, frappée de peur et
d'humilité, dans sa déchéance. Le pis était que les trois
enfants, les deux jumelles et le garçon, abandonnés,
glissaient à l'ordure, tombaient à la rue. Bénard, le mari,
s'était mis à boire avec madame Joseph, les bras cassés,
la tête tournée par le désastre de son foyer. Ensuite, ils
se battirent, brisant tout, chassant les enfants qui ne
rentraient plus qu'en loques, boueux, les poches pleines
de choses volées. Deux fois, Bénard disparut pendant huit
jours. La troisième, il ne revint pas. Quand il fallut payer
le terme, madame Joseph à son tour s'en alla, emmenée
par un autre homme. Ce fut la fin. Euphrasie dut se faire
porter à la Salpêtrière, pendant que les enfants, sans
domicile, étaient poussés au ruisseau. Le garçon ne reparut pas, comme emporté, englouti dans quelque cloaque.
L'une des jumelles, ramassée, mourut l'hiver suivant à
l'hôpital. L'autre, Toinette, une maigre fille, terrible sous
son air chétif, blonde, avec des dents et des yeux de loup,
vivait sous les ponts, au fond des carrières, habitait les
bouges, prostituée à dix ans, déjà vieillie à seize dans la
rapine et le vol. C'était l'aventure d'Alfred aggravée, la
fille abandonnée moralement, empoisonnée par la rue,
guettée par le crime. Et l'oncle et la nièce, s'étant ren-

contrés, faisaient ménage ensemble, sans qu'on sût au juste où ils couchaient, peut-être du côté des Moulineaux, où il y avait des fours à plâtre.

Un jour, il arriva donc qu'Alexandre, montant chez Norine, y fit la rencontre d'Alfred, qui parfois venait là pour tâcher de tirer une pièce de dix sous au père Moineaud. Les deux jeunes bandits s'en allèrent ensemble, causèrent, se retrouvèrent. De là naquit toute une association. Alexandre vivait avec Richard, Alfred leur amena Toinette. Ils furent quatre, et il arriva que la maigre Toinette se passionna pour Richard, un colosse, auquel Alfred voulut bien la céder, en bon camarade. Dès lors, chaque soir, elle fut giflée par son nouveau maître, quand elle ne lui rapporta pas cent sous. Mais elle trouvait ça très bon, elle qui, pour une chiquenaude, aurait labouré la face des gens, comme une chatte en furie. Et l'histoire commune se déroula : d'abord la mendicité, la fille encore jeune que les trois rôdeurs poussaient à tendre la main, faisant le guet, forçant à l'aumône les bourgeois attardés, le soir, dans les coins sombres; puis la prostitution, la fille grandie, emmenant les hommes derrière les palissades, livrant aux amis ceux qui ne payaient pas; puis le vol, le petit vol pour commencer, la rapine de tout ce qui traînait aux étalages, les coups plus sérieux ensuite, des expéditions préméditées, étudiées, ainsi que de véritables plans de guerre. La bande couchait où elle pouvait, tantôt dans des garnis louches, tantôt dans des terrains vagues. C'était, l'été, des flâneries sans fin, au travers des bois de la banlieue, en attendant la nuit, qui livrait Paris à leur dévastation. Ils se retrouvaient aux Halles, parmi les foules des boulevards, dans les cabarets borgnes, le long des avenues désertes, partout où ils flairaient la chance, le pain de paresse à dérober, la joie du vice à prendre sur les autres. Un vrai clan de sauvages, lâchés en pleine civilisation, vivant hors

la loi, toute une portée de jeunes fauves battant la forêt
ancestrale, la bête humaine retournée à l'état barbare,
abandonnée dès la naissance, en proie aux instincts
antiques de pillage et de carnage. Et, comme les herbes
mauvaises, ils poussaient dru, enhardis davantage chaque
jour, exigeant une rançon croissante des imbéciles qui
travaillaient, élargissant leurs vols, en marche pour le
meurtre.

Au hasard d'une minute de luxure, la semence humaine
avait jailli, l'enfant avait poussé sans qu'on y songeât,
né au petit bonheur, lâché ensuite sur le trottoir, sans
surveillance, sans soutien. Il s'y pourrissait, il y devenait un terrible ferment de décomposition sociale. Tous
ces petits mis au ruisseau, ainsi qu'on porte à l'égout
les petits chats trop nombreux, tous ces abandonnés,
ces errants du pavé qui mendiaient, qui se prosti-
tuaient, qui volaient, faisaient le fumier où germait le
crime. L'enfance misérable entretenait ainsi un foyer
d'effrayante infection, dans l'ombre tragique des bas-
fonds parisiens. Cette semence si imprudemment jetée à
la rue, devenait une moisson de brigandage, l'affreuse
moisson du mal dont craquait la société tout entière.

Lorsque Norine se douta des exploits de la bande,
par les fanfaronnades d'Alexandre et d'Alfred qui se plai-
saient à l'étonner, elle fut prise d'une telle peur, qu'elle
fit poser un verrou de sûreté à sa porte. Et, dès la nuit
noire, elle n'ouvrait plus, sans qu'on se nommât. Depuis
deux ans bientôt, son supplice durait : l'attente frissonnante où elle était toujours d'une visite possible
d'Alexandre. Il avait vingt ans, il parlait en maître, la
menaçait d'atroces vengeances, quand il devait s'en
aller les mains vides. Un jour, sans que Cécile pût s'y
opposer, il se jeta sur l'armoire, emporta un paquet de
linge, des mouchoirs, des serviettes, des draps, pour les
vendre. Et les deux sœurs n'osèrent le poursuivre dans

l'escalier, toutes deux éperdues, en larmes, anéanties sur des chaises.

L'hiver fut très rude. Le triste ménage des deux pauvres ouvrières, rançonnées de la sorte, serait mort de froid et de faim, avec le cher enfant qu'elles gâtaient quand même, sans les secours que leur apporta régulièrement leur ancienne amie, madame Angelin. Elle était toujours dame déléguée de l'Assistance publique, elle continuait à surveiller les enfants des filles mères, dans ce terrible quartier de Grenelle, que la misère dévore. Mais, depuis longtemps, elle ne pouvait plus rien faire pour Norine, au nom de l'administration. Et, si, tous les mois, elle lui apportait une pièce de vingt francs, c'était que des personnes charitables lui confiaient leurs aumônes, des sommes assez fortes, sachant qu'elle aurait à qui les distribuer utilement, au fond de l'effroyable enfer où sa fonction la faisait vivre. Elle mettait sa dernière joie, la grande consolation de sa vie désolée, sans enfant, à donner ainsi aux mères pauvres, dont les petits lui riaient d'allégresse, dès qu'ils la voyaient venir, les mains pleines de bonnes choses.

Un jour, par un temps affreux de pluie et de vent, madame Angelin s'oublia un instant chez Norine. Il était deux heures à peine, elle commençait sa tournée, tenant sur les genoux son petit sac, gonflé des pièces d'or et des pièces d'argent qu'elle avait à distribuer. Le père Moineaud se trouvait là, en face d'elle, calé sur une chaise, à fumer sa pipe; et elle se préoccupait de lui, elle expliquait qu'elle aurait bien voulu lui faire obtenir un secours mensuel.

— Mais, ajouta-t-elle, si vous saviez ce que souffre le pauvre monde, en ces mois d'hiver! Nous sommes débordés, nous ne pouvons donner à tous. Vous êtes encore parmi les heureux. J'en vois couchés sur le carreau, comme des chiens, qui n'ont pas un morceau de charbon

pour se chauffer, pas une pomme de terre pour se nourrir. Et les pauvres petits là dedans, mon Dieu! des
enfants en tas dans la vermine, sans souliers, sans vêtements, poussant pour la prison et l'échafaud, quand la
phtisie ne les tue pas!

Elle frissonna, elle ferma les yeux, afin d'échapper
à la terrifiante évocation des misères, des hontes, des
crimes, qu'elle coudoyait, dans ses continuelles courses
au travers de cet enfer de la maternité pauvre, de la
prostitution et de la faim. Elle en revenait pâle, muette,
n'osant tout dire, ayant touché le fond de l'abomination
humaine. Parfois, elle tremblait, elle regardait le ciel, en
se demandant quel cataclysme vengeur allait engloutir
la cité maudite.

— Ah! murmura-t-elle encore, ils souffrent tant, que
leurs fautes leur soient pardonnées !

Hébété, Moineaud l'écoutait, sans avoir l'air de comprendre. Il retira péniblement sa pipe de la bouche, car
ce geste lui demandait un effort considérable, lui qui,
pendant cinquante années, s'était battu contre le fer, à
l'étau et sur l'enclume.

— Il n'y a que la bonne conduite, bégaya-t-il sourdement. Quand on travaille, on est récompensé.

Mais, lorsqu'il voulut remettre sa pipe à ses lèvres, il
ne le put. Sa main, ankylosée par l'outil, tremblait trop.
Et il fallut que Norine se levât, pour l'aider.

— Ce pauvre père! dit Cécile, qui n'avait pas interrompu son travail, découpant le carton des boîtes. Que
serait-il devenu, si nous ne l'avions pas recueilli? Ce
n'est pas Irma, avec ses chapeaux et ses robes de soie,
qui l'aurait voulu chez elle.

Cependant, le petit garçon de Norine, depuis que madame Angelin se trouvait là, s'était planté devant elle,
car il savait bien que, les jours où la bonne dame était
venue, on avait le soir du dessert. Il souriait, les yeux

clairs, dans sa jolie face blonde, aux cheveux de soleil ébouriffés. Et, quand elle remarqua de quel regard amusé il attendait qu'elle ouvrît son sac, elle fut prise d'un attendrissement.

— Viens m'embrasser, mon petit ami.

Elle n'avait pas de plus douce récompense que ce baiser des enfants, dans les maisons pauvres où elle portait un peu de joie. Ses yeux se remplirent de larmes, lorsque le petit lui eut sauté gaillardement au cou, et elle répéta, s'adressant à la mère :

— Non, non, ne vous plaignez pas, il y en a de plus malheureuses que vous... J'en connais une qui, pour avoir ce mignon bien à elle, tout à elle, accepterait vraiment votre misère, et ces boîtes à coller du matin au soir, et cette vie de recluse dans cette pauvre et unique pièce, qu'il suffit à emplir de soleil... Ah! grand Dieu! si vous vouliez, si nous pouvions changer!

Un instant, elle se tut, craignant d'éclater en sanglots. C'était sa plaie éternellement rouverte, l'enfant d'abord remis à plus tard, puis l'enfant tant désiré, et qui n'était jamais venu. Les époux vieillissaient maintenant dans une solitude amère, occupant trois étroites pièces sur une cour, rue de Lille, vivant ainsi à l'écart, grâce aux appointements de dame déléguée, joints à ce qu'ils avaient pu sauver de leur fortune. Complètement aveugle, l'ancien peintre éventailliste, si triomphant, n'était plus qu'une chose, une pauvre chose douloureuse que sa femme asseyait le matin dans un fauteuil, qu'elle y retrouvait le soir, quand elle rentrait de ses continuelles courses au travers des misères affreuses, des mères coupables, des enfants martyrs. Il ne pouvait ni manger ni se coucher sans elle, il n'avait plus qu'elle, il était son enfant, comme il le disait avec une ironie désespérée, qui les faisait pleurer tous les deux. Un enfant? mais elle avait fini par en avoir un, et c'était lui! Un vieil enfant de

désastre, qui, à moins de cinquante ans, paraissait en
avoir quatre-vingts, rêvant de soleil dans son éternelle
nuit noire, pendant les longues heures qu'il devait passer
seul. Et elle n'enviait pas seulement son petit garçon à
cette ouvrière pauvre, elle lui enviait aussi ce vieillard
fumant sa pipe, cet infirme du travail, qui lui au moins
voyait clair, vivait encore.

— Ne tourmente pas madame, dit à son fils Norine,
inquiète, émue de la sentir troublée, le cœur si gros. Va
jouer.

Elle savait, par Mathieu, un peu de l'histoire. Elle
avait pour sa bienfaitrice une reconnaissance, une sorte
de respect passionné, qui la rendait timide, déférente,
chaque fois qu'elle la voyait venir ainsi, grande, distinguée, toujours vêtue de noir, avec les restes de sa beauté,
ruinée par les larmes, à quarante-six ans à peine. C'était
pour elle comme une reine déchue dans d'effroyables et
injustes douleurs.

— Va, va jouer, mon chéri. Tu fatigues madame.

— Me fatiguer, oh! non! cria madame Angelin, victorieuse de son émotion. Il me fait du bien au contraire...
Embrasse-moi, embrasse-moi encore, mon bel enfant.

Puis, elle s'agita, elle se reprit.

— Voyons, je m'attarde, et j'ai tant de courses, avant
ce soir!... Voici ce que je puis faire pour vous.

Mais, au moment où elle tirait enfin une pièce d'or de
son petit sac, il y eut un coup de poing donné dans la
porte. Et Norine pâlit affreusement : elle avait reconnu le
coup de poing d'Alexandre. Que faire? Si elle n'ouvrait
pas, le bandit continuerait à frapper, soulèverait un scandale. Elle dut ouvrir, et les choses n'eurent rien de la
violence tragique qu'elle redoutait. Surpris de trouver là
cette dame, Alexandre ne desserra même pas les lèvres,
se glissa, resta debout contre un mur. L'inspectrice avait
levé, puis détourné les yeux, comprenant que ce garçon,

accueilli de la sorte, était quelque ami, quelque parent. Et elle continua, sans cacher rien :

— Voici vingt francs, je ne puis faire davantage... Seulement, je vous promets que, le mois prochain, je tâcherai de doubler la somme. C'est le mois du terme, et j'ai déjà sollicité partout, on donnera le plus qu'on pourra... Hélas! aurai-je assez, j'ai tant de demandes!

Son petit sac était resté ouvert sur ses genoux; et, de de ses yeux luisants, Alexandre le fouillait, y soupesait le trésor des pauvres, l'or et l'argent, les gros sous même qui gonflaient le cuir. Toujours silencieux, il la regarda le fermer, en passer à son poignet la chaînette, puis se lever de sa chaise.

— Alors, au revoir, au mois prochain, n'est-ce pas? reprit-elle. Je viendrai le cinq, sûrement. Je commencerai sans doute ma tournée par vous. Mais il est possible que ce soit assez tard dans la journée, car c'est justement la fête de mon pauvre mari... Allons, bon courage, travaillez bien.

Norine et Cécile s'étaient levées également, pour l'accompagner jusqu'à la porte. Et il y eut là encore des remerciements infinis, et l'enfant baisa de nouveau la dame sur les deux joues, de tout son petit cœur. Les deux sœurs, épouvantées par l'apparition d'Alexandre, respirèrent. L'aventure finit même assez bien, car il se montra coulant, il se contenta, lorsque Cécile fut allée faire de la monnaie, d'une pièce de cent sous sur les quatre qu'elle remonta. Il ne traîna pas à les torturer comme d'habitude, il emporta la pièce tout de suite, en sifflant un air de chasse.

Le mois suivant, le cinq, un samedi, fut un des jours les plus noyés de pluie, les plus sombres du triste hiver. Dès trois heures, la nuit se fit rapide, presque complète. Il y avait, dans ce bout désert de la rue de la Fédération, un vaste terrain vague, un terrain à bâtir, que,

depuis des années, fermait une palissade, pourrie à la
longue par l'humidité. Des planches manquaient, une
brèche s'était faite, à l'une des extrémités. Et, toute
l'après-midi, une maigre fille se tint là, malgré les continuelles averses, enveloppée d'un vieux morceau de châle
troué, qui la cachait jusqu'aux yeux, sans doute pour la
protéger du froid. Elle devait attendre quelque hasard,
l'aumône d'un passant charitable, la débauche d'un
rôdeur peu difficile, dans une impatience qui la
détachait à chaque minute des planches où elle se
rasait, telle qu'une bête à l'affût, allongeant sa mince
tête de fouine, guettant là-bas, du côté du Champ de
Mars.

Les heures s'écoulèrent, trois heures sonnèrent, et des
nuages si sombres roulèrent dans le ciel livide, que la
fille parut noyée elle-même, une épave jetée aux ténèbres.
Parfois, elle levait la tête, regardait de ses yeux luisants
le ciel noircir, comme pour le remercier de jeter tant
d'ombre, dans ce coin désert de guet-apens. Ce fut alors,
au moment où recommençait un déluge, qu'une dame
s'avança, vêtue de noir, toute noire sous un parapluie
ouvert. Elle marchait vite, elle évitait les flaques, en
personne pressée qui fait ses courses à pied, afin d'épargner l'argent d'une voiture.

De loin, Toinette dut la reconnaître, à quelque signa-
lement précis. C'était madame Angelin, qui se hâtait,
venant de la rue de Lille, courant chez ses pauvres, avec
la chaînette de son petit sac passée à son poignet. Et,
lorsque la fille vit scintiller l'acier de cette chaînette, elle
ne douta plus, elle eut un sifflement léger. Aussitôt des
cris, des plaintes s'élevèrent d'un coin obscur du terrain
vague, tandis qu'elle-même se mettait à gémir, en
jetant des appels lamentables.

Étonnée, troublée, madame Angelin s'arrêta.

— Qu'avez-vous donc, mon enfant?

— Oh! madame, c'est mon frère qui est tombé, là-bas, et qui s'est cassé la jambe.

— Comment, tombé? d'où tombé?

— Oh! oui, madame, il y a un hangar où nous couchons, parce que nous n'avons pas de chambre, et il s'est servi d'une vieille échelle pour empêcher la pluie de nous couler sur la tête, et il s'est cassé la jambe.

Elle éclata en sanglots, demandant ce qu'ils allaient devenir, bégayant qu'elle se désespérait là depuis dix minutes, sans que personne vînt à leur secours, par cette pluie et ce froid de chien. Pendant ce temps, les cris pitoyables, les plaintes douloureuses redoublaient, au fond du terrain vague.

Le cœur bouleversé, madame Angelin eut pourtant une hésitation de défiance.

— Il faut courir chercher un médecin, ma pauvre enfant. Moi, je ne puis rien faire.

— Oh! si, madame, venez... Je ne sais pas où ça se trouve, un médecin... Venez, nous le ramasserons, car je ne puis pas, à moi toute seule, et nous le mettrons au moins sous le hangar, pour que la pluie ne tombe plus sur lui.

Cette fois, elle céda, tant l'accent lui parut vrai. Ses continuelles visites dans les bouges, où le crime poussait sur le fumier de misère, l'avaient rendue brave. Elle dut fermer son parapluie, quand il lui fallut, entre les planches rompues, se glisser par le trou, à la suite de la fille qui filait devant elle, dans sa loque de châle, la tête nue, mince et souple comme une chatte.

— Donnez-moi la main, madame... Prenez garde, parce qu'il y a des rigoles... C'est là-bas, au fond. Vous entendez, comme il souffre, le pauvre frère?... Là, nous y sommes.

Alors, ce fut foudroyant et sauvage. Les trois bandits, Alexandre, Richard et Alfred, terrés dans l'ombre, bon-

dirent, se jetèrent sur madame Angelin, d'un tel choc de
loups dévorants, qu'elle fut renversée. Pourtant, Alfred,
lâche, la laissa aux deux autres, courut au trou de la
palissade, avec Toinette, faire le guet. Alexandre, qui
tenait prêt son mouchoir, roulé en tampon, l'avait mis
dans la bouche de la dame, pour étouffer ses cris. Leur
intention n'était que de l'étourdir, puis de se sauver avec
le petit sac. Mais le mouchoir dut glisser, elle cria, un
grand cri terrible; et, à ce moment, les deux autres,
là-bas, au trou, jetèrent le sifflement d'alarme, sans
doute des passants qui approchaient. Il fallait en finir.
Alexandre lui noua le mouchoir au cou, tandis que
Richard lui renfonçait du poing son cri dans la gorge. La
folie rouge souffla, tous deux se mirent à tordre le mouchoir, à serrer, à traîner la dame dans la boue du
champ, jusqu'à ce qu'elle ne bougeât plus. Puis, comme
le sifflement recommençait, ils prirent le sac, laissèrent
là le corps avec le mouchoir au cou, galopèrent, galopèrent tous les quatre, jusqu'au pont de Grenelle, d'où
ils lancèrent le sac à la Seine, après avoir fourré dans
leurs poches, les sous, les pièces blanches et les pièces
jaunes.

Lorsque Mathieu lut dans les journaux les détails du
crime, il fut saisi d'épouvante, il accourut rue de la Fédération. L'identité de madame Angelin vite établie, le
meurtre commis dans ce terrain vague, à cent mètres de
la maison où habitaient les deux sœurs, le bouleversaient
d'un terrible pressentiment. Et, tout de suite, il sentit
se réaliser ses craintes, lorsqu'il dut frapper trois fois et
que ce fut Cécile, toute tremblante, qui débarricada la
porte, pour l'introduire, dès qu'elle l'eut reconnu.
Norine était au lit, malade, d'une pâleur de linge. Elle
se mit à sangloter, elle lui conta l'histoire avec des frissons, la visite de madame Angelin, la brusque entrée
d'Alexandre, qui avait vu le sac, qui avait entendu la

promesse du prochain secours, la date et l'heure. Et elle ne pouvait, d'ailleurs, avoir aucun doute, le mouchoir trouvé au cou de la victime était un mouchoir à elle, un des mouchoirs qu'Alexandre lui avait volés, brodé de l'initiale de son prénom, une de ces pauvres coquetteries à bon marché qui se vendent par milliers dans les grands magasins. C'était le seul indice, si vague, si général, que la police cherchait toujours, égarée sur plusieurs pistes, désespérant d'aboutir.

Mathieu, assis près du lit, restait glacé. Grand Dieu! cette triste madame Angelin! Il la revoyait jeune, si gaie, si éclatante, là-bas, à Janville, battant les bois avec son mari, s'égarant par les sentiers déserts, s'oubliant à l'ombre discrète des saules de l'Yeuse, dans une telle fête d'amour, que leurs baisers sonnaient sous les branches comme des chants d'oiseau. Il la revoyait plus tard, déjà trop punie de cette saison imprévoyante de folle tendresse, désespérée de ne pouvoir faire cet enfant qu'elle avait trop tardé à vouloir, accablée par l'infirmité lente qui lui mettait aux bras un mari aveugle, obscurcissant de sa nuit ce qu'il leur restait de bonheur. Et, brusquement, il le revit aussi, le lamentable aveugle, le soir où il avait dû attendre le retour de sa femme, pour qu'elle le fît manger et le couchât, ce vieil enfant aujourd'hui sans mère, abandonné, seul à jamais dans ses ténèbres, n'y vivant plus qu'avec le spectre sanglant de l'assassinée. De telles promesses d'une vie radieuse, et un tel destin, une telle mort!

— Nous avons eu raison, murmura Mathieu, qui songeait à Constance, de cacher à ce misérable le nom de son père. Quelle effroyable chose!... Il faut enterrer le secret au plus profond de nous-mêmes.

Norine fut reprise de son frisson.

— Oh! ne craignez rien, je mourrais plutôt que de parler.

Des mois, des années s'écoulèrent, et jamais on ne découvrit les assassins de la dame au petit sac. Pendant des années, Norine frémit, chaque fois qu'un poing trop rude tapait à sa porte. Mais Alexandre ne reparut pas, redoutant sans doute ce coin de la rue de la Fédération, comme submergé dans l'océan de Paris, aux abîmes obscurs, insondables.

## II

Et, pendant les dix années qui s'écoulèrent, la poussée vigoureuse des Froment continua, telle qu'une saine végétation de joie et de force, dans le domaine sans cesse enrichi de Chantebled. A mesure que les fils et les filles grandissaient, des mariages se conclurent, de nouveaux enfants naquirent, toute la moisson promise, tout le pullulement de la lignée conquérante, à l'infini.

D'abord, ce fut Gervais qui épousa Caroline Boucher, la fille d'un grand fermier des environs, une gaie et forte fille blonde, avec de beaux traits, une maîtresse femme faite pour commander à son petit peuple de servantes. Elle avait eu la sagesse, au sortir d'un pensionnat parisien, de n'avoir pas honte de la terre, de se remettre à l'aimer, à vouloir tirer d'elle tout le solide bonheur de sa vie. Elle apportait en dot, du côté de Lillebonne, un lot de prairies, qui élargissait le domaine d'une trentaine d'hectares. Et surtout elle apportait sa belle humeur, sa santé, le courage de se lever tôt, de mener la basse-cour, la vacherie, le ménage entier, en ménagère d'action énergique, toujours debout, couchée la dernière.

Puis, ce fut Claire, dont le mariage avec Frédéric Berthaud, prévu depuis longtemps, finit par s'accomplir. Il y eut des larmes attendries, le souvenir de Rose qu'il avait aimée, qu'il devait épouser, troubla les cœurs, le jour des noces, lorsqu'on longea le petit cimetière de Janville, au

retour de la mairie. Mais n'était-ce pas un lien de plus,
cet amour d'autrefois, la longue tendresse de ce garçon
fidèle qui s'était reportée sur la sœur cadette, depuis tant
d'années qu'il travaillait à la ferme? Il n'avait aucune fortune, il n'apportait que cette fidélité constante, la sorte
de fraternité qui s'était nouée entre Gervais et lui, pendant les saisons si nombreuses où ils avaient labouré le
domaine, côte à côte, comme deux bœufs infatigables,
attelés à la même charrue. C'était le cœur dont on ne
pouvait douter, l'aide devenu indispensable, le mari qui
serait la bonne entente absolue, le bonheur certain.

Dès lors, la direction de la ferme se trouva fixée. Mathieu, à cinquante-cinq ans à peine, venait d'abdiquer sa
royauté aux mains de Gervais, l'enfant de la terre, comme
il le nommait en riant, celui qui, le premier, avait poussé
là, qui ne l'avait jamais quitté, son bras, son cerveau, son
cœur de tous les instants. Et Frédéric allait être à son
tour la pensée et l'effort de Gervais, le lieutenant dévoué,
dans la besogne commune. A eux deux désormais, ils continueraient l'œuvre du père, perfectionnant les modes de
culture, faisant construire par Denis, à l'usine Beauchêne,
des machines nouvelles, tirant de la terre toute l'intense
moisson qu'elle pouvait donner. De même les deux
femmes s'étaient partagé l'empire, Claire ayant cédé à
Caroline, plus forte, plus remuante, la surveillance active,
pour ne s'occuper elle-même que des comptes, du roulement considérable de l'argent, ce qu'on dépensait, ce
qu'on encaissait. On aurait dit les deux ménages comme
choisis, accouplés savamment, de façon à rendre la plus
grande somme de travail possible, sans qu'on eût à
craindre le moindre conflit. Et ce fut en effet la communauté parfaite, une volonté unique du mieux toujours
réalisé, l'allégresse et la richesse de Chantebled sans
cesse accrues, sous le bienveillant soleil.

Mais, si Mathieu avait abdiqué le pouvoir effectif, il reslait là le dieu créateur, l'oracle questionné, écouté, obéi. Dans l'ancien rendez-vous de chasse, transformé, agrandi en large et confortable maison d'habitation, il vivait tendrement avec Marianne, tels tous deux que des fondateurs de dynastie, retirés dans leur gloire, n'ayant plus que la joie de voir pousser à leur entour la lignée innombrable, les enfants de leurs enfants. En dehors de Claire et de Gervais, il n'y avait encore que Denis et Ambroise, envolés du nid les premiers, menant à Paris leur fortune. Dans la maison heureuse, avec les parents, se trouvaient toujours les trois filles, Louise, Madeleine et Marguerite, bientôt bonnes à marier, sans compter les trois derniers garçons, Grégoire, de libre allure, Nicolas, têtu en sa volonté, Benjamin, à l'enfance rêveuse. Tout ce petit monde achevait de grandir, au bord du nid, à la fenêtre de la vie qui s'ouvrait, en attendant que chacun prît son vol à son tour. Et il y avait aussi là Charlotte, la veuve de Blaise, avec ses deux enfants, Berthe et Guillaume, occupant à eux trois l'étage supérieur, où la mère avait installé son atelier de peinture. Elle devenait riche, depuis que sa petite part dans les bénéfices de l'usine, réservée par Denis, croissait d'année en année; mais elle n'en travaillait pas moins pour son marchand de miniatures, son argent de poche, disait-elle gaiement, un cadeau qu'elle ferait à ses enfants, le jour de leur mariage. Déjà, l'on songeait à celui de Berthe. Ce serait sûrement la première petite-fille de Mathieu et de Marianne qui se marierait; et ils s'égayaient délicieusement à cette idée d'être arrière-grand-père et arrière-grand'mère.

Quatre ans plus tard, Grégoire, le premier, s'envola. Et il y eut de gros ennuis, tout un drame, que les parents, d'ailleurs, sentaient venir depuis quelque temps. Grégoire n'était pas raisonnable. Il avait toujours été le turbulent, l'inquiétant de la famille, ramassé dans sa petite taille

robuste, avec sa face moqueuse, où luisaient des yeux de
lumière. Son enfance s'était passée en écoles buisson-
nières par les bois de Janville, et il avait fait ensuite d'exé-
crables études, à Paris, d'où il était revenu gai, bien
portant, sans vouloir se décider pour un métier ou une
profession quelconque. A vingt-quatre ans déjà, il ne savait
guère que chasser, pêcher, courir le pays à cheval, ni plus
bête, ni moins actif qu'un autre, mais d'un entêtement
joyeux à ne vivre qu'à sa tête et selon son plaisir. Et le
pis était que tout Janville racontait, depuis quelques mois,
qu'il avait renoué son ancienne camaraderie de jeunesse
avec Thérèse Lepailleur, la fille du Moulin, et qu'on
les rencontrait, le soir, dans les trous d'ombre, sous les
saules de l'Yeuse.

Un matin, Mathieu emmena Grégoire avec lui, désireux d'aller voir si les couvées de perdreaux étaient
nombreuses, du côté de Mareuil. Puis, dès qu'ils furent
seuls, par les taillis du plateau :

— Tu sais, mon garçon, que je ne suis pas content
de toi... Je ne reviens pas sur l'état d'oisiveté où tu vis
ici, parmi nous, qui travaillons tous. J'attends octobre,
puisque tu m'as formellement promis de te décider à
cette époque, en choisissant la situation qui te conviendra
le mieux... Mais qu'est-ce que c'est encore, cette histoire
dont on m'a parlé, ces rendez-vous où tu te rencontrerais
avec la fille des Lepailleur? Tu veux donc nous faire
arriver les pires ennuis?

Tranquillement, Grégoire se mit à rire.

— Oh ! voyons, père, tu ne vas pas gronder un de tes fils,
parce qu'il est le camarade d'une jolie fille... Souviens-
toi donc que c'est moi qui lui ai donné sa première leçon
de bicyclette, il y a plus de dix ans. Et souviens-toi des
belles roses blanches qu'elle m'avait aidé à voler dans le
clos du Moulin, pour la noce de Denis.

Il s'en égayait encore, s'animant, revivant toute cette

amourette enfantine d'autrefois, les escapades à deux le long de la petite rivière, les festins de mûres sauvages, au fond des bois, dans des cachettes introuvables. Et il semblait bien que la tendresse se fût rallumée, flambant désormais en un incendie dévorateur, tant il devenait rose, les yeux brûlants, à parler ainsi de ces choses lointaines.

— Cette pauvre Thérèse avec qui, depuis des années, j'étais brouillé à mort, parce qu'un soir, au retour de la fête de Vieux-Bourg, je l'avais poussée dans une mare, où elle s'était sali sa robe... C'est vrai que, ce printemps, nous nous sommes réconciliés, en nous retrouvant nez à nez dans le petit bois de Monval, là-bas. Mais, voyons, père, est-ce que c'est un crime, s'il nous arrive de causer avec plaisir ensemble, quand nous nous rencontrons ?

Rendu plus inquiet par la chaleur qu'il mettait à se défendre, Mathieu voulut préciser.

— Un crime, non, si vous vous dites bonjour et bonsoir. Seulement, on raconte qu'on vous voit, la nuit tombée, les bras à la taille, et quelqu'un prétend même vous avoir aperçus couchés dans les hautes herbes des berges de l'Yeuse, rêvant aux étoiles.

Puis, cette fois, comme Grégoire riait plus haut, d'un beau rire de jeunesse, sans répondre, il reprit gravement :

— Ecoute, mon garçon, je n'ai aucunement le goût d'aller faire le gendarme derrière mes fils... Ce que je ne veux pas, c'est que tu nous attires quelque vilaine histoire avec les Lepailleur. Tu connais la situation, ils seraient enchantés de nous être désagréables. Ne leur donne donc pas un prétexte de se plaindre, laisse leur fille tranquille.

— Oh ! je suis prudent, cria le jeune homme, dans un brusque aveu. La pauvre petite ! elle a reçu des gifles déjà, car on est allé aussi raconter au père qu'on me rencontrait avec elle, et il a répondu que, pour ne pas me la donner, il la jetterait plutôt à la rivière.

— Tu vois bien, conclut Mathieu. C'est entendu, n'est-ce pas? je compte sur ta sagesse.

Ils battirent les champs, jusqu'à la route de Mareuil. A droite, à gauche, des couvées de jeunes perdreaux se levaient, d'un vol encore hésitant. La chasse serait belle. Et, comme ils revenaient, le pas ralenti, il y eut un long silence. Tous deux réfléchissaient.

— Je ne veux pas de malentendu entre nous, mon garçon, recommença tout d'un coup Mathieu. Ne va pas t'imaginer que je t'empêcherai de te marier à ta guise et que j'exigerai pour toi une héritière. Notre pauvre Blaise avait épousé une fille sans dot. Il en a été de même pour Denis, sans parler de ta sœur Claire, que j'ai donnée à Frédéric, un simple valet de notre ferme... Je ne méprise donc pas Thérèse. Je la trouve au contraire charmante, une des plus jolies filles du pays, pas grande, mais si vive, si décidée, avec son petit museau rose, sous la pluie folle de ses cheveux blonds, qu'on la dirait poudrée de toute la farine du moulin.

— N'est-ce pas, père? interrompit passionnément Grégoire. Et si tu la connaissais, si tendre, si brave! Elle vaut un homme, elle tiendrait tête au bon Dieu lui-même... Ils ont tort de la gifler, parce que jamais elle n'acceptera cela. Quand elle voudra une chose, elle la fera, et ce n'est pas même moi qui pourrai l'en empêcher.

Absorbé dans son idée, Mathieu l'entendait à peine.

— Non, non! reprit-il, je ne le méprise pas, leur moulin. Il faut tout l'entêtement stupide de ce Lepailleur, pour ne pàs, aujourd'hui, tirer de son moulin une fortune. Depuis que la culture du blé est redevenue en honneur dans le pays, grâce à notre victoire, il aurait amassé déjà de beaux écus sonnants, s'il avait simplement changé le vieux mécanisme de sa roue, qu'il laisse

pourrir sous la mousse... Et c'est mieux encore une
bonne machine à vapeur que je voudrais là, avec un bout
de voie ferrée qui relierait le moulin à la station de Janville. .

Il continua, expliqua toute son idée, pendant que Grégoire l'écoutait, égayé de nouveau, prenant la chose en
plaisanterie.

— Alors, père, finit-il par dire, toi qui veux que j'aie
absolument un métier, c'est chose faite. Si j'épouse Thérèse, me voilà meunier.

Surpris, Mathieu se récria.

— Non, non ! je cause... Tu m'as promis d'être raisonnable, mon garçon. Encore une fois, pour notre paix
à tous, laisse Thérèse tranquille, car nous n'avons à
espérer des Lepailleur que des tourments.

Ils rentraient à la ferme, la conversation cessa. Le
soir, le père dit l'aveu du garçon à la mère, ce qui
inquiéta celle-ci davantage, car elle non plus n'était pas
rassurée. Pourtant, il s'écoula un mois encore sans
événements graves.

Puis, un matin, Marianne fut surprise de trouver la
chambre de Grégoire vide. Il venait l'embrasser d'habitude. Peut-être s'était-il levé de grand matin, pour
quelque promenade aux environs. Un léger frisson la
saisit, lorsqu'elle se rappela la manière émue dont il
l'avait reprise à deux fois dans ses bras, la veille, en
affectant de plaisanter, au moment de se mettre au lit.
Et, comme elle cherchait, elle aperçut sur la cheminée
une lettre à son adresse, une gentille lettre où le garçon
s'excusait de lui faire un gros chagrin, la priant de l'excuser près de son père, ne donnant d'ailleurs d'autre
détail que la nécessité où il était de les quitter pendant
quelque temps. Ce fut pour le ménage un coup très douloureux, ce déchirement dans une famille si unie, cette
vilaine action du plus gâté de leurs enfants, le premier

qui rompait le lien, en une crise de brusque folie. Leur terreur, surtout, était de deviner, de se dire qu'il n'avait pas dû partir seul. Ils reconstituaient la déplorable aventure, Charlotte se souvint qu'elle avait entendu Grégoire redescendre presque tout de suite, avant même que les bonnes eussent fermé les portes. Certainement, il avait couru, rejoint Thérèse au fond de quelque broussaille, pour galoper ensuite jusqu'à Vieux-Bourg, d'où le dernier train de Paris partait à minuit vingt-cinq. Et c'était bien cela, ils apprirent, dès midi, que Lepailleur menait un scandale effroyable de la fuite de Thérèse, étant allé tout de suite la crier aux gendarmes, voulant qu'on ramenât la coupable, enchaînée avec son suborneur, les menottes aux poings. Lui aussi avait trouvé une lettre dans la chambre de sa fille, une lettre brave où elle disait nettement qu'ayant encore reçu des gifles, la veille, elle en avait assez, et qu'elle partait de son plein gré, et que c'était elle qui emmenait Grégoire, assez grande fille à vingt-deux ans pour savoir ce qu'elle faisait. La furieuse colère de Lepailleur venait de cette lettre qu'il n'osait pas montrer, sans compter que la Lepailleur, en guerre avec lui au sujet de leur aîné Antonin, tapait rageusement sur Thérèse, ricanait en répétant que ça devait arriver, qu'il était la cause du dévergondage de cette coureuse. Ils se battirent, et le pays, pendant huit jours, parla de la fuite d'un des fils de Chantebled avec la fille du Moulin, au grand désespoir de Mathieu et de Marianne, dont le pauvre cœur meurtri souffrait surtout d'une si vilaine histoire.

Cinq jours après, un dimanche, les choses se gâtèrent encore. Comme les recherches restaient vaines, Lepailleur, ivre de rancune, monta jusqu'à la ferme; et, du milieu de la route, sans entrer, il vomit tout un flot d'ignobles injures. Mathieu n'était justement pas là, Marianne eut grand'peine à retenir Gervais, ainsi que Frédéric, qui voulaient lui renfoncer ses grossièretés dans la gorge. Quand Mathieu rentra le soir, il fut très chagrin.

— C'est impossible que la situation continue, dit-il à sa femme, en se couchant. Nous avons l'air de nous cacher, d'être des coupables. Demain, j'irai voir cet homme... Il n'est qu'un arrangement bien simple, c'est de marier ces malheureux enfants. Nous autres, nous consentons, n'est-ce pas? Cet homme a tout profit à consentir de même... Demain, il faut terminer l'affaire.

A deux heures, ce lundi-là, Mathieu se dirigea donc vers le Moulin. Mais toute une complication, tout un drame imprévu l'y attendait. Depuis des années, une lutte sourde, têtue, avait grandi entre Lepailleur et sa femme, au sujet d'Antonin. Tandis que le père s'était exaspéré davantage de sa paresse, de sa vie de basse débauche, sur le pavé de Paris, la mère avait mis à le soutenir une obstination de femme illettrée, d'une foi aveugle en la belle écriture de son enfant, convaincue que, s'il n'arrivait pas, c'était qu'on lui refusait l'argent nécessaire. Malgré son avarice sordide, elle continuait à se saigner, à voler même le ménage, les griffes dehors, les dents prêtes à mordre, lorsque prise sur le fait, au moment d'envoyer vingt francs, il lui fallait les défendre. Chaque fois, la bataille recommençait, à croire que le vieux moulin allait crouler. Puis, Antonin, fini, pourri à trente-six ans, retomba malade. Du coup, Lepailleur déclara que, s'il revenait avec sa sale maladie, il le flanquerait à la rivière, par-dessus la roue. Antonin, d'ailleurs, ne désirait pas du tout rentrer, ayant pris l'horreur des champs, craignant d'être tenu par son père à l'attache, comme un chien. Et la mère l'avait mis en pension, du côté des Batignolles, chez des gens, où un médecin du quartier le soignait. Cela durait depuis trois mois, elle allait le voir tous les quinze jours. Le jeudi, elle y était allée, lorsque, le dimanche soir, elle avait reçu une dépêche l'appelant. Et, le lundi, le matin du jour où Mathieu se présenta, elle y était repartie, après une querelle affreuse avec le père, qui demandait quand leur vaurien de fils finirait de se ficher d'eux et de manger leurs quatre sous, sans avoir seulement le courage de retourner une motte de terre.

Seul dans le moulin, ce matin-là, Lepailleur ne décoléra pas. Il aurait cassé la charrue à coups de marteau, se serait rué sur la vieille roue, la hache à la main, fou de haine, pour venger son malheur. Quand il vit Mathieu entrer, il crut à une bravade, il suffoqua.

— Voyons, mon voisin, dit cordialement le maître de Chantebled, tâchons d'être raisonnables tous les deux... Je vous rends votre visite, puisque vous êtes venu hier. Seulement, les mauvaises paroles n'ont jamais fait de bonne besogne, et le mieux, voyez-vous, puisque le malheur est arrivé, serait de le réparer le plus tôt possible... Quand voulez-vous qu'on marie ensemble ces mauvais enfants?

Saisi par la tranquille bonhomie de cette attaque directe, Lepailleur ne répondit pas tout de suite. Il avait crié sur les toits qu'il ne voulait pas d'un mariage, mais d'un procès, pour envoyer tous les Froment en prison. Pourtant, un fils du grand fermier n'était point un gendre qu'on dédaignât, à la réflexion.

— Les marier, les marier, bégaya-t-il, oui! leur attacher une même pierre au cou, pour les flanquer à l'eau... Ah! les saletés, j'aurai leur peau, à elle comme à lui!

Il se calmait cependant, acceptait même de causer, lorsqu'un gamin de Janville, galopant, traversa la cour.

— Qu'est-ce que tu veux, toi?

— Monsieur Lepailleur, c'est une dépêche.

— Bon! donne.

Et le gamin, heureux de son sou de pourboire, était déjà reparti, que le meunier examinait encore la dépêche, sans l'ouvrir, de l'air de méfiance des gens qui n'en reçoivent pas d'habitude. Il dut se décider pourtant. La dépêche ne contenait que ces trois mots : « Ton fils mort. » Dans cette brutalité brève, ce coup de massue assené sans attendre, on sentait la rage froide de la mère, le besoin d'assommer tout de suite l'homme, là-bas, le père, qu'elle accusait de la mort de son fils, comme elle l'avait accusé de la fuite de sa fille. Il le sentit bien, il chancela sous le choc, hébété devant ce petit papier bleu, le relisant, finissant par comprendre. Et ses mains se mirent à trembler, il jura d'abord abominablement.

— Tonnerre de Dieu ! qu'est-ce qu'il nous arrive encore là ? Voilà maintenant le garçon mort, tout fout le camp !

Puis, son cœur se gonfla, des larmes parurent. Il était tombé sur une chaise, les jambes cassées, et il relisait obstinément la dépêche : « Ton fils mort... Ton fils mort... », cherchant le reste, les choses qui ne s'y trouvaient pas. Peut-être bien qu'il était mort, avant l'arrivée de la mère. Ou peut-être bien qu'elle venait d'arriver, quand il était mort. Il commentait cela en bégayant, il redisait vingt fois qu'elle avait pris le train de onze heures dix, qu'elle devait être aux Batignolles vers midi et demi ; et, comme elle avait déposé la dépêche à une heure vingt minutes, c'était donc plutôt qu'elle l'avait trouvé mort.

— Nom de Dieu de nom de Dieu ! une dépêche, ça ne dit rien et ça vous assassine. Elle aurait bien pu m'envoyer quelqu'un... Va falloir que j'y aille. Ah ! c'est complet, c'est trop de malheur pour un homme !

Lepailleur avait jeté ce cri dans une telle colère de désespoir, que Mathieu, pris de pitié, osa intervenir. Saisi par la brusque secousse de ce drame, il avait attendu en silence ; et, maintenant, il offrait ses services, parlait de l'accompagner à Paris. Mais il dut reculer, le meunier s'était remis debout, soulevé d'une exaspération folle, à le revoir là, dans sa maison.

— Ah! c'est vrai, vous êtes venu... Qu'est-ce que vous me disiez donc? qu'il fallait les marier, ces saletés d'enfants... Oui, vous voyez comme je suis en train d'aller à la noce! Mon garçon est mort, vous choisissez bien votre jour... Allez-vous-en, allez-vous-en, si vous ne voulez pas que je fasse un malheur!

Il levait les poings, la présence de Mathieu l'affolait, dans la défaite de sa vie entière. C'était terrible, cela, que ce bourgeois qui venait de gagner une fortune à se refaire paysan, se trouvât justement chez lui, lorsqu'il apprenait, en coup de foudre, la mort de son Antonin, dont il avait rêvé de faire un monsieur, en le dégoûtant de la terre, en l'envoyant à Paris crever de paresse et de vice. Il enrageait d'avoir eu tort, de voir que cette terre diffamée par lui, traitée en vieille maîtresse stérile, était si tendre, si jeune et si féconde, pour l'homme qui savait l'aimer. Et il n'y avait plus que des ruines à son entour, dans son imbécile calcul de limiter la famille, son fils mort honteusement, sa fille partie avec un fils de la ferme triomphante, lui tout seul à cette heure, pleurant, hurlant au milieu de son moulin désert, qu'il avait aussi méprisé et qui croulait de vieillesse.

— Vous entendez bien, Thérèse peut se traîner à mes pieds, jamais je ne la donnerai à votre voleur de fils!... Pour qu'on se moque de moi dans le pays, pour que vous me mangiez, comme vous avez mangé tous les autres!

Sans doute, confusément, cela venait de lui apparaître, en une soudaine menace. Antonin mort, c'était donc Grégoire qui aurait le moulin, s'il épousait Thérèse? Et il aurait les landes aussi, l'enclave gardée avec une joie sauvage, si passionnément désirée par la ferme, et qu'il lui céderait sans doute, dès qu'il serait le maître. Cette pensée que Chantebled pourrait s'arrondir encore de ses champs, acheva de faire délirer le meunier.

— Votre fils, je l'enverrai au bagne, et vous, si vous ne vous en allez pas, je vous jetterai dehors… Allez-vous-en, allez-vous-en !

Très pâle, Mathieu reculait à petits pas, devant ce fou furieux. Et il partit, disant d'une voix calme :

— Vous êtes un malheureux homme. Je vous pardonne, parce que vous voilà dans un grand chagrin. D'ailleurs, je suis bien tranquille, les choses raisonnables finissent toujours par se faire.

De nouveau, un mois se passa. Puis, un matin pluvieux d'octobre, on trouva madame Lepailleur pendue dans l'écurie du moulin. A Janville, il y eut des gens qui racontèrent que Lepailleur l'avait accrochée. La vérité était que, depuis la mort d'Antonin, le donnait des signes de mélancolie. D'autre part, la vie du ménage n'était plus tenable, l'homme et la femme se jetaient quotidiennement à la tête le fils mort, la fille partie, s'enrageant l'un contre l'autre, comme deux bêtes abandonnées, enfermées dans une même cage. On s'étonna simplement qu'une femme si dure, si avaricieuse, eût bien voulu quitter l'existence, sans emporter ses biens avec elle. Dès qu'elle sut la mort de sa mère, Thérèse accourut, reprit sa place près de son père, repentante, ne voulant pas qu'il restât seul ainsi, dans son double deuil. Les premiers temps furent terribles pour elle, en compagnie de ce brutal, exaspéré de ce qu'il appelait sa mauvaise chance. Mais elle était fille de solide courage, de décision prompte. Et, quelques semaines plus tard, elle l'avait fait consentir à son mariage avec Grégoire, l'unique dénouement raisonnable, comme disait Mathieu. Ce fut un grand soulagement à la ferme, où l'enfant prodigue n'osait point reparaître. On croyait savoir que les deux jeunes gens avaient vécu au fond d'un quartier perdu

de Paris, on soupçonnait même le libéral Ambroise d'être
intervenu fraternellement, en les aidant de sa bourse.
Et, si Lepailleur laissa faire la noce d'un air rogue et
inquiet d'homme volé, cédant à la peur égoïste de se
retrouver un jour solitaire, dans la maison assombrie,
Mathieu et Marianne furent heureux d'un arrangement
qui mettait fin à une situation équivoque, dont ils avaient
beaucoup souffert, blessés au cœur de la révolte d'un de
leurs enfants.

Or il arriva que, le mariage fait, Grégoire, installé au
Moulin, selon le désir de sa femme Thérèse, s'entendit
avec son beau-père beaucoup mieux qu'on ne pouvait s'y
attendre. Cela vint surtout à la suite d'une scène où Lepailleur voulut le forcer à jurer que, lui mort, jamais il
ne céderait aux gens de la ferme, ses frères ou ses sœurs,
les landes de l'enclave, qu'il avait laissées incultes jusque-
là, par un entêtement de paysan battu. Grégoire ne jura
pas, mais il déclara gaiement qu'il n'était pas assez sot
pour dépouiller sa femme du meilleur de son héritage,
car il comptait les cultiver, ces landes, en faire avant
deux ou trois ans les terres les plus fécondes du pays.
Ce qui était à lui n'était point aux autres, on verrait bien
s'il ne défendrait pas son petit coin d'empire. Et les choses
se passèrent de même pour le moulin, dont il se contenta d'abord de réparer le mécanisme ancien, sans
vouloir bousculer d'un coup la routine du meunier, remettant à plus tard la machine à vapeur, la voie de rac-
cordement avec la station de Janville, toutes ces idées de
Mathieu, qui, dès lors, fermentèrent dans son jeune esprit
audacieux. Et il y eut de la sorte un nouveau Grégoire,
un turbulent assagi, ne gardant de sa jeunesse folle que
le risque-tout des entreprises heureuses, très secondé
d'ailleurs par l'énergique et blonde Thérèse, ravis l'un
et l'autre de s'adorer dans le vieux moulin romantique,
enguirlandé de lierres, en attendant de le flanquer réso-

lument par terre, pour mettre à la place la vaste minoterie blanche, aux géantes meules toutes neuves, dont
rêvait leur ambition de conquête.

Alors, pendant les années qui suivirent, Mathieu et
Marianne virent encore d'autres départs. Ce fut le tour des
trois filles, de Louise, de Madeleine et de Marguerite, à
prendre successivement leur vol, hors du nid familial.
Toutes trois se marièrent dans le pays. Louise, qui était
la gaieté et la santé, une grosse brune aux cheveux lourds,
aux grands yeux rieurs, épousa le notaire Mazaud, de
Janville, petit homme calme, réfléchi, dont les rares sourires silencieux disaient seuls la parfaite satisfaction de
s'être mis en ménage avec une si joyeuse personne. Puis,
Madeleine, une châtaine dorée, plus fluette, d'une beauté
rêveuse, affinée par des goûts délicats de musicienne,
fit un mariage d'amour, tout un roman, avec l'architecte
Herbette, déjà célèbre, bel homme élégant qui possédait,
près de Monval, un coin de parc, où il venait se reposer
de ses grands travaux de Paris. Puis, Marguerite, la moins
jolie des trois, laide même, mais d'un charme d'infinie
bonté, fut choisie par le docteur Chambouvet, un fort
gaillard jovial et tendre, établi à Vieux-Bourg, ayant hé-
rité là du cabinet de son père, toute une vaste maison
blanche qui était devenue la maison des pauvres. Et, les
trois filles mariées, il ne resta donc, avec Mathieu et
Marianne, dans le nid qui se vidait ainsi peu à peu, que
les deux derniers garçons, Nicolas et Benjamin.

Cependant, à mesure que les chers petits s'étaient envolés, d'autres petits avaient poussé d'eux, un pullulement
qu'élargissaient sans cesse les multiples mariages. A
l'usine, où il régnait, Denis venait d'avoir, en huit ans
bientôt, trois enfants, deux garçons, Lucien, Paul, une
fille, Hortense. Tout en conquérant le haut commerce,
Ambroise avait trouvé le temps de donner à son Léonce
un petit frère, Charles, et deux petites sœurs, Pauline,

Sophie. Gervais, à la ferme, comptait déjà deux garçons, Léon, Henri, tandis que Claire, plus active en besogne, quoique plus jeune, comptait trois enfants, un garçon, Joseph, deux filles, Lucile, Angèle. Et c'était aussi Grégoire, au moulin, qui avait un gros garçon, Robert. Et c'étaient encore les dernières mariées, Louise avec une fille de deux ans, Colette, puis Madeleine avec un garçon de six mois, Hilaire, puis Marguerite enceinte, sur le point d'accoucher, dont on devait nommer l'enfant Sébastien, si elle avait un garçon, Christine, si elle avait une fille. De toutes parts, le chêne familial allongeait ses branches, le tronc se bifurquait, se multipliait, des ramures s'ajoutaient aux ramures, à chaque saison nouvelle, et Mathieu n'avait pas soixante ans, et Marianne n'en avait pas cinquante-sept, d'une gaieté, d'une santé, d'une force encore florissante, dans la continuelle joie de voir ce coin d'humanité qui avait poussé d'eux, s'accroître sans fin, envahir le sol à leur entour, tel qu'une forêt née d'un seul arbre.

Mais la grande fête qui glorifia Chantebled, à cette époque, ce fut, neuf mois après le mariage de Berthe, la petite-fille, une naissance nouvelle, une fillette encore, Angeline, la première arrière-petite-fille de Mathieu et de Marianne. En cette fillette rose, revivait Blaise, toujours regretté, et elle lui ressemblait tellement, dès sa naissance, que Charlotte, déjà grand'mère à quarante-deux ans, en pleura. Madame Desvignes était morte six mois plus tôt, s'en allant douce et discrète, comme elle avait vécu, après avoir achevé sa tâche, qui semblait n'avoir été que d'élever, de marier ses deux filles, dans le désastre de sa fortune. Pourtant, c'était elle encore, avant de disparaître, qui avait trouvé pour sa petite-fille Berthe le mari attendu, Philippe Havard, un jeune ingénieur, qu'on venait de nommer à la sous-direction d'une usine de l'Etat, près de Mareuil. Et les couches se firent à Chantebled, et la famille entière, le jour des relevailles, voulut se réunir une fois de plus, pour fêter glorieusement l'arrière-grand-père et l'arrière-grand'mère.

— Allons! dit gaiement Marianne, près du berceau, si des petits s'envolent, il en naît toujours, et le nid ne sera donc jamais vide!

— Jamais, jamais! répéta Mathieu attendri, fier de cette continuelle victoire sur la solitude et sur la mort. Nous ne resterons jamais seuls!

Pourtant, il fut encore un départ qui leur coûta bien des larmes. Nicolas, l'avant-dernier des fils, allait avoir vingt ans, sans s'être décidé sur la voie qu'il choisirait, à ce carrefour de l'existence. C'était un garçon brun, solide, avec une face ouverte et riante. Enfant, il avait adoré les récits de voyages, se plaisant aux lointaines aventures, d'un courage, d'une endurance de gamin, qui rentrait ravi d'interminables promenades, les pieds couverts d'ampoules, sans se plaindre. Et il avait, avec cela, un esprit d'ordre et de conservation extraordinaire, rangeant, classant ses menus biens dans son tiroir, dédaigneux du caprice de ses sœurs. Plus tard, en grandissant, il était devenu songeur, comme s'il eût cherché autour de lui, vainement, l'emploi de ce double besoin de découvrir quelque terre nouvelle et d'y organiser fortement sa vie. Un des derniers-nés d'une famille nombreuse, il ne trouvait plus d'espace assez libre, pour y faire tenir l'ampleur, la force de son vouloir. Ses frères, ses sœurs, avant que son tour fût venu, avaient déjà pris toutes les terres environnantes, à ce point qu'il étouffait, menacé de famine, en quête du large champ rêvé, qu'il cultiverait, où il moissonnerait son pain. Plus de place, plus de subsistances, et il ne sut d'abord où aller, il tâtonna, hésita pendant des mois. Son rire clair continuait à égayer la maison, il ne fatiguait ni son père ni sa mère du soin de sa destinée, car il se savait déjà de taille à la fixer lui-même.

A la ferme, il n'y avait plus de coin pour Nicolas,
puisque Gervais et Claire étaient là, tenant la place entière.
A l'usine, Denis suffisait, régnait en travailleur honnête,
sans que rien autorisât un cadet à réclamer un partage.
Au moulin, Grégoire s'installait à peine, dans un royaume
encore si petit, qu'il ne pouvait céder la moitié de son lot.
Et il n'y eut qu'Ambroise dont il finit, pendant quelques
mois, par accepter l'offre obligeante de le prendre, à simple
titre d'essai, uniquement pour le mettre au courant du
haut commerce. La fortune d'Ambroise devenait prodigieuse, depuis que le vieil oncle Du Hordel était mort
en lui laissant sa maison de commission, dont le nouveau
maître, d'année en année, élargissait les affaires avec
tous les pays du globe. Il était en train, par son audace
heureuse, par ses larges vues internationales, abattant
les frontières, de s'enrichir des dépouilles du monde. Et,
si Nicolas étouffa de nouveau dans les vastes magasins
d'Ambroise, où s'entassaient les richesses des contrées
lointaines, conquises sous les cieux les plus différents, il
y entendit enfin sa vocation parler, une voix soudaine
l'appela au loin, là-bas, dans cet inconnu des terres immenses, stériles encore, à peupler, à défricher, à ensemencer des moissons futures.

Pendant deux mois, Nicolas ne dit rien de la résolution
qu'il mûrissait maintenant. C'était un grand discret,
comme tous les grands énergiques, qui réfléchissent
avant d'agir. Partir, il le fallait, puisqu'il n'y avait plus,
au berceau natal, ni place ni soleil ; mais partir seul,
n'était-ce pas partir incomplet, infécond, pour l'héroïque
besogne de peupler et de défricher une terre nouvelle ?
Il connaissait, à Janville, une jeune fille de dix-neuf
ans, Lisbeth Moreau, grande, forte, dont la belle santé,
l'activité sérieuse l'avaient séduit. Comme lui, elle étouffait dans le coin étroit où l'enfermait le destin, avide
de grand air, là-bas, au loin. Orpheline, tombée à

la charge d'une tante, petite mercière de village, elle
s'était cloîtrée jusque-là dans la boutique sombre, par
tendresse. Mais la tante venait de mourir, en lui laissant
une dizaine de mille francs. Et c'était le rêve, vendre,
s'en aller, vivre enfin. Entre Nicolas et Lisbeth, l'entente
se fit, un soir d'octobre qu'ils se dirent l'un à l'autre ce
qu'ils n'avaient dit à personne. Ils se mirent résolument
la main dans la main, ils s'engagèrent .pour l'existence,
pour le dur combat d'un monde nouveau et d'une famille
nouvelle à créer, quelque part sur la terre, dans l'inconnu lointain qu'ils ignoraient. Et ce furent des fian-
çailles délicieuses de courage et de foi.

Alors seulement, quand tout fut réglé, Nicolas parla,
annonça le départ à son père et à sa mère. Le soir tombait,
un soir d'automne, doux encore, traversé du premier
frisson de l'hiver. Une grande douleur étreignit Mathieu
et Marianne, dès qu'ils eurent compris. Cette fois, ce
n'était plus seulement le petit qui s'envole du nid familial,
pour aller bâtir le sien sur quelque arbre voisin de la
forêt commune ; c'était l'envolement par delà les mers, à
jamais, l'arrachement sans espoir de retour. Les autres
enfants, ils les reverraient, tandis que celui-ci disait l'adieu
éternel. Leur consentement allait être leur part de cruel
sacrifice, leur don suprême à la vie, la dîme que la vie
prélevait sur leur tendresse, sur leur sang. Il fallait à la
victoire de la vie, sans cesse conquérante, ce lambeau de
leur chair, ce trop-plein de la famille nombreuse, qui
débordait, s'étendait, colonisait le monde. Et que répondre, comment refuser? Le fils qui n'était pas pourvu
s'éloignait, rien de plus logique ni de plus sage. Au delà
de la patrie, il y a les vastes continents inhabités encore, et
la semence que charrient les souffles du ciel ne connaît
pas de frontières. Après la race, il y a l'humanité, l'élargissement sans fin, le peuple unique et fraternel des
temps accomplis, quand la terre entière ne sera qu'une

ville de vérité et de justice. Puis, en dehors de ce grand
rêve des poètes, ces voyants, Nicolas disait gaiement ses raisons, en garçon pratique, dans son enthousiasme. Il ne
voulait pas être un parasite, il s'en allait à la conquête
d'une autre terre où il ferait pousser son pain, puisque la
patrie, devenue trop étroite, n'avait plus de champ pour lui.
D'ailleurs, cette patrie, il l'emportait vivante, c'était elle
qu'il voulait agrandir au loin, d'un accroissement illimité
de sa richesse et de sa force. L'antique Afrique mystérieuse,
aujourd'hui découverte, trouée de part en part, l'attirait.
Il irait d'abord au Sénégal, puis il pousserait sans doute
jusqu'au Soudan, au cœur même des terres vierges, où il
rêvait une France nouvelle, cet immense empire colonial
qui rajeunirait la race vieillie, en lui donnant sa part de
la terre. C'était là qu'il ambitionnait, par de vastes défrichements, de se tailler son royaume, de fonder avec Lisbeth une autre dynastie des Froment, un Chantebled
décuplé sous l'ardent soleil, peuplé du peuple de ses enfants. Et il en parlait avec un si joyeux courage, que
Mathieu et Marianne finirent par sourire, au milieu de
leurs larmes, malgré leur pauvre cœur arraché.

— Va, mon enfant, nous ne pouvons te retenir. Va où
la vie t'appelle, où tu la vivras avec le plus de santé, de
joie et de force. Tout ce qui poussera de toi, là-bas, ce
sera encore de la santé, de la joie et de la force qui auront
grandi de nous et dont nous serons glorieux... Tu as raison, il ne faut pas pleurer, il faut que ton départ soit une
fête, car la famille ne se sépare pas, elle s'étend, elle
envahit et conquiert le monde.

Cependant, après le mariage de Nicolas et de Lisbeth,
le jour des adieux, il y eut à Chantebled une heure de
poignante émotion. La famille s'était réunie en un dernier repas, et, lorsque le jeune ménage aventureux dut
s'arracher à la vieille terre maternelle, on sanglota, bien
qu'on se fût promis d'être brave. Il partait léger de

bagages, débordant d'espoirs, n'ayant voulu emporter, en dehors des dix mille francs de la dot, que dix autres mille francs, de quoi se débrouiller d'abord. Et que le courage et le travail fussent donc les solides ouvriers de la conquête !

Mais, surtout, Benjamin, le dernier-né, resta bouleversé de ce départ. Il n'avait pas douze ans, c'était un enfant délicat et joli, que les parents gâtaient beaucoup, le croyant faible. Celui-là, ils étaient bien résolus à le garder pour eux, tant ils le trouvaient mignon, avec ses tendres yeux clairs, ses beaux cheveux bouclés. Et il grandissait languissamment, rêveur et adoré, oisif dans les jupes de sa mère, comme la rançon charmante de cette famille si forte et si laborieuse.

— Attends que je t'embrasse encore, mon bon Nicolas... Quand reviendras-tu ?

— Jamais, mon petit Benjamin.

L'enfant frissonna.

— Jamais, jamais... Oh ! c'est trop long ! Reviens, reviens un jour, pour que je t'embrasse encore.

— Jamais, répéta Nicolas, qui lui-même pâlissait. Jamais, jamais.

Et il avait soulevé dans ses bras le petit, dont les pleurs ruisselaient maintenant. Et ce fut pour tous la grande douleur, la minute affreuse du coup de hache, de l'éternelle séparation.

— Adieu, petit frère !... Adieu, adieu, vous tous !

Tandis que Mathieu accompagnait le conquérant d'un dernier souhait de victoire, Benjamin se réfugia éperdument parmi les jupes de Marianne, aveuglée de larmes. Elle le reprit d'une étreinte passionnée, comme saisie de la crainte qu'il pouvait aussi partir. Il ne leur restait plus que lui, dans le nid familial.

III

A l'usine, dans son luxueux hôtel du quai, où elle avait régné en maîtresse souveraine, Constance attendait le destin, depuis douze années déjà, rigide et têtue, au milieu du continuel écroulement de sa vie et de son espoir.

Pendant ces douze ans, Beauchêne avait suivi sa pente, d'une chute fatale. Il était au bas, dans l'abjection dernière. Parti de la simple fête du mari coureur, jeté hors de l'alcôve, tombé aux rencontres du pavé, par la fraude conjugale mutuellement consentie, il en était venu, sous l'habitude de ses gros appétits satisfaits, à ne plus même rentrer chez lui, à vivre chez les filles qui le ramassaient sur le trottoir. Ayant fini par en préférer deux, une tante et une nièce, disaient-elles, il s'était mis avec les deux, il s'achevait aux bras des deux, goulu encore à soixante-cinq ans, pitoyable loque humaine que la mort honteuse guettait, dans un dernier spasme. Et, pour être cette ruine immonde, sa grande fortune avait à peine suffi, l'argent gaspillé d'une main plus large à mesure qu'il vieillissait, des sommes énormes englouties dans des aventures louches, dont il fallait étouffer le scandale. Il était pauvre, il ne touchait qu'une part infime sur les bénéfices sans cesse accrus de l'usine, en continuelle prospérité.

C'était là le désastre dont souffrait l'orgueil inguéris-

sable de Constance. Depuis qu'il avait perdu son fils, Beauchêne s'était abandonné davantage, cédant à l'égoïsme
de son plaisir, se désintéressant de sa maison, pour
courir la gueuse. A quoi bon la défendre, cette maison,
puisque l'héritier n'était plus là, qui la recueillerait, élargie, enrichie? Et il l'avait de la sorte livrée par lambeaux
aux mains de Denis, son associé, qu'il laissait peu à peu
devenir le seul maître. Denis, lors de son arrivée, n'avait
eu d'abord qu'une part, sur les six parts qui représentaient
la propriété totale de l'usine, d'après leur traité; et
encore Beauchêne s'était-il réservé le droit de racheter
cette part, dans de certains délais. Mais, loin d'être en
mesure, à l'époque du rachat, il avait dû céder au jeune
homme une part nouvelle, pour se libérer de dettes inavouables. Puis, dès lors, c'était devenu comme une habitude prise, il lui avait fait une cession pareille tous les
deux ans, la troisième part était allée d'abord rejoindre
la deuxième, ensuite le tour était venu de la quatrième,
de la cinquième, si bien qu'aujourd'hui, à la suite d'un
dernier arrangement, il n'avait pas même gardé une part
entière, mais seulement un débris de la sixième part, à
peine une centaine de mille francs. Et encore était-ce là
une simple fiction, car Denis ne lui avait reconnu cette
somme que pour y trouver le prétexte de lui servir une
rente, qu'il partageait, d'ailleurs, et dont il versait à
Constance la moitié, chaque mois.

Celle-ci n'ignorait donc rien de la situation. Elle savait
que l'usine, en fait, serait à ce fils des Froment exécrés,
le jour où il voudrait balayer l'ancien maître, qu'on ne
voyait même plus dans les ateliers. Il y avait bien une
clause du traité qui admettait, tant que ce traité ne
serait pas rompu, la possibilité de racheter d'un coup
toutes les parts. Était-ce donc cet espoir fou, la croyance
à un miracle, à quelque sauveur lui tombant du ciel, qui
la tenait ainsi, rigide et têtue, attendant le destin? Ces

douze années d'attente vaine, de déchéances successives,
ne semblaient pas même avoir entamé la certitude où
elle était, malgré tout, de triompher un jour. A Chantebled, devant la victoire de Mathieu et de Marianne, ses
larmes avaient pu couler ; mais elle s'était reprise, elle
vivait désormais dans l'espoir qu'un fait inattendu donnerait enfin raison à son infécondité. Elle n'aurait su
préciser ce qu'elle souhaitait, elle s'entêtait simplement
à ne pas mourir avant que le malheur frappât la famille
trop nombreuse, pour l'excuser de son fils dans la tombe,
de son mari au ruisseau, de toute l'abomination qu'elle
avait voulue et dont elle agonisait. Malgré son cœur en
sang, sa vanité de bourgeoise honnête la soulevait d'une
furieuse révolte, n'acceptant pas d'avoir eu tort. Et c'était
ainsi qu'elle attendait cette revanche du destin dans
l'hôtel luxueux, trop grand pour elle, maintenant qu'elle
l'occupait seule. Elle avait dû y restreindre son existence,
n'y habiter que les pièces du premier étage, enfermée
les journées entières avec une vieille bonne, l'unique
servante restée à son service. Vêtue de noir, comme pour
porter l'éternel deuil de Maurice, toujours debout, raidie
en un silence hautain, elle ne se plaignait jamais, bien
que, malade de sourde exaspération, le cœur pris, elle
étouffât parfois, en des crises terribles, qu'elle cachait.
La vieille bonne s'étant permis un jour de courir chercher le docteur Boutan, elle avait failli la renvoyer ; et
elle ne répondait pas au médecin, elle refusait de se
soigner, certaine de durer autant que son espoir. Mais
quelle angoisse, quand elle étouffait brusquement, toute
seule dans la maison vide, sans fils, sans mari, n'appelant
personne, sachant que personne ne viendrait ! Et, la crise
passée, quelle indomptable obstination à se remettre
debout, à se dire que sa seule présence empêchait Denis
d'être le maître, de régner sans partage, et qu'en tout
cas il n'aurait pas l'hôtel, ne s'y installerait pas en vain-

queur, tant qu'elle ne serait pas morte, sous l'écroulement dernier des plafonds !

Cette existence de recluse, Constance ne l'employait
plus, hantée de l'idée fixe, qu'à surveiller l'usine, à
savoir jour par jour ce qui s'y passait. Le bon Morange,
dont elle avait fait son confident, la renseignait sans
malice, presque chaque soir, quand il venait causer un
instant, au sortir de son bureau. Elle avait tout appris de
sa bouche, les parts successivement vendues, Denis peu
à peu acquéreur de la propriété totale, Beauchêne et
elle-même vivant désormais des libéralités du nouveau
maître. Et elle avait organisé son espionnage jusqu'à
utiliser le vieux comptable, à son insu, pour connaître la
vie intime de Denis, de sa femme, Marthe, des enfants,
Lucien, Paul et Hortense, tout ce qu'on faisait, tout ce
qu'on disait dans le pavillon modeste où le jeune ménage,
malgré la fortune conquise, continuait de vivre gaiement, sans montrer aucune ambition, aucune hâte d'habiter le bel hôtel. Ils ne semblaient même pas s'apercevoir
de l'entassement où ils vivaient, dans le pavillon trop
étroit, tandis qu'elle était seule à occuper cet hôtel si
vaste, si attristé de son deuil, où elle se trouvait comme
perdue. Et elle enrageait de leur déférence, de l'attente
tranquille où ils étaient de sa fin, car elle avait subi ce
suprème échec de ne pouvoir les fâcher contre elle,
obligée de leur être reconnaissante de sa vie heureuse,
d'embrasser les enfants, quand ils lui apportaient des
fleurs.

Ainsi, les mois, les années coulaient, et Morange,
presque chaque soir, lorsqu'il passait un instant chez
Constance, la trouvait dans le même petit salon silencieux, vêtue de la même robe noire, raidie en une même
pose d'obstinée attente. De cette revanche du destin, de
ce malheur des autres si patiemment espéré, jamais rien
ne venait, sans qu'elle parût le moins du monde douter

de la victoire. Au contraire, les événements avaient beau
l'accabler de plus en plus, elle se redressait davantage,
défiait le sort, tenue debout par la certitude qu'il lui
donnerait enfin raison. Et elle demeurait immuable,
incapable de lassitude, comptant sur le prodige.

Aussi, chaque jour, pendant les douze années, lorsque
Morange vint le soir, le début de la conversation fut-il
pareil.

— Rien de nouveau depuis hier, chère madame?

— Non, mon ami, rien.

— Enfin, quand on se porte bien, c'est le principal. On
peut attendre des jours meilleurs.

— Oh! personne ne se porte bien, on attend tout de
même.

Et voilà qu'un soir, au bout des douze années, Morange,
en entrant, sentit l'air du petit salon changé, comme
frémissant d'une joie, dans son éternel silence.

— Rien de nouveau depuis hier, chère madame?

— Si, mon ami, il y a du nouveau.

— Et du bon nouveau, j'espère, quelque chose d'heureux que vous attendiez?

— Quelque chose que j'attendais, oui! Ce qu'on sait
attendre arrive toujours.

Il la regardait, surpris, inquiet presque de la voir différente, les yeux luisants, les gestes vifs. Après tant de
jours où elle avait paru figée en son deuil, quel désir
enfin rempli venait donc de la ressusciter à ce point? Elle
souriait, respirait avec force, soulagée de l'énorme poids
qui l'avait écrasée, murée si longtemps. Et, comme il la
questionnait sur la cause de ce grand bonheur:

— Mon ami, je ne veux pas encore vous répondre.
Peut-être ai-je tort de me réjouir, car tout cela reste
bien confus, bien en l'air. Quelqu'un, ce matin, m'a seulement appris certains faits, et il faut que je m'assure des
choses, que je réfléchisse surtout... Ensuite, c'est à vous

que je me confierai, vous le savez bien, car je vous dis
tout, sans compter que, cette fois, j'aurai sans doute
besoin de votre aide. Attendez tranquillement, vous vien-
drez dîner un soir avec moi, nous aurons la soirée pour
causer à l'aise... Ah! mon Dieu! si c'était vrai, si c'était
le miracle!

Près de trois semaines s'écoulèrent sans que Morange
reçût sa confidence. Il la voyait très préoccupée, très
fiévreuse, il ne l'interrogeait même pas, vivait lui-même
à l'écart la vie solitaire, pour ainsi dire automatique, qui
était devenue la sienne. Il venait d'avoir soixante-neuf
ans, il y avait trente ans que sa femme Valérie était morte,
il y en avait plus de vingt que sa fille Reine était allée la
rejoindre, et il vivait toujours, méthodique, d'une exacti-
tude scrupuleuse à son bureau, sous l'écroulement de son
existence entière. Aucun homme n'avait tant souffert,
traversé de tels drames, subi de tels remords, et il allait
et venait toujours de son petit pas correct, il durait indé-
finiment dans sa médiocrité, comme une chose oubliée,
perdue, que la douleur conservait. Pourtant, d'inquiétantes cassures intérieures devaient s'être produites.
Il tombait aux manies les plus singulières. Tout en s'obstinant à garder l'appartement trop vaste qu'il avait
habité jadis avec sa femme et sa fille, il l'occupait absolument seul aujourd'hui, ayant fini par renvoyer sa bonne,
allant à ses provisions, faisant sa cuisine, se servant lui-
même; et personne n'était plus entré là depuis dix ans,
on soupçonnait un abandon immonde, à ce point que le
propriétaire avait vainement parlé de réparations, sans
réussir à franchir la porte. D'ailleurs, bien qu'il restât
d'une propreté méticuleuse, le vieux comptable, maintenant d'un blanc de neige, avec sa barbe de fleuve, portait
une redingote lamentable, dont il devait passer ses
soirées à repriser l'usure. Sa folie de sordide avarice
devenait telle, qu'il ne se permettait plus la moindre

dépense, en dehors du gros pain qu'il achetait tous
les quatre jours, le mangeant rassis, afin d'en manger
moins. Ce qui intriguait le monde, car il n'était pas de
semaine où sa concierge ne posât la question : un monsieur si rangé, qui gagnait huit mille francs à son bureau,
qui ne dépensait jamais un sou, que pouvait-il faire de son
argent? On calculait même la somme qu'il entassait dans
quelque coin, des centaines de mille francs peut-être.
Et une cassure plus grave encore se déclara, on l'arracha deux fois à une mort certaine. Un jour que Denis
rentrait par le pont de Grenelle, il l'aperçut penché sur
le parapet, regardant couler l'eau, près de culbuter, s'il
ne l'avait retenu par sa redingote. Il s'était mis à rire
de son air doux, en parlant d'un étourdissement. Puis,
un autre jour, à l'usine, Victor Moineaud l'écarta d'une
machine en branle, juste au moment où, l'air hypnotisé,
il se laissait happer par les dents dévorantes d'un
engrenage. De nouveau, il avait souri, reconnaissant
son tort de passer trop près des roues. Aussi le surveil-
lait-on, dans l'idée qu'il avait des absences. Si Denis
le conservait comme chef de la comptabilité, c'était
d'abord par reconnaissance pour ses longs services ; mais,
ensuite, l'extraordinaire était qu'il n'avait jamais mieux
fait sa besogne, d'un scrupule têtu à retrouver les
centimes égarés, d'une lucidité parfaite dans les plus
interminables additions. Et la face calme, reposée,
comme si aucune tempête n'avait encore battu son cœur,
il continuait étroitement sa vie machinale, en maniaque
discret, fou à lier peut-être, sans qu'on le sût.

Depuis quelques années, il y avait eu pourtant, dans
l'existence de Morange, une grosse aventure. Bien qu'il
fût le confident de Constance, qu'elle l'eût fait sien par la
tyrannie de sa volonté, il s'était passionné peu à peu pour
Hortense, la fillette de Denis. A mesure qu'il l'avait vue
grandir, il s'était imaginé retrouver en elle Reine, sa

fille tant pleurée. Elle venait d'avoir neuf ans, et c'était, à chaque rencontre, une émotion, une adoration, d'autant plus touchante, qu'il y avait là une simple et divine illusion de ses regrets, les deux enfants ne se ressemblant nullement, l'une très brune, l'autre presque blonde. Malgré sa terrible avarice, il comblait Hortense de poupées, de bonbons, à toutes les occasions possibles. Et cette tendresse en vint à l'absorber tellement, que Constance en prit de l'ombrage. Elle le lui fit entendre : qui n'était pas tout entier avec elle était contre elle. Il eut l'air de se soumettre, guetta l'enfant pour l'embrasser en cachette, ne l'en aima que davantage, comme d'une passion contrariée. Et, dans ses rapports presque quotidiens avec Constance, dans sa fidélité apparente à l'ancienne maîtresse de l'usine, il ne céda plus qu'à sa terreur de pauvre être, sous la main violente dont elle l'avait courbé toujours. C'était, entre eux, un pacte ancien, la monstrueuse chose qu'ils étaient les seuls à savoir, cette complicité dont ils ne parlaient jamais, mais qui les scellait l'un à l'autre. Lui, faible et tendre, semblait en être resté anéanti, domestiqué ainsi qu'une bête peureuse. Après cet affreux jour, d'ailleurs, il avait appris les autres choses, il n'ignorait plus rien des secrets de la maison. Il y avait tant d'années qu'il vivait là, il s'était tant promené de son petit pas discret de maniaque, entendant, voyant, surprenant tout ! Et ce fou qui savait, qui se taisait, lâché au milieu du drame obscur, en arrivait cependant à une sourde révolte, depuis qu'il devait se cacher pour embrasser sa petite amie Hortense, le cœur grondant, près de se fâcher enfin, si l'on touchait à sa passion.

Brusquement, un soir, Constance le retint à dîner. Il se douta que l'heure de la confidence promise était venue, à la voir frémissante, redressée dans sa petite taille, en guerrière désormais certaine de la victoire. A table pourtant, elle n'entama point le sujet grave, bien que la bonne les eût laissés seuls, après avoir servi d'un coup tout le frugal repas. Elle causa de l'usine, elle finit par en venir à Denis, à sa femme Marthe, qu'elle critiquait, elle eut même le tort de trouver Hortense mal élevée, laide, sans grâce. Et le comptable, lâchement, l'écoutait, n'osait protester, malgré le soulèvement irrité de tout son être.

— On verra bien, dit-elle pour conclure, lorsque chacun va se trouver remis en sa place.

Elle attendit d'être de retour dans le petit salon, elle ne parla que les portes fermées, près du feu, au milieu du grand silence de cette soirée d'hiver.

— Mon ami, comme je crois vous l'avoir dit déjà, je vais avoir besoin de vous... Il faut que vous fassiez entrer à l'usine un jeune homme auquel je m'intéresse. Vous le prendrez même à votre bureau, si vous désirez m'être agréable.

Assis de l'autre côté de la cheminée, en face d'elle, il la regarda, surpris.

— Mais je ne suis pas le maître, adressez-vous au patron, il fera certainement tout ce que vous voudrez.

— Non, j'entends ne rien devoir à Denis... Puis, cela n'entre pas dans mes projets. C'est vous qui recommanderez mon jeune homme, c'est vous qui le prendrez comme aide, qui l'installerez, qui l'instruirez... Voyons, vous avez bien le pouvoir d'imposer un employé ? D'ailleurs, je le veux.

Elle parlait en souveraine, il plia les épaules, n'ayant jamais fait qu'obéir, d'abord à sa femme, puis à sa fille, maintenant à cette vieille reine déchue, qui le terrorisait, malgré l'obscure rébellion peu à peu grandie en lui, depuis quelque temps. Et il osa la questionner.

— Sans doute, je puis le prendre... Qui est-ce, ce jeune homme ?

Elle ne répondit pas tout de suite. Elle s'était penchée vers le feu, comme pour relever une bûche, voulant en réalité se donner le temps de réfléchir encore. A quoi bon le mettre d'un coup au courant? Elle serait bien forcée, un jour, de tout lui dire, si elle le voulait entièrement à elle, dans son jeu. Mais rien ne pressait, et elle se crut très habile, en préparant simplement les choses.

— C'est un jeune homme dont le sort m'a touchée, à cause de certains souvenirs... Vous vous rappelez peut-être une fille qui a travaillé ici, oh! il y a longtemps, une trentaine d'années au moins, Norine Moineaud, une des filles du père Moineaud?

Il avait relevé vivement la tête, il la regardait, les yeux élargis, dans le brusque éclair qui venait d'illuminer sa mémoire. Avant même qu'il eût pesé ses paroles, il lâcha tout, en un cri de surprise.

— Alexandre-Honoré, le fils de Norine, l'enfant de Rougemont!

Saisie, elle abandonna les pincettes, elle chercha son regard, le fouilla jusqu'au fond de l'âme.

— Ah! vous savez... Que savez-vous donc? Il faut me le dire, et ne me cachez rien, parlez, je le veux!

Ce qu'il savait, mon Dieu! il savait tout. Il parla lentement, longuement, comme du fond d'un rêve. Il avait tout vu, tout appris, la grossesse de Norine, l'argent donné par Beauchêne pour qu'elle accouchât chez la Bourdieu, l'enfant porté à l'Assistance, mis en nourrice à Rougemont, d'où, plus tard, il s'était enfui, en volant trois cents francs. Et il savait même que le jeune vaurien, tombé sur le pavé de Paris, y avait mené la plus exécrable des existences.

— Mais qui vous a dit tout cela? Comment savez-vous tout cela? cria-t-elle furieusement, prise d'inquiétude.

Il n'eut qu'un geste large et vague, indiquant l'air
autour de lui, la maison entière. Il les savait, c'étaient des
choses environnantes qu'on lui avait dites, qu'il avait
devinées. Et même il ne se souvenait plus exactement
d'où elles pouvaient lui venir. Il les savait.

— Vous comprenez, lorsqu'il y a plus de trente ans
qu'on est quelque part, les choses finissent par vous
entrer dans la tête... Je sais tout, je sais tout.

Elle tressaillit, un grand silence régna. Lui, les yeux
sur la braise, était retombé dans le passé dolent, qu'il
portait en lui, avec sa discrétion de comptable méticuleux.
Elle, réfléchissant, pensait que la situation était préfé-
rable ainsi, nette, immédiate. Puisqu'il était au courant,
elle n'avait qu'à l'utiliser comme un instrument docile,
en toute volonté, en toute bravoure.

— Alexandre-Honoré, l'enfant de Rougemont, oui!
c'est ce garçon que je viens de retrouver enfin... Et savez-vous aussi les démarches que j'ai faites, il y a douze
ans, désespérée de ne savoir où le prendre, à ce point que
je le croyais mort?

Il hocha la tête, d'un signe affirmatif, et elle continua,
conta qu'elle avait renoncé depuis longtemps à d'anciens projets, lorsque, brusquement, le destin s'était
révélé.

— Imaginez-vous un coup de foudre... C'était le matin
du jour où vous m'avez trouvée si émue. Ma belle-sœur
Sérafine, qui ne me rend pas visite quatre fois par an,
était tombée ici, dès dix heures, à ma grande surprise.
Elle est devenue très étrange, comme vous savez, et je
n'ai pas d'abord écouté l'histoire qu'elle me racontait,
un jeune homme qu'une dame lui avait fait connaître, un
malheureux jeune homme, perdu par de mauvaises fré-
quentations, et qu'il s'agissait de sauver, en venant à son
aide. Puis, quel coup! mon ami, lorsqu'elle a parlé clairement, en me confiant ce qu'un hasard lui avait fait

découvrir... Je vous le dis, c'est le destin qui s'éveille et qui frappe!

En effet, l'histoire était folle. Sérafine, depuis des années, achevait de se détraquer, dans l'exaspération de la flétrissure, de la sénilité précoce où l'avait jetée cette opération imbécile, dont elle attendait le miracle d'un renouveau de jouissances, impunément libres. En quête toujours de la sensation perdue, elle s'était remise à rôder, cherchant, descendant aux pires bas-fonds, essayant des monstruosités. Il courait sur elle des bruits d'aventures extraordinaires. C'était ainsi que, par une personne charitable, elle avait eu la singulière idée de se faire admettre comme dame patronnesse dans une œuvre qui s'occupait de secourir, de moraliser les jeunes détenus, à leur sortie de prison. Elle en avait même recueilli chez elle, au fond de son mystérieux rez-de-chaussée de la rue de Marignan, les hébergeant, les couchant, vivant avec eux dans une promiscuité de démente, portes et fenêtres closes. Et il était advenu qu'un soir un jeune ami lui avait amené Alexandre, grand gaillard de trente-deux ans déjà, lâché de la veille, à la suite de six années de réclusion, faites dans une maison centrale. Pendant un mois, il avait régné ; puis, un matin de confiance, comme il lui contait son histoire vraie, parlait de Rougemont, nommait sa mère Norine, disait son vain effort pour retrouver son père, un homme immensément riche, elle avait compris tout d'un coup, elle s'était expliqué la sensation de déjà vu qu'il lui produisait, la ressemblance avec Beauchêne, qui, maintenant, l'éclairait d'une certitude fulgurante ; et cette rencontre de hasard aux bras d'un neveu de la main gauche, cet accouplement obscur où passait la fatalité tragique, l'avait amusée un jour, en la secouant enfin, en la tirant un peu de la banalité courante. Le pauvre garçon! elle ne pouvait le garder, elle ne lui avait même rien dit de sa surprenante

découverte, par crainte des ennuis inutiles. Simplement,
au courant jadis des recherches passionnées de Constance,
elle était venue lui conter l'histoire, lasse déjà, retombée
à son enfer du désir inassouvi, pas plus satisfaite par le
monstre que par le passant de la rue.

— Il ne sait donc rien encore, acheva d'expliquer
Constance. Ma belle-sœur va me l'envoyer comme à une
dame de ses amies, qui lui procurera une bonne place...
Il ne demande qu'à travailler, maintenant, paraît-il. S'il
a commis des fautes, le malheureux a tant d'excuses! Et,
d'ailleurs, dès qu'il sera dans mes mains, je me charge
de lui, il ne fera plus que ce que je voudrai.

Bien que Sérafine eût passé sous silence son aventure
personnelle, elle la connaissait assez pour soupçonner à
travers quel gouffre elle lui rapportait Alexandre, de ses
bras las qui n'étreignaient plus que le vide. Elle avait su
d'elle uniquement l'histoire qu'il forgeait, les six années
de réclusion qu'il venait de faire pour une femme, la
véritable coupable, une maîtresse dont il s'était refusé
galamment à livrer le secret. Mais ce n'étaient là que les
années connues des douze années déjà de sa disparition,
et l'on pouvait tout craindre, la chute aux pires ignominies, aux crimes obscurs, dans le mystère terrifiant
des années ignorées. La prison semblait même avoir été
pour lui un bon repos, il en était sorti plus calme, affiné,
résolu à ne pas gâcher sa vie davantage. Et, débarbouillé,
nippé, instruit par Sérafine, il était presque devenu un
jeune homme présentable.

Morange leva ses gros yeux des braises ardentes, qu'il
examinait d'un regard fixe.

— Enfin, que désirez-vous faire de lui? Sait-il quelque
chose au moins ? A-t-il une écriture possible ?

— Oui, son écriture est bonne... Sans doute, il ne sait
pas grand'chose. C'est bien pour cela que je vous le donne,
à vous. Vous allez me le décrasser, le mettre au courant

de tout... Dans un an ou deux, je veux qu'il connaisse
tout de l'usine, en maître.

Alors, à ce dernier mot qui l'éclairait, il y eut chez
le comptable un brusque réveil de bon sens. L'homme
des additions exactes qu'il était resté, au milieu
des manies envahissantes où sombrait sa raison, protesta.

— Voyons, chère madame, puisque vous désirez que je
vous aide, faites-moi votre confidence entière, dites-moi
à quelle besogne nous allons employer ici ce garçon...
Vraiment, vous n'espérez pas, grâce à lui, reconquérir
l'usine, je veux dire en racheter les parts, redevenir propriétaire et souveraine maîtresse ?

Et, avec une clarté, une logique parfaites, il démontra
la folie de ce rêve, alignant les chiffres, arrivant au total
de la somme considérable qu'il faudrait, pour désintéresser Denis, désormais chez lui, installé en vainqueur.

— D'ailleurs, je ne comprends pas bien, chère madame,
pourquoi vous prendriez ce garçon plutôt qu'un autre...
Il n'a aucun droit civil, vous vous en rendez compte,
n'est-ce pas ? Il ne saurait être ici qu'un étranger, et
j'aimerais mieux alors un homme intelligent, honnête,
au courant de la construction.

Constance s'était remise à ravager les bûches, à coups
de pincettes. Puis, quand elle leva la tête, elle dit d'une
voix basse et violente, dans la face de Morange :

— Alexandre est le fils de mon mari, il est l'héritier...
L'étranger, ce n'est pas lui, c'est l'autre, ce Denis, ce
fils des Froment, qui nous a volé notre bien... Vous me
déchirez le cœur, mon ami, et tout mon sang coule avec
ce que vous me forcez à vous dire là.

En elle, c'était le cri de l'idée bourgeoise et conserva-
trice, l'héritage qui devait aller encore plus justement au
bâtard qu'à l'étranger. Sans doute, comme elle l'avouait,
la femme, l'épouse et la mère, saignait chez elle; mais

elle les immolait à sa rancune, elle chasserait l'étranger, quitte à y laisser de sa chair. Puis, confusément, ce fils de son mari n'était-il pas un peu d'elle, puisqu'il était de lui, de l'homme dont elle aussi avait accouché d'un fils, l'aîné, le mort? Et, d'ailleurs, elle ferait sien le bâtard, elle le dirigerait, le forcerait à n'être plus qu'elle, par elle et pour elle.

— Vous voulez savoir à quoi je l'emploierai, dans cette maison? Je ne le sais pas moi-même... Evidemment, ce n'est pas demain que je trouverai les centaines de mille francs nécessaires. Vos chiffres sont exacts, il est possible que jamais nous n'ayons l'argent du rachat. Pourquoi tout de même ne pas lutter, ne pas essayer?... Et puis, j'admets, nous sommes vaincus, tant pis pour l'autre! car je vous promets que, si ce garçon m'écoute, il sera dès lors la destruction, le châtiment vengeur introduit dans l'usine, et qui la fera sauter.

D'un geste de ruine, au travers des murs, elle acheva de dire son abominable espoir. Parmi ses projets confus, bâtis sur la haine, c'était là sûrement le dernier combat rêvé, si elle perdait les autres, l'emploi du misérable Alexandre comme d'une force destructive, dont les ravages la soulageraient un peu. Et elle en était venue à cette folie, dans le désespoir sans bornes où l'avait jetée la perte du fils unique, desséchée, brûlée de la tendresse qu'elle ne contentait plus, tombée à la démence de sa maternité empoisonnée, pervertie jusqu'au crime.

Morange eut un frisson, lorsqu'elle conclut avec sa rudesse obstinée :

— Il y a douze ans que j'attends un coup du destin, et le voilà!... Plutôt que de n'en point tirer tout ce qu'il m'apporte de chance dernière, j'y laisserai ma vie!

C'était la perte de Denis jurée, consommée, si le destin le voulait. Et le vieux comptable eut la vision du désastre, des enfants innocents frappés dans leur père, toute une

injuste catastrophe qui soulevait de révolte son cœur
tendre. Laisserait-il donc s'accomplir ce nouveau crime,
sans crier ce qu'il savait? Sans doute, l'autre crime, le
premier, la monstrueuse chose ensevelie, qu'ils se taisaient l'un à l'autre, revint, emplit ses yeux de trouble,
à cette minute horrible, car elle-même fut prise du frisson de l'y voir, dans le regard fixe dont elle cherchait à
le soumettre. Un instant, les yeux ainsi dans les yeux, ils
revécurent là-bas, près de la trappe meurtrière, glacés
par le vent froid du gouffre. Et, cette fois encore, ce fut
lui le vaincu, il ne parla pas, d'une faiblesse de pauvre
homme, anéanti sous la volonté de la femme.

— Alors, mon ami, c'est convenu, reprit-elle doucement, je compte sur vous pour prendre d'abord Alexandre
comme employé... Vous le verrez ici, dans cette pièce,
un soir à cinq heures, après la nuit tombée, car je désire
ne pas faire connaître d'abord l'intérêt que je lui porte.
Voulez-vous après-demain soir?

— Après-demain soir, chère madame, comme il vous
plaira.

Le lendemain, Morange se montra si agité, que sa concierge, qui le surveillait, dit ses craintes à son mari :
certainement, leur locataire allait avoir une crise, car il
avait oublié de mettre ses chaussons pour descendre chercher son eau, la figure à l'envers, parlant tout seul. Et,
ce jour-là, le fait extraordinaire fut qu'après le déjeuner,
il s'oublia, s'attarda près d'une heure avant de reparaître
à son bureau, inexactitude sans précédent, dont personne
à l'usine n'aurait pu citer un exemple. Comme pris dans
un orage, il avait marché devant lui, s'était retrouvé sur
ce pont de Grenelle, où Denis l'avait un jour sauvé de la
fascination de l'eau. Puis, là, une force venait de le
ramener à la même place, penché par-dessus le même
parapet, dans une même contemplation de l'eau mou-
vante. Depuis la veille, sa bouche s'empâtait des mêmes

paroles, ces paroles qu'il bégayait à demi-voix, hanté, torturé : « Laisserait-il donc s'accomplir ce nouveau crime, sans crier ce qu'il savait ? » C'étaient sûrement ces mots-là, dont il ne pouvait se débarrasser, qui lui avaient fait oublier de mettre ses chaussons, le matin, qui l'avaient encore étourdi tout à l'heure, au point de l'empêcher de rentrer à l'usine, comme s'il n'en eût plus reconnu la porte. Et, s'il était maintenant penché sur cette eau, n'y avait-il pas été poussé par l'inconscient besoin d'en finir, par l'espoir instinctif d'y noyer le tourment dont les mots obstinés le bouleversaient? Là-bas, au fond, les mots se tairaient enfin, il ne les répéterait plus, ne les entendrait plus le forcer à une volonté dont il ne trouvait pas la force. Et l'eau avait un appel très doux, et cela serait si bon de ne pas combattre davantage, de s'abandonner ainsi au destin, en pauvre homme, en faible et tendre cœur qui a trop vécu.

Morange se penchait davantage, sentait déjà le grondement du fleuve le prendre, lorsqu'une voix jeune et gaie, derrière lui, le rappela.

— Que regardez-vous donc, monsieur Morange? Est-ce qu'il y a des gros poissons?

C'était Hortense, grande déjà pour ses dix ans, délicieuse, qu'une femme de chambre menait jouer chez des petites amies, à Auteuil. Et, lorsque le comptable, éperdu, se fut retourné, il resta un instant les mains tremblantes, les yeux mouillés de larmes, devant cette apparition, ce cher ange qui le rappelait de si loin.

— Comment, c'est vous, ma mignonne!... Non, non, il n'y a pas de gros poissons. Je crois bien qu'ils se cachent au fond, parce que l'eau est trop froide, en hiver... Et vous allez en visite, comme vous êtes belle, avec ce manteau garni de fourrure !

L'enfant se mit à rire, contente d'être flattée, d'être

aimée, tant il y avait d'adoration frémissante dans la voix du vieil ami.

— Oui, oui, je suis heureuse, on va faire la comédie, où je vais... Oh! c'est amusant d'être heureuse!

Elle avait dit ça comme sa Reine, autrefois, l'aurait dit, et il se serait mis à genoux, pour baiser ses petites mains, ainsi qu'à une idole.

— Mais il faut que vous soyez toujours heureuse... Vous êtes trop belle, je vais vous embrasser.

— Je veux bien, embrassez-moi, monsieur Morange. Ah! vous savez, la poupée que vous m'avez donnée, elle s'appelle Margot, et vous n'avez pas idée comme elle est sage... Venez donc la voir, un jour.

Il l'avait embrassée, il la regarda s'éloigner dans le jour pâle d'hiver, le cœur brûlant, prêt au martyre. Ce serait trop lâche, il fallait que l'enfant fût heureuse. Lentement, il quitta le pont, tandis que les mots revenaient, sonnaient avec une netteté décisive qui exigeait une réponse : « Laisserait-il donc s'accomplir ce nouveau crime, sans crier ce qu'il savait? » Non, non! c'était impossible, il parlerait, il agirait. Et cela, pourtant, restait encore dans une brume confuse : comment parler, comment agir? Puis, dès son retour au bureau, pour comble d'extravagance, en rupture définitive avec ses habitudes de quarante ans, il se mit à écrire une longue lettre, au lieu de se replonger immédiatement dans ses interminables additions. Cette lettre, qu'il adressait à Mathieu, racontait toute l'aventure, la résurrection d'Alexandre, les projets de Constance, le service que lui-même avait accepté de rendre. D'ailleurs, ces choses étaient jetées au courant de la plume, comme une confession dont il soulageait son cœur, mais sans qu'il eût adopté lui-même un parti, dans ce rôle de justicier, si lourd à ses épaules. Mathieu prévenu, ils seraient deux à vouloir. Et il finissait simplement en le priant de venir le lendemain, pas avant six heures, car il désirait connaître Alexandre, savoir comment l'entrevue se serait passée et ce que Constance aurait exigé de lui.

La nuit suivante, la journée du lendemain durent être abominables. La concierge raconta plus tard que le locataire du quatrième n'avait pas cessé, la nuit entière, d'entendre Morange marcher au-dessus de sa tête. Les portes battaient, il roulait les meubles, comme pour un déménagement. On croyait même avoir surpris des cris, des sanglots, le monologue d'un fou s'adressant à des ombres, quelque frissonnante cérémonie d'un dévot rendant son culte mystérieux aux mortes qui le hantaient. Et, pendant la journée, à l'usine, il donna des signes inquiétants de sa détresse, du flot d'ombre où son esprit achevait de sombrer, les regards troubles, torturé de combats intérieurs qui, dix fois, sans motifs, le firent descendre, s'oublier devant les machines en marche, puis remonter à ses additions, l'air éperdu de ne point trouver la chose qu'il cherchait si douloureusement. Quand la nuit tomba, vers quatre heures, par ce sombre jour d'hiver, les deux employés qu'il avait avec lui dans son bureau, remarquèrent qu'il cessait tout travail. Dès lors, il attendit, le regard fixé sur la pendule. Et, lorsque cinq heures sonnèrent, il s'assura une dernière fois qu'un total était bien exact, se leva et sortit, en laissant le registre grand ouvert, comme s'il devait revenir vérifier l'addition suivante.

Morange suivit la galerie où débouchait le couloir qui reliait aux ateliers l'hôtel voisin. A cette heure, toute l'usine était éclairée, des lampes électriques y jetaient une clarté de plein jour, tandis que le branle du travail montait, secouait les murs, dans le grondement des machines. Et, avant d'arriver au couloir, brusquement, devant lui, il aperçut le monte-charge, le trou terrible, le gouffre de meurtre où s'était écrasé Blaise, il y avait quatorze ans déjà. Après la catastrophe, pour en éviter le retour, on avait entouré la trappe d'une balustrade, qu'une porte fermait, de sorte qu'une chute devenait impossible, à moins qu'on n'ouvrît volontairement la porte pour culbuter. La trappe était justement baissée, la porte close, et il s'approcha, cédant à une force supérieure, se pencha sur le gouffre, avec un long frisson. Toute la scène s'évoquait, c'était au fond de ce vide effrayant, il revoyait le corps broyé, il se sentait glacé par le même vent de terreur, devant le meurtre certain, accepté, caché. Puisqu'il souffrait tant, puisqu'il ne dormait plus, qu'il avait promis aux deux mortes d'aller les rejoindre, pourquoi donc n'en finissait-il pas? L'avant-veille encore, accoudé au parapet du pont, il en avait eu l'obsédant désir. Une perte d'équilibre, et il était libéré, couché enfin dans la paix de la terre, entre ses deux femmes. Et soudain, comme si la solution affreuse lui fût soufflée par l'abîme, en sa folie qui tâtonnait, qui s'exaspérait depuis deux jours, voilà qu'il crut entendre une voix l'appeler d'en bas, la voix de Blaise, criant : « Viens avec l'autre! viens avec l'autre! » Un grand tressaillement le redressa, la décision de l'idée fixe l'avait frappé en coup de foudre. C'était, dans sa démence, l'unique solution sage, logique, mathématique, qui arrangeait tout. Elle lui paraissait si simple, qu'il s'étonnait de l'avoir tant cherchée. Et, dès lors, le pauvre homme faible et tendre, le misérable cerveau détraqué fit preuve d'une volonté de fer, d'un héroïsme souverain, aidés par le raisonnement le plus net et la plus subtile des ruses.

D'abord, il prépara tout, mit le cran d'arrêt pour qu'on ne remontât pas la trappe pendant son absence, s'assura également que la porte de la balustrade s'ouvrait et se fermait à l'aise. Il allait, venait d'un pas léger, comme

aérien, soulevé par la certitude, l'œil vif, aux aguets,
désireux de n'être ni vu ni entendu. Puis, il éteignit
les trois lampes électriques, il plongea la galerie dans la
plus complète obscurité. D'en bas, par le trou béant,
montait toujours le branle de l'usine en travail, au milieu
du ronflement des machines. Et ce fut alors seulement,
quand tout fut prêt, qu'il prit le couloir pour se rendre
enfin au petit salon de l'hôtel.

Constance l'y attendait avec Alexandre. Elle avait fait
venir ce dernier une demi-heure plus tôt, elle voulait le
confesser, tout en ne lui révélant rien encore de la situation vraie qu'elle lui destinait dans la maison. Comme elle
jugeait inutile de se mettre d'un coup à sa merci, elle
avait simplement montré le désir de faire un bon accueil
à la recommandation de la baronne de Lowicz, sa parente,
en lui procurant un emploi. Mais avec quelle passion
contenue elle l'étudiait, heureuse de le trouver solide,
résolu, la face dure, éclairée de terribles yeux qui lui
promettaient un vengeur! Elle achèverait de le décrasser,
il serait très bien. Lui, sans comprendre nettement, flairait des choses, sentait que sa fortune se décidait, attendait la ripaille certaine, en jeune loup qui se résigne à
se domestiquer, pour dévorer ensuite à l'aise toute la
bergerie. Et, lorsque Morange entra, il ne vit qu'une
chose, la ressemblance d'Alexandre avec Beauchêne,
cette ressemblance extraordinaire dont Constance, le
cœur saignant, venait d'être bouleversée, et qui le glaça
lui-même, dans son idée fixe, comme s'il eût condamné
son ancien patron.

— Je vous attendais, mon ami, vous êtes en retard,
vous si exact.

— Oui, un petit travail que j'ai voulu finir.

Mais elle plaisantait, elle était heureuse. Et, tout de
suite, elle régla les choses.

— Eh bien! voici monsieur dont je vous ai parlé. Vous

allez commencer par le prendre avec vous, pour le mettre au courant, quitte à ne le charger d'abord que de courses... C'est entendu, n'est-ce pas ?

— Parfaitement, chère madame. Je me charge de lui, comptez sur moi.

Puis, comme elle congédiait Alexandre, en lui disant qu'il pourrait entrer le lendemain matin, Morange offrit obligeamment de l'emmener par son bureau et par les ateliers encore ouverts.

— Ça lui fera connaître l'usine, demain il m'arrivera tout droit.

Elle eut un nouveau rire, tant cette obligeance du comptable la rassurait.

— Bonne idée, mon ami, merci mille fois... Et vous, monsieur, au revoir, nous nous chargeons de votre avenir, si vous êtes sage.

Mais, à ce moment, un fait imbécile, extravagant, la foudroya. Morange, qui avait fait sortir Alexandre le premier du petit salon, se retourna vers elle, avec une soudaine grimace de fou, comme si la cassure intérieure, brusquement apparue, lui déformait la face. Et il lui bégaya dans le visage, d'une voix basse, familière et ricanante :

— Ha ! ha ! Blaise au fond du trou ! il parle, il m'a parlé !... Ha ! ha ! la cabriole ! tu l'as voulue, la cabriole ! Tu l'auras encore, la cabriole, la cabriole !

Et il disparut, avec Alexandre. Elle l'avait écouté, béante. Cela était si peu prévu, si dément, qu'elle ne comprit pas d'abord. Mais, ensuite, quel éclair ! Ce qu'il disait, le meurtre, là-bas, c'était bien ce qu'il n'avait jamais dit, c'était la chose monstrueuse qu'ils avaient enfouie pendant quatorze ans, que leurs regards seuls s'avouaient, et que, tout d'un coup, il lui jetait en une grimace de folie. Pourquoi donc la rébellion diabolique du pauvre homme, l'obscure menace qu'elle avait sentie

passer en un souffle d'abîme? Elle pâlit affreusement, elle
eut la sourde prescience d'une revanche effroyable du
destin, ce destin qu'elle venait de croire à elle, au moment
même. Oui, c'était bien cela. Et elle se retrouva de
quatorze ans en arrière, dans ce même salon, elle resta
debout, trémissante, glacée, écoutant les bruits qui montaient de l'usine, attendant l'atroce fracas de la chute,
comme le jour lointain où elle avait écouté et attendu
l'écrasement de l'autre.

Cependant, Morange, de son petit pas discret, emmenait Alexandre, causant avec lui d'une voix calme et
bienveillante.

— Je vous demande pardon d'aller en avant, il faut que
je vous montre le chemin... Oh! c'est d'un compliqué,
dans une maison comme celle-ci, des escaliers, des couloirs, des détours qui n'en finissent plus!... Vous voyez,
maintenant le couloir tourne à gauche.

Puis, en débouchant dans la galerie, où régnait une
nuit complète, il se fâcha, d'une voix très naturelle.

— Allons, bon! ils n'en font jamais d'autres, ils n'ont
pas encore allumé, et le bouton est là-bas, à l'autre
bout... Heureusement, je sais où je mets le pied, depuis
quarante ans que je passe par ici... Attention, suivez-moi
bien.

Et, dès lors, il l'avertit à chaque pas de ce qu'il devait
faire, il le guida de son air d'obligeance, sans que sa voix
cessât d'être égale.

— Ne me lâchez pas, tournez à gauche... Maintenant,
nous n'avons plus qu'à marcher tout droit... Seulement,
attendez, la galerie est coupée d'une barrière, et il y a
une porte. Nous y voici... Vous entendez, j'ouvre la
porte... Suivez-moi, je passe le premier.

Tranquillement, Morange fit le pas, dans les ténèbres,
dans le vide. Et, sans un cri, il s'abîma. Derrière son dos,
Alexandre, qui le touchait presque, pour ne pas le perdre,

sentit bien le vide du gouffre, le vent de la chute, dans la brusque horreur de ce plancher qui manquait sous eux. Mais il était lancé, il fit le pas à son tour, hurla, culbuta lui aussi. Les deux corps vinrent se broyer, tous les deux tués sur le coup. Morange pourtant respira quelques secondes encore. Alexandre gisait, le crâne défoncé, la cervelle répandue, à la place même où l'on avait ramassé Blaise.

Ce fut une stupeur horrible, ces deux morts qu'on trouva là, sans qu'on pût s'expliquer la catastrophe. Morange emportait son secret, l'acte de justicier atroce qu'il avait accompli au petit bonheur de sa démence, pour punir Constance peut-être, peut-être pour réparer l'ancien tort, Denis frappé jadis dans son frère, récompensé maintenant dans sa fillette Hortense, qui vivrait heureuse avec Margot, la belle poupée si sage. En supprimant le criminel instrument, il supprimait le nouveau crime possible. Lui-même, sous le coup de l'idée fixe, n'avait sans doute pas raisonné cette justice de cataclysme, supérieure à la raison, qui passait avec l'impassible cruauté d'un ouragan, fauchant des existences. Il n'avait pas su, il avait agi. Mais il n'y eut qu'une voix à l'usine, il était sûrement fou, lui seul devait être la cause de l'accident, d'autant plus qu'on ne pouvait comprendre les lampes éteintes, la porte de la barrière grande ouverte, la culbute dans ce trou qu'il savait là, où l'avait suivi le malheureux jeune homme qui l'accompagnait. D'ailleurs, les jours suivants, la folie ne fit plus doute pour personne, lorsque la concierge, chez lui, raconta ses dernières extravagances, et surtout lorsqu'un commissaire de police vint visiter son appartement. Il était fou, fou à lier. D'abord, on n'avait pas l'idée d'un appartement tenu de la sorte, la cuisine une vraie écurie, le salon abandonné, avec son meuble Louis XIV gris de poussière, la salle à manger saccagée, les meubles de vieux chêne barrant la

fenêtre, faisant la nuit, sans qu'on sût pourquoi. Il n'y
avait de raisonnable que la chambre de Reine, d'une
propreté dévote de sanctuaire, dont les meubles de
pitchpin luisaient, frottés chaque jour. Mais où la folie
manifeste fut prouvée, ce fut dans la chambre à coucher, changée en musée du souvenir, les murs couverts
par les photographies de sa femme et de sa fille. En face
de la fenêtre, au-dessus d'une table, le mur disparaissait, il y avait là cette sorte de petite chapelle qu'il
avait autrefois montrée à Mathieu, les portraits de Valérie et de Reine, au même âge de vingt ans, telles que
deux sœurs jumelles, occupant le centre, entourés symé-
triquement d'un nombre extraordinaire d'autres portraits,
encore de Valérie, encore de Reine, enfants, jeunes filles,
femmes, dans toutes les positions, dans toutes les
toilettes. Et là, sur la table, ainsi que sur un autel de
religieuse offrande, on trouva plus de cent mille francs,
en monnaie d'or, en monnaie d'argent, en sous même, un
gros tas, la fortune qu'il économisait depuis tant d'années, à ne plus manger que du pain rassis, comme un
pauvre. Enfin, on savait donc où passaient ses économies,
il les donnait à ses deux femmes, qui étaient restées sa
volonté, sa passion, son ambition. Hanté du remords de
les avoir tuées, en rêvant de les rendre riches, il leur
réservait cet argent qu'elles avaient tant voulu, qu'elles
auraient si ardemment dépensé. Il ne le gagnait encore
que pour elles, il le leur apportait, les en comblait, sans
en distraire le moindre plaisir égoïste, dans son culte torturé de visions, désireux d'apaiser, d'égayer leurs fan-
tômes. Et tout le quartier commenta sans fin l'histoire
du vieux monsieur fou qui s'était laissé mourir de misère,
à côté d'un vrai trésor, entassé sou à sou sur une table,
offert depuis vingt ans aux portraits de sa femme et de
sa fille, comme un bouquet.

Vers six heures, lorsque Mathieu vint à l'usine, il

tomba dans l'épouvante effarée de la catastrophe. Depuis le matin, la lettre de Morange l'avait angoissé déjà, tellement elle le surprenait et l'inquiétait, avec cette extraordinaire histoire d'Alexandre retrouvé, accueilli chez Constance, introduit par elle dans la maison ; et, bien que la lettre fût très nette, elle offrait de singulières incohérences, de brusques sautes incompréhensibles, qui achevaient de lui étreindre le cœur. Il l'avait relue trois fois, faisant chaque fois des hypothèses nouvelles, de plus en plus sombres, tellement l'aventure lui semblait grosse de confuses menaces. Puis, en arrivant au rendez-vous fixé, voilà qu'il se trouvait en face de ces deux corps sanglants, que Victor Moineaud venait de ramasser et d'étendre côte à côte ! Muet, glacé, il écouta son fils Denis, accouru dans le frisson de mort qui avait arrêté les machines, lui raconter éperdument l'inexplicable malheur, les deux victimes broyées l'une par-dessus l'autre, le vieux comptable maniaque, le jeune homme comme tombé du ciel, que personne ne connaissait. Mathieu, lui, avait tout de suite reconnu Alexandre, et, s'il se taisait, si terrifié, si pâle, c'était qu'il ne voulait mettre personne, pas même son fils, dans la confidence, en face des hypothèses encore, des effrayantes hypothèses qui se levaient en lui, de tant de ténèbres. Il écoutait avec une anxiété croissante les quelques constatations certaines, les lampes de la galerie éteintes, la porte de la barrière toujours close, que seul un habitué avait pu ouvrir en tournant le bouton, immobilisé par un secret ressort. Et, brusquement, comme Victor Moineaud lui faisait remarquer que le vieux était à coup sûr tombé le premier, parce qu'une jambe du jeune lui barrait le ventre, il fut violemment reporté de quatorze ans en arrière, il se rappela le père Moineaud, il revit le père ramassant Blaise à cette même place où le fils venait de ramasser Morange et Alexandre. Blaise ! une clarté nouvelle se faisait, un affreux soupçon l'aveu-

gla, dans cette terrible obscurité où son doute avançait à
tâtons ; et, laissant Denis tout régler en bas, il voulut
monter près de Constance.

Mais, en haut, comme Mathieu allait prendre le couloir
de communication, il s'arrêta encore, près du monte-
charge. Il y avait quatorze ans, c'était bien là que Morange,
trouvant la trappe ouverte, était descendu prévenir,
tandis que Constance disait être rentrée tranquillement
chez elle, au moment où Blaise, arrivant du fond de la
galerie obscure, tombait au gouffre. Et ce récit que tous
avaient fini par accepter, il en sentait maintenant le mensonge, il se rappelait les regards, les mots, les silences,
il était envahi d'une brusque certitude, faite de tout
ce qu'il n'avait pas compris alors, de tout ce qui prenait
à cette heure une affreuse signification. Cela était certain, bien que cela flottât dans le vague monstrueux des
crimes sourds, des crimes lâches, où il reste toujours
une ombre d'exécrable mystère. Cela, d'ailleurs, expliquait l'acte, les deux cadavres en bas, autant qu'un raisonnement logique peut expliquer l'acte d'un fou, avec
ce qu'il comporte de lacunes et de ténèbres. Et il s'efforça
pourtant de douter, il voulait voir Constance.

Au milieu de son petit salon, Constance était restée
debout, immobile, d'une pâleur de cire. L'attente d'il y
avait quatorze ans recommençait, se prolongeait, dans
une telle détresse, qu'elle était sans un souffle, pour
mieux entendre. Rien encore n'était monté de l'usine,
aucune rumeur, aucun bruit de pas. Que se passait-il
donc ? la chose atroce, la chose redoutée n'était-elle
donc qu'un vain cauchemar ? Pourtant, Morange lui avait
bien ricané dans la face, elle avait bien compris. Un
hurlement, un effondrement ne lui était-il pas parvenu ?
Puis, maintenant, elle n'entendait plus le ronflement des
machines, c'était la mort, l'usine refroidie, perdue pour
elle. Soudain, son cœur cessa de battre, lorsqu'elle saisit

un bruit de pas lointains qui se rapprochait, se précipitait. Et ce fut Mathieu qui entra.

Elle recula, livide, comme devant un spectre. Lui, grand Dieu ! pourquoi lui ? Comment se trouvait-il là ? De tous les messagers de malheur, il était celui qu'elle attendait le moins. Le fils mort serait venu, elle n'aurait pas frémi davantage qu'à cette apparition du père

Elle ne parla pas, il dit simplement :

— Ils ont fait le saut, ils sont morts tous les deux, morts comme Blaise.

Alors, elle ne dit toujours rien, elle le regarda. Un instant, ils restèrent les yeux dans les yeux. Et, dans son regard, il sut tout, le meurtre recommença, se déroula, s'accomplit. Là-bas, les corps, les uns sur les autres, s'écrasaient.

— Malheureuse, à quel monstrueux égarement êtes-vous tombée, et que de sang sur vous !

D'un effort, elle trouva le suprême orgueil de se redresser, de se grandir, voulant encore vaincre, crier qu'elle était bien l'assassine, qu'elle avait eu et qu'elle aurait raison toujours. Mais, déjà, il l'accablait d'une révélation dernière.

— Vous ne savez donc pas que ce misérable Alexandre a été un des assassins de madame Angelin, votre amie, la pauvre femme volée, étranglée, un soir d'hiver... Je vous l'ai caché par une pitié inquiète. Et il serait au bagne, si j'avais parlé ! Et, si je parlais aujourd'hui, vous iriez le rejoindre !

Ce fut le coup de hache. Elle ne parla pas, elle tomba sur le tapis, tout d'une pièce, comme un arbre qu'on vient d'abattre. Cette fois, la défaite l'achevait, le destin qu'elle attendait, se retournait contre elle et la jetait bas. Une mère de moins, que son amour mis sur un seul enfant avait pervertie, une mère dupée, volée, enragée, qui en était arrivée au meurtre, dans sa folie de maternité inconsolable. Et elle gisait là, tout de son long, maigre et desséchée, empoisonnée par les tendresses qu'elle n'avait pu assouvir.

Mathieu s'inquiéta, la vieille bonne accourut, se fit aider pour la porter sur son lit, puis la déshabilla. Pendant ce temps, comme elle semblait morte, dans une de ces syncopes qui, parfois, la laissaient sans souffle, il partit lui-même à la recherche de Boutan, qu'il eut la chance de ramener tout de suite, l'ayant trouvé au moment où il rentrait dîner chez lui. Boutan, âgé de soixante-douze ans bientôt, avait cessé de pratiquer, achevant de vivre dans la gaieté sereine de son espoir en la vie, n'allant désormais en visite que chez les très vieux clients, ses amis. Il ne refusa pas, examina la malade, eut un geste désespéré, d'une signification si nette, que Mathieu, de plus en plus inquiet, se préoccupa de découvrir Beauchêne, pour qu'il fût au moins là, si sa femme venait à mourir. La vieille servante, interrogée, commença par lever les bras au ciel : elle ne savait pas où était monsieur, jamais monsieur ne laissait d'adresse. Enfin, prise également d'épouvante, elle se décida, courut chez ces dames, la tante et la nièce, dont elle connaissait parfaitement la demeure, sa maîtresse l'y ayant envoyée elle-même, dans des cas pressés ; mais on lui dit que, depuis la veille, ces dames étaient allées se reposer huit jours à Nice, avec monsieur ; et, ne voulant pas revenir sans personne de la famille, elle avait eu la bonne idée, au retour, de passer chez la sœur de monsieur, la baronne de Lowicz, qu'elle amena presque de force, dans son fiacre.

En vain, Boutan avait organisé de prompts secours. Lorsque Constance ouvrit les yeux, elle le regarda fixement, le reconnut sans doute, puis referma les paupières. Et, dès lors, elle refusa de répondre, obstinément. Elle devait entendre, elle ne pouvait ignorer les gens qui étaient là, qui la soignaient; et elle ne voulait pas de leurs soins, elle s'entêtait à être morte, à ne plus leur donner un signe de vie. Ni ses paupières ni ses lèvres ne se rouvraient, comme déjà hors du monde, dans la muette agonie de sa défaite.

Ce soir-là, Sérafine était très étrange. Elle empoisonnait l'éther, elle buvait maintenant de l'éther. Lorsqu'elle sut le double accident, la mort de Morange et d'Alexandre, qui avait déterminé la crise cardiaque de Constance, elle eut simplement un petit rictus de détraquée, une sorte de rire involontaire, en disant :

— Tiens ! c'est drôle !

Elle s'installa pourtant au fond d'un fauteuil, sans enlever ses gants ni son chapeau. Elle veillait, les yeux ouverts, ses yeux bruns pailletés d'or, les deux seules flammes vivantes qu'elle eût gardées dans l'effroyable massacre de sa beauté ancienne. A soixante-deux ans, elle était une centenaire, sa face insolente comme ravinée par des orages, ses cheveux de soleil éteints sous des pluies de cendres. Et, vers minuit, elle était toujours là, près du lit de mort qu'elle semblait ignorer, dans cette chambre frissonnante où elle s'oubliait, telle qu'une chose, en paraissant même ne plus savoir pourquoi on l'y avait conduite.

Ni Mathieu ni Boutan n'avaient voulu s'éloigner, décidés à passer la nuit, pour ne pas laisser Constance seule avec la vieille bonne, pendant que monsieur était à Nice, en compagnie de ces dames, la tante et la nièce. Et, vers minuit, comme ils causaient à voix basse, ils furent stupéfaits d'entendre Sérafine, après un silence de trois grandes heures, ouvrir enfin la bouche.

— Vous savez qu'il est mort.

Qui donc était mort? Ils comprirent enfin qu'elle parlait de Gaude. En effet, on venait de trouver le célèbre chirurgien sur un divan de son cabinet, foudroyé par une mort subite, dont les causes ne semblaient pas nettement connues. Les histoires les plus singulières, les plus gaillardes, couraient, quelques-unes même absurdes et tragiques. A soixante-huit ans, Gaude, célibataire impénitent, restait très vert, disait-on, jouait encore volontiers, quand des clientes jeunes, des opérees reconnaissantes, voulaient bien rire. Et Mathieu s'était souvenu d'un rêve atroce que Sérafine avait fait un jour devant lui, dans sa rage d'avoir perdu, avec son sexe, la volupté, sous le fer de l'opérateur : « Ah ! si nous allions un soir toutes chez lui, toutes celles qu'il a châtrées, et si nous le châtrions à notre tour ! » Elles étaient des milliers et des milliers, elle les voyait toutes avec elle, derrière elle, une bande, une armée, un peuple, une ruée de cent mille infécondes dont auraient craqué les murs du cabinet de consultations, dans la sauvagerie de leur vengeance. Ce qui émotionnait Mathieu, c'était qu'un des contes extraordinaires, circulant au sujet de la mort soudaine de Gaude, voulait qu'on l'eût trouvé, sur le divan, dévêtu, mutilé, sanglant. Et, lorsque Sérafine vit qu'il la regardait, comme en un cauchemar, gagné par le frisson de cette veillée de deuil, elle reprit, avec son petit rictus de détraquée :

— Il est mort, nous y étions toutes.

C'était fou, invraisemblable, impossible ; mais, pourtant, était-ce vrai, était-ce faux ? et le grand froid terrifiant passa, ce froid du mystère, de ce qu'on ignore, de ce qu'on ne saura jamais.

Boutan s'était penché doucement à l'oreille de Mathieu.

— Avant huit jours, elle sera folle à lier, enfermée dans un cabanon.

Huit jours après, la baronne de Lowicz avait la camisole de force aux épaules. Chez elle, la castration retentissait sur le cerveau, dans le ravage destructeur du désir qu'elle ne contentait plus. Elle fut isolée, on ne pouvait pas

même la laisser voir, car elle disait des paroles immondes,
elle faisait des gestes abominables, aux heures obscènes
de ses crises.

Mathieu et Boutan veillèrent Constance jusqu'au jour.
Elle ne desserra pas les lèvres, ne rouvrit pas les paupières. Comme le soleil se levait, elle se tourna vers le
mur, et mourut.

## IV

Il s'écoula des années encore, et Mathieu avait soixante-huit ans déjà, Marianne soixante-cinq, lorsque, dans la fortune croissante qu'ils devaient à leur foi en la vie, au long courage de leur espoir, une lutte dernière, la plus douloureuse de leur existence, faillit les abattre, les coucher au tombeau, désespérés, inconsolés.

Marianne, un soir, s'était mise au lit, frissonnante, éperdue. Tout un déchirement se produisait, s'aggravait dans la famille. Une querelle désastreuse, peu à peu exécrable, avait exaspéré le moulin, où Grégoire régnait, contre la ferme, que dirigeaient Gervais et Claire ; et, pris pour arbitre, Ambroise, de son comptoir de Paris, avait encore soufflé sur la flamme, en jugeant avec sa carrure de grand brasseur d'affaires, sans tenir compte des passions allumées. C'était au retour d'une démarche secrète, faite près de celui-ci par Marianne, en un désir maternel de paix, qu'elle venait de s'aliter, frappée au cœur, terrifiée du lendemain. Il l'avait reçue presque brutalement, elle rentrait avec l'affreuse angoisse de sa propre chair arrachée et saignante, de ses fils ingrats, qui se querellaient, qui se dévoraient. Aussi ne s'était-elle plus relevée, suppliant Mathieu de se taire, lui expliquant qu'un médecin était inutile, lui jurant qu'elle ne souffrait pas, qu'elle n'avait aucune maladie. Et elle s'éteignait, il le sentait bien, elle le quittait un peu tous les jours, emportée par son gros chagrin. Etait-ce possible, cela? tous ces enfants si aimants, si aimés, grandis entre leurs bras, sous leurs caresses, devenus la joie, l'orgueil de leur victoire, tous ces enfants nés de leur amour, unis en leur fidélité, troupe fraternelle et sacrée, serrée autour d'eux, les voilà qui se débandaient, qui s'acharnaient à se déchirer les uns les autres! On avait donc raison de dire que, plus la famille s'augmente, plus la moisson d'ingratitude est large, et combien était certaine aussi cette vérité qui veut qu'on attende le jour de la mort, avant de décider du bonheur ou du malheur d'une créature!

— Ah! disait Mathieu, assis près du lit, tenant dans sa main la main fiévreuse de Marianne, avoir tant lutté, avoir tant triomphé, et nous briser contre cette suprême douleur, celle dont nous aurons été le plus meurtris! Décidément, jusqu'au dernier souffle, il faut se battre, et le bonheur ne se gagne que dans la souffrance et dans les larmes... Il faut espérer encore, il faut lutter encore, et triompher, et vivre!

Marianne restait sans courage, comme anéantie désormais.

— Non, je n'ai plus d'énergie, je suis vaincue... Les blessures venues du dehors, je les ai toujours guéries. Mais cette blessure vient de mon sang, c'est en moi que mon sang coule, et il m'étouffe... Toute notre œuvre est détruite. Au dernier jour, notre joie, notre santé, notre force sont des mensonges.

Et Mathieu, gagné par la crainte douloureuse de ce désastre, allait pleurer dans la pièce voisine, la voyant morte, se voyant seul.

C'était au sujet des landes de Lepailleur, de l'enclave dont elles coupaient le domaine de Chantebled, que la misérable querelle avait éclaté entre le moulin et la ferme. Il y avait des années déjà que le vieux moulin romantique, perdu dans les lierres, avec son antique roue moussue, n'existait plus. Grégoire, réalisant enfin l'idée de son père, l'avait jeté bas, pour le remplacer par une grande minoterie à vapeur, aux larges dépendances, qu'une voie ferrée reliait à la station de Janville. Et lui-même, en train de gagner une belle fortune, depuis que lui arrivaient tous les blés des environs, s'était singulièrement assagi, gros homme de poids en marche vers la quarantaine, ne gardant de sa turbulente jeunesse que des colères promptes, dont sa femme Thérèse, de cœur tendre et solide, pouvait seule atténuer les éclats. Vingt fois, il avait failli rompre avec son beau-père Lepailleur, qui abusait de ses soixante-dix ans. L'ancien meunier, n'ayant pu empêcher les constructions nouvelles, malgré ses prophéties de ruine certaine, ricanait quand même, déblatérait contre la vaste minoterie florissante, exaspéré d'avoir eu tort. Il était battu une seconde fois : non seulement les prodigieuses moissons de Chantebled démentaient la faillite de la terre, cette gueuse de terre où il prétendait que rien ne poussait plus, ec paysan routinier, las de l'effort, avide de fortune prompte, mais encore voilà son moulin, méprisé par lui, traité de carcasse inutile, qui renaissait, devenait géant, dont son gendre finissait par faire un instrument de grande richesse. Et le pis était qu'il s'obstinait à vivre, comme pour assister à sa continuelle défaite, sans jamais vouloir s'avouer vaincu. Une seule joie lui restait, la parole que Grégoire lui avait donnée, et qu'il tenait, de ne pas céder l'enclave à la ferme. Même il avait obtenu de lui qu'elle ne serait pas cultivée. La vue de ces landes, restées stériles, coupant d'une bande de désolation le beau domaine verdoyant, le réjouissait dans sa rancune, ainsi qu'un démenti à la fécondité voisine. On le voyait souvent s'y promener, en vieux roi des cailloux et des ronces, l'air content de cette misère du sol, redressant sa haute taille maigre; et il devait en outre y guetter les prétextes de querelles possibles, car ce fut lui, dans une de ces promenades d'insolente provocation, qui fit la découverte d'un empiétement de la ferme, si aggravé par ses commentaires, si gros de conséquences désastreuses, que le long bonheur des Froment s'en trouva un instant détruit.

Grégoire était, en affaires, d'une rudesse d'homme sanguin, qui s'entêtait à ne jamais rien lâcher de son droit. Lorsque son beau-père vint lui conter que la ferme, impudemment, avait défriché près de trois hectares de ses landes, sans doute avec l'intention de continuer cette belle manœuvre de voleur, si on ne l'arrêtait pas, il voulut tout de suite étudier le cas, n'admettant point qu'on l'envahît de la sorte. Le malheur fut alors qu'on ne retrouva pas les bornes. Aussi la ferme pouvait-elle soutenir qu'elle s'était trompée de bonne foi, ou même qu'elle était restée dans ses limites. Mais Lepailleur affirmait rageusement le contraire, précisait, traçait avec un bâton la ligne frontière, en jurant qu'elle était exacte, à dix centimètres près. Et les choses achevèrent de se gâter, à la suite d'une explication entre les deux frères, Gervais et Grégoire, au cours de laquelle ce dernier s'emporta, prononça des paroles impardonnables. Le lendemain, il rompit, il fit un procès. Aussitôt, Gervais répondit par la menace de ne plus envoyer un seul grain de blé au moulin, et cette rupture de toute affaire était un échec grave, car la clientèle de Chantebled avait réellement fait la prospérité de la minoterie nouvelle. Dès ce moment, la situation empira chaque jour, toute conciliation devint bientôt impossible, d'autant plus que, chargé de trouver un terrain d'entente, Ambroise à son tour se passionna, finit simplement par mécontenter les deux parties. La guerre fratricide élargissait son exécrable ravage, ils étaient trois frères maintenant à se battre. Et n'était-ce pas la fin de tout, la famille entière n'allait-elle pas être gagnée par cette fureur destructive, sombrant sous ce vent de folie et de haine, après tant d'années de belle raison, de belle tendresse saine et forte?

Mathieu tenta naturellement d'intervenir. Mais, aux premiers mots, il avait senti que, s'il échouait, si son autorité paternelle était méconnue, l'écroulement deviendrait irréparable. Et il attendait, n'ayant point renoncé pour sa part à la lutte, voulant profiter d'une circonstance heureuse. Seulement, chaque jour de discorde qui s'écoulait augmentait son inquiétude. C'était bien toute son œuvre, le petit peuple qu'il avait engendré, le petit royaume qu'il avait fondé, sous le bienveillant soleil, qui était menacé d'une brusque ruine. Une œuvre ne peut vivre que par l'amour, l'amour qui la crée peut seul l'éterniser, elle s'effondre dès que se rompt le lien de solidarité fraternelle. Au lieu de laisser la sienne en pleine floraison de bonté, de joie et de vigueur, il allait la voir par terre, en morceaux, souillée, morte, avant que lui-même fût mort. Et quelle œuvre féconde et prospère jusque-là, ce domaine de Chantebled dont la fertilité débordante grandissait de moisson en moisson, ce moulin lui-même si agrandi, si florissant, qui était né de son génie, sans parler des autres fortunes prodigieuses, acquises à Paris, au loin, par les conquérants ses fils! Et c'était cette œuvre admirable que la foi en la vie avait faite et qu'un attentat fratricide contre la vie allait détruire!

Un soir, par un crépuscule triste des derniers jours de septembre, Marianne fit rouler devant la fenêtre la chaise longue, sur laquelle elle se mourait de silencieux chagrin. Elle était soignée par la seule Charlotte, elle n'avait plus auprès d'elle que son dernier fils Benjamin, dans la maison d'habitation, trop vaste aujourd'hui, qui avait remplacé l'ancien pavillon de chasse. Depuis que la famille était en guerre, elle en avait fermé la porte, elle ne voulait la rouvrir que pour tous ses enfants réconciliés, s'ils lui donnaient un jour le grand bonheur de revenir s'embrasser tous chez elle. Mais elle désespérait de cette guérison, de l'unique joie qui l'aurait fait revivre. Et, ce pâle soir, comme Mathieu était venu s'asseoir près d'elle, la main dans la main, à leur habitude, ils ne parlèrent pas d'abord, ils regardèrent devant eux le déroulement de la plaine, le domaine dont les champs sans fin se perdaient sous la brume, le moulin là-bas, au bord de l'Yeuse, avec sa haute cheminée qui fumait, Paris lui-même derrière l'horizon, d'où montait le nuage fauve d'un immense feu de forge.

Les minutes se passaient. Mathieu, dans l'après-midi, avait longtemps marché, jusqu'aux fermes de Mareuil et de Lillebonne, pour lasser son tourment. Et il dit enfin, à demi-voix, comme se parlant à lui-même :

— Jamais les labours ne se feront dans des conditions meilleures. Là-bas, sur le plateau, la qualité des terres a gagné encore par la récente méthode de culture, l'humus des anciens marais s'est allégé sous la charrue ; et, de même, ici, sur les pentes, les terres sablonneuses se sont beaucoup enrichies, à la suite de la nouvelle distribution des sources imaginée par Gervais. Depuis que le domaine est entre ses mains et entre celles de Claire, il a presque doublé de valeur. C'est une constante prospérité, la victoire par le travail est sans limites.

— A quoi bon, si l'amour n'est plus ? murmura Marianne.

— Puis, continua Mathieu, après un silence, je suis descendu jusqu'à l'Yeuse, et de loin j'ai vu que Grégoire avait reçu la nouvelle machine que Denis vient de construire pour lui. On la déchargeait dans la cour. Elle active les meules, paraît-il, d'un mouvement qui économise un bon tiers de la force. Avec des outils pareils, la terre peut produire des océans de blé pour des peuples innombrables : tous auront du pain. Et c'est de la richesse encore que va créer cette machine du moulin, de son grand souffle régulier.

— A quoi bon, si l'on se hait? répéta Marianne.

Alors, Mathieu se tut. Mais, comme il l'avait résolu pendant sa promenade, il dit à sa femme, en se couchant, qu'il irait passer la journée du lendemain à Paris ; et, la voyant surprise, il prétexta une affaire, une ancienne créance, un règlement de compte. Ce n'était plus possible, cette lente mort de Marianne, dont lui-même agonisait. Il voulait agir, tenter la suprême réconciliation.

Le lendemain, dès dix heures, Mathieu, en débarquant à Paris, se fit conduire directement de la gare du Nord à l'usine de Grenelle. Avant tout, il voulait voir Denis, qui, jusqu'à ce jour, n'avait pas pris parti dans la querelle. Depuis longtemps déjà, au lendemain de la mort de Constance, Denis s'était installé dans l'hôtel du quai, avec sa femme Marthe et ses trois enfants. Il y avait eu là comme une prise de possession totale de l'usine, la conquête décisive du palais luxueux où régnait le maître. Cependant, Beauchêne devait vivre plusieurs années encore ; mais son nom ne figurait plus dans la raison sociale, il avait cédé son dernier lambeau de propriété contre une rente qui lui était servie. Un soir enfin, on avait appris qu'il était mort chez ces dames, la tante et la nièce, au sortir d'un copieux déjeuner, foudroyé sur un divan par une attaque d'apoplexie; et il semblait avoir fini en état d'enfance, mangeant trop, s'amusant trop, avec ces dames, à des choses qui n'étaient plus de son grand âge. C'était la mort du mâle égoïste, du mari fraudeur battant le pavé, le dernier coup de balai à l'égout, qui achevait la race.

— Tiens ! quel bon vent t'amène? s'écria gaiement Denis, lorsqu'il aperçut son père. Viens-tu déjeuner? Tu

me trouves encore garçon, c'est lundi seulement que
j'irai reprendre Marthe et les trois enfants à Dieppe, où
ils ont passé un mois de septembre admirable.

Puis, il devint sérieux, il s'inquiéta, dès qu'il sut sa
mère souffrante, en danger.

— Maman souffrante, en danger ! Que me dis-tu là ?
Je la croyais fatiguée simplement, une indisposition sans
conséquence... Voyons, père, qu'y a-t-il donc ? Vous vous
cachez donc, vous avez donc quelque chagrin ?

Et il écouta le récit très net, très complet, que Mathieu
dut se décider à lui faire. Ce fut pour lui une grosse
émotion, comme la découverte d'une catastrophe possible,
dont la menace maintenant allait l'empêcher de vivre. Et
il se récria, pris de colère.

— Comment ! mes frères en sont à ce bel ouvrage,
avec cette querelle imbécile ! Je savais bien qu'ils ne
s'entendaient plus, on m'avait appris des détails qui
m'attristaient, mais jamais je ne vous aurais crus, maman
et toi, frappés au point de vous enfermer, et d'en mourir...
Ah ! non, ah ! non, il faut mettre ordre à cela ! Je veux
tout de suite voir Ambroise. Allons lui demander à
déjeuner, et qu'on en finisse !

Il avait quelques ordres à donner, Mathieu descendit
l'attendre dans la cour de l'usine. Et, là, pendant les dix
minutes qu'il promena sa rêverie, tout le passé lointain
s'évoqua. Il se revoyait employé, traversant chaque matin
cette cour, en arrivant de Janville, avec les trente sous
de son déjeuner dans la poche. C'était bien le même coin
de royaume, le bâtiment central orné de sa grosse horloge, les ateliers, les hangars, une petite ville de bâtisses
grises, surmontées des deux immenses cheminées, sans
cesse fumantes. Son fils avait encore élargi cette ville du
travail, de récentes constructions achevaient d'utiliser le
vaste terrain en équerre, sur la rue de la Fédération et
sur le boulevard de Grenelle. Et, occupant la pointe, en

bordure sur le quai, il retrouvait aussi cet hôtel de briques, encadrées de pierre blanche, dont Constance se montrait si orgueilleuse, où elle recevait en reine de l'industrie, dans son petit salon tendu de soie jaune. Huit cents ouvriers travaillaient là, le sol tremblait d'un branle continuel, la maison était devenue la plus importante de Paris, celle d'où sortaient les grandes machines agricoles, les puissantes ouvrières de la terre. Et c'était son fils que la fortune avait fait prince indiscuté de la construction mécanique, et c'était sa belle-fille qui recevait dans le petit salon de soie jaune, avec les trois beaux gaillards, ses enfants !

Puis, comme Mathieu, attendri par le souvenir, regardait, sur la droite, le pavillon qu'il avait occupé avec Marianne, où Gervais était né, il fut salué par un vieil ouvrier qui passait.

— Bonjour, monsieur Froment.

Il reconnut Victor Moineaud, âgé de cinquante-cinq ans déjà, plus vieilli, plus ruiné par le travail que son père autrefois, lorsque la mère Moineaud venait offrir au monstre la chair encore trop jeune de ses garçons. Entré à seize ans, il avait, lui aussi, près de quarante ans de forge et d'enclume. C'était le recommencement de l'inique destin, tout l'écrasant labeur tombant sur la bête de somme, le fils après le père broyé, hébété sous la meule de misère et d'injustice.

— Bonjour, Victor. Vous allez toujours bien ?

— Oh ! monsieur Froment, je ne suis plus jeune. Va falloir que je songe à faire mon trou quelque part... Pourvu encore que ce ne soit pas sous un omnibus !

Il faisait allusion à la mort du père Moineaud, qu'on avait fini par ramasser sous un omnibus, rue de Grenelle, les deux jambes rompues, le crâne ouvert.

— Après tout, reprit-il, mourir de ça ou d'autre chose ! C'est même plus vite fait... Le père avait eu la chance, lui, de trouver Norine et Cécile. Sans ça, ce n'est pas un omnibus, c'est pour sûr la faim qui lui aurait tordu le cou.

— Elles vont bien, Norine et Cécile? interrompit Mathieu.

— Oui, monsieur Froment. Autant que je puis savoir, parce que, vous comprenez, on ne se voit pas souvent... Il ne reste guère qu'elles deux et moi, du tas que nous étions, en ne comptant pas Irma, qui nous a reniés, depuis qu'elle est dans les grandeurs. Euphrasie a eu la chance de mourir, ce brigand d'Alfred a disparu, ce qui a été un vrai soulagement, tant je craignais de le voir au bagne... Et, quand j'ai des nouvelles de Norine et de Cécile, ça me fait tout de même plaisir. Vous savez que Norine est mon aînée, elle va bien avoir soixante ans. Mais elle a toujours été solide, et son garçon lui donne de l'agrément, paraît-il... Enfin, toutes les deux travaillent encore, Cécile dure toujours, elle qu'on aurait tuée d'une chiquenaude. Un gentil ménage que le leur, deux mamans pour un grand garçon, dont elles ont fait un bon sujet.

Mathieu approuvait de la tête. Puis, gaiement :

— Mais vous aussi, Victor, vous en avez eu, des garçons et des filles, qui doivent être des papas et des mamans à leur tour.

Le vieil ouvrier eut un geste vague, au loin.

— J'en ai eu huit de vivants, un de plus que mon père... Tout ça s'en est allé, papas et mamans à leur tour, comme vous le dites, monsieur Froment. Au petit bonheur, il faut bien vivre. Il y en a, dans le tas, qui ne mangent pas du pain blanc, oh! non! Et savoir, le jour où je n'aurai plus de bras, si je trouverai un enfant pour me prendre, comme Norine et Cécile ont pris le père... Enfin, que voulez-vous? c'est de la graine de malheureux, ça pousse mal, ça ne peut pas produire quelque chose de bon.

Il se tut un instant; et, continuant sa marche vers
l'usine, avec son dos las, ses mains ballantes, crevassées
par le travail :

— Au revoir, monsieur Froment.

— Au revoir, Victor.

Denis, ayant donné les ordres, vint rejoindre son père.
Il lui proposa d'aller à pied jusqu'à l'avenue d'Antin,
et l'avertit en route qu'ils allaient certainement trouver
Ambroise seul, en garçon, car sa femme et les quatre
enfants se trouvaient encore, eux aussi, à Dieppe, où les
deux belles-sœurs, Andrée et Marthe, avaient passé la
saison ensemble.

La fortune d'Ambroise s'était décuplée en dix ans. A
quarante-cinq ans à peine, il régnait sur le marché de
Paris. La mort de l'oncle Du Hordel l'ayant fait héritier
et seul maître de la maison de commission, il l'avait
élargie par son esprit d'entreprise, l'avait transformée en
un véritable comptoir universel, où passaient les marchandises du monde entier. Les frontières n'existaient
pas pour lui, il s'enrichissait des dépouilles de la terre,
il s'efforçait surtout de tirer des colonies toute la richesse
prodigieuse qu'elles pouvaient donner, et cela avec une
audace triomphante, une telle sûreté de coup d'œil, au
loin, que ses campagnes les plus téméraires finissaient
par des victoires. Ce négociant, dont l'activité féconde
gagnait des batailles, devait fatalement manger les Séguin,
oisifs, impuissants, frappés de stérilité. Et, dans la
débâcle de leur fortune, dans la dispersion du ménage
et de la famille, il s'était taillé sa part, il avait voulu
l'hôtel de l'avenue d'Antin. Séguin ne l'habitait même
plus depuis des années, ayant eu l'idée originale de
vivre à son cercle, d'y avoir sa chambre, à la suite de
la séparation amiable, survenue entre sa femme et lui.
Deux des enfants s'en étaient allés, Gaston, aujourd'hui
commandant, dans une garnison lointaine, Lucie reli-

gieuse, cloîtrée dans un couvent d'Ursulines. Aussi Valentine, restée seule, s'ennuyant, ne pouvant plus mener le train de vie nécessaire, avait-elle à son tour quitté l'hôtel, pour un petit appartement très gai, très élégant du boulevard Malesherbes, où elle achevait sa vie mondaine, en vieille dame dévote et toujours tendre, présidente de « l'Œuvre des layettes », uniquement occupée des enfants des autres, depuis qu'elle, n'avait pas su garder les siens. Et Ambroise n'avait eu qu'à prendre l'hôtel vide, criblé d'hypothèques, à ce point que, lorsque la succession de Séguin s'ouvrirait, ce seraient sûrement les héritiers, Valentine, Gaston et Lucie, qui lui devraient de l'argent.

Mais quel éveil encore des souvenirs, lorsque Mathieu, accompagné de Denis, entra dans cet hôtel royal de l'avenue d'Antin ! Ici, comme à l'usine, il se revoyait venir en pauvre homme, en locataire besogneux qui réclamait la réparation d'un toit, pour que l'eau du ciel n'inondât plus les quatre enfants déjà, dont son imprévoyance coupable avait accepté la charge. Et c'était bien, sur l'avenue, la somptueuse façade Renaissance, aux deux étages de huit hautes fenêtres ; c'était le vestibule de bronze et de marbre, desservant les vastes salons du rez-de-chaussée, que prolongeait le jardin d'hiver ; c'était surtout, occupant tout le centre du premier étage, l'ancien cabinet de Séguin, l'immense pièce éclairée par une verrière, faite d'anciens vitraux. Cette pièce, il l'évoquait avec son amusante profusion d'antiquailles, vieilles étoffes, orfèvreries, faïences, avec ses riches reliures et ses fameux étains modernes. Il l'évoquait, plus tard, dans l'abandon où elle était tombée, l'air de ruine désastreuse qu'elle avait pris, grise de poussière, disant la mort lente de la maison. Et il la retrouvait superbe, heureuse, rétablie en un luxe plus solide et plus sain par Ambroise, qui, pendant trois mois, avait mis là des maçons, des menuisiers, des tapissiers. Maintenant, l'hôtel entier revivait, plus luxueux encore, empli l'hiver d'un bruit de fêtes, égayé du rire des quatre enfants, de l'éclat de cette fortune vivante que renouvelait sans cesse l'effort de la conquête. Et ce n'était plus Séguin l'oisif, l'ouvrier de néant, que Mathieu venait y voir, c'était son fils Ambroise, d'énergie créatrice, dont les forces de la vie elles-mêmes avaient voulu la victoire, en le faisant triompher là, en maître, dans cette maison du vaincu.

Ambroise, qui était sorti, ne devait rentrer que pour le déjeuner. Mathieu et Denis l'attendirent ; et, comme le premier retraversait l'antichambre, désireux de se rendre compte de l'aménagement nouveau, il fut surpris d'y être arrêté par une dame, installée patiemment, à laquelle il n'avait d'abord prêté aucune attention.

— Je vois que monsieur Froment ne me reconnaît pas.

Il eut un geste vague. Elle était forte et grasse, avait sûrement dépassé la soixantaine, mais soignée, riante, avec une longue face pleine que de respectables cheveux blancs encadraient. On aurait dit une bonne bourgeoise de province, cossue, en toilette de cérémonie.

— Céleste... Céleste, l'ancienne femme de chambre de madame Séguin.

Alors, il la reconnut parfaitement, en cachant sa stupeur d'une fin si heureuse. Il la croyait au fond de quelque égout. Et, placide, l'air gai, elle raconta son bonheur.

— Oh ! je suis très contente... Je m'étais retirée à Rougemont, mon pays, j'ai fini par y épouser un ancien marin, un officier en retraite, qui a une jolie pension, sans compter une petite fortune que lui a laissée sa première femme. Et, comme il a deux grands fils, je m'étais permis de recommander le cadet à monsieur Ambroise, pour qu'il veuille bien le prendre dans sa maison de commerce, ce qu'il a eu la bonté de faire... Alors, n'est-ce

pas ? j'ai attendu mon premier voyage à Paris, et je viens
le remercier de tout mon cœur.

Elle ne disait pas la façon dont elle avait épousé l'ancien marin, entrée d'abord chez lui comme bonne à tout faire, puis servante-maîtresse, ensuite épouse légitime, après la mort de la première femme, dont elle avait hâté la fin. Mais elle le rendait en somme très heureux, elle le débarrassait même de ses fils encombrants, grâce aux belles relations qu'elle avait gardées à Paris. Et elle continuait de rire, en brave femme que les souvenirs attendrissaient. .

— Quand je vous ai vu passer tout à l'heure, monsieur Froment, vous n'avez pas idée de mon plaisir. Ah ! c'est qu'il ne date pas d'hier, le jour où j'ai eu l'honneur de vous voir ici pour la première fois !... Vous vous rappelez la Couteau, eh bien ! elle qui se plaignait toujours, elle est maintenant très contente, retirée avec son mari dans une jolie maison à eux, avec de petites économies qu'ils mangent très tranquillement. Elle n'est plus jeune, mais elle en a enterré et elle en enterrera bien d'autres... Tenez ! par exemple, madame Menoux, vous vous souvenez de madame Menoux, la mercière d'à côté ? En voilà une qui n'a pas eu de chance ! Elle a perdu son second enfant, elle a perdu son grand gaillard de mari qu'elle adorait, et elle en est morte elle-même de chagrin, en six mois... J'avais un instant fait le projet de l'emmener à Rougemont, où l'air est si bon pour la santé. Nous avons des vieux de quatre-vingt-dix ans. Voyez la Couteau, elle vivra tant qu'elle voudra... Oh ! c'est un pays si agréable, un vrai paradis !

Et l'abominable Rougemont, le sanglant Rougemont s'évoqua dans la mémoire de Mathieu, dressant son paisible clocher au milieu de la plaine rase, avec son cimetière pavé de petits Parisiens, qui cachait sous les fleurs sauvages l'affreux charnier de tant d'assassinats.

— Vous n'avez pas eu d'enfant, de votre mariage? demandait-il, voulant dire quelque chose et ne trouvant que cette question, dans sa hantise.

Elle s'égaya de nouveau, montra ses dents, qu'elle avait blanches encore.

— Oh! non, monsieur Froment, ce n'est plus de mon âge. Et puis, vous savez, il y a des choses qu'on ne recommence pas... A propos, madame Bourdieu, la sage-femme que vous avez connue, je crois, est morte du côté de chez nous, dans une propriété où elle était venue vivre, il y a longtemps déjà. Elle a eu plus de chance que l'autre, la Rouche, une bien brave femme pourtant, mais trop obligeante tout de même. Vous avez dû voir son procès dans les journaux, elle a été condamnée à de la prison, avec un médecin, un nommé Sarraille, à cause de choses vraiment pas propres qu'ils avaient faites ensemble.

La Rouche! Sarraille! oui certes, Mathieu avait suivi le procès de ces deux malfaisances sociales, qui devaient se rejoindre. Et quel écho ces deux noms réveillaient dans le passé, en lui en rappelant deux autres: Valérie Morange! Reine Morange! Déjà, dans la cour de l'usine, il venait de voir passer le fantôme indistinct de Morange, le comptable ponctuel, timide et tendre, qu'un vent de malheur et de folie emportait aux vagues ténèbres. Brusquement, il reparaissait ici, ombre errante, victime sans repos de toute l'ambition imbécile, de toute l'effrénée jouissance d'une époque, pauvre être médiocre si sauvagement puni du crime des autres, qu'il ne pouvait sans doute dormir dans la tombe où il s'était jeté sanglant, les jambes rompues. Et Mathieu vit aussi passer le spectre de Séraphine, la face douloureuse et farouche du désir infécond, qui ne peut s'assouvir, et qui en meurt.

— Enfin, monsieur Froment, excusez-moi de m'être permis de vous arrêter... Je suis contente, très contente de vous avoir revu.

Il la regardait toujours, il dit en la quittant, avec l'indulgence de son optimisme :

— Bonne chance encore, puisque vous êtes heureuse. Le bonheur doit savoir ce qu'il fait.

Mais Mathieu resta troublé, le cœur défaillant, à la pensée des injustices apparentes de l'impassible nature. Le souvenir de sa Marianne lui revenait, frappée d'un si lourd chagrin, succombant sous la querelle impie de ses fils. Et, comme Ambroise rentrait enfin, l'embrassait gaiement, après avoir reçu les remèrciements de Céleste, il fut pris d'une grande angoisse, à cette minute décisive, qui allait décider, selon son cœur, du salut fraternel de la famille.

D'ailleurs, ce fut prompt. Denis, qui s'était d'abord invité à déjeuner, avec le père, entama carrément la question, sans attendre.

— Nous ne sommes pas ici pour l'unique plaisir de déjeuner avec toi... Maman est malade, le sais-tu?

— Malade, dit Ambroise, pas sérieusement malade?

— Si, très malade, en danger... Et sais-tu qu'elle est malade depuis le jour où elle est venue te parler de la querelle entre Grégoire et Gervais, et où, paraît-il, tu l'aurais presque brutalisée?

— Moi, je l'aurais brutalisée! Nous avons causé affaires, je lui ai peut-être répondu en homme d'affaires, un peu rudement.

Il se tourna vers Mathieu, qui attendait, silencieux et pâle.

— C'est vrai, ça, père, maman souffre et te donne des inquiétudes?

Et, comme le père disait oui, d'un long signe de tête, Ambroise se récria d'émotion, ainsi que Denis l'avait fait, à l'usine, dès le premier mot de vérité.

— Ah! mais, ça devient stupide, cette histoire! Pour

moi, Grégoire a raison contre Gervais. Seulement, je m'en
moque, il faut qu'ils s'embrassent, si cela doit éviter une
minute de souffrance à cette pauvre maman... Aussi
pourquoi vous êtes-vous enfermés, pourquoi n'avez-
vous pas crié votre gros chagrin? On aurait réfléchi, on
aurait compris.

Tout d'un coup, il embrassa son père, avec cette soudaineté de décision qui était sa grande force, dans son
négoce, lorsque la clarté du vrai l'avait illuminé.

— Et puis, c'est encore toi le plus malin, c'est toi qui
sais et qui prévois... Même si Grégoire est en droit de
faire un procès à Gervais, il serait imbécile qu'il le fît,
parce que, bien au-dessus de ce petit intérêt particulier,
il y a notre intérêt à tous, l'intérêt de la famille, qui
est de rester unie, compacte, inattaquable, si elle veut
rester invincible. Notre souveraine puissance est dans
notre solidarité... Alors, c'est bien simple. Nous allons
déjeuner vivement, et nous prenons le train, Denis et moi
nous t'accompagnons à Chantebled. Il faut que, ce soir,
la paix soit faite... Je m'en charge.

Mathieu, riant, heureux de se retrouver enfin dans ses
fils, lui avait gaiement rendu son embrassade. Et, avant
que le déjeuner fût servi, on descendit voir le jardin
d'hiver, qu'Ambroise faisait agrandir, pour donner des
fêtes. Il se plaisait à enrichir encore l'hôtel, à y régner
avec un éclat de prince fastueux. Puis, au déjeuner, il
s'excusa de recevoir en garçon, malgré l'excellence de la
table, car il gardait une cuisinière, durant les absences
d'Andrée et des enfants, par une horreur raisonnée des
cuisines du dehors.

— Oh! moi, dit simplement Denis, depuis que Marthe
et toute la bande sont à Dieppe, l'hôtel est fermé, je
mange au restaurant.

— C'est que tu es un sage, répondit Ambroise de son
air de tranquille franchise. Moi, tu sais bien que je suis

un jouisseur... Maintenant, avalez vite votre café, et
filons.

Ils arrivèrent à Janville par le train de deux heures.
Leur plan fut de se rendre d'abord à Chantebled, pour
qu'Ambroise et Denis pussent causer avant tout avec
Gervais, le sachant d'humeur plus douce, espérant
trouver, près de lui, un terrain de conciliation. Ensuite,
ils iraient chez Grégoire, le sermonneraient, lui impose-
raient les conditions de paix, réglées d'une commune
entente. Mais, à mesure qu'ils s'approchaient de la ferme,
les difficultés de la tâche leur apparaissaient, grossies,
inquiétantes. Certainement, ce ne serait point aussi
commode qu'ils avaient pu le croire. Et ils s'apprêtaient
à la plus dure des batailles.

— Si nous montions tout de suite voir maman, proposa Denis. Nous l'embrasserions, ça nous donnerait du
courage.

Ambroise trouva l'idée excellente.

— Oui, montons, d'autant plus que maman a toujours
été de bon conseil. Elle doit avoir son idée.

Ils montèrent au premier étage de la maison d'habitation, dans la vaste pièce où Marianne vivait enfermée,
allongée près de la fenêtre. Et ce fut une stupeur, elle
était assise sur sa chaise longue, elle avait devant elle
Grégoire, qui lui tenait les deux mains, tandis que, de
l'autre côté, Gervais et Claire, debout, riaient doucement.

— Eh bien! quoi donc? cria Ambroise abasourdi, la
besogne est faite!

— Et nous qui désespérions de la faire! déclara Denis,
avec un geste effaré.

Mathieu, stupéfait comme eux, dans son ravissement,
expliqua la situation, en voyant la surprise que causait
l'arrivée brusque des deux grands frères de Paris.

— Mais c'est moi qui, ce matin, suis parti les chercher

et qui, maintenant, les amène pour qu'ils nous réconcilient tous, dans une embrassade générale !

Alors, il y eut un joyeux éclat de rire. Trop tard, les grands frères ! On n'avait eu besoin ni de leur sagesse, ni de leur diplomatie. Cela les égaya beaucoup eux-mêmes, soulagés d'avoir vaincu sans combattre.

Marianne, les yeux humides, divinement heureuse, si heureuse qu'elle en semblait guérie, répondit simplement à Mathieu :

— Tu vois, mon ami, c'est fait. Et je n'en sais pas encore davantage... Grégoire est venu, m'a embrassée, a voulu que je fisse immédiatement venir Gervais et Claire. Puis, de lui-même, il leur a dit qu'ils étaient fous tous les trois de me causer tant de chagrin, et qu'ils devaient s'entendre... A leur tour, ils se sont embrassés. C'est fait, c'est fini.

Gaiement, Grégoire intervint.

— Ecoutez, j'ai l'air trop beau dans cette histoire, il faut que je vous dise la vérité... Ce n'est pas moi qui d'abord ai voulu la réconciliation, c'est ma femme, c'est Thérèse. Elle a un cœur de brave créature, avec une vraie tête de mule, à ce point que, lorsqu'elle a résolu une chose, je finis toujours par être obligé de la faire... Hier soir, nous nous sommes donc querellés, car elle avait su, je ne sais comment, que maman était malade de chagrin, et elle en souffrait, elle s'efforçait de me prouver la stupidité de cette querelle, où nous avions tous à perdre. Ce matin, elle a recommencé, naturellement, elle m'a convaincu, d'autant plus que je n'avais guère dormi, avec l'idée de cette pauvre maman malade par notre faute... Mais il restait le père Lepailleur à convaincre. Thérèse s'en est encore chargée, elle a même trouvé quelque chose d'extraordinaire, pour que le vieux s'imaginât être le vainqueur des vainqueurs. Elle l'a persuadé de vous vendre enfin la terrible enclave, à un prix tellement fou, qu'il pourra crier sa victoire sur les toits.

Et, se tournant vers le fermier et la fermière, Grégoire ajouta, d'une façon plaisante :

— Mon bon Gervais, ma bonne Claire, je vous en prie, laissez-vous voler. Il y va de la tranquillité de ma maison. Donnez cette dernière joie à mon beau-père, de croire que lui seul a eu raison toujours, et que nous n'avons jamais été que des imbéciles !

— Oh ! tout l'argent qu'il voudra, répondit Gervais en riant. Elle est, du reste, un déshonneur pour le domaine, cette enclave qui le balafre comme d'une cicatrice de pierres et de ronces. Il y a longtemps que nous le rêvons sans tare, roulant sans obstacle ses moissons sous le soleil. Chantebled peut payer sa gloire.

Ce fut une affaire réglée, le moulin verrait revenir sous ses meules le blé débordant de la ferme, élargie d'un champ nouveau. Et la maman guérirait, et c'était la force heureuse de la vie, le besoin d'amour, la solidarité nécessaire à toute la famille, à tout ce peuple désireux de garder la victoire, qui venait de s'imposer, d'exiger la fraternité des fils, assez fous pour avoir un instant détruit leur puissance, en se déchirant.

La joie de se retrouver là, Denis, Ambroise, Gervais, Grégoire, les quatre grands frères, et Claire, la grande sœur, réunis, réconciliés, invincibles, fut encore augmentée, lorsque Charlotte survint, amenant les trois autres filles, Louise, Madeleine, Marguerite, mariées dans le pays. La première, sachant la maman malade, était allée chercher ses deux sœurs, pour venir ensemble aux nouvelles. Et quel bon rire, lorsque la procession entra !

— Tous alors ! cria plaisamment Ambroise. La famille au grand complet, une vraie réunion du grand conseil royal !... Tu vois, maman, il faut bien te porter, ta cour entière est à tes genoux, dans un vœu unanime, et ne te permet même pas une simple migraine.

Mais, comme Benjamin survenait, le dernier, derrière les trois sœurs, les rires redoublèrent.

— Et Benjamin qu'on oubliait! dit Mathieu.

— Viens, mon petit, viens m'embrasser à ton tour, murmura tendrement Marianne. Parce que tu es le dernier de la couvée, ces grands-là plaisantent... Si je te gâte, ça ne regarde que nous deux, n'est-ce pas? Dis-leur que tu avais passé la matinée avec moi, et que, si tu es allé te promener, c'est moi qui l'ai voulu.

Benjamin souriait, l'air doux, un peu triste.

— Mais, maman, j'étais en bas, je les ai tous vus monter, les uns après les autres... J'ai attendu qu'on s'embrassât, pour monter à mon tour.

Il avait déjà vingt et un ans, il était d'une beauté délicate, un visage clair, avec de grands yeux bruns, de longs cheveux bouclés, une barbe légère et frisante. Bien qu'il n'eût jamais été malade, la mère le disait faible, le soignait beaucoup. Tous, d'ailleurs, l'adoraient, pour sa grâce, pour son charme tendre. Il avait grandi dans une sorte de songe, plein d'un désir qu'il ne pouvait formuler, en continuelle quête de l'inconnu, de l'autre chose, celle qu'il n'avait pas. Et, comme les parents lui voyaient le dégoût de toute profession, comme l'idée du mariage elle-même semblait lui être importune, ils ne s'en fâchaient pas, ils complotaient au contraire le secret projet de le garder pour eux, ce dernier-né, ce cadeau tardif de la vie, si bon et si beau. N'avaient-ils pas donné tous les autres? ne leur pardonnerait-on pas l'égoïsme d'amour, d'en réserver un pour eux, entièrement à eux, qui ne se marierait pas, qui ne ferait rien, qui ne serait venu au monde que dans le but délicieux d'être aimé d'eux et de les aimer? C'était le rêve de leur vieillesse, la part qu'ils auraient voulu, en récompense de leur long enfantement, se tailler eux-mêmes dans la vie dévoratrice, qui donne tout et reprend tout.

— Écoute donc, Benjamin, reprit brusquement Ambroise, toi qui t'intéresses à notre vaillant Nicolas, veux-tu de ses nouvelles ? j'en ai d'avant-hier... Et c'est bien juste que je parle un peu de lui, car il est le seul de la couvée, comme dit maman, à ne pouvoir être ici.

Aussitôt, Benjamin se passionna.

— C'est vrai, il t'a écrit ! Que dit-il ? que fait-il ?

Il avait gardé une émotion vive du départ de Nicolas pour le Sénégal. Il n'avait pas douze ans alors, et cela datait de neuf ans bientôt ; mais la scène était restée en lui, toujours présente, avec l'adieu à jamais, le coup d'aile dans l'infini du temps et de l'espoir.

— Vous savez, se mit à conter Ambroise, que je suis en relations d'affaires avec Nicolas. Oh ! si nous avions, dans nos colonies, quelques gaillards de son intelligence et de son courage, nous ramasserions vite, à coups de râteau, les richesses éparses de ces terres vierges, où elles dorment inutiles. Quant à moi, si ma fortune se décuple, c'est que j'en emplis mes granges... Notre Nicolas s'était donc installé au Sénégal, avec sa Lisbeth, une compagne taillée pour lui. Grâce aux quelques milliers de francs, qu'ils possédaient à eux deux, ils avaient établi un comptoir, leur négoce prospérait. Mais je sentais bien que le champ y était encore trop étroit, le ménage devait rêver de conquérir plus de libre espace, de défricher plus d'inconnu... Et, tout d'un coup, voilà que Nicolas m'apprend son départ pour le Soudan, pour la vallée du Niger, à peine ouverte d'hier. Il emmène sa femme, les quatre enfants qu'il a déjà, ils s'en vont tous au hasard de la conquête, en pionniers de vivante audace, tourmentés du besoin de fonder un monde... J'en suis resté un peu suffoqué, car c'est une vraie folie. Mais, tout de même, il est crâne, notre Nicolas, et ça m'a enthousiasmé, moi, l'énergie active, l'admirable foi de ce brave frère, qui part ainsi pour une terre inconnue, avec la tranquille certitude qu'il la soumettra et qu'il la peuplera.

Il y eut un silence. Un grand souffle avait passé, tout le souffle de l'infini, venu de là-bas, du mystère des plaines vierges. Et la famille suivait l'enfant, un des siens, qui s'en allait, par les déserts, porter la bonne semence humaine, sous le ciel immense.

— Ah! murmura Benjamin, ses beaux yeux ouverts largement, fixés au loin, au bout de la terre, ah! qu'il est heureux de voir d'autres fleuves, d'autres forêts, d'autres soleils!

Mais Marianne avait frissonné.

— Non, non! petit, il n'y a pas d'autres fleuves que l'Yeuse, pas d'autres forêts que nos bois de Lillebonne, pas d'autre soleil que le soleil de Chantebled... Viens encore m'embrasser, embrassons-nous tous encore une bonne fois, et je vais guérir, et nous ne nous quitterons plus jamais, jamais!

Les rires recommencèrent avec les embrassades. Ce fut une grande journée, la date d'une victoire, la plus décisive que la famille eût remportée sur elle-même, en ne permettant pas à la discorde de la détruire. Désormais, elle était inexpugnable, souveraine.

Au crépuscule, le soir de ce jour, Mathieu et Marianne se retrouvèrent, comme la veille, la main dans la main, près de la fenêtre, d'où ils voyaient le domaine se dérouler jusqu'à l'horizon, cet horizon derrière lequel Paris soufflait sa grande haleine, la nuée fauve de sa forge géante. Mais combien peu cette soirée sereine ressemblait à l'autre, et quelle félicité les inondait, quel espoir infini de l'œuvre bonne et désormais certaine!

— Te sens-tu mieux? sens-tu tes forces revenir, ton cœur battre librement?

— Oh! mon ami, je me sens guérie, je ne mourais que de ma peine. Demain, je serai forte.

Alors, Mathieu tomba dans une grande rêverie, en face

de sa conquête, de ce domaine qui s'étendait sans fin,
sous le soleil couchant. Et, de nouveau, les souvenirs
s'évoquaient, il se rappelait la matinée, lointaine de plus
de quarante ans déjà, où il avait laissé Marianne et les
enfants avec trente sous, dans le pavillon de chasse
délabré, qu'ils habitaient à la lisière des bois, par économie. Ils avaient des dettes, ils étaient la gaie, la
divine imprévoyance, avec ces quatre petites bouches
affamées toujours, ce flot de filles et de garçons qu'ils
laissaient couler librement de leur amour, de leur foi en
la vie. Puis, il se rappelait encore son retour du soir, les
trois cents francs de son mois, les calculs qu'il avait faits,
pris d'une lâche inquiétude, troublé par l'égoïsme
empoisonné dont il rapportait le frisson de Paris. Les
Beauchêne, avec leur usine, avec leur petit Maurice, le
fils unique qu'ils élevaient en futur prince, lui avaient
prédit la misère noire, la mort sur la paille, à lui, à sa
femme, à leur troupeau de mioches. Et les Séguin, leurs
propriétaires d'alors, avaient étalé devant lui leurs millions, leur hôtel fastueux, empli de merveilles, l'écrasant,
le prenant en dérision et en pitié, eux dont la sagesse
savait se borner à un garçon et à une fille. Et ces pauvres
Morange eux-mêmes lui avaient parlé de donner une
royale dot à leur fille Reine, dans le rêve qu'ils faisaient
alors d'une place de douze mille francs, pleins de dédain
pour la misère voulue des familles nombreuses. Et il
n'était pas jusqu'à ces Lepailleur, les gens du Moulin, qui
ne témoignassent leur méfiance de ce bourgeois, coupable
de leur devoir douze francs d'œufs et de lait, se demandant si l'on payait ses dettes, lorsqu'on gâchait sa vie, au
point de faire tant d'enfants à sa femme. Ah ! c'était bien
vrai, il sentait sa faute, il disait alors que jamais il n'aurait une usine, ni un hôtel, ni même un moulin, pas plus
que jamais sans doute il ne gagnerait douze mille francs.
Les autres avaient tout, lui n'avait rien. Les autres, les

riches, étaient assez sages pour ne pas se charger de
famille, et c'était lui, le pauvre, qui se mettait des enfants
sur les bras, coup sur coup, sans compter. C'était fou. Et
un souvenir délicieux lui revenait enfin, la folie de tendresse et d'espoir qui, après tous ces beaux raisonnements,
l'avait jeté aux bras de sa Marianne, confiante, vaillante,
dans la flamme du souverain désir qui voulait un enfant
de plus, un être encore parmi l'éternelle création des
êtres.

Puis, après quarante ans, voilà que sa folie était la
sagesse. Il avait vaincu par sa divine imprévoyance,
c'était le pauvre qui venait de battre les riches, le bon
semeur jetant le grain à main pleine, certain de l'avenir,
qui récoltait la moisson entière. Et sa journée nouvelle,
la bonne journée qu'il vivait depuis le matin, recommençait, déroulait sa victoire. L'usine des Beauchêne, il l'avait
aujourd'hui, par son fils Denis, il la revoyait telle qu'une
ville en travail, avec le branle de ses machines, les millions accumulés, forgés sur ses enclumes. L'hôtel des
Séguin, il l'avait aussi, par son fils Ambroise, plus luxueux
encore, enrichi des dépouilles du négoce, aux quatre
coins du globe. Le moulin des Lepailleur, il l'avait encore,
par son fils Grégoire, décuplé d'importance, d'une prospérité nouvelle, comme un dernier cadeau de la fortune
qui va d'elle-même au travail, à l'effort triomphant. Une
punition tragique, démesurée, avait emporté les tristes
Morange, en une tempête de sang et de démence. D'autres
déchets sociaux passaient, étaient roulés au cloaque :
Sérafine inutile, foudroyée dans sa jouissance ; les Moineaud dispersés, gâtés, anéantis dans l'empoisonnement
du milieu. Et lui, Mathieu, restait seul debout, vainqueur
avec Marianne, en face de ce domaine de Chantebled,
conquis par eux sur les Séguin, où leurs enfants Gervais
et Claire régnaient maintenant, prolongeaient la dynastie
de leur race. C'était leur royaume, les champs s'élargis-

saient à perte de vue, roulant une prodigieuse fertilité
sous l'adieu du soir, disant la lutte, l'enfantement héroïque de toute leur existence. C'était leur œuvre, ce
qu'ils avaient enfanté de vie, d'êtres et de choses, dans
leur puissance d'aimer, dans la volonté de leur énergie,
aimant, voulant, agissant, créant un monde.

— Vois donc, vois donc, murmura Mathieu, avec un
grand geste, tout cela est né de nous, et il faut nous
aimer encore, être heureux encore, pour que tout cela
vive.

— Ah! répondit Marianne gaiement, cela vivra toujours
désormais, puisque nous venons de nous embrasser tous,
dans la victoire.

La victoire! la victoire naturelle, nécessaire de la
famille nombreuse! Grâce à la famille nombreuse, à la
poussée fatale du nombre, ils avaient fini par tout
envahir, par tout posséder. La fécondité était la souveraine, l'invincible conquérante. Et cette conquête, elle
s'était faite d'elle-même, ils ne l'avaient ni voulue ni
organisée, ils ne la devaient, dans leur loyauté sereine,
qu'au devoir rempli de leur longue tâche. Et ils étaient,
la main dans la main, devant leur œuvre, tels que d'admirables héros, glorieux d'avoir été bons et forts, d'avoir
beaucoup enfanté, beaucoup créé, donné au monde beaucoup de joie, de santé, d'espoir, parmi les éternelles
luttes et les éternelles larmes.

V

Et Mathieu et Marianne vécurent plus de vingt ans encore, et Mathieu avait quatre-vingt-dix ans, Marianne quatre-vingt-sept, lorsque leurs trois aînés, Denis, Ambroise et Gervais, toujours debout à leurs côtés, complotèrent de célébrer leurs noces de diamant, le soixante-dixième anniversaire de leur mariage, par une fête, où ils réuniraient, au domaine de Chantebled, tous les membres de la famille.

Ce n'était point une petite affaire. Quand ils eurent dressé la liste exacte, ils trouvèrent, nés de Mathieu et de Marianne, cent cinquante-huit enfants, petits-enfants, arrière-petits-enfants, sans compter quelques petits derniers-nés, ceux de la quatrième génération. En ajoutant les alliances, les maris et les femmes venus du dehors, on serait trois cents. Et où trouver, dans la ferme, une pièce pour dresser l'énorme table du déjeuner patriarcal qu'ils rêvaient? L'anniversaire tombait le 2 juin, le printemps était, cette année-là, d'une douceur, d'une splendeur incomparables. Aussi décidèrent-ils qu'on déjeunerait dehors, que la table serait mise, en face de l'ancien pavillon, au milieu de la grande pelouse, fermée par des rideaux d'ormes et de charmes superbes, ainsi qu'une immense salle de verdure. On serait chez soi, au sein même de la terre bienveillante, sous le chêne central, devenu géant, planté par les deux ancêtres dont la pullulante lignée allait fêter la fécondité heureuse.

Et la fête fut réglée, s'organisa, dans un grand élan d'amour et d'allégresse. Tous se passionnèrent pour en être, tous accoururent au rendez-vous triomphal, depuis les vieillards en cheveux blancs jusqu'aux gamins qui suçaient encore leur pouce. Et le grand ciel bleu, le soleil de flamme eux-mêmes voulurent en être, ainsi que le domaine entier, les sources ruisselantes, les champs en fleur, en promesse de belles moissons. C'était magnifique, ce fer à cheval élargi, cette vaste table dressée au milieu des herbes avec son luxe de vaisselle et de linge éclatant, criblée, au travers des feuillages, d'une poussière d'astre. L'auguste ménage, le père et la mère, devaient s'asseoir côte à côte, au centre, sous le chêne. Puis, on avait décidé qu'on ne séparerait pas non plus les autres ménages, qu'il serait tendre et beau de les asseoir tous côte à côte, par rang de génération. Et, quant aux jeunes gens, aux jeunes filles, aux gamins et aux gamines, on les laisserait se placer à leur guise, au petit bonheur de leur fantaisie et de leur gaieté.

Puis, ce fut, dès le matin, l'arrivée en bandes, le retour au nid commun de la famille dispersée, s'abattant des quatre points de l'horizon. Mais, hélas! la mort avait déjà fauché, beaucoup ne devaient pas venir. Des hôtes dormaient, chaque année plus nombreux, dans le cimetière de Janville, si calme, si fleuri, d'une solitude attendrie de rêve. Près de Rose, près de Blaise, partis les premiers, d'autres étaient allés dormir leur éternel sommeil, emportant là chaque fois un peu plus du cœur de la famille, faisant de cette terre sacrée une terre de culte, d'éternel souvenir. D'abord, Charlotte, longtemps souffrante, avait rejoint Blaise, heureuse en son départ de laisser sa fille Berthe la remplacer près de Mathieu et de Marianne, frappés au cœur, comme s'ils perdaient une seconde fois leur fils. Puis, c'était leur fille Claire qui les avait quittés, abandonnant la ferme à son mari Frédéric et à son frère Gervais, devenu veuf lui aussi, l'année suivante. Puis, ils avaient perdu leur fils Grégoire, le maître du moulin, dont la veuve, Thérèse, gouvernait toujours, parmi une nombreuse descendance. Puis, une de leurs filles encore, la bonne Marguerite, la femme du docteur Chambouvet, était morte, d'avoir recueilli chez elle les deux enfants d'une pauvre ouvrière, atteints du croup. Et l'on ne comptait plus les autres pertes, des femmes, des maris entrés dans la famille par alliance, des enfants surtout, la part de désastre, les coups d'orage au travers de la moisson humaine, toutes les chères créatures disparues que les vivants pleurent, et qui rendent sainte la terre où elles reposent.

Mais, si les chers morts dormaient là-bas, dans le grand silence, quel gai tumulte et quelle victoire de la vie, ce matin-là, par les routes qui conduisaient à Chantebled! Il en renaissait plus qu'il n'en mourait, toute une floraison d'êtres semblait s'être épanouie de chaque mort. Par douzaines, ils repoussaient du sol où les pères, las de leur bonne besogne, s'étaient couchés. Et ils arrivaient donc de toutes parts, tels que les hirondelles, au printemps, revenant fêter leurs vieux nids, emplissant le ciel bleu de la joie du retour. Continuellement, devant la ferme, des voitures débarquaient de nouveaux ménages, avec des troupeaux d'enfants, dont le flot de têtes blondes montait toujours. Des arrière-grands-pères, aux cheveux de neige, amenaient des tout petits qui marchaient à peine. Il y avait de très jolies vieilles que des jeunes filles, de fraîcheur éclatante, aidaient à descendre. Des mères étaient enceintes encore, des pères avaient eu l'idée charmante d'inviter les fiancés de leurs filles. Tout cela était parents, engendrés les uns par les autres, dans un écheveau inextricable, pères, mères, frères, sœurs, beaux-pères, belles-mères, beaux-frères, belles-sœurs, fils, filles, oncles, tantes, cousins, cousines, à tous les degrés, dans tous les mélanges imaginables, jusqu'à la quatrième génération. Une seule famille, un seul petit peuple, que réunissait une pensée de joie et d'orgueil, celle de célébrer ces noces de diamant si rares, si prodigieuses, les noces des deux héros, glorifiés par la vie, dont tout ce peuple était né! Et quel dénombrement épique à faire, comment nommer tous ceux qui entraient dans la ferme, comment dire simplement leurs noms, leurs âges, leurs degrés de parenté, la santé, la force, l'espoir qu'ils avaient apportés au monde !

D'abord, ce fut la ferme elle-même, tous ceux qui avaient poussé, qui avaient grandi là. Gervais, âgé de soixante-deux ans, était aidé par ses deux fils aînés, Léon et Henri, déjà pères à eux deux de dix enfants; et ses trois filles, Mathilde, Léontine, Julienne, nées plus tard, mariées dans le voisinage, en avaient douze à elles trois. Frédéric, veut de Claire, de cinq ans plus âgé que Gervais, avait cédé sa tâche de lieutenant fidèle à son fils Joseph, tandis que ses deux filles Angèle et Lucile, ainsi qu'un dernier fils, Jules, servaient également à la ferme, les quatre ayant ensemble un petit troupeau de quinze enfants, tant filles que garçons. Puis, de tous ceux venus du dehors, le Moulin arriva le premier, Thérèse, veuve de Grégoire, amena sa descendance, son fils Robert, qui dirigeait maintenant le moulin sous ses ordres, ses trois filles, Geneviève, Aline et Natalie, avec toute une galopade à la queue, dix enfants pour les filles, quatre pour Robert. Ensuite, se présentèrent Louise, la femme du notaire Mazaud, Madeleine, la femme de l'architecte Herbette, suivies du médecin Chambouvet, veuf de la bonne Marguerite, trois vaillantes troupes encore, la première quatre filles dont Colette l'aînée, la seconde cinq garçons avec Hilaire en tête, la troisième un garçon et une fille seulement, Sébastien et Christine ; et tout cela pullulait, il y avait vingt arrière-petits-enfants derrière. Mais Paris débarquait, Denis et Marthe, sa femme, se présentèrent en grand cortège, Denis âgé de soixante-dix ans bientôt, arrière-grand-père par ses filles Hortense et Marcelle, goûtant la bonne paix du labeur accompli depuis qu'il avait donné l'usine à ses aînés Lucien et Paul, des hommes de plus de quarante ans, dont les fils étaient eux-mêmes en marche vers toutes les fortunes, une vraie tribu envahissante qui descendit de cinq voitures, le ménage, les quatre enfants, les quinze petits-enfants, les trois arrière-petits-enfants, dont deux au maillot. Enfin, la dernière entrée fut celle du petit peuple d'Ambroise, qui avait eu le chagrin de perdre de bonne heure sa femme Andrée, lui d'une si verte vieillesse, qu'à soixante-sept ans il dirigeait encore sa maison de commission, où ses fils Léonce et Charles restaient de simples employés, où ses gendres, les maris de ses filles Pauline et Sophie, tremblaient devant lui, roi incontesté, obéi de tous, grand-père de sept gaillards déjà barbus, de neuf filles solides, dont quatre venaient de le faire arrière-grand-père, avant même Denis le sage, son aîné. Il fallut six voitures. Et le défilé avait duré deux heures, et la ferme était pleine d'une foule en liesse, heureuse, rieuse, au clair soleil de juin.

Cependant, Mathieu et Marianne n'avaient point encore paru. Ambroise, qui était le grand ordonnateur de la fête, leur avait fait promettre de se tenir dans leur chambre close, ainsi que des souverains, cachés à leur peuple, tant qu'il n'irait point les chercher. Il voulait une apparition solennelle. Et, comme il se décidait, le peuple entier étant là, il trouva sur le seuil, défendant la porte, pareil à un garde du corps, son frère Benjamin. Parmi tout ce pullulement, cette tribu qui avait travaillé, qui s'était multipliée d'un élan si prodigieux, Benjamin était resté le seul oisif, le seul infécond. A quarante-trois ans, sans femme, sans enfants, il ne vivait encore que pour l'unique joie du foyer, en camarade de son père, en dévot passionné de sa mère, qui tous deux avaient eu le tendre égoïsme de le garder, le voulant à eux seuls, disant que la vie, à laquelle ils avaient donné tant d'êtres, pouvait bien leur faire le cadeau de celui-ci, le dernier de la couvée. D'abord, ils ne s'étaient point opposés à ce qu'il se mariât; mais, plus tard, quand ils l'avaient vu hésiter, puis refuser toute femme, après avoir perdu la seule qu'il eût aimée, ils en avaient ressenti une secrète et grande joie. Pourtant, à la longue, des remords inavoués leur étaient venus, dans la félicité qu'ils goûtaient à jouir de sa présence, comme d'un trésor enfoui, dont se délectait leur vieillesse, devenue avaricieuse, au déclin d'une vie de si large prodigalité. Leur Benjamin ne souffrait-il pas d'avoir été ainsi accaparé, enfermé pour leur plaisir, dans les quatre murs de leur maison? De tout temps, il s'était montré inquiet, rêveur, avec ses beaux yeux qui semblaient sans cesse chercher l'au-delà des choses, le pays ignoré de la satisfaction parfaite, là-bas, derrière l'horizon. Et, maintenant que l'âge venait, qu'il n'était plus jeune, son tourment paraissait s'aggraver, comme s'il se fût désespéré secrètement de ne pouvoir tenter l'inconnu, avant de finir inutile et sans bonheur.

Mais Benjamin livra la porte, Ambroise donna des ordres. Et, dans le soleil, sur la pelouse en fleur, Mathieu et Marianne apparurent. Une acclamation les accueillit, de bons rires, de tendres battements de mains. La foule gaie et passionnée qui se trouvait là, toute la famille pullulante criait :

— Vive le Père! vive la Mère!... Longue vie, longue vie au Père et à la Mère!

A quatre-vingt-dix ans, Mathieu était resté très droit, très mince, serré dans une redingote noire, ainsi qu'un

jeune marié, la tête nue, avec une toison de neige, toute
sa chevelure qu'il portait rase autrefois, qu'il avait laissée
pousser par une coquetterie dernière, depuis qu'elle semblait être comme le renouveau du vieil arbre vigoureux.
Sa face avait pu se sécher, se rider, usée par l'âge, il gardait quand même ses yeux de jeunesse, ses yeux souriants, grands et clairs, vifs et réfléchis, qui disaient
toujours l'homme de pensée et d'action, très simple, très
gai, très bon. Et Marianne, à quatre-vingt-sept ans, en
robe claire d'épousée, se tenait elle aussi très droite,
solide et belle encore de sa beauté saine d'autrefois, de
ses flancs vigoureux qui avaient porté un monde, de sa
poitrine solide qui l'avait nourri. Toute blanche également, le visage adouci, éclairé d'une aube dernière
sous des bandeaux de soie fine, elle était telle qu'un de
ces marbres sacrés dont le temps a raviné les traits, sans
pouvoir en détruire la tranquille splendeur de vie,
quelque Cybèle féconde, retrouvée dans son ferme dessin,
revivant en plein jour, avec la belle humeur tendre de ses
grands yeux noirs.

Au bras l'un de l'autre, l'un contre l'autre, en bons
époux, venus de très loin, ayant marché soixante-dix ans
côte à côte, sans se quitter jamais, Mathieu et Marianne,
les yeux mouillés de larmes, riaient gaiement à leur
peuple, à la famille pullulante, née de leur amour, qui
continuait à les acclamer.

— Vive le Père! vive la Mère!... Longue vie, longue
vie au Père et à la Mère!

Alors, il y eut la cérémonie du compliment, du bouquet
offert. C'était une petite blondine de cinq ans, Rose, qui
s'en trouvait chargée. On l'avait choisie comme l'aînée des
enfants de la quatrième génération. Elle était la fille d'Angeline, qui était la fille de Berthe, qui était la fille de
Charlotte, femme de Blaise. Et, quand les deux ancêtres
la virent s'avancer, avec son gros bouquet, leur émo-

tion redoubla, heureuse dans les larmes, bégayante de souvenirs.

— Oh! notre petite Rose!... Notre Blaise, notre Charlotte!

Tout le passé revivait. On avait donné le nom de Rose à l'enfant, en souvenir de l'autre Rose, tant pleurée, la première partie, endormie là-bas, dans le petit cimetière. Et Blaise était allé s'y coucher à son tour, et Charlotte l'y avait suivi. Et, alors, Berthe, leur fille, qui avait épousé Philippe Havard, avait eu Angeline. Et, plus tard, Angeline, qui avait épousé Georges Delmas, avait eu Rose. Derrière l'enfant, Berthe et Philippe Havard, Angeline et Georges Delmas, se tenaient debout. C'était tout ce monde que Rose représentait, c'étaient les morts, c'étaient les vivants, une si longue lignée florissante, tant de douleurs et tant de joies, tout ce vaillant travail d'enfantement, tout ce fleuve de vie, qui aboutissait à ce cher ange blond, si frêle, avec des yeux d'aurore, où resplendissait l'avenir.

— Oh! notre Rose, notre Rose!

Rose, pourtant, son gros bouquet entre ses deux menottes, s'était avancée. Depuis quinze jours, elle apprenait un très beau compliment. Le matin encore, elle l'avait récité à sa mère, sans une faute. Mais, quand elle fut là, au milieu de tout ce monde, son exaltation fut telle, qu'elle n'en retrouva pas un mot. Elle ne s'en inquiéta guère, d'ailleurs. C'était déjà une petite personne pleine de bravoure. Et, carrément, elle lâcha son bouquet, elle sauta au cou de Mathieu et de Marianne, en criant de sa voix aiguë, telle qu'une note de flûte:

— Grand-papa, grand'maman, c'est votre fête, et je vous embrasse de tout mon cœur.

Et ce fut très bien. On trouva même ça beaucoup mieux que le compliment. Des rires encore, des battements de mains, des acclamations retentirent. Et, tout de suite, on se mit à table. Mais c'était une affaire, l'immense table

en fer à cheval se développait sous le chêne, au milieu
d'un carré d'herbe rase, qu'on avait fauché. D'abord,
Mathieu et Marianne allèrent en cérémonie, sans se
quitter le bras, s'asseoir au centre, adossés tous deux
au tronc du grand chêne. A la gauche de Mathieu,
prirent place Marthe et Denis, Louise et son mari, le
notaire Mazaud, puisqu'on avait eu l'idée bonne de ne pas
séparer les ménages. A la droite de Marianne, se mirent
Ambroise, Thérèse, Gervais, le docteur Chambouvet,
tous veufs, puis un ménage encore, Mathilde et son mari,
l'architecte Herbette, puis Benjamin, seul. Ensuite, par
rang de générations, les autres ménages s'installèrent.
Enfin, ainsi qu'il était décidé, la jeunesse, l'enfance, le
troupeau des jeunes gens et des tout petits, se casa comme
il voulut, à son goût, au milieu d'une extraordinaire
turbulence.

Ah ! quelle minute de souveraine gloire pour Mathieu
et pour Marianne ! Ils se virent là dans un triomphe, dont
ils n'auraient point osé faire le rêve. La vie, comme pour
les récompenser d'avoir eu foi en elle, de l'avoir propagée
de toute leur bravoure, semblait s'être plu à prolonger
leur existence au delà des limites communes, afin qu'ils
pussent voir de leurs yeux la merveilleuse floraison de
leur œuvre. Tout leur Chantebled était de la fête, tout ce
qu'ils avaient fondé, créé là d'utile et de beau. Des
champs cultivés, conquis sur les marais, leur venait le
large frisson des grandes moissons prochaines ; des pâturages, au travers des bois lointains, leur arrivait le souffle
chaud du bétail, des troupeaux sans nombre, l'arche continuellement accrue ; des sources captées, dont ils avaient
fertilisé les landes, désormais prodigues de récoltes, ils
entendaient la voix haute, ce ruissellement de l'eau qui
est comme le sang de la terre. C'était l'œuvre sociale
faite, le pain conquis, des subsistances créées, tirées du
néant des terres incultes. Et, dans quel décor aimé, leur

race heureuse et reconnaissante leur donnait cette fête! Ces ormes et ces charmes, qui faisaient de la pelouse une vaste salle de verdure, ils les avaient plantés, ils les avaient vus grandir jour à jour, ainsi que les plus paisibles et les plus forts d'entre leurs enfants. Ce chêne surtout, géant aujourd'hui, grâce au flot clair du bassin où ruisselait perpétuellement une des sources, il était leur grand fils, celui qu'ils avaient enfanté là, le jour de la fondation de Chantebled, lui creusant le trou, elle tenant la tige du jeune plant. Et, à cette heure, les ombrageant de sa verdure immense, n'était-il pas le royal symbole de la famille entière? Comme lui, elle était innombrable; comme lui, elle avait multiplié, élargi sans fin ses branches, qui couvraient au loin le sol ; et, comme lui, elle était à elle seule toute une forêt, née d'un seul tronc, vivante de la même sève, forte de la même santé, pleine de chants, de brise et de soleil. Adossés au colosse, Mathieu et Marianne se confondaient dans sa gloire, dans sa souveraine majesté, d'une royauté pareille, ayant engendré autant d'êtres qu'il comptait de rameaux, régnant là sur le peuple de leurs enfants, qui vivaient d'eux, comme ses feuilles vivaient de lui. A leur droite, à leur gauche, les trois cents convives n'étaient que leur prolongement, le même arbre de vie, né de leur amour, tenant encore à leurs flancs par toutes les fibres. Ils sentaient leur joie à tous, de se glorifier en les fêtant, l'attendrissement des vieux, la turbulence des jeunes. Ils entendaient le retentissement de leur propre cœur jusque dans la poitrine des gamins à tête blonde, qui riaient déjà d'extase devant les gâteaux du dessert. Et leur œuvre de création humaine se trouvait rassemblée en face d'eux, en eux, ainsi que s'arrondissait le dôme-géant du chêne, et de partout, aux alentours, l'autre œuvre les baignait de fécondité, cette création de la terre, cette nature qui s'était élargie et fertilisée, à mesure qu'eux-mêmes se multipliaient.

Alors, la beauté de Mathieu et de Marianne apparut, celle de s'être aimés pendant soixante-dix ans, et de s'adorer encore, à cette heure, comme au premier jour. Pendant soixante-dix ans, ils avaient marché côte à côte, au bras l'un de l'autre, sans une fâcherie, sans une infidélité. Venus de si loin, du même pas confiant et sûr, ils se rappelaient certes de grandes douleurs, mais elles les avaient toujours frappés du dehors. S'ils avaient sangloté parfois, ils s'étaient consolés à pleurer ensemble. Sous leurs chevelures blanches, ils avaient gardé leur foi de vingt ans, leurs cœurs restaient l'un dans l'autre, ainsi qu'au lendemain des noces, chacun ayant donné le sien, ne l'ayant jamais repris. C'était le lien d'amour indissoluble, le seul mariage, celui qui assure la vie entière, car il n'est de bonheur que dans l'éternel. Leur heureuse rencontre était d'avoir eu tous deux la puissance d'aimer, la volonté d'agir, le désir divin dont la flamme crée les mondes. Lui, dans l'adoration de sa femme, n'avait pas connu d'autre joie que cette passion de créer, regardant l'œuvre à faire, l'œuvre faite, comme son unique raison d'être, son devoir et sa récompense. Elle, dans l'adoration de son mari, s'était simplement efforcée d'être la compagne, l'épouse et la mère, bonne pondeuse, bonne éleveuse, selon le mot de Boutan, puis bonne conseillère surtout, douée d'un jugement délicat qui dénouait les difficultés. Et c'était ainsi que, rapprochés par chaque enfant nouveau, comme par un lien de plus en plus serré, ils en étaient venus à se confondre. Ils étaient la raison, la santé, la force. Ils n'avaient toujours triomphé, au milieu des obstacles et des larmes, que grâce à cette longue entente, à cette fidélité commune, dans l'éternel renouveau de leur tendresse, dont l'armure les rendait invincibles. Ils ne pouvaient être vaincus, ils avaient tout conquis par la puissance même de leur union, sans le vouloir. Et ils finissaient en héros, en conquérants du bonheur, la main dans la main, d'une pureté de cristal, très grands, très beaux, grandis et embellis encore de leur extrême vieillesse, de cette existence si longue, toute pleine d'un seul amour. Et leur innombrable lignée qui se trouvait là, la tribu conquérante née de leurs entrailles, n'avait d'autre force que la force d'union dont elle héritait, ce loyal amour des ancêtres légué aux enfants, cette solidaire affection qui les faisait s'aider, lutter pour la vie meilleure, en un peuple fraternel.

Mais il y eut une allégresse, le service commençait enfin. Tous les serviteurs de la ferme en étaient chargés, on n'avait pas voulu introduire une seule personne étrangère. Presque tous avaient grandi sur le domaine, eux-mêmes étaient de la famille. Ensuite, ils auraient leur table, ils fêteraient, à leur tour, les noces de diamant. Et ce fut au milieu des exclamations et des bons rires que les premiers plats parurent.

Brusquement, le service s'arrêta, à peine commencé. Un grand silence s'était fait, un événement inattendu venait de se produire. Au milieu de la pelouse, entre les deux bras de la table en fer à cheval, un jeune homme s'avançait, inconnu de tous. Il souriait gaiement, il marcha jusqu'au bout, ne s'arrêta que devant Mathieu et Marianne. Puis, d'une voix forte :

— Bonjour, grand-père ! bonjour, grand'mère !... Il faut mettre un couvert de plus, car je suis venu vous fêter aussi.

L'assistance resta muette, dans un grand étonnement. Quel était donc ce jeune homme que personne n'avait jamais vu ? Certainement, il ne pouvait être de la famille, on aurait su son nom, connu son visage. Alors, pourquoi saluait-il les ancêtres de ces noms vénérés de grand-père et de grand'mère ? Et la stupeur qui grandissait, provenait surtout de son extraordinaire ressemblance avec Mathieu,

un Froment à coup sûr, ayant les yeux clairs, le haut front
en forme de tour. Mathieu jeune revivait en lui, tel que
le représentait un portrait conservé pieusement dans la
famille, à vingt-sept ans, lorsqu'il avait commencé la
conquête de Chantebled.

Alors, Mathieu, tremblant, se leva, tandis que Marianne
souriait, divinement, ayant compris avant tous les
autres.

— Qui donc es-tu, mon enfant, toi qui m'appelles
grand-père, et qui me ressembles comme un frère?

— Je suis Dominique, le fils aîné de votre fils Nicolas,
qui vit, avec ma mère Lisbeth, au vaste pays libre, dans
l'autre France.

— Et quel âge as-tu?

— J'aurai vingt-sept ans en août prochain, lorsque, là-
bas, les eaux du Niger, le bon géant, reviendront féconder
nos champs immenses.

— Et, dis-nous, es-tu marié, as-tu des enfants?

— J'ai pris pour femme une Française, née au Sénégal,
et déjà dans notre maison de briques, que j'ai bâtie, quatre
enfants poussent, sous le soleil enflammé du Soudan. »

— Et, dis-nous encore, as-tu des frères, as-tu des
sœurs ?

—Mon père Nicolas et Lisbeth ma mère ont eu dix-huit
enfants, dont deux sont morts. Nous sommes seize, neuf
garçons et sept filles.

Mathieu eut un bon rire de gaieté, comme pour
dire que son fils Nicolas, à cinquante ans, était un vaillant
ouvrier de la vie, ayant même œuvré mieux que lui.
Il regarda Marianne, qui, elle aussi, riait de ravissement.

— Alors, mon enfant, puisque tu es le fils de mon fils
Nicolas, viens nous embrasser, pour fêter nos noces. Et
l'on va mettre ton couvert, tu es chez toi.

Dominique, en quatre enjambées, dut faire le tour de
la table. Il serra de ses bras solides, il baisa les deux

vieillards, qui défaillaient d'émotion heureuse, tant la surprise était bonne, de cet enfant encore, en un tel jour, qui leur tombait d'un ciel lointain, qui leur disait l'autre famille, l'autre peuple issu de leurs flancs, en train de pulluler là-bas, d'une fécondité accrue, dans l'incendie des tropiques.

Cette surprise, elle était due au génie malin d'Ambroise, qui, tout de suite, s'en expliqua plaisamment, comme d'un coup de théâtre épique, préparé par lui. Depuis huit jours, il logeait dans son hôtel, il cachait Dominique, envoyé du Soudan par son père pour traiter justement avec lui certaines questions commerciales d'exportation, et pour commander surtout, à l'usine de Denis, tout un lot de machines agricoles, adaptées au sol de là-bas, d'une construction spéciale. Il n'y avait donc que Denis dans la confidence. Et, quand la table entière vit Dominique entre les bras des deux vieillards, quand elle connut l'histoire complète, ce fut une extraordinaire joie, de nouvelles acclamations assourdissantes, un accueil de compliments, d'embrassades enthousiastes, sous lesquelles on manqua d'étouffer le messager de la famille sœur, le prince de la seconde dynastie des Froment, au pays de la prodigieuse France future.

Mathieu, gaiement, donnait des ordres.

— En face de nous deux, là, mettez son couvert... Il sera seul en face de nous, tel que l'ambassadeur d'un puissant empire. Songez qu'il représente, en dehors de son père et de sa mère, neuf frères, sept sœurs, sans compter ses quatre enfants déjà... Allons, mon garçon, assois-toi, et qu'on nous serve !

Le repas des noces fut d'une allégresse attendrie, à l'ombre du grand chêne, criblée de soleil. Toute une fraîcheur délicieuse montait des herbes, il semblait que la nature amie apportât sa part de caresses. Les rires ne cessèrent pas de sonner, les vieux eux-mêmes étaient redevenus des enfants joueurs, devant les quatre-vingt-dix ans et les quatre-vingt-sept ans du marié et de la mariée. C'était un doux éclat des visages, sous les chevelures blanches, sous les chevelures brunes ou blondes; c'était toute la lignée en joie, belle d'une beauté saine et ravie, les enfants rayonnants, les jeunes gens superbes, les jeunes filles adorables, les époux unis, côte à côte. Et quel solide appétit! et quel joyeux tumulte accueillant chaque plat! et quel honneur fait au bon vin, pour fêter la vie bonne qui avait accordé à leurs deux patriarches la grâce suprême de les réunir tous à leur table, dans une si glorieuse circonstance! Au dessert, il y eut des saluts, des santés portées, des acclamations encore. Mais, dans les conversations, dans les vives paroles qui volaient d'un bout de la table à l'autre, on en revenait toujours à la surprise du début, à cette entrée triomphale de l'ambassadeur fraternel. C'était lui, c'était sa présence inattendue, tout ce qu'il n'avait pas dit encore, toute l'aventure dont on le sentait plein, qui chauffait la fièvre croissante, la passion de la famille, grisée de ce gala au grand air. Et, dès que le café fut servi, des questions sans fin se croisèrent, il fallut qu'il parlât.

— Oh! que vous dirai-je? répondit-il en riant, à une question d'Ambroise, désireux de savoir ce qu'il pensait de Chantebled, où il l'avait promené le matin. Je crains bien de n'être guère aimable, ni pour ce coin de pays, ni pour vos œuvres, si je suis franc. Sans doute, la culture est ici tout un art, tout un effort admirable de volonté, de science et de bon ordre, afin d'arracher à cette vieille terre les moissons qu'elle donne encore. Vous travaillez beaucoup, vous faites des prodiges... Mais, grand Dieu! que votre royaume est petit! Comment y pouvez-vous vivre sans vous meurtrir les flancs aux coudes des voisins? Vous vous y êtes entassés par couches profondes, jusqu'à ne plus pouvoir respirer chacun ce qu'il faut d'air libre à une poitrine d'homme. Et vos champs les plus vastes, ce que vous appelez vos grands domaines, ne sont que des mottes de terre, où vos rares bestiaux me font l'effet de quelques fourmis égarées... Ah ! l'immensité de mon Niger, l'immensité des plaines qu'il arrose, l'immensité de nos champs de là-bas, qui n'ont d'autres bornes que l'horizon lointain !

Benjamin l'avait écouté de sa place, frémissant. Depuis que ce fils des grandes eaux et d'un autre soleil était là, il ne le quittait plus du regard, avec toute une passion montante dans ses yeux de rêve. Et, lorsqu'il l'entendit parler de la sorte, il ne put résister davantage à l'appel de l'inconnu, il quitta sa place, fit le tour, vint s'asseoir près de lui.

— Le Niger, la plaine immense... Parle, dis-nous cette immensité.

— Le Niger, le bon géant, notre père à tous, là-bas ! J'avais huit ans à peine, lorsque mon père et ma mère quittèrent le Sénégal, en un coup d'imprudente bravoure, d'espoir fou, hantés du besoin de s'enfoncer dans le Soudan, au hasard de la conquête. Il y a bien des journées de marche, des roches, des brousses, des fleuves, pour aller de Saint-Louis à notre ferme actuelle, au delà de Dienné... Et je ne me souviens plus du premier voyage, il me semble que je suis né du bon Niger lui-même, de la fécondité miraculeuse de ses eaux. Il est immense et doux, il roule des flots sans nombre, pareil à une mer, d'une telle ampleur, que pas un pont ne l'enjambe, d'une telle coulée, qu'il emplit l'horizon d'un bord à l'autre. Il a des archipels, des bras couverts d'herbes comme des pâturages, des grands fonds où des escadres de poissons énormes nagent à l'aise. Il a ses tempêtes, il a ses jours de flammes, lorsque ses eaux engendrent sous l'étreinte brûlante du soleil, il a ses nuits délicieuses, ses nuits roses, d'une infinie douceur, lorsque la paix de la terre descend des étoiles... Et c'est lui l'ancêtre, le fondateur, le fécondateur, c'est lui qui a engendré le Soudan, l'a doté de ses richesses incalculables, en le disputant à l'envahissement des Saharas voisins, en le créant de son limon fertile. C'est lui qui, chaque année, aux saisons régulières, déborde, inonde la vallée, tel qu'un océan, puis la laisse grasse, comme engrossée d'une végétation formidable. Ainsi que le Nil, il a vaincu les sables, il est le père aux générations sans nombre, il est le dieu fabricateur d'un monde encore inconnu, qui, plus tard, enrichira la vieille Europe... Et la vallée du Niger, la colossale fille du bon géant, ah! quelle immensité pure, quel libre coup d'aile vers l'infini! La plaine s'ouvre, s'élargit, recule l'horizon, sans obstacle ni limites. La plaine et la plaine toujours, des champs que des champs toujours prolongent, des sillons droits, à perte de vue, dont la charrue mettrait des mois à atteindre le bout. On y récoltera la nourriture d'un grand peuple, le jour où la culture y sera pratiquée avec quelque courage et quelque science, car le royaume est encore vierge, tel que le bon fleuve l'a créé, il y a des mille ans. Demain, ce royaume appartiendra au laboureur qui aura osé le prendre, s'y tailler à son gré un domaine aussi vaste que la force de son travail l'aura rêvé, non plus des hectares, mais des lieues de labours, roulant des moissons éternelles... Et quel large souffle dans cette immensité, quelle joie à respirer toute la vaste étendue en une haleine, quelle vie saine et forte à ne plus être entassés les uns sur les autres, à se sentir libres, puissants, maîtres de la part de terre qu'on a voulue, sous le soleil qui luit pour tous!

Mais Benjamin ne se rassasiait pas de l'écouter, de l'interroger.

— Comment vous êtes-vous installés, là-bas? Comment vivez-vous? Quels sont vos habitudes, vos travaux?

Dominique se remit à rire, tellement il avait conscience

de les étonner, de les bouleverser, tous les parents inconnus qu'il trouvait là, qu'il voyait pendus à ses lèvres, passionnés d'une curiosité grandissante. Peu à peu, des femmes, des vieillards s'étaient levés, pour se rapprocher de lui. Et les enfants eux-mêmes l'entouraient, comme s'il leur eût conté un beau conte.

— Oh ! nous vivons en république, nous sommes la communauté dont chaque membre doit travailler à l'œuvre fraternelle. Dans la famille, il y a des ouvriers de tous les corps d'état, pour les gros ouvrages, d'une façon un peu barbare. Mais le père s'est surtout révélé comme un maçon émérite, car il a dû bâtir, quand nous sommes arrivés là-bas. Et même il a fabriqué ses briques lui-même, grâce à des gisements d'argile qui existent près de Dienné. Notre ferme est donc maintenant un petit village, chaque enfant marié aura sa maison... Puis, nous ne sommes pas que cultivateurs, nous sommes pêcheurs et chasseurs. Nous avons nos barques, le Niger est extraordinairement peuplé, on y fait des pêches miraculeuses. La chasse suffirait également à nourrir la famille, le gibier pullule, des vols de perdrix et de pintades, sans compter les flamants, les pélicans, les aigrettes, les milliers de bêtes qui ne se mangent pas. Des lions noirs, parfois, nous viennent visiter ; des aigles, d'un vol lent, passent au-dessus de nos têtes ; des hippopotames, au crépuscule, par trois et par quatre, jouent dans le fleuve, avec une grâce lourde d'enfants nègres qui se baigneraient... Mais, cependant, nous sommes surtout des laboureurs, rois de la plaine, lorsque le Niger s'est retiré, après avoir engrossé nos champs. Notre domaine est sans limites, il va jusqu'où l'effort de notre travail peut s'étendre. Et, si vous voyiez les laboureurs indigènes qui ne labourent même pas, qui n'ont guère pour outils primitifs que des bâtons dont ils grattent le sol, avant de lui confier les semences ! Aucun souci, aucune peine, la terre est

grasse, le soleil ardent, la récolte sera toujours belle.
Aussi, nous autres, quand nous employons la charrue,
quand nous donnons quelques soins à cette terre gonflée
de vie, quelles prodigieuses moissons, quelle abondance
de grains dont craqueraient toutes vos granges ! Le jour
où nous aurons les machines agricoles que je suis venu
commander chez vous, il nous faudra des flottilles de
bateaux pour vous expédier le trop-plein de nos greniers... Après la décrue du fleuve, lorsque les eaux
baissent, c'est le riz qui se cultive, des plaines de riz, qui
parfois donnent deux récoltes. Puis, c'est le mil, ce sont
les arachides, ce sera le blé, quand nous pourrons en
faire la culture en grand. De vastes champs de coton se
succèdent. Nous cultivons aussi le manioc et l'indigo,
nous avons des potagers d'oignons, de piments, de courges,
de concombres. Et je ne parle pas des productions
naturelles, les arbres à gomme si précieux, dont nous
avons toute une forêt, l'arbre à beurre, l'arbre à farine,
l'arbre à soie, qui poussent sur nos terres comme les
églantiers au bord de vos chemins... Enfin, nous sommes
pasteurs, nous avons des troupeaux sans cesse renaissants,
dont nous ne connaissons même pas le nombre de têtes.
Nos chèvres, nos moutons à longue laine sont par milliers,
nos chevaux galopent librement dans des parcs grands
comme des villes, nos bœufs à bosse couvrent une lieue
de berges, lorsqu'ils descendent boire au Niger, à l'heure
de splendeur sereine où le soleil se couche... Et
surtout nous sommes des hommes libres, des hommes
gais, qui travaillons pour la joie de vivre sans en-
traves, avec cette récompense de nous dire que notre
œuvre est très grande, très belle et très bonne, puisqu'elle est l'autre France, la France souveraine de
demain.

Alors, il ne s'arrêta plus. On n'avait plus besoin de
l'interroger, il vidait son âme toute pleine de grandeur

et de beauté. Il disait Dienné, l'ancienne ville reine, au peuple, aux monuments venus d'Egypte, qui règne encore sur la vallée. Il disait les quatre autres centres, Bammakou, Niamina, Segou, Sansanding, gros villages qui seront de grandes cités un jour. Il disait surtout Tombouctou la glorieuse, si longtemps inconnue, voilée de légendes, telle qu'un paradis défendu, avec son or, son ivoire, ses jolies femmes complaisantes, se levant comme un mirage de jouissances inaccessibles, au delà des sables dévorants. Il disait Tombouctou, la double porte du Sahara et du Soudan, la ville frontière où la vie aboutissait, se mêlait, s'échangeait, où le chameau des sables apportait les armes, les marchandises d'Europe, ainsi que le sel indispensable, où les pirogues du Niger débarquaient l'ivoire précieux, l'or qu'on ramassait à fleur de terre, les plumes d'autruche, les gommes, les céréales, toutes les richesses de la vallée féconde. Il disait Tombouctou entrepôt, Tombouctou métropole et marché de l'Afrique centrale, avec ses tas d'ivoire, ses tas d'or vierge, ses sacs de riz, de mil, d'arachides, ses pains d'indigo, ses bouquets de plumes d'autruche, ses métaux, ses dattes, ses étoffes, sa quincaillerie, son tabac, ses plaques de sel surtout, des dalles de sel gemme, apportées à dos de bête de l'effrayante Taoudenni, la cité saharienne du sel, dont la terre est de sel sur des lieues, mine infernale de ce sel qui est à ce point précieux, dans le Soudan, qu'il sert aux échanges, comme une monnaie, plus utile que l'or. Enfin, il disait Tombouctou déchue, appauvrie, l'opulente et la resplendissante cité d'autrefois qui paraît aujourd'hui en ruine, qui cache derrière ses façades lépreuses, dans la crainte des voleurs du désert, les débris des trésors qu'elle a gardés, mais qui redeviendra demain la cité de gloire et de fortune, assise royalement entre le Soudan, grenier d'abondance, et le Sahara, route de l'Europe, lorsque la

France aura ouvert cette route, relié les provinces du nouvel empire, fondé cette autre France démesurée, près de laquelle l'antique patrie ne sera plus qu'un peu de cervelle pensante, le cerveau qui dirige.

— C'est là le rêve, cria-t-il, c'est l'œuvre gigantesque que réalisera demain. Notre Algérie reliée à Tombouctou par la voie du Sahara, des locomotives électriques qui emporteront toute la vieille Europe, au travers de l'infini des sables! Tombouctou reliée au Sénégal, par les flottilles à vapeur du Niger, par d'autres voies ferrées qui sillonneront de partout le vaste empire! la France nouvelle, immense, reliée à la France mère, l'antique patrie, par un prodigieux développement de côtes, fondée enfin, prête pour les cent millions d'habitants qui doivent y pousser un jour!... Sans doute, ces choses ne se feront point du soir au lendemain. Le Transsaharien n'est pas construit, il y a là deux mille cinq cents kilomètres de désert nu, dont l'exploitation ne saurait tenter les compagnies; et il faudra qu'une prospérité se déclare, qu'un commencement de culture, que des mines découvertes, que les exportations croissantes rendent possible l'effort d'argent de la métropole. Ensuite, il y a la question des peuplades de là-bas, faites de nègres doux pour la plupart, mais quelques-unes féroces, voleuses, d'une sauvagerie exaltée par le fanatisme religieux, aggravant la grande difficulté de notre conquête, ce terrible problème de l'Islam, contre lequel nous nous heurterons, tant qu'il ne sera pas résolu. Et la vie seule, de longues années de vie peuvent seules créer un peuple nouveau, l'adapter à la terre nouvelle, en fondre les divers éléments, lui donner son existence normale, sa force homogène, son génie... N'importe pourtant! dès aujourd'hui, une France est née au loin, un empire illimité, et elle a besoin de notre sang, et il faut lui en donner pour qu'elle se peuple, qu'elle tire du sol ses incalculables richesses, qu'elle devienne la plus grande, la plus forte, la plus souveraine, dans le monde entier.

Soulevé d'enthousiasme, frémissant de l'idéal lointain, enfin révélé, Benjamin avait des larmes plein les yeux. Ah! la vie saine, la vie noble, l'autre chose! toute la mission, toute l'œuvre qu'il n'avait fait que rêver jusque-là, confusément! Il demanda encore :

— Et beaucoup de familles françaises sont là-bas, comme la vôtre, qui colonisent?

Dominique, alors, éclata d'un grand rire.

— Eh! non, il y a bien quelques colons dans nos anciennes possessions du Sénégal; mais là-bas, au fond de la vallée du Niger, au delà de Dienné, je crois bien que nous sommes les seuls... Nous sommes les pionniers, la folle avant-garde, les risque-tout de la foi et de l'espoir. Et nous y avons quelque mérite, car cela semble, aux gens raisonnables, une simple gageure contre le bon sens. Vous imaginez-vous cela? une famille française installée en plein chez les sauvages, ayant pour toute protection le voisinage d'un petit fort où un officier blanc commande à une douzaine de soldats indigènes, forcée parfois de faire elle-même le coup de feu, créant une ferme au milieu d'un pays que le fanatisme de quelque chef de tribu peut soulever d'un jour à l'autre. C'est d'une démence à fâcher le monde, et c'est ce qui nous ravit, c'est ce qui nous rend si gais, si bien portants, si victorieux. Nous ouvrons la route, nous donnons l'exemple. Nous portons notre bonne vieille France là-bas, nous nous sommes taillé, au milieu des terres vierges, un champ illimité qui deviendra une province, nous avons fondé un village qui sera, dans cent ans, une grande ville. Il n'est pas, aux colonies, de race plus féconde que la race française, elle qui paraît être devenue stérile sur son antique sol. Et nous pullulerons, et nous emplirons le monde!... Venez donc, venez donc, vous

tous, puisque vous êtes trop entassés, puisque vous man-
quez d'air dans vos champs trop étroits, dans vos villes
surchauffées, empoisonnées. Il y a là-bas place pour tous,
des terres neuves, du grand air que n'a respiré personne, une tâche à remplir qui fera de vous tous des
héros, des gaillards solides, heureux de vivre. Venez
avec moi, j'emmène les hommes, j'emmène les femmes
de bonne volonté, et vous vous taillerez d'autres provinces,
et vous fonderez d'autres villes, pour la toute-puissance
future de la grande France démesurée !

Il riait si gaiement, il était si beau, si brave, si robuste,
que la table entière, une fois encore, l'acclama. On
ne le suivrait certainement point, puisque tous ces
ménages avaient leurs nids faits, puisque tous ces jeunes
gens tenaient déjà trop à la vieille terre par les racines
de la race, endormie aujourd'hui au foyer, après tant
d'esprit aventureux. Mais quelle merveilleuse histoire,
écoutée des petits et des grands enfants comme un beau
conte qui les ravissait, qui réveillerait chez eux, demain
sans doute, la passion active des glorieuses entreprises
lointaines ! La semence de l'inconnu était jetée, elle pousserait en une moisson de fabuleuse puissance.

Et Benjamin fut le seul à crier, au milieu de l'enthousiasme, où sa parole se perdit :

— Oui ! oui ! je veux vivre... Emmène-moi, emmène-
moi !

Mais, pour conclure, Dominique reprenait :

— Et, grand-père, je ne vous l'ai pas dit encore, mon
père a donné le nom de Chantebled à notre ferme de là-
bas... Souvent, il nous raconte comment vous avez fondé
votre domaine, ici, dans un coup d'audace prévoyante,
lorsque tout le monde se moquait, haussait les épaules,
en vous accusant de folie. Et c'est, là-bas, pour mon père,
la même dérision, la même pitié méprisante, car on
s'attend à ce que le bon Niger emporte un jour notre

village, si quelque bande de nègres rôdeurs ne nous tue
pas et ne nous mange pas auparavant... Ah! je suis bien
tranquille, nous vaincrons comme vous avez vaincu, parce
que la folie de l'action est la divine sagesse. Il y aura, là-
bas, un autre royaume des Froment, un autre Chantebled
immense, dont vous serez tous les deux, grand'mère et
vous, les ancêtres, les patriarches lointains qu'on vénérera
comme des dieux... Et je bois à votre santé, grand-père,
je bois à votre santé, grand'mère, au nom de votre autre
peuple futur, poussé gaillardement sous le brûlant soleil
des tropiques.

Mathieu, qui s'était levé, dit d'une voix forte, dans une
émotion profonde :

— A ta santé! mon garçon. A la santé de mon fils
Nicolas, de sa femme Lisbeth, et de tous ceux qui sont
nés de leur amour! A la santé de tous ceux qui en naî-
tront demain, de génération en génération!

Et Marianne, qui s'était levée elle aussi, dit à son
tour :

— A la santé de vos femmes et de vos filles, de vos
épouses et de vos mères! A la santé de celles qui
aimeront, qui enfanteront, qui créeront le plus de vie
pour le plus de bonheur possible.

Alors, le gala se termina, on quitta la table, toute la
famille se répandit librement sur la pelouse. Et il y eut
un dernier triomphe autour de Mathieu et de Marianne,
que le flot pressé de leurs enfants entourèrent. C'était le
flot de la fécondité victorieuse, tout le petit peuple heureux
né de leurs flancs qui les assaillait de sa joie, qui les
étouffait de ses tendresses. Vingt bras ensemble leur
tendaient des enfants, des têtes blondes ou brunes à baiser.
Eux, dans leur grand âge, dans l'état divin d'enfance où
ils retournaient, ne reconnaissaient pas toujours les
gamins ni les gamines. Ils se trompaient, changeaient les
noms, prenaient les uns pour les autres. On riait, on

rectifiait, on faisait appel à leur mémoire. Et ils riaient
aussi, ils avaient un geste de délicieuse erreur. Ça n'avait
pas d'importance, s'ils ne savaient plus, car c'était toujours de leur moisson. Puis, il y avait là des femmes
enceintes, des petites-filles, des arrière-petites-filles,
qu'ils appelaient, qu'ils voulaient embrasser aussi, pour
porter bonne chance aux enfants encore qui allaient
naître, des enfants de leurs enfants, à l'infini, une race
qui s'élargirait toujours, qui les continuerait au lointain
des âges. Puis, il y avait là des mères en train de nourrir,
celles dont les enfants au maillot avaient dormi sagement,
pendant le repas ; et, maintenant qu'ils étaient réveillés,
criant la faim, elles devaient leur servir leur part du
régal, elles leur donnaient le sein, assises sous les arbres,
s'égayant entre elles, la gorge libre, dans une sérénité
fière. C'était la royale beauté de la femme, épouse et
mère, c'était la décisive victoire de la maternité féconde
sur la virginité tueuse de vie. Que les mœurs soient
donc changées, et l'idée de morale, et l'idée de beauté, et
qu'on refasse un monde avec cette beauté triomphante de
la mère qui allaite l'enfant, dans la majesté de son
symbole ! Toujours de nouvelles semences enfantaient des
moissons nouvelles, le soleil toujours remontait de l'horizon, le lait ruisselait sans fin des gorges nourricières,
sève éternelle de l'humanité vivante. Et ce fleuve de lait
charriait la vie à travers les veines du monde, et il se
gonflait, et il débordait, pour les siècles infinis.

Le plus de vie possible, pour le plus de bonheur
possible. Tel était l'acte de foi en la vie, l'acte d'espoir
en son œuvre juste et bonne. La fécondité victorieuse
restait la force indiscutée, la puissance souveraine qui
seule faisait l'avenir. Elle était la grande révolutionnaire, l'ouvrière incessante du progrès, la mère de toutes
les civilisations, recréant sans cesse l'armée de ses lut-
teurs innombrables, jetant au cours des siècles des

milliards de pauvres, d'affamés, de révoltés, à la conquête
de la vérité et de la justice. Il ne s'est pas fait, dans
l'Histoire, un seul pas en avant, sans que ce soit le nombre
qui ait poussé l'humanité en sa marche. Demain, comme
hier, sera conquis par le pullulement des foules, en quête
du bonheur. Et ce seront les bienfaits attendus de notre
âge, l'égalité économique obtenue enfin ainsi que l'a été
l'égalité politique, la juste répartition des richesses
rendue désormais facile, le travail obligatoire rétabli dans
sa nécessité glorieuse. Il n'est pas vrai qu'il soit imposé
aux hommes en châtiment du péché, il est au contraire
un honneur, une noblesse, le plus précieux des biens, la
joie, la santé, la force, l'âme même du monde, qui
toujours est en labeur, en création du futur. C'est du
travail que l'enfant mis au monde, c'est du travail que la
vie vécue normalement, sans perversion imbécile, le
rythme même de la grande besogne quotidienne qui
emporte le monde à l'éternité de son destin. Et la misère,
le crime social abominable, disparaîtra, dans cette glori-
fication du travail, dans cette distribution entre tous de
l'universelle tâche, chacun ayant accepté sa part légitime
de devoirs et de droits. Et que des enfants poussent, ils ne
seront que des instruments de richesse, des accroisse-
ments du capital humain, d'existence libre et heureuse.
sans que les enfants des uns puissent être de la chair à
corvée, à boucherie ou à prostitution, pour l'égoïsme des
enfants des autres. Et c'est la vie encore qui aura vaincu,
la renaissance de la vie honorée, adorée, de cette religion de la vie, écrasée sous le long, l'exécrable cauchemar du catholicisme, dont les peuples à deux reprises
déjà, au quinzième siècle, au dix-huitième, ont essayé
violemment de se délivrer, et qu'ils chasseront enfin, le
jour prochain où la terre féconde, la femme féconde
redeviendront le culte, la toute-puissance et la souveraine
beauté.

A cette heure dernière, dans le soir resplendissant,
Mathieu et Marianne régnaient par leur race nombreuse.
Un mouvement héroïque, admirable, les avait emportés
à cette royauté. Ils finissaient en héros de la vie, vieillards augustes, parce qu'ils avaient beaucoup enfanté,
beaucoup créé d'êtres et de choses. Et cela au milieu
des batailles, dans le travail, dans la douleur. Souvent,
ils avaient sangloté. Puis, avec l'âge extrême, la paix
était venue, la grande paix souriante, faite des bonnes
besognes accomplies, de la bonne certitude du sommeil
prochain, tandis que leurs enfants, les enfants de leurs
enfants, autour d'eux, recommençaient la lutte, travaillaient et souffraient, vivaient à leur tour. Et, dans leur
grandeur de héros, il y avait aussi tout le désir dont ils
avaient brûlé, le divin désir, fabricateur et régulateur du
monde, qui les avait visités en coups de flamme, à chacun de
leurs enfantements nouveaux. Ils étaient comme le temple
sacré que le dieu avait habité constamment, ils s'étaient
aimés du feu inextinguible dont l'univers brûle, pour la
continuelle création. Leur beauté rayonnante, sous les
cheveux blancs, venait de cette lumière dont leurs yeux
restaient pleins, de cette puissance d'aimer, que l'âge
n'avait pu éteindre. Sans doute, comme ils le disaient en
plaisantant autrefois, ils avaient dépassé toute mesure,
dans leur imprévoyance à faire des enfants, scandalisant
leurs voisins, troublant les mœurs respectées. Mais, définitivement, n'avaient-ils pas eu raison? Leurs enfants
n'avaient rogné la part de personne, chacun avait apporté
sa subsistance. Et puis, il est bon de trop moissonner,
quand les greniers du pays sont vides. Il en faudrait
beaucoup de ces imprévoyants, pour combattre la prudence
égoïste des autres, aux heures de grande disette. C'est le
bon exemple civique, la race raffermie, la patrie refaite,
au milieu des affreux déchets, par la belle folie du nombre,
de la prodigalité à pleines mains, saine et joyeuse.

Alors, la vie exigea un dernier héroïsme de Mathieu et de Marianne. Un mois plus tard, lorsque Dominique fut sur le point de retourner au Soudan, Benjamin leur dit un soir sa passion, l'appel irrésistible, venu de la plaine inconnue et lointaine, auquel il obéissait.

— Père bien-aimé, mère adorée, laissez-moi partir avec Dominique... J'ai lutté, je me fais horreur de vous quitter ainsi, à votre âge. Mais je souffre trop, mon âme éclate, pleine d'infini ; et je mourrai d'oisiveté honteuse, si je ne pars pas.

Ils l'écoutaient, le cœur brisé. Ces paroles ne les surprenaient point, ils les entendaient venir, depuis le renouveau de leurs noces. Et ils tremblaient, ils sentaient bien qu'ils ne pourraient refuser, car ils se savaient coupables d'avoir gardé ce dernier enfant au nid familial, après avoir donné les autres. Ah ! l'insatiable vie qui ne leur permettait pas cette avarice tardive, qui exigeait jusqu'au cher trésor caché discrètement, dont leur égoïsme jaloux rêvait de ne se séparer qu'au seuil de la tombe !

Un grand silence régna, et Mathieu répondit enfin, d'une voix lente :

— Mon enfant, je ne puis te retenir. Va donc où l'existence t'appelle... Si je savais devoir mourir ce soir, je te dirais d'attendre demain.

A son tour, Marianne dit doucement :

— Pourquoi ne mourons-nous pas tout de suite?... Nous n'aurions pas cette dernière souffrance, et tu n'emporterais que notre souvenir.

Une fois encore, le cimetière de Janville s'évoquait, le champ de paix où dormaient déjà des êtres chers, où bientôt eux-mêmes iraient les rejoindre. Cette pensée était sans tristesse, ils espéraient s'y coucher ensemble, le même jour, car ils ne pouvaient concevoir la vie l'un sans l'autre. Et, d'ailleurs, ne continueraient-ils pas à vivre, vivant toujours par leurs enfants, unis à jamais, immortels dans leur race?

— Père bien-aimé, mère adorée, répéta Benjamin, c'est moi qui demain serai mort, si je ne pars pas. Attendre votre fin, grand Dieu! ne serait-ce pas la vouloir? Il faut que longtemps encore vous viviez, et je veux vivre comme vous. •

Il y eut un nouveau silence, puis Mathieu et Marianne dirent ensemble :

— Pars donc, mon enfant. C'est juste, il faut vivre.

Mais, le jour des adieux, quel déchirement, quelle douleur dernière à s'arracher cette chair encore, tout ce qui leur restait d'eux-mêmes, pour en faire à la vie le suprême cadeau! C'était le départ de Nicolas qui recommençait, le jamais plus de l'enfant migrateur, envolé, donné au vent qui passe, pour l'ensemencement des terres ignorées et lointaines, par-dessus les frontières.

— Jamais plus ! cria Mathieu en larmes.

· Et Marianne répéta, dans le grand sanglot monté de ses flancs :

— Jamais plus, jamais plus !

Maintenant, ce n'était pas seulement la famille accrue, la patrie refaite, la France repeuplée pour les luttes futures, c'était encore l'humanité élargie, les déserts défrichés, la terre peuplée entièrement. Après la patrie, la terre. Après la famille, la nation, puis l'humanité. Et quel coup d'ailes envahisseur, quelle brusque ouverture sur l'immensité du monde ! Toute la fraîcheur des océans, toutes les senteurs des continents vierges, arrivaient en une haleine géante, comme une brise du large. A peine quinze cents millions d'âmes, aujourd'hui, par les quelques champs cultivés du globe, n'est-ce pas misérable, lorsque le globe, ouvert tout entier à coups de charrue, devrait en nourrir dix fois davantage? Quel étroit horizon que de vouloir borner l'humanité vivante au chiffre actuel, en admettant simplement des échanges de peuple à peuple, des capitales mourant sur place, comme sont mortes Babylone, Ninive, Memphis, tandis que d'autres reines du monde héritent, renaissantes, florissantes, de civilisations nouvelles, sans que jamais le nombre des âmes puisse désormais s'accroître ! C'est là l'hypothèse de la mort, car rien ne reste stationnaire, ce qui ne croît plus décroît et disparaît. La vie est la marée montante dont le flot chaque jour continue la création, achève l'œuvre du bonheur attendu, quand les temps seront accomplis. Le flux et le reflux des peuples ne sont que les périodes de la marche en avant ; les grands siècles de lumière emportés, remplacés par des siècles noirs, marquent uniquement les étapes. Toujours un nouveau pas est fait, un peu plus de la terre conquis, un peu plus de la vie mis en œuvre. La loi semble être le double phénomène de la fécondité qui fait la civilisation et de la civilisation qui restreint la fécondité. Et l'équilibre en naîtra, le jour où la terre entièrement habitée, défrichée, utilisée, aura rempli son destin. Et le divin rêve, l'utopie généreuse vole à plein ciel, la famille fondue dans la nation, la nation fondue dans l'humanité, un seul peuple fraternel faisant du monde une cité unique de paix, de vérité et de justice. Ah ! que l'éternelle fécondité monte toujours, que la semence humaine soit emportée par-dessus les frontières, aille peupler au loin les déserts incultes, élargisse l'humanité dans les siècles à venir, jusqu'au règne de la vie souveraine, maîtresse enfin du temps et de l'espace !

Et, après le départ de Benjamin, emmené par Dominique, Mathieu et Marianne retrouvèrent la grande joie de leur enfantement, la grande paix de leur œuvre achevée, prodigue, inépuisable. Ils n'avaient plus rien à eux, rien que le bonheur d'avoir tout donné à la vie. Le jamais plus de la séparation devenait le toujours davantage de la vie accrue, épandue au delà de l'horizon sans bornes. Candides et riants, les héros bientôt centenaires triomphaient, dans la floraison débordante de leur race. Par-dessus les mers, le lait avait coulé, du vieux sol de France, jusqu'aux immensités de l'Afrique vierge, la jeune et géante France de demain. Après le Chantebled conquis sur un coin dédaigné du patrimoine national, un autre Chantebled se taillait un royaume, au loin, dans les vastes étendues désertes, que la vie avait à féconder encore. Et c'était l'exode, l'expansion humaine par le monde, l'humanité en marche, à l'infini.

Angleterre. — Août 1898-Mai 1899.

FIN

11796 — L.-Imprimeries réunies, rue Saint-Benoît, 7, Paris.
MOTTEROZ, D$^r$.

# ŒUVRES D'ÉMILE ZOLA

## LES ROUGON-MACQUART

HISTOIRE NATURELLE ET SOCIALE D'UNE FAMILLE SOUS LE SECOND EMPIRE

La Fortune des Rougon. . . . . . . . . 1 vo
La Curée . . . . . . . . . . . . 1 vo
Le Ventre de Paris. . . . . . . . . 1 v(
La Conquête de Plassans. . . . . . . 1 v(
La Faute de l'abbé Mouret. . . . . . 1 vo
Son Excellence Eugène Rougon. . 1 vo
L'Assommoir. . . . . . . . . . . . 1 vo
Une Page d'Amour. . . . . . . . 1 vol
Nana. . . . . . . . . . . . . 1 vol
Pot-Bouille. . . . . . . . . . . 1 vol
Au Bonheur des Dames. . . . . . 1 vo
La Joie de vivre . . . . . . . . 1 vol
Germinal. . . . . . . . . . . . 1 vol
L'Œuvre. . . . . . . . . . . . 1 vol
La Terre. . . . . . . . . . . . 1 vol
Le Rêve . . . . . . . . . . . . 1 vol
La Bête humaine. . . . . . . . . 1 vol
L'Argent. . . . . . . . . . . . 1 vol
La Débâcle . . . . . . . . . . . 1 vol
Le Docteur Pascal. . . . . . . . 1 vol

## LES TROIS VILLES

Lourdes. . . . . . . . . . . . . 1 vol
Rome. . . . . . . . . . . . . . 1 vol
Paris. . . . . . . . . . . . . . 1 vol

## LES QUATRE EVANGILES

Fécondité . . . . . . . . . . . . . 1 vol.

## ROMANS ET NOUVELLES

| | | |
|---|---|---|
| Thérèse Raquin. . . . 1 vol. | Contes à Ninon. . . . 1 vol |
| Madeleine Férat. . . . 1 vol. | Nouveaux Contes à Ninon 1 vol |
| La Confession de Claude. 1 vol. | Le Capitaine Burle. . . 1 vol |
| Naïs Micoulin . . . . 1 vol. | Les Mystères de Marseille 1 vol |

Le Vœu d'une morte. . . 1 vol.

## ŒUVRES CRITIQUES

| | | |
|---|---|---|
| Mes Haines . . . . . 1 vol. | Nos Auteurs dramatiques. 1 vo |
| Le Roman expérimental. 1 vol. | Documents littéraires. . 1 vol. |
| Les Romanciers naturalistes 1 vol. | Une Campagne (1880-1881) 1 vol. |
| Le Naturalisme au théâtre. 1 vol. | Nouvelle Campagne (1896) 1 vol. |

## THÉATRE

Thérèse Raquin. — Les Héritiers Rabourdin. — Le Bouton de Rose.

UN VOLUME

En collaboration avec Guy de Maupassant, Huysmans, Céard,
Hennique, Alexis.

Les Soirées de Médan. . . . . 1 vol.

15673. — L.-Imprimeries réunies, rue Saint-Benoît, 7, Paris.